CHONGWENGUAN

读古人书　友天下士

百余年前，崇文书局于武昌正觉寺开馆刻书，成晚清四大书局之一。所刻经籍，镌工精雅，数量众多，流布甚广，影响巨大。为赓续前贤，昌明国学，弘扬文化，本社现致力于传统典籍的出版。既专事文献整理，效力学术，亦重文化普及，面向大众。或经学，或史论，或诸子，或诗词，各成系列，统一标识，名之为"崇文馆"。

崇文馆

中国古典诗词校注评丛书

刘禹锡诗全集【汇校汇注汇评】

孙　丽　编著

长江出版传媒　崇文书局

见其为人之通脱豪迈。

刘禹锡的诗骨力遒劲，气韵雄浑。诗歌经历了盛唐的似锦繁华，至中唐不得不寻求新变。韩孟的尚奇求怪、元白的浅切俗白，无不在尝试通过自己的实践努力走出一条唐诗发展的新路。然而，刘禹锡不随此流，更多地继承和发扬了盛唐风骨，延续着诗歌雄浑沉着之气质。元代方回评"刘梦得诗格高，在元、白之上，长庆以后诗人皆不能及。且是句句分晓，不吃气力，别无暗昧关锁"（《瀛奎律髓》）。清代许印芳言刘禹锡诗歌"犹有盛唐遗意耳"（《瀛奎律髓汇评》）。

刘禹锡诗歌雄健浑厚的特点在其咏史怀古诗作中表现尤为明显。如"千寻铁锁沉江底，一片降幡出石头"（《西塞山怀古》）、"山围故国周遭在，潮打空城寂寞回"（《金陵五题·石头城》）、"旧来王谢堂前燕，飞入寻常百姓家"（《金陵五题·乌衣巷》）、"南国山川旧帝畿，宋台梁馆尚依稀"（《荆门道怀古》）等传世名句，其中既有学者对历史的感慨，又有政治家对于现实的识见。然而，诗人并不只是单纯地伤古悼今，而是察古思今，体现出了对于历史与人生的深入思考，蕴含着哲理性的生命感触和宏阔的时空意识。刘克庄征引《蜀先主庙》《八阵图》《西塞山怀古》《金陵怀古》等诗，赞之曰"皆雄浑老苍，沈著痛快，小家数不能及也"（《后村诗话》）。

"诗豪"的特点还突出体现在他的诗常有出人意表、独出心裁之语。古往今来，士子文人惯于伤怀悲秋，他却写"自古逢秋悲寂寥，我言秋日胜春朝。晴空一鹤排云上，便引诗情到碧霄"（《秋词二首》）、"莫羡三春桃与李，桂花成实向秋荣"（《答乐天所寄咏怀且释其枯树之叹》）。英雄暮年，壮志难骋，常有悲叹，他却言"二十余年作逐臣，归来还见曲江春。游人莫笑白头醉，老醉花间有几人"（《杏园花下酬乐天见赠》）。这些诗句并非诗人故作惊人之语，哗众取宠，而是源出本心，"情动于中而形于言"。刘禹锡对于世情的

凡　　例

一、版本

本书以民国徐鸿宝影印宋绍兴八年本为底本,以以下诸本进行参校。

1.《刘梦得文集》,董康影印日本崇兰馆藏宋蜀刻大字本,简称"崇本"。

2.《刘宾客文集》,明刻本,简称"明本"。

3.《刘宾客文集》,仁和朱氏结一庐腾余丛书本,简称"朱本"。

4.《文苑英华》,明隆庆刊本,简称"英华"。

5.《全唐诗》。

二、编年

编年主要在蒋维崧、赵蔚芝、陈慧星、刘聿鑫《刘禹锡诗集编年笺注》(山东大学出版社,1997)、陶敏、陶红雨《刘禹锡全集编年校注》(岳麓书社,2003)和高志忠《刘禹锡诗编年校注》(黑龙江人民出版社,2005)基础上,参阅瞿蜕园《刘禹锡集笺证》(上海古籍出版社,1989)、卞孝萱《刘禹锡年谱》(中华书局,1963)、高志忠《刘禹锡诗文系年》(广西人民出版社,1988)诸本酌定。

三、校注

为避繁琐,本书校记部分凡属字体繁简异同无关宏旨者或属明显传写有误者不一一注明。注释部分亦从简,一般只注难解典故、难解字词。

目　录

德宗贞元九年(793) ……………………………………… 1

省试风光草际浮 ………………………………………… 1

贞元十年(794) …………………………………………… 2

华山歌 ……………………………………………………… 2

答张侍御贾喜再登科后自洛赴上都赠别 ………………… 3

贞元十一年(795) ………………………………………… 4

白鹭儿 ……………………………………………………… 4

贞元十二年(796) ………………………………………… 5

请告东归发霸桥却寄诸僚友 ……………………………… 5

秋晚题湖城驿池上亭 ……………………………………… 5

发华州留别张侍御贾 ……………………………………… 6

贞元十五年(799) ………………………………………… 8

洛中送杨处厚入关便游蜀谒韦令公 ……………………… 8

贞元十七年(801) ……………………………………… 10

杨州春夜李端公益张侍御登段侍御平仲密县李少府
　　旸秘书张正字复元同会于水馆对酒联句追刻烛击
　　铜钵故事迟辄举觥以饮之逮夜艾群公沾醉纷然就

枕余偶独醒因题诗于段君枕上以志其事 ………… 10

贞元十六年（800）、贞元十七年（801）在淮南所作其他诗 …… 12
   谢寺双桧 ……………………………………………… 12
   题招隐寺 ……………………………………………… 13

贞元十九年（803）………………………………………… 14
   昏镜词 ………………………………………………… 14
   养鸷词 ………………………………………………… 15
   调瑟词 ………………………………………………… 16

贞元二十年（804）………………………………………… 18
   许给事见示哭工部刘尚书诗因命同作 ………… 18
   送工部张侍郎入蕃吊祭 ………………………… 20
   和武中丞秋日寄怀简诸僚故 …………………… 21
   监祠夕月坛书事 ………………………………… 22
   奉和中书崔舍人八月十五日夜玩月二十韵 …… 23
   逢王十二学士入翰林因以诗赠 ………………… 25

贞元二十一年/宪宗永贞元年（805）（八月改元）………… 27
   春日退朝 ……………………………………………… 27
   题鹔鹴吟 ……………………………………………… 28
   聚蚊谣 ………………………………………………… 28
   百舌吟 ………………………………………………… 30
   秋萤引 ………………………………………………… 31
   飞鸢操 ………………………………………………… 33
   古调二首 ……………………………………………… 35

寓兴二首 ……………………………………………… 36

阙下口号呈柳仪曹 ……………………………………… 37

德宗神武孝文皇帝挽歌二首 ………………………… 38

翠微寺有感 …………………………………………… 39

赴连山途次德宗山陵寄张员外 ……………………… 40

途次敷水驿伏睹华州舅氏昔日行县题诗处潸然有感 … 41

赴连州途经洛阳诸公置酒相送张员外贾以诗见

　　赠率尔酬之 …………………………………………… 42

荆门道怀古 …………………………………………… 42

纪南歌 ………………………………………………… 44

顺阳歌 ………………………………………………… 45

韩十八侍御见示岳阳楼别窦司直诗因令属和重

　　以自述故足成六十二韵 ……………………………… 46

贞元十八年(802)至永贞元年(805)在京兆长安所作

其他诗 ………………………………………………… 53

蒲桃歌 ………………………………………………… 53

武夫词 ………………………………………………… 54

贾客词 ………………………………………………… 56

桃源行 ………………………………………………… 57

路傍曲 ………………………………………………… 59

宪宗元和元年(806) ……………………………………… 60

武陵书怀五十韵 ……………………………………… 60

元和二年(807) …………………………………………… 68

八月十五日夜桃源玩月 ……………………………… 68

元和三年(808) ……………………………………… 70
　　游桃源一百韵 ……………………………………… 70

元和四年(809) ……………………………………… 80
　　咏古二首有所寄 …………………………………… 80
　　咏史二首 …………………………………………… 81
　　奉和淮南李相公早秋即事寄成都武相公 ………… 82

元和五年(810) ……………………………………… 85
　　赠元九侍御文石枕以诗奖之 ……………………… 85
　　酬元九侍御赠壁州鞭长句 ………………………… 86
　　卧病闻常山旋师策勋有过王泽大洽因寄李六侍御 … 86
　　吕八见寄郡内书怀因而戏和 ……………………… 88
　　酬元九院长自江陵见寄 …………………………… 89

元和六年(811) ……………………………………… 90
　　送李策秀才还湖南因寄幕中亲故兼简衡州吕八郎中 …… 90
　　哭吕衡州时余方谪居 ……………………………… 95
　　江陵严司空见示与成都武相公唱和因命同作 …… 97
　　闻董评事疾因以书赠 ……………………………… 98
　　和董庶中古散调词赠尹果毅 ……………………… 99
　　览董评事思归之什因以诗赠 ……………………… 102
　　送如智法师游辰州兼寄许评事 …………………… 104

元和七年(812) ……………………………………… 105
　　送僧元暠南游 ……………………………………… 105
　　遥伤段右丞 ………………………………………… 107

元和八年（813）·· 109

寄杨八拾遗 ·· 109

酬窦员外使君寒食日途次松滋渡先寄示四韵 ··········· 110

和窦中丞晚入容江作 ································· 111

酬窦员外旬休早凉见示 ····························· 112

酬窦员外郡斋宴客偶命柘枝因见寄兼呈张十一

院长元九侍御 ································· 113

观舞柘枝二首 ······································ 114

元和癸巳岁仲秋诏发江陵偏师问罪蛮徼后命宣

慰释兵归降凯旋之辰率尔成咏寄荆南严司空 ··· 115

武陵观火诗 ·· 117

元和九年（814）·· 122

朗州窦员外见示与澧州元郎中郡斋赠答长句二

篇因而继和 ································· 122

早春对雪奉寄澧州元郎中 ··························· 123

送湘阳熊判官孺登府罢归钟陵因寄呈江西裴中

丞二十三兄 ································· 124

窦朗州见示与澧州元郎中早秋赠答命同作 ········· 128

秋日过鸿举法师寺院便送归江陵 ··················· 129

重送鸿举赴江陵谒马逢侍御 ······················· 131

衢州徐员外使君遗以缟纻兼竹书箱因成一篇

用答佳贶 ··································· 132

敬酬彻公见寄二首 ································· 134

元和元年（806）**至元和九年**（814）**在朗州所作其他诗** ········ 135

学院公体三首 ······································ 135

偶作二首 …………………………………… 136

读张曲江集作 ……………………………… 138

庭梅咏寄人 ………………………………… 141

苦雨行 ……………………………………… 141

萋兮吟 ……………………………………… 142

经伏波神祠 ………………………………… 143

登司马错故城 ……………………………… 145

谒枉山会禅师 ……………………………… 146

善卷坛下作 ………………………………… 148

阳山庙观赛神 ……………………………… 149

汉寿城春望 ………………………………… 150

唐秀才赠端州紫石砚以诗答之 …………… 152

步出武陵东亭临江寓望 …………………… 153

秋日送客至潜水驿 ………………………… 154

晚岁登武陵城顾望水陆怅然有作 ………… 155

团扇歌 ……………………………………… 157

竞渡曲 ……………………………………… 158

采菱行 ……………………………………… 160

蛮子歌 ……………………………………… 161

送春曲 ……………………………………… 162

初夏曲三首 ………………………………… 163

送春词 ……………………………………… 164

泰娘歌 ……………………………………… 165

龙阳县歌 …………………………………… 168

壮士行 ……………………………………… 169

潇湘神二首 ………………………………… 170

送韦秀才道冲赴制举 ……………………… 171

送僧仲剬东游兼寄呈灵澈上人 ……………………… 173

送慧则法师上都因呈广宣上人 ……………………… 174

谪居悼往二首 ……………………………………… 177

伤桃源薛道士 ……………………………………… 178

伤秦姝行 …………………………………………… 178

和李六侍御文宣王庙释奠作 ………………………… 181

喜康将军见访 ……………………………………… 182

尝茶 ………………………………………………… 183

元日感怀 …………………………………………… 184

南中书来 …………………………………………… 184

赠别君素上人 ……………………………………… 185

送义舟师却还黔南 ………………………………… 187

送景玄师东归 ……………………………………… 189

遥伤丘中丞 ………………………………………… 190

翰林白二十二学士见寄诗一百篇因以答贶 ………… 191

梁国祠 ……………………………………………… 192

有獭吟 ……………………………………………… 193

元和十年（815） …………………………………… 195

摩镜篇 ……………………………………………… 195

荆州歌二首 ………………………………………… 196

宜城歌 ……………………………………………… 197

题淳于髡墓 ………………………………………… 198

堤上行三首 ………………………………………… 199

伤独孤舍人 ………………………………………… 201

元和甲午岁诏书尽征江湘逐客余自武陵赴京
　　宿于都亭有怀续来诸君子 ……………………… 202

征还京师见旧番官冯叔达 …………………… 203

酬杨侍郎凭见寄二首 …………………………… 204

元和十年自朗州承召至京戏赠看花诸君子 205

后梁宣明二帝碑堂下作 ………………………… 207

望衡山 ……………………………………………… 207

再授连州至衡阳酬柳柳州赠别 ………………… 208

度桂岭歌 ………………………………………… 209

踏歌词四首 ……………………………………… 210

沓潮歌 …………………………………………… 212

代靖安佳人怨二首 ……………………………… 214

有感 ……………………………………………… 216

酬柳柳州家鸡之赠 ……………………………… 216

答前篇 …………………………………………… 218

答后篇 …………………………………………… 218

元和十一年（816）………………………………… 220

和南海马大夫闻杨侍郎出守郴州因有寄上之作 ……… 220

和杨侍郎初至郴州纪事书情题郡斋八韵 ……… 221

和郴州杨侍郎玩郡斋紫薇花十四韵 …………… 222

送僧方及南谒柳员外 …………………………… 223

送曹璩归越中旧隐 ……………………………… 226

马大夫见示浙西王侍御赠答因命同作 ………… 227

南海马大夫见惠著述三通勒成四帙上自遂古达

　于国朝采其菁华至简而富钦受嘉贶诗以谢之 ……… 229

南海马大夫远示著述兼酬拙诗辄著微诚再有长

　句时蔡戎未殄故见于末篇 ……………………… 230

酬马大夫以愚献通草芰荬酒感通拔二字因而寄

　　别之作 ……………………………………… 231
　酬马大夫登涅口戍见寄 ……………………… 232
　赠澧州高大夫司马霞寓 ……………………… 232

元和十二年(817) ………………………………… 234
　闻道士弹思归引 ……………………………… 234
　平蔡州三首 …………………………………… 234
　城西行 ………………………………………… 239

元和十三年(818) ………………………………… 241
　奉和郑相公以寄考功十弟山姜花俯赐篇咏 … 241
　崔元受少府自贬所还遗山姜花以诗答之 …… 242
　湖南观察使故相国袁公挽歌三首 …………… 243
　故相国燕国公于司空挽歌二首 ……………… 245
　伤循州浑尚书 ………………………………… 247

元和十四年(819) ………………………………… 248
　平齐行二首 …………………………………… 248
　赠别约师 ……………………………………… 252
　重至衡阳伤柳仪曹 …………………………… 253

元和十年(815)至元和十四年(819)在连州所作其他诗 …… 254
　连州腊日观莫徭猎西山 ……………………… 254
　莫徭歌 ………………………………………… 255
　插田歌 ………………………………………… 256
　观棋歌送俨师西游 …………………………… 258
　酬国子崔博士立之见寄 ……………………… 260

海阳十咏 ·· 261

　• 吏隐寺 ·· 261

　• 切云亭 ·· 261

　• 云英潭 ·· 261

　• 玄览亭 ·· 261

　• 裴溪 ·· 261

　• 飞练瀑 ·· 262

　• 蒙池 ·· 262

　• 棼丝瀑 ·· 262

　• 双溪 ·· 262

　• 月窟 ·· 262

送周鲁儒赴举 ······································ 264

赠刘景擢第 ·· 266

有僧言罗浮事因为诗以写之 ···················· 267

海阳湖别浩初师 ···································· 269

夔州窦员外使君见示悼妓诗顾余尝识之因命同作 ··· 271

窦夔州见寄寒食日忆故姬小红吹笙因和之 ········ 272

谢柳子厚寄叠石砚 ································ 273

穆宗长庆元年（821）·························· 274

伤愚溪三首 ·· 274

鄂渚留别李二十六表臣大夫 ···················· 276

答表臣赠别二首 ···································· 277

始发鄂渚寄表臣二首 ······························ 277

出鄂州界怀表臣二首 ······························ 278

重寄表臣二首 ······································ 278

松滋渡望硖中 ······································ 279

　碧涧寺见元九侍御如展上人诗有三生之句因以和 …… 282

长庆二年（822） …………………………………………… 284
　始至云安寄兵部韩侍郎中书白舍人二公近曾远
　　守故有属焉 ……………………………………………… 284
　竹枝词 …………………………………………………… 285
　竹枝词二首 ……………………………………………… 292
　寄朗州温右史曹长 ……………………………………… 294
　奉和司空裴相公中书即事通简旧僚之作 ……………… 295

长庆三年（823） …………………………………………… 297
　宣上人远寄贺礼部王侍郎放榜后诗因而继和 ………… 297
　唐侍御寄游道林岳麓二寺诗并沈中丞姚员外所
　　和见征继作 …………………………………………… 298
　送张盥赴举 ……………………………………………… 301
　酬杨八副使将赴湖南途中见寄一绝 …………………… 303
　白舍人自杭州寄新诗有柳色春藏苏小家之句因
　　而戏酬兼寄浙东元相公 ……………………………… 304
　和东川王相公新涨驿池八韵 …………………………… 305
　酬冯十七舍人宿卫赠别五韵 …………………………… 306

长庆四年（824） …………………………………………… 307
　寄杨八寿州 ……………………………………………… 307
　李贾二大谏拜命后寄杨八寿州 ………………………… 308
　送裴处士应制举 ………………………………………… 309
　和乐天柘枝 ……………………………………………… 312
　别夔州官吏 ……………………………………………… 312

自江陵沿流道中 …………………………………………… 313

夜闻商人船中筝 …………………………………………… 314

秋江晚泊 …………………………………………………… 315

秋江早发 …………………………………………………… 315

望洞庭 ……………………………………………………… 316

洞庭秋月行 ………………………………………………… 317

赴和州于武昌县再遇毛仙翁十八兄因成一绝 ………… 319

西塞山怀古 ………………………………………………… 319

登清辉楼 …………………………………………………… 326

九华山歌 …………………………………………………… 326

谢宣州崔相公赐马 ………………………………………… 328

晚泊牛渚 …………………………………………………… 329

鱼复江中 …………………………………………………… 330

君山怀古 …………………………………………………… 331

历阳书事七十韵 …………………………………………… 331

和汴州令狐相公到镇改月偶书所怀二十二韵 ………… 340

送惟良上人 ………………………………………………… 343

长庆二年(822)春至长庆四年(824)夏在夔州所作

其他诗 ……………………………………………………… 346

蜀先主庙 …………………………………………………… 346

观八阵图 …………………………………………………… 348

巫山神女庙 ………………………………………………… 349

浪淘沙词九首 ……………………………………………… 350

杨柳枝词二首 ……………………………………………… 353

纥那曲词二首 ……………………………………………… 353

送周使君罢渝州归郢中别墅 ……………………………… 354

送鸿举师游江南 ·· 356

畬田行 ··· 358

酬杨司业巨源见寄 ·································· 359

寄唐州杨八归厚 ·································· 360

春日寄杨八唐州二首 ·································· 361

重寄绝句 ·· 362

敬宗宝历元年（825） ·································· 363

春日书怀寄东洛白二十二杨八二庶子 ·········· 363

客有话汴州新政书事寄令狐相公 ·············· 364

白舍人见酬拙诗因以寄谢 ···················· 365

苏州白舍人寄新诗有叹早白无儿之句因以赠之 ········ 366

白舍人曹长寄新诗有游宴之盛因以戏酬 ········ 368

和浙西李大夫伊川卜居 ······················ 369

和浙西李大夫霜夜对月听小童吹觱篥歌依本韵 ········ 370

浙西李大夫述梦四十韵并浙东元相公酬和斐然

继声 ·· 372

宝历二年（826） ·································· 377

张郎中籍远寄长句开缄之日已及新秋因举目前仰

酬高韵 ·· 377

和乐天题真娘墓 ·································· 378

门下相公荣加册命天下同欢忝沐眷私辄敢申贺 ········ 379

湖州崔郎中曹长寄三癖诗自言癖在诗与琴酒其词

逸而高吟咏不足昔柳吴兴亭皋陇首之句王融书

之白团扇故为四韵以谢之 ···················· 380

奉酬湖州崔郎中见寄五韵 ···················· 381

13

酬湖州崔郎中见寄 …………………………………………… 382

和令狐相公谢太原李侍中寄蒲桃 ………………………… 383

和令狐相公送赵常盈炼师与中贵人同拜岳及天台

    投龙毕却赴京 …………………………………………… 384

罢和州游建康 …………………………………………… 385

台城怀古 ………………………………………………… 386

经檀道济故垒 …………………………………………… 386

酬乐天扬州初逢席上见赠 ……………………………… 388

同乐天登栖灵寺塔 ……………………………………… 390

白太守行 ………………………………………………… 391

和乐天鹦鹉 ……………………………………………… 392

楚州开元寺北院枸杞临井繁茂可观群贤赋诗因

    以继和 …………………………………………………… 393

罢郡归洛途次山阳留辞郭中丞使君 …………………… 394

韩信庙 …………………………………………………… 394

岁杪将发楚州呈乐天 …………………………………… 395

长庆四年(824)冬至宝历二年(826)冬在和州所作

其他诗 …………………………………………………… 396

  金陵五题 ………………………………………………… 396

    • 石头城 ……………………………………………… 396

    • 乌衣巷 ……………………………………………… 396

    • 台城 ………………………………………………… 396

    • 生公讲堂 …………………………………………… 396

    • 江令宅 ……………………………………………… 397

  金陵怀古 ………………………………………………… 406

  望夫石 …………………………………………………… 408

和州送钱侍御自宣州幕拜官便于华州觐省 …………… 409

文宗大和元年（827） ………………………………… 411

令狐相公见示河中杨少尹赠答兼命继声 …………… 411

令狐相公俯赠篇章斐然仰谢 ………………………… 412

和宣武令狐相公郡斋对新竹 ………………………… 412

令狐相公见示赠竹二十韵仍命继和 ………………… 413

酬令狐相公赠别 …………………………………… 415

酬令狐相公寄贺迁拜之什 ………………………… 416

罢郡归洛阳闲居 …………………………………… 417

城东闲游 …………………………………………… 417

罢郡归洛阳寄友人 ………………………………… 418

经东都安国观九仙公主旧院作 …………………… 419

故洛城古墙 ………………………………………… 421

鹤叹二首 …………………………………………… 421

秘书崔少监见示坠马长句因而和之 ……………… 423

为郎分司寄上都同舍 ……………………………… 424

敬宗睿武昭愍孝皇帝挽歌三首 …………………… 425

酬令狐相公早秋见寄 ……………………………… 427

尉迟郎中见示自南迁牵复却至洛城东旧居之作
　　因以和之 ……………………………………… 428

酬杨八庶子喜韩吴兴与余同迁见赠 ……………… 429

洛中逢韩七中丞之吴兴口号五首 ………………… 431

和浙西李大夫晚下北固山喜径松成阴怅然怀古
　　偶题临江亭并浙东元相公所和依本韵 ……… 432

洛下初冬拜表有怀上京故人 ……………………… 435

河南王少尹宅宴张常侍白舍人兼呈卢郎中李员

外二副使 ……………………………………… 436

洛中酬福建陈判官见赠 ……………………… 438

有所嗟二首 …………………………………… 438

遥和韩睦州元相公二君子 …………………… 439

大和二年（828） ……………………………… 441

洛中逢白监同话游梁之乐因寄宣武令狐相公 ……… 441

陕州河亭陪韦五大夫雪后眺望因以留别与韦有

   布衣之旧一别二纪经迁贬而归 …………… 442

途中早发 ……………………………………… 444

途次华州陪钱大夫登城北楼春望因睹李崔令狐

   三相国唱和之什翰林旧侣继踵华城山水清高

   鸾凤翔集皆忝夙眷遂题是诗 ……………… 444

三乡驿楼伏睹玄宗望女几山诗小臣斐然有感 ……… 446

答乐天临都驿见赠 …………………………… 447

再赠乐天 ……………………………………… 447

初至长安 ……………………………………… 448

再游玄都观绝句 ……………………………… 449

杏园花下酬乐天见赠 ………………………… 451

和严给事闻唐昌观玉蕊花下有游仙二绝 …… 452

酬严给事贺加五品兼简同制水部李郎中 …… 454

杏园联句 ……………………………………… 455

花下醉中联句 ………………………………… 455

春池泛舟联句 ………………………………… 456

陪崔大尚书及诸阁老宴杏园 ………………… 457

阙下待传点呈诸同舍 ………………………… 457

浑侍中宅牡丹 ………………………………… 459

赏牡丹 …………………………………………… 460

送浑大夫赴丰州 ………………………………… 460

首夏犹清和联句 ………………………………… 462

蔷薇花联句 ……………………………………… 463

西池落泉联句 …………………………………… 463

闻韩宾擢第归觐以诗美之兼贺韩十五曹长时韩

　　牧永州 ……………………………………… 464

答东阳于令涵碧图诗 …………………………… 466

答白刑部闻新蝉 ………………………………… 467

早秋集贤院即事 ………………………………… 468

秋日书怀寄河南王尹 …………………………… 469

大和戊申岁大有年诏赐百僚出城观秋稼谨书盛

　　事以俟采诗者 ……………………………… 470

和裴相公寄白侍郎求双鹤 ……………………… 471

和乐天送鹤上裴相公别鹤之作 ………………… 472

终南秋雪 ………………………………………… 473

和乐天早寒 ……………………………………… 473

同乐天送河南冯尹学士 ………………………… 474

和乐天以镜换酒 ………………………………… 476

和令狐相公郡斋对紫微花 ……………………… 477

夏日寄宣武令狐相公 …………………………… 478

和令狐相公入潼关 ……………………………… 478

和令狐相公初归京国赋诗言怀 ………………… 479

和令狐相公以司空裴相见招南亭看雪四韵 …… 480

送王司马之陕州 ………………………………… 481

谢淮南廖参谋秋夕见过之作 …………………… 482

同白二十二赠王山人 …………………………… 484

题集贤阁 …………………………………………………… 485

田顺郎歌 …………………………………………………… 485

与歌童田顺郎 ……………………………………………… 486

曹刚 ………………………………………………………… 487

和令狐相公玩白菊 ………………………………………… 488

酬令狐相公庭前白菊花谢偶所怀见寄 …………………… 489

送陆侍御归淮南使府五韵 ………………………………… 489

大和三年(829) ……………………………………………… 491

和令狐相公春日寻花有怀白侍郎阁老 …………………… 491

曲江春望 …………………………………………………… 492

和乐天南园试小乐 ………………………………………… 492

和乐天春词 ………………………………………………… 493

答乐天戏赠 ………………………………………………… 494

蒙恩转仪曹郎依前充集贤学士举韩湖州自代因

　寄七言 …………………………………………………… 495

和令狐相公寻白阁老见留小饮因赠 ……………………… 496

同乐天送令狐相公赴东都留守 …………………………… 496

和令狐相公别牡丹 ………………………………………… 497

同乐天和微之深春二十首 ………………………………… 499

刑部白侍郎谢病长告改宾客分司以诗赠别 ……………… 504

宴兴化池亭送白二十二东归联句 ………………………… 505

西池送白二十二东归兼寄令狐相公联句 ………………… 506

叹水别白二十二 …………………………………………… 507

遥和白宾客分司初到洛中戏呈冯尹 ……………………… 508

和留守令狐相公答白宾客 ………………………………… 509

酬令狐留守巡内至集贤院见寄 …………………………… 510

浙东元相公书叹梅雨郁蒸之候因寄七言 ……………… 511

始闻蝉有怀白宾客去岁白有闻蝉见寄诗云只应

    催我老兼遣报君知之句 ………………………………… 512

忆乐天 …………………………………………………… 512

月夜忆乐天兼寄微之 …………………………………… 513

送李尚书镇滑州 ………………………………………… 514

乐天寄洛下新诗兼喜微之欲到因以抒怀也 ………… 515

秋日题窦员外崇德里新居 ……………………………… 516

赠致仕滕庶子先辈 ……………………………………… 517

大和四年（830） ……………………………………… 519

寄杨虢州与之旧姻 ……………………………………… 519

哭王仆射相公 …………………………………………… 520

微之镇武昌中路见寄蓝桥怀旧之作凄然继和兼寄

    安平 …………………………………………………… 521

和滑州李尚书上巳忆江南禊事 ………………………… 522

美温尚书镇定兴元以诗寄贺 …………………………… 522

裴祭酒尚书见示春归城南青松坞别墅寄王左丞高

    侍郎之什命同作 …………………………………… 523

酬令狐相公春日言怀见寄 ……………………………… 526

和郓州令狐相公春晚对花 ……………………………… 526

寄湖州韩中丞 …………………………………………… 527

酬滑州李尚书秋日见寄 ………………………………… 528

裴相公大学士见示答张秘书谢马诗并群公属和因

    命追作 ………………………………………………… 529

奉和裴侍中将赴汉南留别座上诸公 …………………… 530

与歌者米嘉荣 …………………………………………… 531

米嘉荣 ·· 532

庙庭偃松诗 ··· 532

吐绶鸟词 ·· 534

和令狐相公言怀寄河中杨少尹 ··················· 536

和兵部郑侍郎省中柳松诗十韵 ··················· 537

和苏十郎中谢病闲居时严常侍萧给事同过访叹初

有二毛之作 ··· 538

酬郓州令狐相公官舍言怀见寄兼呈乐天 ······· 540

和苏郎中寻丰安里旧居寄主客张郎中 ·········· 541

大和五年(831) ··· 542

遥和令狐相公坐中闻思帝乡有感 ················ 542

送源中丞充新罗册立使 ····························· 542

送李中丞赴楚州 ······································· 544

白侍郎大尹自河南寄示池北新葺水斋即事招宾

十四韵兼命同作 ··································· 545

吟白君哭崔儿二篇怆然寄赠 ······················ 546

答乐天所寄咏怀且适其枯树之叹 ················ 547

西川李尚书知愚与元武昌有旧远示二篇吟之泫然

因以继和二首 ······································ 548

和西川李尚书汉州微月游房太尉西湖 ··········· 549

和重题 ··· 550

和游房公旧竹亭闻琴绝句 ·························· 551

哭庞京兆 ·· 551

再伤庞尹 ·· 553

送工部萧郎中刑部李郎中并以本官兼中丞分命充

京西京北覆粮使 ··································· 553

酬令狐相公见寄 ·················· 554

赴苏州酬别乐天 ·················· 555

福先寺雪中酬别乐天 ·················· 556

醉答乐天 ·················· 557

和乐天耳顺吟兼寄敦诗 ·················· 558

将赴苏州途出洛阳留守李相公累申宴饯宠行话
　旧形于篇章谨抒下情以申仰谢 ·················· 559

途次大梁雪中奉天平令狐相公书问兼示新什因
　思曩岁从此拜辞形于短篇以申仰谢 ·················· 559

大和二年(828)至大和五年(831)在长安所作其他诗 ········· 561

听旧宫中乐人穆氏唱歌 ·················· 561

与歌者何戡 ·················· 563

唐郎中宅与诸公同饮酒看牡丹 ·················· 565

赠同年陈长史员外 ·················· 566

送太常萧博士弃官归养赴东都 ·················· 567

刘驸马水亭避暑 ·················· 568

大和六年(832) ·················· 570

到郡未浃日登西楼见乐天题诗因即事以寄 ·········· 570

令狐相公自天平移镇太原以诗申贺 ·········· 570

重酬前寄 ·················· 572

和白侍郎送令狐相公镇太原 ·················· 572

寄赠小樊 ·················· 573

忆春草 ·················· 574

乐天寄忆旧游因作报白君以答 ·················· 575

酬令狐相公秋怀见寄 ·················· 576

酬令狐相公六言见寄 ……………………………… 577

秋夕不寐寄乐天 …………………………………… 577

酬乐天见寄 ………………………………………… 578

答乐天见忆 ………………………………………… 579

和乐天诮失婢榜者 ………………………………… 580

和杨师皋给事伤小姬英英 ………………………… 581

令狐相公自太原累示新诗因以酬寄 ……………… 582

冬日晨兴寄乐天 …………………………………… 582

虎丘寺见元相公二年前题名怆然有咏 …………… 583

和西川李尚书伤韦令孔雀及薛涛之什 …………… 584

大和七年（833）……………………………………… 586

和乐天洛下醉吟寄太原令狐相公兼见怀长句 …… 586

送宗密上人归南山草屋寺因诣河南尹白侍郎 …… 587

河南白尹有喜崔宾客归洛兼见怀长句因而继和 …… 588

郡斋书怀寄江南白尹兼简分司崔宾客 …………… 589

寄毗陵杨给事三首 ………………………………… 590

酬太原令狐相公见寄 ……………………………… 591

乐天见示伤微之敦诗晦叔三君子皆有深分因成

    是诗以寄 ……………………………………… 592

秋日书怀寄白宾客 ………………………………… 593

八月十五夜半云开然后玩月因书一时之景寄呈

    乐天 …………………………………………… 594

题于家公主旧宅 …………………………………… 594

吟乐天自问怆然有作 ……………………………… 596

酬乐天七月一日夜即事见寄 ……………………… 596

酬乐天初冬早寒见寄 ……………………………… 597

酬乐天见贻贺金紫之什 …………………………… 598
酬乐天衫酒见寄 ……………………………………… 599

大和八年（834） ……………………………………… 600

酬令狐相公岁暮远怀见寄 ………………………… 600
酬令狐相公亲仁郭家花下即事见寄 ……………… 601
酬浙东李侍郎越州春晚即事长句 ………………… 601
别苏州二首 ………………………………………… 602
发苏州后登武丘寺望梅楼 ………………………… 603
罢郡姑苏北归渡扬子津 …………………………… 604
将赴汝州途出浚下留辞李相公 …………………… 605
酬淮南牛相公述旧见贻 …………………………… 606
郡内书情献裴侍中留守 …………………………… 607
奉和裴晋公凉风亭睡觉 …………………………… 609
奉送浙西李仆射相公赴镇 ………………………… 609
重送浙西李相公顷廉问江南已经七载后历滑台
　　剑南两镇遂入相今复领旧地新加旌旄 ………… 612
和浙西王尚书闻常州杨给事制新楼因寄之作 …… 613

大和六年（832）春至大和八年（834）秋在苏州所作
其他诗 ……………………………………………… 614

酬朗州崔员外与任十四兄侍御同过鄙人旧居见
　　怀之什时守吴郡 ……………………………… 614
西山兰若试茶歌 …………………………………… 615
杨柳枝词九首 ……………………………………… 616
送霄韵上人游天台 ………………………………… 623
送元简上人适越 …………………………………… 624

早夏郡中书事 ……………………………………… 625

松江送处州奚使君 ………………………………… 625

题报恩寺 …………………………………………… 626

馆娃宫在郡西南砚石山上前瞰姑苏台傍有采香

 径梁天监中置佛寺曰灵岩即故宫也信为绝境

  因赋二章 ……………………………………… 627

  • 馆娃宫 …………………………………… 627

  • 姑苏台 …………………………………… 627

杨柳枝 ……………………………………………… 628

酬令狐相公雪中游玄都观见忆 …………………… 629

吴兴敬郎中见惠斑竹杖兼示一绝聊以谢之 ……… 629

大和九年(835) ………………………………… 631

送廖参谋东游 ……………………………………… 631

酬令狐相公首夏闲居书怀见寄 …………………… 631

昼居池上亭独吟 …………………………………… 632

和乐天闲园独赏八韵前以蜂鹤拙句寄呈今辱蜗蚁

 妍词见答因成小巧以取大哈 ………………… 633

答杨八敬之绝句 …………………………………… 634

酬喜相遇同州与乐天替代 ………………………… 635

喜遇刘二十八偶书两韵联句 ……………………… 636

刘二十八自汝赴左冯途经洛中相见联句 ………… 636

两如何诗谢裴令公赠别二首 ……………………… 638

将之官留辞裴令公留守 …………………………… 639

赠乐天 ……………………………………………… 639

酬令狐相公季冬南郊宿斋见寄 …………………… 640

酬郑州权舍人见寄十二韵 ………………………… 641

乐天寄重和晚达冬青一篇因成再答 ················· 644

冬夜宴河中李相公中堂命筝歌送酒 ················· 645

开成元年（836） ················· 647

酬令狐相公杏园花下饮有怀见寄 ················· 647

令狐相公见示题洋州崔侍郎宅双文瓜花顷接侍郎
  同舍陪宴树下吟玩来什辄成和章 ················· 647

和令狐相公春早朝回盐铁使院中作 ················· 648

送令狐相公自仆射出镇南梁 ················· 649

和令狐仆射相公题龙回寺 ················· 649

令狐相公见示新栽蕙兰二草之什兼命同作 ········· 650

送唐舍人出镇闽中 ················· 651

贞元中侍郎舅氏牧华州时余再忝科第前后由华觐
  谒陪登伏毒寺屡焉亦曾赋诗题于梁栋今典冯翊
  暇日登楼南望三峰浩然生思追想昔年之事因成
  篇题旧寺 ················· 653

酬乐天闲卧见忆 ················· 653

奉和裴令公新成绿野堂即书 ················· 654

途中早发 ················· 655

自左冯归洛下酬乐天兼呈裴令公 ················· 656

始闻秋风 ················· 657

奉和裴令公夜宴 ················· 658

秋斋独坐寄乐天兼呈吴方之大夫 ················· 659

和乐天斋戒月满夜对道场偶怀咏 ················· 660

酬李相公喜归乡国自巩县夜泛洛水见寄 ········· 661

和李相公平泉潭上喜见初月 ················· 661

吴方之见示独酌小醉首篇乐天续有酬答皆含戏

谑极至风流两篇之中并蒙见属辄呈滥吹益美
　　来章 …………………………………………………… 662
酬乐天斋满日裴令公置宴席上戏赠 …………………… 663
酬乐天偶题酒瓮见寄 …………………………………… 664
答裴令公雪中诇白二十二与诸公不相访之什 ………… 665
和李相公初归平泉过龙门南岭遥望山居即事 ………… 665
和李相公以平泉新墅获方外之名因为诗以报洛
　　中士君子兼见寄之什 ………………………………… 666
乐天示过敦诗旧宅有感一篇吟之泫然追想昔事
　　因成继和以寄苦怀 …………………………………… 667
吴方之见示听江西故吏朱幼恭歌三篇颇有怀故
　　林之思吟讽不足因而和之 …………………………… 668
送从弟郎中赴浙西 ……………………………………… 669
送赵中丞自司金郎转官参山南令狐仆射幕府 ………… 671
送国子令狐博士赴兴元觐省 …………………………… 672

开成二年（837） …………………………………………… 674
酬乐天请裴令公开春加宴 ……………………………… 674
令狐相公频示新什早春南望遐想汉中因抒短章
　　以寄诚素 …………………………………………… 675
酬令狐相公春思见寄 …………………………………… 675
城内花园颇曾游玩令公居守亦有素期适值春霜
　　一夕委谢书实以答令狐相公见谑 ………………… 676
和乐天洛城春齐梁体八韵 ……………………………… 677
予自到洛中与乐天为文酒之会时时措咏乐不可
　　支则慨然共忆梦得而梦得亦分司至止欢惬可
　　知因为联句 ………………………………………… 678

三月三日与乐天及河南李尹奉陪裴令公泛洛禊

    饮各赋十二韵 ……………………………………… 681

寄贺东川杨尚书慕巢兼寄西川继之二公近从弟

    兄情分偏睦早忝游旧因成是诗 ………………… 682

再经故元九相公宅池上作 ……………………… 683

奉送李户部侍郎自河南尹再除本官归阙 ………… 684

洛滨病卧户部李侍郎见惠药物谑以文星之句

    斐然仰酬 ………………………………………… 685

分司东都蒙襄阳李司徒相公书问因以奉寄 ……… 686

和裴相公傍水闲行 ……………………………… 687

酬思黯见示小饮四韵 …………………………… 687

奉送裴司徒令公自东都留守再命太原 ………… 688

酬乐天闻新蝉见赠 ……………………………… 689

和令狐相公晚泛汉江书怀寄洋州崔侍郎阆州

    高舍人二曹长 ………………………………… 690

和河南裴尹侍郎宿斋太平寺诣九龙祠祈雨二十

    韵 ……………………………………………… 691

酬留守牛相公宫城早秋寓言见寄 ……………… 693

秋晚病中乐天以诗见问力疾奉酬 ……………… 693

酬乐天小台晚坐见忆 …………………………… 694

和乐天秋凉闲卧 ………………………………… 695

和令狐相公南斋小燕听阮咸 …………………… 695

和乐天烧药不成命酒独醉 ……………………… 696

酬乐天醉后狂吟十韵 …………………………… 696

诮乐天咏老见示 ………………………………… 698

酬思黯代书见戏 ………………………………… 699

裴侍郎大尹雪中遗酒一壶兼示喜眼疾初平一绝

有闲行把酒之句斐然仰酬 ················ 700

和乐天洛下雪中宴集寄汴州李尚书 ·········· 701

酬令狐相公使宅别斋初栽桂树见怀之作 ········ 702

和令狐相公咏栀子花 ··················· 702

酬令狐相公新蝉见寄 ··················· 703

酬令狐相公见寄 ······················ 703

和令狐相公九日对黄白二菊花见怀 ·········· 704

令狐仆射与予投分素深纵山川阻修然音问相继
　　今年十一月仆射疾不起闻予已承讣书寝门长
　　恸后日有使者两辈持书并诗计其日时已是卧
　　疾手笔盈幅翰墨尚新律词一篇音韵弥切收泪
　　握管以成报章虽广陵之弦于今绝矣而盖泉之
　　感犹庶闻焉焚之缥帐之前附于旧编之末 ······ 705

开成三年(838) ······················ 707

元日乐天见过因举酒为贺 ················ 707

酬牛相公独饮偶醉寓言见示 ··············· 707

洛中早春赠乐天 ······················ 708

和乐天燕李周美中丞宅池上赏樱桃花 ········· 709

和乐天春词依忆江南曲拍为句 ············· 710

述旧贺迁寄陕虢孙常侍 ················· 711

乐天少傅五月长斋广延缁徒谢绝文友坐成暌间
　　因以戏之 ························· 712

送蕲州李郎中赴任 ···················· 713

洛中春末送杜录事赴蕲州 ················ 714

和牛相公游南庄醉后寓言戏赠乐天兼见示 ······ 715

思黯南墅赏牡丹花 ···················· 716

乐天池馆夏景方妍白莲初开彩舟空泊唯邀缁侣

    因以戏之 …………………………………………… 717

酬端州吴大夫夜泊湘川见寄一绝 ………………… 717

酬乐天晚夏闲居欲相访先以诗见贻 ……………… 718

酬乐天感秋凉见寄 ………………………………… 719

新秋对月寄乐天 …………………………………… 719

早秋雨后寄乐天 …………………………………… 720

秋晚新晴夜月如练有怀乐天 ……………………… 720

和思黯忆南庄见示 ………………………………… 721

牛相公留守见示城外新墅有溪竹秋月亲情多往

    宿游恨不得去因成四韵兼简洛中亲故之什兼

    命同作 …………………………………………… 721

和牛相公夏末雨后寓怀见示 ……………………… 722

牛相公林亭雨后偶成 ……………………………… 723

和牛相公南溪醉歌见寄 …………………………… 723

牛相公见示新什谨依本韵次用以抒下情 ………… 724

和牛相公题姑苏所寄太湖石兼寄李苏州 ………… 726

和仆射牛相公以离阙庭七年班行亲故亡没十无

    一人再睹龙颜喜庆虽极感叹风烛能不怆然因

    成四韵并示集贤中书二相公所和 …………… 728

酬仆射牛相公晋国池上别后至甘棠馆忽梦同游

    因成口号见寄 ………………………………… 729

和仆射牛相公追感韦裴六相登庸皆四十余末五

    十薨殁岂早荣早枯之义今年将六十犹粗强健

    因亲故劝酒率然成章并见寄之作 …………… 729

和仆射牛相公寓言二首 …………………………… 730

乐天以愚相访沽酒致欢因成七言聊以奉答 …… 731

裴令公见示诮乐天寄奴买马绝句斐然仰和且戏

　　乐天 ………………………………………… 732

岁夜咏怀 ……………………………………… 733

开成四年（839） …………………………………… 734

酬太原狄尚书见寄 …………………………… 734

夜宴福建卢常侍宅因送之镇 ………………… 735

和仆射牛相公春日闲坐见怀 ………………… 735

和仆射牛相公见示长句 ……………………… 737

寄陕州姚中丞 ………………………………… 737

酬皇甫十少尹暮秋久雨喜晴有怀见示 ……… 739

酬乐天小庭寒夜有怀 ………………………… 740

开成五年（840） …………………………………… 741

送河南皇甫少尹赴绛州 ……………………… 741

洛中送崔司业使君扶侍赴唐州 ……………… 743

奉和吏部杨尚书太常李卿二相公策免后即事述怀

　　赠答十韵 ……………………………………… 744

送前进士蔡京赴学究科 ……………………… 746

文宗元圣昭献孝皇帝挽歌三首 ……………… 747

和陈许王尚书酬白少傅侍郎长句因通简汝洛旧游

　　之什 …………………………………………… 748

武宗会昌元年（841） ……………………………… 750

酬宣州崔大夫见寄 …………………………… 750

同留守王仆射各赋春中一物从一韵至七 …… 751

会昌春连宴即事 ……………………………… 752

仆射来示有三春向晚四者难并之说诚哉是言辄
　引起题重为联句疲兵再战勍敌难降下笔之时
　　辄然自哂走呈仆射兼简尚书 ……………………… 754
送分司陈郎中祗召直使馆重修三圣实录 ……………… 757
秋霖即事联句三十韵 …………………………………… 759
喜晴联句 ………………………………………………… 761

开成元年(836)至会昌二年(842)在洛阳所作其他诗 ……… 764
病中三禅客见问因以谢之 ……………………………… 764
送李庚先辈赴选 ………………………………………… 765
伤韦宾客缜 ……………………………………………… 766
闲坐忆乐天以诗问酒熟未 ……………………………… 767
秋中暑退赠乐天 ………………………………………… 768
乐天是月长斋鄙夫此时愁卧里闾非远云雾难披
　因以寄怀遂为联句所期解闷焉敢惊禅 …………… 768

未编年 …………………………………………………… 771
题欹器图 ………………………………………………… 771
八月十五日夜玩月 ……………………………………… 772
宿诚禅师山房题赠二首 ………………………………… 773
客有为余话登天坛遇雨之状因以赋之 ………………… 774
戏赠崔千牛 ……………………………………………… 775
秋夜安国观闻笙 ………………………………………… 776
洛中寺北楼见贺监草书题诗 …………………………… 776
赠东岳张炼师 …………………………………………… 777
题王郎中宣义里新居 …………………………………… 779
登陕州城北楼却寄京师亲友 …………………………… 779

武昌老人说笛歌 …………………………………… 780

咏树红柿子 …………………………………………… 782

庭竹 …………………………………………………… 782

题寿安甘棠馆二首 ………………………………… 783

燕尔馆破屏风所画至精人多叹赏题之 ………… 783

马嵬行 ………………………………………………… 784

华清词 ………………………………………………… 787

视刀环歌 ……………………………………………… 788

三阁辞四首 …………………………………………… 789

更衣曲 ………………………………………………… 791

步虚词二首 …………………………………………… 792

魏宫词二首 …………………………………………… 793

柳花词三首 …………………………………………… 794

秋词二首 ……………………………………………… 795

捣衣曲 ………………………………………………… 795

墙阴歌 ………………………………………………… 797

观云篇 ………………………………………………… 797

百花行 ………………………………………………… 798

春有情篇 ……………………………………………… 799

边风行 ………………………………………………… 799

早秋送台院杨侍御归朝 …………………………… 800

奉送家兄归王屋山隐居二首 …………………… 802

送王师鲁协律赴湖南使幕 ……………………… 802

别友人后得书因以诗赠 ………………………… 803

送华阴尉张苕赴邕府使幕 ……………………… 804

送卢处士归嵩山别业 …………………………… 806

送李友路秀才赴举 ………………………………… 807

送李二十九兄员外赴邠宁使幕 ······················· 808

送深法师游南岳 ····································· 808

广宣上人寄在蜀与韦令公唱和诗卷因以令公手

　札答诗示之 ······································· 809

赠长沙赞头陀 ······································· 810

赠日本僧智藏 ······································· 810

赠眼医婆罗门僧 ····································· 811

送元晓上人归稽亭 ··································· 812

王思道碑堂下作 ····································· 813

寻汪道士不遇 ······································· 813

淮阴行五首 ··· 814

秋风引 ··· 816

阿娇怨 ··· 817

秋扇词 ··· 818

七夕二首 ··· 819

抛球乐词二首 ······································· 820

柳絮 ··· 821

九日登高 ··· 822

重别 ··· 822

三赠 ··· 823

怀妓四首 ··· 823

思归寄山中友人 ····································· 827

补遗 ··· 828

泽宫诗 ··· 828

伤我马词 ··· 829

宫人忆月歌 ··· 830

祭韩吏部诗 ………………………………… 832

虎丘寺路宴 ………………………………… 833

缺题 ………………………………………… 834

晚步扬子游南塘望沙尾 …………………… 834

望夫山 ……………………………………… 835

麻姑山 ……………………………………… 835

白鹰 ………………………………………… 836

答柳子厚 …………………………………… 836

听琴 ………………………………………… 837

赠李司空妓 ………………………………… 837

重答柳柳州 ………………………………… 838

杨柳枝 ……………………………………… 839

忆江南 ……………………………………… 840

楼上 ………………………………………… 840

梦扬州乐妓和诗 …………………………… 840

虎丘西寺 …………………………………… 841

瀑布泉 ……………………………………… 841

竞渡歌 ……………………………………… 842

听轧筝 ……………………………………… 843

残句 ………………………………………… 843

附录 ……………………………………… 845

　附录一　子刘子自传 …………………… 845

　附录二　刘禹锡传 ……………………… 847

　附录三　刘禹锡传 ……………………… 850

　附录四　刘禹锡 ………………………… 853

　附录五　刘禹锡年表 …………………… 854

德宗贞元九年(793)

省试①风光草际浮

　　熙熙春景霁,草绿春光丽。的历②乱相鲜,葳蕤互亏蔽。乍疑芊绵③里,稍动丰茸际。影碎翻崇兰,香浮④转丛蕙。含烟绚碧彩,带露如珠缀。幸因采掇日,况此临芳岁⑤。

【题解】

　　此诗作于贞元九年(793)。本年刘禹锡进士及第。《登科记考》卷十三:贞元九年癸酉,"进士三十二人,是年试《平权衡赋》,以'昼夜平分,铢钧取则'为韵;《风光草际浮》诗"。

【注释】

　　①省试:唐宋时由尚书省礼部主持举行的考试。又称礼部试,后称会试。

　　②的历:光亮、鲜明貌。"历",崇本作"𨍏"。

　　③芊绵:草木茂盛。

　　④香浮:崇本、《全唐诗》作"浮香"。

　　⑤芳岁:正月。《初学记》卷三引梁元帝《纂要》:"正月孟春,亦曰孟阳、孟陬……芳岁。"

贞元十年(794)

华山①歌

洪炉②作高山,元气鼓其橐③。俄然神功就,峻拔在寥廓。灵踪露指爪④,杀气见棱角。凡木不敢生,神仙聿来托。天资帝王宅,以我⑤为关钥。能令下⑥国人,一⑦见换神骨。高山固无限,如此方为岳。丈夫无特达,虽贵犹碌碌。

【题解】

此诗作年未确,缘刘禹锡一生数经华州。察其诗中所流露出的意气风发,应为未遭大挫时所作。高志忠《校注》认为此诗为"贞元六年(790)禹锡北游长安,十年(794),登宏辞科,归宁父母,经华州拜谒堂舅卢征之时,或即作于贞元十年也"。今从高说。

【注释】

①华山:山名,五岳之一。在陕西省华阴市南,北临渭河平原,属秦岭东段,又称太华山,古称"西岳"。

②洪炉:天地。《庄子·大宗师》:"今一以天地为大炉,以造化为大冶,恶乎往而不可哉。"

③橐(tuó):古代的一种鼓风吹火器。

④"灵踪"句:《水经注》卷四《河水》:"左丘明《国语》云:华岳本一山当河,河水过而曲行,河神巨灵,手荡脚踏,开而为两,今掌足之迹,仍存华岩。""踪",《全唐诗》作"迹"。

⑤我:《全唐诗》下注云:"一作此。"

⑥下:崇本作"万"。

⑦一：《全唐诗》下注云："一作不。"

【汇评】

明周珽：灵心奥语，是壶中天地，芥中须弥，笼中人物。煞句为用世身分力量下针。（《唐诗选脉会通评林》）

明钟惺：大山水，景事气象俱少不得。然专写景事则纤，专写气象亦泛，须胸中笔下别有所领。（《唐诗归》）

清吴震方：如此大山，他人百韵写不尽，只十六句包举之。字字据人上流，而颢气宏词，余勇可贾，因知诗家争先着法。（《放胆诗》）

清宋长白：刘梦得华山歌："灵迹露指爪，杀气见头角。……丈夫无特达，虽贵犹碌碌。"柳子厚水帘诗："灵境不可状，鬼工谅难求。忽如朝玉皇，天冕垂前旒。"骨力傲岸，撑拄全篇。（《柳亭诗话》）

清贺裳：刘禹锡《华山歌》亦然，俱觉睁眉突眼，躁露不含蓄。（《载酒园诗话又编》）

答张侍御贾①喜再登科后②自洛赴上都赠别

又被时人写姓名，春风引路入京城。知君忆得前身事，分付莺花与后生。

【题解】

此诗作于贞元十年（794）春。《旧唐书》卷一六〇《刘禹锡传》："贞元九年（793）擢进士第，又登宏辞科。"按：登宏辞科为贞元十年事。

【注释】

①张侍御贾：详见《发华州留别张侍御贾》注①。

②喜再登科后：崇本无"后"字。

贞元十一年(795)

白鹭儿

白鹭儿,最高格。毛衣新成雪不敌,众禽喧呼独凝寂。孤眠芊芊草,久立潺潺石。前山正无云,飞去入遥碧。

【题解】

此诗约作于贞元十一年(795)。时禹锡登吏部取士科,授太子校书。诗人以白鹭儿自居,"毛衣新成"句,乃初入仕之时诗人自喻。

贞元十二年(796)

请告东归发霸桥①却寄诸僚友

征途出霸涘,回首伤如何? 故人云雨②散,满目山川多。
行军无停轨,流景同迅波。前欢渐成昔,感叹益劳歌③。

【题解】

此诗为贞元十二年(796)刘禹锡离京至灞桥留别僚友所作。瞿蜕园
《笺证》按云:"题云请告东归,又云却寄,亦是去长安时留别之作。外集卷
九《子刘子自传》有'授太子校书,官司闲旷,得以请告奉温清'之语,自即此
时之作。"

【注释】

①霸桥:又作灞桥。据《三辅黄图·桥》:"霸桥,在长安东,跨水作桥。
汉人送客至此桥,折柳赠别。"

②雨:《英华》作"水",注云:"集作雨。"《全唐诗》注云:"一作水。"

③劳歌:忧伤、惜别之歌。"劳",朱本作"悲"。

秋晚题湖城①驿池上亭②

秋次池上馆,林塘照南荣③。尘衣纷未解,幽思浩已盈。
风莲坠故萼,露菊含晚英。恨为一夕客,愁听④晨鸡鸣。

此诗作于贞元十二年(796)。瞿蜕园《笺证》按云:"湖州属虢州,此诗亦自是京洛途中所作……其非以贬谪出京,殆无疑义。盖永贞(805)九月连州之贬,取道商颜,不由陕虢,而元和十年(815)之再贬,又非秋季,至大和中由长安赴任苏州,又在残冬,皆不合。"

【注释】

①湖城:《旧唐书》卷三八《地理志》一:"湖城,汉湖县,后加'城'字。乾元元年(758),改为天平县。大历四年(769),复为湖城。"治所在今河南灵宝市西北。

②池上亭:朱本作"上池亭"。

③南荣:房屋的南檐。荣,屋檐两头翘起的部分。

④听:崇本作"怀"。

发华州留别张侍御贾①

束简下延阁②,买符③驱短辕。同人惜分袂,结念醉芳樽。切切别弦思④,萧萧征骑⑤烦。临歧无限意,相视却忘言。张诗云:"夫子生知者,相期妙⑥理中。"遂有"忘言"之句。

【题解】

此诗作于贞元十二年(796)刘禹锡自京师赴扬州途经华州之时。诗首句云"束简下延阁"合当时刘禹锡为太子校书身份。

【注释】

①张侍御贾:朱本、《全唐诗》无"贾"字,"御"下注云:"一作贾。"张贾。《全唐诗》卷三六六收张贾诗二首,断句二句:"夫子生知者,相期妙理中。"小传云:"张贾,弘靖之从侄,官至兵部尚书。"《旧唐书》卷一七下《文宗纪》

下：大和四年四月，"兵部尚书致仕张贾卒"。《唐诗纪事》卷五九："贾为韦夏卿所知，后至达官，初以侍御史为华州上佐，以诗赠刘梦得云：'夫子生知者，相期妙理中。'"韩愈《送张侍郎》诗题下注云："张贾时自兵侍为华州。"

②延阁：古代帝王藏书之所。

③买符：《后汉书》卷二七《郭丹传》："后从师长安，买符入函谷关，乃慨然叹曰：'丹不乘使者车，终不出关。'既至京师，常为都讲，诸儒咸敬重之。"李贤注云："符即缯也。《前书音义》曰：'旧出入关皆用传。传烦，因裂缯帛分持，后复出，合之以为符信。'买符，非真符也。《东观记》曰'丹从宛人陈洮买入关符，既入关，封符乞人'也。""买"，崇本作"假"。

④思：崇本、《全唐诗》作"急"。

⑤骑：《全唐诗》下注云："一作马。"

⑥妙：崇本作"性"。

贞元十五年(799)

洛中送杨处厚①入关便游蜀谒韦令公②

洛阳秋日正凄凄,君去西秦更③向西。旧学三冬④今转富,曾伤六翮养初齐。王城晓入⑤窥丹凤,蜀路晴来⑥见碧鸡⑦。早识卧龙应有分,不妨从此蹑丹梯⑧。

【题解】

瞿蜕园《笺证》按云:"此诗似作于贞元中禹锡尚居洛阳未赴扬州杜佑使幕时。然皋加检校司徒中书令在贞元十七年(801),若在此前不应称为令公,尚待考。"高志忠《刘禹锡诗文系年》:"'令公',或为'相公'之误。"高志忠《校注》:"是诗之作,当在贞元十二年禹锡请告东归后,十六年入杜佑幕府前。诗云'洛阳秋日正凄凄,君去西秦更向西',十六年六月,禹锡离洛中,此诗之作不得迟于十五年(799)秋。"今从高说。

【注释】

①杨处厚:未详何人。瞿蜕园《笺证》按云:"疑是杨归厚之弟兄行。"

②谒韦令公:崇本、《英华》、《全唐诗》无此四字。《全唐诗》注云:"一本有谒韦令公四字。"韦令公:瞿蜕园《笺证》按云:"韦令公谓韦皋,皋,《旧唐书》一四〇、《新唐书》一五八均有传。据纪,皋即于永贞元年宪宗即位之月卒于西川节度使任。永贞政变,皋虽未亲预其事,而逼顺宗逊位之举,实自皋启之。"

③更:《英华》作"便"。

④三冬:《汉书》卷六五《东方朔传》:"年十三学书,三冬文史足用。"颜师古注引如淳曰:"贫子冬日乃得学书,言文史之事足可用也。"

⑤入:《全唐诗》下注云:"一作日。"

⑥来:《全唐诗》下注云:"一作天。"

⑦碧鸡:碧鸡金马,山名,云南昆明市东有金马山,西有碧鸡山。亦为神名。《汉书》卷二五下《郊祀志》下:"或言益州有金马碧鸡之神,可醮祭而致,于是遣谏大夫王褒使持节而求之。"

⑧丹梯:谢朓《敬亭山诗》:"要欲追奇趣,即此陵丹梯。"《文选》李善注:"丹梯,谓山也。""丹",《英华》作"川",非。

【汇评】

此言送别时正秋风凋谢之际,君去西秦更向西而去也。三四言足学之余又加勤勉,推抑之后将见冲飞。遂言此去,路由王城则见丹凤之穴,便游蜀路则经碧鸡之山。我已早识公如卧龙,不久淹抑,从此而蹑丹梯,登天府,实君余事耳。(《唐诗鼓吹评注》)

又:游蜀,言谒韦令公也。古之西秦,今则帝都。三冬文史足用,东方朔犹得待诏,其如六翮曾伤,望见君门,阻于虎豹,方更西向,求故知于藩府何!悲处厚之穷,亦以自伤也。蜀中多雨,庶几恰值其晴。不得志于帝城,万有一过于彼耳。(同上)

清王夫之:裁剪有力。(《唐诗评选》)

贞元十七年(801)

杨州①春夜李端公益②张侍御登③段侍御平仲④密县李少府畅⑤秘书张正字复元⑥同会于水馆对酒联句追刻烛击铜钵故事⑦迟辄举觥以饮之逮夜艾群公沾醉纷然就枕余偶独醒因题诗于段君枕上以志其事

寂寂独看金烬落,纷纷只见玉山颓⑧。自羞不是高阳侣⑨,一夜星星⑩骑马回。

【题解】

此诗作于贞元十七年(801)春,时刘禹锡在杜佑幕。此诗所写,乃是与当时同在杜佑幕中的诸友饮酒作诗之场景。欢乐之余,略带怅惘。

【注释】

①杨州:朱本、《全唐诗》作"扬州"。

②李端公益:李益。《旧唐书》卷一三七、《新唐书》卷二〇三有传。端公:唐代对侍御史的别称。

③张侍御登:张登。《新唐书》卷六〇《艺文志》四:"《张登集》六卷",注云:"贞元漳州刺史。"《全唐诗》卷三一三载:"张登,南阳人,江南士掾,满岁,计相表为殿中侍御史,董赋江南,俄拜漳州刺史。集六卷,今存诗七首。"

④段侍御平仲:"仲",《全唐诗》作"路",注云:"一作仲。"段平仲。《旧

唐书》卷一五三、《新唐书》卷一六二有传。《旧唐书》："段平仲,字秉庸,武威人。隋人部尚书段达六代孙也。登进士第。杜佑、李复相继镇淮南,皆表平仲为掌书记。复移镇华州、滑州,仍为从事。入朝为监察御史。"

⑤李少府旸:李旸。生平不详。少府:古代官名。唐代为县尉的通称。

⑥张正字复元:张复元。刘禹锡同科进士。

⑦刻烛击铜钵故事:《南史》卷五九《王僧孺传》:"竟陵王子良尝夜集学士,刻烛为诗,四韵者则刻一寸,以此为率。文琰曰:'顿烧一寸烛,而成四韵诗,何难之有?'乃与令楷、江洪等共打铜钵立韵,响灭则诗成,皆可观览。"

⑧玉山颓:《世说新语·容止》:"山公曰:'嵇叔夜之为人也,岩岩若孤松之独立;其醉也,傀俄若玉山之将崩。'""玉山颓"谓醉。

⑨高阳侣:《史记》卷九七《郦生陆贾列传》:"(褚少孙补云):初,沛公引兵过陈留,郦生踵军门上谒……使者出谢曰:'沛公敬谢先生,方以天下为事,未暇见儒人也。'郦生瞋目案剑叱使者曰:'走! 复入言沛公,吾高阳酒徒也,非儒人也。'"

⑩星星:崇本作"醒醒",《全唐诗》注云:"一作惺惺。"

贞元十六年(800)、贞元十七年(801)
在淮南所作其他诗

谢寺双桧 扬州法云寺谢镇西①宅,古桧存焉。

双桧苍然古貌奇,含烟吐雾郁参差。晚依禅客当金殿,初对将军映画旗。龙象②界中成宝盖③,鸳鸯瓦上出高枝。长明灯是前朝焰,曾照青青年少时。

【题解】

此诗应为贞元十六年(800)夏至十七年(801)刘禹锡在淮南杜佑幕时作于扬州。

【注释】

①谢镇西:东晋镇西将军谢尚。《晋书》卷七九《谢尚传》:"谢尚,字仁祖,豫章太守鲲之子也。""永和中,拜尚书仆射,出为都督江西淮南诸军事、前将军、豫州刺史,给事中、仆射如故,镇历阳,加都督豫州扬州之五郡军事,在任有政绩。上表求入朝,因留京师,署仆射事。寻进号镇西将军,镇寿阳。"

②龙象:佛家语。诸阿罗汉中,修行勇猛有最大力者为龙象。

③宝盖:七宝盖。以宝石装饰,多悬于佛、菩萨及讲法者高座上。

【汇评】

清何焯:(双桧句)贞元朝士,衣冠俨如古人,此诗盖自况也。(龙象联)对得变。(卞孝萱《刘禹锡诗何焯批语考订》)

题招隐寺^①

隐士遗尘在，高僧精舍开。地形临渚断，江势触山回。楚野花多思，南禽声例哀。殷勤最高顶，闲即^②望乡来。

【题解】

此诗当为禹锡在扬州杜佑幕时期所作。润州与扬州一江之隔，当为诗人彼时游览招隐寺时的诗作。

【注释】

①招隐寺：在润州丹徒（今江苏镇江一带）招隐山，为南朝刘宋隐士戴颙居处。骆宾王《陪润州薛思功丹徒桂明府游招隐寺》："共寻招隐寺，初识戴颙家。"

②即：朱本作"却"。

【汇评】

元方回：刘梦得诗老辣，不可以妆点并观。（《瀛奎律髓》）

清冯舒："例"字新。（《瀛奎律髓汇评》）

清纪昀：后半首好在自说自话，不规规于"寺"字，而七句又不脱"寺"，运意绝佳。五、六沉着，只"例"字墨痕太重。（同上）

清许印芳："例"字小疵，而能摘出，足见心细。又按三、四是常语。宋子京《再游海云寺》诗云："天形欹野尽，江势让山回。"袭用其语，而"欹"字、"让"字炼得好，有青出于蓝之妙。可见作诗贵加锤炼功，决不可草草混过。（同上）

贞元十九年(803)

昏镜词 并引

　　镜之工列十镜于贾区①,发奁②而视,其一皎如,其九雾如。或曰:"良苦③之不侔甚矣!"工解颐④谢曰:"非不能尽良也。盖贾之意,为售是念。今⑤来市者,必历鉴⑥周睐,求与己宜。彼皎者不能隐芒杪⑦之瑕,非美容不合,是用什一其数也。"予感之,作《昏镜⑧词》。

　　昏镜非美金⑨,漠然丧其晶。陋容多自欺,谓若他镜明。瑕疵既⑩不见,妍态随意生。一日四五照,自言美倾城。饰带以纹⑪绣,装匣以琼瑛。秦宫岂不重⑫?非适乃为轻。

【题解】

此诗作于贞元十九年(803),意在讽刺人不自知其丑,反责镜之太明,明察事理者偏又对流弊不直接言明,反而迎合从众,以获一己之私。此诗与《养鸷词》《调瑟词》可视为一组,皆为指责中唐时弊,内含诗人政治主张。

【注释】

①区:崇本、《英华》作"奁",朱本作"匦"。按:匦,俗作奁。

②奁:崇本无"奁"字。

③苦:通"盬",粗劣。《全唐诗》注云:"一作楛。"

④解颐:《汉书》卷八一《匡衡传》:"诸儒为之语曰:'无说《诗》,匡鼎来;匡说诗,解人颐。'"颜师古注引如淳曰:"使人笑不能止也。"

⑤今:《英华》《全唐诗》下有"夫"字。

14

⑥鉴：《全唐诗》作"览"，《英华》注云："集作览。"

⑦抄：朱本、《英华》作"秒"。

⑧《英华》"镜"下有"之"字。

⑨美金：优质铜。

⑩既：《全唐诗》下注云："一作闇。"

⑪纹：崇本作"文"，是。《全唐诗》注云："一作绮。"

⑫"秦宫"句：《西京杂记》卷三："高祖初入咸阳宫，周行府库。……有方镜，广四尺，高五尺九寸，表里有名。人直来照之，影则倒见；以手扪心而来，则见肠胃五脏，历然无碍。人有疾病在内，则掩心而照之，则知病之所在。又女子有邪心，则胆张心动。秦始皇常以照宫人，胆张心动者则杀之。高祖悉封闭以待项羽，羽并将以东，后不知所在。"

养鹫词 并引

途逢少年，志在逐绝句①，方呼鹰隼，以袭飞走。因纵观之，卒无所获。行人有常从事于斯者曰："夫鹫禽，饥则为用②。今哺之过笃，故然也。"予感之，作《养鹰③词》。

养鹫非玩形，所资击鲜④力。少年昧其理，日日⑤哺不息。探雏网黄口⑥，旦暮有余食。宁知下鞲⑦时，翅重飞不得。毰毸⑧止⑨林表，狡兔自南北。饮啄既已盈，安能劳羽翼！

【题解】

此诗作于贞元十九年（803），有指陈时弊劝谏之意。德宗时对藩镇姑息纵容，封赐禄位过厚，刘禹锡以"养鹫"为喻，旨在反映现实，同时也有劝谏朝廷提防藩镇失控之意。

①志在逐绝句：崇本作"志在逐禽兽"，《全唐诗》作"志在逐兽"，朱本作"志在逐绝"。

②饥则为用：《后汉书》卷七五《吕布传》："始布因登求徐州牧，不得。登还，布怒，拔戟斫机曰：'卿父劝吾协同曹操，绝婚公路。今吾所求无获，而卿父子并显重，但为卿所卖耳。'登不为动容，徐对之曰：'登见曹公，言养将军譬如养虎，当饱其肉，不饱则将噬人。公曰：不如卿言，譬如养鹰，饥则为用，饱则飏去。'布意乃解。"

③鹰：崇本、明本、朱本、《全唐诗》作"鸷"，是。

④击鲜：《汉书》卷四三《陆贾传》："数击鲜，毋久溷女为也。"颜师古注云："鲜谓新杀之肉也。"

⑤日日：明本、朱本作"日月"。

⑥黄口：雏鸟。

⑦韝（gōu）：古代射箭时所戴的皮质袖套。古时出猎，擎鹰于韝。

⑧毰毸（péi sāi）：羽毛张开貌。

⑨止：朱本作"上"。

【汇评】

清余成教：《养鸷词》："饮啄既已盈，安能劳羽翼？"《酬乐天》云："莫道桑榆晚，余霞尚满天。"结句皆有余韵。（《石园诗话》）

调瑟词 并引

里有富豪翁，厚自奉养而严督臧获①。力屈形削，然犹役之无薪极②。一旦不堪命，亡者过半。追亡者亦不来复。翁悴沮而追昨非之莫及也。予感之，作《调瑟词》。

调瑟在张弦，弦平音自足。朱丝③二十五，阙④一不成曲。

美人爱高张⑤,瑶轸⑥再三促。上弦虽独响,下应不相属⑦。日暮声未和,寂寥一枯木。却顾膝上弦,流泪难相续。

【题解】

此诗作于贞元十九年(803)。以调瑟为喻,表面言富豪之家虐奴事,实则讽刺中唐时期特别是德宗时遇下少恩,以致人心离散之史实。高志忠《校注》按云:"此诗实有所指。《资治通鉴》卷二三六《唐纪》五二,德宗贞元十九年载,是岁京畿大旱,'京兆尹嗣道王实务征求以给进奉,言于上曰:今岁虽旱而禾苗甚美。由是租税皆不免,人穷至坏屋卖瓦木、麦苗以输官。优人成辅端为谣嘲之,实奏辅端诽谤朝政,杖杀之。'又载:'监察御史韩愈上疏,以京畿百姓穷困,应今年税钱及草粟等征未得者,请俟来年蚕麦。愈坐贬阳山令。'"又云:"《昏镜词》引云:'今来市者,必历鉴周睐,求与己宜。彼皎者不能隐芒杪之瑕,非美容不合,是用什一其数也。'诗云:'秦宫岂不重,非适乃为轻。'盖亦为退之上疏直谏,坐贬阳山而发耶!"《昏镜词》、《养鸷词》、《调瑟词》作年当一致,同为贞元十九年。

【注释】

①臧获:奴隶。王先谦《荀子集解·王霸篇》:"如是,则虽臧获不肯与天子易势业。"杨倞注:"臧获,奴婢也。"

②然犹役之无蓺极:"蓺",朱本作"艺",崇本作"何",无"极"字,误。《英华》无"极"字。《全唐诗》无"然"字,"艺极"下注:"一无极字。"蓺极:准则。《左传》文公六年,"陈之蓺极",杜预注曰:"蓺,准也。极,中也。"杨伯峻曰:"艺极亦为同义词连用,犹言准则也。"按:"蓺",通"艺"。

③丝:《全唐诗》作"弦"。

④阙:《全唐诗》作"缺"。

⑤高张:颜延之《秋胡行》:"高张生绝弦,声急由调起。"

⑥瑶轸:用美玉装饰的弦轴,用来转动琴弦,调节声音。

⑦属(zhǔ):连接,这儿指应和。

贞元二十年(804)

许给事①见示哭工部刘尚书②诗因命同作

汉室贤王③后,从叔望在④河间。孔门高第⑤人。济时成国器,乐道任天真。特达⑥圭无玷,坚贞竹有筠。总戎宽得众,市义⑦贵能贫。护塞无南牧⑧,驰心拱北辰⑨。乞身来阙下,赐告⑩卧漳滨。荣耀初题剑⑪,清羸已拖绅⑫。宫星徒列位,隙日⑬不回轮。自昔⑭追飞侣,今为侍从臣。素弦哀已绝,青简叹犹新。未遂挥金乐⑮,空悲撤瑟⑯晨。凄凉竹林下,无复见清尘。从叔自渭北节度以疾归巢,比及拜尚书,竟不克中谢⑰。

【题解】

此诗作于贞元二十年(804)。《旧唐书》卷一三《德宗纪》下:贞元二十年春正月"己亥,以鄜坊丹延节度使刘公济为工部尚书"。柳宗元《先君石表阴先友记》:"刘公济,河间人,宽厚硕大,与物无忤。为渭北节度,入为工部尚书,卒。"此诗乃悼亡之作。

【注释】

①许给事:给事中许孟容。《旧唐书》卷一五四《许孟容传》:"许孟容,字公范,京兆长安人也。""(贞元)十四年,转兵部郎中。未满岁,迁给事中。"

②工部刘尚书:刘公济。

③贤王:河间献王刘德。

④在:朱本作"出"。

⑤第:朱本作"弟"。

⑥特达:《礼记正义·聘义》:"圭璋特达,德也。"孔颖达疏:"聘享之礼有圭、璋、璧、琮。琮则有束帛加之乃得达;圭、璋则不用束帛,故云特达。"后指特异敏达。

⑦市义:《战国策·齐策四》载孟尝君命食客冯谖前往封邑收取债息,冯谖假托命令烧掉债券,"为君市义也"。"市",崇本作"布",误。

⑧"护塞"句:护塞:保护边塞。南牧:贾谊《过秦论》:"胡人不敢南下而牧马,士不敢弯弓而报怨。"

⑨拱北辰:《论语·为政》:"为政以德,譬如北辰,居其所而众星共之。"朱熹《集注》:"共音拱,亦作拱。"

⑩赐告:《史记》卷八《高祖本纪》裴骃《集解》引孟康曰:"古者名吏休假曰告。告又音嗥。汉律,吏二千石有予告、赐告。予告者,在官有功最,法所当得者也。赐告者,病满三月当免,天子优赐,复其告,使得带印绶,将官属,归家治疾也。"

⑪题剑:《后汉书》卷四五《韩棱传》:"肃宗尝赐诸尚书剑,唯此三人特以宝剑,自手署其名曰:'韩棱楚龙渊,郅寿蜀汉文,陈宠济南椎成。'时论者为之说:以棱渊深有谋,故得龙渊;寿明达有文章,故得汉文;宠敦朴,善不见外,故得椎成。"

⑫拖绅:卧病。《论语·乡党》:"疾,君视之,东首,加朝服,拖绅。"

⑬隙日:《庄子·知北游》:"人生天地之间,如白驹之过隙,忽然而已。"

⑭自昔:《英华》作"昔自"。

⑮挥金乐:《汉书》卷七一《疏广传》:"广既归乡里,日令家共具设酒食,请族人故旧宾客,与相娱乐。数问其家金余尚有几所,趣卖以共具。……广曰:'又此金者,圣主所以惠养老臣也,故乐与乡党宗族共飨其赐,以尽吾余日,不亦可乎!'"

⑯撤瑟:古代士人遇父母有疾则撤琴瑟以示孝意。后代指死亡。

⑰竟不克中谢:崇本无"克"字,此注为题下注。中谢:唐代官员受职后入朝谢恩称为中谢。

19

送工部张侍郎入蕃吊祭 时张兼修①史

月窟②宾诸夏③，云官降④九天。饰终⑤邻好重，锡命⑥礼容全。水咽犹登陇，沙鸣⑦稍极边。路因乘驲⑧近，志为饮冰⑨坚。毳帐差池⑩见，鸟⑪旗摇曳前。归来赐金石，荣耀自编年。

【题解】

此诗作于贞元二十年(804)五月。《旧唐书》卷一三《德宗纪》下：贞元二十年(804)五月"乙亥，以史馆修撰、秘书监张荐为工部侍郎，兼御史大夫，充入吐蕃吊祭使"。《旧唐书》卷一九六《吐蕃传》下：贞元"二十年三月上旬，赞普卒，废朝三日，命工部侍郎张荐吊祭之"。

【注释】

①修：崇本作"御"。

②月窟：月之归宿处在西方，借指极西之地。

③诸夏：《左传·闵公元年》："诸夏亲暱，不可弃也。"杜预注："诸夏，中国也。"

④降：《英华》作"向"，注云："集作降。"《全唐诗》注云："一作向。"

⑤饰终：给死者以尊荣之礼。

⑥锡命：天子对诸侯的赏赐之命。

⑦鸣：《全唐诗》"鸣"下注云："一作明。"

⑧驲：明本、《全唐诗》作"驿"。

⑨饮冰：《庄子·人间世》："今吾朝受命而夕饮冰，我其内热与!"表示忧心使命重大。

⑩差(cī)池：参差。

⑪鸟：朱本、《全唐诗》作"乌"。

和武中丞秋日寄怀简诸僚故

退朝还公府,骑吹息繁音①。吏散秋庭寂,乌②啼烟树深。威生奉白简③,道胜外华簪。风物倩④远目,功名怀寸阴。云衢⑤念前侣,彩翰⑥写冲襟。凉菊照幽援⑦,败荷攒碧浔。感时江海思⑧,报国松筠心。空愧寿陵步⑨,芳尘何处寻?

【题解】

此诗作于贞元二十年(804)秋。《旧唐书》卷一五八《武元衡传》:"贞元二十年,迁御史中丞。"武元衡原诗为《秋日台中寄怀简诸僚》:"宪府日多事,秋光照碧林。干云岩翠合,布石地苔深。忧悔耿遐抱,尘埃缀素襟。物情牵踟促,友道旷招寻。颓节风霜变,流年芳景侵。池荷足幽气,烟竹又繁阴。簪组赤墀恋,池鱼沧海心。涤烦滞幽赏,永度瑶华音。"

【注释】

①音:《全唐诗》作"阴"。

②乌:崇本作"鸟"。

③白简:古代御史有所弹奏,用白简。

④倩:崇本、朱本、《全唐诗》作"清",是。

⑤云衢:喻高位。

⑥彩翰:五色笔。

⑦援:朱本作"院",《全唐诗》作"径"。

⑧江海思:退隐闲居之思。《庄子·让王》:"身在江海之上,心居乎魏阙之下。"

⑨寿陵步:《庄子·秋水》:"且子独不闻夫寿陵余子之学行于邯郸与?未得国能,又失其故行矣,直匍匐而归耳。"

清何焯：外集第五卷，大抵少作，犹是贞元诗人风格，未能以雄奇豪，或有不得已牵率属和，诗虽工而非士胸怀本趣者亦作焉。今编次杂乱，则失作者之意矣。（卞孝萱《刘禹锡诗何焯批语考订》）

监祠夕月坛书事 其礼用①昼

西皞②司分昼夜平，羲和亭午③太阴生④。铿锵揖让秋光里⑤，观者如云出凤城⑥。

【题解】

此诗作于贞元二十年(804)秋。时刘禹锡任监察御史。监祠即为监察祭祀之事。夕月坛则为古代帝王祭月之所在。其礼用昼是说在白天举行夕月的典礼。

【注释】

①用：明本作"周"，误。

②西皞：《礼记正义·月令》："仲秋之月……其帝少皞。"按五行秋属金，方位为西，其帝少皞。

③亭午：正午。

④太阴生：一日之中阴阳消长，午至子为阴，子至午为阳。

⑤"铿锵"句：《全唐诗》"铿锵"下注："一作锵锵。""光"，崇本作"风"。

⑥凤城：即京城。

奉和中书崔舍人①八月十五日夜玩月二十韵

暮景中秋爽，阴灵②既望圆。腾精浮碧海③，分照接虞渊④。迥见孤轮出，高从倚盖⑤旋。二仪含皎澈⑥，万象共澄鲜。整御当西陆⑦，舒光丽上玄。从星变风雨，顺日助陶甄⑧。远近同时望，晶荧此夜偏。运行调玉烛⑨，洁白应金天⑩。曲沼疑⑪瑶镜，通衢若象筵。逢人尽冰雪，遇境⑫即神仙。引索吞银汉，凝清洗绿烟。皋禽⑬警露下，邻杵思风前。水是还珠浦⑭，山成种玉田⑮。剑沈三尺影⑯，灯罢九枝然。象外行⑰无迹，寰中影有⑱迁。稍当云阙正，未映斗城悬。静对挥宸翰，闲临襞彩笺⑲。境同牛渚上⑳，宿在凤池边。兴掩寻安道㉑，词胜命仲宣㉒。从今纸贵㉓后，不复咏陈篇㉔。

【题解】

此诗为贞元二十年(804)中秋之夜为和中书舍人崔邠诗而作。刘禹锡贞元十九年闰十月入为监察御史，二十一年八月顺宗内禅，《旧唐书》卷一四《宪宗纪》上载：八月"壬寅，贬右散骑常侍王伾为开州司马，前户部侍郎、度支盐铁转运使王叔文为渝州司户"。九月，刘禹锡被贬连州刺史。此诗尚写中秋玩月雅兴，当作于贞元二十年。崔邠中秋节玩月诗已佚。

【注释】

①中书崔舍人：崔邠。《旧唐书》卷一五五《崔邠传》："崔邠，字处仁，清河武城人。祖结，父倕，官卑。邠少举进士，又登贤良方正科。贞元中授渭南尉。迁拾遗、补阙。常疏论裴延龄，为时所知。以兵部员外郎知制诰至中书舍人，凡七年。"

②阴灵：月。

③腾精浮碧海:《全唐诗》作"浮精离碧海"。"浮"下注:"一作腾。""离"下注:"一作浮。"

④虞渊:神话中日落处。《淮南子·天文训》:"至于虞渊,是谓黄昏。"

⑤倚盖:天。《晋书》卷一一一《天文志》上:"天之居如倚盖,故极在人北,是其证也。极在天之中,而今在人北,所以知天之形如倚盖也。"

⑥澈:《英华》作"洁"。

⑦西陆:秋天。

⑧陶甄:制陶器的转轮,比喻对事物的调节、治理。

⑨玉烛:《尔雅·释天》:"四时和调谓之玉烛。"

⑩金天:秋天。按五行秋天属金。

⑪疑:朱本作"凝"。

⑫境:《英华》《全唐诗》作"景",注云:"一作境。"

⑬皋禽:鹤。《诗经·小雅·鹤鸣》:"鹤鸣于九皋。"

⑭还珠浦:《后汉书》卷七六《孟尝传》:"州郡表其能,迁合浦太守。郡不产谷实,而海出珠宝,与交阯比境,常通商贩,贸籴粮食。先时宰守并多贪秽,诡人采求,不知纪极,珠遂渐徙于交阯郡界。于是行旅不至,人物无资,贫者饿死于道。尝到官,革易前敝,求民病利。曾未逾岁,去珠复还,百姓皆反其业,商货流通,称为神明。"

⑮种玉田:干宝《搜神记》:"三年,有一人就饮,以一斗石子与之,使至高平好地有石处种之,云:'玉当生其中。'杨公未娶,又语云:'汝后当得好妇。'语毕不见。乃种其石。数岁,时时往视,见玉子生石上,人莫知也。有徐氏者,右北平著姓,女甚有行,时人求,多不许。公乃试求徐氏。徐氏笑以为狂,因戏云:'得白璧一双来,当听为婚。'公至所种玉田中,得白璧五双,以聘。徐氏大惊,遂以女妻公。"

⑯"剑沈"句:《晋书》卷三六《张华传》:"焕卒,子华为州从事,持剑行经延平津,剑忽于腰间跃出堕水,使人没水取之,不见剑,但见两龙各长数丈,蟠萦有文章,没者惧而反。须臾光彩照水,波浪惊沸,于是失剑。"

⑰行:《英华》《全唐诗》作"形"。

⑱有:《英华》注云:"杂咏作自。"《全唐诗》"有"下注云:"一作自。"

⑲襞彩笺:折好的彩纸。《南史》卷十《陈后主纪》:"常使张贵妃、孔贵人等八人夹坐,江总、孔范等十人预宴,号曰'狎客'。先令妇人襞彩笺,制五言诗,十客一时继和,迟则罚酒。"

⑳"境同"句:《世说新语·文学》:"袁虎少贫,尝为人佣载运租。谢镇西经船行,其夜清风朗月,闻江渚间估客船上有咏诗声,甚有情致。所诵五言,又其所未尝闻,叹美不能已。即遣委曲讯问,乃是袁自咏其所作咏史诗。因此相要,大相赏得。"刘孝标注引《续晋阳秋》曰:"镇西谢尚,时镇牛渚。"

㉑"兴掩"句:《世说新语·任诞》:"王子猷居山阴,夜大雪,眠觉,开室,命酌酒。四望皎然,因起彷徨,咏左思《招隐诗》。忽忆戴安道,时戴在剡,即便夜乘小船就之。经宿方至,造门不前而返。人问其故,王曰:'吾本乘兴而行,兴尽而返,何必见戴?'"

㉒"词胜"句:谢希逸《月赋》:"抽毫进牍,以命仲宣。"

㉓纸贵:《晋书》卷九二《左思传》:左思《三都赋》成,时人未重。后经皇甫谧作序,张载、刘逵为注,"于是豪贵之家竞相传写,洛阳为之纸贵。"

㉔"不复"句:谢希逸《月赋》:"沈吟齐章,殷勤陈篇。"《文选》李善注:"陈风曰:'月出皎兮,佼人僚兮。'"

【汇评】

清何焯:为韵所牵,颇有复者。(卞孝萱《刘禹锡诗何焯批语考订》)

清李因培:气象峻朗,与古辞"阳春布德泽,万象生光辉"同意("二仪含皎澈,万象共澄鲜"下)。(《唐诗观澜集》)

逢王十二学士①入翰林因以诗赠

时贞元二十年②,王以蓝田尉充学士

厩马翩翩禁外逢,星槎上汉③杳难从。定知欲报淮南诏④,促召王褒⑤入九重。

【题解】

此诗作于贞元二十年(804)十一月,王涯以蓝田尉充翰林学士,刘禹锡以诗相赠,赞其才,表恭贺。

【注释】

①王十二学士:王涯。《旧唐书》卷一六九《王涯传》:"王涯,字广津,太原人。父晃。涯,贞元八年(792)进士擢第,登宏辞科。释褐蓝田尉。二十年(804)十一月,召充翰林学士,拜右拾遗,左补阙,起居舍人,皆充内职。""十二",崇本作"二十",是。

②二十年:《全唐诗》作"二十二年",误。

③星槎上汉:晋张华《博物志》:"旧说云,天河与海通。近世有人居海滨者,年年八月有浮槎去来不失期。人有奇志,立飞阁于槎上,多赍粮,乘槎而去。"此处指入翰林随侍帝王。

④淮南诏:《汉书》卷四四《淮南衡山济北王传》:"初,安入朝,献所作《内篇》,新出,上爱秘之。使为《离骚传》,旦受诏,日食时上。

⑤王褒:《汉书》卷六四下《王褒传》:"王褒字子渊,蜀人也。""褒既为刺史作颂,又作其传,益州刺史因奏褒有轶材。上乃征褒。"

【汇评】

宋胡仔《西斋话纪》云:"古人作诗……引用故事,多以事浅语熟,更不思究,率尔用之,往往有误。如李商隐《路逢王二十入翰林》诗云:'定知欲报淮南诏,急召王褒入九重。'汉武帝以淮南王善文辞,尊重之,每为报书,常召司马相如视草乃遣。王褒自是宣帝时人。"……苕溪渔隐曰:《路逢王二十入翰林》诗,乃刘梦得诗,非李商隐诗也。(《苕溪渔隐丛话》)

贞元二十一年/宪宗永贞元年(805)(八月改元)

春日退朝

紫陌夜来雨,南山朝下看。戟枝①迎日动,阁影助松寒。瑞气卷②绡縠③,游光泛④波澜。御沟⑤新柳色,处处拂归鞍。

【题解】

此诗作于贞元二十年(804)或二十一年(805)春。刘禹锡贞元十九年(803)闰十月自京兆府渭南主簿入为监察御史。二十年兼领监察使,二十一年二月兼署崇陵使判官。瞿蜕园《笺证》认为"此诗初无寓意,词旨平淡,疑是贞元末禹锡初登朝时所作"。

【注释】

①戟枝:唐代宫门及三品以上高官府门插戟。

②卷:《全唐诗》作"转"。

③绡縠(xiāo hú):泛指轻纱之类的丝织品。

④泛:《全唐诗》下注云:"一作浮。"

⑤御沟:长安城内流入宫内的河道。

【汇评】

宋魏庆之:奇伟:"戟枝迎日动,阁影助松寒。"(《诗人玉屑》)

清李因培:意兴俱不如盛唐人,可以占世变("紫陌夜来雨,南山朝下看"下)。(《唐诗观澜集》)

题鴂^①吟

　　朝阳有吟^②凤,不闻千万祀^③。题鴂催^④众芳,晨间^⑤先入耳。秋风白露晞,从是尔啼时。如何上春日,唧唧满庭飞?

【题解】

　　此诗当作于贞元二十一年(805)春。瞿蜕园《笺证》按云:"吟凤指正直触邪之言,鸩鴂则指恶直丑正之群吠,所谓'如何上春日,唧唧满庭飞',盖谓顺宗初政一新,非复德宗晚节颓唐之比,颇疑是未遭贬斥时愤时人纷纷谤议王、韦而作。"今从瞿说。

【注释】

　　①题鴂(jué):即杜鹃鸟。"题",诸本皆作"鶗",是。下同。
　　②吟:崇本、《全唐诗》作"鸣"。
　　③祀:中国商代对年的一种称呼。
　　④催:崇本作"摧"。
　　⑤晨间:崇本作"畏闻"。

聚蚊谣

　　沈沈夏夜闲^①堂开,飞蚊伺暗声如雷。嘈然欻^②起初骇听,殷殷若自南山来。喧腾鼓舞喜昏黑,昧者不分聪^③者惑。露花滴沥月上天,利觜迎人看^④不得。我^⑤躯七尺尔如芒,我孤尔众能我伤。天生有时不可遏,为尔设幄潜匿^⑥床。清商^⑦一来秋日晓,羞尔微形饲丹鸟^⑧。

此诗当作于贞元二十一年(805)。《聚蚊谣》《百舌吟》《秋萤引》《飞鸢操》四者当为一组诗。瞿蜕园《笺证》云:"四篇命名曰谣、曰吟、曰操、曰引,而皆以天生二字冠于末章,以揭明其本旨。"高志忠《校注》云:"《聚蚊谣》《百舌吟》《飞鸢操》《秋萤引》四诗,'托讽禽鸟',寓言其中,命意、遣词、句式、格调颇为近似。"瞿蜕园认为四诗"必为一时有为而作","疑在元和十一、十二年(816、817)间"。高志忠则认为此四诗"为元和十年前后相继而作"。细味四诗,当为禹锡积极参与永贞革新之时,政局严峻,诗人面临朝野上下的巨大压力,感于时事而作。此诗意在讽刺聚众谗毁攻击他人的小人群体。

【注释】

①闲:《全唐诗》作"兰"。

②欻(xū):快速。

③聪:《全唐诗》作"听"。

④看:《全唐诗》作"著"。

⑤《全唐诗》"我"下注云:"一作微。"

⑥匡:崇本作"藜"。

⑦清商:秋风。

⑧"羞尔"句:《大戴礼记·夏小正》:八月"丹鸟羞白鸟。丹鸟者,谓丹良也;白鸟者,谓蚊蚋也。"羞:通"馐"。丹鸟:萤火虫。

【汇评】

宋黄彻:退之《咏蚊蝇》云:"凉风九月到,扫不见踪迹。"梦得《聚蚊》云:"清商一来秋日晓,羞尔微形饲丹鸟。"圣俞云:"薨薨勿久恃,会有东方白。"王逢原《昼睡》云:"蚊虫交纷始谁造,一一口吻如针锥。嘬人肌肤得腹饱,不解默去犹鸣飞。虽然今尚尔无奈,当有猎猎秋风时。"小人稔恶,岂漏恢网,但可侥幸目前耳。《左氏》曰:"天之假助不善,非佑之也,将厚其恶而降之罚也。"其是之谓乎?(《䂬溪诗话》)

百舌①吟

晓星寥落春云低,初闻百舌间关啼。花树②满空迷处所,摇动繁英坠红雨。笙簧百转③音韵多,黄鹂吞声燕无语。东方朝日迟迟升,迎风弄景如自矜④。数声不尽又飞去,何许⑤相逢绿杨路。绵蛮⑥宛转似娱人,一心百舌何纷纷⑦!酡颜侠少停歌听,坠珥妖姬和睡闻。可怜光景何时尽,谁能低回避鹰隼?廷尉张罗⑧自不关,潘郎挟弹⑨无情损。天生羽族尔何微,舌端万变乘春辉⑩。南方朱鸟⑪一朝见,索漠⑫无言蒿⑬下飞。

【题解】

此诗当作于贞元二十一年(805)。以"百舌"喻谤者,为讽喻之作。

【注释】

①百舌:鸟名。善鸣,其声多变化。

②树:崇本、《英华》作"枝",《全唐诗》注云:"一作枝。"朱本作"柳"。

③转:崇本、朱本、《全唐诗》作"啭"。

④《全唐诗》"矜"下注云:"一作惊。"

⑤许:《英华》作"处",《全唐诗》"许"下注云:"一作处。"

⑥绵蛮:鸟鸣声。

⑦纷纷:崇本、《英华》作"纷纭"。

⑧廷尉张罗:《史记》卷一二〇《汲郑列传》:"太史公曰:……下邽翟公有言,始翟公为廷尉,宾客阗门;及废,门外可设雀罗。"

⑨潘郎挟弹:《晋书》卷五五《潘岳传》:"岳美姿仪……少时常挟弹出洛阳道,妇人遇之者,皆连手萦绕,投之以果,遂满车而归。"

⑩辉:《全唐诗》作"晖"。

⑪朱鸟:一名朱雀。二十八宿中南方七宿总名。七宿相联呈鸟形,朱色象火,南方属火,故名。古时以四季相配,于时为夏。

⑫漠:朱本作"寞",《全唐诗》注云:"一作寞。"

⑬蒿:朱本作"高"。

【汇评】

宋吴开:李长吉有"桃花乱落如红雨"之句,以此名世。予观刘禹锡诗云:"花枝满空迷处所,摇落繁英坠红雨。"刘、李同出一时,决非相为剽窃。(《优古堂诗话》)

宋胡仔:刘梦得《百舌吟》云:"天生羽族尔何微,舌端万变随春晖。南方朱鸟一朝见,索寞无言蒿下飞。"此语,盖与许慎及《金载》二说相符矣。(《苕溪渔隐词话》)

清宋长白:刘梦得诗"花枝满空迷处所,摇落繁英坠红雨",实自李长吉"桃花乱落如红雨"化来。而马西樵谓刘、李出于一时,并非剽窃。吾谓寸金不换丈铁,长吉为优。(《柳亭诗话》)

秋萤引

汉陵秦苑遥苍苍,陈根腐叶秋萤光。夜空寂寥①金气②净,千门九陌③飞悠扬。纷纶晖映互明灭,金炉星喷灯花发。露华洗濯清风吹,攒昂④不定招摇垂。高丽罘罳⑤过珠⑥网,斜历璇题⑦舞罗幌。曝衣楼上拂香裙,承露台前转仙掌⑧。槐市⑨诸生夜对⑩书,北窗分明辨鲁鱼⑪。行子《东山》⑫起征思,中郎骑省悲秋气⑬。铜雀⑭人归自入帘,长门⑮帐开⑯来照泪。谁言向晦常自明,童儿走步娇女争。天生有光非自衒,远近低昂暗中见。撮蚊袄⑰鸟亦夜飞⑱,翅如车轮人不见⑲。

31

【题解】

此诗当作于贞元二十一年(805)。诗人以"秋萤"自比,以"袄鸟"影射政敌。写法上别出心裁,几乎句句写萤而不直言,后世李商隐《泪》似之。

【注释】

①寂寥:朱本、《全唐诗》作"寥寂"。

②金气:秋气。秋天、西方属金。

③九陌:汉长安城中的九条大道。《三辅黄图·长安八街九陌》:"《三辅旧事》云:长安城中八街九陌。"

④攒昂:崇本作"攒茅",明本、朱本作"攒昂",《全唐诗》作"低昂"。

⑤罘罳(fú sī):设在屋檐或窗上以防鸟雀的金属网或丝网。

⑥过珠:《全唐诗》作"照蛛"。

⑦琬题:又作"璇题",玉饰的椽头。"琬",明本、朱本、《全唐诗》作"璇"。

⑧"承露"句:《三辅黄图》:"神明台,武帝造,上有承露盘,有铜仙人舒掌捧铜盘玉杯,以承云表之露。"《汉书》卷二五《郊祀志》:武帝"又作柏梁、铜柱、承露仙人掌之属矣。"颜师古注曰:"《三辅故事》云,建章宫承露盘高二十丈,大七围,以铜为之,上有仙人掌承露,和玉屑饮之。"

⑨槐市:汉代长安读书人聚会、贸易之市,因其地多槐而得名。后借指学宫、学舍。

⑩对:《全唐诗》作"读",注云:"一作对。"

⑪鲁鱼:鲁鱼亥豕。因字形相近而讹误之字。

⑫《东山》:《诗·豳风·东山》,戍子还家途中思乡之作。

⑬"中郎"句:中郎:虎贲中郎将,此处指潘岳,潘岳曾任此职。骑省:散骑之省。潘岳《秋兴赋》:"晋十有四年,余春秋三十有二,始见二毛。以太尉掾兼虎贲中郎将,寓直于散骑之省。……四时忽其代序兮,万物纷以回薄。览花蒔之时育兮,察盛衰之所托。感冬索而春敷兮,嗟夏茂而秋落。虽末士之荣悴兮,伊人情之美恶。"

⑭铜雀:铜雀台。汉末建安十五年(210),曹操下令建。

⑮长门:长门宫,汉陈皇后所居之所。

32

⑯帐开:崇本作"怅望"。

⑰祅:同"妖"。

⑱飞:《全唐诗》作"起",注云:"一作飞。"

⑲人不见:《全唐诗》作"而已矣",注云:"一作人不见。"

【汇评】

明杨慎:刘禹锡《秋萤引》云:"汉陵秦苑遥苍苍,陈根腐叶秋萤光。……撮蚊妖鸟亦夜飞,翅如车轮人不见。"宋张文潜《熠熠行》:"碧梧含风夏夜清,林塘五月初飞萤。……荒榛芜草无人迹,只有秋来熠熠飞。"刘禹锡、张文潜二集今不传,余家有之,兼爱二诗之工,故录之于此。(《升庵诗话》)

明周珽:说得秋萤大有身分,其光明所烛,无所不到,无人不见,微物且然,况盛德之士,宁晦不自炫,竟沉于泯灭哉!末二句,见得恶劣小人虽大其声势,终不若君子形着明动,有自然之辉也。通篇渊浑高穆。(《唐诗选脉会通评林》)

清陆鋆:梦得诗如《梦丝瀑》、《秋萤引》、《生公讲堂》、乐府绝句《杜司空席上》诸作,宛有六朝风致。(《问花楼诗话》)

飞鸢操①

鸢飞杳杳青云里,鸢鸣萧萧风四起。旗尾飘扬势渐高,箭头耒划②声相似。长空悠悠霁日悬,六翮不动凝飞烟③。游鹍④翔⑤雁出其下,庆云清景相回旋。忽闻饥乌一噪聚,瞥下云中争腐鼠。腾音砺吻相喧呼,仰天大赫疑鸳雏⑥。畏人避犬投高处,俯啄⑦无声犹屡顾。青鸟⑧自爱玉山⑨禾,仙禽徒贵华亭⑩露。朴棪⑪危巢向暮时,毰毸⑫饱腹蹲枯枝。游童挟弹一麾肘⑬,臆碎羽分⑭人不悲。天生众禽各有类,威凤文章在仁义⑮。鹰隼仪形蝼蚁心,虽能戾天何足贵!

【题解】

此诗作于贞元二十一年(805)。瞿蜕园《笺证》按云:"此诗极力刻画居高位者忘身徇利之丑态。据篇末'鹰隼仪形蝼蚁心'一语,疑指武元衡任御史中丞时之夙怨。又据'臆碎羽分'一语,更疑作此诗在元和十年元衡被刺以后。"高志忠《校注》按云:"此诗讥武元衡遇刺身亡,作于元和十年(815)六月。"讥讽"忘身徇利之丑态"无误,但刺武元衡之说乏据,编年参见《聚蚊谣》。

【注释】

①操:琴曲名,后作为诗题。

②刬:崇本作"骣"。

③凝飞烟:崇本作"飞凝烟",《全唐诗》作"凝风烟","风"下注云:"一作飞。""凝飞",《英华》注云:"集作飞凝。"

④鹈(tí):崇本、明本、朱本、《英华》作"鹍(kūn)",是。《全唐诗》作"鹍"。鸟名。

⑤翔:明本、朱本作"朔"。

⑥"仰天"句:《庄子·秋水》:"惠子相梁,庄子往见之。或谓惠子曰:'庄子来,欲代子相。'于是惠子恐,搜于国中三日三夜。庄子往见之,曰:'南方有鸟,其名为鹓雏,子知之乎?夫鹓雏发于南海而飞于北海,非梧桐不止,非练实不食,非醴泉不饮。于是鸱得腐鼠,鹓雏过之,仰而视之曰:"吓!"今子欲以子之梁国而吓我邪?'""赫",明本、朱本、《全唐诗》作"吓",是。"鸳",崇本、《英华》、《全唐诗》作"鹓"。"疑",朱本作"惨",误。

⑦啄:明本、朱本作"吻"。

⑧青鸟:《艺文类聚》卷九一引旧题班固《汉武故事》:"七月七日,上(汉武帝)于承华殿斋正中,忽见有青鸟从西方来,集殿前。上问东方朔,朔曰:'此西王母欲来也。'有顷,王母至,有两青鸟如乌,夹侍王母旁。"

⑨玉山:《山海经·西山经》:"又西三百五十里,曰玉山,是西王母所居

也。"郭璞注:"此山多玉石,因以名云。"

⑩华亭:今上海市松江区,古时曾以盛行养鹤闻名。"亭",《全唐诗》注云:"一作山。"

⑪朴棣:小树。"棣",崇本、《英华》作"楸"。朱本、《全唐诗》作"遨"。《全唐诗》注云:"一作棘。"

⑫毰毸(péi sāi):鸟羽张开貌。

⑬一麾肘:崇本无"一"字。《全唐诗》"肘"下注云:"一作射。"

⑭崇本"分"下衍"飞"字。

⑮"威凤"句:徐坚《初学记》卷三〇引晋人皇甫谧《帝王世纪》曰:"有大鸟,鸡头燕喙,龟颈龙形,麟翼鱼尾,其状如鹤。体备五色,三文成字。首文曰顺德,背文曰信义,膺文曰仁智。"

古调二首 一作讽古①

轩后②初冠冕,前旒③为蔽明。安知从复道④,然后见人情。

簿领⑤乃俗士,清谈信古风。吾观苏令绰⑥,朱墨⑦一何工⑧。

【题解】

此诗于贞元二十一年(805)刘禹锡等人辅佐顺宗李诵实行新政时所作,旨在指摘时弊。瞿蜕园《笺证》:"综观以上二诗,皆有感于当时之弊政而发。"第一首谓君王聪明蔽塞,不知人间真正疾苦。第二首谓清谈误国,不重实效。

【注释】

①调:《全唐诗》作"词"。崇本无"一作讽古"此四字注。

②轩后:轩辕。

③旒(liú):《礼记正义·礼器》:"天子之冕,朱绿藻,十有二旒。"

④"安知"句:《汉书》卷四〇《张良传》:"上已封大功臣二十余人,其余日夜争功而不决,未得行封。上居雒阳南宫,从复道望见诸将往往数人偶语。上曰:'此何语?'良曰:'陛下不知乎?此谋反耳。'上曰:'天下属安定,何故而反?'良曰:'陛下起布衣,与此属取天下,今陛下已为天子,而所封皆萧、曹故人所亲爱,而所诛者皆平生仇怨。今军吏计功,天下不足以遍封,此属畏陛下不能尽封,又恐见疑过失及诛,故相聚而谋反耳。'上乃忧曰:'为将奈何?'良曰:'上平生所憎,群臣所共知,谁最甚者?'上曰:'雍齿与我有故怨,数窘辱我,我欲杀之,为功多,不忍。'良曰:'今急先封雍齿,以示群臣,群臣见雍齿先封,则人人自坚矣。'"

⑤簿领:登记之文簿。

⑥苏令绰:苏绰(498—546),字令绰,西魏武功(今陕西武功)人,《北史》、《周书》有传。苏绰草成《大诰》,斥责浮华文风。

⑦朱墨:《北史》卷六三《苏绰传》:(绰)"制文案程式,朱出墨入,及记账,户籍之法。"

⑧工:崇本作"同"。

寓兴二首

常谈即至理①,安事非常情。寄语何平叔②,无为轻老生。
世途多礼数,鹏鷃各逍遥。何事陶彭泽,抛官为折腰?

【题解】

此诗作于贞元二十一年(805)。瞿蜕园《笺证》云:"此二首疑与《古调》二首本属一题,同时所作。惟此二首意较浅明,一讥蹈常袭故者,一讥苛责礼数者。"今从瞿说。

【注释】

①"常谈"句:《三国志》卷二九《魏志·管辂传》:"吏部尚书何晏请之,邓飏在晏许。晏谓辂曰:'闻君蓍爻神妙,试为作一卦,知位当至三公不?'又问:'连梦见青蝇数十头,来在鼻上,驱之不肯去,有何意故?'辂曰:'……今君侯位重山岳,势若雷电,而怀德者鲜,畏威者众,殆非小心翼翼多福之仁。又鼻者艮,此天中之山,高而不危,所以长守贵也。今青蝇臭恶,而集之焉。位峻者颠,轻豪者亡,不可不思害盈之数,盛衰之期。……'飏曰:'此老生之常谭。'辂答曰:'夫老生者见不生,常谭者见不谭。'晏曰:'过岁更当相见。'辂还邑舍,具以此言语舅氏,舅氏责辂言太切至。辂曰:'与死人语,何所畏邪?'舅大怒,谓辂狂悖。岁朝,西北大风,尘埃蔽天,十余日,闻晏、飏皆诛,然后舅氏乃服。"

②何平叔:何晏(190—249),字平叔,南阳宛(今河南南阳)人。以倡导玄学、崇尚清谈闻名。

【汇评】

清何焯:老居人下,不能决去,聊用自解之词。(卞孝萱《刘禹锡诗何焯批语考订》)

阙下口号呈柳仪曹①

彩仗神旗猎晓风,鸡人②一唱鼓蓬蓬③。铜壶漏水何时歇?如此相催即老翁。

【题解】

此诗作于贞元二十一年(805)。卞孝萱《刘禹锡年谱》载于元和十年乙未(815),"诗云:'铜壶漏水何时歇?如此相催即老翁。'十年前,刘、柳同在长安时,年少气盛,不应作此衰飒之语。本年是刘、柳二人最后一次同至长安,故系于此"。瞿蜕园《笺证》按云:"柳仪曹谓柳宗元,贞元二十一年

（805），宗元初转礼部员外郎，二人皆年甫三十，而诗意已有迟暮之感，其获躁进之讥，殆亦有由。"今从瞿说。

【注释】

①柳仪曹：柳宗元。仪曹：官名。掌礼乐制度。唐以后为礼部郎官的别称。

②鸡人：周官名。掌供办鸡牲。凡举行大典，则报时以警夜。

③鼓蓬蓬：《新唐书》卷四九上《百官志》四上："左右金吾卫"："左右街使，掌分察六街徼巡。凡城门坊角，有武候铺，卫士、矿骑分守，大城门百人，大铺三十人，小城门二十人，小铺五人，日暮，鼓八百声而门闭；乙夜，街使以骑卒循行嚣呼，武官暗探；五更二点，鼓自内发，诸街鼓承振，坊市门皆启，鼓三千挝，辨色而止。""蓬蓬"，《全唐诗》注云："一作逢逢。"

德宗神武孝文皇帝挽歌二首

出震①清多难②，乘时播大钧。操弦调六气，挥翰动三辰。运偶升天日，哀深率土人。瑶池无辙迹，谁见属车尘？

凤翣③拥铭旌④，威迟⑤异吉行。汉仪陈祕器⑥，楚挽咽繁声。驻绋⑦辞清庙，凝笳背直城⑧。唯应留⑨内传⑩，知是向蓬瀛。

【题解】

此诗作于永贞元年（805）九月。《旧唐书》卷一三《德宗纪》下：贞元二十一年（805）正月，"癸巳，会群臣于宣政殿，宣遗诏：皇太子宜于枢前即位。是日，上崩于会宁殿，享寿六十四。甲午，迁神枢于太极殿。丙申，发表，群臣缟素。皇太子即位。永贞元年（805）九月丁卯，群臣上谥曰神武孝文，庙号德宗。十月己酉，葬于崇陵"。

【注释】

①出震:出于东方。八卦中的"震"卦位应东方。《易·说卦》:"帝出乎震。"

②清多难:《旧唐书》卷一二《德宗纪》上:"代宗即位之年五月,以上为天下兵马元帅,改封鲁王。八月,改封雍王。时史朝义据东都,十月,遣上会诸军于陕州,大举讨贼。十一月,破贼于洛阳,进收东都,河南平定。朝义走河北。分命诸将追之,俄而贼将李怀仙斩朝义首以献,河北平。以元帅功拜尚书令,食实封二千户,与郭子仪等八人图形凌烟阁。广德二年二月,立为皇太子。"

③翣(shà):古代出殡时的棺饰。

④铭旌:竖在灵柩前标志死者官职和姓名的旗幡。多用绛帛粉书。

⑤威迟:曲折绵延貌。

⑥祕器:即东园秘器,指皇室、显宦死后用的棺材。东园:官署名。秦汉置,掌管陵墓内器物、葬具的制造与供应,属少府。

⑦绋:朱本作"驸",误。

⑧直城:直城门。《三辅黄图》卷一:"长安城西出第二门曰直城门。"

⑨《全唐诗》"留"下注云:"一作晋。"

⑩内传:《汉武帝内传》。内有西王母降临汉宫,传授汉武帝长生不老术等故事。

翠微寺①有感

吾王昔游幸,离宫②云际开。朱旗迎夏毕③,凉轩避暑来。汤饼赐都尉④,寒冰颁上才。龙髯⑤不可望,玉坐生浮埃⑥。

【题解】

此诗作于永贞元年(805)。刘禹锡入仕,先后历德、顺、宪、穆、敬、文、武七朝,惟德宗驾崩时在长安,为崇陵使判官。求仪仗判官不得。《旧唐书》卷一五八《武元衡传》:"时奉德宗山陵,元衡为仪仗使。监察御史刘禹锡,叔文之党也,求充仪仗判官。元衡不与,其党滋不悦。"诗中"龙髯不可望"即为此意。

【注释】

①翠微寺:《新唐书》卷三七《地理志》一:"(长安)南五十里太和谷有太和宫,武德八年(625)置,贞观十年(636)废,二十一年(647)复置,曰翠微宫,笼山为苑,元和中以为翠微寺。"

②离宫:古代帝王在都城之外的宫殿,也泛指皇帝出巡时的住所。

③毕:朱本,《全唐诗》作"早"。《全唐诗》注云:"一作毕。"

④"汤饼"句:瞿蜕园《笺证》云:《世说》:'何晏面绝白,文帝疑其著粉,后以汤饼啖之,大汗出,随以衣自拭,色转皎然。'又《拾遗记》:'世族微时,樊晔馈饼一笥,帝不忘,征迁河东都尉,曰:一笥饼得都尉,何如?'诗盖兼用此二事。"

⑤龙髯:详见《敬宗睿武昭愍孝皇帝挽歌三首》注⑪。《全唐诗》"髯"下注云:"一作颜。"

⑥玉坐生浮埃:"坐",《全唐诗》作"座"。"浮",《全唐诗》作"尘"。玉坐:即"玉座"。帝王的御座。

赴连山途次德宗山陵①寄张员外②

当③时并冕奉天颜,委佩低簪彩仗间。今日独来张乐地④,万重云水望桥山⑤。

【题解】

此诗作于永贞元年(805)十月。瞿蜕园《笺证》按云:"《宪宗纪》,永贞元年(805)十月,葬德宗于崇陵。其时禹锡但闻贬连州刺史之命,于途次作此。其贬在九月,十月当已行近荆南矣。张员外待考,必与禹锡同曹又同为崇陵判官者。卷十《上杜司徒书》述韩愈之言,所谓七月礼毕,一朝庆行,诟言扬之,授以显秩者,指此辈也。"今从瞿说。

【注释】

①德宗山陵:《旧唐书》卷一四《宪宗纪》上载:永贞元年冬十月,"乙酉,葬德宗皇帝于崇陵。"崇陵在今陕西泾阳县。

②张员外:未详何人。

③当:崇本作"常"。

④张乐地:谢朓《新亭渚别范零陵》:"洞庭张乐地,潇湘帝子游。"

⑤桥山:《史记》卷一《五帝本纪》:"黄帝崩,葬桥山。"

途^①次敷水驿^②伏睹华州舅氏^③昔日行县题诗处潸然有感

昔日股肱守,朱轮兹地游。繁华日已谢,章句此空留。蔓草佳城闭,故林棠树秋。今来重垂泪,不忍过西州^④。

【题解】

此诗作于永贞元年(805)秋。高志忠《刘禹锡诗文系年》贞元二十一年云:"卢徽卒后,禹锡途经华阴凡八次,然与'故林棠树秋'相符者,唯永贞元年九月赴连州贬所、开成元年秋自同州迁太子宾客分司二次而已。又:诗中无限今昔之感,与禹锡遭谪被逐,远窜危地之心境甚符,故系诸本年九月。"今从高说。

【注释】

①途:朱本作"余"。

②敷水驿:瞿蜕园《笺证》引《清一统志》云:"敷水镇在华阴县西,即唐敷水驿。"

③华州舅氏:指华州刺史卢徽。

④西州:古城名。东晋置,为扬州刺史治所。故址在今江苏省南京市。晋谢安死后,羊昙醉至西州门,恸哭而去,即此处。

赴连州途经洛阳诸公置酒相送张员外贾① 以诗见赠率尔酬之

谪在三湘最远州②,边鸿不到水南流。如今暂寄尊前笑,明日辞君步步愁。

【题解】

此诗作于永贞元年(805)刘禹锡贬连州途经洛阳之时。

【注释】

①张员外贾:详见《发华州留别张侍御贾》注①。

②"谪在"句:《旧唐书》卷一四《宪宗纪》上载:贞元二十一年九月,"己卯,京西神策行营节度行军司马韩泰贬抚州刺史,司封郎中韩晔贬池州刺史,礼部员外郎柳宗元贬邵州刺史,屯田员外郎刘禹锡贬连州刺史,坐交王叔文也。"

【汇评】

明陆时雍:语到真处,不必他奇,自然佳境。(《唐诗镜》)

荆门①道怀古

南国山川旧帝畿②,宋台梁馆尚依稀。马嘶古树③行人歇,麦秀^④空城泽^⑤雉飞。风吹落叶填宫井,火入荒陵^⑥化宝衣^⑦。徒使词臣庾开府^⑧,咸阳终日苦思归^⑨。

【题解】

此诗作于永贞元年(805)刘禹锡被贬赴朗州途经荆州之时。东晋以来,荆州常为重镇,后梁即定都于此。诗人过此,生麦秀黍离之悲。

【注释】

①门:明本作"州",《全唐诗》注云:"一作州。"

②旧帝畿:荆州,古称"江陵",是春秋战国时楚国都城所在地。梁元帝萧绎即位于此,后梁定都于此。

③树:《全唐诗》作"道",注云:"一作树。"

④麦秀:《史记》卷三八《宋微子世家》:"其后箕子朝周,过故殷虚,感宫室毁坏,生禾黍,箕子伤之,欲哭则不可,欲泣为其近妇人,乃作麦秀之诗以歌咏之。其诗曰:'麦秀渐渐兮,禾黍油油。彼狡僮兮,不与我好兮!'所谓狡僮者,纣也。殷民闻之,皆为流涕。"

⑤泽:《英华》、《全唐诗》作"野",《全唐诗》注云:"一作泽。"

⑥《全唐诗》"陵"下注云:"一作坟,一作林。"

⑦宝衣:贵重的衣服。陆倕《石阙铭》:"焚其绮席,弃彼宝衣。"《文选》李善注引《六韬》曰:"纣时妇人以文绮为席,衣以绫纨者三千人。"

⑧庾开府:庾信。仕北周,官职骠骑大将军、开府仪同三司,世称"庾开府"。

⑨"咸阳"句:庾信《哀江南赋》:"咸阳布衣,非独思归王子。"

【汇评】

只"尚依稀"三字,已写尽吊古伤今之感。(《唐诗鼓吹笺注》)

首言南国山川皆帝王旧都,宋梁二帝之台馆仿佛如在焉。虽古树犹存,空城未灭,而梁宋之业已丘墟矣。睹此叶填宫井、火化宝衣,前世豪华,荒凉若此,能勿使人哀感兴亡而动思归之念哉?(《唐诗鼓吹评注》)

清邢昉:高淡凄清,又复柔婉。(《唐风定》)

清金圣叹：一、二言此山此川，旧亦帝畿，不见宋梁虽往，而台馆犹可指耶。三、四承写"依稀"。盖马嘶人歌，此为欲认依稀之人，麦秀雉飞，此即所认依稀之地也(首四句下)。上解写依稀，是行人意欲还认。此解写实无依稀，少得认也。言睹此苍苍，徒有首丘在念，其余一切雄心奢望，遂已不觉并尽也(末四句下)。(《贯华堂选批唐才子诗》)

清毛张健：与上篇俱不入论断，而徘徊瞻眺，感慨在于言外，得风人之微旨。(《唐体余编》)

清屈复：得第三句，全首灵动。(《唐诗成法》)

清冯舒：自然幻秀。(《瀛奎律髓汇评》)

清何焯：三、四流水对，五、六参差对，未尝犯四平头及板板四实句也。(同上)

清纪昀：五、六新警，结不入套。(同上)

清方贞观：所谓"语不惊人死不休"者，非奇险怪诞之谓也；或至理名言，或真情实景，应手称心，得未曾有，便可震惊一世。子美集中，在在皆是，固无论矣。他如……刘禹锡之"风吹落叶填宫井，火入荒陵化宝衣"……不过写景句耳，而生前侈纵，死后荒凉，一一托出，又复光彩动人，非惊人语乎？(《辍锻录》)

纪南^①歌

风烟纪南城，尘土荆门路。天寒多猎骑^②，走上樊姬^③墓。

【题解】

此诗作于永贞元年(805)冬刘禹锡被贬连州途经纪南城时。

【注释】

①纪南：《乐府诗集》卷七二《杂曲歌辞》十二载："郦道元《水经注》曰：'楚之先僻处荆山，后迁纪郢，即纪南城也。'《十道志》曰：'昭王十年，吴通

漳水灌纪南城,入赤湖,郢城遂破。'杜预《左传注》曰:'今南郡江陵县北纪南城,故楚国也。'"

②多猎骑:《全唐诗》注云:"一作猎兽者。"

③樊姬:春秋楚庄王之姬。樊姬曾谏止楚庄王狩猎,使勤于政事,又激楚相虞丘子辞位而进贤相孙叔敖,楚庄王赖以称霸。事见汉刘向《列女传·楚庄樊姬》。

【汇评】

清何焯:樊姬能感悟其主罢田,今猎者乃上其墓,无知甚矣。自喻为善而遭斥逐也。(卞孝萱《刘禹锡诗何焯批语考订》)

顺阳①歌

朝辞官军驿,前望顺阳路。野水啮荒坟,秋虫镂官②树。曾闻天宝末,胡马西南骛。城守鲁将军③,拔城从此去。

【题解】

此诗作于永贞元年(805)刘禹锡初贬赴连州途中。高志忠《校注》按云:"诗曰:'秋虫镂官树',时令与永贞元年(805)'九月己卯(十四日)''屯田员外郎刘禹锡贬连州刺史,坐交王叔文'之时正合,其赴贬所,下南阳,'朝辞官军驿,前望顺阳路',不得迟于秋冬之交。或当未出九月也。"今从高说。

【注释】

①顺阳:后汉县,唐为方城,属唐州。故城在今河南淅川县东。

②官:《全唐诗》作"宫",注云:"一作官。"

③鲁将军:鲁炅。《旧唐书》卷一一四《鲁炅传》载:"炅收合残卒,保南阳郡,为贼所围。寻而潼关失守,贼使哥舒翰招之,不从。又使伪将豫州刺史武令珣等攻之,累月不能克。武令珣死,又令田承嗣攻之。……炅在围

中一年，救兵不至，昼夜苦战，人相食。至德二年(757)五月十五日，率众持满传矢突围而出。"

宋姚宽：李贺诗："攒虫锼古柳。"刘禹锡诗："秋虫镂宫树。"此二句皆善。(《西溪丛语》)

韩十八侍御①见示岳阳楼别窦司直诗因令属和重以自述故足成六十二韵

楚望②何苍然，层③澜七百里。孤城寄远目，一写④穷无⑤已。荡漾浮天盖，回⑥环宣地里。积涨在三秋，混成非一水。冬游见清浅，春望多洲沚。云锦远沙明，风烟青草靡。火星忽南见，月硖⑦万⑧东迤。雪波⑨西山来，隐若长城起。独专朝宗⑩路，驶悍不可止。支川让其威，蓄缩空⑪南委。熊武走蛮落，熊、武，二溪名。潇湘来奥鄙。炎蒸动泉源，积潦搜⑫山趾。归往无旦夕，包含通远迩。行当白露时，眇视秋光里。曙色未昭晰，露华遥斐亹⑬。浩尔神骨清，如观混元始。我⑭风忽震荡，惊浪迷津涘。怒激鼓铿訇，蹙成山岊⑮硊⑯。鹍鹏疑变化，罔象⑰何恢诡。嘘吸写楼台，腾骧露鬐⑱尾。景移群动息，波静繁音弭。明月出中央，青天绝纤滓。素光淡无际，绿静平如砥。空影渡鹍鸿，秋声思芦苇。鲛人弄机杼，贝阙骈红紫。珠蛤吐玲珑，文鳐⑲翔旖旎。水乡吴蜀限，地势东南庳。翼轸⑳粲垂精，衡巫屹环峙。名雄七泽㉑数㉒，国辨三苗㉓氏。唐羿断修蛇㉔，荆王惮丁达反青兕㉕。秦狩㉖迹犹在，虞巡㉗路从此。轩后奏宫商㉘，骚人㉙咏兰芷。茅岭㉚潜相应，橘洲㉛傍可指。郭璞验幽经㉜，罗含箸前纪㉝。观律㉞戚里族，按道侯㉟家子。联袂登高楼，临轩笑相视。假守㊱亦高卧，窦时权领郡事。墨曹㊲正垂耳。韩亦量移江陵法曹㊳。契阔话凉温，壶觞慰迁徙。地偏山水秀，客重杯盘侈。红袖花欲然，银灯昼相似。兴酣更抵掌，乐极同启齿。笔锋不能休，藻思一何绮。伊余负微尚，夙昔惭㊴知己。出入金马门，交结青云士。袭芳践兰室，学古游槐市。策慕宋前军㊵，文师汉中垒㊶。陋容昧俯仰，孤志㊷无依倚。卫足㊸不如葵，漏川空叹蚁㊹。幸逢万物泰，独处穷途否。铼㊺翻重叠伤，兢魂再三褫㊻。蓬瀯亦屡化㊼，左丘犹有耻㊽。桃源访仙官㊾，薜服祠山鬼。故人南台旧㊿，一别如弦矢[51]。今朝会荆蛮[52]，斗酒相宴喜。为余出新什，笑抃随伸纸。晔若观五彩[53]，欢然臻四美[54]。委曲风涛事，分明穷达旨。洪韵发华钟，凄音激清徵。芊瀯要平声共和[55]，江淹多杂拟。徒欲仰高山，焉能追逸轨？湘州[56]路四达，巴陵[57]城百雉。何必颜光禄[58]，留诗张内史[59]。

【题解】

此诗作于永贞元年(805)冬。时刘禹锡被贬连州再贬朗州，路遇量移北上的韩愈。韩诗集注《岳阳楼别窦司直》题下注："窦司直，名庠，字胄卿。韩皋镇武昌，辟庠幕府，陟大理司直，权领岳州。公自阳山移江陵法曹，道出岳阳楼作此诗。永贞元年冬十月也。"诗云："洞庭九州间，厥大谁与让？南汇群崖水，北注何奔放。潴为七百里，吞纳各殊状。自古澄不清，环混无归向。炎风日搜搅，幽怪多冗长。轩然大波起，宇宙隘而妨。巍峨拔嵩华，腾踔较健壮。声音一何宏，轰辂车万两。犹疑帝轩辕，张乐就空旷。蛟螭露笋簴，缟练吹组帐。鬼神非人世，节奏颇跌踢。阳施见夸丽，阴闭感凄怆。朝过宜春口，极北缺堤障。夜缆巴陵洲，丛芮才可傍。星河尽涵泳，俯

仰迷下上。余澜怒不已，喧聒鸣瓮盎。明登岳阳楼，辉焕朝日亮。飞廉戢
其威，清晏息纤纩。泓澄湛凝绿，物影巧相况。江豚时出戏，惊波忽荡漾。
时当冬之孟，隙窍缩寒涨。前临指近岸，侧坐眇难望。涤濯神魂醒，幽怀舒
以畅。主人孩童旧，握手乍忻怅。怜我窜逐归，相见得无恙。开筵交履舃，
烂漫倒家酿。杯行无留停，高柱送清唱。中盘进橙栗，投掷倾脯酱。欢穷
悲心生，婉娈不能忘。念昔始读书，志欲干霸王。屠龙破千金，为艺亦云
亢。爱才不择行，触事得谗谤。前年出官由，此祸最无妄。公卿采虚名，擢
拜识天仗。奸猜畏弹射，斥逐恣欺诳。新恩移府庭，逼侧厕诸将。于嗟苦
驽缓，但惧失宜当。追思南渡时，鱼腹甘所葬。严程迫风帆，劈箭入高浪。
颠沉在须臾，忠鲠谁复谅。生还真可喜，克己自惩创。庶从今日后，粗识得
与丧。事多改前好，趣有获新尚。誓耕十亩田，不取万乘相。细君知蚕织，
稚子已能饷。行当挂其冠，生死君一访。"

【注释】

①韩十八侍御：韩愈。《旧唐书》卷一六〇《韩愈传》："德宗晚年，政出
多门，宰相不专机务。宫市之弊，谏官论之不听。愈尝上章数千言极论之，
不听，怒贬为连州山阳令，量移江陵府掾曹。"

②望：朱本作"江"。

③层：朱本、《全唐诗》作"曾"。

④写：通"泻"。

⑤穷无：朱本、《全唐诗》作"无穷"。

⑥回：《全唐诗》作"四"。

⑦硖：崇本、朱本作"魄"。是。

⑧万：崇本、朱本、《全唐诗》作"方"。是。

⑨雪波：此处指长江。

⑩朝宗：《尚书·禹贡》："荆及衡阳惟荆州。江、汉朝宗于海。"

⑪空：朱本、《全唐诗》作"至"。

⑫搜(shǎo)：搅乱、搜搅。

⑬斐亹(wěi)：文彩绚丽貌。

⑭我：朱本作"戕"，《全唐诗》作"北"。

⑮岜:小山丛列。

⑯硊(guì):古同"峞",山貌。

⑰罔象:古代传说中的水怪。《国语·鲁语下》:"水之怪曰龙、罔象。"

⑱鬐(qí):古通"鳍"。

⑲文鳐:传说中的鱼名。《山海经·西山经》:"泰器之山,观水出焉,西流注于流沙。是多文鳐鱼,状如鲤鱼,鱼身而鸟翼,苍文而白首,赤喙,常行西海,游于东海,以夜飞。"

⑳翼轸:南方朱雀七宿之二星名。此二星之分野为楚,亦为荆州分野。

㉑七泽:相传古时楚有七处沼泽。后以"七泽"泛称楚地诸湖泊。司马相如《子虚赋》:"臣闻楚有七泽,尝见其一,未睹其余也。"

㉒数:朱本、《全唐诗》作"薮"。

㉓三苗:古国名。《史记》卷一《五帝本纪》:"三苗在江淮、荆州数为乱。"张守节正义:"吴起曰:'三苗之国,左洞庭而右彭蠡。'……以天子在北,故洞庭在西为左,彭蠡在东为右。今江州、鄂州、岳州,三苗之地也。"

㉔"唐羿"句:《淮南子》卷八《本经训》:"逮至尧之时,十日并出,焦禾稼,杀草木,而民无所食。猰貐、凿齿、九婴、大风、封豨、修蛇皆为民害。尧乃使羿诛凿齿于畴华之野,杀九婴于凶水之上,缴大风于青丘之泽,上射十日而下杀猰貐,断修蛇于洞庭,禽封豨于桑林,万民皆喜,置尧以为天子。"

㉕"荆王"句:《楚辞·招魂》:"君王亲发兮惮青兕。"荆王:楚怀王。"惮",朱本作"殚"。

㉖秦狩:《史记》卷四〇《楚世家》:"(顷襄王)十九年,秦伐楚,楚军败,割上庸、汉北地予秦。二十年,秦将白起拔我西陵。二十一年,秦将白起遂拔我郢,烧先王墓夷陵。"

㉗虞巡:虞舜南巡。《史记》卷一《五帝本纪》:"(虞舜)践帝位三十九年,南巡狩,崩于苍梧之野。葬于江南九疑,是为零陵。"

㉘"轩后"句:《庄子·天运》:"北门成问于黄帝曰:'帝张咸池之乐于洞庭之野,吾始闻之惧,复闻之怠,卒闻之而惑,荡荡默默,乃不自得。'"轩后:轩辕氏,黄帝。

㉙骚人:指屈原。

49

㉚茅岭:《晋书》卷八〇《许迈传》:"谓余杭悬霤山近延陵之茅山,是洞庭西门,潜通五岳,陈安世、茅季伟常所游处,于是立精舍于悬霤,而往来茅岭之洞室,放绝世务,以寻仙馆,朔望时节还家定省而已。"延陵茅山:即句曲山,在今江苏丹阳市南。

㉛橘洲:橘子洲,在今湖南长沙湘江中。

㉜"郭璞"句:《晋书》卷七二《郭璞传》:"璞好经术,博学有高才,而讷于言论,词赋为中兴之冠。好古文奇字,妙于阴阳算历。""王敦之谋逆也,温峤、庾亮使璞筮之,璞对不决。峤、亮复令占己之吉凶,璞曰:'大吉。'峤等退,相谓曰:'璞对不了,是不敢有言,或天夺敦魄。今吾等与国家共举大事,而璞云大吉,是为举事必有成也。'于是劝帝讨敦。初,璞每言'杀我者山宗',至是果有姓崇者构璞于敦。敦将举兵,又使璞筮。璞曰:'无成。'敦固疑璞之劝峤、亮,又闻卦凶,乃问璞曰:'卿更筮吾寿几何?'答曰:'思向卦,明公起事,必祸不久。若往武昌,寿不可测。'敦大怒曰:'卿寿几何?'曰:'命尽今日日中。'敦怒,收璞,诣南冈斩之。璞临出,谓行刑者欲何之。曰:'南冈头。'璞曰:'必在双柏树下。'既至,果然。复云:'此树应有大鹊巢。'众索之不得。璞更令寻觅,果于枝间得一大鹊巢,密叶蔽之。初,璞中兴初行经越城,间遇一人,呼其姓名,因以袴褶遗之。其人辞不受,璞曰:'但取,后自当知。'其人遂受而去。至是,果此人行刑。时年四十九。"

㉝"罗含"句:《晋书》卷九二《罗含传》:"罗含,字君章,桂阳耒阳人也。……太守谢尚与含为方外之好,乃称曰:'罗君章可谓湘中之琳琅。'……温尝与僚属宴会,含后至。温问众坐曰:'此何如人?'或曰:'可谓荆楚之材。'温曰:'此自江左之秀,岂惟荆楚已。'""箸",崇本、朱本作"著"。"前",朱本作"迹"。

㉞观律:即"观津"。《汉书》卷九七上《外戚传》上:"窦皇后亲蚤卒,葬观津。""律",崇本、朱本、《全唐诗》作"津",《全唐诗》注云:"一作律。"

㉟按道侯:韩说。《汉书》卷一六《高惠高后文功臣表》:"元封元年五月己卯,愍侯说,以横海将军击东越,侯,十九年,为卫太子所杀。"

㊱假守:古时称权宜派遣而非正式任命的地方官。此诗中窦庠以大理司直权领岳州,故云"假守"。

㊲墨曹:司法参军或谓之墨曹。

㊳朱本此句下有“司法参军或谓之墨曹”。

㊴惭:朱本作“慙”。

㊵宋前军:瞿蜕园《笺证》云:“《宋书·刘延孙传》:‘世祖即位,以为侍中,领前军将军。’又云:‘延孙与帝室虽同是彭城人,别属吕县。刘氏居彭城县者又分为三里,帝室居绥舆里,右将军刘怀肃居安上里,豫州刺史刘怀武居丛亭里,及吕县凡四。’禹锡之意,或以延孙为南朝刘氏之名人,且于宋室有定策之劳,故援以为比。”

㊶中垒:西汉有中垒校尉,掌北军营垒之事,东汉省。刘向曾任此职,后世因以“中垒”称之。

㊷志:朱本作“恚”。

㊸卫足:《左传·成公十七年》:“仲尼曰:‘鲍庄子之知不如葵,葵犹能卫其足。’”后因以“卫足”比喻自全或自卫。

㊹“漏川”句:《韩非子·喻老》:“千丈之堤,以蝼蚁之穴溃。”

㊺锪:《全唐诗》作“锻”。

㊻褫(chǐ):剥夺。

㊼“蘧瑗(yuàn)”句:《庄子·则阳》:“蘧伯玉行年六十而六十化。”

㊽“左丘”句:《论语·公冶长》:“巧言令色,足恭,左丘明耻之,丘亦耻之。匿怨而友其人,左丘明耻之,丘亦耻之。”

㊾官:《全唐诗》作“宫”。

㊿朱本此句下有小字注:“公为御史时与禹锡同官。”

(51)矢:朱本作“驶”。

(52)朱本此句下注云“时禹锡出为连州,途至荆南改武陵司马,和韵于荆”。

(53)彩:朱本、《全唐诗》作“色”。

(54)四美:四种美好之事。指音乐、珍味、文章、言谈。晋刘琨《答卢谌》诗:“音以赏奏,味以殊珍,文以明言,言以畅神,之子之往,四美不臻。”

(55)“芊潘”句:“芊潘”,崇本、朱本作“羊璠”,《全唐诗》作“羊潘”。崇本“要”下衍一“史”字。谢灵运《登临海峤初发疆中作与从弟惠连见羊何共和之》，《文选》李善注云："沈约《宋书》曰：灵运既东还，与族弟惠连，东海何长瑜，颍川荀雍，泰山羊璿之，文章常会，共为山泽之游，时人谓之四友。"

㊋湘州：今湖南长沙。"州"，朱本、《全唐诗》作"洲"。

㊌巴陵：今湖南岳阳。

㊍颜光禄：金紫光禄大夫颜延年。

㊎留诗张内史：颜延年有诗《始安郡还都与张湘州登巴陵城楼作》。张内史：湘州刺史张邵。崇本无"史"字。

【汇评】

清何焯：退之诗后半，颇追斥八司马之党，而以之示刘，且要其属和，其亦近于疏浅，且得无益深其怨恨乎。赖梦得辈深于文章，知韩之必不可抑落，亦有内悔而思寻其旧好之意，庶免于怙兆而凶终耳。然亦可以为强负自遂之戒也。刘此诗不载于《中山集》，而编外集中，其亦忍尤攘诟有不獘卫者乎。（"孤志"句）无依倚乃自解，非附丽韦、王以求速化。（"左丘"句）左丘句乃自解于退之无□怨之意。退之出官，颇疑刘、柳泄之于韦、王，诗中所谓"奸猜畏弹射，斥逐恣欺诳"者是也。梦得和诗，可谓能忍诟者矣。（卞孝萱《刘禹锡诗何焯批语考订》）

贞元十八年(802)至永贞元年(805)在京兆长安所作其他诗

蒲桃①歌

　　野田生蒲桃,缠绕一枝蒿②。移来碧墀下,张王③日日高④。分歧浩繁缛,修蔓蟠诘曲。扬翘向庭柯,意思如有属。为之立长架⑤,布濩⑥当轩绿。米⑦液溉其根,理疏看渗漉。繁蕤组绶⑧结,悬实珠玑蹙。马乳⑨带轻霜,龙鳞跃⑩初旭。有客汾阴至,临堂瞪双目。自言我晋人,种此如种玉。酿之成美酒,令人饮不足。为君持一斗,往取凉州牧⑪。

【题解】

　　此诗作于贞元十八年(802)至二十一年(805)期间。瞿蜕园《笺证》按云:"诗意前半刺小人得势,后半刺政以贿成。但自贞元以后,似少权臣黩货鬻官之事,仍是斥宦官辈耳。"诗末用张让、孟佗事,刺宦官无疑。

【注释】

　　①蒲桃:即葡萄。"蒲桃",崇本作"蒲萄",下同。《全唐诗》作"葡萄",注云:"一作蒲桃。"

　　②蒿:《全唐诗》作"高",注云:"一作蒿。"

　　③张王:旺盛。

　　④日日高:朱本作"日高高"。

　　⑤架:《全唐诗》作"檠",注云:"一作架。"

　　⑥濩:崇本作"护"。

⑦《全唐诗》"米"下注云:"一作朱。"

⑧组绶:古人佩玉,用以系玉的丝带。

⑨马乳:葡萄的一种。

⑩跃:《全唐诗》作"曜"。

⑪"为君"二句:《后汉书》卷七八《张让传》:"让有监奴典任家事,交通货赂,威形喧赫。扶风人孟佗,资产饶赡,与奴朋结,倾谒馈问,无所遗爱。……宾客咸惊,谓佗善于让,皆争以珍玩赂之。佗分以遗让,让大喜,遂以佗为凉州刺史。"李贤注引《三辅决录注》云:"佗字伯郎。以蒲萄酒一斗遗让,让即拜佗为凉州刺史。""持",明本作"博"。

【汇评】

清何焯:(分歧句)顶"张王"。(扬翘句)顶"日高"。(为之句)束"扬翘"。(布濩句)束"分歧"。"理疏"句,非亲植葡萄,不知其入神也。(卞孝萱《刘禹锡诗何焯批语考订》)

清贺裳:形容葡萄形味,既自入神,忽思及孟佗、张让,隐讽当日中尉之盛,可谓寸水兴波之笔。(《载酒园诗话又编》)

清方贞观:古人于事之不能已于言者,则托之歌诗;于歌诗不能达吾意者,则喻以古事。于是用事遂有正用、侧用、虚用、实用之妙。……刘禹锡《葡萄歌》云:"为君持一斗,往取凉州牧。"此虚用法也。(《辍锻录》)

武夫词 并引

有武夫过,诧余以从军之乐。翌日,质于通武之善经者①,则曰:"果有乐也。夫威恣而赏劳则乐用,威雌②而赏蚩③则乐横④去。顾其乐安出耳。"予惕然作是词。

武夫何洸洸,衣紫袭绛裳。借问胡为尔?列校在鹰扬。依倚将军势,交结少年场。探丸害公吏⑤,袖⑥刃妒名倡。家

产既不事,顾眄⑦自生光。酣⑧歌高楼上,袒裼大道傍。昔为
编户人⑨,秉耒甘哺糠。今来从军乐,跃马饫持粱⑩。犹思风
尘起,无种取侯王。

【题解】

此诗当为刘禹锡因"永贞革新"被贬前在长安期间所作。《新唐书》卷
五〇《兵志》:"自肃宗以后,北军增置威武、长兴等军,名类颇多,而废置不
一。惟羽林、龙武、神武、神策、神威最盛,总曰左右十军矣。其后京畿之
西,多以神策军镇之,皆有屯营。军司之人,散处甸内,皆恃势凌暴,民间苦
之。自德宗幸梁还,以神策兵有劳,皆号'兴元元从奉天定难功臣',恕死
罪。……益肆为暴,吏稍禁之,辄先得罪,故当时京尹、赤令皆为之敛屈。"
此诗反映的就是当时军队跋扈横行之状。

【注释】

①通武之善经者:《左传》宣公十二年,"兼弱攻昧,武之善经也"。杜预
注:"经,法也。"

②雌:《全唐诗》作"雄"。

③虣(bào):同"暴"。

④崇本、明本、朱本"横"下作"去声"二小字注,是。

⑤"探丸"句:《汉书》卷九〇《尹赏传》:"长安中奸猾浸多,闾里少年群
辈杀吏,受赇报仇,相与探丸为弹,得赤丸者斫武吏,得黑丸者斫文吏,白者
主治丧;城中薄暮尘起,剽劫行者,死伤横道,枹鼓不绝。"

⑥袖:《全唐诗》作"抽"。

⑦眄:《全唐诗》作"盼"。

⑧《全唐诗》"酣"下注云:"一作醒。"

⑨编户人:平民。

⑩"跃马"句:《史记》卷七九《范雎蔡泽列传》:"唐举曰:'先生之寿,从
今以往者四十三岁。'蔡泽笑谢而去,谓其御者曰:'吾持粱刺齿肥,跃马疾
驱,怀黄金之印,结紫绶于要,揖让人主之前,食肉富贵,四十三年足矣。'"

"持",崇本作"峙",朱本《全唐诗》作"膏"。

贾客词 并引

五方之贾,以财相雄,而盐贾尤炽。或曰:"贾雄则农伤。"予感之,作是词。

贾客无定游,所游唯利并。眩俗杂良苦,乘时取^①重轻。心计析秋毫,捶钩倳悬衡^②。锥刀既无弃,转化日已盈。邀福祷波神,施财游化城^③。妻约雕金钏,女垂贯珠缨。高赀^④比封君,奇货通倖卿。趋时鸷鸟思,藏镪^⑤盘龙形。大舸浮通川,高楼次旗亭^⑥。行止皆有乐,关梁自^⑦无征。农夫何为者,辛苦事寒耕?

【题解】

此诗当为刘禹锡因"永贞革新"被贬前在长安期间所作。诗前小引言明"贾雄则农伤",诗人感于当时商人财大而农民辛苦、贫富不均之社会现状,因成此诗。

【注释】

①取:《乐府诗集》作"知"。

②"捶钩"句:《庄子·知北游》:"大马之捶钩者,年八十矣,而不失毫芒。"成玄英疏云:"大马,官号,楚之大司马也。捶,打锻也。钩,腰带也。大司马家有工人,少而善锻钩,行年八十而捶钩弥巧,专性凝虑,故无毫芒之差失也。钩,称钩,权也。谓能拈捶钩,权知斤两之轻重,无毫芒之差失也。""捶",《全唐诗》作"摇",注云:"一作捶。"作"摇",误。

③化城:佛家语,一时幻化之城。

④赀:朱本作"资"。

⑤镪(qiǎng):钱串,引申为成串的钱。

⑥旗亭:市楼。古代观察、指挥集市的处所,上立有旗,故称。

⑦自:《乐府诗集》作"似",《全唐诗》注云:"一作似。"

【汇评】

清何焯:(高赀句)并刺时主。(卞孝萱《刘禹锡诗何焯批语考订》)

桃源行

渔舟何招招,浮在武陵水。拖纶①掷饵信流去,误入桃源行数里。清源寻尽花绵绵,蹑花觅径至洞前。洞门苍黑烟雾生,暗行数步逢虚明。俗人毛骨惊仙子,争来致词何至此?须臾皆破水②雪颜,笑言③委曲问人④间。因嗟隐身来种玉,不知人世⑤如风烛。筵羞石髓⑥劝客餐,灯爇松脂留客宿。鸡声犬声遥相闻,晓光葱茏开五云。渔人振衣起出户,满庭无路花纷纷。翻⑦然恐迷⑧乡县处,一息不肯⑨桃源住。桃花满溪水似镜,尘心如垢洗不去。仙家一出寻无踪,至今水流⑩山重重。

【题解】

此诗作于贞元十八年(802)至二十一年(805)刘禹锡在京兆长安时。《八月十五日夜桃源玩月》末刘蒇跋云:"叔父元和中征昔事为《桃源行》。后贬官武陵,复为《玩月》作,并题于观壁。尔来星纪再周,蒇牵故此郡,仰见文字暗缺,伏虑他年□将尘没,故镌在贞石,以期不朽。大和四年,蒇谨记。""元和"当为"贞元"误。此诗取陶渊明《桃花源记》所述之事因以成诗。

【注释】

①拖纶:《全唐诗》"拖"下注云:"一作垂。"崇本作"扡"。纶:钓鱼用

的线。

②水:诸本作"冰",是。

③言:《乐府诗集》作"语",注云:"一作言。"《全唐诗》注云:"一作语。"

④人:《英华》作"世",《全唐诗》注云:"一作世。"

⑤《全唐诗》"世"下注云:"一作间。"

⑥石髓:即石钟乳。《晋书》卷四九《嵇康传》:"康又遇王烈,共入山,烈尝得石髓如饴,即自服半,余半与康,皆凝而为石。"

⑦飜:崇本、朱本作"翻"。

⑧迷:《英华》作"失",注云:"集作迷。"《全唐诗》作"失",注云:"一作迷。"

⑨《英华》"肯"下注云:"集作觉。"

⑩水流:《英华》作"流水",注云:"集作水流。"《全唐诗》作"流水",注云:"一作水流。"

【汇评】

宋胡仔:东坡云:"世传桃源事多过其实。考渊明所记,止言先世避秦乱来此,则渔人所见,似是其子孙,非秦人不死者也。又云杀鸡作食,岂有仙而杀者乎!……"苕溪渔隐曰:东坡此论,盖辩证唐人以桃源为神仙,如王摩诘、刘梦得、韩退之作《桃源行》是也。唯王介甫作《桃源行》,与东坡之论暗合。(《苕溪渔隐丛话》)

宋陈岩肖:武陵桃源,秦人避世于此,至东晋始闻于人间。陶渊明作记,且为之诗,详矣。其后,作者相继,如王摩诘、韩退之、刘禹锡、本朝王介甫,皆有歌诗,争出新意,各相雄长。(《庚溪诗话》)

宋吴子良:渊明《桃花源记》,初无仙语。盖缘诗中有"奇踪隐五百,一朝敞神界"之句,后人不审,遂多以为神仙。如韩退之诗云"神仙有无何渺茫,桃源之说尤荒唐",刘禹锡云"仙家一出寻无踪,至今水流山重重",王维云"初因避地去人间,及至成仙遂不还"……此皆求之过也。唯王荆公诗与东坡《和桃源诗》最为得实,可以破千载之惑矣。(《吴氏诗话》)

清何焯:中间铺叙尚省净,不将神仙事铺扬□声。(卞孝萱《刘禹锡诗何焯批语考订》)

58

清翁方纲:古今咏桃源事者,至右丞而造极,固不必言矣。然此题咏者,唐宋诸贤略有不同,右丞及韩文公、刘宾客之作,则直谓成仙;而苏文忠之论,则以为是其子孙,非即避秦之人至晋尚在也。此说似近理。盖唐人之诗,但取兴象超妙,至后人乃更研核情事耳。……刘宾客之诗,虽自有寄托,然逊诸公诗多矣。郭茂倩并取入《乐府》,似未当。(《石洲诗话》)

清乔亿:诗与题称乃佳。……《桃源行》四篇,摩诘为合作,昌黎、半山大费气力,梦得亦澄汰未精。(《剑溪说诗》)

路傍曲

南山^①宿雨晴,春入凤凰城。处处闻弦管,无非送酒声。

【题解】

此诗当为禹锡在长安期间所作。诗中反映的是长安权贵之家的豪奢生活。

【注释】

①南山:瞿蜕园《笺证》云:"《清一统志》云:'《长安志》:南山在长安县南七十里,连乾祐县界。又鰲屋县南山去县三十里。《雍录》:终南山横亘关中南面,西起秦陇,东彻蓝田,凡雍、岐、郿、鄠、长安、万年相去八百里,连亘峙踞其南者,皆此一山。胡三省《通鉴》注:关中有南山北山。自甘泉连延至巀嶪、九崚为北山,自终南太白连延至商岭为南山。'"

宪宗元和元年(806)

武陵①书怀五十韵 并引

按《天官书》，武陵当翼、轸②之分，其在春秋及战国时，皆楚地。后为秦惠王所并，置黔中郡。汉兴，更名为武陵，东徙于今治所。常林《义陵记》云："初，项籍杀义帝于郴，武陵人曰：'天下怜楚而兴，今吾王何罪，乃见杀？'郡民缟素，哭于招屈亭③。高祖闻而义④之，故亦曰义陵。"今郡城东南亭舍⑤，其所也。晋、宋、齐、梁间皆以分王子弟，事存于其书⑥。永贞元年，余始以尚书外郎出补连山守，道贬为是郡司马。至则以方志所载而质诸其人民。顾山川风物，皆骚人所赋，乃据所闻见而成是诗。因自述其出处之所以然，故用书怀为目云。

西汉开支郡⑦，南朝号戚藩⑧。四封⑨当列宿，百雉⑩俯清沅。高岸朝霞合，惊湍激箭奔。积阴春暗度，将霁雾先昏。俗尚东皇⑪祀，谣传义帝冤。桃花⑫迷隐处⑬，练叶慰忠魂⑭。户算⑮资渔猎，乡豪恃子孙。照山畲火⑯动，蹋月俚歌喧。拥楫舟为市，连甍⑱竹覆轩⑲。披沙金粟见，拾羽翠翘⑳翻。茗折㉑沧溪㉒秀，苹生枉渚㉓暄㉔。沧溪茶为邑人所重，枉渚近在郭东㉕。禽惊㉖格磔㉗起，鱼戏噞喁㉘繁。按《本草经》曰㉙：鷓鸪声如钩辀格磔者是也。沈约台榭㉚故，李衡墟落㉛存。隐侯台、木奴洲并在。湘灵㉜悲鼓瑟㉝，泉客㉞泣酬恩。露变兼葭浦，星悬橘柚村。虎咆空野震，鼍作满川浑。邻里皆迁客，儿童习㉟左言㊱。炎㊲天无洌井,霜月见芳荪⑱。清白家传遗⑲,诗书志所敦。列科叩甲乙,从宦出丘樊。结友心多⑩契,驰声气尚⑪吞。士安曾重赋⑫,元礼许登门⑬。草檄嫖姚幕⑭,巡兵戊己⑮屯。筑台⑯先自隗,送客独留髡⑰。遂结王畿绶⑱,来观衢室⑲尊。鸢飞入鹰隼,鱼目俪玙璠⑳。晓烛罗驰道㉑,朝阳辟帝阍㉒。王正会夷夏㉓,月朔盛旗幡㉔。独立当瑶阙㉕,传诃步紫垣㉖。按章清犴狱㉘,视祭洁苹蘩㉙。御历㉚昌期远,传家宝祚㉛蕃。縟文㉜光夏启,神教㉝畏轩辕。内禅㉞因天性,膺图㉟授化元㊱。继明㊲悬日月,出震㊳统乾坤。大孝三朝备,洪恩九族惇。百川宗渤澥㊴,五岳辅昆仑。何幸逢休运?微班㊵识至尊。校缗㊶资筦榷㊷,复土奉山园。时以本官判度支盐铁等,兼崇陵使判官㊸。一失贵人意,徒闻大学论㊹。直庐㊺辞锦帐,远守愧朱轓㊻。巢幕㊼方犹燕,抢榆尚笑鲲㊽。遭回过荆郢㊾,流落感凉温。旅望花无色,愁心醉不惛。春江千里草,暮雨一声猿。问卜安冥数,看方理病源。带縰㊿衣改制,尘涩剑成痕。三秀悲中散[51],二毛伤虎贲[52]。来忧御魑魅[53],归愿牧鸡豚。就日秦京远,临风楚奏[54]烦。南登无灞[55]岸,且夕上高原。

【题解】

此诗为元和元年(806)刘禹锡初至朗州时所作。诗序云:"至则以方志所载而质诸其人民。顾山川风物,皆骚人所赋,乃据所闻见而成是诗。"

【注释】

①武陵:武陵郡。汉高祖割黔中故治置义陵郡,治在今湖南溆浦县南三里,后汉移至临沅,故址在今湖南常德西。

②翼、轸:南方朱雀七宿之二星名。此二星之分野为楚,武陵在春秋战国时皆为楚地,故云"武陵当翼、轸之分"。

③招屈亭:王象之《舆地纪胜》卷六八《荆湖北路·常德府·景物》(下):"招屈亭:今郡南亭即其所。在安济门之右,沅水之滨。"

④义:《全唐诗》作"异",误。

⑤东南亭舍:"东南",崇本作"南东",误。"舍",崇本作"是",并下断为"是其所也"。

⑥"晋宋"二句:《晋书》卷六四《武陵威王晞传》:"武陵威王晞,字道叔,出继武陵王喆后,太兴元年受封。"《宋书》卷八〇《武陵王赞传》:"武陵王赞,字仲敷,明帝第九子也。泰始六年生。其年,诏曰:'……今以第九子智随奉世祖为子,武陵郡大明之世,事均代邦,可封智随武陵王,食邑五千户。"《南齐书》卷三五《武陵昭王晔传》:"武陵昭王晔,字宣照,太祖第五子也。"《梁书》卷五五《武陵王纪传》:"武陵王纪,字世询,高祖第八子也。少勤学,有文才,属辞不好轻华,甚有骨气。天监十三年,封为武陵郡王,邑二千户。"

⑦支郡:边郡。

⑧戚藩:近亲藩王。

⑨四封:四境。

⑩百雉:《左传》隐公元年:"祭仲曰:'都城过百雉,国之害也。先王之制:大都,不过参国之一;中,五之一;小,九之一。'"雉:古代计算城墙面积的单位,长三丈高一丈为一雉。

⑪东皇:天神。

⑫桃花:桃花源。陶渊明《桃花源记》:"太守即遣人随其往,寻向所志,遂迷不复得路。"

⑬处:崇本作"迹"。

⑭"练叶"句:梁吴均《续齐谐记》:"屈原五月五日投汨罗水,楚人哀之。至此日,以竹筒子贮米投水以祭之。汉建武中,长沙区曲忽见一士人,自云三闾大夫,谓曲曰:'闻君当见祭,甚善。常年为蛟龙所窃。今若有惠,当以楝叶塞其上,以彩丝缠之。此二物,蛟龙所惮。'曲依其言。今五月五日作粽,并带楝叶、五花丝,遗风也。""练",明本、朱本、《全唐诗》作"楝"。《全唐诗》注云:"一作练。"

⑮户算:户税。

⑯畬火:火耕时所放的火。

⑰踢月:苗族跳月风俗。

⑱甍(méng):屋脊。

⑲轩:有窗的长廊或小屋。

⑳翠翘:翠鸟尾上的长羽。

㉑茗折:茶叶长出嫩芽。

㉒沧溪:《读史方舆纪要·湖广六·常德府·武陵县》:"枉渚,一名苍溪。"沧,通"苍",《全唐诗》作"苍"。

㉓枉渚:《太平寰宇记》卷一一八《江南西道》一六《朗州武陵县》:"枉山,在郡东十七里,有枉水出焉。山西有溪,溪口有小湾,谓之枉渚。山上有楚祠,存。"

㉔《全唐诗》"暄"下注云:"一作妍。"

㉕沧溪茶为邑人所重,枉渚近在郭东:崇本"枉"前有"楷"字,"近"作"亦"。《全唐诗》无此十四字注。

㉖《全唐诗》"惊"下注云:"一作鸣。"

㉗格磔(gē zhé):鸟叫声。

㉘唵喁(yǎn yóng):鱼在水面张口呼吸貌。

㉙经日:崇本作"云红日",误。

㉚沈约台榭:刘禹锡自注:"隐侯台。"《舆地纪胜》:"沈公台碑在武陵西南三里光福寺竹林中,今犹存古碑,题额云'重游沈公台记',碑字漫灭不可读。"沈约:字休文,吴兴武康(今浙江德清)人。博通群集,历仕宋、齐、梁三朝。梁时拜尚书仆射,封建昌县侯,官至尚书令。死后谥隐,故后人称为"隐侯"。著有《晋书》、《宋书》、《齐记》、《高祖纪》等。

㉛李衡墟落:刘禹锡自注:"木奴洲。"李衡:《水经注·沅水》:"沅水又东历龙阳县之氾洲,洲长二十里,吴丹杨太守李衡植柑于其上。临死,敕其子曰:'吾州里有木奴千头,不责衣食,岁绢千匹。'"

㉜湘灵:湘水之神。

㉝瑟:崇本作"曲"。

63

㉞泉客:鲛人。南朝梁任昉《述异记》卷上:"蛟人,即泉先也,又名泉客。"

㉟习:崇本作"尽"。

㊱左言:指异族语言。

㊲炎:崇本作"火"。

㊳芳荪:香草名。

㊴遗:朱本作"贵",《全唐诗》作"远"。

㊵心多:崇本作"多心"。

㊶气尚:崇本作"尚气"。

㊷"士安"句:《晋书》卷九二《文苑·左思传》:"及赋成,时人未之重。思自以其作不让班、张,恐以人废言。安定皇甫谧有高誉,思造而示之。谧称善,为其赋序。"士安:皇甫谧(215—282),字士安,安定朝那(今甘肃平凉)人,《晋书》卷五一有传。

㊸"元礼"句:《后汉书》卷六七《李膺传》:"李膺,字元礼,颍川襄城人也。"桓帝时,"朝廷日乱,纲纪颓弛,膺独持风裁,以声名自高。士有被其容接者,名为登龙门"。

㊹"草檄"句:此句意指贞元十六(800)、十七(801)年,刘禹锡入淮南杜佑幕。草檄:起草檄文。嫖姚:指霍去病,曾为嫖姚校尉。

㊺戊己:戊己校尉。汉代官名,掌管西域屯田事务。

㊻筑台:《史记》卷三四《燕召公世家》:"郭隗曰:'王必欲致士,先从隗始。况贤于隗者,岂远千里哉!'于是昭王为隗改筑宫而师事之。乐毅自魏往,邹衍自齐往,剧辛自赵往,士争趋燕。燕王吊死问孤,与百姓同甘苦。"

㊼"送客"句:髡:淳于髡。《史记》卷一二六《滑稽列传》:"威王大说,置酒后宫,召髡赐之酒。问曰:'先生能饮几何而醉?'对曰:'臣饮一斗亦醉,一石亦醉。'威王曰:'先生饮一斗而醉,恶能饮一石哉!其说可得闻乎?'髡曰:'赐酒大王之前,执法在傍,御史在后,髡恐惧俯伏而饮,不过一斗径醉矣。……日暮酒阑,合尊促坐,男女同席,履舄交错,杯盘狼藉,堂上烛灭,主人留髡而送客,罗襦襟解,微闻芳泽,当此之时,髡心最欢,能饮一石。故曰酒极则乱,乐极则悲;万事尽然,言不可极,极之而衰。'以讽谏焉。齐王

曰：'善。'乃罢长夜之饮，以髡为诸侯主客。"

㊽"遂结"句：此句意指刘禹锡于贞元十七年(801)末补京兆府渭南县主簿，十九年十月，入为监察御史。王畿：古指王城周围千里的地域，泛指帝京，此处指长安及京兆。结绶：佩系印绶，谓出仕为官。

㊾衢室：相传唐尧征询民意的处所。泛指古代帝王听政之所。

㊿玙璠(yú fán)：美玉。

(51)驰道：古代供君王行驶车马的道路。泛指供车马驰行的大道。

(52)帝阍：宫门，禁门。

(53)"王正"句：正月元旦，皇帝接受夷夏四方群臣朝贺。王正：王朝钦定历法的正月。特指元月元日。

(54)"月朔"句：每月阴历初一，皇帝祭告祖庙，然后受朝礼，处理政事。月朔：每月的朔日。指旧历初一。

(55)瑶阙：指皇宫，朝廷。

(56)传诃：传呼。

(57)紫垣：星座名。常借指皇宫。

(58)"按章"句：《唐六典》卷一三载监察御史职掌"纠视刑狱"。刘禹锡于贞元十九年闰十月入为监察御史。犴狱：牢狱。犴：狴犴，传说中的兽名。古代牢狱门上绘其形状，故又用为牢狱的代称。

(59)"视祭"句：《唐六典》卷一三载监察御史职掌"凡冬至祀圜丘，夏至祭方丘，孟春祈谷，季春祀明堂，孟冬祭神州，五郊迎气及享太庙，则二人共监之。若朝日、夕月及祭社稷、孔宣父、齐太公，蜡百神，则一人率其官属，阅其牲牢，省其器服，辨其轻重，有不修不敬则劾之。"苹蘩：《左传》隐公三年："苟有明信，涧溪沼沚之毛，苹蘩蕰藻之菜，筐筥锜釜之器，潢污行潦之水，可荐于鬼神，可羞于王公。"杨伯峻注："苹，池塘浅水中小草本植物。蘩，白蒿，菊科多年生草本植物。"

(60)御历：指皇帝登位，君临天下。

(61)宝祚：国运；帝位。

(62)繇文：占卜的文辞。繇，通"籀"。

(63)神教：依神道所设之教导。

⑥内禅：古代帝王传位给内定的继承人称为"内禅"。此处指顺宗禅让于宪宗。

⑥膺图：承受瑞应之图。指帝王得国或嗣位。"膺"，《全唐诗》作"雄"。

⑥化元：造化，此处指天下社稷。

⑥继明：持续不断的光明。借指皇帝即位。

⑥出震：详见《德宗神武孝文皇帝挽歌二首》注①。

⑥渤澥(xiè)：渤海。

⑦微班：卑微的官职。班：班列位次。

⑦校缗(mín)：理财。缗：成串的钱。

⑦筦(guǎn)榷：管理专卖的官。刘禹锡以屯田员外郎判度支盐铁等案，即主管盐铁榷利，故自注云："时以本官判度支盐铁等。"

⑦崇本"等"下有"案"字，是。崇本"兼"下有"充"字。

⑦"徒闻"句：《后汉书》卷六五《皇甫规传》："规出身数年，持节为将，拥众立功，还督乡里，既无他私惠，而多所举奏，又恶绝宦官，不与交通，于是中外并怨，遂共诬规货赂群羌，令其文降。天子玺书诮让相属。规惧不免，上疏自讼……其年冬，征还拜议郎。论功当封。而中常侍徐璜、左悺欲从求货，数遣宾客就问功状，规终不答。璜等忿怒，陷以前事，下之于吏。官属欲赋敛请谢，规誓而不听，遂以余寇不绝，坐系廷尉，论输左校。诸公及太学生张凤等三百余人诣阙讼之。会赦，归家。""大"，崇本、朱本、《全唐诗》作"太"。

⑦直庐：旧时侍臣值宿之处。

⑦朱辑：古代高官所乘之车。辑：古代车箱两旁反出如耳的部分，用以障蔽尘泥。

⑦巢幕：《左传》襄公二十九年："夫子获罪于君以在此，惧犹不足，而又何乐？夫子之在此也，犹燕之巢于幕上。君又在殡，而可以乐乎？"杜预注："言至危。"

⑦"抢榆"句：《庄子·逍遥游》：鲲鹏"背负青天而莫之夭阏者，而后乃今将图南。蜩与学鸠笑之曰：'我决起而飞，抢榆枋，时则不至，而控于地而已矣；奚以之九万里而南为？'"

⑦郢:朱本、《全唐诗》作"楚"。

⑧赊:宽松、松缓。

⑧"三秀"句:《晋书》卷四九《嵇康传》:"东平吕安服康高致,每一相思,辄千里命驾,康友而善之。后安为兄所枉诉,以事系狱,辞相证引,遂复收康。康性慎言行,一旦缧绁,乃作《幽愤诗》,曰:……煌煌灵芝,一年三秀。予独何为,有志不就。惩难思复,心焉内疚。庶勖将来,无馨无臭。"中散:嵇康,曾为中散大夫。

⑧"二毛"句:二毛:头发斑白。潘岳《秋兴赋》序:"晋十有四年,余春秋三十有二,始见二毛。以太尉掾兼虎贲中郎将,寓直于散骑之省。"虎贲:指潘岳。

⑧魅魑:明本、朱本、《全唐诗》作"魑魅",是。

⑧楚奏:楚地音乐,寓思乡怀旧之意。《左传》成公九年载,楚钟仪被俘,囚于晋。晋侯命仪奏琴,仪操南音。晋大臣范文子说,钟仪"乐操土风,不忘旧也"。

⑧灞:灞水,陕西渭水支流。

【汇评】

明杨慎:刘禹锡《武陵》诗:"积阴春暗度,将霁雾先昏。"……皆用老农占验语。(《升庵诗话》)

元和二年(807)

八月十五日夜桃源玩月

　　尘中见月心亦闲,况是清秋仙府间。凝光悠悠寒露坠,此时立①在最高山。碧虚无云风不起,山上长松山下水。群动翛然一境②中,天高地平千万里。少君③引我升玉坛,礼空遥请真仙官。云骈④欲下星斗动,天乐一声肌骨寒。金⑤霞昕昕渐东上,轮敧影促犹频望。绝景良时难再并⑥,他年此夕⑦应惆怅。

　　叔父元和中征⑧昔事为《桃源行》。后贬官武陵,复为《玩月》作,并题于观壁。尔来星纪再周⑨,葮⑩牵故⑪此郡,仰见文字暗缺,伏虑他年□⑫将尘没,故镌在贞石,以期不朽。大和四年,葮谨记。

【题解】

　　此诗作于元和二年(807)刘禹锡在朗州任司马之时。诗末刘葮跋文言"大和四年,葮谨记"(830),按"星纪再周"上推,《玩月》诗当作于元和元年或二年。

【注释】

　　①立:朱本作"云",误。

　　②境:朱本、《全唐诗》作"顾"。

　　③少君:李少君。《汉书》卷二五上《郊祀志》上:"是时,李少君亦以祠灶、谷道、却老方见上,上尊之。少君者,故深泽侯人,主方。匿其年及所生长。常自谓七十,能使物,却老。"

　　④云骈:当作"云軿"。神仙所乘之车。以云为之,故云。軿(píng):古

代一种有帷幔的车。"骈",朱本、《全唐诗》作"軿",是。

⑤《全唐诗》"金"下注云:"一作朝。"

⑥并:朱本作"逢"。

⑦夕:朱本、《全唐诗》作"日"。

⑧征:崇本作"攽",朱本作"取"。

⑨星纪再周:岁星纪年,十二年为一星纪,星纪再周为二十四年。

⑩莅(jì):刘禹锡无兄弟,莅称其为叔父,当为从兄之子。

⑪牵故:当作"牵复"。《易·小畜》:"九二,牵复,吉。"孔颖达疏:"牵谓牵连,复谓反复。""故",崇本作"复",是。

⑫所缺字,崇本、朱本、《全唐诗》作"转"。

【汇评】

清宋宗元:一片空明之境("碧虚无云"四句下)。(《网师园唐诗笺》)

元和三年(808)

游桃源一百韵

沅江①清悠悠,连山②郁岑寂。回流抱绝巘,皎镜含虚碧。昏旦递明媚,烟岚纷委积。香蔓垂绿潭,暴③龙照孤碛。山④下潭名绿萝,碛名暴龙。渊明著前志,子骥⑤思远蹠。子骥事见陶先生本记⑥。寂寂无何乡⑦,密尔天地隔。金行⑧太元⑨岁,渔者偶探赜⑩。寻花得幽踪,窥洞穿暗隙。依微闻鸡犬,豁达值阡陌。居人互将迎,笑语如平昔。广乐⑪虽交奏,海禽⑫心不怪。挥手一来归,故溪无处觅。绵绵五百载,市朝⑬几迁革?有路在壶中⑭,无人知地脉。皇家感至道,圣祚自天锡。金阙传本枝⑮,玉函⑯留宝历。禁山开秘宇,复户⑰洁灵宅。诏隶二十户免徭以奉洒扫。药检⑲香氛氲,醮坛烟幂幂。我来尘外蹰,莹若朝醒析⑳。崖转对翠屏,水穷留画鹢㉑。三休俯乔木,千级攀峭壁。旭日闻撞钟,彩云迎蹑屐。遂登最高顶,纵目还㉒楚泽。平湖见草青,远岸连霞赤。幽寻如梦想,绵思属空閴㉓。寅缘㉔且忘疲,耽玩近成癖。清猿伺晓发,瑶草㉕凌寒坼。祥禽舞葱茏,珠树摇的砾㉖。羽人㉗顾我笑,劝我税㉘归轭。霓衣何飘飘㉙,童颜洁白晳。重岩是藩屏,驯鹿受羁靮㉚。楼居迖㉛清霄,萝茑㉜成翠帟㉝。仙翁遗竹杖,王母留桃核㉞。姹女㉟飞丹沙㊱,青童㊲护金液。宝气浮鼎耳,神光生剑脊。虚无天乐来,僸窣鬼兵役。丹丘㊳肃朝礼,玉札㊴工绅绎㊵。沈㊶中淮南

70

方㊷,床下阜乡舄㊸。明灯坐遥夜,幽籁听淅沥。因话近世仙,耸然心神惕。乃言瞿氏子㊹,骨状非凡格。往事黄先生,群儿多侮剧。謷㊺然不屑意,元气贮肝鬲。往往游不归,洞中观博弈。言高未易信,犹复加诃责。一旦前致辞,自云仙期迫。言师有道骨,前事尝㊻被谪。如今三山㊼上,名字在真籍㊽。悠然谢主人,"后岁当来觌㊾"。言毕依庭树,如烟去无迹。观者皆失次,惊追纷络绎。日暮山径穷,松风自萧槭㊿。适逢修蛇见,瞋目光激射。如严三清(51)居,不使恣搜索。唯余步纲(52)势,八趾在沙砾(53)。至今东北隅,表以坛上石。列仙徒有名,世人非目击。如何庭庑际,白日振飞翮。洞天岂幽远?得道如咫尺。一气(54)无死生,三光(55)自迁易。因思人间世,前路何湫(56)窄。瞥然此生中,善祝期(57)满百。大方(58)播群类,秀气(59)肖翕辟(60)。性静本同和,物牵成阻阨。是非斗方寸,荤血昏精魄。遂令多夭伤,犹喜见斑白。喧喧车马驰,苒苒桑榆(61)夕。共安缇绣(62)荣,不悟泥途适。纷吾本孤贱,世业在逢掖(63)。九流(64)宗指归,百氏(65)旁捃摭。公卿偶慰荐,乡曲谬推择。居安白社(66)贫,志傲玄纁(67)辟(68)。功名希自取,簪组(69)俟扬历(70)。书府早怀铅(71),射宫(72)曾发的。起草香生帐(73),坐曹乌集柏(74)。赐宴聆《箫韶》(75),侍祠(76)阅琮璧。尝(77)闻履忠信,可以行蛮貊(78)。自迷(79)希古心,妄恃干时画(80)。巧言忽成锦,苦志徒食蘖(81)。平地生峰峦,深心有矛戟。曾(82)波一震荡,弱植果(83)沦溺。北渚吊灵均(84),长岑思亭伯(85)。祸来昧几兆,事去空叹惜。尘累与时深,流年随漏滴。才能疑木雁(86),报施迷夷、跖(87)。楚奏系钟仪(88),商歌劳宁戚(89)。禀生(90)非悬解(91),对境(92)方感激。自从婴网罗(93),每事问龟策(94)。王正降雷雨,环玦赐迁斥(95)。倘复(96)夷平人(97),誓将依羽客。买山构精舍(98),领徒开讲席。冀无身外忧,自有闲中益。道牙⑨期日就,尘虑乃冰释。且欲遗姓名,安能慕竹帛?长生尚学致,一溉⑩岂虚掷?芝术⑩资糇粮⑩,烟霞拂巾帻。黄石履看堕⑬,洪崖⑭肩可拍。聊复嗟蜉蝣,何频⑮哀虺蜴⑯。青囊⑰既深味,琼葩亦屡摘。纵无西山姿⑱,犹免长戚戚。

【题解】

此诗作于元和三年(808)春,时刘禹锡被贬朗州。诗中有"王正降雷雨,环玦赐迁斥"句,瞿蜕园《笺证》云:"或指元和三年(808)受册尊号之恩赦。"此诗当为元和三年作。此诗写刘禹锡游至桃源,与道士纵谈,感慨世人为物所累。自己虽有兼济天下之志,无奈遭忌被斥,生出隐居求志之意。

【注释】

①沅江:沅水,源出贵州,入湖南,终汇入洞庭湖。

②山:朱本作"日"。

③暴:崇本作"曝"。

④山:朱本作"此"。

⑤子骥:刘子骥。《晋书》卷九四《刘骥之传》:"刘骥之,字子骥,南阳人,光禄大夫耽之族也。骥之少尚质素,虚退寡欲,不修仪操,人莫之知。好游山泽,志存遁逸。"

⑥崇本"记"下有"也"字。

⑦无何乡:《庄子·逍遥游》:"今子有大树,患其无用,何不树之于无何有之乡,广莫之野,彷徨乎无为其侧,逍遥乎寝卧其下。不夭斤斧,物无害者,无所可用,安所困苦哉!"

⑧金行:指晋。五行家以为各朝按相生相克原理前后继承,晋为金德,五行属金。

⑨太元:晋孝武帝年号,公元376至396年。

⑩探赜(zé):《周易正义》卷七《系辞》上:"探赜索隐,钩深致远,以定天下吉凶,成天下之亹亹者,莫大乎蓍龟。"孔颖达《正义》曰:"探谓窥探求取,

赜谓幽深难见。”

⑪广乐：盛大之乐。多指仙乐。《穆天子传》卷一：“天子乃奏广乐。”

⑫海禽：《庄子·至乐》：“昔者海鸟止于鲁郊，鲁侯御而觞之于庙，奏九韶以为乐，具太牢以为膳。鸟乃眩视忧悲，不敢食一脔，不敢饮一杯，三日而死。”

⑬市朝：指争名逐利之所。

⑭壶中：壶中天，即“壶天”。《后汉书》卷八二下《方术列传》：“费长房者，汝南人也。曾为市掾。市中有老翁卖药，悬一壶于肆头，及市罢，辄跳入壶中。市人莫之见，唯长房于楼上睹之，异焉，因往再拜奉酒脯。翁知长房之意其神也，谓之曰：‘子明日可更来。’长房旦日复诣翁，翁乃与俱入壶中。唯见玉堂严丽，旨酒甘肴，盈衍其中，共饮毕而出。”

⑮本枝：即本支。同一家族的嫡系和庶出子孙。高志忠《校注》云：“刘禹锡自称汉中山靖王胜之后裔。……诗中‘皇家感至道’至‘复户洁灵宅’六句言汉室，故曰‘本枝’云云。”

⑯玉函：王嘉《拾遗记》卷三《周灵王》：“浮提之国，献神通善书二人，乍老乍少，隐形则出影，闻声则藏形。出肘间金壶四寸，上有五龙之检，封以青泥。壶中有黑汁，如淳漆，洒地及石，皆成篆隶科斗之字。记造化人伦之始，佐老子撰《道德经》，垂十万言。写以玉牒，编以金绳，贮以玉函。”此处玉函指《道德经》。

⑰复户：免除户税。

⑱灵宅：隐士或修道者的住所。

⑲药检：即“检药”。检，即“捡”。“药”，朱本作“蕊”。

⑳醒析：即“析醒”，酒醒。“醒”，《全唐诗》作“星”。

㉑画鹢：《淮南子》卷八《本经训》：“龙舟鹢首，浮吹以娱。”高诱注：“鹢，大鸟也。画其像著船头，故曰鹢首。”后以“画鹢”为船的别称。

㉒还：崇本作“环”。

㉓閴：《全唐诗》作“阒”。

㉔寅缘：即“夤缘”。攀援；攀附。“寅”，崇本、《全唐诗》作“夤”。

㉕瑶草：香草。江淹《别赋》：“惜瑶草之徒芳。”

㉖的皪:崇本、明本、《全唐诗》作"玓瓅",《全唐诗》注云:"一作的皪。"朱本作"的皪"。

㉗羽人:神话中的飞仙。

㉘税:通"脱"。

㉙霓衣何飘飘:"衣",朱本、《全唐诗》作"裳"。飘飘,崇本、《全唐诗》作"飘飖"。

㉚靮(dí):马缰绳。

㉛迩:《全唐诗》作"弥",注云:"一作迩。"

㉜茑(niǎo):落叶小乔木,茎攀缘树上,叶掌状分裂,略作心脏形,花淡绿微红,果实球形,味酸。

㉝帟(yì):小帐幕,亦指幄中座上的帐子。

㉞"王母"句:《汉武帝内传》:"王母自设天厨,真妙非常……又命侍女更索桃果。须臾,以玉盘盛仙桃七颗,大如鸭卵,形圆青色,以呈王母。母以四颗与帝,三颗自食。桃味甘美,口有盈味。帝食辄收其核,王母问帝,帝曰:'欲种之。'母曰:'此桃三千年一生实,中夏地薄,种之不生。'帝乃止。"

㉟姹女:亦作"妊女"。道家炼丹,称水银为姹女。

㊱丹沙:即"丹砂"。一种矿物,炼汞的主要原料。可做颜料,也可入药。

㊲青童:神话传说中的仙童。

㊳丹丘:传说中神仙所居之地。

㊴玉札:玉版刻的道书。

㊵绅绎(chōu yì):理出头绪。也作"抽绎"。

㊶沈:崇本作"枕",是。

㊷淮南方:《汉书》卷三六《刘向传》:"上复兴神仙方术之事,而淮南有《枕中鸿宝苑秘书》。书言神仙使鬼物为金之术,及邹衍重道延命方,世人莫见,而更生父德武帝时治淮南狱得其书。"

㊸阜乡舄(xì):指仙人的鞋子。刘向《列仙传》卷上:"安期先生者,琅琊阜乡人也。卖药于东海边,时人皆言千岁翁。秦始皇东游,请见,与语三日三夜,赐金璧度数千万。出,于阜乡亭皆置去,留书,以赤玉舄一双为报,

74

曰:‘后数年求我于蓬莱山。’”

㊹瞿氏子:《太平广记》卷四五《瞿道士》:“黄尊师修道于茅山,法箓绝高,灵应非一。弟子瞿道士,年少,不甚精悬,屡为黄师所笞。草堂东有一小洞,高八尺,荒蔓蒙蔽,似蛇虺所伏。一日,瞿生又怠惰,为师所棰,逡巡避杖,遂入此洞。黄公惊异,遣去草搜索。一无所见。食顷方出,持一棋子,曰:‘适观棋时人留飡见遗。此秦人棋子也。’黄公方怪之,尚意其狐狸所魅,亦不甚信。……黄公沐浴朝服,以候真侣。将晓,氛烟渐散,见瞿生乘五色云,自东方出在庭中,灵乐鸾鹤,弥漫空际,于云间再拜黄公曰:‘尊师即当来,更务修造,亦不久矣。’复与诸徒诀别,乘风遂去,渐远不见。隐隐犹闻众乐之音。”

㊺《全唐诗》“謦”下注云:“一作警。”

㊻尝:朱本、《全唐诗》作“常”,误。

㊼三山:传说中的海上三神山。王嘉《拾遗记》卷一《高辛》:“三壶,则海中三山也。一曰方壶,则方丈也;二曰蓬壶,则蓬莱也;三曰瀛壶,则瀛洲也。”

㊽真籍:谓真人或仙家的名册。

㊾觌(dí):相见。

㊿萧槭:形容风吹树木的声音。

(51)三清:道教所指玉清、上清、太清三清境。此处指道观。

(52)纲:朱本作“江”。

(53)“八趾”句:《全唐文》卷七六一狄中立《桃源观山界记》:“八迹坛在祠堂北一百八步瞿童上升处,足印八迹。后人思之,立坛于其所,因以为名。”

(54)一气:指混沌之气。古代认为是构成天地万物之本原。

(55)三光:日、月、星。

(56)湫:《全唐诗》作“狭”,注云:“一作湫。”

(57)期:崇本作“拟”。

(58)大方:指大地。

(59)秀气:灵秀之气。《礼记·礼运》:“人者,其天地之德,阴阳之交,鬼神之会,五行之秀气也。”

(60)翕辟：开合，启闭。

(61)桑榆：日落时光照桑榆树端，因以指日暮。

(62)缇绣：赤缯与文绣。指高贵丝织品。此处借指高官。

(63)逢掖：宽大的衣袖。《礼记正义》卷五九《儒行》："丘少居鲁，衣逢掖之衣；长居宋，冠章甫之冠。"因指儒生所穿之衣。此处指儒学。

(64)九流：先秦的九个学术流派。《汉书》卷一〇〇《叙传下》："刘向司籍，九流以别。"颜师古注引应劭曰："儒、道、阴阳、法、名、墨、纵横、杂、农，凡九家。"

(65)百氏：先秦诸子百家。

(66)白社：地名。在河南省偃师境内。晋葛洪《抱朴子·杂应》："洛阳有道士董威辇常止白社中，了不食，陈子叙共守事之，从学道。"借指隐士或隐士所居之处。

(67)玄纁(xūn)：黑色和浅红色的布帛。《书·禹贡》："厥篚玄纁玑组。"后世帝王用作延聘贤士的礼品。

(68)辟：指君主招来，授予官职。

(69)簪组：冠簪和冠带。借指官宦。

(70)扬历：谓显扬贤者居官的治绩。

(71)怀铅：指怀铅提椠。谓携带笔简，以备随时记录、著述。《西京杂记》卷三："扬子云好事，常怀铅提椠，从诸计吏，访殊方绝域四方之语。"

(72)射宫：天子行大射礼之处，亦为考试贡士之所。

(73)"起草"句：指贞元十六年(800)夏入杜佑幕府为掌书记事。香生帐：指"芙蓉府"，也即"莲幕"，幕府。《南史》卷四九《庾杲之传》："(王俭)用杲之为卫将军长史。安陆侯萧缅与俭书曰：'盛府元僚，实难其选。庾景行泛渌水，依芙蓉，何其丽也。'时人以入俭府为莲花池，故缅书美之。"

(74)"坐曹"句：指刘禹锡贞元十九年(803)闰十月入御史台。坐曹：官吏在衙门里办公。乌集柏：即乌台，御史台。《汉书》卷八三《朱博传》："是时，御史府吏舍百余区井水皆竭；又其府中列柏树，常有野乌数千栖宿其上，晨去暮来，号曰'朝夕乌'，乌去不来者数月，长老异之。"

(75)《箫韶》：舜乐名。

⑦侍祠:陪从祭祀。此处指刘禹锡贞元二十年(804)以御使监祠事。

⑦尝:崇本作"常"。

⑦蛮貊(mò):古代称南方和北方落后部族。

⑦迷:朱本、《全唐诗》作"述",《全唐诗》注云:"一作迷。"

⑧画:崇本作"书",误。

⑧檗(bò):即"檗"。落叶乔木,木材坚硬,茎可制黄色染料,树皮入药。

⑧曾:崇本、《全唐诗》作"层"。

⑧果:朱本、《全唐诗》作"忽"。

⑧灵均:屈原字。《离骚》:"名余曰正则兮,字余曰灵均。"

⑧"长岑"句:《后汉书》卷五二《崔骃传》:"崔骃字亭伯,涿郡安平人也。""博学有伟才,尽通古今训诂百家之言,善属文。少游太学,与班固、傅毅同时齐名。""及宪为车骑将军,辟骃为掾。……宪擅权骄恣,骃数谏之,及出击匈奴,道路愈多不法,骃为主簿,前后奏记数十,指切长短。宪不能容,稍疏之,因察骃高第,出为长岑长。骃自以远去,不得意,遂不之官而归。"

⑧木雁:《庄子·山木》:"庄子行于山中,见大木枝叶盛茂,伐木者止其旁而不取也。问其故,曰:'无所可用。'庄子曰:'此木以不材得终其天年。'夫子出于山,舍于故人之家。故人喜,命竖子杀雁而烹之。竖子请曰:'其一能鸣,其一不能鸣,请奚杀?'主人曰:'杀不能鸣者。'明日,弟子问于庄子曰:'昨日山中之木,以不材得终其天年,今主人之雁,以不材死;先生将何处?'庄子笑曰:'周将处乎材与不材之间。'"

⑧"报施"句:《史记》卷六一《伯夷列传》:"或曰:'天道无亲,常与善人。'若伯夷、叔齐,可谓善人者非邪? 积仁累行如此而饿死!……盗跖日杀不辜,肝人之肉,暴戾恣睢,聚党数千人横行天下,竟以寿终。是遵何德哉?"

⑧"楚奏"句:《左传》成公九年:"晋侯观于军府,见钟仪,问之曰:'南冠而絷者,谁也?'有司对曰:'郑人所献楚囚也。'使税之,召而吊之。再拜稽首。问其族,对曰:'泠人也。'公曰:'能乐乎?'对曰:'先父之职官也,敢有二事?'使与之琴,操南音。"钟仪:春秋楚人。后多以"钟仪"为拘囚异乡或

77

怀土思归者的典型。"系",《全唐诗》作"縶",注云:"一作系。"

⑧"商歌"句:《淮南子》卷一二《道应训》:"宁戚欲干齐桓公,困穷无以自达,于是为商旅,将任车,以商于齐,暮宿于郭门之外。桓公郊迎客,夜开门,辟任车,爝火甚盛,从者甚众。宁戚饭牛车下,望见桓公而悲,击牛角而疾商歌。桓公闻之,抚其仆之手曰:'异哉,歌者非常人也。'命后车载之。"

⑨禀生:疑为"秉性"误。

⑨悬解:《庄子·大宗师》:"且夫得者时也,失者顺也。安时而处顺,哀乐不能入也,此古之所谓悬解也。"

⑨境:《全唐诗》作"镜"。

⑨婴网罗:被网罗缠绕。

⑨龟策:龟甲和蓍草。古代占卜之具。

⑨"王正"二句:瞿蜕园《笺证》:"或指元和三年(808)受册尊号之恩赦。"高志忠《校注》注云:"《旧唐书》卷一四《宪宗纪》上元和元年(806)八月载:'壬午,左降官韦执谊、韩泰、陈谏、柳宗元、刘禹锡、韩晔、凌准、程异等八人,纵逢恩赦,不在量移之限。''三年春正月癸未朔。癸巳,群臣上尊号曰睿圣文武皇帝。御宣政殿受册,礼毕,移仗御丹凤楼,大赦天下。'而禹锡等因有元年八月'逢恩不原'之赦,无恩可被,故云'王正降雷雨,环玦赐迁斥。'"环玦:《荀子·大略》:"绝人以玦,反绝以环。"杨倞注:"古者,臣有罪,待放于境,三年不敢去;与之环则还,与之玦则绝。皆所以见意也。"后用"环玦"表示官员的内召和外贬。

⑨复:《全唐诗》作"伏",注云:"一作复。"

⑨夷平人:平常人,平民。

⑨精舍:学舍、书斋。

⑨牙:《全唐诗》作"芽"。

⑩一溉:嵇康《养生论》:"夫为稼于汤之世,偏有一溉之功者,虽终归于焦烂,必一溉者后枯。然则,一溉之益固不可诬也。"《全唐诗》"溉"下注云:"一作暨。"

⑩芝术(zhú):药草名。

⑩糇粮:干粮,食粮。

⑩③"黄石履"句：《史记》卷五五《留侯世家》："良尝闲从容步游下邳圯上，有一老父，衣褐，至良所，直堕其履圯下，顾谓良曰：'孺子，下取履！'良鄂然，欲殴之。为其老，强忍，下取履。父曰：'履我！'良业为取履，因长跪履之。父以足受，笑而去。……出一编书，曰：'读此则为王者师矣。后十年兴。十三年孺子见我济北，穀城山下黄石即我矣。'遂去，无他言，不复见。旦日视其书，乃太公兵法也。"

⑩④洪崖：传说中黄帝臣子伶伦的仙号。郭璞《游仙诗》："左挹浮丘袖，右拍洪崖肩。"

⑩⑤频：朱本、《全唐诗》作"烦"。

⑩⑥虺(huǐ)蜴：蜥蜴。《诗·小雅·正月》："哀今之人，胡为虺蜴。"孔颖达疏："虺蜴之性，见人则走，民闻王政，莫不逃避，故言为虺蜴也。"比喻人逃避现实。

⑩⑦青囊：古代术数家盛书和卜具之囊。借指卜筮之术。《晋书》卷七二《郭璞传》："璞好经术，博学有高才，而讷于言论，词赋为中兴之冠。好古文奇字，妙于阴阳算历。有郭公者，客居河东，精于卜筮，璞从之受业。公以青囊中书九卷与之，由是遂洞五行、天文、卜筮之术，攘灾转祸，通致无方，虽京房、管辂不能过也。"

⑩⑧"纵无"句："纵"，《全唐诗》注云："一作踪。""姿"，朱本、《全唐诗》作"资"，《全唐诗》注云："一作姿。"西山：指西山洪崖，洪崖先生之所居之处。

【汇评】

清何焯：(广乐二句)此处不多叙，妙。但"广乐"、"海禽"，用事尚非本色。(冀无二句)名言。(卞孝萱《刘禹锡诗何焯批语考订》)

清潘德舆：其《游桃源一百韵》，略从陶公诗纪引来，中间瞿氏子一段，乃别有称述。后半自言仕进迁谪之事，皆不甚附题，不过求退居、求长生而已。其诗铺写宏富，词意华美，略与元白长律相似。吾不知乐天喜梦得诗而极称之者，此等诗耶？抑第美其律绝耶？(《养一斋诗话》)

元和四年(809)

咏古二首有所寄

　　车音想辚辚,不见纂①下尘。可怜平阳第②,歌舞娇青春。金屋③容色在,文园④词赋⑤新。一朝复得幸,应知失意人。

　　寂寂⑥照镜台,遗基古南阳⑦。真人⑧昔来游,翠凤相随翔。目成在桑野⑨,志遂贮椒房⑩。岂无三千女,初心不可忘。

【题解】

　　此诗作于元和四年(809)。卞孝萱、吴汝煜《刘禹锡》:"元和四年(809),'八司马'中的程异,由于吏部尚书、盐铁转运使李巽的奏荐而被召回长安,受到重用。刘禹锡写了《咏古二首有所寄》赠送给他。"此诗第一首乃咏汉武帝皇后陈阿娇,第二首咏光武帝皇后阴丽华。瞿蜕园《笺证》:"题云有所寄,则明是假古事以寓意也。第一首言其人既亦曾遭贬,则不应因己身复得志而忘同被贬斥之人。第二首言彼此交谊已深,不应得新忘旧。"

【注释】

　　①纂:明本、朱本、《全唐诗》皆作"綦",是。

　　②平阳第:《汉书》卷九七上《外戚传上》:"孝武卫皇后字子夫,生微也。其家号曰卫氏,出平阳侯邑。子夫为平阳主讴者,武帝即位,数年无子。平阳主求良家女十余人,饰置家。帝被霸上,还过平阳主。主见所侍美人,帝不说。既饮,讴者进,帝独说子夫。帝起更衣,子夫侍尚衣轩中,得幸。"

　　③金屋:《汉武故事》:"年四岁,立为胶东王。数岁,长公主嫖抱置膝上,问曰:'儿欲得妇不?'胶东王曰:'欲得妇。'长主指左右长御百余人,皆云不用。末指其女问曰:'阿娇好不?'于是乃笑对曰:'好!若得阿娇作妇,

当作金屋贮之也。'"

④文园:《史记》卷一一七《司马相如列传》:"相如拜为孝文园令。"

⑤词赋:司马相如为陈皇后所作《长门赋》。

⑥寂寂:朱本、《全唐诗》作"寂寥"。《全唐诗》"寥"下注云:"一作寞,一作寂。"

⑦南阳:《后汉书》卷一〇上《皇后纪》上:"光烈阴皇后讳丽华,南阳新野人。"《全唐诗》"阳"下注云:"一作方"。

⑧真人:指东汉光武帝刘秀。《后汉书》卷一下《光武帝纪》论曰:"及王莽篡位,忌恶刘氏,以钱文有金刀,故改为货泉。或以货泉字文为'白水真人'。后望气者苏伯阿为王莽使至南阳,遥望见春陵郭,喑曰:'气佳哉!郁郁葱葱然。'"

⑨"目成"句:《后汉书》卷一〇上《皇后纪》上:"初,光武适新野,闻后美,心悦之。后至长安,见执金吾车骑甚盛,因叹曰:'仕宦当作执金吾,娶妻当得阴丽华。'更始元年六月,遂纳后于宛当成里,时年十九。'"成",崇本作"诚",误。

⑩"志遂"句:《后汉书》卷一〇上《皇后纪》上:"光武即位,令侍中傅俊迎后(阴丽华),与胡阳、宁平主诸宫人俱到洛阳,以后为贵人。帝以后雅性宽仁,欲崇以尊位,后固辞,以郭氏有子,终不肯当,故遂立郭皇后。""十七年(41),废皇后郭氏而立贵人。"椒房:汉皇后所居之所。殿内以花椒子和泥涂壁,取温暖、芬芳、多子之义。

咏史二首

骠骑非无势,少卿终不去①。世道剧颓波,我心如砥柱。
贾生②明王道,卫绾工车戏③。同遇汉文④时,何人居贵位?

【题解】

此诗作于元和四年(809)。刘禹锡《上淮南李相公启》:"谨献诗二篇,敢闻左右。古之所以导下情而通比兴者,必文其言以表之。虽畎谣里音,可俪风什。伏惟降意详择,斯大幸也。谨因扬子程留后行,谨奉启不宣。"淮南李相公指李吉甫,时任淮南节度使。此诗第一首感世态炎凉,一旦失势便忘旧情,第二首则讽朝廷用人不当。

【注释】

①"骠骑"二句:《史记》卷一一一《卫将军骠骑列传》:"大将军、骠骑将军皆为大司马。定令,令骠骑将军秩禄与大将军等。自是之后,大将军青日退,而骠骑日益贵。举大将军故人门下多去事骠骑,辄得官爵,唯任安不肯。"骠骑:西汉骠骑将军霍去病。少卿:任安,字少卿。

②贾生:贾谊(前 200—前 168),洛阳(今河南洛阳)人,《史记》卷八四、《汉书》卷四八有传。《史记》卷八四《屈原贾生列传》:"贾生以为汉兴至孝文二十余年,天下和洽,而固当改正朔,易服色,法制度,定官名,兴礼乐,乃悉草具其事仪法,色尚黄,数用五,为官名,悉更秦之法。孝文帝初即位,谦让未遑也。诸律令所更定,及列侯悉就国,其说皆自贾生发之。"

③"卫绾"句:《汉书》卷四六《卫绾传》:"卫绾,代大陵人也,以戏车为郎,事文帝,功次迁中郎将,醇谨无它。"车戏:《汉书》颜师古注:"戏车,若今之弄车之技。"

④汉文:汉文帝刘恒。

【汇评】

宋魏泰:刘禹锡诗:"贾生王佐才,卫绾工车戏。同遇汉文时,何人居重位?"贾生当文帝时流落不偶而死,是也。卫绾以车戏事文帝为郎尔,及景帝立,稍见亲用,久之,为御史大夫,封建陵侯,景帝末年始拜丞相。在文帝时,实未尝居重位也。(《临汉隐居诗话》)

奉和淮南李相公①早②秋即事寄成都武相公③

八柱共承天④,东西别隐然。远夷争慕化⑤,真相故临边⑥。并进夔龙位⑦,仍齐龟鹤年。相公诗有"齐年并进"之句也。
同心舟已济,造膝⑧璧常联。对领专征⑨寄,遥持造物权⑩。斗
牛添气色,并络静氛烟⑪。献可⑫通三略⑬,分甘出万钱。汉
南⑭趋节制,赵北⑮赐山川。玉帐观渝舞,虹旌⑯猎楚田。步嫌
双绶⑰重,梦入九城偏。秋与⑱离情动,诗从乐府传⑲。聆音还
窃抃,不觉抚么弦⑳。李中书自扬州见示诗本,因命仰和。

【题解】

此诗作于元和四年(809)或五年(810)秋。《旧唐书》卷一四《宪宗纪》
上:元和三年九月"戊戌,以中书侍郎、平章事李吉甫检校兵部尚书、兼中书
侍郎、平章事、扬州大都督府长史、淮南节度使"。六年春正月"庚申,以淮
南节度使、中书侍郎、同平章事、赵国公李吉甫复知政事、集贤殿大学士、监
修国史"。李吉甫任淮南节度使期间,仅元和四年和五年遇"早秋"。

【注释】

①淮南李相公:李吉甫(758—814),字弘宪,赵郡(今河北赵县)人,曾
任太常博士、刺史、中书侍郎、平章事、淮南节度使等官职。《旧唐书》卷
一四八、《新唐书》卷一四六有传。

②《全唐诗》"早"下注:"一作暮。"

③成都武相公:武元衡(758—815),字伯苍,太原人。曾任御史中丞、
户部侍郎、平章事、剑南西川节度使等官职。《旧唐书》卷一五八、《新唐书》
卷一五二有传。

④"八柱"句:古代神话传说,地有八柱,用以承天。

⑤"远夷"句:《旧唐书》卷一五八《武元衡传》:"高崇文既发成都,尽载
其军资、金帛、帟幕、伎乐、工巧以行。元衡至,则庶事节约,务以便人。比
三年,公私稍济。抚蛮夷,约束明具,不辄生事。重慎端谨,虽淡于接物,而
开府极一时之选。"

⑥"真相"句:《旧唐书》卷一五八《武元衡传》:"贞元二十年,迁御史中
丞。尝因延英对罢,德宗目送之,指示左右曰:'元衡真宰相器也。'"

⑦"并进"句：《旧唐书》卷一五八《武元衡传》："始元衡与吉甫齐年，又同日为宰相。及出镇，分领扬、益。及吉甫再入，元衡亦还。"夔龙：相传舜的二臣名。夔为乐官，龙为谏官。

⑧造膝：《三国志》卷二五《魏书·高堂隆传》："今陛下所与共坐廊庙治天下者，非三司九列，则台阁近臣，皆腹心造膝，宜在无讳。"

⑨专征：古代诸侯或将领受命自主征伐。

⑩"遥持"句：《旧唐书》卷一四八《李吉甫传》："在扬州，每有朝廷得失，军国利害，皆密疏论列。"

⑪"斗牛"二句：扬州为牛宿之分野，蜀为井宿之分野。此二句意为李吉甫、武元衡分领扬益，二地皆治。

⑫献可：对君王进谏，劝善规过。《左传·昭公二十年》："君所谓可，而有否焉，臣献其否，以成其可。君所谓否，而有可焉，臣献其可，以去其否。"

⑬三略：古兵书名。相传为汉初黄石公作，全书分上略、中略、下略。

⑭汉南：汉中郡以南由武元衡节制。

⑮赵北：李吉甫为赵郡人，封赵国公，故云。"赵"，《英华》作"淮"。《全唐诗》注云："一作淮。"

⑯虹旌：彩旗。

⑰双绶：两条绶带。唐代五品以上官员朝服所佩。

⑱与：《全唐诗》作"雨"，注云："一作兴，一作与。"

⑲"诗从"句：《旧唐书》卷一五八《武元衡传》："元衡工五言诗，好事者传之，往往被于管弦。""诗从"，《全唐诗》作"新诗"，注云："一作诗从。"

⑳么弦：琵琶的第四弦，借指琵琶。

元和五年(810)

赠元九侍御文石枕以诗奖之

文章似锦气如虹,宜荐华簪绿殿中。纵使良^①飙生旦夕,犹堪拂拭愈头风^②。

【题解】

此诗作于元和五年(810)。《旧唐书》卷一六六《元稹传》:"宿敷水驿,内官刘士元后至,争厅。士元怒,排其户,稹袜而走厅后。士元追之,后以棰击稹伤面。执政以稹少年后辈,务作威福,贬为江陵府士曹参军。"《旧唐书》卷一四《宪宗纪》上:元和五年二月戊子,"东台监察御史元稹摄河南尹房式于台,擅令停务,贬江陵府士曹参军"。稹因棰伤面,故刘禹锡以文石枕并诗奖之。

【注释】

①良:崇本作"商",朱本作"真",《全唐诗》作"凉"。

②愈头风:典出《三国志》卷二一《魏志·王粲传》附阮瑀传,裴松之注引《典略》:"琳作诸书及檄,草成呈太祖。太祖先苦头风,是日疾发,卧读琳所作,翕然而起曰:'此愈我病。'数加厚赐。太祖尝使瑀作书与韩遂,时太祖适近出,瑀随从,因于马上具草,书成呈之。太祖揽笔欲有所定,而竟不能增损。"

【汇评】

清何焯:气概似之。(卞孝萱《刘禹锡诗何焯批语考订》)

酬元九侍御赠壁州鞭①长句

碧玉孤根生在林,美人相赠比双金②。初开郢客缄封后,想见巴山冰雪深。多节本怀端直性,露青犹有岁寒心。何时策马同归去?关树扶疏敲镫吟。

【题解】

此诗作于元和五年(810),参见《赠元九侍御文石枕以诗奖之》编年。《元稹集》卷一八《刘二十八以文石枕见赠仍题绝句以将厚意因持壁州鞭酬谢兼广为四韵》诗云:"枕截文琼珠缀篇,野人酬赠壁州鞭。用长时节君须策,泥醉风云我要眠。歌旳彩霞临药灶,执陪仙仗引炉烟。张骞却上知何日?随会归期在此年。"

【注释】

①壁州鞭:壁州所产之竹马鞭。壁州:今四川省通江县。"壁州",《全唐诗》作"壁竹"。

②双金:双南金。指品级高、价值贵一倍的优质铜。喻指宝贵之物。

卧病闻常山旋师①策勋宥过②王泽大洽③因寄李六侍御④

寂寂重寂寂,病夫卧秋斋。夜虫⑤思幽壁,槁叶鸣空阶。南国异气候,火旻⑥尚昏霾。瘴烟跕飞羽⑦,沴气⑧伤百骸。昨闻凯歌旋,饮至酒如淮⑨。无战陋丹水⑩,垂仁轻槁街⑪。清庙既策勋,圆丘⑫俟燔柴⑬。车书一以混,幽远靡不怀。逐客憔悴久,故乡云⑭雨乖。禽鱼⑮各有化,予欲问齐谐⑯。

【题解】

此诗作于元和五年(810)秋。元和四年(809)三月,王士真病死,王承宗自称留后。后割德、棣二州上献,不久反悔,囚禁德州刺史薛昌朝。宪宗劝谕其放薛昌朝还镇,王承宗不奉诏,被削夺爵位。元和五年,宪宗遣人征讨王承宗,七月,王承宗上表自首,朝廷复其官爵。作者闻此而作诗。

【注释】

①常山旋师:《旧唐书》卷一四二《王武俊传》附《王承宗传》:"宪宗怒……诏左神策护军中尉吐突承璀为左右神策、河中、河阳、浙西、宣、歙等道赴镇州行营兵马招讨处置等使,会诸道军进讨。""五年七月,承宗遣巡官崔遂上表三封,乞自陈首,且归过于卢从史。……时朝廷以承璀宿师无功,国威日沮,颇忧。会承宗使至,宰臣商量,请行赦宥,乃全以六郡付之。承宗送薛昌朝入朝,授以右武卫将军。"常山:恒山。

②策勋宥过:《旧唐书》卷一四《宪宗纪》上:元和五年(810)七月"庚子,承宗遣判官崔遂上表自首,请输常赋,朝廷除授官吏。丁未,诏昭洗王承宗,复其官爵,待之如初。诸道行营将士,共赐物二十八万四百三十端匹。时招讨非其人,诸军解体,而藩邻观望养寇,空为逗挠,以弊国赋。而李师道、刘济亟请昭雪,乃归罪卢从史而宥承宗,不得已而行之也。幽州刘济加中书令,魏博田季安加司徒,淄青李师道加仆射,并以罢兵加赏也"。九月"辛亥,以吐突承璀复为左军中尉。谏官以承璀建谋讨伐无功,请行朝典。上宥之,降承璀为军器使。乃以内官程文干为左军中尉"。

③洽:沾湿,浸润。

④李六侍御:李景俭。字宽中。《旧唐书》一七一有传。"御",《全唐诗》作"郎",注云:"一作御。"作"郎",误。

⑤虫:《全唐诗》作"蛩"。

⑥火旻(mín):秋日的天空。

⑦"瘴烟"句:《后汉书》卷二四《马援传》:"当吾在浪泊、西里间,虏未灭之时,下潦上雾,毒气熏蒸,仰视飞鸢跕跕堕水中。"跕(dié):下坠的样子。

⑧沴(lì)气:灾害不祥之气。

⑨酒如淮:《左传》昭公十二年:"晋侯以齐侯宴,中行穆子相。投壶,晋侯先。穆子曰:'有酒如淮,有肉如坻。寡君中此,为诸侯师。'中之。齐侯举矢,曰:'有酒如渑,有肉如陵。寡人中此,与君代兴。'亦中之。"

⑩丹水:传说中的水名。沈约《应诏乐游原饯吕僧珍诗》:"丹浦非乐战。"《文选》李善注:"《六韬》曰:尧与有苗战于丹水之浦。高诱《吕氏春秋》注曰:丹水在南阳。"

⑪稾(gǎo)街:汉代长安街名。当时属国使节馆舍均集中于此街。

⑫圆丘:古代祭天的圆形高坛。

⑬燔(fán)柴:古代祭天仪式。将玉帛、牺牲等置于积柴上而焚之。

⑭云:崇本作"风"。

⑮禽鱼:《庄子·逍遥游》:"北冥有鱼,其名为鲲。鲲之大,不知其几千里也;化而为鸟,其名为鹏。鹏之背,不知其几千里也。"

⑯齐谐:人名。一说为书名。

吕八见寄郡内书怀因而戏和①

文苑振金声,循良冠百城。不知今史氏,何处列君名?

【题解】

此诗作于元和五年(810)或六年(811)。吕八指吕温。《旧唐书》卷一三七《吕温传》:元和三年,"温贬道州刺史。五年,转衡州"。吕温《郡内书怀寄刘连州窦夔州》:"朱邑何为者,桐乡有古祠。我心常所慕,二郡老人知。"吕温卒于元和六年(811)八月,时刘禹锡在朗州任上,窦常自朗州迁夔州略与禹锡之迁连州同时。瞿蜕园《笺证》按云:"盖刘连州窦夔州之称为后人所臆加也。"

【注释】

①因而戏和：朱本作"因戏而和。"

酬元九院长^①自江陵见寄

无事寻花至仙境，等闲栽树比封君。金门通籍^②真多士，黄纸^③除书^④每日闻。

【题解】

此诗作于元和五年(810)至八年(813)期间，时刘禹锡在朗州，元稹为江陵府士曹参军。《旧唐书》卷一四《宪宗纪》上：元和五年(810)二月戊子，"东台监察御史元稹摄河南尹房式于台，擅令停务，贬江陵府士曹参军"。《酬窦员外郡斋宴客偶命柘枝因见寄兼呈张十一院长元九侍御》题下注："员外时兼节度判官，佐平蛮之略，张初罢郡，元方从事。"据此知元稹元和八年(813)秋移唐州从事。

【注释】

①院长：唐代御史、拾遗的别称。唐李肇《唐国史补》卷下："宰相相呼为元老，或曰堂老。两省相呼为阁老，尚书丞郎郎中相呼为曹长。外郎御史遗补相呼为院长。"

②通籍：记名于门籍，可以进出宫门。后称做官为"通籍"。

③黄纸：写在黄麻纸上的诏书。

④除书：拜官授职的文书。

【汇评】

清何焯：较之乐天"举目安能不惆怅，高车大马满长安"，蕴藉多矣。（卞孝萱《刘禹锡诗何焯批语考订》）

元和六年(811)

送李策^①秀才还湖南因寄幕中
亲故兼简衡州吕八郎中^②

深春风日净,争^③长幽鸟鸣。仆夫前致词:门有白面生^④。摄衣相问讯,解带坐南荣。端志见眉睫,苦^⑤言发精诚。因出怀中文,调孤词亦清。悄如促柱弦,掩抑多不平。乃言本蜀士,世降岷山灵。前人秉懿^⑥文,高视来上京。曳绶司徒府,所从信国桢^⑦。析薪委空林^⑧,善响难继^⑨声。何处翳^⑩附郭^⑪,几人思郘城^⑫?云天望乔木,风水悲流苹。前与计吏西,始列^⑬贡士名。森然就笔札,从试春官卿。帝城岐路多,万足伺^⑭晨星。茫茫风尘中,工拙同有营。寒女劳夜织,山苗荣寸茎。侯门方击钟^⑮,衣褐谁将迎?弱羽果摧颓,壮心郁怦怦。谅无蟠木容^⑯,聊复蓬累行^⑰。昨日讯灵龟,繇言^⑱利艰贞^⑲。当求舍拔中,必在审己明。誓将息薄游,焦思穷笔精。茝兰在幽渚,安得扬蕊^⑳馨?曰^㉑余摧落者,散质负华缨。一聆苦辛词^㉒,再动伊^㉓郁情。身弃言不重^㉔,爱才心尚^㉕惊。恨无羊角风,使尔化北溟。论罢情益亲,涉旬忘归程。日携邑中客,闲眺江上城。昼渴^㉖命金罍^㉗,宵谈转璿衡^㉘。蕙^㉙风香麈尾,月露濡桃笙^㉚。忽被戒赢骖,薄言事南征。火云蔚千里,旅思浩已盈。湘江含碧虚,衡岭浮翠晶。岂伊山水^㉛异,适与人事并。油幕似^㉜昆丘,粲然叠瑶琼。庾楼^㉝见清月,孔坐多绿醲㉞。复有衡山守,本自云龙庭㉟。至和㊱在灵府,发越侔咸英㊲。一麾㊳出营阳㊴,惠彼嗤嗤氓㊵。隼旟㊶辞潇水㊷,居者皆涕零。惟昔与伊人,交欢在㊸凤㊹龄。一从云雨散,滋我鄙悷㊺萌。北渚不堪愁,南音谁复听?离忧若去水,浩漾无时停。尝闻祝融峰,上有神禹铭㊻。古石琅玕姿,祕文螭虎形。圣功奠远服,神物拥休祯㊼。贤人在其下,仿像㊽疑蓬瀛。君行历郡斋,大袂拂双旌。饰容遇朗鉴,肝鬲可以呈。昔日马相如,临邛坐尽倾㊾。勉君刷羽翰,早取凌青冥。

【题解】

此诗作于元和六年(811)刘禹锡在朗州之时。《旧唐书》卷一三七《吕温传》:"(元和)五年,转衡州。"《全唐文》卷六二六吕温《衡州刺史谢上表》:"谨以七月十五日到本州上讫。"柳宗元《唐故衡州刺史东平吕君诔》:"维唐元和六年八月日,衡州刺史东平吕君卒。"据此断此诗作于元和六年春。

【注释】

①李策:未详。

②吕八郎中:吕温。《旧唐书》卷一三七、《新唐书》卷一六○有传。《全唐诗》"吕"下注云:"一作李。"

③争:《全唐诗》作"昼"。

④白面生:《宋书》卷七七《沈庆之传》:"太祖将北讨……庆之又固陈不可。丹阳尹徐湛之、吏部尚书江湛并在坐,上使湛之等难庆之。庆之曰:'治国譬如治家,耕当问奴,织当访婢。陛下今欲伐国,而与白面书生辈谋之,事何由济!'"

⑤《全唐诗》"苦"下注云:"一作芳。"

⑥懿:《全唐诗》作"艺"。

⑦桢:崇本作"祯"。

⑧"析薪"句:《左传》昭公七年:"子产为丰施归州田于韩宣子,……宣

子辞。子产曰:'古人有言曰:其父析薪,其子弗克负荷。施将惧不能任其先人之禄,其况能任大国之赐? 纵吾子为政而可,后之人若属有疆场之言,敝邑获戾,而丰氏受其大讨。吾子取州,是免敝邑于戾,而建置丰氏也。敢以为请。'宣子受之,以告晋侯。"后因以谓继承父业。《全唐诗》"析"下注云:"一作折。""空",《全唐诗》作"宝",注云:"一作空。"

⑨难继:《全唐诗》作"继家",注云:"一作难继。"

⑩翳:崇本作"依"。

⑪附郭:即"负郭"。《史记》卷五六《陈丞相世家》:"负随平至其家,家乃负郭穷巷,以弊席为门。"后因以指穷巷或贫居。

⑫"几人"句:瞿蜕园《笺证》云:"'几人思邺成',此谓李策尚无居止也。《吕氏春秋·观表篇》:'邴成子为鲁聘于晋,过卫,右宰谷臣止而觞之。陈乐而不乐,酒酣而送之以璧。……邴成子曰:夫止而觞我,与我欢也;陈乐而不乐,告我忧也;酒酣而送我以璧,寄之我也。若由是观之,卫其有乱乎? 倍卫三十里,闻甯喜之难作,右宰谷臣死之,还车而临,三举而归。至,使人迎其妻子,隔宅而异之,分禄而食之。其子长而反其璧。孔子闻之,曰:夫智可以微谋,仁可以托财者,其邴成子之谓乎?'诗意用此,极言策之孤贫无依。""城",朱本、《全唐诗》作"成",《全唐诗》注云:"一作城。"作"成",是。

⑬列:崇本作"引"。

⑭《全唐诗》"伺"下注云:"一作俟。"

⑮方击钟:崇本作"武继踵。"

⑯蟠木容:《汉书》卷五一《邹阳传》:狱中上书:"臣闻明月之珠,夜光之璧,以暗投人于道,众莫不按剑相眄者。何则? 无因而至前也。蟠木根柢,轮囷离奇,而为万乘器者,以左右先为之容也。"

⑰"聊复"句:蓬累:飞蓬飘转飞行。比喻人之行踪无定。《史记》卷六三《老子韩非列传》:"且君子得其时则驾,不得其时则蓬累而行。""复",崇本作"覆"。《全唐诗》"行"下注云:"一作生。"

⑱繇(zhòu)言:繇,通"籀"。占卜的文辞。

⑲艰贞:谓遭逢艰危而能守正不移。《易·明夷》:"明夷,利艰贞。"孔颖达疏:"时虽至暗,不可随世倾邪,故宜艰难坚固,守其贞正之德。"

⑳菜:崇本、《全唐诗》作"芬",是。

㉑《全唐诗》"曰"下注云:"一作嗟。"

㉒苦辛词:"苦辛",崇本作"辛苦"。"词",崇本作"辞"。

㉓伊:崇本作"依",误。

㉔重:崇本、朱本、《全唐诗》作"动"。

㉕《全唐诗》"尚"下注云:"一作上。"

㉖渴:崇本、《全唐诗》作"憩"。高本按:"当作'愒'。愒乃古憩字,作'渴'非是。"

㉗金罍:饰金的大型酒器。

㉘璿(xuán)衡:指北斗星。"璿",崇本作"琁"。

㉙蕙:《全唐诗》作"薰",注云:"一作蕙。"

㉚桃笙:桃枝竹编的竹席。《文选·左思〈吴都赋〉》:"桃笙象簟。"刘逵注:"桃笙,桃枝簟也,吴人谓簟为笙。"

㉛山水:崇本作"水山"。

㉜似:《全唐诗》作"侣",注云:"一作似。"

㉝庾楼:瞿蜕园《笺证》注云:"《晋书·庾亮传》:在武昌,诸佐吏殷浩之徒,乘秋夜往共登南楼,俄而不觉亮至,诸人将起避之。亮徐曰:'诸君少住,老子于此处兴复不浅。'"

㉞"孔坐"句:《后汉书》卷七〇《孔融传》:"岁余,复拜太中大夫。性宽容少忌,好士,喜诱益后进。及退闲职,宾客日盈其门。常叹曰:'坐上客恒满,尊中酒不空,吾无忧矣。'"绿醽(líng):绿色的美酒。

㉟《全唐诗》"庭"下注云:"一作亭。"

㊱至和:《全唐诗》作"抗志",注云:"一作至和。"

㊲咸英:尧乐《咸池》与帝喾乐《六英》的并称。

㊳麾:《全唐诗》作"挥",注云:"一作麾。"

㊴营阳:故治在今湖南道县北。"营",朱本、《全唐诗》作"荥"。

㊵嗤嗤氓:崇本作"蚩蚩民",误。

㊶隼旐:画有隼鸟的旗帜。古代为州郡长官所建。指代州郡长官。

㊷潇水:源出湖南宁远县南九嶷山,北流经道县,又北经零陵县,西北

93

入湘水。"潇",崇本、朱本、《全唐诗》作"灞",误。

㊸在:《全唐诗》作"经",注云:"一作在。"

㊹夙:《全唐诗》作"宿"。

㊺恡(lìn):同"吝"。崇本作"恪"。

㊻神禹铭:即禹碑、岣嵝碑。凡七十七字,象缪篆,又象符篆。后人附会夏禹治水时所刻。碑在湖南衡山云密峰。

㊼休桢:即"休祯"。旧时对天、神等祐助的美称。

㊽仿像:《全唐诗》作"仿佛"。

㊾"昔日"二句:《史记》卷一一七《司马相如列传》:"会梁孝王卒,相如归,而家贫,无以自业。素与临邛令王吉相善,吉曰:'长卿久宦游不遂,而来过我。'于是相如往,舍都亭。临邛令缪为恭敬,日往朝相如。相如初尚见之,后称病,使从者谢吉,吉愈益谨肃。临邛中多富人,而卓王孙家僮八百人,程郑亦数百人,二人乃相谓曰:'令有贵客,为具召之。'并召令。令既至,卓氏客以百数。至日中,谒司马长卿,长卿谢病不能往,临邛令不敢尝食,自往迎相如。相如不得已,强往,一坐尽倾。"

【汇评】

宋黄彻:沈庆之谓上曰:"为国譬如治家,耕当问奴,织当问婢。陛下欲伐国而与白面书生辈谋之,事何由济?"梦得《送李策》云:"深春风日静,争长幽鸟鸣。仆夫前致辞,门有白面生。"(《碧溪诗话》)

宋胡仔:《复斋漫录》云:"东坡论子厚诗'盛时一失贵反贱,桃笙葵扇安可常',不知桃笙为何物。偶阅《方言》:簟,宋魏之间谓之笙。乃悟桃笙以桃竹为簟也。余按唐万年尉段公路《北户录》云:琼州出红藤簟,《方言》谓之笙,或曰蘧篨,亦曰行唐。沈约《奏弹歆令仲文秀恣横》云:令吏输六尺笙四十领。何东坡忘之邪?"苕溪渔隐曰:"刘梦得诗:蕙风香麈尾,月露濡桃笙。"(《苕溪渔隐丛话》)

哭吕衡州时余方谪居

一夜霜风凋玉芝，苍生望绝①士林悲。空怀济世安人略，不见男婚女嫁时②。遗草一函归太史，旅③坟三尺近④要离。朔方徙岁行当满⑤，欲为君刊第二碑⑥。

【题解】

此诗作于元和六年（811）八月。吕衡州指吕温。柳宗元《唐故衡州刺史东平吕君谋》："维唐元和六年八月日，衡州刺史东平吕君卒。爰用十月二十四日，藁葬于江陵之野。"吕温以劾李吉甫交通术士虚诬，被贬道州刺史，元和五年转衡州，后病卒。与刘禹锡志同道合，故诗人对其离世深感痛心。

【注释】

①望绝：《英华》作"绝望"。

②"不见"句：《三国志》卷二九《魏书·管辂传》："正元二年，弟辰谓辂曰：'大将军待君意厚，冀当富贵乎？'辂长叹曰：'吾自知有分直耳，然天与我才明，不与我年寿，恐四十七八间，不见女嫁儿娶也。'……是岁八月，为少府丞。明年二月卒，年四十八。"吕温卒时年四十，故有此语。

③《全唐诗》"旅"下注云："一作孤。"

④近：朱本作"迩"。

⑤"朔方"句：《后汉书》卷六〇下《蔡邕传》："初，邕与司徒刘郃素不相平，叔父卫尉质又与将作大匠阳球有隙。……于是下邕、质于洛阳狱，劾以仇怨奉公，议害大臣，大不敬，弃市。事奏，中常侍吕强愍邕无罪，请之，帝亦更思其章，有诏减死一等，与家属髡钳徙朔方，不得以赦令除。""会明年大赦，乃宥邕还本郡。邕自徙及归，凡九月焉。"《全唐诗》"满"下注云："一作晚。"

⑥刊第二碑:方东树《昭昧詹言》卷一八:引姚鼐云:"梦得此时亦在贬谪,故以伯喈在朔方自比。伯喈有为人作二碑三碑者,故拟北还,虽吕已有碑,犹当为更撰也。"

【汇评】

宋刘克庄:"遗草一函归太史,孤坟三尺近要离。"……雄浑老苍,沉着痛快,小家数不能及也。(《后村诗话》)

此言温之死,士民皆悲,盖惜其有济世安民之才,早卒而不见男婚女嫁也。然温虽死矣,而文归太史,万世不磨,坟近要离,高节可取。昔蔡邕为宦者所谮,贬于朔方而年将衰晚,犹为林宗作碑,今我如邕之老年远贬,亦当为温刊后碑也。言后者,谦辞。(《唐诗鼓吹评注》)

又:五六,即柳诗"悬罄""若堂"一联,伤其清贫与旅葬之意,更不露骨,且并柳第三"只令文字传来青简"之意亦该举在内,真诗家射雕手。化光之葬,子厚既为之诔以至其行,故曰"欲为君刊第二碑"。(同上)

清朱三锡:读先生此诗,不独为衡州而哭,实为天下而哭,不可泛作哭友诗观也。(《东岩草堂评订唐诗鼓吹》)

清胡以梅:通首精湛,气魄堂皇,句句相称,洵是名家之作,亦诗之正派也。妙在从比体虚起,下用实接。(《唐诗贯珠》)

清贺裳:"遗草一函归太史,孤坟三尺近要离。"若必拘拘切合,则要离冢在吴,《旧唐书》称温自衡州还,郁郁不得志而没。秦、吴相去千里,不亦太失事实乎?然总以形容旅榇藁葬之悲,所谓镜花水月,不必果有其事。(《载酒园诗话》)

清屈复:上半首骨肉停匀,而有筋干;下半全用典以相喻,虽实乃虚,所以妙。(《唐诗成法》)

清沈德潜:先有岘山堕泪碑(末句下)。(《唐诗别裁》)

清姚鼐:梦得此时在贬谪,故以伯喈在朔方自比。伯喈有为人作二碑三碑者,故拟北还,虽吕已有碑,犹欲为更撰也。(《五七言今体诗钞》)

清曹锡彤:首韵叙起吕,率以次句立案。……末韵以己方谪居意结而哭之,义尽矣。(《唐诗析类集训》)

清方东树:起突写其卒,中有哭意。五、六略转笔换气。(《昭昧詹言》)

清王寿昌：刘梦得之"一夜霜风凋玉芝……"元微之之"乐事难逢岁易徂……"与《送崔侍御之岭南二十韵》，皆恳切周详，无微不至，尤见友情之笃云。（《小清华园诗谈》）

江陵严司空①见示与成都武相公②唱和因命同作

南荆西蜀大行台③，幕府旌门相对开。名重三司④平水土⑤，威雄八阵役风雷。彩云朝望青城⑥起，锦浪秋经白帝⑦来。不是郢中清唱⑧发，谁当丞相掞天才？

【题解】

此诗作年在元和六年(811)或七年(812)秋。时严绶为江陵尹荆南节度使，武元衡为剑南西川节度使。武元衡《酬严司空荆南见寄》原诗为："金貂再领三公府，玉帐连封万户侯。帘卷青山巫峡晓，烟开碧树渚宫秋。刘琨坐啸风清塞，谢朓题诗月满楼。白雪调高歌不得，美人南国翠蛾愁。"严绶诗今不见。

【注释】

①江陵严司空：严绶(746—822)，蜀人。《旧唐书》卷一四六有传。《旧唐书》卷一四《宪宗纪》上载：元和六年(811)三月，"丁未，以检校右仆射严绶为江陵尹荆南节度使"。

②成都武相公：武元衡。

③大行台：台省在外者称行台。魏晋始有之，为出征时随其所驻之地设立的代表中央的政务机构，北朝后期，称尚书大行台，设置官属无异于中央，自成行政系统。唐贞观以后渐废。

④三司：指三公。太尉、司徒、司空。

⑤平水土：司空之职。《尚书·舜典》："金曰：'伯禹作司空。'帝曰：'俞，咨禹，汝平水土，惟时懋哉！'"蔡沈集传曰："平水土者，司空之职。"

⑥青城:青城山,位于四川灌县西南。

⑦白帝:白帝城,在重庆奉节东瞿塘峡口。

⑧郢中清唱:宋玉《对楚王问》:"客有歌于郢中者。其始曰《下里》《巴人》,国中属而和者数千人。其为《阳阿》、《薤露》,国中属而和者数百人。其为《阳春》、《白雪》,国中有属而和者,不过数十人。引商刻羽,杂以流徵,国中属而和者,不过数人而已。是其曲弥高,其和弥寡。"

闻董评事①疾因以书②赠 董生奉内典③

《繁露》④传家学,青莲⑤译梵书。火风乖四大⑥,文字废三余⑦。欹枕昼眠晚⑧,折巾⑨秋鬓疏。武皇思视草⑩,谁许茂陵居⑪?

【题解】

刘禹锡谪居朗州时,与董侹过往甚密。刘禹锡《故荆南节度推官董府君墓志》:"元和七年(812)夏四月某日……以疾终于故府私第。"董侹卒于元和七年四月,故此诗写作时间当在此之前,但具体时间未详。作于元和六年(811)可能性较大。

【注释】

①董评事:董侹。刘禹锡《故荆南节度推官董府君墓志》:"君名侹,字庶中。""能言坟、典、数,旁捃百世之学。弱年嗜属诗,工弈棋,用是索合于贵游,多有慰荐。中年奉浮图,说三乘,用是贡诚于清贫,多被辟书。脱巾为弘文馆校书郎,再迁至大理评事。……晚节尚道,故投劾于幕府,治扁舟,浮江沱,泛洞庭,登熊耳,访浮丘以探异,赋枉渚以寄傲。居数岁,投老于南荆。""元和七年(812)夏四月某日……以疾终于故府私第。"

②书:崇本作"诗"。

③内典:佛教徒称佛经为内典。

④《繁露》：董仲舒所作《春秋繁露》。

⑤青莲：佛教以为莲花清净无染。故常用以指称和佛教有关的事物。此处指佛经。

⑥四大：佛教以地、水、火、风为四大。

⑦三余：《三国志》卷一三《魏书·王朗传》附其子《王肃传》："明帝时大司农弘农董遇等，亦历注经传，颇传于世。"裴松之注引《魏略》云："人有从学者，遇不肯教，而云'必当先读百遍'。言'读书百遍而义自见'。从学者云：'苦渴无日。'遇言'当以三余'。或问三余之意，遇言'冬者岁之余，夜者日之余，阴雨者时之余也'。"后以"三余"泛指空闲时间。

⑧晚：《全唐诗》作"静"，注云："一作晚。"

⑨折巾：林宗巾。《后汉书》卷六八《郭太传》："性明知人，好奖训士类。身长八尺，容貌魁伟，褒衣博带，周游郡国。尝于陈梁闲行遇雨，巾一角垫，时人乃故折巾一角，以为'林宗巾'。其见慕皆如此。"

⑩视草：古代词臣奉旨修正诏谕一类公文，称"视草"。

⑪茂陵居：《史记》卷一一七《司马相如列传》："相如既病免，家居茂陵。天子曰：'司马相如病甚，可往从悉取其书；若不然，后失之矣。'"

【汇评】

元方回：末句谓相如病渴，似亦戏之。(《瀛奎律髓》)

清何焯："三余"用董遇语，与"繁露"一联皆以当家事对内典。(《瀛奎律髓汇评》)

清纪昀：三句即用内典，然殊不佳。(同上)

和董庶中①古散调词赠尹果毅②

昔听《东武吟》，壮年心已悲。如何今③濩落，闻君苦辛辞④。言有穷巷士，弱龄颇尚奇。读得《玄女符》⑤，生当事边时。借名⑥游侠窟，结客幽、并儿⑦。往来长楸间⑧，能带双鞬驰。崩腾天宝末⑨，尘暗燕南⑩垂。爝火⑪入咸阳，诏征神武师。是时占⑫军募⑬，插羽扬金羁。万夫列辕门，观射中戟支⑭。誓当雪国仇，亲爱从此辞。中宵倚长剑，起视蚩尤旗⑮。介马晨萧萧，陈云竟天涯。阴风猎⑯白草⑰，旗槊光参差。勇气贯中肠，视身忽如遗。曾擒白马将，虏骑不敢追⑱。贵臣上战功，名姓随意移。终岁肌骨苦，他人印累累⑲。谒者⑳既清宫，诸侯各罢戏。上将赐北㉑第，门戟不可窥。呰血下沾襟，天高问无期。却寻故乡路，孤影空相随。行逢里中旧，朴遬㉒昔所嗤。一言合侯王，腰佩黄金龟㉓。问我何自苦？可怜真数奇㉔！迟回㉕顾徒㉖御，得㉗色悬双眉。翻然悞㉘世途，抚己昧所宜。田园已芜没，流浪江海湄。鸷禽毛翮摧，不见翔云㉙姿。衰容蔽逸气，孑孑无人知。寂寞草《玄》徒㉚，长吟下书帏㉛。为㉜君发哀韵，若扣㉝瑶林枝。有客识其真，潺湲涕交颐。劝㉞尔一杯酒，陶然足自怡。

【题解】

此诗写作具体年份未确。刘禹锡《故荆南节度推官董府君墓志》："元和七年（812）夏四月某日……以疾终于故府私第。"董侹卒于元和七年四月，故此诗写作时间当在此之前，但具体时间未详。此诗为刘禹锡与董侹的唱和之诗，董侹原诗已佚。诗中描写的是少壮征战疆场的慷慨及穷老还乡的悲凉，流露出作者内心的凄苦与苍凉。

【注释】

①董庶中：董侹。详见《闻董评事疾因以书赠》注①。"庶中"，崇本作"中庶"，误。

②尹果毅：未详何人。果毅：隋唐时武官名。

③今：朱本作"心"。

④苦辛辞："苦辛"，《全唐诗》作"辛苦"。"辞"，崇本作"词"。

⑤《玄女符》：指兵法或兵书。玄女：传说中的天上神女，曾授黄帝兵法，以制服蚩尤。

⑥名：崇本作"问"。

⑦"结客"句：曹植《白马篇》："白马饰金羁，连翩西北驰。借问谁家子，幽并游侠儿。"幽：幽州，今北京市一带。并：并州，今山西太原一带。

⑧长楸间：代指大道。古代常种楸树于道旁。《全唐诗》"楸"下注云："一作秋。"

⑨"崩腾"句：天宝十四年(755)，安史之乱发生。崩腾：动荡，纷乱。

⑩燕南：燕国南部，今北京一带。

⑪爟(guàn)火：古时报告敌情所举的烽火。"爟"，崇本作"烽"。

⑫占：崇本作"召"，误。

⑬募：《全唐诗》作"幕"。

⑭"万夫"两句：《三国志》卷七《魏书·吕布传》："布令门候于营门中举一只戟，布言：'诸君观布射戟小支，一发中者诸君当解去，不中可留决斗。'布举弓射戟，正中小支。诸将皆惊，言'将军天威也！'""射"，崇本作"我"。

⑮蚩尤旗：彗星名。古代以为星出，主有征伐之事。

⑯《全唐诗》"猎"下注云："一作列。"

⑰白草：牧草。干熟时呈白色，故名。

⑱"曾擒"二句：《史记》卷一〇九《李将军列传》："有白马将出护其兵，李广上马与十余骑奔射杀胡白马将，而复还至其骑中，解鞍，令士皆纵马卧。是时会暮，胡兵终怪之，不敢击。夜半时，胡兵亦以为汉有伏军于旁欲夜取之，胡皆引兵而去。""曾"，《全唐诗》作"生"，注云："一作曾。"

⑲印累累：《汉书》卷九三《石显传》："显与中书仆射牢梁、少府五鹿充宗结为党友，诸附倚者皆得宠位。民歌之曰：'牢邪石邪，五鹿客邪！印何累累，绶若若邪！'言其兼官据势也。"

⑳谒者：宫官名。掌内外传旨通报之事。多由宦官担任。

㉑北：《全唐诗》作"甲"。

㉒朴遬：小木。《全唐诗》"遬"下注云："一作宿。"朱本作"簌"。

㉓黄金龟：唐代三品以上佩饰。

㉔数奇(jī):命运不好,遇事多不利。

㉕迟回:崇本作"低徊"。

㉖徒:朱本作"从",误。

㉗得:崇本作"惨"。

㉘悟:崇本、朱本、《全唐诗》作"悟",是。

㉙《全唐诗》"翔云"下注云:"一作高翔。"

㉚草《玄》徒:指扬雄。《汉书》卷八七下《扬雄传》:"哀帝时,丁、傅、董贤用事,诸附离之者或起家至二千石。时,雄方草《太玄》,有以自守,泊如也。或嘲雄以玄尚白,而雄解之,号曰《解嘲》。"

㉛下书帏:即"下帏",放下室内悬挂的帷幕,指教书。《史记》卷一二一《儒林列传》:"(董仲舒)下帷讲诵,弟子传以久次相授业,或莫见其面,盖三年董仲舒不观于舍园,其精如此。进退容止,非礼不行,学士皆师尊之。""帏",明本、朱本、《全唐诗》作"帷"。

㉜《全唐诗》"为"下注云:"一作闻。"

㉝《全唐诗》"若扣"下注云:"一作粲若。"

㉞劝:《全唐诗》作"饮",注云:"一作劝。"

览董评事①思归之什因以诗赠

几年油幕②佐征东③,却泛沧浪狎钓童④。欹枕醉眠成戏蝶⑤,抱琴闲望送归鸿。文儒自袭胶西相⑥,倚伏能齐塞上翁⑦。更说扁舟动乡思,青菰已熟奈秋风⑧。

【题解】

此诗写作具体年份未确。刘禹锡《故荆南节度推官董府君墓志》:"元和七年(812)夏四月某日……以疾终于故府私第。"董侹卒于元和七年四月,故此诗写作时间当在此之前,但具体时间未详。董侹思归原诗已佚。

刘禹锡诗中表达出厌倦朝堂、清恬归隐之意。

【注释】

①董评事：荆南节度使推官董伾。详见《闻董评事疾因以书赠》注①。

②油幕：涂油的帐幕。亦借指将帅的幕府。

③佐征东：瞿蜕园《笺证》按云："评事盖其在使幕中所署之衔。惟伾最后为荆南节度推官，诗不当云'油幕佐征东'，或前此尚为他镇幕职。"

④"却泛"句：《孟子·离娄》上："有孺子歌曰：'沧浪之水清兮，可以濯我缨；沧浪之水浊兮，可以濯我足。'孔子曰：'小子听之！清斯濯缨，浊斯濯足矣。自取之也。'"

⑤"欹枕"句：《庄子·齐物论》："昔者庄周梦为胡蝶，栩栩然胡蝶也，自喻适志与！不知周也。俄然觉，则蘧蘧然周也。不知周之梦为胡蝶与，胡蝶之梦为周与？周与胡蝶，则必有分矣。此之谓物化。"

⑥胶西相：指董仲舒。《史记》卷一二一《儒林列传》："董仲舒为人廉直。是时方外攘四夷，公孙弘治春秋不如董仲舒，而弘希世用事，位至公卿。董仲舒以弘为从谀。弘疾之，乃言上曰：'独董仲舒可使相胶西王。'胶西王素闻董仲舒有行，亦善待之。董仲舒恐久获罪，疾免居家。至卒，终不治产业，以修学著书为事。"胶西：汉郡国，文帝十六年（前164）置，宣帝本始元年（前73）改为高密国。辖境相当于今山东高密。

⑦"倚伏"句：倚伏：《道德经》第五八章："祸兮福之所倚，福兮祸之所伏。"塞上翁：《淮南子》卷一八《人间训》："夫祸福之转而相生，其变难见也。近塞上之人有善术者，马无故亡而入胡。人皆吊之。其父曰：'此何遽不为福乎？'居数月，其马将胡骏马而归。人皆贺之。其父曰：'此何遽不能为祸乎？'家富良马，其子好骑，堕而折其髀。人皆吊之。其父曰：'此何遽不为福乎？'居一年，胡人大入塞，丁壮者引弦而战，近塞之人，死者十九，此独以跛之故，父子相保。'""伏"，朱本作"杖"，《全唐诗》注云："一作杖。"

⑧"更说"二句：《晋书》卷九二《张翰传》："张翰，字季鹰，吴郡吴人也。""翰因见秋风起，乃思吴中菰菜、莼羹、鲈鱼脍，曰：'人生贵得适志，何能羁宦数千里以要名爵乎！'遂命驾而归。"青菰：俗称茭白。生于河边、沼泽地，可作蔬菜。其实如米，称雕胡米，可作饭。"奈"，朱本、《全唐诗》作"奈"。

送如智法师游辰州兼寄许评事①

前日过萧寺②，看师上讲筵。都人礼白足，施者散金钱。方便③无非教，经行④不废禅。还⑤知习居士⑥，发论待⑦弥天。

【题解】

此诗当作于元和六年（811）前后禹锡在朗州期间。

【注释】

①送如智法师游辰州兼寄许评事：《全唐诗》作"海门潮别浩初师"，注云："一作'送如智法师游辰州兼寄许评事'。"如智法师：未详何人。辰州：今湖南沅陵县。许评事：高志忠《校注》注云："许志雍。贞元九年禹锡同榜进士。"《金石录补》卷一九：元和四年《王叔雅墓志》，撰人："前诸道转运推官、将仕郎、大理评事许志雍。"岑仲勉《四校记》谓："此乃元和七年时见官。"据此，其以大理评事贬官辰州当在元和四年至六年间。

②萧寺：唐李肇《唐国史补》卷中："梁武帝造寺，令萧子云飞白大书'萧'字，至今一'萧'字存焉。"后因称佛寺为萧寺。

③方便：佛教语。谓以灵活方式因人施教，使悟佛法真义。

④经行：佛教语。谓旋绕往返或径直来回于一定之地。佛教徒作此行动，为防坐禅而欲睡眠，或为养身疗病，或表示敬意。

⑤《全唐诗》"还"下注云："一作遥。"

⑥习居士：习凿齿。《晋书》卷八二《习凿齿传》："时有桑门释道安，俊辩有高才，自北至荆州，与凿齿初相见。道安曰：'弥天释道安。'凿齿曰：'四海习凿齿。'"

⑦待：《全唐诗》作"侍"，注云："一作待。"

元和七年(812)

送僧元暠①南游 并引②

予策名二十年,百虑而无一得。然后知世所谓道无非畏途,唯出世间法可尽心耳。由是在席砚者多旁行脈冈反四句之书③,备将迎者皆赤顋④白足⑤之侣。窣⑥入智地,静通还⑦源。客尘观尽,妙气来宅。内视胸中,犹煎炼然。开士元暠,姓陶氏,本丹阳⑧居⑨家,世有人爵,不藉其资。于毗尼⑩禅那极细牢⑪之义,于⑫中后日习总⑬持之门。妙音奋迅,愿力昭答。雅闻予事佛而佞,亟来相从。或问师臞形之自,对曰:"少⑭失怙恃,推棘心求上乘,积四十年有赢⑮,老将至而不懈。始悲浚泉之有冽,今痛防墓⑯之未迁。涂刍⑰莫备,薪火恐灭。诸相皆离,此心长悬。虽万性⑱归佛,尽为释种,如河入海,无复水名。然具一切智者,岂⑲遗百行!求无量义者,宁容断⑳思!今闻南诸侯雅多大士,思扣以苦调而希其末光,无容至前,有足悲者。"予闻是说已,力不足而悲有余,因为诗以送之,庶乎践霜露者聆㉑之有恻㉒。

宝书翻译学初成,振锡如飞白足轻。彭泽因家凡几世?灵山预会是前生。传镫㉓已寱㉔无为理,濡露犹怀罔极情㉕。从此多逢大居士,何人不愿解珠璎㉖!

【题解】

此诗作于元和七年(812)。诗引中有"予策名二十年",刘禹锡于贞元九年(793)登进士第,至元和七年为二十年。诗人与僧元暠交情深厚,此诗是为元暠南游而作的送别诗。

【注释】

①元暠:柳宗元《送元暠诗序》:"元暠师居武陵有年数矣,与刘(禹锡)游久且暱。"

②并引:《英华》无"并引"及小引全文。"引",《全唐诗》作"序"。

③"由是"句:"席砚",崇本作"砚席"。《全唐诗》"砚"下注云:"一作观。""脲冈反",崇本作"山冈反",明本、朱本作"胡冈反"。《全唐诗》无此三小字注。旁行:横写。《汉书》卷九六上《西域传》上:"安息国……书草,旁行为书记。"注云:"服虔曰:'横行为书记也。'"四句:指佛经中的偈。因四句合为一偈,故称。

④赤髭:赤髭毗婆沙,佛陀耶舍。《高僧传》卷二《晋长安佛陀耶舍》:"佛陀耶舍,此云觉明,罽宾人也。婆罗门种,世事外道。……舍为人赤髭,善解毗婆沙,时人号曰赤髭毗婆沙。""髭",崇本、《全唐诗》作"髭"。

⑤白足:白足和尚。《高僧传》卷一〇《宋伪魏长安释昙始》:"释昙始。关中人。……始足白于面,虽跣涉泥水未尝沾湼,天下咸称白足和上。"

⑥罙:崇本、朱本、《全唐诗》皆作"深"。

⑦还:朱本作"道"。

⑧丹阳:今江苏丹阳。

⑨居:朱本、《全唐诗》作"名"。

⑩毗尼:佛教语。梵语 vinaya 的译音。又译作"毗奈耶"。意为律。

⑪牢:朱本、《全唐诗》作"密",是。

⑫朱本、《全唐诗》"于"下有"初"字。

⑬总:崇本作"惚"。

⑭少:明本、朱本、《全唐诗》作"小"。

⑮赢:崇本作"余",明本、《全唐诗》作"赢"。作"赢"是。

⑯防墓:防地之墓。孔子父母合葬处。《礼记·檀弓上》:"孔子既得合葬于防,曰:'吾闻之,古也墓而不坟。今丘也东西南北之人也,不可以弗识也。'于是封之,崇四尺。孔子先反,门人后,雨甚至。孔子问焉,曰:'尔来

何迟也?'曰:'防墓崩。'"后泛指父母之墓。

　　⑰涂刍:指涂车与刍灵,皆古代送葬之物。《礼记·檀弓下》:"涂车刍灵,自古有之,明器之道也。"

　　⑱性:崇本作"姓"。

　　⑲《全唐诗》"岂"下有"惟"字。

　　⑳《全唐诗》"断"下有"闻"字。

　　㉑聆:《全唐诗》作"听"字,注云:"一作聆。"

　　㉒崇本"恻"下有"云"字。

　　㉓传镫:亦作"传灯"。佛家指传法。佛法犹如明灯,能破除迷暗,故称。

　　㉔已寤:朱本作"以悟",《全唐诗》作"已悟",《英华》"寤"下注云:"一作悟。"

　　㉕罔极情:《诗·小雅·蓼莪》:"父兮生我,母兮鞠我。拊我畜我,长我育我。顾我复我,出入腹我。欲报之德,昊天罔极。"

　　㉖解珠璎:《妙法莲华经》卷七《观世音菩萨普门品》:"无尽意菩萨白佛言:'世尊,我今当供养观世音菩萨。'即解颈众宝珠、璎珞,价值百千两金,而以予之。"

遥①伤段右丞② 江湖旧游,南宫交代③。

江海多豪气,朝廷有直声。何言马蹄下④,一旦是佳城。

【题解】

　　此诗作年未详,但不早于元和七年(812)。据《旧唐书》卷一五三《段平仲传》:"元和初,迁谏议大夫。内官吐突承璀为招讨使,征镇州,无功而还。平仲与吕元膺抗疏论列,请加黜责。转给事中。自在要近,朝廷有得失,未尝不论奏,时人推其狷直。转尚书左丞,以疾改太子左庶子卒。"卒年未详。

《旧唐书》卷一四《宪宗纪》上：元和六年"六月甲子朔，减教坊乐人衣粮。丁卯，中书门下奏……从之。乃命给事中段平仲、中书舍人韦贯之、兵部侍郎许孟容、户部侍郎李绛等详定减省"。据此，段平仲转尚书左丞，以疾改太子左庶子在元和六年六月后。《唐会要》卷五七载："七年二月，尚书左丞段平仲奏曰……"

【注释】

①《全唐诗》无"遥"字。

②段右丞：段平仲。

③"江湖"二句：《旧唐书》卷一五三《段平仲传》："登进士第。杜佑、李复相继镇淮南，皆表平仲为掌书记。复移镇华州、滑州，仍为从事。入朝为监察御史。"刘禹锡于贞元十六年秋为淮南节度使掌书记，十九年闰十月入为监察御史，故云"江湖旧游"。《旧唐书·段平仲传》："后除屯田膳部二员外郎、东都留守判官，累拜右司郎中。"刘禹锡贞元二十一年四月转尚书屯田员外郎，故云"南宫交代"。

④"何言"句：《博物志·异闻》："汉滕公薨，求葬东都门外。公卿送丧，骖马不行，踣地悲鸣，跑蹄下地，得石，有铭曰：'佳城郁郁，三千年见白日，吁嗟滕公居此室。'遂葬焉。"

108

元和八年(813)

寄杨八拾遗 时出为国子主簿分司东都。韩十八员外①亦转国子博士,同在②洛阳。

闻君前日独廷争③,汉帝偏知白马生④。忽领簿书游太学,宁劳侍从厌承明? 洛阳本自宜才子,海内而今有直声。为谢同僚老博士,范云⑤来岁即公卿。

【题解】

此诗作于元和七年(812)末或八年(813)春。杨八拾遗指杨归厚。《旧唐书》卷一五《宪宗纪》下:元和七年十二月,"丙辰,左拾遗杨归厚以自娶妇,进状借礼会院,贬国子主簿分司"。洪兴祖《韩子年谱》元和七年壬辰,"二月乙未,以职方员外郎复为国子博士。"《旧唐书》卷一六〇《韩愈传》:"以愈妄论,复为国子博士。愈自以才高,累被摈黜,作《进学解》……执政览其文而怜之,以其有史才,改比部郎中、史馆修撰。"《韩昌黎全集》卷一二《进学解》题下注:"元和八年三月二十三日也。"

【注释】

①韩十八员外:韩愈。"韩",朱本作"王",误。"韩十八",崇本作"之什八",误。

②朱本无"在"字。

③"闻君"句:《新唐书》卷一四六《李吉甫传》:"左拾遗杨归厚尝请对,日已旰,帝令它日见,固请不肯退。既见,极论中人许遂振之奸,又历诋辅相,求自试,又表假邮置院具婚礼。帝怒其轻肆,欲远斥之,李绛为言,不能得。吉甫见帝,谢引用之非,帝意释,得以国子主簿分司东都。"

④白马生：《后汉书》卷二七《张湛传》："光武临朝，或有惰容，湛辄陈谏其失。常乘白马，帝每见湛，辄言'白马生且复谏矣'。"

⑤范云：瞿蜕园《笺证》云："《南史·范云传》，云在齐东昏时除国子博士，梁台建，即为公卿。诗用此亦祝韩愈之早迁也。公卿二字确有来历，禹锡之熟于史传如此。"

酬窦员外使君①寒食日途次松滋渡先寄示四韵

楚乡寒食橘花时，野渡临风驻彩旗。草色连云人去住，水纹如縠燕差池。朱轮尚忆群飞雉，青绶初县左顾龟②。非是溢城白司马③，水曹何事与新诗？时自水部郎出牧。

【题解】

此诗作于元和八年（813）。高志忠《刘禹锡诗文系年》按云："窦常七年出牧朗州，八年春到任。"今从高说。窦常《之任武陵寒食日途次松滋渡先寄刘员外禹锡》："杏花榆荚晓风前，云际离离上峡船。江转数程淹驿骑，楚曾三户少人烟。看春又过清明节，算老重经癸巳年。幸得柱山当郡舍，在朝长咏卜居篇。"

【注释】

①窦员外使君：窦常。《旧唐书》卷一五五《窦群传》附《窦常传》："字中行，大历十四年（779）登进士第，居广陵之柳杨。结庐种树，不求苟进，以讲学著书为事，凡二十年不出。贞元十四年（798），镇州节度使王武俊闻其贤，遣人致聘，辟为掌书记，不就。其年，杜佑镇淮南，奏授校书郎，为节度参谋。元和六年（811），自湖南判官入为侍御史，转水部员外郎。出为朗州刺史，历固陵、浔阳、临川三郡守。入为国子祭酒，求致仕。宝历元年（825）卒，时年七十。"刘禹锡与窦常曾同入杜佑幕，一为节度参谋，一为掌书记。

②左顾龟：《晋书》卷七八《孔愉传》："愉尝行经余不亭，见笼龟于路者，

愉买而放之溪中,龟中流左顾者数四。及是,铸侯印,而印龟左顾,三铸如初。印工以告,愉乃悟,遂佩焉。"后以"左顾龟"指官印。

③白司马:"白"乃"鱼"之误。何逊《日夕望江山赠鱼司马》:"溢城带溢水,溢水萦如带。"何逊仕梁,曾任尚书水部郎,例称水曹。瞿蜕园《笺证》云:"以何比窦常之自水部员外郎出守,而以鱼司马自比,可谓警切之至。""白",《全唐诗》作"旧",崇本、朱本作"鱼"。

【汇评】

宋李锜:唐人诗流传讹谬,有一诗传为两人者……"楚乡寒食橘花时……水纹如縠燕差池。"既见杜牧集中,又刘梦得《外集》作八句,其后云:(诗略)考其全篇,梦得诗也。然前四句,绝类牧之。(《李希声诗话》)

和窦中丞晚入容江①作

汉郡三十六②,郁林③东南遥。人伦选清臣,天外颁诏条。桂水步④秋浪,火山凌雾朝。分圻⑤辨风物,入境闻讴谣。莎岸见长亭,烟林隔丽谯。日落舟益驶,川平旗自飘。珠浦远明灭,金沙晴动摇。一吟道中作,离思悬层霄。

【题解】

此诗作于元和八年(813)。窦中丞指窦群。《旧唐书》卷一五五《窦群传》:"(元和)六年九月,贬开州刺史。在郡二年,改容州刺史、容管经略观察使。"窦群诗已佚。

【注释】

①容江:广西浔江支流,北流经容县段为容江。

②汉郡句:《史记》卷六《秦始皇本纪》:"分天下以为三十六郡,郡置守、尉、监。"

③郁林：《旧唐书》卷四一《地理志》四："郁林州下隋郁林郡之石南县。贞观中置郁林州，领石南、兴德。天宝元年，改为郁林郡。乾元元年，复为郁林州也。领县五……至京师五千五百七里，至东都五千一百六十里。"

④步：崇本作"涉"。

⑤圻(qí)：京畿。古称天子直辖之地，亦指京城所领的地区。

酬①窦员外旬休②早凉见示③诗奉书报④，诘⑤朝有宴。

新秋十日澣⑥朱衣，铃阁无声公吏归。风韵渐高梧叶动，露光初重槿花稀。四时苒苒催容鬓，三爵油油⑦忘是非。更报明朝池上酌，人知太守字玄晖。

【题解】

此诗作于元和八年(813)秋。诗题下注"诗奉书报，诘朝有宴"应指次日"窦员外郡斋宴客"事，见于《酬窦员外郡斋宴客偶命柘枝因见寄兼呈张十一院长元九侍御》。据此，诗当作于元和八年秋。窦常原诗已佚。

【注释】

①酬：《全唐诗》作"谢"。

②旬休：唐代官员十日一休，曰"旬休"。

③《全唐诗》"示"下有"诗"字。

④诗奉书报："诗"，崇本作"时"。朱本作"奉书报言"。《全唐诗》无"诗"字。

⑤诘：朱本作"明"。

⑥澣(huàn)：同"浣"。

⑦油油：和悦恭谨貌。《礼记·玉藻》："礼已，三爵而油油以退。"郑玄注云："油油，说敬貌。"《全唐诗》"油油"下注云："一作曛曛。"

112

酬窦员外^①郡斋宴客偶命柘枝因见寄兼呈张十一院长^②元九侍御^③员外时^④兼节度判官,佐平蛮之略,张初罢郡^⑤,元方从事。

分忧余刃又从公,白羽胡床啸咏中。彩笔谕戎矜倚马^⑥,华裳^⑦留客看惊鸿。渚宫油幕方高步,澧浦甘棠有几丛?若问骚人何处所^⑧?门临寒水落江枫。

【题解】

此诗作于元和八年(813)秋。此诗题下注"佐平蛮之略"即指《元和癸巳岁仲秋诏发江陵偏师问罪蛮徼后命宣慰释兵归降凯旋之辰率尔成咏寄荆南严司空》诗中窦常佐严绥"发江陵偏师问罪蛮徼"之事。诗作于元和癸巳年,即元和八年秋。窦常原诗已佚。

【注释】

①窦员外:窦常。

②张十一院长:张署。元和初张署为澧州刺史,贬江陵。刘禹锡作此诗时,张署离澧州暂寓朗州。

③御:崇本、朱本作"郎",误。

④时:朱本作"郎",误。

⑤罢郡:《全唐诗》作"都官",朱本作"罢都",误。

⑥倚马:《世说新语·文学》:"桓宣武北征,袁虎时从,被责免官。会须露布文,唤袁倚马前令作。手不辍笔,俄得七纸,殊可观。东亭在侧,极叹其才。袁虎云:'当令齿舌间得利。'"

⑦裳:崇本、朱本、《全唐诗》作"堂"。

⑧所:朱本作"酌"。

观舞柘枝①二首

　　胡服何葳蕤,仙仙②登绮墀。神飙猎红蕖③,龙烛然④金枝⑤。垂带覆纤腰,安钿当妩眉。翘袖中繁鼓,倾眸⑥溯华橹⑦。燕余⑧有旧曲,淮南多冶词。欲见倾城处,君看赴节⑨时。

　　山鸡⑩临清镜,石燕⑪赴遥津。何如上客会,长袖入华茵。体轻似无骨⑫,观者皆耸神。曲尽回身去⑬,曾波⑭犹注人。

【题解】

　　此诗作于元和八年(813)。此诗应即为窦常"郡斋宴客偶命柘枝"之作,作年同《酬窦员外郡斋宴客偶命柘枝因见寄兼呈张十一院长元九侍御》。

【注释】

　　①观舞柘枝:《全唐诗》作"观柘枝舞"。柘枝:《乐府诗集》卷五六《柘枝词》题解云:"《乐府杂录》曰:'健舞曲有《柘枝》,软舞曲有《屈柘》。'……一说曰:《柘枝》,本《柘枝舞》也,其后字讹为柘枝。沈亚之赋云:'昔神祖之克戎,宾杂舞以混含。柘枝信其多妍,命佳人以继态。'然则似是戎夷之舞。按今舞人衣冠类蛮服,疑出南蛮诸国也。"

　　②仙:《全唐诗》注云:"一作姬。"

　　③红蕖:红荷花。

　　④然:《全唐诗》作"映",注云:"一作然。"

　　⑤金枝:饰金的灯。颜延之《宋郊祀歌》:"金枝中树,广乐四陈。"《文选》吕向注:"金枝,谓灯以金饰之。"

　　⑥眸:崇本作"牟"。

⑦华榱(cuī):雕画的屋椽。

⑧燕余:指燕地。汉张衡《七辩》:"淮南清歌,燕余材舞,列乎前堂,递奏代序。""余",《全唐诗》作"秦"。

⑨赴节:应和着节拍。

⑩山鸡:鸟名。形似雉。传说自爱其羽毛,常照水而舞。南朝宋刘敬叔《异苑》卷三:"山鸡爱其羽毛,映水则舞。魏武时,南方献之,帝欲其鸣舞而无由。公子苍舒令置大镜其前,鸡鉴形而舞,不知止,遂乏死。"

⑪石燕:《初学记》卷一引庾仲雍《湘州记》云:"零陵山有石燕,遇雨则飞,雨止还化为石也。"

⑫"体轻"句:《飞燕外传》:赵飞燕"长而纤便轻细,举止翩然,人谓之飞燕","丰若有余,柔若无骨"。

⑬去:朱本、《全唐诗》作"处",《全唐诗》注云:"一作去。"

⑭曾波:《楚辞·招魂》:"娭光眇视,目曾波些。"洪兴祖补注:"曾,重也。"后常喻美女的眼睛。"曾",《全唐诗》作"层"。

【汇评】

清贺裳:刘梦得五言古诗,多学南北朝。如《观舞柘枝》曰:"曲尽回身处,层波犹注人。"宫体中佳语也。唯近体中间杂古调,终有乌孙学汉之饥,不若唐音自佳。(《载酒园诗话又编》)

元和癸巳岁①仲秋诏发江陵偏师问罪蛮徼后命宣慰释兵归降凯旋之辰率②尔成咏寄荆南严司空③

蛮水阻朝宗④,兵符下渚宫⑤。前筹得上策,无战已成功。汉使星飞入⑥,夷心草偃⑦同。欢⑧谣开竹栈⑨,拜舞⑩掷⑪桑弓⑫。就日⑬知冰释,投人念鸟穷⑭。网罗三面解⑮,章奏九门⑯通。卉服⑰联操袂,雕题⑱尽鞠躬。降幡秋练白,驿骑昼尘红。火号休传警,机桥⑲罢亘空。登山不见虏,振旆自生风。江远烟波静,军回气色雄。伫看闻喜⑳后,金石㉑赐元戎。

【题解】

此诗作于元和八年(813)秋。《旧唐书》卷一四六《严绶传》:"有溆州蛮首张伯靖者,杀长吏,据辰、锦等州,连九洞以自固,诏绶出兵讨之。绶遣部将李忠烈赍书晓谕,尽招降之。"此诗乃为严绶招降成功事而作。

【注释】

①元和癸巳岁:唐宪宗元和八年(813)。

②率:朱本作"卒",误。

③荆南严司空:严绶。《旧唐书》卷一四六《严绶传》:"元和元年,杨惠琳叛于夏州,刘闢叛于成都,绶表请出师讨伐。……蜀、夏平,加绶检校尚书左仆射,寻拜司空。"

④朝宗:古代诸侯春、夏朝见天子。后泛称臣下朝见帝王。《周礼·春官·大宗伯》:"春见曰朝,夏见曰宗,秋见曰觐,冬见曰遇。"

⑤渚宫:春秋楚国的宫名。故址在今湖北省江陵县。

⑥"汉使"句:《后汉书》卷八二上《李郃传》:"和帝即位,分遣使者,皆微服单行,各至州县观采风谣。使者二人当到益部,投郃候舍。时夏夕露坐,郃因仰观,问曰:'二君发京师时,宁知朝廷遣二使邪?'二人默然,惊相视曰:'不闻也。'问何以知之。郃指星示云:'有二使星向益州分野,故知之耳。'"

⑦草偃:《论语·颜渊》:"季康子问政于孔子曰:'如杀无道,以就有道,何如?'孔子对曰:'子为政,焉用杀? 子欲善而民善矣。君子之德风,小人之德草。草上之风,必偃。'"

⑧欢:《全唐诗》作"歌",注云:"一作欢。"

⑨竹栈:用竹子修筑的栈道。

⑩拜舞:跪拜与舞蹈。古代朝拜的礼节。

⑪掷:《全唐诗》作"戠",注云:"一作掷。"

⑫桑弓:桑木作的弓。亦泛指强弓、硬弓。

⑬就日:比喻对天子的崇仰或思慕。语出《史记·五帝本纪》:"帝尧者,放勋。其仁如天,其知如神。就之如日,望之如云。"司马贞索隐:"如日之照临,人咸依就之,若葵藿倾心以向日也。"

⑭"投人"句:《三国志》卷一一《魏书·邴原传》:"时孔融为北海相,举原有道。原以黄巾方盛,遂至辽东,与同郡刘政俱有勇略雄气。辽东太守公孙度畏恶欲杀之,尽收捕其家,政得脱。度告诸县:'敢有藏政者与同罪。'政窘急,往投原。原匿之月余,时东莱太史慈当归,原因以政付之。"裴松之注引《魏氏春秋》曰:"政投原曰:'穷鸟入怀。'原曰:'安知斯怀之可入邪?'"此处指张伯靖首急归顺事。

⑮"网罗"句:《史记》卷三《殷本纪》:"汤出,见野张网四面,祝曰:'自天下四方皆入吾网。'汤曰:'嘻,尽之矣!'乃去其三面,祝曰:'欲左,左。欲右,右。不用命,乃入吾网。'诸侯闻之,曰:'汤德至矣,及禽兽。'"

⑯门:《英华》作"重",《全唐诗》注云:"一作重。"

⑰卉服:用绤葛做的衣服。《汉书》卷二八上《地理志》上:"岛夷卉服。"颜师古注云:"卉服,绤葛之属。"指边远地区少数民族或岛居之人。

⑱雕题:在额上刺花纹。古代南方少数民族的一种习俗。

⑲机桥:有机关装置的桥。

⑳闻喜:《汉书》卷二八上《地理志》上:"闻喜,故曲沃。晋武公自晋阳徙此。武帝元鼎六年行过,更名。"

㉑金石:此处以金石代指音乐。

武陵观火诗

楚乡祝融分,灾①火常为虞。是时直突②烟,发自晨炊徒。盲风③扇其威,白昼曛阳乌④。操绠⑤不暇汲,循⑥墙宁⑦避趋?

怒如烈缺⑧光,迅与焚轮⑨俱。联延掩四达⑩,赫奕⑪成洪⑫炉。汹疑云涛翻,飒若鬼神趋。当前迎煅炝⑬,是物同膏腴。金乌⑭入梵天⑮,赤龙游玄都⑯。腾烟透窗户,飞焰生栾⑰栌⑱。火山摧半空,星雨洒中衢。瑶坛被髹漆,宝树⑲攒珊瑚。花县⑳与琴焦㉑,旗亭无酒濡㉒。市人委百货,邑令遗双凫㉓。余势下隈隩,长熛㉔烘舳舻。吹荧㉕照水府㉖,炙浪愁天吴㉗。灾罢云日晚,心惊视听殊。高灰辨廪庾㉘,黑土连闉阇㉙。众烬合星罗,游氛铄人肤。厚地藏宿热,遥林呈骤枯。火德㉚资生人,庸可一日无? 御之失其道,敲石㉛弥天隅。晋库走龙剑㉜,吴宫伤燕雏㉝。五行有沴气,先哲垂讦谟。宋郑同日起,时当贤大夫㉞。无苟自可乐,弭患非所图。贤守㉟恤人瘼,临烟驻骊驹。吊伤㊱色惨怛㊲,喑㊳失词劬愉㊴。下令蠲里布㊵,指期轻市租。闬㊶垣适未立,苫㊷盖自相娱。山木行剪伐,江泥宜墐途。鲁臣不必茸㊸,何用征越巫㊹?

【题解】

此诗作于元和八年(813)八月。武陵大火,刘禹锡因作观火诗。高志忠《校注》按云:"窦常《之任武陵寒食日途次松滋渡先寄刘员外禹锡》诗云:'看春又过清明节,算老重经癸巳年。'其判任当在元和八年春末。《武陵北亭记》:'莅止三月,以硕画佐元侯平裔夷,降渠魁。又三月,以顺令率蒸民增水坊,表火道。'诗曰:'盲风扇其威',则火起于元和八年秋无疑,是诗作于元和八年(813)八月。"今从高说。

【注释】

①灾:朱本、《全唐诗》作"炎"。

②直突:直统统不拐弯的烟囱。

③盲风:疾风。《礼记正义》卷一六《月令》:"(仲秋之月)盲风至,鸿雁来,玄鸟归,群鸟养羞。"郑玄注:"盲风,疾风也。"孔颖达疏引皇氏曰:"秦人

谓疾风为盲风。"

④阳乌:神话传说中在太阳里的三足乌。

⑤绠(gěng):汲水用的绳子。

⑥循:崇本作"修"。

⑦宁:《全唐诗》作"还",注云:"一作宁。"

⑧烈缺:明本、朱本、《全唐诗》作"列缺",是。意为闪电。《史记》卷一一七《司马相如列传》:"贯列缺之倒景兮,涉丰隆之滂沛。"裴骃集解引《汉书音义》:"列缺,天闪也。"

⑨棼轮:即"焚轮"。自上而下的暴风。"棼",《全唐诗》作"芬",注云:"一作棼。"

⑩达:《全唐诗》作"远",注云:"一作达。"

⑪赫奕:光辉炫耀貌。

⑫洪:崇本作"烘",误。

⑬焮赩(xīn xì):彤红的火光。

⑭乌:崇本作"鸟",误。

⑮梵天:佛经中称三界中的色界初三重天为"梵天"。其中有"梵众天"、"梵辅天"、"大梵天"。多特指"大梵天",亦泛指色界诸天。

⑯玄都:传说中神仙居处。

⑰栾:柱上的曲木,两端以承斗拱。

⑱栌:柱上方木,斗拱。

⑲宝树:佛教语。指七宝之树,即极乐世界中以七宝合成的树木。

⑳花县:晋潘岳为河阳令,满县遍种桃花,人称"河阳一县花"。后遂以"花县"为县治的美称。"花",《全唐诗》作"光",注云:"一作花。"

㉑琴焦:《后汉书》卷六〇下《蔡邕传》:"吴人有烧桐以爨者,邕闻火烈之声,知其良木,因请而裁为琴,果有美音,而其尾犹焦,故时人名曰'焦尾琴'焉。"

㉒酒濡:酒雨。《后汉书》卷五七《栾巴传》:"迁沛相。所在有绩,征拜尚书。"李贤注引《神仙传》:"巴为尚书,正朝大会,巴独后到,又饮酒西南噀之。有司奏巴不敬。有诏问巴,巴顿首谢曰:'臣本县成都市失火,臣故因

酒为雨以灭火。臣不敢不敬。'诏即以驿书问成都,成都答言:'正旦大失火,食时有雨从东北来,火乃息,雨皆酒臭。'"

㉓双凫:《后汉书》卷八二上《王乔传》:"王乔者,河东人也。显宗世,为叶令。乔有神术,每月朔望,常自县诣台朝。帝怪其来数,而不见车骑,密令太史伺望之。言其临至,辄有双凫从东南飞来。于是候凫至,举罗张之,但得一只舄焉。乃诏上方诊视,则四年中所赐尚书官属履也。"

㉔熛(biāo):飞迸的火焰。

㉕荧:《全唐诗》作"焚",注云:"一作荧。"

㉖水府:神话传说中水神或龙王所住的地方。

㉗天吴:水神名。《山海经》卷九《海外东经》:"朝阳之谷,神曰天吴,是为水伯。"《山海经》卷一四《大荒东经》:"有神人,八首人面虎身十尾,名曰天吴。"

㉘庾:露天的谷仓。

㉙闉阇(yīn dū):古代城门外瓮城的重门。《诗·郑风·出其东门》:"出其闉阇,有女如荼。"毛传:"闉,曲城也。阇,城台也。"马瑞辰通释:"阇为台门之制,上有台则下必有门,有重门则必有曲城,二者相因。'出其闉阇'谓出此曲城重门。"后泛指城门或城楼。

㉚火德:五德之一。以五行中的火来附会王朝历运的称火德。此处指火的功能。

㉛敲石:敲击火石以取火。

㉜"晋库"句:《晋书》卷二七《五行志》上:"惠帝元康五年(295)闰月庚寅,武库火。张华疑有乱,先命固守,然后救火。是以累代异宝,王莽头,孔子屐,汉高祖断白蛇剑及二百八万器械,一时荡尽。"

㉝"吴宫"句:《越绝书》卷二《越绝外传记吴地传》:"东宫周一里二百七十步。路西宫在长秋,周一里二十六步。秦始皇帝十一年(前236),守宫者照燕,失火烧之。"瞿蜕园《笺证》按云:"《太平御览》引《吴地记》云:'春申君都吴宫,加巧饰,春申君死,吏照燕窟失火,遂焚。'诗用此事。"

㉞"宋郑"二句:《左传》昭公十八年:"夏五月,火始昏见。丙子,风。梓慎曰:'是谓融风,火之始也。七日,其火作乎!'戊寅,风甚。壬午,大甚。

宋、卫、陈、郑皆火。……子产辞晋公子、公孙于东门。使司寇出新客，禁旧客勿出于宫。使子宽、子上巡群屏摄，至于大宫。使公孙登徙大龟。使祝史徙主祏于周庙，告于先君。使府人、库人各儆其事。”

㉟贤守：此处指朗州太守窦常。

㊱伤：《全唐诗》作“场”，注云：“一作伤。”

㊲怛：《全唐诗》作“忸”，注云：“一作怛。”

㊳喧：《全唐诗》作“颜”，注云：“一作喧。”

㊴劬（qú）愉：恳切和悦。

㊵里布：古代的一种地税钱。

㊶闬（hàn）：里巷的门，又泛指门。

㊷苦：崇本、明本、朱本、《全唐诗》作“苫”，是。

㊸“鲁臣”句：《左传》哀公三年：“夏五月辛卯，司铎火。火逾公宫，桓、僖灾。救火者皆曰：‘顾府。’南宫敬叔至，命周人出御书，俟于宫，曰：‘庀女而不在，死。’子服景伯至，命宰人出礼书，以待命。命不共，有常刑。校人乘马，巾车脂辖。百官官备，府库慎守，官人肃给。济濡帷幕，郁攸从之，蒙葺公屋。自大庙始，外内以悛，助所不给。有不用命，则有常刑，无赦。公父文伯至，命校人驾乘车。季桓子至，御公立于象魏之外，命救火者伤人则止，财可为也。命藏《象魏》，曰：‘旧章不可亡也。’富父槐至，曰：‘无备而官办者，犹拾瀋也。”于是乎去表之藁，道还公宫。”“鲁”，《全唐诗》作“邑”，注云：“一作鲁。”“葺”，《全唐诗》作“曾”，注云：“一作葺。”

㊹越巫：越地旧俗好巫术，“越巫”遂为巫者的代称。汉张衡《西京赋》：“柏梁既灾，越巫陈方。建章是经，用厌火祥。”《文选》李善注云：“《汉书》曰：柏梁灾，越俗有火灾，复起屋，必以大，用胜服之，于是作建章宫。”

【汇评】

清叶矫然：子美《火》诗：“青林一灰烬，云气无处所。……神物已高飞，不见石与土。”奇语咄咄。后刘梦得《武陵观火》有云：“盲风扇其威，白昼曛阳乌”，又“金乌入梵天，赤龙游玄都”，又“吹光照水府，炙浪愁天吴”，又“厚地藏宿热，遥林呈骤枯”，又“晋库走龙剑，吴宫伤燕雏”等句，瑰玮不凡，亦堪仿佛杜公。（《龙性堂诗话》）

元和九年(814)

朗州窦员外^①见示与澧州元郎中^②郡斋赠答长句二篇因而^③继和

鸳鹭^④差池出建章^⑤,彩旗朱户郁^⑥相望。新恩共理犬牙^⑦地,昨日同含鸡舌香^⑧。白芷江^⑨边分驿路,山桃蹊^⑩外接甘棠^⑪。应怜一罢金闺籍^⑫,枉渚逢春^⑬十度伤。

【题解】

此诗作于元和九年(814)春。诗云"枉渚逢春十度伤",禹锡永贞元年(805)十一月被贬朗州司马,至元和九年,正是十度逢春。此诗乃与时任朗州刺史的窦常唱和,念及庙堂旧事,心生凄凉之意。

【注释】

①朗州窦员外:朗州刺史窦常。

②元郎中:未详何人。

③而:《全唐诗》作"以"。

④鸳鹭:鹓鹭。因飞行有序,用以比喻班行有序的朝官。

⑤建章:建章宫。汉代长安宫殿名。

⑥郁:《全唐诗》作"蔚",注云:"一作郁。"

⑦犬牙:像犬牙般交错。多指地形、地势。

⑧同含鸡舌香:同为郎官。鸡舌香:即丁香。古代尚书上殿奏事,口含此香。《初学记》卷一一引汉应劭《汉官仪》:"尚书郎含鸡舌香,伏奏事,黄门郎对揖跪受,故称尚书郎怀香握兰,趋走丹墀。"

⑨白芷江:瞿蜕园《笺证》引《舆地纪胜》云:"芷江在武陵县东八十里。《武陵记》云:'乃沅水之别派。刘禹锡在朗州,与澧州元郎中诗曰:芷江兰浦恨无梁。芷江谓朗州也。又曰:白芷江头分驿路。又曰:十见蛮江白芷生。'"又引《清统志》云:"芷水在龙江县西。《方舆胜览》:'即资水之别派,两岸多生杜衡白芷,故名。'"白芷江即为沅水。

⑩蹊:《英华》作"溪"。

⑪甘棠:木名。即棠梨。《诗·召南·甘棠》:"蔽芾甘棠,勿翦勿伐,召伯所茇。"后以"甘棠"称颂循吏的美政和遗爱。

⑫金闺籍:金门所悬名牒,牒上有名者准其进入。后用以指在朝为官。

⑬《全唐诗》"逢春"下注云:"一作相逢。"

早春对雪奉寄澧州元郎中①

新赐鱼书②墨未干,贤人暂屈③远人安④。朝驱旄旆行时令,夜见星辰忆旧官⑤。梅蕊覆阶铃阁⑥煖⑦,雪峰当户戟枝寒。宁知楚客思公子,北望长吟澧有兰⑧。

【题解】

此诗作于元和九年(814)春,当与《朗州窦员外见示与澧州元郎中郡斋赠答长句二篇因而继和》诗作于同年。刘禹锡以此寄送元郎中。时诗人身在朗州,因澧州在朗州以北,故诗中流露出禹锡期盼北归的隐微心情。

【注释】

①元郎中:未详何人。

②鱼书:古代朝廷任免州郡长官时所赐颁的鱼符和敕书。

③屈:《全唐诗》作"出"。

④远人安:《论语·季氏》:"远人不服,则修文德以来之。既来之,则安之。"

⑤旧官:郎官。《后汉书》卷二《明帝纪》:"郎官上应列宿,出宰百里,有非其人,则民受其殃,是以难之。"

⑥铃阁:将帅或州郡长官办事的地方。《晋书》卷三四《羊祜传》:"在军常轻裘缓带,身不被甲,铃阁之下,侍卫者不过十数人。"

⑦煖:古同"暖"。

⑧"宁知"二句:屈原《九歌·湘夫人》:"沅有茝兮澧有兰,思公子兮未敢言。"此处楚客为禹锡自谓,公子指元郎中。

【汇评】

明毛奇龄等:四句尚有随州矩度("朝驱旌旆行时令,夜见星辰忆旧官。梅蕊覆阶铃阁暖,雪花当户戟枝寒"下)。(《唐七律选》)

首言元郎中新受鱼书以往澧州,其墨犹新。贤人当在朝赞化,今出为刺史,暂屈其才,而澧人则受其惠而获安矣。以职论之,驱旌旆而行时令,今为刺史;见星辰而忆旧官,昔属郎中也。"覆阶"、"当户",言澧州情景。末二句见奉寄意。题云:"对云(按:题为"雪")奉寄",望云思人也。贤人暂屈,有"触石肤寸"意,远人安者,乃不崇朝而雨也,此句隐合对云处。"梅蕊"、"雪花",切"早春"二字。唐人诗无不肖题命意,即此可以类观也。(《唐诗鼓吹评注》)

又:第三言"远安",第四言"贤屈"。……第六言虽远而非若武陵之为瘴乡。元已屈,岂似我更屈耶?(同上)

清何焯:(梅蕊句)早春。(雪峰句)对雪。(北望句)落句言己之屈方甚于元也。(卞孝萱《刘禹锡诗何焯批语考订》)

送湘阳熊判官孺登①府罢归钟陵②因寄呈江西裴中丞二十三兄③④

射策⑤志未就,从事府⑥云除。箧留马卿赋,袖有刘弘书⑦。忽见夏木深,怅然忆吾庐。复持州民刺,归谒专城居。

君家诚易知，胜绝倾里闬。人言北郭生⑧，门有卿相舆⑨。钟陵蔼⑩千里，带郭西江水。朱槛照河宫，旗亭绿云里。前年⑪初缺守，慎简由宸衷⑫。临轩⑬弄郡章，得人方付此。是时左冯翊⑭，天下第一理。贵臣持牙璋⑮，优诏发青纸⑯。迎风污⑰吏免，先令疲人喜。何武劾腐儒⑱，陈蕃礼高士⑲。昔升君子堂，腰下绶犹黄。中丞时为万年尉。汾阴有宝气⑳，赤堇㉑多奇㉒铓。束简下曲台㉓，佩鞬来历阳。绮筵陪一笑，兰室袭余芳㉔。风水忽异势㉕，江湖遂相忘。因君倘㉕借问，为话老㉖沧浪㉗。中丞为博士㉘，制相国柳宜城㉙谥㉚议。识者韪之，顷授予以其本，厥后牧和州。节度使杜司徒㉛以中丞材誉㉜俱高，欲令㉞军装以重戎府，故授以本州团练使。满座观腰鞬，礼成欢甚，相视而笑，后房燕乐，卜夜纵谈。予忝司徒之宾，时获末座。初，中丞自尚书屯田员外郎出守，踵其武者，今给事中穆公㉟、代给事者右丞段公㊱。予不佞，继右丞之后，故曰"袭余芳"焉。

【题解】

此诗作于元和九年(814)夏。卞孝萱《刘禹锡年谱》元和九年(814)载："诗云'前年初缺守，慎简由宸衷。临轩弄郡章，得人方付此。是时左冯翊，天下第一理。贵臣持牙璋，优诏发青纸。'按：《旧唐书·宪宗纪》下：元和七年十一月'甲申，以同州刺史裴堪为江西观察使。'诗与史合。诗又有'忽见夏木深'之句，九年夏作。"

【注释】

①熊判官孺登：《唐才子传》卷四："熊孺登，钟陵人，有诗名。元和中为西川从事，与白舍人、刘宾客善，多赠答。亦祇役湘中数年。凡下笔，言语妙天下。""熊"，崇本作"能"，误。

②钟陵：今江西南昌。

③江西裴中丞二十三兄：瞿蜕园《笺证》按云："此诗题中之裴中丞谓裴堪，诗与自注，叙堪事迹至为明确。盖堪自万年尉为太常博士，制柳浑谥

议,迁屯田员外郎,出为和州刺史,擢同州防御使。颇有治绩,再迁江西观察使。自注中未明言其在江西为何年,但《宪宗纪》则载元和七年(812)十一月甲申,以同州刺史裴堪为江西观察使。"

④崇本题下有"三首"小字注。

⑤射策:汉代考试取士方法之一。《汉书》卷七八《萧望之传》:"望之以射策甲科为郎。"颜师古注云:"射策者,谓为难问疑义书之于策,量其大小署为甲乙之科,列而置之,不使彰显。有欲射者,随其所取得而释之,以知优劣。射之言投射也。"泛指应试。

⑥府:《全唐诗》作"岁"。

⑦刘弘书:《晋书》卷六六《刘弘传》:"弘每有兴废,手书守相,丁宁款密,所以人皆感悦,争赴之,咸曰:'得刘公一纸书,贤于十部从事。'"

⑧北郭生:北郭先生廖扶。《后汉书》卷八二上《方术传》上:"廖扶字文起,汝南平舆人也。习《韩诗》、《欧阳尚书》,教授常数百人。父为北地太守,永初中,坐羌没郡下狱死。扶感父以法丧身,惮为吏。……常居先人冢侧,未曾入城市。太守谒焕,先为诸生,从扶学。后临郡,未到,先遣吏修门人之礼,又欲擢扶子弟,固不肯,当时人因号为北郭先生。"

⑨以上为崇本第一首。

⑩蔼:《全唐诗》作"霭",注云:"一作蔼。"

⑪《全唐诗》"年"下注云:"一作来。"

⑫宸扆(yǐ):借指帝廷、君位。扆,帝王座后的屏风。

⑬临轩:皇帝不坐正殿而御前殿。殿前堂陛之间近檐处两边有槛楯,如车之轩,故称。

⑭左冯翊:政区名。汉代为拱卫首都长安的三辅之一。治所在长安(今西安市西北)。此处指同州。《旧唐书》卷三八《地理志》一:"同州上辅,隋冯翊郡。武德元年,改为同州。""天宝元年,改同州为冯翊郡,乾元元年,复为同州。"

⑮牙璋:古代的一种兵符。

⑯青纸:晋制,皇帝诏书用青纸紫泥。后因以"青纸"借指诏书。

⑰污:《英华》、《全唐诗》作"奸",《英华》注云:"集作污。"《全唐诗》注

云:"一作污。"

⑱"何武"句:《汉书》卷八六《何武传》:"何武字君公,蜀郡郫县人也。""九江太守戴圣,《礼经》号小戴者也,行治多不法,前刺史以其大儒,优容之。及武为刺史,行部录囚徒,有所举以属郡。圣曰:'后进生何知,乃欲乱人治!'皆无所决。武使从事廉得其罪,圣惧,自免。"

⑲"陈蕃"句:《后汉书》卷五三《徐稺传》:"徐稺字孺子,豫章南昌人也。家贫,常自耕稼,非其力不食。恭俭义让,所居服其德。屡辟公府,不起。时陈蕃为太守,以礼请署功曹,稺不免之,既谒而退。蕃在郡不接宾客,惟稺来特设一榻,去则县之。"此句以上为崇本第二首。

⑳"汾阴"句:《汉书》卷二五上《郊祀志》上:赵人新垣平言:"周鼎亡在泗水中,今河决通于泗,臣望东北汾阴直有金宝气,意周鼎其出乎? 兆见不迎则不至。"

㉑赤堇:指赤堇山。在今浙江绍兴东南,相传为春秋时欧冶子铸剑之处。"堇",《英华》作"华"。

㉒《全唐诗》"奇"下注云:"一作光。"

㉓曲台:秦汉宫殿名。邹阳《上吴王书》:"臣闻秦倚曲台之宫。"颜师古注引应劭曰:"秦皇帝所治处也,若汉家未央宫。"汉时作天子射宫,又立为署,置太常博士弟子。为著记校书之处。后亦以指著述校书。

㉔此句《英华》注云:"集作兰堂袭芳香。"

㉕倘:《英华》作"忽",注云:"集作倘。"《全唐诗》注云:"一作忽。"

㉖老:朱本作"长",误。

㉗以上为崇本第三首。

㉘《全唐诗》此句前有"自注"二字。《英华》无此自注文。

㉙柳宜城:柳浑。《旧唐书》卷一二五、《新唐书》卷一四二有传。

㉚崇本无"谥"字,误。

㉛杜司徒:杜佑。《旧唐书》卷一四七、《新唐书》卷一六六有传。

㉜誉:崇本作"器"。

㉝高:崇本作"伟"。

㉞令:朱本作"全",崇本无此字。

127

㉟穆公：瞿蜕园《笺证》："穆质，《旧唐书》一五五、《新唐书》一六三均有传。质曾为给事中，但据《旧唐书》本传，似是元和初事，此诗注称今给事中，未详。传亦未言质曾刺和州。"

㊱段公：段平仲。详见《杨州春夜李端公益张侍御登段侍御平仲密县李少府赐秘书张正字复元同会于水馆对酒联句追刻烛击铜钵故事迟辄举觥以饮之逮夜艾群公沾醉纷然就枕余偶独醒因题诗于段君枕上以志其事》注④。

【汇评】

宋黄彻：《送熊判官》云："临轩弄郡章，得人方付此。"乃用汉高弄印睨尧事。此乃一字用事者。（《䂬溪诗话》）

窦朗州见示与澧州元郎中早秋赠答命同作

邻境诸侯同舍郎①，芷江兰浦限②无梁。秋风门外旌旗动，晓露庭中橘柚香。玉簟微凉宜白昼，金筝入暮应清商。骚人昨夜闻鹧鸪③，不叹流年惜众芳。

【题解】

此诗作于元和九年（814）刘禹锡在朗州之时。诗乃早秋时节应窦常之请而作。

【注释】

①同舍郎：同居一舍的郎官。《史记》卷一〇三《万石张叔列传》："塞侯直不疑者，南阳人也。为郎，事文帝。其同舍有告归，误持同舍郎金去，已而金主觉，妄意不疑，不疑谢有之，买金偿。而告归者来而归金，而前郎亡金者大惭，以此称为长者。"后亦泛指僚友。

②限：崇本、朱本、《英华》、《全唐诗》作"恨"，是。

③"骚人"句:屈原《离骚》:"恐鹈鴂之先鸣兮,使夫百草为之不芳。"王逸注云:"鹈鴂,……常以春分鸣也。"鹈鴂(tí jué):即杜鹃鸟。《全唐诗》句尾注云:"一作啼鸟。""鹈",明本朱本作"题"。

【汇评】

清金圣叹:一言朗州、澧州、连州,新固邻境,旧又同舍,则结契投分,本不浅也。二言三州久忝同袍,而各限衣带,则以无梁为恨,非一日也。二句先于"早秋"前添写得一层,妙,妙。三、四方细写"早秋",言无端仰头,乍见旗动,巡视满庭,果已橘香。三是"早",四是"秋"也(首四句下)。五、六写秋最悲。五是秋气侵身,六是秋声感心,即下之"骚人昨夜"句也。"不叹流年"妙,便将上文通篇翻过,最为低昂变换之笔。"惜众芳"者,三州六行眼泪一时齐下,即《离骚》所云"虽萎绝其亦何伤,我哀众芳之芜秽"也(末四句下)。(《贯华堂选批唐才子诗》)

秋日过鸿举法师①寺②院便送归江陵 并引

梵言沙门③,犹华言去欲也。能离欲则方寸地虚,虚而万景入,入必有所泄,乃形乎词。词妙而深者,必依于声律。故自近古而降,释子以诗④闻于世者相踵焉。因定而得境,故倏⑤然以清。由慧而遣词,故粹然以丽。信禅林之蕙⑥蕚,而诚河⑦之珠玑耳。初,鸿举学诗于荆、郢间,私试窃咏⑧,发于⑨余习。盖榛楛之翠羽,弋者未之眄⑩焉。今年至武陵,二千石⑪始奇之,有"起予⑫"之叹。以方袍⑬亲绛纱者十有余旬,由是名稍闻而艺愈变。闰八月,余步出城东门谒仁祠⑭,而鸿举在焉。与之言移时,因告以将去,且曰:"贫道雅闻东诸侯之工为诗者莫若武陵。今幸承其话言,如得法印。宝山之下,宜有所持,岂徒衣裓⑮之中众花而已!"余闻是说,乃叩商而

129

吟,成一章,章八句。郡守以坐啸余咏,激清徵而应之,师其
行乎!足以资一时中⑯之学矣。

看⑰画长廊遍,寻僧一径幽。小池兼鹤净,古木带蝉秋。
客至茶烟起,禽归讲席收。浮杯⑱明日去,相望水悠悠。

【题解】

此诗作于元和九年(814)。诗引云:"今年至武陵,二千石始奇之,有
'起予'之叹。以方袍亲绛纱者十有余旬,由是名稍闻而艺愈变。闰八月,
余步出城东门谒仁祠,而鸿举在焉。"刘禹锡在朗州期间,惟元和九年有闰
八月。二千石,即朗州刺史窦常。

【注释】

①鸿举法师:未详何人。

②崇本无"寺"字。

③沙门:梵语的译音。意为息心去欲归为无为。佛教盛行后专指佛教
僧侣。

④朱本"诗"下有"名"字。

⑤脩:崇本作"修"。

⑥蘤(huā):古同"花"。

⑦诚河:指佛门。"诚",《全唐诗》作"戒"。

⑧窃咏:崇本作"切切"。

⑨发于:崇本作"咏发"。

⑩眄:崇本、朱本作"盼"。

⑪二千石:汉制,郡守俸禄为二千石,即月俸百二十斛。世因称郡守为
"二千石"。此处指朗州刺史窦常。

⑫起予:《论语·八佾》:"子曰:'起予者商也,始可与言诗已矣。'"

⑬方袍:僧人所穿的袈裟。因平摊为方形,故称。"袍",明本作
"枹",误。

⑭仁祠:佛寺的别称。

⑮衣裓:衣襟。亦指僧衣。

⑯崇本,《全唐诗》无"中"字。

⑰《全唐诗》"看"下注云:"一作学。"

⑱浮杯:《高僧传》卷一〇《宋京师杯度》:"杯度者,不知姓名。常乘木杯度水,因而为目。……后欲往延步江,于江侧就航,人告度,不肯载之。复累足杯中顾眄吟咏,杯自然流,直度北岸。"

【汇评】

清冯班:句句妙。(《瀛奎律髓汇评》)

清纪昀:四句好,自然,胜出句。(同上)

无名氏:脱口无迹,不知其精研得此。(同上)

重送鸿举赴江陵谒马逢①侍御

西北秋风凋蕙兰,洞庭波上碧云寒。茂陵才子江陵住,乞取新诗合掌看。

【题解】

此诗作于元和九年(814)秋。《秋日过鸿举法师寺院便送归江陵》作于元和九年,此为"重送鸿举赴江陵",刘禹锡元和十年二月回长安,故此诗当作于元和九年。

【注释】

①马逢:《唐才子传》卷五:"逢,关中人。贞元五年卢项榜进士。佐镇戎幕府,尝从军出塞。得诗名,篇篇警策。有集今传。"

衢州徐员外使君^①遗以缟纻^②兼竹书箱因成一篇用答佳贶 按此郡本自婺州^③析置,徐^④自台州^⑤迁。

烂柯山^⑥下旧仙郎^⑦,列宿来添婺女^⑧光。远放歌声分白纻^⑨,知传家学与青箱^⑩。水潮^⑪沧海何时去?兰在幽林亦自芳。闻道天台有遗爱^⑫,人将琪树^⑬比甘棠^⑭。

【题解】

此诗作于元和九年(814),衢州刺史徐放赠送礼物给刘禹锡,诗人作诗以表答谢之情。

【注释】

①衢州徐员外使君:衢州刺史徐放。卞孝萱《刘禹锡交游新考》云:"赵魏手录《郎官石柱题名·祠部员外郎》有徐放。《元和姓纂》卷二《九鱼·徐》云:'(揖)生放,屯田员外,台州刺史。'韩愈《衢州徐偃王庙碑》云:'当元和九年,而徐氏放复为刺史。放,字达夫。'可见'徐员外使君'就是曾任屯田员外郎、台州刺史,现任衢州刺史之徐放。"衢州:今浙江衢州市。

②缟纻:白色生绢及细麻所制的衣服。《左传》襄公二十九年:"(吴季札)聘于郑,见子产,如旧相识。与之缟带,子产献纻衣焉。"后因以"缟纻"喻深厚的友谊,亦指朋友间的互相馈赠。

③婺州:本秦会稽郡,三国吴之东阳郡地。隋开皇十三年(593)更名婺州,旧治在今浙江临海。

④朱本"徐"下衍"州"字。

⑤台州:唐武德四年(621)置海州,五年改为台州,因天台山得名。旧治在今浙江临海。

⑥烂柯山:山名。又名石室山。在今浙江省衢州市南。又河南省新安县、山西省沁县、广东省肇庆市高要区并有烂柯山,皆相传为樵夫遇仙处。任昉《述异记》卷上:"信安郡石室山,晋时王质伐木至,见童子数人,棋而歌。质因听之,童子以一物与质,如枣核,质含之不觉饥,俄顷,童子谓曰:'何不去?'质起,视斧柯尽烂。既归,无复时人。"

⑦旧仙郎:刘晨、阮肇。《太平广记》卷六一引《神仙记·天台二女》:"刘晨、阮肇入天台采药,远不得返,经十三日,饥,遥望山上有桃树子熟,遂跻险援葛至其下,啖数枚,饥止体充。欲下山,以杯取水,见芜菁叶流下,甚鲜妍。复有一杯流下,有胡麻饭焉。乃相谓曰:'此近人矣。'遂渡山。出一大溪,溪边有二女子,色甚美,见二人持杯,便笑曰:'刘、阮二郎捉向杯来。'刘、阮惊。二女遂忻然如旧相识,曰:'来何晚耶?'因邀还家。……至十日求还,苦留半年,气候草木,常是春时,百鸟啼鸣,更怀乡,归思甚苦。女遂相送,指示还路。乡邑零落,已十世矣。"

⑧婺女:星宿名,即女宿。二十八宿之一,玄武七宿之第三宿,有星四颗。高志忠《校注》按云:"婺州为女宿星之分野,而衢州本自婺州析置,放曾官员外郎,'上应列宿',今刺衢州,故云'列宿来添婺女光'。"

⑨白纻:乐府吴舞曲名。

⑩青箱:青箱学。《宋书》卷六〇《王准之传》:"曾祖彪之,尚书令。……博闻多识,练悉朝仪,自是家世相传,并谙江左旧事,缄之青箱,世人谓之'王氏青箱学'。"后即以"青箱学"指传家的史学。

⑪潮:明本、朱本、《全唐诗》作"朝",是。

⑫遗爱:指留于后世而被人追怀的德行、恩惠、贡献等。

⑬琪树:仙境中的玉树。《文选·孙绰〈游天台山赋〉》:"建木灭景于千寻,琪树璀璨而垂珠。"吕延济注:"琪树,玉树。"

⑭甘棠:详见《朗州窦员外见示与澧州元郎中郡斋赠答长句二篇因而继和》注⑪。

敬酬彻公①见寄二首②

凄凉沃州③僧，憔悴柴桑宰④。别来二十年，唯余两心在。
越江千里镜，越岭四时雪。中有逍遥人，夜深观水月。

【题解】

此诗当作于元和八年（813）或九年（814）禹锡在朗州期间。《全唐文》
卷五四六李逊《游妙喜寺记》："时有从事李翱、僧灵澈请纪，故琢于片石云。
时元和八月十五日记。"陶敏、陶红雨《刘禹锡全集编年校注》按云："李逊元
和五年八月至九年九月为越州刺史、浙东观察使，见《嘉泰会稽志》。《全唐
文》卷六三八李翱有元和八年八月在浙东作《何首乌录》，知灵澈元和八年
左右在越州。"又据刘禹锡《澈上人文集纪》："初上人在吴兴……后相遇于
京洛，与支、许之契焉。"二人在京洛相遇，当为禹锡在贞元九至十二年间应
试、为官往返于京洛之时。诗云"别来二十年"，推算当在元和八、九年间。

【注释】

①彻公：即灵澈。详见《送僧仲剬东游兼寄呈灵澈上人》注②。"彻"，
《全唐诗》作"微"，注云："一作彻。"

②二首：崇本作题下小字注。

③沃州：详见《送僧仲剬东游兼寄呈灵澈上人》注⑯。

④柴桑宰：刘遗民曾任柴桑令，后隐寄庐山西林寺，刘禹锡以此自比。

元和元年(806)至元和九年(814)在朗州所作其他诗

学①阮公体三首②

少年负志气,信道不从时。只言绳自直,安知室可欺③?
百胜难虑敌④,三折乃良医⑤。人生不失意,焉能慕⑥己知⑦?

朔风悲老骥,秋霜动鸷禽。出门有远道,平野多层阴。
灭没驰绝塞,振迅拂华林。不因感衰节,安能激壮心?

昔贤多使气,忧国不谋身。目览千载事,心交上古人。
侯门有仁义,灵台⑧多苦辛。不学腰如磬⑨,徒使甑生尘⑩。

【题解】

此诗作于刘禹锡谪居朗州之时,具体年份未详。阮公体指阮籍《咏怀》诗。瞿蜕园《笺证》云:"此三首虽以《学阮公体》为题,其实非学其诗体,特学其《咏怀》之意。"诗人借"阮公体"三首,表达内心愁苦郁闷之情。

【注释】

①学:崇本作"效"。

②三首:崇本作小字注。

③室可欺:瞿蜕园《笺证》按云:"《南史·阮长之传》:'一生不侮暗室。''安知室可欺'者,谓不料有人竟以暗室为可欺也。"

④难虑敌:朱本作"虑无敌"。

⑤"三折"句:《左传》定公十三年:"三折肱,知为良医。"

⑥慕:朱本作"暴"。

⑦己知:《全唐诗》作"知己"。"己",明本作"已"。

⑧灵台:心。《庄子·庚桑楚》:"不可内于灵台。"郭庆藩《释文》引郭象云:"心也。案谓心有灵智,能住持也。"

⑨腰如磬(qìng):折腰。《礼记·曲礼下》:"立则磬折垂佩。"磬:古代打击乐器,形状像曲尺,用玉、石制成。

⑩"徒使"句:《后汉书》卷八一《范冉传》:"桓帝时,以冉为莱芜长,遭母忧,不到官。后辟太尉府,以狷急不能从俗,常佩韦于朝。议者欲以为侍御史,因遁身逃命于梁沛之间。……所止单陋,有时粮粒尽,穷居自若,言貌无改。闾里歌之曰:'甑中生尘范史云,釜中生鱼范莱芜。'"

【汇评】

明邢昉:蔚然有光。真不愧阮。(《唐风定》)

偶作二首

终朝对尊酒,嗜兴非嗜甘。终日偶众人,纵言①不纵谈②。世情闲尽③见,药性病多谙。寄谢嵇中散,予无甚不堪④。

万卷堆床书,学者识其真。万里长江水,征夫度要津。养生非但药,悟佛不因人。燕石⑤何须辨,逢时即至珍。

【题解】

此诗作于刘禹锡谪居朗州之时,具体作年不详。瞿蜕园《笺证》按云:"此诗第一首自述处世之道。""第二首言读书贵于得要,而求知乃所以为己非以为人。故外物之变迁不必因之而自扰。"此二首为刘禹锡在困境中的体悟之诗。

【注释】

①纵言:蒋维崧等《笺注》注云:"纵言,议论重在礼义。《礼记·仲尼燕

居》:'仲尼燕居,子张、子贡、言游侍,纵言至于礼。'"

②纵谈:权德舆《酬别蔡十二见赠》:"纵谈穷元化。"

③尽:《全唐诗》作"静"。

④"予无"句:嵇康《与山巨源绝交书》:"人伦有礼,朝廷有法,自惟至熟,有必不堪者七,甚不可者二:卧喜晚起,而当关呼之不置,一不堪也。抱琴行吟,弋钓草野,而吏卒守之,不得妄动,二不堪也。危坐一时,痹不得摇,性复多虱,把搔无已,而当裹以章服,揖拜上官,三不堪也。素不便书,又不喜作书,而人间多事,堆案盈机,不相酬答,则犯教伤义,欲自勉强,则不能久,四不堪也。不喜吊丧,而人道以此为重,已为未见恕者所怨,至欲见中伤者;虽瞿然自责,然性不可化,欲降心顺俗,则诡故不情,亦终不能获无咎无誉如此,五不堪也。不喜俗人,而当与之共事,或宾客盈坐,鸣声聒耳,嚣尘臭处,千变百伎,在人目前,六不堪也。心不耐烦,而官事鞅掌,机务缠其心,世故烦其虑,七不堪也。又每非汤、武而薄周、孔,在人间不止,此事会显,世教所不容,此甚不可一也。刚肠疾恶,轻肆直言,遇事便发,此甚不可二也。以促中小心之性,统此九患,不有外难,当有内病,宁可久处人间邪?"

⑤燕石:《山海经·北山经·北次三经》:"北百二十里曰燕山,多婴石。"郭璞注曰:"言石似玉,有符彩婴带,所谓燕石者。"《后汉书》卷四八《应劭传》:"宋愚夫亦宝燕石,缇缊十重。夫睹之者掩口卢胡而笑,斯文之族,无乃类旃。"

【汇评】

宋黄彻:梦得……"寄谢嵇中散,予无甚不堪",倒用《绝交论》。(《碧溪诗话》)

宋邵博:古今诗人多以记境熟,语或相类。……刘梦得云:"药性病多谙。"于鹄云:"病多谙药性。"……诸名下之士,岂相剽窃者耶?(《河南邵氏闻见后录》)

读张曲江集作^① 并引

  世称张曲江为相，建言放臣不宜与善地，多徙五溪^②不毛之乡。及今读其文，自^③内职牧始安^④，有瘴疠之叹。自退相守荆门^⑤，有拘囚之思。托讽禽鸟，寄词草树，郁然与^⑥骚人同^⑦风。嗟夫！身^⑧出于遐陬，一失意而不能堪。矧华人士族而必致丑地，然后快意哉！议者以曲江为良臣，识胡雏有反相^⑨，羞凡器与同列^⑩。密启廷争^⑪，虽古哲人不及。而燕翼无似，终为馁魂^⑫。岂忮心失恕，阴谪最大，虽二美莫赎耶？不然，何袁公一言明楚狱而钟祉四叶^⑬。以是相较，神可诬乎？予读其文，因为诗以吊。

  圣言贵忠恕，至道重观身。法在何所恨？色伤^⑭斯为仁。良时难久恃，阴谪岂无因？寂寞韶阳庙^⑮，魂归不见人。

【题解】

  此诗作于刘禹锡谪居朗州之时。《旧唐书》卷一六〇《刘禹锡传》云："禹锡积岁在湘、澧间，郁悒不怡，因读《张九龄文集》，乃叙其意。"

【注释】

  ①读张曲江集作：崇本作"吊张曲江"。张曲江：张九龄（673—740），一名博物，字子寿，韶州曲江（今广东韶关）人。玄宗时官至同中书门下平章事，中书令，开元贤相，晚年遭谗毁，被李林甫排挤出朝。著有《张曲江集》二十卷。

  ②五溪：《水经注·沅水注》："武陵有五溪，谓雄溪、樠溪、无溪、西溪、辰溪，悉蛮夷所居。"在今湘西、黔东一带。

③崇本"自"上有"张"字。

④始安:今广西桂林。

⑤门:崇本作"州",注云:"一作南。"按《旧唐书·刘禹锡传》引此文作"州"。

⑥与:《全唐诗》作"有"。

⑦《全唐诗》无"同"字。

⑧崇本"身"下有"世"字。

⑨识胡雏有反相:刘肃《大唐新语》卷一《匡赞》:"张九龄,开元中为中书令,范阳节度使张守珪奏裨将安禄山频失利,送就戮于京师。九龄批曰:'穰苴出军,必诛庄贾;孙武行令,亦斩宫嫔。守珪军令若行,禄山不宜免死。'及到中书,九龄与语久之,因奏曰:'禄山狼子野心,而有逆相,臣请因罪戮之,冀绝后患。'"

⑩羞凡器与同列:《新唐书·张九龄传》:"将以凉州都督牛仙客为尚书,九龄执曰:'不可。尚书,古纳言,唐家多用旧相,不然,历内外贵任,妙有德望者为之。仙客,河、湟一使典耳,使班常伯,天下其谓何?'又欲赐实封,九龄曰:'汉法非有功不封,唐遵汉法,太宗之制也。边将积谷帛,缮器械,适所职耳。陛下必赏之,金帛可也,独不宜裂地以封。'帝怒曰:'岂以仙客寒士嫌之邪?卿固素有门阀哉?'九龄顿首曰:'臣荒陬孤生,陛下过听,以文学用臣。仙客擢胥史,目不知书。韩信,淮阴一壮夫,羞绛、灌等列。陛下必用仙客,臣实耻之。'帝不悦。翌日,林甫进曰:'仙客,宰相材也,乃不堪尚书邪?九龄文吏,拘古义,失大体。'帝由是决用仙客不疑。"崇本"与"字在"凡"字上。

⑪"密启"句:《大唐新语》卷三《公直》:"玄宗将封禅泰山,张说自定升山之官,多引两省工录及己之亲戚。中书舍人张九龄言于说曰:'官爵者,天下之公器,德望为先,劳旧为次。若颠倒衣裳,则讥议起矣。今登封沛泽,十载一遇,清流高品不沐殊恩,胥吏末班先加章绂,但恐制出之后,四方失望。今进草之际,事犹可改。'说曰:'事已决矣,悠悠之谈,何足虑也。'果为宇文融所劾。"又,《大唐新语》卷七《识量》:"张守珪累有战功,玄宗将授之以宰相。九龄谏曰:'不可。宰相者,代天理物,有其人而后授,不可以赏

功。若开此路,恐生人心。……'玄宗乃止。九龄由是获谴。自后朝士惩九龄之纳忠见斥,咸持禄养恩,无敢庭议失。"

⑫馁魂:无从享受祭祀的鬼魂。

⑬"何袁公"句:《后汉书》卷四五《袁安传》:"永平十三年,楚王英谋为逆,事下郡覆考。明年,三府举安能理剧,拜楚郡太守。是时英辞所连及系者数千人,显宗怒甚,吏案之急,迫痛自诬,死者甚众。安到郡,不入府,先往案狱,理其无明验者,条上出之。府丞掾史皆叩头争,以为阿附反虏,法与同罪,不可。安曰:'如有不合,太守自当坐之,不以相及也。'遂分别具奏。帝感悟,即报许,得出者四百余家。"

⑭伤:朱本作"相",误。《全唐诗》作"相",注云:"一作伤。"

⑮"寂寞"句:《大唐新语》卷一《匡赞》:"至德初,玄宗在成都思九龄之先觉,诏曰:'……故中书令张九龄,维岳降神,济川作相,开元之际,寅亮成功;谠言定于社稷,先觉合于蓍龟,永怀贤弼,可谓大臣。竹帛犹存,樵苏必禁。爰从八命之秩,更重三台之位。可赐司徒。'仍令遣使,就韶州致祭者。"按:此诗个别诗句与史实略有出入,如"寂寞韶阳庙"。

【汇评】

宋晁补之:禹锡若守正比义而获罪,如是言之可也。既不自爱,朋邪近利,以得谴逐,流离远徙,不安于穷,又不悔咎己失,而以私意不便抵曲江当国嫉恶之言,盗憎主人,物之常态,谁为"忮心失怨"邪?故凡小人诋君子,不足瑕疵,适增其美。(《鸡肋集》)

宋王得臣:按,《唐书》曲江有子拯,而不见其他子孙者。近有朝请张君唐辅来守安州,盖曲江人也,自称九龄十世孙……以梦得去曲江才五六十年,乃言"燕翼无嗣",岂知数百年后有十世孙耶?岂梦得困于迁谪,有所激而言也?是皆不可知也。(《麈史》)

宋吴曾:余考《唐书·宰相世系表》……自九龄至文嵩,凡八代,任官不绝,而刘梦得乃以为"燕翼无似,终为馁魂",何耶?王彦辅不考《世系表》,而以本朝张唐辅为证,益非矣。(《能改斋漫录》)

清潘德舆:尤侘其《读张曲江集》诗序,讥"放臣不与善地",以致"燕翼无似,终为馁魂。忮心失怨,阴谪最大。"诋诃亦至矣。盖梦得身为逐臣,心

嗛时宰,故以曲江为词,实借昔刺今也。然意取讽时,而遂横虐先臣,加之丑诋,非敦厚君子所宜出矣。(《养一斋诗话》)

庭梅咏寄人①

早花常犯寒,繁实常苦酸。何事上春②日,坐令芳意阑?夭桃定相笑,游妓肯回看? 君问调金鼎③,方知正味难。

【题解】

此诗为刘禹锡在朗州时所作。诗借梅花开不逢时,表达诗人志不得酬的郁闷心酸。

【注释】

①庭梅咏寄人:《全唐诗》作"咏庭梅寄人"。崇本"人"上有"友"字。

②上春:正月。《周礼·春官·天府》:"上春,衅宝镇及宝器。"郑玄注:"上春,孟春也。"《周礼·天官·内宰》疏:"上春者,亦谓正岁,以其春事将兴,故云上春也。"

③调金鼎:《韩诗外传》卷七:"伊尹,故有莘氏僮也,负鼎操俎,调五味,而立为相,其遇汤也。"此处调金鼎意为身居相位。

苦雨行

悠悠飞走①情,同乐在阳和。岁中三百日,常苦②风雨多。天人信遐远,时节易蹉跎。洞房有明烛,无乃③酣且歌。

此诗为刘禹锡谪居朗州所作。以苦雨为题,表时节蹉跎,岁不我与之情。

【注释】

①飞走:飞禽走兽。

②苦:明本、朱本作"恐",《全唐诗》注云:"一作恐。"

③乃:《全唐诗》注云:"一作妨。"

萋兮①吟

天涯浮云生,争蔽日月光。穷巷秋风起,先摧兰蕙芳。万货列旗亭②,恣心注明珰。名高毁所集,言巧智难防。勿③谓行大道,斯须成太行④。莫吟萋兮什,徒使君子伤!

【题解】

此诗为诗人谪居朗州时所作。"萋兮"出自《诗·小雅·巷伯》。《巷伯》乃寺人伤于谗所作,禹锡此诗旨在揭示顺宗"内禅",永贞革新失败之真相。

【注释】

①萋兮:《诗·小雅·巷伯》:"萋兮斐兮,成是贝锦;彼谮人者,亦已大甚!"

②旗亭:集市、店铺。

③勿:朱本作"多"。

④太行:曹操《苦寒行》:"北上太行山,艰哉何巍巍! 羊肠坂诘屈,车轮为之摧。"

经伏波①神祠

　　蒙蒙篁竹下,有路上壶头②。汉垒麏③鼯④斗,蛮溪⑤雾雨愁。怀人敬遗像⑥,阅世指东流⑦。自负霸王略,安知恩泽侯⑧?乡园⑨辞石柱⑩,筋力尽炎洲⑪。一以功名累,翻思马少游⑫。

【题解】

　　此诗为刘禹锡在朗州时所作。作者经伏波神祠,怀想东汉名将马援的英雄事迹,有感而发。

【注释】

　　①伏波:东汉伏波将军马援。马援(前14—49),字文渊,右扶风茂陵(今陕西兴平)人,建武十七年(41),拜伏波将军。《后汉书》卷二四有传。

　　②"有路"句:《后汉书》卷二四《马援传》:"初,军次下隽,有两道可入,从壶头则路近而水崄,从充则涂夷而运远,帝初以为疑。及军至,耿舒欲从充道,援以为弃日费粮,不如进壶头,扼其喉咽,充贼自破。以事上之,帝从援策。三月,进营壶头。"壶头:章怀太子李贤注云:"壶头,山名也,在今辰州沅陵东。《武陵记》曰:'此山头与东海方壶山相似,神仙多所游集,因名壶头山也。'"

　　③麏(jūn):獐子。

　　④鼯(wú):哺乳动物,形似松鼠,能从树上飞降下来。住在树洞中,昼伏夜出。

　　⑤蛮溪:指五溪。

　　⑥遗像:《后汉书》卷二四《马援传》:"永平初,援女立为皇后。显宗图画建武中名臣、列将于云台,以椒房故,独不及援。东平王苍观图,言于帝

曰:'何故不画伏波将军像?'帝笑而不言。至十七年,援夫人卒,乃更修封树,起祠堂。"

⑦"阅世"句:李白《金陵歌送别范宣》:"四十余帝三百秋,功名事迹随东流。""指",崇本作"想"。

⑧恩泽侯:出于皇帝私恩而获封为侯爵者,如帝舅后父等。此处指梁松。《后汉书》卷二四《马援传》:"援尝有疾,梁松来候之,独拜床下,援不答。松去后,诸子问曰:'梁伯孙帝婿,贵重朝廷,公卿已下莫不惮之,大人奈何独不为礼?'援曰:'我乃松父友也。虽贵,何得失其序乎?'松由是恨之。"

⑨园:《英华》作"原"。

⑩石柱:在陕西咸阳。《三辅黄图》卷一:"始皇穷极奢侈,筑咸阳宫,因北陵营殿,端门四达,以则紫宫,象帝居。渭水贯都,以象天汉;横桥南渡,以法牵牛。桥广六丈,南北二百八十步,六十八间,八百五十柱,二百一十二梁。桥之南北堤,激立石柱。"《史记》卷一〇《孝文本纪》司马贞索隐引《关中记》:"石柱以北属扶风,石柱以南属京兆也。"马援为扶风茂陵人,故云"乡园辞石柱"。

⑪"筋力"句:《后汉书》卷二四《马援传》:"三月,进营壶头。贼乘高守隘,水疾,船不得上。会暑甚,士卒多疫死,援亦中病,遂困,乃穿岸为室,以避炎气。贼每升险鼓噪,援辄曳足以观之,左右哀其壮意,莫不为之流涕。"炎洲:指南方炎热地区。

⑫"一以"两句:《后汉书》卷二四《马援传》:建武十九年(43)正月,"封援为新息侯,食邑三千户。援乃击牛酾酒,劳飨军士。从容谓官属曰:'吾从弟少游常哀吾慷慨多大志,曰:士生一世,但取衣食裁足,乘下泽车,御款段马,为郡掾吏,守坟墓,乡里称善人,斯可矣。致求盈余,但自苦耳。当吾在浪泊、西里间,虏未灭之时,下潦上雾,毒气重蒸,仰视飞鸢跕跕堕水中,卧念少游平生时语,何可得也!今赖士大夫之力,被蒙大恩,猥先诸君纡佩金紫,且喜且惭。'吏士皆伏称万岁。"马少游:马援堂弟。

【汇评】

宋葛立方:马少游常哀兄援多大志,曰:"士生一世,但取衣食裁足,乘下泽车,御款段马,乡里称善人,斯可矣。致求赢余,但自苦尔。"故援在浪泊、西里,当下潦上雾,毒气熏蒸,仰视飞鸢跕跕在水中之时,辄思其言,以谓念少游语,何可得也! 洎武陵五溪蛮作乱,刘尚军没,而援贪进不止,方且据鞍矍铄,被甲请行,遂底壶头之困。刘梦得《经伏波神祠》诗,有"一以功名累,翻思马少游"之句,可谓名言矣。壶头在武陵,当是梦得为司马时经历。故篇首言"蒙蒙篁竹下,有路上壶头"。(《韵语阳秋》)

元方回:能道马伏波心事。此公笔端老辣,高处不减少陵。(《瀛奎律髓》)

清冯舒:真高古。(《瀛奎律髓汇评》)

清纪昀:五、六两句上下转阅,一句束住本题,一句开出议论。(同上)

登司马错故城① 秦昭王命错征五溪蛮,城在武陵②沅江南

将军将秦师③,西南奠遐服④。故垒清江⑤上,苍烟晦⑥乔木。登临值萧辰,周⑦览壮前躅⑧。堑平陈叶满,埤高秋蔓绿。废井抽寒菜⑨,毁台生穞⑩谷。耕人传⑪古器,宿雨多遗镞。楚塞郁重叠,蛮溪纷诘曲。留此数仞基,几人伤远目?

【题解】

此诗为刘禹锡在朗州期间登览所作。借登司马错故城寄托怀古伤今之情。

【注释】

①司马错故城:《史记》卷五《秦本纪》:"(昭襄公)二十七年(前546),错攻楚。赦罪人迁之南阳。白起攻赵,取代光狼城。又使司马错发陇西,因蜀攻楚黔中,拔之。"楚黔中故城在今湖南沅陵县西。蒋维崧等《笺注》引《元和郡县图志·朗州》:"司马错故城,在县西二里。错与张若伐楚黔中,

相对各筑一垒,以扼五溪咽喉,后马援又修之。"

②武陵:今湖南常德。

③将秦师:《全唐诗》"将"下注云:"一作实。""师"下注云:"一作帅。"

④遐服:荒远之地。亦指边地的民族。

⑤清江:指沅江。

⑥《全唐诗》"晦"下注云:"一作昧。"

⑦周:崇本作"同"。

⑧前躅:前人的遗范。

⑨菜:《英华》作"莱"。

⑩稆:同"秜",一种自生的谷物。《全唐诗》作"鲁",注云:"一作稆。"

⑪传:崇本、明本、朱本、《英华》作"得"。

谒枉山①会禅师

我本山东人②,平生多感慨。弱冠游咸京③,上书金马外。结交当世贤,驰声溢四塞。勉修贵及早,狙捷④不知退。锱铢扬芬馨,寻尺⑤招瑕颣。淹留郢南鄙⑥,摧颓羽翰碎。安能咎往事⑦?且欲去沈痗。吾师得真如⑧,自⑨在人寰内。哀我堕名网,有如翾⑩飞辈。瞳瞳⑪揭智炬⑫,照使出昏昧。静见玄关⑬启,歆然初心⑭会。夙尚一何微,今得信可大。觉路⑮明证入,便门⑯通忏悔。悟理言自忘,处屯⑰道犹泰⑱。色身⑲岂吾宝?慧⑳性非形碍。思此灵山㉑期,未来㉒何年载!

【题解】

此诗为刘禹锡在朗州期间所作。作者在京师志得意满,遭到贬谪之后心情低落,故禅修以求自我宽慰。

146

【注释】

①枉山：即枉渚。详见《武陵书怀五十韵》注㉓。"枉"，《全唐诗》作"柱"。

②山东人：瞿蜕园《笺证》云："杜牧《罪言》云：'兵祖于山东，胤于天下，不得山东，兵不可去。山东之地，禹画九土曰冀州。舜以其分太大，离为幽州为并州，程其水土与河南等，常重十一二。'此唐人所谓山东之明确诠解。……禹锡自称为山东人，自是泛指非生长关辅者而已。本集卷十七《苏州上后谢宰相状》云：'某山东一书生。'卷二十五《答东阳于令涵碧图诗》云：'如山东书生。'山东书生乃自谦鄙陋，不足齿京辇贵游之意，初非谓山东之人也。"

③咸京：秦都咸阳，此处指唐都长安。

④狃捷：耽于成功。《全唐诗》"捷"下注云："一作健。"

⑤寻尺：《诗·鲁颂·閟宫》："是断是度，是寻是尺。"郑玄笺："八尺曰寻。"

⑥鄙：《全唐诗》作"都"，注云："一作鄙。"

⑦事：崇本作"来"。

⑧真如：佛教语。谓永恒存在的实体、实性，亦即宇宙万有的本体。与实相、法界等同义。

⑨自：《全唐诗》作"寄"。

⑩翾（xuān）：轻柔地飞。

⑪瞳瞳：日出时光亮的样子。

⑫炬：《全唐诗》作"烛"。

⑬玄关：佛教称入道的法门。

⑭初心：佛教语。指初发心愿学习佛法者。

⑮觉路：佛教语。谓成佛的道路。

⑯便门：方便之门。佛教指引人入佛之门径。

⑰屯：《周易》六十四卦中第三卦，为始生之卦，意为事物始生起步之艰难。

⑱泰：《周易》六十四卦中第十一卦，象曰："泰，小往大来，吉亨。则是

147

天地交而万物通也,上下交而其志同也。内阳而外阴,内健而外顺,内君子而外小人,君子道长,小人道消也。"

⑲色身:佛教语。即肉身。

⑳慧:佛教语。梵语"般若",意为慧、智慧。

㉑灵山:印度佛教圣地灵鹫山的简称。佛说法处。

㉒来:朱本、《全唐诗》作"卜",《全唐诗》注云:"一作来。"

善卷坛①下作 在柾②山上

先生见尧心,相与去③九有④。斯民既已治,我得安林⑤薮。道为自然贵,名是无穷寿。瑶坛在此山,识者常回首。

【题解】

此诗为刘禹锡被贬谪朗州期间所作,流露出作者在失意之时对名利和归隐问题的思考。

【注释】

①善卷坛:"卷坛",《英华》作"养台",误。善卷:《庄子·让王》:"舜以天下让善卷,善卷曰:'余立于宇宙之中,冬日衣皮毛,夏日衣葛绤。春耕种,形足以劳动;秋收敛,身足以休食。日出而作,日入而息,逍遥于天地之间而心意自得。吾何以天下为哉!悲夫,子之不知余也!'遂不受。于是去而入深山,莫知其处。"瞿蜕园《笺证》按云:"《清一统志》云:善卷坛在武陵县东。《方舆胜览》:善卷德山有善卷坛,善卷先生所游处也。"

②柾:《全唐诗》作"柱"。

③去:《英华》作"公",《全唐诗》注云:"一作公。"

④九有:九州。《诗·商颂·玄鸟》:"方命厥后,奄有九有。"

⑤林:《英华》作"山",注云:"一作林。"

148

阳山庙①观赛神② 梁松③南征至此,遂为其神,在朗州。

汉家都尉④旧征蛮,血食⑤如今配此山。曲盖幽深苍桧⑥下,洞箫愁绝⑦翠屏间。荆巫脉脉传神语,野老婆娑⑧启醉颜。日落风生庙门外,几人连蹋竹歌还。

【题解】

此诗为在朗州期间所作。诗人描绘的是在阳山庙看到的祭神风俗。

【注释】

①阳山庙:阳山神祠。董侹《修阳山庙碑》:"阳山神祠,直上千仞,横亘三峰,红崖青壁,艳若彩缋。日月回薄,仙驭往来,沉沉洞宫,孰详突奥?"瞿蜕园《笺证》按云:"《方舆胜览》云:'梁山在武陵县北三十九里,旧名阳山。按旧注云:阳山之女,云梦之神,尝以夏首秋分献鱼。唐天宝六载(747),始改梁山,汉梁松庙食于此,故以名山。'"

②赛神:用仪仗、箫鼓、杂戏迎神,集会酬祭。

③梁松:字伯孙,安定乌氏(今甘肃泾川)人。董侹《修阳山庙碑》:"东汉光武二十五年(49)驸马都尉梁君松平五溪,名郡廓,置汉寿城,即荆州刺史所治地。"《太平寰宇记》卷一一八引《图经》云:"汉梁松为征南将军,死于此山下,遂为神。"

④汉家都尉:梁松。高志忠《校注》云:"汉武帝置驸马都尉,与奉车都尉皆为陪奉车驾之近臣,而魏晋以降,公主之夫婿多授驸马都尉,遂为称谓而非官职,松尚舞阴公主,故诗称汉家都尉而史未载此职也。"

⑤血食:受享祭品。古代杀牲取血以祭,故称。

⑥桧(guì):常绿乔木,即圆柏。幼树的叶子针状,大树的叶子鳞片状,果实球形。木材桃红色,有香味,可供建筑等用。

⑦《全唐诗》"愁绝"下注云:"一作吹绝。"《英华》"愁"下注云:"一

149

作吹。"

⑧《全唐诗》"娑娑"下注云:"一作婆婆。"

【汇评】

元方回:予尝游此庙,在今常德府北三十里,似不当祭之人,马伏波为其所倾者。(《瀛奎律髓》)

清冯舒:妙在写出淫祠。(《瀛奎律髓汇评》)

清冯班:此淫祠,下句殊斟酌,不见痕迹。次联是梁松庙。(同上)

清何焯:松尚主,故曰"都尉"。(同上)

汉寿城①春望 古荆州刺史②治亭,其下有子胥庙兼楚王故坟③。

汉寿城边野草春,荒祠古墓对荆榛。田中牧竖④烧刍狗⑤,陌上行人看石麟⑥。华表⑦半空经霹雳,碑文才见满埃尘。不知何日东瀛⑧变,此地还成要路津。

【题解】

此诗为刘禹锡在朗州期间所作。诗人游览汉寿城,感慨时过境迁,世事沧桑,有凄凉之意。

【注释】

①汉寿城:东汉改索县为汉寿,故址在今湖南常德东北。董侹《修阳山庙碑》:"东汉光武二十五年(49)驸马都尉梁君松平五溪,名郡廨,置汉寿城,即荆州刺史所治地。"《汉书》卷二八上《地理志》上武陵郡索县,颜师古注引应劭云:"顺帝更名汉寿。"

②古荆州刺史:瞿蜕园《笺证》:"《宋书·州郡志》:荆州刺史,汉治武陵汉寿,魏晋治江陵。乃此诗题注所本也。"

③子胥庙兼楚王故坟:子胥:伍员,字子胥。《史记》卷六六《伍子胥列

传》载楚平王听信谗言杀子胥父兄,子胥逃至吴,事阖闾。后,吴王阖闾入郢。"及吴兵入郢,伍子胥求昭王。既不得,乃掘楚平王墓,出其尸,鞭之三百,然后已。"楚王故坟:即楚平王被掘之坟。高志忠《校注》按云:"吴阖闾所入之郢,乃楚之郢都,故址在今湖北江陵,而非汉寿。子胥之庙、楚王故坟,盖皆为传闻附会之也。"

④牧竖:牧童。

⑤刍狗:祭祀时用草扎成的狗。《道德经》第五章:"天地不仁,以万物为刍狗;圣人不仁,以百姓为刍狗。"

⑥石麟:石麒麟。指墓前石兽。

⑦华表:也称"华表柱"。古代设在宫殿、陵墓等大建筑物前面做装饰用的大石柱,柱身多雕刻龙凤等图案,上部横插着雕花的石板。设在陵墓前的又名"墓表"。

⑧东瀛:东海。

【汇评】

只"野草春"三字,已具无限苍凉,无限感慨。(《唐诗鼓吹笺注》)

清何焯:此言汉寿城边春惟野草,荒祠古墓与荆榛相向,而国破家亡,霸图消灭。登城春望,惟见"牧竖烧刍狗""行人看石麟"耳。至于墓无全柱,碑无完文,满目苍凉,至于斯极。欲成要路,其或待东海扬尘之日乎!(《唐诗鼓吹评注》)

又:谢宣城诗"寒城一以眺,平楚正苍然。"此篇从之出也。当长安得路之人看花开宴之际,而迁客所居之地,一望惟野草连天,荒祠古墓,杂于荆榛之内,则其地之恶、遇之穷何如哉?观"春望"二字,作者之旨趣自见。第五言忧患之大,第六言憔悴之甚,落句则类死灰之复燃,而恐以诗词贾祸,故晦其义于将复为刺史所也。句句是"望"。后四句皆以自比,是时方自连州贬朗州司马故也。(此地句)收汉寿城。(卞孝萱《刘禹锡诗何焯批语考订》)

清金圣叹:此春望诗最奇。夫春望,以望春物,而此一望,纯是祠墓。然则本非春望,而又必题春望者,先生用意只为欲写首句之"野草春"三字。野草亦只是次句之"荆榛",然今日则无奈其独占一春也。"荒祠",即荆州治前伍胥祠。"古墓",即治前亭下楚王墓。此二人昔者在时,试想何等炳赫,何意至于今日,曾不得与野草为对,可叹也!三、四,一承"荒祠",一承"古墓",可知(首四句下)。五、六,不知者或谓此岂非中填四句诗,殊不知三、四是写人情,不以此祠此墓为意,此却是写为祠为墓既已甚久,以起下"何日再变",文势乃极不同(末四句下)。(《贯华堂选批唐才子诗》)

清陆贻典:三、四二句冷淡。(《瀛奎律髓汇评》)

清纪昀:结便近李山甫一派。(同上)

清毛张健:不是感叹荒原,实是唤醒要路,正笔反写,其意甚深。(《唐体余编》)

清屈复:结句亦是去国之恨,寄托言外。今日为迁客所历,安知他日不为要津乎,幻想最妙,然亦是无可奈何语。(《唐诗成法》)

唐秀才①赠端州紫石砚以诗答之

端州石砚人间重,赠我应②知正草玄。阙里③庙中④空旧物⑤,开⑥方窐⑦下岂天然?玉蟾⑧吐水霞光静,彩翰⑨摇风绛锦鲜。此日慵工记名姓⑩,因君数到⑪墨池⑫前。

【题解】

此诗为刘禹锡在朗州期间所作。作者作此诗以答谢唐秀才赠砚之情谊。

【注释】

①唐秀才:未详何人。

②应:《全唐诗》作"因"。

③阙里:孔子故里。在今山东曲阜城内阙里街。因有两石阙,故名。孔子曾在此讲学。

④中:朱本、《全唐诗》作"堂"。

⑤旧物:孔砚。《艺文类聚》卷五八《砚》引《从征记》云:"夫子床前有石砚一枚,作甚古朴,盖孔子平生时物也。"

⑥开:崇本作"门"。

⑦竈(zào):同"灶"。

⑧玉蟾:玉蟾蜍。《西京杂记》卷六:"晋灵公冢甚瑰壮……其余器物皆朽烂不可别,惟玉蟾蜍一枚,大如拳,腹空,容五合水,光润如新,王取以为书滴。"

⑨彩翰:彩笔。

⑩慵工记名姓:《史记》卷七《项羽本纪》:"项籍少时,学书不成,去,学剑,又不成。项梁怒之。籍曰:'书足以记名姓而已。剑,一人敌,不足学,学万人敌。'""慵",《全唐诗》作"佣"。

⑪《全唐诗》"到"下注曰:"一作致。"

⑫墨池:洗笔砚的池子。著名书法家汉张芝、晋王羲之等,均有"墨池"传说著称后世。

步出武陵东亭临江寓望①

鹰至感风候,霜余变林麓。孤帆带日来,寒江转沙曲。戍摇旗影动,津晚橹声促。月上彩霞收,渔歌远相续。

【题解】

此诗作于元和元年(806)至九年(814)期间,时刘禹锡被贬朗州。此诗为写景之作,读来不乏闲情逸致。

【注释】

①寓望:古代边境上所设置的以备瞭望、迎送的楼馆。高志忠《校注》按云:"寓望扞格难通,当以《文苑英华》之'偶望'为是。""寓",《英华》作"偶",《全唐诗》注云:"一作偶。"

秋日送客至潜水驿①

候吏②立沙际,田家连竹溪。神林③社日鼓,茅屋午时鸡。
雀噪晚禾地,蝶飞秋草畦。驿楼宫树④近,疲马再三嘶。

【题解】

此诗当作于朗州。送别诗,诗人所写乃驿站周遭景物。

【注释】

①至潜水驿:崇本无此四字。潜水驿:瞿蜕园《笺证》按云:"潜水驿未
详所在,据诗似是江湘之景,沙际竹溪,枫林茅屋,必非指两京近处,故宫树
必为官树之讹。"《嘉靖常德府志》卷二:"潜水,府东北一十五里,溯源九溪,
下合江。"

②候吏:古代掌管整治道路稽查奸盗,或迎送宾客的官员。多指驿吏。

③神林:"神",崇本、朱本《全唐诗》作"枫"。"林",《英华》作"祠"。

④树:《英华》下注云:"集作榭。"《全唐诗》注云:"一作榭。"

【汇评】

宋胡仔:《雪浪斋日记》云:荆公喜唐人"枫林社日鼓,茅屋午时鸡",书
于刘楚公第。或以为此即储光羲诗。苕溪渔隐曰:此一联乃梦得《秋日送
客至潜水驿》诗,非储光羲也。(《苕溪渔隐丛话》)

宋黄彻:五言如四十个贤人,著一个屠沽不得。觅句者掘得玉匣子,有
底有盖,但精心必获其宝。然昔人"园柳变鸣禽"竟不及"池塘生春草","余
霞散成绮"不及"澄江静如练","春水船如天下坐"不若"老年花似雾中
看"……"枫林社日鼓"不若"茅屋午时鸡"。此数公未始不精心,以此知全
其宝者未易多得。(《䂬溪诗话》)

宋曾季貍:刘梦得"神林社日鼓,茅屋午时鸡",温庭筠"鸡声茅店月,人
迹板桥霜",皆佳句;然不若韦苏州"绿阴生昼静,孤花表春余"。(《艇斋诗

话》)

元方回：三、四天下诵之。(《瀛奎律髓》)

明周弼(列)为四实体。(《唐诗选脉会通评林》)

明何新之(列)为典实体。(同上)

明陆时雍：意气逼仄，是中唐气派。(《唐诗镜》)

清纪昀："草"似不得云"畦"。或曰："畦留夷与揭车。"虽皆草类，然诗不得如此牵引。(《瀛奎律髓汇评》)

晚岁登武陵城顾望水陆怅然有作

星象承鸟翼①，蛮陬想犬牙②。俚人③祠竹节④，仙洞闭⑤桃花。城基⑥历汉魏，江源自賨巴⑦。华表廖立⑧墓⑨，菜地黄琼⑩家。霜轻菊秀晚，石浅水文斜。樵音绕故垒，汲路明寒沙。清风稍改叶，卢橘⑪如⑫含葩。野桥鸣⑬驿骑，丛祠⑭发迥笳。跳鳞避举网，倦鸟寄行查⑮。路尘高出树，山火远连霞。夕曛转赤岸，浮霭起苍葭。轧轧渡溪⑯桨，连连赴林鸦。叫阍⑰道非远，赐环⑱期自赊。孤臣本危涕，乔木⑲在天涯。

【题解】

此诗为刘禹锡在朗州期间所作。诗人登高望远，眼前景色引发历史追忆。天地广阔苍茫，个人遭遇坎壈，景物皆著伤感色彩。

【注释】

①鸟翼：《史记》卷二七《天官书》："天则有列宿，地则有州域。"二十八宿中的翼宿和轸宿古为楚之分野，翼为南方朱雀七宿之羽翮。"鸟"，朱本、《全唐诗》作"乌"，误。

②犬牙：像犬牙般交错。

③俚人:古代对南方某些少数民族的泛称。

④竹节:《后汉书》卷八六《南蛮西南夷传》:"夜郎者,初有女子浣于遯水,有三节大竹流入足间,闻其中有号声,剖竹视之,得一男儿,归而养之。及长,有才武,自立为夜郎侯,以竹为姓。武帝元鼎六年(前111),平南夷,为牂柯郡,夜郎侯迎降,天子赐其王印绶。后遂杀之。夷僚咸以竹王非血气所生,甚重之,求为立后。牂柯太守吴霸以闻,天子乃封其三子为侯。死,配食其父。今夜郎县有竹王三郎神是也。"

⑤闭:明本、朱本作"开"。

⑥《全唐诗》"基"下注云:"一作塞。"

⑦賨(cóng)巴:中国秦汉时期四川、湖南等地少数民族。賨:巴人所缴的一种赋税。《晋书》卷一二〇《李特载记》:"巴人呼赋为賨,因谓之賨人焉。及汉高祖为汉王,募賨人平定三秦。既而求还乡里,高祖以其功,复同丰、沛,不供赋税,更名其地为巴郡。"

⑧廖立:《三国志》卷四〇《蜀书·廖立传》:"廖立,字公渊,武陵临沅人。先主领荆州牧,辟为从事,年未三十,擢为长沙太守。""立",朱本、《全唐诗》作"王"。

⑨《全唐诗》"墓"下注云:"一作塚。"

⑩黄琼:《后汉书》卷六一《黄琼传》:"黄琼字世英,江夏安陆人,魏郡太守香之子也。"累迁尚书仆射、太尉,"封为邟乡侯,邑千户。琼辞疾让封六七上,言旨恳恻,乃许之"。瞿蜕园《笺证》:"菜地黄琼家,菜似当作采,黄琼亦非封于武陵境内者,皆疑未能释。"

⑪卢橘:金橘的别称。李时珍《本草纲目·果二·金橘》:"此橘生时青卢色,黄熟则如金,故有金橘、卢橘之名。"

⑫如:朱本、《全唐诗》作"始"。

⑬鸣:《全唐诗》作"过"。

⑭丛祠:乡野林间的神祠。《史记》卷四八《陈涉世家》:"又间令吴广之次所旁丛祠中,夜篝火,狐鸣呼曰'大楚兴,陈胜王'。"司马贞索隐引《战国策》高诱注:"丛祠,神祠也。丛,树也。"

⑮查:通"槎",木筏。《全唐诗》作"楂"。

⑯溪：《全唐诗》作"水"。

⑰叫阍：旧时吏民因冤屈等原因向朝廷申诉称"叫阍"。

⑱赐环：亦作"赐圜"。旧时放逐之臣，遇赦召还谓"赐环"。

⑲乔木：《孟子·梁惠王下》："所谓故国者，非谓有乔木之谓也，有世臣之谓也。"后因以"乔木"为形容故国或故里的典实。

【汇评】

清何焯：此篇是格诗，在杂体中。黄琼江夏人，非武陵也。或封邑在此，更考之。（卞孝萱《刘禹锡诗何焯批语考订》）

团扇歌①

团扇复团扇，奉君清暑殿。秋风入庭树，从此不相见。上有乘鸾女，苍苍网虫②遍。明年入怀袖，别是③机中练。

【题解】

此诗作于朗州期间。诗人以团扇自喻，表见弃之意。

【注释】

①团扇歌：《乐府诗集》卷四五《清商曲辞》二作《团扇郎》，引《古今乐录》曰："《团扇郎歌》者，晋中书令王珉，捉白团扇与嫂婢谢芳姿有爱，情好甚笃。嫂捶挞婢过苦，王东亭闻而止之。芳姿素善歌，嫂令歌一曲当赦之。应声歌曰：'白团扇，辛苦五流连。是郎眼所见。'珉闻，更问之：'汝歌何遗？'芳姿即改云：'白团扇，憔悴非昔容，羞与郎相见。'后人因而歌之。""歌"，《乐府诗集》、《全唐诗》卷二一作"郎"。

②网虫：《乐府诗集》、《全唐诗》作"虫网"，《全唐诗》注云："一作网虫。"

③《全唐诗》卷二一"是"下注云："一作有。"

【汇评】

宋吕祖谦：刘禹锡《团扇歌》曰……而坡和文潜《秋扇》亦云："犹胜汉宫

悲婕妤，网虫不见乘鸾女。"至荆公亦有"月边仍有女乘鸾"，皆仿禹锡也。（《诗律武库》）

明陆时雍：意迫。（《唐诗镜》）

明钟惺：末语又作一想，更自难堪。（《唐诗归》）

清何焯：梦得短诗，尤近古谣，不窥汉魏之藩，至齐梁而止。（明年二句）官家别用一番人。（卞孝萱《刘禹锡诗何焯批语考订》）

清贺裳：五古自是刘诗胜场，然其可喜处，多在新声变调，尖警不含蓄者。《团扇歌》曰："明年入怀袖，别是机中练。"不惟竿头进步，正自酸楚感人。（《载酒园诗话又编》）

清翁方纲：班婕妤《怨歌行》云："出入君怀袖，动摇微风发。"已自恰好。至江文通拟作，则有"画作秦王女，乘鸾向烟雾"之句，斯为刻意标新矣。迨刘梦得又演之曰："上有乘鸾女，苍苍网虫遍。"即此可悟词场祖述之秘妙也。（《石洲诗话》）

竞渡曲① 竞渡始于武陵，至②今举楫而相和之，其③音咸呼云④何在，斯招屈之义，事见《图经》。

沅⑤江五月平堤流，邑人相将浮彩舟。灵均何年歌已矣，哀谣振楫从此起。扬枹⑥击节雷阗阗，乱流齐进声轰然。蛟龙得雨鬐鬣动，蟆蛛⑦饮河形影联。刺史临流褰翠帏⑧，揭竿命爵分雄雌。先鸣⑨余勇争鼓舞，未⑩至衔枝⑪颜色沮。百胜本自有前期⑫，一飞由来无定所。风俗如狂重此时，纵观云委江之湄。彩旗夹岸照鲛⑬室，罗袜凌波呈水嬉。曲终人散空愁暮，招屈亭前水东注。

158

此诗为元和元年(806)至九年(814)在朗州时所作。此诗所写为朗州土风,五月五日吊屈原为竞渡之戏。

【注释】

①竞渡曲:《乐府诗集》卷九四《新乐府辞》五:"刘异《事始》曰:'楚传云:竞渡起于越王勾践。'《荆楚岁时记》云:'旧传屈原死于汨罗,时人伤之,竞以舟楫拯焉,因以成俗。'"

②至:崇本、《全唐诗》作"及"。

③其:《英华》无此字。

④云:崇本作"之",《英华》无此字。

⑤《全唐诗》"沅"下注云:"一作湘。"

⑥枹:《英华》作"桴",注云:"集作枹。"《全唐诗》作"桴",注云:"一作枹。"

⑦螮蝀(dì dōng):虹的别名。

⑧褰翠帏:瞿蜕园《笺证》按云:"此用东汉贾琮事,《后汉书》琮传云:'琮为冀州,传车垂赤帷裳,琮曰:刺史当远视广听,纠察美恶,何垂帷裳以自掩乎? 命褰之。'杜甫诗:'杖钺褰帷瞻具美',用褰帷以喻刺史,唐人诗文中不可胜举。帷裳者,出《诗》:'渐车帷裳。'作帏者非也。""褰",《英华》作"展",注云:"一作褰。"朱本作"搴"。

⑨先鸣:首先鸣叫。《左传·襄公二十一年》:"平阴之役,先二子鸣。"晋杜预注:"十八年,晋伐齐,及平阴。州绰获殖绰、郭最。故自比于鸡,斗胜而先鸣。"

⑩末:崇本、《乐府诗集》作"末"。

⑪枝:《英华》作"杖",崇本、明本、朱本、《全唐诗》作"枚"。

⑫前期:事前或过去的约定;预定。《庄子·徐无鬼》:"射者非前期而中,谓之善射,天下皆羿也。"

⑬鲛:《英华》《全唐诗》作"蛟"。

【汇评】

清何焯:(百胜二句)一篇寄托。(卞孝萱《刘禹锡诗何焯批语考订》)

159

采菱行①

　　武陵俗嗜芰②菱。岁秋矣，有女郎盛游于③马湖，薄言采之，归以御客。古有《采菱曲》，罕传其词，故赋之以俟采诗者。

　　白马湖平秋日光，紫菱如锦彩鸳翔④。荡舟游女满中央，采菱不顾马上郎。争多逐胜纷相向，时转兰桡破轻浪。长鬟弱袂⑤动⑥参差，钗影钏文⑦浮荡漾。笑语哇咬⑧顾晚晖，蓼花缘⑨岸扣舷⑩归。归来共到市桥步，野蔓系船苹满⑪衣。家家竹楼临广陌，下有连樯多估客。携觞荐芰夜经过，醉踏大堤相应歌。屈平祠下沅江水，月照寒波白烟起。一曲南音⑫此地闻，长安北望三千里。

【题解】

　　此诗作于元和元年(806)至九年(814)在朗州时。以乐府写当地采菱场景。

【注释】

　　①采菱行：《乐府诗集》卷五〇《清商曲辞》七载："《古今乐录》曰：'梁天监十一年冬，武帝改西曲，制《江南上云乐》十四曲，《江南弄》七曲：一曰《江南弄》，二曰《龙笛曲》，三曰《采莲曲》，四曰《凤笛曲》，五曰《采菱曲》，六曰《游女曲》，七曰《朝云曲》。'"《古今乐录》曰：'《采菱曲》，和云：菱歌女，解佩戏江阳。'"《全唐诗》注云："一作采芰女。"《英华》题下无注。

　　②武陵俗嗜芰菱："芰"，崇本、明本作"芡"，朱本作"采"。《全唐诗》此句以下凡八句，作"引"，题下有"并引"二字。

　　③崇本"于"下有"白"字。

160

④白马湖平秋日光,紫菱如锦彩鸳翔:《英华》作"白马湖秋日紫光,菱如锦彩鸳鸯翔。"注云:"一作白马湖平秋日光,紫菱如锦彩鸳翔。"白马湖:一名白蟒湖,在湖南常德西七里。

⑤袂:《英华》作"帔",注云:"一作袂。"

⑥《全唐诗》"动"下注云:"一作披。"

⑦文:《英华》作"纹",注云:"一作文。"《全唐诗》注云:"一作纹。"

⑧哇咬:形容声音繁细。

⑨缘:崇本作"沿",《乐府诗集》作"绿",《英华》注云:"一作绿。"

⑩舷:朱本、《英华》作"船",《英华》注云:"一作舷。"《全唐诗》注云:"一作船。"

⑪满:《英华》作"惹",注云:"一作满。"《全唐诗》注云:"一作惹。"

⑫南音:楚地音乐。

蛮子①歌

蛮语钩辀音②,蛮③衣斑斓布。熏狸④掘沙鼠,时节祠盘瓠⑤。忽逢乘马客,恍⑥若惊麔⑦顾。腰斧上高山,意行无旧路。

【题解】

此诗作于朗州期间,叙写当地少数民族的实际生活状况。

【注释】

①蛮子:《后汉书》卷八六《南蛮西南夷列传》:"昔高辛氏有犬戎之寇,帝患其侵暴,而征伐不克。乃访募天下,有能得犬戎之将吴将军头者,购黄金千镒,邑万家,又妻以少女。时帝有畜狗,其毛五采,名曰槃瓠。下令之后,槃瓠遂衔人头造阙下,群臣怪而诊之,乃吴将军首也。帝大喜,而计槃瓠不可妻之以女,又无封爵之道,议欲有报而未知所宜。女闻之,以为帝皇

下令,不可违信,因请行。帝不得已,乃以女配槃瓠。槃瓠得女,负而走入南山,止石室中。所处险绝,人迹不至。……其后滋蔓,号曰蛮夷。外痴内黠,安土重旧。以先父有功,母帝之女,田作贾贩,无关梁符传、租税之赋。有邑君长,皆赐印绶,冠用獭皮。名渠帅曰精夫,相呼为姎徒。今长沙武陵蛮是也。"

②蛮语钩辀音:"语",崇本作"貊"。《全唐诗》此句下注云:"一作钩辀语音蛮,一作蛮语音钩辀。"钩辀(zhōu):鹧鸪鸣声。此处形容某些南方方言的语音。

③《全唐诗》"蛮"下注云:"一作身。"

④《全唐诗》"狸"下注云:"一作狐。"

⑤祠盘瓠:《后汉书》卷八六注引干宝《晋纪》云:"武陵、长沙、庐江郡夷,槃瓠之后也。杂处五溪之内。槃瓠凭山阻险,每每常为害。糅杂鱼肉,叩槽而号,以祭槃瓠。俗称'赤髀横裙',即其子孙。"

⑥怳(huǎng):同"恍"。

⑦麚:《全唐诗》作"麏",注云:"一作麝。"

【汇评】

宋黄彻:宾客谪居朗州而五溪习俗尽得之矣。(《䂬溪诗话》)

宋刘克庄:"莫徭自生长,名字无符籍。市易杂鲛人,婚姻通木客。星居占泉眼,火种开山脊。夜渡千仞溪,含沙不能射。""蛮语钩辀音,蛮衣斑斓布。熏狸掘沙鼠,时节祠盘瓠。忽逢乘马客,怳若惊麚顾。腰斧上高山,意行无旧路。"此刘梦得《莫徭》《蛮子》诗也。世传坡诗始学梦得,观此二诗,信然。(《后村诗话》)

送春曲①

春向晚,春晚思悠哉!风云日已改②,花叶自相催。漠漠空中去,何时③天际来?

春已暮，冉冉如人老。映叶见残花，连天是青草。可怜桃与李，从此同桑枣。

春景④去，此去何时回？游人千万恨，落日上高台。寂寞繁花尽，流莺归不来⑤。

【题解】

此诗作年难确。古人伤春情绪年年有，难以判定具体写作年份。《刘禹锡年谱》、《刘禹锡诗文系年》、《刘禹锡集笺证》皆系诸朗州，今从之。

【注释】

①送春曲：《全唐诗》下有"三首"二字。崇本"三首"作题下小字注。

②《全唐诗》"改"下注云："一作故。"

③时：朱本作"处"。

④《全唐诗》"景"下注云："一作竟。"

⑤不来：《全唐诗》作"莫来"，注云："一作不归。"

【汇评】

清何焯：七言不如五言，然亦最为精切，但稍觉其极耳。梦得诗，篇篇紧健，想见其精悍过人。（卞孝萱《刘禹锡诗何焯批语考订》）

初夏曲三首①

铜壶方促夜，斗柄暂南回。稍嫌单衣重，初怜北户开。西园花已尽，新月为谁来？

时节过②繁华，阴阴千万家。巢禽命子戏，园果坠枝斜。寂寞孤飞蝶，窥丛觅晚花。

绿水风初暖，青林露草③晞。麦田雉朝雊④，桑野人暮归。百舌悲花尽，无声⑤来去飞。

163

此诗作年难确。《刘禹锡年谱》、《刘禹锡诗文系年》、《刘禹锡集笺证》皆系诸朗州,今从之。

【注释】

①三首:崇本作题下小字注。

②过:崇本作"遇"。

③草:崇本、朱本、《全唐诗》作"早"。

④雉朝雊(gòu):《诗经·小雅·小弁》:"雉之朝雊,尚求其雌。"雊:雄鸡叫。

⑤无声:《全唐诗》作"平芜",注云:"一作无声。一作绝无。"

送春词

昨来楼上迎春处,今日登楼又送归。兰蕊残妆含露泣,柳条长袖①向风挥。佳人对镜容色②改,楚客临江心事违。万古至今同此恨,无如一醉尽忘机。

【题解】

此诗作于刘禹锡在朗州期间,为有"楚客临江心事违"句。诗中表达出作者春暮时节的惆怅。

【注释】

①《全唐诗》"袖"下注云:"一作袂。"

②色:《全唐诗》作"颜"。

泰娘歌 并引

泰娘本韦尚书①家主讴者。初,尚书为吴郡②,得之,命乐工诲之③琵琶,使之歌且舞。无几何,尽得其术。居一二岁,携之以归京师。京师多新声善工,于是又损④去故技,以新声度曲⑤,而泰娘名字⑥往往见称于贵游之间。元和初,尚书薨于东京⑦,泰娘出居民间。久之,为蕲州刺史张愻所得。其后愻坐事,谪居武陵郡。愻卒,泰娘无所归。地荒且远,无有能知其容与艺者。故日抱乐器而哭,其音燋杀⑧以悲。雒⑨客闻之,为歌其事以足于⑩乐府云⑪。

泰娘家本阊门⑫西,门前绿水环金堤。有时妆成好天气,走上皋桥⑬折花戏。风流太守韦尚书,路傍忽见停隼旟。斗量明珠⑭鸟传意,绀幰⑮迎入专城居。长鬟如云衣似雾,锦茵罗荐承轻步。舞学惊鸿水榭春,歌撩⑯上客兰堂暮。从郎西入帝城中,贵游簪组香帘栊⑰。低鬟缓视抱明月,纤指破拨⑱生胡风。繁华一旦有消歇,题剑无光履声绝。洛阳旧宅生草莱,杜陵萧萧松柏哀⑲。妆奁虫网厚如茧,博山炉侧倾寒灰。蕲州刺史张公子⑳,白马新到铜驼里。自言买笑掷㉑黄金,月堕云中㉒从自㉓始。安知鵩鸟坐隅飞㉔,寂寞旅魂招不归。秦嘉镜㉕有前时结,韩寿香㉖销故箧衣。山城少人江水碧,断雁哀猿风雨夕。朱弦已绝为知音,云鬟未秋私自惜。举目风烟非旧时,梦寻㉗归路多参差。如何将此千行泪,更洒湘江斑竹枝。

【题解】

此诗为刘禹锡在朗州期间所作。瞿蜕园《笺证》按云:"此诗自是在朗州时作,因事寓感,不须再著滞相,已有回肠荡气之致。"

【注释】

①韦尚书:瞿蜕园《笺证》按云:"此诗所指云韦尚书,当谓韦夏卿。"

②吴郡:苏州。

③诲之:《乐府诗集》作"教以"。

④损:《乐府诗集》、明本、《英华》、朱本、《全唐诗》俱作"捐",是。

⑤以新声度曲:《英华》此句下有"教之又尽其妙"。

⑥字:明本作"家"。

⑦京:《乐府诗集》作"都"。

⑧燋(jiāo)杀:声音急促。燋,通"嘁",《全唐诗》作"焦"。

⑨《全唐诗》无"雏"字,注云:"一本此下有雏字。"

⑩足于:"足",明本、《全唐诗》作"续"。"于",朱本作"乎"。

⑪崇本"云"下有"尔"字。

⑫阊门:城门名。在江苏省苏州市城西。唐代阊门一带是十分繁华的地方,地方官吏常在此宴请和迎送宾客。

⑬皋桥:在阊门内。《太平寰宇记》卷九一:"皋桥,即汉皋伯通居此桥以得名。""皋",《英华》下注云:"集作河。"《全唐诗》注云:"一作高。"

⑭斗量明珠:北宋乐史《绿珠传》:"绿珠生双角山下,美而艳。越俗以珠为上宝,生女为珠娘,生男为珠儿。绿珠之字,由此而称。晋石崇为交趾采访使,以真珠三斛致之。"

⑮绀幰(gàn xiǎn):天青色车幔。

⑯撩:《全唐诗》作"传",注云:"一作撩。"《英华》注云:"集作传。"《乐府诗集》注云:"集作撩。"

⑰枇:崇本、《英华》作"拢"。

⑱破拨:琵琶的弹奏方法。唐段成式《酉阳杂俎·乐》:"古琵琶弦用鹍鸡筋。开元中,段师能弹琵琶,用皮弦。贺怀智破拨弹之,不能成声。"

⑲"杜陵"句:《旧唐书》卷一六五《韦夏卿传》:"韦夏卿,字云客,杜陵

人。"杜陵:地名。在今陕西省西安市东南。

⑳张公子:指张放,西汉酷吏张汤五世孙。《汉书》卷九七下《外戚传》下,孝成赵皇后传载:"凡立十六年而诛。先是,有童谣曰:'燕燕,尾涎涎,张公子,时相见。木门仓琅根,燕飞来,啄皇孙。皇孙死,燕啄矢。'成帝每微行,出常与张放俱,而称富平侯家,故曰张公子。仓琅根,宫门铜锾也。"此处以张放喻张愻。

㉑掷:《英华》作"轻",注云:"集作掷。一作直。"

㉒月堕云中:《全唐诗》注云:"一作月堕云收。"

㉓自:明本、朱本、《英华》、《乐府诗集》、《全唐诗》作"此",是。

㉔鹏鸟坐隅飞:贾谊《鵩鸟赋》:"谊为长沙王傅,三年,有鵩鸟飞入谊舍,止于坐隅。鵩似鸮,不祥鸟也。谊既以谪居长沙,长沙卑湿,谊自伤悼,以为寿不得长,乃为赋以自广也。""鹏",《英华》、《乐府诗集》作"鵩"。

㉕秦嘉镜:《太平御览》卷七一七《服用部》一九《镜》载:"秦嘉《与妇徐淑书》曰:'顷得此镜,既明且好,形观文藻,世所希有,意甚爱之,故以相与。明镜可以鉴形。'淑答书曰:'今君征未旋,镜将何施行?明镜鉴形,当待君至。'""嘉",崇本作"家",《英华》注云:"集作家。"《全唐诗》注云:"一作家。"

㉖韩寿香:《世说新语·惑溺》:"韩寿美姿容,贾充辟以为掾。充每聚会,贾女于青璅中看,见寿,说之。恒怀存想,发于吟咏。后婢往寿家,具述如此,并言女光丽。寿闻之心动,遂请婢潜修音问。及期往宿。寿矫捷绝人,逾墙而入,家中莫知。自是充觉女盛自拂拭,说畅有异于常。后会诸吏,闻寿有奇香之气,是外国所贡,一著人,则历月不歇。充计武帝唯赐己及陈骞,余家无此香,疑寿与女通,而垣墙重密,门阁急峻,何由得尔?乃托言有盗,令人修墙。使反曰:'其余无异,唯东北角如有人迹。而墙高,非人所逾。'充乃取女左右婢拷问,即以状对。充秘之,以女妻寿。"

㉗寻:《乐府诗集》作"归",《全唐诗》注云:"一作归。"

【汇评】

宋姚宽:谢灵运《东阳溪中赠答》云:"可怜谁家妇,缘流洒素足。明月在云间,迢迢不可得。"又云:"可怜谁家郎,缘流乘素舸。但问情若何,月就云中堕。"刘禹锡《泰娘歌》"月堕云中"之句,盖本于此。(《西溪丛语》)

明冯复京：叙事恻怆，亦中晚气格。(《说诗补遗》)

清宋长白：泰娘家在阊门西……此叙其始也。中云：蕲州刺史张公子……此叙其自韦而就张也。末云：举目风烟非旧时……有感而讽，不似《琵琶行》揽入己身也。(《柳亭诗话》)

清何焯：梦得《泰娘歌》，犹子厚《马淑志》，皆托以自伤也。(卞孝萱《刘禹锡诗何焯批语考订》)

清贺裳：梦得最长于刻划，如《泰娘歌》"朱弦已绝为知音，云鬟未秋私自惜"，则如见狭邪人矜能炫色，摇摇靡泊之怀。(《载酒园诗话又编》)

龙阳①县歌

县门白日无尘土，百姓县前挽鱼罟。主人引客登大堤，小人②纵观黄犬怒。鸂鶒惊鸣绕篱落，橘柚垂芳③照窗户。沙平④草绿见吏稀，寂历⑤斜阳照悬鼓。

【题解】

此诗作于刘禹锡在朗州期间。瞿蜕园《笺证》按云："朗州仅有二县，除倚郭之武陵外，即龙阳矣。"此诗所写为龙阳县之宁静生活。

【注释】

①龙阳：三国吴分汉寿县置龙阳县，隋、唐属朗州。

②人：《全唐诗》作"儿"。

③芳：《全唐诗》注云："一作芬。"

④平：崇本作"门"。

⑤历：朱本作"寥"，《全唐诗》注云："一作寥。"

【汇评】

清贺裳：梦得最长于刻划。……《龙阳县歌》"沙平草绿见吏稀，寂寥斜

阳照县鼓"，则宛若身游荒县。(《载酒园诗话又编》)

壮士行

阴风振寒郊，猛虎正咆哮。徐行出烧地^①，连吼入黄茅。壮士走马去，镫前弯玉弰^②。叱之使人立^③，一发如铍交^④。悍睛^⑤忽星坠，飞血溅林梢。彪炳为我席，膻腥充我庖。里中欣害除，贺酒纷号呶^⑥。明日长桥上，倾城看斩蛟^⑦。

【题解】

此诗作年难确。《刘禹锡年谱》、高志忠《刘禹锡诗文系年》系诸朗州。今从之。诗乃观猎之作。

【注释】

①烧地：被野火烧过的地面。

②弰(shāo)：弓的末端。此处指弓。

③人立：《左传》庄公八年："冬十二月，齐侯游于姑棼，遂田于贝丘。见大豕，从者曰：'公子彭生也。'公怒曰：'彭生敢见！'射之，豕人立而啼。公惧，坠于车，伤足丧屦。"

④铍(pī)交：《左传》昭公二十七年："夏四月，光伏甲于堀室而享王。王使甲坐于道，及其门。门阶户席，皆王亲也，夹之以铍。羞者献体改服于门外，执羞者坐行而入，执铍者夹承之，及体以相授也。光伪足疾，入于堀室。鱄设诸置剑于鱼中以进，抽剑刺王，铍交于胸，遂弑王。"铍：兵器。双刃刀。一说为大矛。《全唐诗》"铍"下注云："一作鼓。"

⑤睛：崇本作"情"。

⑥号呶：《全唐诗》作"呶号"。

⑦"明日"二句：《晋书》卷五八《周处传》："处自知为人所恶，乃慨然有

改励之志,谓父老曰:'今时和岁丰,何苦而不乐耶?'父老叹曰:'三害未除,何乐之有!'处曰:'何谓也?'答曰:'南山白额猛兽,长桥下蛟,并子为三矣。'处曰:'若此为患,吾能除之。'父老曰:'子若除之,则一郡之大庆,非徒去害而已。'处乃入山射杀猛兽,因投水搏蛟,蛟或沈或浮,行数十里,而处与之俱,经三日三夜,人谓死,皆相庆贺。"

【汇评】

清何焯:悔过除恶,斯称壮士,命意高。(卞孝萱《刘禹锡诗何焯批语考订》)

潇湘神二首①

湘水流,湘水流,九疑②云物至今愁。君问二妃何处所?零陵香草露③中秋。

斑竹枝,斑竹枝,泪痕点点寄相思。楚客欲听④瑶瑟怨,潇湘深夜月明时。

【题解】

此诗为刘禹锡在朗州期间所作。诗中所咏乃舜之二妃泪洒斑竹、遥寄相思之传说。

【注释】

①潇湘神二首:"潇湘神",《全唐诗》卷三五六作"清湘词",注云:"一作潇湘曲。"崇本"神"下有"词"字,"二首"作题下小字注。"首",《乐府》、《全唐诗》卷二八作"曲"。潇湘神:湘水神湘君、湘夫人。

②九疑:九嶷山。在湖南宁远县南。《山海经·海内经》:"南方苍梧之丘,苍梧之渊,其中有九嶷山,舜之所葬,在长沙零陵界中。"郭璞注云:"其山九溪皆相似,故云'九疑'。"

③露:《全唐诗》卷三五六作"雨",注云:"一作露。"

④听:《全唐诗》卷三五六作"闻"。

【汇评】

俞陛云云:此九疑怀古之作。当湘帆九转时,访英、皇遗迹,而芳草露寒,五铢佩远,既欲即而无从,则相思所寄,惟斑竹之"泪痕",哀音所传,惟夜寒之"瑶瑟",亦如萼绿华之来无定所也。李白诗"白云明月吊湘娥",与此词之"深夜月明"同其幽怨。(《唐五代两宋词选释》)

送韦秀才道冲①赴制举

惊禽一辞巢,栖息无少安。秋扇一离手,流尘蔽霜纨。故侣不可追,凉风日已寒。远逢杜陵士,别尽平生欢。逐客无印绶,楚江多芷兰。因君时暇游②,长铗不复弹③。阅书南轩霁④,缲瑟清夜阑。万境身外寂,一杯腹中宽。伊昔玄宗朝,冬卿⑤冠鸳鸾。肃穆升内殿,从容领儒冠⑥。游夏⑦无措词,阳秋⑧垂不刊。至今群玉府,学者空纵观。世人希德门,揭若攀峰峦。之子向⑨明训,锵如振琅玕。一旦西上书,斑裳⑩拂征⑪鞍。荆台⑫宿暮雨,汉水浮春澜。君门起天中,多士如星攒。烟霞覆双阙,抃舞罗千官。清漏滴铜壶⑬,仙厨下雕槃⑭。荧煌仰金榜,错落飞濡⑮翰。古来长策人⑯,所叹⑰遭时难。一鸣从此始,相望青云端。

【题解】

此诗作于刘禹锡在朗州期间。诗中有"逐客无印绶,楚江多芷兰",故系诸朗州。

171

①韦秀才道冲,未详何人。

②因君时暇游:《全唐诗》作"因居暇时游",注云:"一作君时暇游。"

③"长铗"句:《战国策》卷一一《齐策》四:"齐人有冯谖者,贫乏不能自存,使人属孟尝君,愿寄食门下。……后有顷,复弹其剑铗,歌曰:'长铗归来乎! 无以为家。'左右皆恶之,以为贪而不知足。孟尝君问:'冯公有亲乎?'对曰:'有老母。'孟尝君使人给其食用,无使乏。于是,冯谖不复歌。"

④"阅书"句:《后汉书》卷六四《延笃传》:"笃闻,乃为书止文德曰:'夫道之将废,所谓命也。流闻乃欲相为求还东观,来命虽笃,所未敢当。吾尝昧爽栉梳,坐于客堂。朝则诵羲、文之《易》,虞、夏之《书》,历公旦之典礼,览仲尼之《春秋》。夕则消摇内阶,咏《诗》南轩。百家众氏,投间而作。洋洋乎其盈耳也,涣烂兮其溢目也,纷纷欣欣兮其独乐也。当此之时,不知天之为盖,地之为舆;不知世之有人,己之有躯也。'"《全唐诗》"霁"下注云:"一作际。"

⑤冬卿:周代冬官为六卿之一,主管百工事务,后代因称工部为冬卿。

⑥领儒:《英华》作"顶高",注云:"集作领儒。"《全唐诗》注云:"一作顶高。"

⑦游夏:孔子的弟子子游、子夏,长于文学。

⑧阳秋:指孔子所著《春秋》。晋时因避晋简文帝郑后阿春讳,改春为"阳"。一说孙盛《晋阳秋》。

⑨向:《英华》、《全唐诗》作"尚"。《英华》注云:"集作向。"

⑩裳:朱本、《全唐诗》作"衣"。

⑪征:《英华》作"行",注云:"集作征。"

⑫荆台:古楚国著名高台。故址在今湖北省监利县北。

⑬壶:崇本作"台"。

⑭槃:崇本作"盘",《全唐诗》注云:"一作盘。"

⑮飞濡:朱本、《全唐诗》作"濡飞"。

⑯长策人:《全唐诗》作"才杰士"。

⑰叹:《全唐诗》作"嗟"。

送僧仲剬①东游兼寄呈灵澈上人②

释子道成神气闲,住持曾上清凉山。晴空③礼拜见真像,
金毛④五⑤髻卿云间。西游长安⑥隶僧籍,本寺⑦门前曲江碧。
松间白月照宝书,竹下香泉洒瑶席。前时学得经论成,奔驰
象马⑧开禅扃。高筵谈柄一麈拂,讲下听徒⑨如醉醒。旧闻南
方多长⑩老,次第来入荆门道。荆州本自重弥⑪天,南朝塔庙
犹依然。宴坐东阳枯树⑫下,经行居止⑬故台边。忽忆遗民
社⑭中客,为我衡阳驻飞锡。讲罢同寻《相鹤经》⑮,闲来共蜡
登山屐。一旦扬眉望沃州⑯,自言王谢许⑰同游。凭将杂拟三
十首,寄与江南汤慧休。

【题解】

此诗作于刘禹锡在朗州期间。蒋维崧等《笺注》注云:"诗云'忽忆遗民
社中客,为我衡阳驻飞锡。'盖吕温在衡州为刺史,'为我'者,为我致朋友之
意也。温卒于元和六年衡州任上,诗当作于温刺衡州期间。"吕温元和五年
(810)刺衡州,六年卒,此诗当作于元和五年或六年。

【注释】

①仲剬(zhì):未详何人。

②灵澈上人:《全唐诗》卷八一〇:"灵澈,字源澄,姓汤氏,会稽人,云门
寺律僧也。少从严维学为诗,后至吴兴,与僧皎然游。贞元中,皎然荐之包
佶,又荐之李纾,名振辇下。缁流嫉之,造飞语激中贵人,贬徙汀州,会赦归
乡。诗一卷,今存十六首。"

③《英华》、《全唐诗》"晴空"下注云:"一作清室。"

④金毛:指佛教文殊世尊所乘的金毛狮子。

⑤五：《英华》、朱本作"玉"，《全唐诗》注云："一作玉。"是。

⑥《全唐诗》"安"下注云："一作乐。"

⑦寺：明本作"是"。

⑧象马：象和马，皆为转轮圣王七宝之一，曰象宝、马宝，乘驾而感得象之最胜也。

⑨听徒："听"，《英华》、《全唐诗》作"门"，《英华》注云："集作得。""徒"，朱本作"从"。

⑩长：《英华》作"禅"，注云："一作长。"《全唐诗》注云："一作禅。"

⑪弥：《英华》作"诸"，注云："集作弥。"《全唐诗》注云："一作诸。"

⑫东阳枯树：庾信《枯树赋》："殷仲文风流儒雅，海内知名。世异时移，出为东阳太守。常忽忽不乐，顾庭槐而叹曰：'此树婆娑，生意尽矣。'"

⑬止：崇本作"此"，《英华》注云："集作此。"《全唐诗》注云："一作此。"

⑭移民社：即莲社。佛教净土宗最初的结社。晋代庐山东林寺高僧慧远，与僧俗十八贤结社念佛，因寺池有白莲，故称。《莲社高贤传·刘程之传》："刘程之，字仲思，彭城人，汉楚元王之后。……刘裕以其不屈，乃旌其号曰移民。"

⑮《相鹤经》：《文选》卷一四《舞鹤赋》李善注曰："相鹤经者，出自浮丘公。公以经授王子晋。崔文子者，学仙于子晋，得其文，藏于嵩高山石室。及淮南八公采药得之，遂传于世。"

⑯沃州：又为"沃洲"。山名。在今浙江省新昌县东。相传为晋支遁放鹤养马处。

⑰许：崇本作"与"，《英华》注云："集作与。"《全唐诗》注云："一作与。"

送慧则法师①上都因呈广宣上人② 并引③ 师精《净名经》④。

佛示灭⑤后，大弟子演圣言而成经，传心印⑥曰法，承法而能专曰宗，由宗而分教曰友⑦。坐而摄化⑧者，胜义⑨皆空之宗也。行而宣教者，摧破邪山⑩之友⑪也。释子慧则生于像季⑫，思济劫浊⑬，乃学于一友⑭，开彼群迷⑮。以为尽妙理者莫如法门，变凡夫者莫如佛士⑯，悟无染者莫如散花。故业于净名，深达实相。自京师涉汉、沔，历鄂、郢，登熊⑰、湘，听徒百千，耳感心化，法无住，道行而归。顾予有社内之因，故言别之日，爱缘瞥起。时也秋尽，咏江淹《杂拟》以送之。前见宣上人，为我多⑱谢。

昨日东林⑲看讲时，都人象⑳马踏琉璃。雪山童子㉑应前世，金粟如来㉒是本师。一锡言归九城路，三衣㉓曾拂万年枝。休公久别如相问，楚客逢秋心更悲。

【题解】

此诗作于刘禹锡在朗州期间。诗云"楚客逢秋心更悲"，可知诗人时在朗州。

【注释】

①慧则法师：未详何人。崇本、《英华》、《全唐诗》"师"下有"归"字，是。

②广宣上人：《全唐诗》八二二收其诗十七首，小传云："广宣，姓廖氏，蜀中人，与刘禹锡最善。元和、长庆两朝，并为内供奉。赐居安国寺红楼院，有《红楼集》。"

③并引：《英华》无此二字，小引全文皆无。

④师精《净名经》：《英华》无此小字注。

⑤示灭：佛教语。佛菩萨及高僧坐化身死。

⑥心印：佛教禅宗语。谓不用语言文字，而直接以心相印证，以期顿悟。

⑦友：崇本、朱本、《全唐诗》作"支"，是。

⑧摄化：佛教语。谓以佛慈悲之光明感化救苦众生。

⑨胜义：佛教语。指一切事物当体即空的第一义谛。

175

⑩邪山:佛教语。喻谬论。

⑪友:朱本、《全唐诗》作"支",是。

⑫像季:佛教指像法的末期。像法:佛教语。正、像、末"三时"之一。谓佛去世久远,与"正法"相似的佛法。"像法"的时限说法不一。一般认为在佛去世五百年后的一千年之间。

⑬劫浊:佛家语。五浊之一,言时之浊乱也。"浊",《全唐诗》作"溺"。

⑭友:崇本、朱本、《全唐诗》作"支",是。

⑮群迷:佛教语。谓迷失本性的众生。

⑯士:崇本、朱本、《全唐诗》作"土",是。

⑰熊:指熊耳山,在湖南省。朱本、《全唐诗》作"衡"。

⑱多:《全唐诗》作"致"。

⑲东林:《高僧传》卷六《晋庐山释慧远》:"时有沙门慧永。居在西林,与远同门旧好,遂要远同止。永谓刺史桓伊曰:'远公方当弘道,今徒属已广,而来者方多。贫道所栖褊狭不足相处,如何?'桓乃为远复于山东更立房殿。即东林是也。"《全唐诗》"林"下注云:"一作邻。"

⑳象:《英华》作"乘",《全唐诗》注云:"一作乘。"

㉑雪山童子:瞿蜕园《笺证》注云:"按佛入雪山修行,故谓佛为雪山童子。"

㉒金粟如来:瞿蜕园《笺证》注云:"《净名经义钞》:梵语维摩诘,此云净明。般提之子,母名离垢,妻名金械,男名善思,女名月上,过去成佛,号金粟如来。"

㉓三衣:佛教比丘穿的三种衣服。一种叫僧伽梨,即大衣或名众聚时衣,在大众集会或行授戒礼时穿着;一种叫郁多罗僧,即上衣,礼诵、听讲、说戒时穿着;一种叫安陀会,日常作业和安寝时穿用,即内衣。亦泛指僧衣。"衣",《英华》作"年",《全唐诗》注云:"一作年。"误。

【汇评】

宋黄彻:老杜:"卿到朝廷说老翁,漂零已是沧浪客。"又:"朝觐从容问幽仄,勿云江汉有垂纶。"其后梦得《送陈郎中》云:"若问旧人刘子政,而今头白在商於。"《送惠休》则云:"休公久别如相问,楚客逢秋心更悲。"……皆

有所因也。(《碧溪诗话》)

谪居悼往二首^①

邑邑何邑邑^②,长沙地卑湿^③。楼上见春多,花前恨风急。
猿愁肠断叫,鹤病翘趾立。牛衣独自眠,谁哀仲卿泣^④？

郁郁何郁郁,长安远于日^⑤。终日念乡关,燕来鸿复还。
潘岳岁寒思,屈平憔悴颜。殷勤望归路,无雨即登山。

【题解】

此诗为刘禹锡谪居朗州期间所作。诗歌情感浓重,诗人被贬后的悲愤
难过和对长安的思念一览无余。据"牛衣独自眠,谁哀仲卿泣"句,此诗亦
含悼念亡妻之意。

【注释】

①二首:崇本作题下小字注。

②邑邑:朱本作"悒悒",《全唐诗》注云:"一作悒悒。"

③"长沙"句:《史记》卷八四《屈原贾生列传》:"贾生为长沙王太傅三
年,有鹏飞入贾生舍,止于坐隅。楚人命鹏曰'服'。贾生既以谪居长沙,长
沙卑湿,自以为寿不得长,伤悼之,乃为赋以自广。"

④"牛衣"二句:《汉书》卷七六《王章传》:"王章字仲卿,泰山巨平人也。
少以文学为官,稍迁至谏大夫,在朝廷名敢直言。……初,章为诸生学长
安,独与妻居。章疾病,无被,卧牛衣中,与妻决,涕泣。其妻呵怒之曰:'仲
卿! 京师尊贵在朝廷人谁逾仲卿者? 今疾病困厄,不自激印,乃反涕泣,何
鄙也!'后章任官,历位及为京兆,欲上封事,妻又止之曰:'人当知足,独不
念牛衣中涕泣时邪?'"颜师古注云:"牛衣,编乱麻为之,即今俗呼为龙
具者。"

⑤"长安"句:《世说新语·夙惠》:"晋明帝数岁,坐元帝膝上。有人从长安来,元帝问洛下消息,潸然流涕。明帝问何以致泣?具以东渡意告之。因问明帝:'汝意谓长安何如日远?'答曰:'日远。不闻人从日边来,居然可知。'""于",朱本、《全唐诗》作"如"。

伤桃源薛道士①

坛边松在鹤巢空,白鹿闲行②旧径中。手植红桃千树发,满山无主任春风。

【题解】
此诗当作于刘禹锡元和元年(806)至九年(814)在朗州期间。

【注释】
①薛道士:未详何人。"道士",《英华》作"尊师",注云:"一作道士。"《全唐诗》注云:"一作尊师。"

②行:《英华》作"来",注云:"集作行。"

伤秦姝行 并引

河南房开士①,前为虞部郎中②,为余话③曰:"我得善筝人于长安怀远里④。"其后,开士为赤县⑤,牧容州⑥,求国工而诲之。艺工而夭。今年开士遗予新诗,有悼佳人之目⑦,顾予知所自⑧也。惜其有良妓,获所从而不克久,乃为伤词,以贻开士。

长安二月花满城,插花⑨女儿弄⑩银筝。南宫仙郎下朝晚,曲头驻马闻新声。马蹄逶迟心荡漾,高楼已远犹频望。此时意重千金轻,鸟传消息绀轮迎。芳筵银烛一相见,浅笑低鬟初目成。蜀弦铮摐指如玉,皇帝⑪弟子常⑫家曲。青牛文梓⑬赤金簧,玫瑰宝柱秋雁行。敛蛾收袂凝清光,抽弦缓调怨且长。八鸾锵锵渡银汉,九雏威⑭凤鸣朝阳。曲终韵尽意不足,余思悄绝愁空堂。从郎镇南别城阙,楼船理曲潇湘月。冯夷⑮踸踔⑯舞渌⑰波,鲛人出听停绡梭。北池含烟瑶草短,万松亭下清风满。北池、万松,皆容州胜概。秦声⑱一曲此时闻,岭泉呜咽南云⑲断。来自长陵⑳小市东,蕣华㉑零落瘴江风。侍儿掩泣收㉒银甲,鹦鹉不言愁玉笼。博山炉中香自灭,镜奁尘暗同心结。从此东山非昔游,长嗟人与弦俱绝。

【题解】

此诗为刘禹锡在朗州期间所作。《旧唐书》卷一四《顺宗纪》:贞元二十一年五月丁丑,"以万年县令房启为容管经略招讨使"。《旧唐书》卷一五《宪宗纪》下,元和八年夏四月,"乙酉,以邕管经略使房启为桂管观察使。"据诗引云:"开士为赤县,牧容州,求国工而诲之。艺工而夭。"秦姝应夭于元和年间,刘禹锡时在朗州。

【注释】

①房开士:房启。

②虞部郎中:《旧唐书》卷四三《职官志》二:"虞部郎中一员……掌京城街巷种植,山泽苑囿,草木薪炭,供顿田猎之事。"

③话:《全唐诗》作"语"。

④怀远里:瞿蜕园《笺证》:"《唐两京城坊考》四:西京怀远坊在朱雀门西第四街西市之南。"

⑤赤县:京都所治的县。李白《赠宣城赵太守悦》诗:"赤县扬雷声,强项闻至尊。"王琦注:"《通典》:大唐县有赤、畿、望、紧、上、中、下七等之差。

京都所治为赤县,京之旁邑为畿县,其余则以户口多少、资地美恶为差。"

⑥容州:《旧唐书》卷四一《地理志》四:"容州下都督府隋合浦郡之北流县。武德四年,平萧铣,置铜州,领北流、豪石、宕昌、渭龙、南流、陵城、普宁、新安八县。贞观元年,改为容州,以容山为名。十一年,省新安县。开元中,升为都督府。天宝元年,改为普宁郡。乾元元年,复为容州都督府。仍旧置防御、经略、招讨等使,以刺史领之。"

⑦目:《全唐诗》作"句"。

⑧自:崇本作"目"。

⑨插花:崇本作"花前"。

⑩弄:《全唐诗》作"弹",注云:"一作弄。"

⑪皇帝:崇本、明本、朱本作"玉皇"。

⑫常:朱本、《全唐诗》作"韦"。

⑬青牛文梓:《搜神记》卷一八:"秦时,武都故道,有怒特祠,祠上生梓树。秦文公二十七年,使人伐之,辄有大风雨。树创随合,经日不断。……公于是令人皆衣赭,随斫创,坌以灰。树断,中有一青牛出,走入丰水中。"后因以"青牛文梓"指参天古木。

⑭《全唐诗》"威"下注云:"一作成。"

⑮冯夷:《搜神记》卷四:"宋时弘农冯夷,华阴潼乡堤首人也。以八月上庚日渡河,溺死。天帝署为河伯。"

⑯趻踔:《全唐诗》作"蹁跹"。

⑰渌:朱本作"绿"。

⑱《全唐诗》"声"下注云:"一作歌。"

⑲南云:朱本作"容南",《全唐诗》注云:"一作肠堪。"

⑳长陵:汉高祖墓,在陕西省咸阳市东。

㉑蕣华:木槿之花。朝开暮谢。

㉒《全唐诗》"收"下注云:"一作悲。"

【汇评】

宋胡仔:古今听琴、阮、琵琶、筝、瑟诸诗,皆欲写其音声节奏,类以景物故实状之,大率一律,初无中的句,可互移用,是岂真知音者? 但其造语绮

180

丽,为可喜耳。"八鸾锵锵渡银汉,九雏威凤鸣朝阳",又"冯夷蹁蹁舞渌波,鲛人出听停绡梭",此梦得听筝诗。(《苕溪渔隐丛话》)

和李六侍御①文宣王②庙释奠③作

叹息鲁先师,生逢周室卑。有心律天道,无位救陵夷④。历聘不能用,领徒空尔为。儒风正礼乐,旅象⑤入蓍龟。西狩⑥非其应,中都⑦安足施?世衰由我贱,泣下⑧为人悲。遗教光文德,兴王叶⑨梦期。土田⑩封后胤,冕服饰虚仪。钟鼓胶庠⑪荐,牲牢郡邑祠。闻君喟然叹,偏在上丁⑫时。

【题解】

此诗为刘禹锡在朗州期间所作。《旧唐书》卷一七一《李景俭传》:"贞元末,韦执谊、王叔文东宫用事,尤重之,待以管、葛之才。叔文窃政,属景俭居母丧,故不及从坐。韦夏卿留守东都,辟为从事。窦群为御史中丞,引为监察御史。群以罪左迁,景俭坐贬江陵户曹。累转忠州刺史。"《旧唐书》卷一四《宪宗纪》上:元和三年(808)十月,"甲子,以御史中丞窦群为湖南观察使,既行,改为黔中观察使。群初为李吉甫所擢用,及持宪,反倾吉甫,吉甫谮其阴事,故贬之。"据此知,李景俭贬江陵户曹为元和三年事。高志忠《刘禹锡诗文系年》按云:"既称景俭为侍御,则非景俭牧忠州时所作;诗中既有'郡邑祠'云云,则亦非景俭命河东时所作。故系诸景俭户曹江陵,禹锡司马朗州之时也。"今从高说。

【注释】

①李六侍御:李景俭。详见《卧病闻常山旋师策勋宥过王泽大洽因寄李六侍御》注④。

②文宣王:开元二十七年(739)追谥孔子为文宣王。

181

③释奠：古代在学校设置酒食以奠祭先圣先师的一种典礼。

④陵夷：由盛到衰。衰颓，衰落。《汉书》卷十《成帝纪》："帝王之道日以陵夷。"颜师古注云："陵，丘陵也。夷，平也。言其颓替若丘陵之渐平也。"

⑤旅象：旅卦之象传。《周易》卷二："旅，小亨。旅贞吉。""象曰：山上有火，旅。君子以明慎用刑而不留狱。"《全唐诗》"旅"下注云："一作旋。又作易。"

⑥西狩：《春秋》哀公十四年："春，西狩获麟。"《公羊传》曰："西狩获麟，孔子曰：'吾道穷矣。'"杜预注《左传》曰："麟者仁兽，圣王之嘉瑞也。时无明王，出而遇获。仲尼伤周道之不兴，感嘉瑞之无应，故因《鲁春秋》而修中兴之教，绝笔于获麟一句，所感而作，固所以为终也。"

⑦中都：春秋鲁邑，故址在今山东汶上县西。

⑧泣下：《公羊传》哀公十四年："麟者，仁兽也。有王者则至，无王者则不至。有以告者曰：'有麇而角者。'孔子曰：'孰为来哉！孰为来哉！'反袂拭面涕沾袍。"

⑨叶(xié)：和洽。

⑩田：崇本作"曰"。

⑪胶庠：周代学校名。周时胶为大学，庠为小学。后世通称学校为"胶庠"。语本《礼记》卷一三《王制》："周人养国老于东胶，养庶老于虞庠。"

⑫上丁：农历每月上旬的丁日。《礼记》卷一五《月令》："(仲春之月)上丁，命乐正习舞，释菜。"仲春、仲秋之上丁为祭孔之日。

喜康将军①见访

谪居愁寂似幽栖，百草当门茅舍低。夜猎②将军忽相③访，鹧鸪惊起绕篱啼。

此诗乃刘禹锡谪居朗州时所作。瞿蜕园《笺证》按云:"据诗中所写景物,必在朗州,以员外司马不得不僦屋以居,卷九《机汲记》所谓'主人受馆于百雉之内'也。若在连州,则身居郡斋,不得云'谪居愁寂似幽栖,百草当门茅舍低。'"今从瞿说。

【注释】

①康将军:未详何人。

②猎:崇本作"静",朱本作"月"。

③相:朱本作"过"。

尝　茶

生拍①芳丛鹰觜②牙③,老郎④封寄谪仙家。今宵更有湘江月,照出霏霏⑤满碗花。

【题解】

此诗作于刘禹锡在朗州期间。诗云"今宵更有湘江月",当在朗州。

【注释】

①拍:崇本作"採"。

②鹰觜:茶名。

③牙:朱本、《全唐诗》作"芽"。

④老郎:未详何人。

⑤霏霏:《全唐诗》作"菲菲"。

元日感怀

振蛰春潜至,湘南人未归。身加一日长,心觉去年非。
燎火委虚烬,儿童衔彩衣。异乡无旧识,车马到门稀。

【题解】

此诗系诸朗州。诗云"湘南人未归",当在朗州所作。又云"异乡无旧识,车马到门稀",应是初贬朗州时作诗。

南中①书来

君书②问风俗,此地接炎洲③。滛祀④多青鬼,居人少白头。旅情偏在夜,乡思岂唯秋?每羡朝宗水,门前日夕⑤流。

【题解】

此诗作于刘禹锡谪居朗州期间。诗云"君书问风俗,此地接炎州。淫祀多青鬼,居人少白头",所记风俗与当地相合。

【注释】

①南中:指岭南。

②《全唐诗》"书"下注云:"一作来。"

③炎洲:神话中的南海炎热岛屿。《海内十洲记·炎洲》:"炎洲在南海中,地方二千里,去北岸九万里。"泛指南方炎热地区。"洲",朱本、《全唐诗》作"州"。

④滛祀:不合礼制的祭祀;不当祭的祭祀,妄滥之祭。"滛",崇本、朱

本、《全唐诗》作"淫"。

⑤日夕:朱本、《全唐诗》作"尽日"。

赠别君素上人① 并引

囊予习《礼》之《中庸》,至"不勉而中,不思而得",懜然知圣人之德,学以至于无学。然而斯言也,犹示行者以室庐之奥耳,求其径②术而布武,未易得也。晚读佛书,见大雄③念物之普,级宝山而梯之。高揭慧火④,巧镕恶见,广疏便门,旁束邪径,其所证入⑤,如舟沿⑥川,未始念于前而日远矣,夫何勉而思之邪?是余知突音窈奥⑦于《中庸》,启键关于内典⑧,会而归之,犹初心也。不知予者诮予困⑨而后援佛,谓道有二焉。夫悟不因人,在心而已。其证也,犹喑人之享太牢⑩,信知其味而不能形于言以闻去声⑪于耳也。口耳之间兼寸耳,尚不可使闻,他人之不吾知,宜矣。开士⑫君素,偶得予于所亲,一麻栖草,千里来访。素以道眼视予,予以所视视之。不由陛⑬级,携手智地⑭。居数日,告有得而行,乃为诗以见志云。

穷巷唯秋草,高僧独扣门。相欢如旧识,问法到无言。水为⑮风生浪,珠非尘可昏。去⑯来皆是道,此别不销魂。

【题解】

此诗具体作年不详。瞿蜕园《笺证》按云:"此诗在禹锡集中赠僧诸篇居首,揭明其融儒入佛之由来。据千里来访及穷巷秋草等语,自是谪居朗州时作。"今从瞿说。

185

【注释】

①君素上人：未详何人。上人：旧时尊称僧人。

②径：朱本作"经"。

③大雄：原为古印度耆那教对其教主的尊称。佛教亦用为释迦牟尼的尊号。

④慧火：佛教语。谓能烧去一切烦恼的智慧。

⑤证入：佛教语。谓以正智如实证得真理。

⑥沿：朱本作"沂"，误。

⑦突（yào）奥：亦作"窔奥"。室中东南和西南二隅，指幽深处。喻深邃、高深的境界。"突"，《全唐诗》作"突"，无"音窈"二字注。

⑧内典：佛教徒称佛经为内典。

⑨困：崇本作"因"。

⑩太牢：古代祭祀，牛羊豕三牲具备谓之太牢。亦有专指牛为太牢者。此处指三牲。

⑪去声：崇本作"去"。明本、朱本、《全唐诗》无此二小字注。

⑫开士：菩萨的异名。以能自开觉，又可开他人生信心，故称。后用作对僧人的敬称。

⑬陛：朱本作"陛"，误。

⑭智地：佛教指实证真理的境界。

⑮《全唐诗》"为"下注云："一作兴。"

⑯去：《全唐诗》作"悟"，注云："一作去。"

【汇评】

宋黄彻：梦得《送僧君素》云："去来皆是道，此别不销魂。"坡云："古今正自同，岁月何必书。"此等语皆通彻无碍，释氏所谓具眼也。（《䂬溪诗话》）

送义舟^①师却还黔南^② 并引^③

  黔之乡在秦、楚为争地,近世人多过言其幽荒以谈笑。闻^④者又从而张皇之。犹夫束蕴^⑤逐原燎,或近乎语妖。适有沙门义舟道黔江而来,能画地为山川,及条其风俗,纤悉可信。且曰:"贫道以一锡游他方众矣,至黔而不知其远。始遇前节使而闻,今节使^⑥益贤而文,故其佐多才士,摩围^⑦之下,曳裾秉笔,彬然与兔园^⑧同风。蕃^⑨僧以外学嗜篇章,时或摄衣为末至^⑩客。其来也约主人乘秋风而还,今乞词以贶之。如捧意珠^⑪,行住坐卧,知相好耳。"余曰:"唯。"命笔为七言以应之。

  黔江秋水浸^⑫云霓,独泛慈航路不迷。猿狖窥斋林叶动,蛟龙闻咒浪花低。如莲半偈^⑬心常悟,问^⑭菊新诗手自携。常说摩围^⑮似灵鹫^⑯,却将山屐上丹梯。

【题解】

  此诗当作于元和三年(808)至六年(811)刘禹锡在朗州任司马之时。诗引云"今节使益贤而文",黔中节使与禹锡有交往者为窦群。窦群于元和三年至六年为黔中观察使。

【注释】

  ①义舟:未详何人。

  ②黔南:《旧唐书》卷四○《地理志》三:"黔州下都督府隋黔安郡。武德元年,改为黔州……四年,置都督府……天宝元年,改黔州为黔中郡……乾元元年,复以黔中郡为黔州都督府。"

③并引:《英华》无此二字,小引全文皆无。

④闻:崇本作"间"。

⑤束蕴:捆扎乱麻为火把。"蕴",明本作"蕴"。

⑥使:崇本作"度"。

⑦摩围:摩围山,在今四川彭水县西。

⑧兔园:也称梁园。在今河南商丘县东。汉梁孝王刘武所筑。为游赏与延宾之所。

⑨蕃:崇本作"贫",朱本作"番"。

⑩至:崇本、朱本作"坐"。

⑪意珠:佛教语。梵语,意为如意珠、清净珠、宝珠等。常比喻佛性、智慧。

⑫浸:《英华》作"清"。

⑬半偈:蒋本注云:"谓'诸行无常,是生灭法。生灭灭已,寂灭为乐。'之前半偈。据《经律异相》引《大涅槃经》,谓释迦如来昔入雪山修菩萨行时,从罗刹闻前半偈,即得启悟,犹如半月渐开莲花。欢喜而更欲求后半,罗刹不听,乃约舍身与彼,乃得闻之。"

⑭问:崇本作"闻",《英华》作"闵",注云:"集作问,非。"

⑮《英华》"围"下注云:"集作国,非。"

⑯灵鹫:印度佛教圣地灵鹫山。佛说法处。

【汇评】

清贺裳:谢茂秦论诗,不顾性情义理,专重音响,所谓习制氏之铿锵,非关作乐之本意也。其纠摘细碎,诚有善者,亦多苛僻。漫列数条:如⋯⋯论刘禹锡《送黔南僧》曰:"猿狖窥斋林叶动,蛟龙闻咒浪花低。"太白《僧伽歌》曰:"瓶里千年舍利骨,手中万岁猢狲藤。"词高气雄,远过禹锡。愚意太白长歌,禹锡近体,体制自各不同。且太白二语,实不见佳,徒以雄才灏气行之,遂掩其丑。正如长江中腐胔不能为累,非可指为美物也。禹锡未免涉于工丽,然如澄练散绮,何遂不佳?(《载酒园诗话》)

送景玄①师东归 并引

　　庐山僧景玄袖诗一轴②来谒,往往有句轻而道。如鹤雏
襹襹③,未有六翮,而步舒视远,戛然一唳,乃非泥滓间物。献
诗已,敛袵而辞,且曰:"其来也,与故山秋为期。夫丐④者僧
事也,今无他请,唯文是求。"故赋一篇以代璎珞耳。

　　东林寺里一沙弥,心爱当时才子诗。山下偶随流水出,
秋来却赴白云期。滩头蹋屧挑沙菜⑤,路上停舟读古碑。想
到旧房抛⑥锡杖,小松应有过檐枝。

【题解】

　　此诗系诸朗州。蒋维崧等《笺注》注云:"作于元和元年(806)至九年
(814)任朗州司马期间。诗云东归,庐山在朗州东;又与故山秋以为期,距
离必不远,可定在朗州作。"今从蒋说。

【注释】

　　①景玄:未详何人。

　　②轴:《全唐诗》作"幅"。

　　③襹襹:当作"襹襹"(shī shī),意为羽毛初生时濡湿黏合貌。"襹",崇
本、朱本、《全唐诗》作"襹"。

　　④丐:崇本作"所"。

　　⑤挑沙菜:挑菜。旧俗,农历二月初二日,仕女出郊拾菜,士民游观其
间,谓之挑菜节。

　　⑥《全唐诗》"抛"下注云:"一作携。"

【汇评】

　　清纪昀:论梦得(按:方回论"刘梦得诗格高,在元、白之上,长庆以后

189

诗人皆不能及。且是句句分晓,不吃气力,别无暗昧关锁。")是,然以论梦得此二诗(按:《谢淮南廖参谋秋夕见过之作》、《送景玄师东归》)则未是。二诗乃梦得之不佳者。起二句粗鄙,通体平浅。(《瀛奎律髓汇评》)

遥伤丘中丞^① 并引

河南丘绛,有词藻,与余同升进士科,从事邺下,不幸遇害,故为伤词。

邺下杀才子^②,苍忙^③冤气凝。枯杨映漳水^④,野火上西陵^⑤。马鬣^⑥今无所,龙门昔共登。何人为吊客?唯是有青蝇^⑦。

【题解】

此诗系诸朗州。高志忠《校注》按云:"《旧唐书·田季安传》载:'季安,字夔。母微贱,嘉诚公主蓄为己子,故宠异诸兄。''季安幼守父业,惧嘉诚之严,虽无他才能,亦粗修礼法。及公主薨,遂颇自恣,击鞠、从禽色之娱。其军中政务,大抵任徇情意,宾僚将校,言皆不从。免公主丧,加检校司徒。'《新唐书》卷八三《诸帝公主传》:'赵国庄懿公主,始封武清。贞元元年,徙封嘉诚。下嫁魏博节度使田绪……薨元和时,赠封及谥。'嘉诚薨年,《宪宗纪》失载,而元和五年秋丁未,'魏博田季安加司徒',季安为公主齐衰三年,则知公主薨于元和三年。季安自恣于嘉诚薨后,其害丘绛,亦当在元和三年(808)至七年(812)之间。是诗作于朗州。"今从高说。

【注释】

①遥伤丘中丞:《全唐诗》无"遥"字。丘中丞:丘绛。《旧唐书》卷一四一《田季安传》:"季安性忍酷,无所畏惧。有进士丘绛者,尝为田绪从事,及季安为帅,绛与同职侯臧不协,相持争权。季安怒,斥绛为下县尉;使人召

还,先掘坎于路左,既至坎所,活排而瘗之,其凶暴如此!"

②杀才子:用曹操杀孔融典,实指田季安杀丘绛。

③忙:崇本、《全唐诗》作"茫",是。

④漳水:源出山西东南,流经邺下。

⑤陵:崇本作"林",误。

⑥马鬣:坟墓封土的一种式样。《礼记正义·檀弓上》:"吾见封之若堂者矣,见若坊者矣,见若覆夏屋者矣,见若斧者矣,从若斧者焉,马鬣封之谓也。"

⑦青蝇:《三国志》卷五七《吴书·虞翻传》裴松之注引《翻别传》:"翻放弃南方,云:'自恨疏节,骨体不媚,犯上获罪,当长没海隅,生无可与语,死以青蝇为吊客。使天下一人知己者,足以不恨。'"

翰林白二十二学士见寄诗一百篇因以答贶①

吟君遗我百篇诗,使我独坐形神驰。玉琴清夜人不语,琪树春朝风正吹。郢人斤斫②无痕迹,仙人衣裳弃刀尺。世人方内欲相寻,行尽四维无处觅。

【题解】

此诗作于元和三年(808)至六年(811)之间。翰林白二十二学士指白居易。《旧唐书》卷一六六《白居易传》:"(元和)二年十一月,召入翰林为学士。三年五月,拜左拾遗。……五年……除京兆府户曹参军。六年四月,丁母陈夫人之丧,退居下邦。"《白氏长庆集》卷五八《初授拾遗献书》:"除授臣左拾遗,依前充翰林学士者。"《白居易年谱》元和五年载:"五月五日,改官京兆府户曹参军,仍充翰林学士。"据此,白居易为翰林学士在元和二年十一月至六年之间。刘白二人往来诗歌频繁,此诗中"郢人斤斫无痕迹,仙人衣裳弃刀尺"乃刘禹锡对白居易诗歌给予的高度评价。

【注释】

①《全唐诗》"觊"下注云:"一作赠。"

②郢人斤斲:《庄子·徐无鬼》:"郢人垩慢其鼻端,若蝇翼,使匠石斲之。匠石运斤成风,听而斲之,尽垩而鼻不伤,郢人立不失容。"

【汇评】

宋葛立方:作诗贵雕琢,又畏有斧凿痕;贵破的,又畏粘皮骨,此所以为难。李商隐《柳》诗云:"动春何限叶,撼晓几多枝。"恨其有斧凿痕也。石曼卿《梅》诗云:"认桃无绿叶,辨杏有青枝。"恨其粘皮骨也。能脱此二病,始可以言诗矣。刘梦得称白乐天诗云:"郢人斤斲无痕迹,仙人衣裳弃刀尺。世人方内欲相从,行尽四维无处觅。"若能如是,虽终日斲而鼻不伤,终日射而鹄必中,终日行于规矩之中而其迹未尝滞也。(《韵语阳秋》)

清何焯:梦得别集七言律诗,大抵多效白公之体,但起结多恨其过于平直。(卞孝萱《刘禹锡诗何焯批语考订》)

梁国祠

梁国三郎①威德尊,女巫箫鼓走乡村。万家长见空山上,雨气苍茫生庙门。

【题解】

此诗作于刘禹锡谪居朗州期间。诗中所记合其地信鬼好巫之风俗。

【注释】

①三郎:详见《晚岁登武陵城顾望水陆怅然有作》注④。

有獭吟

　　有獭得嘉鱼,自谓天见怜。先祭不敢食,捧鳞望清玄^①。人立寒沙上,心专脰肩肩^②。渔翁以为妖,举块投其前^③。呼儿贯鱼归,与獭同烹煎。关关黄金鹗^④,大翅摇江烟。下见盈寻鱼,投身擘洪涟。攫拏隐嶙^⑤去,哺雏林岳巅。鸱乌^⑥欲^⑦伺隙,遥噪莫敢^⑧前。长居青云路,弹射无由缘。何地无江湖,何水无鲔鳣^⑨?天意不宰割^⑩,菲祭^⑪徒虔虔。空余知礼重,载在淹中篇^⑫。

【题解】

　　此诗为刘禹锡谪居朗州期间所作。诗以"有獭"为题,阐述的是以"天"、"人"为主题的哲学问题,体现出了作者的无神论思想。

【注释】

　　①"先祭"二句:《礼记正义》卷一四《月令》孟春之月:"东风解冻,蛰虫始振,鱼上冰,獭祭鱼,鸿雁来。"郑玄注云:"此时鱼肥美,獭将食之,先以祭也。""敢",朱本作"见"。"鳞",崇本作"鲜"。"清",《英华》、《全唐诗》作"青"。

　　②脰肩肩:朱本作"脰著肩",《英华》、《全唐诗》作"眼悁悁",注云:"一作脰著肩。"《庄子·德充符》:"闉跂支离无脤说卫灵公,灵公说之,而视全人,其脰肩肩。"王先谦注云:"《释文》:'脰,颈也。李云:肩肩,羸小貌。'李桢云:'《考工·梓人》文"数目顅脰"注云:"顅,长脰貌。"与肩肩意合,知肩是省借,本字当作顅。'按:卫君悦之,顾视全人之脰,反觉其羸小也。"

　　③前:崇本、《英华》、《全唐诗》作"咽"。

　　④鹗:鱼鹰。

⑤嶙:《全唐诗》作"鳞"。

⑥乌:朱本作"鸟"。

⑦欲:朱本作"知"。

⑧敢:朱本作"非",误。

⑨鲔鳣:两种鱼的名字。

⑩"天意"句:刘禹锡《天论》上云:"余曰:天恒执其所能以临乎下,非有预乎治乱云尔;人恒执其所能以仰乎天,非有预乎寒暑云尔;生乎治者,人道明,咸知其所自,故德与怨不归乎天;生乎乱者,人道昧,不可知,故由人者举归乎天,非天预乎人尔。"

⑪菲祭:菲饮食而致孝乎鬼神。《论语·泰伯》:"禹,吾无间然矣。菲饮食而致孝乎鬼神,恶衣服而致美乎黻冕;卑宫室而尽力乎沟洫。禹,吾无间然矣。"

⑫淹中篇:指《礼古经》。《汉书》卷三〇《艺文志》:"《礼古经》者,出于鲁淹中。"颜师古注引苏林曰:"淹中,里名也。"在今山东省曲阜市。

元和十年(815)

摩①镜篇

　　流尘翳明镜,岁久看如漆。门前负局生②,为我一摩拂。萍开绿池满,晕尽金波溢。白日照空心,圆光走幽室。山神妖气沮,野魅真形出③。却思未摩时,瓦砾来唐突。

【题解】

　　此诗作于元和九年(814)十二月至十年(815)三月之间刘禹锡自朗州承诏之后再授连州之前。诗中表露出久被压抑,重获机遇的喜悦之情。

【注释】

　　①摩:崇本作"磨",下同。

　　②负局生:《列仙传》卷下:"负局先生,不知何许人也,语似燕、代间人。常负磨镜局徇吴市中衒磨镜一钱。因磨之,辄问主人,得无有疾苦者,辄出紫丸药以与之,得者莫不愈。""生",《全唐诗》作"人",注云:"一作生。"

　　③"山神"二句:瞿蜕园《笺证》云:"此二句疑用王度《古镜记》中事,王文载《太平广记》,过繁不具引。其中一节云:'度归长安。至长乐坡,宿于主人程雄家。雄新受寄一婢,颇甚端丽,名曰鹦鹉。度既税驾,将整冠履,引镜自照。鹦鹉遥见,即便叩头流血,云不敢住。度因召主人问其故,雄云:两月前有一客携此婢从东来。时婢病甚,客便寄留,云还日当取。比不复来,不知其婢由也。度疑精魅,引镜逼之。便云乞命,即变形。度即掩镜曰:汝先自叙,然后变形,当舍汝命。婢再拜自陈云:某是华山府君庙前长松下千岁老狸……'此节亦见《太平御览》七一二引。其语荒诞不经,禹锡用此,不过藉以喻光明洞照,妖邪遁耳。""魅",《英华》作"兽"。

宋葛立方：君子为小人诬蔑沮抑，则其诗怨，故寓之于物以舒其愤。小人既败，君子得志之秋，则其诗昌，故寓之于物以快其志，如刘禹锡《磨镜篇》所谓"萍开绿池满，晕尽金波溢。山神妖气沮，野魅真形出"是也。（《韵语阳秋》）

荆州歌^①二首^②

渚宫^③杨柳暗，麦城^④朝雊飞。可怜蹋青伴，乘暖著轻衣。
今日好南风，商旅相催发。沙头樯竿上，始见春江阔。

【题解】

此诗作于元和十年(815)春。高志忠《刘禹锡诗文系年》元和十年乙未载："禹锡一生，四过荆州，唯本年自朗州赴长安为春季耳。又，奉召北返，心境豁达愉悦，与'始见春江阔'者正合，故系诸本年。"今从高说。

【注释】

①荆州歌：《乐府诗集》卷七二《杂曲歌辞》一二载："《荆州乐》盖出于清商曲《江陵乐》，荆州即江陵也。有纪南城，在江陵县东。梁简文帝《荆州歌》云'纪城南里望朝云，雊飞麦熟妾思君'是也。又有《纪南歌》，亦出于此。"

②二首：崇本作题下小字注。

③渚宫：春秋楚国的宫名。故址在今湖北省江陵县。

④麦城：古城名。相传为楚昭王所筑。故址在今湖北当阳东南，沮漳两水间。

【汇评】

宋葛立方：荆州者，上流之重镇，诗人赋咏多矣。韩退之云："穷冬或摇扇,盛夏或重裘。"言气候之不正。刘梦得云:"渚宫杨柳暗,麦城朝雉飞。"言城郭之荒凉。张说云:"旄裘吴地尽,謦荐楚言多。"言蛮夷之与邻。张九龄云:"枕席夷三峡,关梁豁五湖。"言道路之四达。若其邑屋之繁富,山川之秀美,则罕有言者。盖自秦并楚之后,宫室尽为禾黍,未易兴复,而况秦楚之后,代代为百战争夺之场耶!(《韵语阳秋》)

宜城歌①

　野水绕空城,行尘起孤驿。荒②台侧生树③,石碣阳镌额。靡靡度④行人,温风吹宿麦。

【题解】

　此诗作于元和十年(815)春。高志忠《刘禹锡诗文系年》元和十年乙未载:"按:襄州在荆州北,当禹锡南贬北返之途,以诗中所涉时令观之,当作于本年春北返长安途中。"今从高说。

【注释】

　①宜城歌:《乐府诗集》卷七二《杂曲歌辞》十二载:"《通典》曰:'宜城,楚之鄢都,谓之郢。有蛮水,又有汉宜城县,在今县南。旧名率道,天宝中改焉。'"宜城:故址在今湖北宜城市南,唐属襄州。

　②荒:《乐府诗集》、《全唐诗》卷二六作"花",《全唐诗》卷二六注云:"集作荒。"卷三五四注云:"一作花。"

　③《全唐诗》"树"下注云:"一作柏。"卷二六注云:"集作柏。"

　④《全唐诗》"度"下注云:"一作渡。"

题淳于髡墓①

生为齐赘婿②,死作楚先贤③。应以客卿④葬,故临官道边。寓言本多兴,放意能合权。我有一石酒⑤,置君坟树前。

【题解】

此诗作于元和十年(815)。为刘禹锡北还经过襄州时所作之怀古诗。柳宗元诗《善谑驿和刘梦得酹淳于先生》题下注:"驿在襄州之南,即淳于髡放鹄之所。"

【注释】

①淳于髡墓:蒋维崧等《笺注》注云:"淳于髡墓:《大清一统志·襄阳府二》:'在宜城县北十七里。《舆地纪胜》:在宜城县北善谑驿中。'又'善谑驿:在宜城县北二十里。《舆地纪胜》:在宜城县北,即淳于髡放鹰处。'"

②齐赘婿:《史记》卷一二六《滑稽列传》:"淳于髡者,齐之赘婿也。"

③楚先贤:《史记》卷一二六《滑稽列传》褚少孙补:"昔者,齐王使淳于髡献鹄于楚。出邑门,道飞其鹄,徒揭空笼,造诈成辞,往见楚王曰:'齐王使臣来献鹄,过于水上,不忍鹄之渴,出而饮之,去我飞亡。吾欲刺腹绞颈而死,恐人之议吾王以鸟兽之故令士自伤杀也。鹄,毛物,多相类者,吾欲买而代之,是不信而欺吾王也。欲赴佗国奔亡,痛吾两主使不通。故来服过,叩头受罪大王。'楚王曰:'善,齐王有信士若此哉!'厚赐之,财倍鹄在也。"

④客卿:在本国做官的外国人。"卿",崇本作"乡",《全唐诗》注云:"一作乡。"

⑤一石酒:详见《武陵书怀五十韵》注㊼。

堤上行三首^①

酒旗相望大堤^②头,堤下连樯堤上楼。日暮行人争渡急,桨声幽^③轧满^④中流。

江南江北望烟波,入夜行人相应歌。《桃叶》传情《竹枝》怨,水流无限月明多。

长^⑤堤缭绕水徘徊,酒舍旗亭次第开。日晚上帘^⑥招估客,轲峨大舸落帆来。

【题解】

此诗作于元和十年(815)刘禹锡被召北还路经襄阳之时。诗中描绘了大堤热闹繁荣的景象。

此诗第一首,亦收入《全唐诗》卷五六三李善夷卷中,题为《大堤曲》。

【注释】

①堤上行三首:堤上行:《乐府诗集》卷九四《新乐府辞》五:"《古今乐录》曰:'清商西曲《襄阳乐》云:朝发襄阳城,暮至大堤宿。大堤诸女儿,花艳惊郎目。梁简文帝由是有《大堤曲》,《堤上行》又因《大堤曲》而作也。'"崇本"三首"作小字注。

②大堤:瞿蜕园《笺证》按云:"大堤为自古荆襄繁华之地。考唐代之大堤实为商旅荟萃之区,因而声伎歌酒之娱,尤为行役者所乐道。杨巨源之《大堤曲》写之最为真切。诗云:'二八婵娟大堤女,开垆相对依江渚。待客登楼向水看,邀郎卷幔临花语。细雨蒙蒙湿芰荷,巴东商侣挂帆多。自传芳酒浣红袖,谁调妍妆回翠娥?珍簟华灯夕阳后,当垆理瑟矜纤手。月落星微五更声,春风摇荡窗前柳。岁岁逢迎沙岸间,北人多识绿云鬟。无端嫁与五陵少,离别烟波伤玉颜。'正可与禹锡此诗作注脚。"大堤为湖北襄阳

汉水堤。

③《全唐诗》"幽"下注云:"一作呦。"

④满:崇本作"在"。

⑤长:《全唐诗》作"春"。

⑥上帘:"上",朱本作"出"。"帘",崇本、《全唐诗》作"楼",《全唐诗》注云:"一作出帘。"

【汇评】

明桂天祥:或问盛唐与中唐气象何以别?曰:孟浩然曰"山寺鸣钟昼已昏,渔梁渡头争渡喧",刘禹锡曰"日暮行人争渡急",如此看便异。(《批点唐诗正声》)

明周敬:苏子由晚年多令人学刘禹锡诗,以为用意深远,有曲折处。余读其绝句,如"桃叶传情"二语,何等婉转含蓄。(《唐诗选脉会通评林》)

明陆时雍:四句剩一"多"字(其二末)。(同上)

明周珽:第三句根次句"相应歌"来,末句应首句,亦承第三句说。(同上)

明陆时雍:不伦不理,是为歌词。末语似失本趣。(《唐诗镜》)

明胡应麟:七言绝,李王二家外,……刘禹锡《堤上行》,……皆乐府也。然音响自是唐人,与五言绝稍异。(《诗薮》)

清宋顾乐:景象深,意致远,婉转流丽,真名作也。落句情语,尤堪叫绝。(《唐人万首绝句选评》)

清冒春荣:刘禹锡"江南江北望烟波,入夜行人相应歌。桃叶传情竹枝怨,水流无限月明多",一呼四应,二呼三应,此错应法。(《葚原诗说》)

俞陛云:《堤上行》与《踏歌行》音节相似,但《踏歌》每言情思,此则写其景耳。首二句言酒楼临水,帆影排樯,写堤上所见。后二句言薄晚渡头之景。孟浩然《鹿门》诗以"渡头争渡喧"五字状之,此则衍为绝句,赋其景并状其声,较"野渡无人舟自横"句,喧寂迥殊矣。(《诗境浅说续编》)

伤独孤舍人①　并引

　　贞元中，余以御史监祠事。河南独孤生始仕，为奉礼郎②。有事宗庙郊畤③，必与之俱，由是甚熟。及余谪武陵，九年间，独孤生仕至中书舍人，视草禁中，上方许以宰相。元和十年春，余祗召抵京师，次都亭日，舍人疾④不起。余闻，因作伤词以为吊。

　　昔别一⑤年少，今悲丧国华。远来同社燕，不见早梅花。

【题解】

　　此诗作于元和十年(815)二月刘禹锡奉诏返回长安之时。韩愈《唐故秘书少监赠绛州刺史独孤府君墓志铭》："(元和)十年正月，病遂殆，甲午舆归。卒于家，赠绛州刺史。"

【注释】

　　①独孤舍人：独孤郁。《旧唐书》卷一六八、《新唐书》卷一六二有传。韩愈《唐故秘书少监赠绛州刺史独孤府君墓志铭》："君讳郁，字古风，河南人。""(元和)十年正月，病遂殆，甲午舆归。卒于家，赠绛州刺史。"

　　②奉礼郎：《新唐书》卷四八《百官志》三：太常寺："奉礼郎二人，从九品上。掌君臣版位，以奉朝会、祭祀之礼。"

　　③郊畤：古代祭天地神灵之处。

　　④崇本、《全唐诗》"疾"前有"以"字。

　　⑤一：《英华》作"公"，朱本、《全唐诗》作"矜"，《全唐诗》注云："一作公。"

元和甲午岁①诏书尽征江湘逐客余自武陵赴京②宿于都亭③有怀续来诸君子

云雨江湘④起卧龙,武陵樵客蹑仙踪。十年楚水枫林下,今夜初闻长乐⑤钟。

【题解】

此诗作于元和十年(815)。元和九年腊月,刘禹锡等江湘逐客奉诏可还京。此诗为诗人与柳宗元同行至灞亭时所作。诗中流露出十年被贬一朝还京的欢快喜悦之情。

【注释】

①元和甲午岁:唐宪宗元和九年(814)。

②余自武陵赴京:《英华》作"余自武陵祗召赴京"。

③都亭:都邑中的传舍。秦法,十里一亭。郡县治所则置都亭。此处指灞亭。

④云雨江湘:朱本作"雷雨江湖",《全唐诗》作"雷雨江山","雷"下注云:"一作云。""山"下注云:"一作湘,一作湖。"

⑤长乐:长乐宫。西汉高帝时,就秦兴乐宫改建而成。汉初皇帝在此视朝。惠帝后,为太后居地。故址在今陕西省西安市西北郊汉长安故城东南隅。

【汇评】

宋陈岩肖:梅和胜……责守滁……靖康初,以翰林学士召,其谢表有曰:"喜照壁间而见蝎,乍离枫下而闻钟。"……"离枫下闻钟"事偶不记。后数年,因阅刘禹锡《自武陵例召趣京》……盖用禹锡诗语也。(《庚溪诗话》)

明张震:"雷雨"言诏书,"卧龙"诸葛孔明事,此盖以喻诸被逐者,若龙

之卧困未伸时也。"武陵樵客"自喻也。(《唐音》)

明陆时雍:似喜却是怨甚。(《唐诗镜》)

明唐汝询:梦得与子厚辈同谪江湘,谓之八司马,时皆被召,故云"起卧龙"。己亦得相从而逝矣。因伤十年放逐,深以得闻长乐钟声为幸耳。(《唐诗解》)

征还京师见旧番官[①]冯叔达

前者忽忽襆被行[②],十年憔悴到京城。南宫[③]旧吏来相问,何处淹留白发生!

【题解】

此诗作于元和十年(815)。刘禹锡被贬至朗州十年后返回京城,遇到故知冯叔达,心内无限感慨。

【注释】

①番官:隋唐时典仪礼唱赞官员的别称。《旧唐书》卷四三《职官志》二:"隋太常、鸿胪二寺,皆有赞者,皇朝因置之,隶门下省,掌赞唱,为行事之节。分番上下,谓之番官。""番",崇本作"曹",误。

②忽忽襆(pú)被:"忽忽襆",崇本作"忩忩仆"。襆被:用包袱裹束衣被,意为整理行装。

③南宫:尚书省的别称。谓尚书省象列宿之南宫,故称。"宫",崇本作"曹"。

【汇评】

明陆时雍:"南宫旧吏来相问,何处淹留白发生?""旧人惟有何戡在,更与殷勤唱渭城。"更有何意索得? 此所以有水到渠成之说也。(《诗镜总论》)

酬杨侍郎凭见寄二首①

翔鸾阙底谢皇恩,缨上沧浪旧水痕。疎②傅挥金忽相忆,远擎长句与招魂。

十年毛羽摧颓,一旦天书召回。看看瓜时③欲到,故侯④也好归来。

【题解】

此诗作于元和十年(815)春。诗言"十年毛羽摧颓,一旦天书召回",指刘禹锡永贞元年(805)被贬后至元和十年被召回京事。杨凭原诗已佚。

【注释】

①酬杨侍郎凭见寄二首:"酬",朱本作"和"。"二首",崇本作题下小字注。杨侍郎凭:杨凭。《旧唐书》卷一四六《杨凭传》:"杨凭,字虚受,弘农人。举进士,累佐使府。征为监察御史,不乐检束,遂求免。累迁起居舍人、左司员外郎、礼部兵部郎中、太常少卿、湖南江西观察使,入为左散骑常侍、刑部侍郎、京兆尹。"

②疎:朱本、《全唐诗》作"疏",是。

③瓜时:瓜熟之时。指七月。《史记》卷三二《齐太公世家》:"瓜时而往,及瓜而代。"裴骃集解引服虔曰:"瓜时,七月;及瓜,谓年后瓜时。"借指任职期满。"瓜",朱本作"花"。

④故侯:《史记》卷五三《萧相国世家》:"召平者,故秦东陵侯。秦破,为布衣,贫,种瓜于长安城东,瓜美,故世俗谓之'东陵瓜',从召平以为名也。"

元和十年①自朗州承召至京戏赠看花诸君子

紫陌红尘拂面来,无人不道看花回。玄都观②里桃千树,尽是刘郎去③后栽。

【题解】

此诗作于元和十年(815)春。刘禹锡十年贬谪,自朗州返回京城。史载此诗也成为他再度被贬的诱因。《旧唐书》卷一六〇《刘禹锡列传》:"元和十年(815),自武陵召还,宰相复欲置之郎署。时禹锡作《游玄都观咏看花君子诗》,语涉讥刺,执政不悦,复出为播州刺史。诏下,御史中丞裴度奏曰:'刘禹锡有母,年八十余。今播州西南极远,猿狖所居,人迹罕至。禹锡诚合得罪,然其老母必去不得,则与此子为死别,臣恐伤陛下孝理之风。伏请屈法,稍移近处。'宪宗曰:'夫为人子,每事尤须谨慎,常恐贻亲之忧。今禹锡所坐,更合重于他人,卿岂可以此论之?'度无以对。良久,帝改容而言曰:'朕所言,是责人子之事,然终不欲伤其所亲之心。'乃改授连州刺史。"

【注释】

①元和十年:明本、朱本、《全唐诗》均作"元和十一年"。

②玄都观:北周、隋、唐道观名。原名通道观,隋开皇二年(582)改名为玄都观。在陕西省长安县南崇业坊。

③去:《英华》作"别",《全唐诗》注云:"一作别。"

【汇评】

唐孟棨:刘尚书自屯田员外左迁朗州司马,凡十年始征还。方春,作《赠看花诸君子》诗曰:"紫陌红尘拂面来,无人不道看花回。玄都观里桃千树,尽是刘郎去后栽。"其诗一出,传于都下。有素嫉其名者,白于执政,又诬其有怨愤。他日见时宰,与坐,慰问甚厚。既辞,即曰:"近者新诗,未免为累,奈何?"不数日,出为连州刺史。(《本事诗》)

宋胡仔：古今诗人，以诗名世者，或只一句，或只一联，或只一篇，虽其余别有好诗，不专在此，然播传于后世，脍炙于人口者，终不出此矣，岂在多哉？……紫陌红尘拂面来，无人不道看花回，玄都观里桃千树，尽是刘郎去后栽。此刘梦得也。（《苕溪渔隐词话》）

宋谢枋得：刘禹锡坐王叔文党贬司马，后召，出为刺史，相怜其才，召至京师，见新贵满朝，作看花诗以讥之，时论以为轻薄，又黜。"紫陌红尘拂面来，无人不道看花回。"奔趋富贵者汩没尘埃，自谓得志，如春日看花，红尘满面也。"玄都观"，喻朝廷。"桃千树"，喻富贵无能者。"尽是刘郎去后栽"，满朝富贵无能者，皆刘郎去国后宰相所栽培也。（《唐诗绝句》）

明敖英：风刺时事，全用比体。（《唐诗选脉会通评林》）

明唐汝询：首句便见气焰，次见附势者众。三以桃喻新贵。末太露，安免再谪？（同上）

又：陌间尘起，看花者众，桃为道士所栽，新贵皆丞相所拔，是以执政深疾其诗。（《唐诗解》）

清何焯：《诗》："维尘冥冥。"笺谓"犹进举小人，蔽伤己之功德"，不但用玄观尘也。（卞孝萱《刘禹锡诗何焯批语考订》）

清吴乔：诗人措词，颇似禅家下语。禅家问曰："如何是佛？"非问佛，探其迷悟也。以三身四智对，谓之韩庐逐兔，吃棒有分。……刘禹锡之玄都观二诗（按：《元和十年自朗州承召至京戏赠看花诸君子》《再游玄都观》），是作家语。……禹锡诗，前人说破，见者易识。（《答万季埜诗问补遗》）

禹锡在元和初，以附王叔文被贬，为八司马之一。召还之后，又以咏玄都观桃花，触忤执政，颇有轻薄之讥。（《四库全书总目·集部·别集类三·刘宾客文集三十卷外集十卷》）

清王寿昌：诗有四正：……志向宜正。《条辩》：何谓志向？曰：在心为志，发言为诗。志淫好辟，古有明征矣。……他如……刘梦得志在尤人，乃作《看花》之句。凡此之伦，不一而足。（《小清华园诗谈》）

王文濡：此诗借种桃花以讽朝政。栽桃花者道士，栽新贵者执政也。自刘郎去后，而新贵满朝，语涉讽刺，执政者见而恶之，因出为连州刺史。（《唐诗评注读本》）

206

后梁宣明二帝①碑堂下作

玉马朝周②从此辞,园陵③寂寞对丰碑。千行宰树④荆州道,暮雨萧萧闻子规。

【题解】

此诗作于元和十年(815)刘禹锡再赴连州过江陵时。诗人见后梁宣帝萧詧、明帝萧岿碑堂,因作此诗。

【注释】

①宣明二帝:后梁宣帝萧詧、明帝萧岿。

②玉马朝周:任昉《百辟劝进今上笺》:"是以玉马骏犇,表微子之去。"玉马,指贤臣微子启。纣王昏乱,启数谏不听,乃去殷而朝周。

③陵:崇本作"林"。

④宰树:坟墓上的树木。

望衡山

东南倚盖①卑,维岳资柱石。前当祝融②居,上拂朱鸟③翮。青冥结精气,磅礴宣地脉。还闻肤寸④阴,能致弥天泽。

【题解】

此诗作于元和十年(815)刘禹锡被贬连州途经衡阳之时。刘禹锡一生两过衡阳,一为元和十年赴连州之时,一为元和十四年扶母柩北返时。味此诗当为元和十年所作。

①倚盖:倾斜的伞盖。古代有"天倾西北"的说法,后因以"倚盖"比喻天的形状。

②祝融:峰名。衡山的最高峰。

③朱鸟:朱雀,详见《百舌吟》注⑪。

④肤寸:古长度单位。一指宽为寸,四指宽为肤。

【汇评】

清何焯:落句似泛。(卞孝萱《刘禹锡诗何焯批语考订》)

再授连州至衡阳酬柳柳州赠别

去国十年同赴召,渡湘千里又分岐。重临事异黄丞相①,三黜名惭柳士师②。归目并随回雁尽,愁肠正遇断猿时。桂江东过连山下,相望长吟《有所思》③。

【题解】

此诗作于元和十年(815)。刘禹锡诗《重至衡阳伤柳仪曹》前引云:"元和乙未岁,与故人柳子厚临湘水为别。柳浮舟适柳州,余登陆赴连州。"正指此时。柳宗元《衡阳与梦得分路赠别》诗云:"十年憔悴到秦京,谁料翻为岭外行。伏波故道风烟在,翁仲遗墟草树平。直以慵疏招物议,休将文字占时名。今朝不用临河别,垂泪千行便濯缨。"

【注释】

①黄丞相:黄霸。详见《奉送浙西李仆射相公赴镇》注④。

②柳士师:柳下惠。《论语·微子》:"柳下惠为士师,三黜。人曰:'子未可以去乎?'曰:'直道而事人,焉往而不三黜? 枉道而事人,何必去父母之邦?'"此处以柳下惠借指柳宗元。

③《有所思》:汉乐府《有所思》:"有所思,乃在大海南。"

【汇评】

元方回:柳士师事甚切。(《瀛奎律髓》)

清王夫之:字皆如濯,句皆如拔,何必出沈、宋下?"长吟《有所思》"五字一气。《有所思》,乐府篇名,言相望而吟此曲也,于此可得七言命句之法。(《唐诗评选》)

清金圣叹:永贞元年,刘禹锡、柳宗元等八人以附王叔文,皆贬。至元和十年,例召至京师,又皆出为刺史。此诗乃二公至衡阳,水陆分路,因而有赠有酬也。一解四句,凡写四事:一写十年重贬,是伤仕宦颠踬;二写千里又分,是悲知己隔绝;三写坐事重大,未如颖川小过;四写不曾自失,无异柳下不浼。最为曲折详至也(首四句下)。五、六为衡阳写景,此是二人分路处。七为桂江写景,此是二人相望处也(末四句下)。(《贯华堂选批唐才子诗》)

清胡以梅:一、二对起,上下有情。三、四典瞻工切。五、六沉着,名家不同。(《唐诗贯珠》)

清沈德潜:再授("重临事异"句下)。至衡阳而北望也("归目并随"句下)。(《唐诗别裁》)

清纪昀:此酬柳子厚诗,笔笔老健而深警,更胜子厚原唱。七句绾合得有情。(《瀛奎律髓汇评》)

度桂岭①歌

桂阳岭,下下复高高。人稀鸟兽骇,地远草木豪。寄言千金子,知余歌者劳。

【题解】

此诗作于元和十年(815)刘禹锡自长安赴连州途中。

①桂岭:《太平寰宇记》卷一一七《江南西道》一五《连州·桂阳县》:"桂岭,五岭之一也。山上多桂,因以为名。"

踏歌词四首①

春江月出大堤平,堤上女郎连袂行。唱尽新词欢②不见,红霞映③树鹧鸪鸣。

桃蹊柳陌好经过,灯下妆成月下歌。为是襄王故宫地,至今犹自细腰多。

新词宛转递相传,振袖倾鬟风露前。月落乌啼云雨散,游童陌上拾花钿。

日暮江头④闻《竹枝》,南人行乐北人悲。自从雪里唱新曲,直到⑤三春花尽时。

【题解】

此诗作于元和十年(815)刘禹锡自长安赴连州途经荆襄之时。

其二之末,《全唐诗》注云:"此首一作张籍《无题》诗。"《全唐诗》卷三八六张籍《无题》下注云:"一作刘禹锡诗,题云《踏歌词》。"除"至今犹有细腰多","有"、"自"一字之差,并注云"一作自"外,其余全同。

【注释】

①踏歌词四首:踏歌:瞿蜕园《笺证》按云:"踏歌出《西京杂记》,云:'汉宫女以十月十五日相与连臂踏地为节,歌《赤凤来》。'"《旧唐书》卷七《睿宗本纪》:"上元日夜,上皇御安福门观灯,出内人联袂踏歌。纵百僚观之,一夜方罢。""词",《乐府诗集》、《全唐诗》卷二八作"行"。《全唐诗》卷三六五注云:"一作行。""四首",崇本作题下小字注,《乐府诗集》、《全唐诗》卷二八

"行"下无此二字。

②欢:崇本作"观"。《乐府诗集》、《全唐诗》卷二八作"看",注云:"一作欢。"《全唐诗》卷三六五、注云:"一作看。"

③映:《乐府诗集》、《全唐诗》卷二八作"影",《全唐诗》卷二八注云:"集作映。"《全唐诗》卷三六五"映"下注云:"一作影。"

④江头:《全唐诗》卷三五六注云:"一作江南。""头",明本、朱本作"南",《全唐诗》卷二八注云:"集作南。"

⑤到:《全唐诗》卷二八作"至"。

【汇评】

宋谢枋得:堤上女郎非不多也,色必有可观,声必有可听。唱尽新词,而欢爱之情不见……但见红霞之色,但闻鹧鸪之声,其思想当何如也?(《注解章泉涧泉二先生选唐诗》)

明高棅:谢叠山云:"女郎连袂,色必有可观,声必有可听。唱尽新词,而欢爱之情不见,但见红霞映树,闻鹧鸪之声,其思想当何如也?"按古乐府《常林欢》解题云:江南人谓情人为"欢",故荆州有长林县,盖乐工误以"长"为"常"。谢说为欢爱之情,非也。(《唐诗品汇》)

明陆时雍:语带风骚。(《唐诗镜》)

明杨慎:《竹枝》遗旨,未必佳妙。(《唐诗选脉会通评林》)

明唐汝询:此景是其难为情处。(同上)

清毛先舒:宋人谈诗多迂谬,然亦有近者。至谢叠山而鄙悖斯极,如评少伯"陌头杨柳"之作,梦得《踏歌词》、阆仙《渡桑乾》、许浑"海燕西飞"是也。(《诗辩坻》)

清吴昌祺:唐汝询曰:新词歌竟,而不见情人,徒见红霞而闻鹧鸪,其怅望何如?(《删订唐诗解》)

清宋顾乐:惘然自失,悠然不尽。(《唐人万首绝句选评》)

清吴景旭:南楚谓细腰曰嫛。《野客丛书》据传曰:"楚王好细腰,宫中多饿死。"《荀子》乃曰:"楚王好细腰,故朝有饿人。"《淮南子》亦曰:"灵王好细腰,民有杀食而自饥也。"人君好细腰,不过宫人,岂欲朝臣与国人皆细腰乎?余观《墨子》载"灵王好细腰,故其臣皆三饭为节,胁息然后带,缘墙然后起",《韩非子》载"庄王好细腰,一国有饥色",当时子书不言宫中,而言朝与野,率有此谬。今禹锡诗作襄王亦谬。(《历代诗话》)

俞陛云:踏歌词,每多美人香草之思。此二词之前半首,皆音节谐婉,雅宜维鬓三五,联臂而歌也。……次首后二句谓楚峡云娇,为襄王之旧地,束素纤腰,迁延顾步,犹如往日宫妆,乃言女郎之身态。二诗为踏歌者写其情状也。(《诗境浅说续编》)

沓潮①歌

元和十年夏五月,终风驾涛②,南海羡③溢。南人曰④:沓潮也。率三更岁一有之。余为连州⑤,客或为予言其状⑥,因歌之,附于《南越志》⑦。

屯门⑧积日无回飙,沧波不归成沓潮。轰如鞭石⑨砐且摇,亘空欲驾鼋鼍桥⑩。惊湍蹙缩悍而骄,大陵高岸失岧峣⑪。四边无阻音响调,背负元气掀重霄。介鲸得性方逍遥,仰鼻嘘吸扬朱翘⑫,海人狂顾迭相招,蜑衣⑬鬠首⑭声哓哓。征南将军⑮登丽谯,赤旗指麾不敢嚣。翌日风回渗气⑯消,归涛纳纳景昭昭。乌泥白沙复满海,海色不动如青瑶。

【题解】

此诗作于元和十年(815)五月。作者在连州听闻沓潮盛事,作诗以记之。

【注释】

①沓潮:谓前潮未尽退而后潮迭至的潮水。"沓",崇本、《全唐诗》作"踏",下同。诸本题下皆有"并引"二字。

②终风驾涛:《全唐诗》注云:"一作大风驾潮。"

③羡:《全唐诗》作"泛",注云:"一作羡。"

④曰:崇本、《全唐诗》作"云"。

⑤余为连州:《全唐诗》无此四字。

⑥客或为予言其状:《全唐诗》作"客或言其状"。

⑦附于《南越志》:《全唐诗》无此五字。《南越志》:南朝宋沈怀远撰。

⑧屯门:屯门山。蒋维崧等《笺注》引《大清一统志广州府》:"杯度山,在新安县南。《舆地纪胜》:世传有杯渡禅师渡海来居。《东莞旧志》:山在县南二百八十里,即屯门山。"

⑨鞭石:《艺文类聚》卷七九引晋伏琛《三齐略记》:"始皇作石桥,欲过海观日出处。于时有神人,能驱石下海,城阳一山石,尽起立。嶷嶷东倾,状似相随而去云。石去不速,神人辄鞭之,尽流血,石莫不悉赤,至今犹尔。"

⑩鼋鼍桥:江淹《恨赋》:"方架鼋鼍以为梁,巡海右以送日。"《文选》李善注引《竹书纪年》云:"周穆王三十七年,伐纣,大起九师,东至于九江,叱鼋鼍以为梁。"

⑪岧峣(tiáo yáo):山高峻貌。

⑫朱翘:红色的尾端。

⑬罽衣:即"毼(jì)衣",毛织物制的衣服。

⑭髽(zhuā)首:以麻束发。

⑮征南将军:指晋代杜预。《晋书》卷三四《杜预传》:"祜病,举预自代,因以本官假节行平东将军,领征南军司。及祜卒,拜镇南大将军、都督荆州诸军事……于是进逼江陵。吴督将伍延伪请降而列兵登陴,预攻克之。既平上流,于是沅湘以南,至于交广,吴之州郡皆望风归命,奉送印绶,预仗节称诏而绥抚之。"

⑯沴(lì)气:灾害不祥之气。

213

代靖安①佳人怨二首② 并引

靖安,丞相武公居里名也。元和十一年六月,公将朝,夜漏未尽三刻,骑出里门,遇盗,薨于墙下。初,公为郎,余为御史,由是有旧③故。今守于远服,贱不可以诔④,又不得为歌诗声于楚挽,故代作《佳人怨》,以埤⑤于乐府云⑥。

宝马鸣珂⑦蹋晓尘,鱼文匕首犯车茵。适来行哭里门外,昨夜华堂歌舞人。

秉烛朝天遂不回,路人弹指望高台。墙东便是伤心地,夜夜秋⑧萤飞去来。

【题解】

此诗元和十年(815)六月作于连州。本年五月刘禹锡抵连州,六月三日武元衡遇刺。小引中"元和十一年"乃"元和十年"误。《旧唐书》卷一五《宪宗纪》下载:元和十年"六月辛丑朔。癸卯,镇州节度使王承宗盗夜伏于靖安坊,刺宰相武元衡,死之。"

【注释】

①靖安:长安靖安坊。杨鸿年《隋唐两京坊里谱》:"靖安坊,乃朱雀门街之东第一街街东自北向南之第五坊。"

②二首:崇本作题下小字注。

③崇本无"故"字。

④贱不可以诔:《礼记正义》卷一九《曾子问》:"贱不诔贵,幼不诔长,礼也。"

⑤埤(pí):增加。"埤",崇本、朱本、《全唐诗》作"裨"。

⑥明本无"云"字。

⑦珂：马笼头的装饰。

⑧秋：《全唐诗》作"流"，注云："一作秋。"

【汇评】

宋蔡居厚：刘禹锡、柳子厚与武元衡素不叶，二人之贬，元衡为相时也。禹锡《为靖安佳人怨》以悼元衡之死，其实盖快之。(《蔡宽夫诗话》)

宋葛立方：元和十一年六月，武元衡将朝，夜漏未尽三刻，骑出里门，遇盗，薨于墙下。许孟容谓国相横尸而盗不得，为朝廷耻，遂下诏募捕，竟得贼。始得张晏者，王承宗所遣；訾珍者，李师道所遣也。初，元衡策李锜之必反，已而锜果反就诛。由是诸镇桀骜者皆不自安，以致于是。刘梦得有《代靖安佳人怨》诗云："宝马鸣珂踏晓尘，鱼文匕首犯车茵。适来行哭里门外，昨夜画堂歌舞人。"又云："秉烛朝天遂不回，路人弹指望高台。墙东便是伤心地，夜夜秋萤飞去来。"余考梦得为司马时，朝廷欲澡濯补郡，而元衡执政，乃格不行。梦得作诗伤之，而托于靖安佳人，其伤之也，乃所以快之欤！(《韵语阳秋》)

宋朱熹：唐文人皆不可晓。如刘梦得作诗说张曲江无后，即武元衡被刺，亦作诗快之。(《朱子语类》)

宋刘克庄：子厚《古东门行》、梦得《靖安佳人怨》，皆为武相元衡作也。柳云："当街一叱百吏走，冯敬胸中函匕首。凶徒侧耳潜悁悁，悍臣破胆皆杜口。"犹有嫉恶悯忠之意。梦得"昨夜画堂歌舞人"之句，似伤乎薄。世言柳、刘为御史，元衡为中丞，待二人灭裂，果然，则柳贤于刘矣。(《后村诗话》)

宋黎靖德：唐文人皆不可晓。如刘禹锡……及武元衡被刺，亦作诗快之。(《朱子语类》)

明瞿佑：甘露之祸……乐天有诗云："当君白首同归日，是我青山独往时。"或谓乐天幸之，非也。乐天岂幸人之祸者哉，盖悲之也……彼刘禹锡之《代靖安佳人怨》、柳子厚之《古东门行》，其于武元衡，则真幸之矣。(《归田诗话》)

明胡震亨：梦得《靖安佳人怨》及白氏大和九年某月日《感事》诗，为武相伯苍、王相广津作者，实并衔宿怨故。刘先于叔文时斥武，宜武有补郡见格之报。白尝因覆策事救王,王固不应下石讦白母大不幸事,令白有江州谪也。事各有曲直,而怨之深浅亦分。在风人忠厚之教,总不宜有诗。然欲为两人曲讳,如坡公之说,则政自不必耳。(《唐音癸签》)

清乔亿:刘梦得置国事勿论,乃为《靖安佳人怨》诗,观其小引,似与武有不相能者。顾梦得左迁远服,当不以私废公,为国惜相臣,又况其死以国事,胡托为女子凄断之词,而犹以为"禅于乐府",过矣!(《剑溪说诗》)

又:朱子谓"武元衡被刺,刘禹锡作诗快之",当即指是作。(同上)

有　感

死且不自觉,其余安可论? 昨宵凤池客,今日雀罗门。骑吏尘未息,铭旌风已翻。平生红粉爱,惟解哭黄昏。

【题解】

此诗系诸元和十年(815),应为武元衡被刺事而作。可参看《代靖安佳人怨二首》。

【汇评】

清何焯:此为靖安而作,刻薄之甚。有叹,有快,有揶揄,落句又深诋之。《东门行》露,此诗□。刘之诗要远过于柳,其心术视柳亦弥深险矣。(卞孝萱《刘禹锡诗何焯批语考订》)

酬柳柳州家鸡①之赠

日日临池②弄小雏③,还思写论付官奴④。柳家新样元和脚⑤,且尽姜牙⑥敛⑦手徒。

【题解】

此诗作于元和十年(815)。柳宗元《殷贤戏批书后寄刘连州并示孟仑二童》诗云:"书成欲寄庾安西,纸背应劳手自题。闻道近来诸子弟,临池寻已厌家鸡。"施子愉《柳宗元年谱》系诸元和十年,从之。

【注释】

①家鸡:《晋中兴书》卷七《颖川语录》:"庾翼书少时与王右军齐名,右军后进,庾犹不分,在荆州与都下书曰:'小儿辈厌家鸡,爱野雉,皆学逸少书,须吾当下比之。'"

②临池:《晋书》卷三六《卫恒传》:"恒善草隶书,为《四体书势》曰:……弘农张伯英者,因而转精甚巧。凡家之衣帛,必书而后练之。临池学书,池水尽黑。"

③小雏:刘禹锡子孟仑二童。

④官奴:《柳集》韩醇注云:"褚遂良撰《王右军书目》,正书五卷,第一《乐毅论》四十四行,书赐官奴。又行书五十八卷,其第十九有与官奴小女书。官奴,盖羲之女也。是时柳未有子,故梦得以此戏之。"

⑤元和脚:《苕溪渔隐丛话》后集卷一一引《复斋漫录》:"子厚《寄刘梦得诗》:'书成欲寄……'盖其家有右军书,每纸背庾翼题云:'王会稽六纸。'其诗谓此也,故梦得有酬家鸡之赠,乃答前诗,非子厚作也。其中有'柳家新样元和脚',人竟不晓,高子勉举以问山谷,山谷云:'取其字制之新。昔元丰中,晁无咎作诗文极有声,陈无己戏之曰:闻道新词能入样,湘州红缬鄂州花。盖湘州缬鄂州花也。则柳家样元和脚者,其亦此类欤。'"瞿蜕园《笺证》按云:"元和脚一语颇引起后人疑揣。盖他处既从未见此语,无从比附也。似是当时流行俗语以之称时世装,非当时人不知所谓,宋人议论亦无可征信。"

⑥姜牙:初学书法之稚拙。"牙",《全唐诗》作"芽"。

⑦《全唐诗》"敛"下注云:"一作剑。"

【汇评】

明杨慎:柳宗元诗"柳家新样"(按:当为禹锡诗),言字变新样而脚则元

217

和也。脚盖悬针垂露之体耳。(《艺林伐山》)

答前篇

　　小儿弄笔不能嗔，涴壁①书窗且当②勤。闻彼③梦熊④犹未兆，女中谁是卫夫人⑤？

【题解】

　　此诗作于元和十年(815)。前篇指柳宗元《重赠二首》第一首："闻道将雏向墨池，刘家还有异同词。如今试遣隈墙问，已道世人那得知。"

【注释】

　　①涴(wò)壁：《书断》："羲之为会稽，子敬出戏，见北馆新白土壁，白净可爱。子敬令取扫帚，沾泥汁中以书壁，为方丈一字。"

　　②当：崇本、朱本作"赏"，《全唐诗》注云："一作赏。"

　　③彼：朱本作"被"，误。

　　④梦熊：古人以梦中见熊罴为生男的征兆。语本《诗·小雅·斯干》："吉梦维何？维熊维罴。"又："大人占之，维熊维罴，男子之祥。"

　　⑤卫夫人：《书断》："卫夫人名铄，字茂漪。……汝阴太守李矩之妻也。隶书尤善规矩，钟公云：碎玉壶之冰，烂瑶台之月，宛然芳树，穆若清风。右军少常师之。"

答后篇

　　昔日慵①工记姓名②，远劳辛苦写《西京》③。近来渐有临池兴，为报元常④欲抗行。

218

【题解】

此诗作于元和十年(815)。后篇指柳宗元《重赠二首》第二首:"世上悠悠不识真,姜芽尽是捧心人。若道柳家无子弟,往年何事乞西宾。"

【注释】

①慵:朱本作"傭"。

②记姓名:《史记》卷七《项羽本纪》:"项籍少时,学书不成,去学剑,又不成。项梁怒之。籍曰:'书足以记名姓而已。剑一人敌,不足学,学万人敌。'"

③写《西京》:指柳宗元所书班固《西京赋》。

④元常:钟繇字元常。《晋书》卷八〇《王羲之传》:"每自称'我书比钟繇,当抗行;比张芝草,犹当雁行也'。"

元和十一年(816)

和南海马大夫闻杨侍郎出守郴州因有寄上之作

忽惊金印驾朱轓,遂别鸣珂听晓猿。碧落仙来虽暂谪,赤泉侯^①在是深恩。玉环^②庆远瞻台坐,铜柱^③勋高压海门。一咏琼瑶百忧散,何劳更树北堂萱^④?

【题解】

此诗作于元和十一年(816)。《旧唐书》卷一五《宪宗纪》下:元和十一年四月,"庚戌,贬户部侍郎、判度支杨於陵为郴州刺史,坐供军有阙也"。时马摠尚在岭南。

【注释】

①赤泉侯:《汉书》卷一六《高惠高后文功臣表》:"赤泉严侯杨喜,以郎中骑汉王二年从起杜,属淮阴,后从灌婴共斩项籍,侯,千九百户。"赤泉侯为杨氏先祖。

②玉环:《后汉书》卷五四《杨震传》:"父宝,习欧阳《尚书》。哀、平之世,隐居教授。"李贤注引《续齐谐记》曰:"其夜有黄衣童子向宝再拜曰:'我西王母使者,君仁爱救拯,实感成济。'以白环四枚与宝:'令君子孙洁白,位登三事,当如此环矣。'"

③铜柱:《后汉书》卷二四《马援传》:"马援字文渊,扶风茂陵人也。""援将楼船大小二千余艘,战士二万余人,进击九真贼征侧余党都羊等,自无功至居风,斩获五千余人,峤南悉平。"李贤注引《广州记》曰:"援到交趾,立铜柱,为汉之极界也。"《旧唐书》卷一五七《马摠传》:"于汉所立铜柱之处,以铜一千五百斤特铸二柱,刻书唐德,以继伏波之迹。"

④箮:崇本、朱本、《全唐诗》作"萱"。

和杨侍郎①初至郴州纪事书情②题郡斋八韵

　　旌节下朝台③,分圭从北回。城头鹤立处④,驿树凤栖来。
《苏耽⑤传》云:后化为仙鹤,止城东北隅楼⑥上。又州北栖凤驿,《图经》云,
常有威凤降于庭⑦梧也。旧路芳尘在,新恩驲骑催。里闾风偃草,
鼓舞抃成雷。吏散山禽啭,庭香夏蕊开。郡斋堪四望,壁记
有三台。人讶征黄⑧晚,文非吊屈哀。一吟《梁甫曲》⑨,知是
卧龙才。

【题解】

　　此诗作于元和十一年(816)。《旧唐书》卷一五《宪宗纪》下:元和十一
年四月,"庚戌,贬户部侍郎、判度支杨於陵为郴州刺史,坐供军有阙也"。
杨於陵原诗已佚。

【注释】

　　①杨侍郎:杨於陵。《旧唐书》卷一六四、《新唐书》卷一六三有传。
　　②崇本无"书情"二字。
　　③朝台:又称朝汉台。在广东省南海县东北。相传汉文帝遣陆贾出使
南粤,晓之以义,感之以诚,其王赵佗遂称臣。因冈作台,北面朝汉,朔望升
拜。故名。
　　④"城头"句:《太平御览》卷六六二载葛洪《神仙传》云:"苏仙公,名林,
字子玄。周武王时人也,家濮阳曲水。林少孤,以仁孝闻。贫,常自牧牛得
道。母食思鲊,仙公以匕着置器中,携钱去即以鲊至。母曰:'便县有鱼,去
此百余里,汝欺我哉?'仙公跪曰:'不妄。'明日舅至,云:'昨见令公便县市
鲊。'母方骇其神异。后仙去,有白鹤来止郡城东北楼。以爪画楼板,似漆

221

书,云城郭是人民非。于今仙公故第犹在,丁令威亦如此。"

⑤耽:崇本作"寂"。

⑥楼:崇本作"墙"。

⑦庭:朱本作"寒"。

⑧征黄:征黄霸。详见《奉送浙西李仆射相公赴镇》注④。

⑨《梁甫曲》:即《梁甫吟》。《三国志》卷三五《蜀书·诸葛亮传》:"亮躬耕陇亩,好为梁父吟。"

和郴州杨侍郎玩郡斋紫薇花十四韵

几年丹霄上,出入金华省。暂别万年枝,看花桂阳岭。南方足奇树,公府成佳境。绿阴交广除①,明艳透萧屏②。雨余人吏散,燕语帘栊静。懿此含晚③芳,翛然忘簿领。紫茸垂组绶④,金缕⑤攒⑥锋颖。露溥暗传香,风轻徐就影。苒弱多意思,从容占光景。得地在侯家,移根近仙井。开尊好凝睇,倚瑟仍回颈。游蜂驻彩冠,舞鹤迷烟顶。兴生红药后,爱与甘棠并。不学夭桃姿,浮荣在⑦俄顷。

【题解】

此诗作于元和十一年(816)。杨於陵《郡斋有紫薇花双本自朱明接于徂暑其花芳馥数旬犹茂庭宇之内迥无其伦予嘉其美而能久因诗纪述》诗云:"晏朝受明命,继夏走天衢。逮兹三伏候,息驾万里途。省躬既踽踽,结思多烦纡。簿领幸无事,宴休谁与娱?内斋有嘉树,双植分庭隅。绿叶下成幄,紫花纷若铺。摛霞晚舒艳,凝露朝垂珠。炎沴昼方铄,幽姿闲且都。夭桃固难匹,芍药宁为徒。懿此时节久,讵同光景驱。陶甄试一致,品汇乃散殊。濯质非受彩,无心那夺朱。粤予负羁縶,留赏益踟蹰。通夕靡云倦,西南山月孤。"

【注释】

①广除:大台阶。

②萧屏:即萧墙。古代宫室内当门的小墙。

③晚:朱本、《全唐诗》作"晓"。

④绶:《全唐诗》作"缕"。

⑤缕:《全唐诗》作"楼"。

⑥攒:朱本作"鑽"。

⑦在:朱本作"有"。

送僧方及①南谒柳员外② 并引③

九江僧方及既出家,依匡山④,一时中颇属诗以摅思。古诗人暨今号为能赋⑤,有辄求其词吟呻之,拳拳然多多益嗜。影⑥不出山者十年,尝⑦登最高峰,四望天海,冲然有远游之志。顿锡而言曰:"神驰而形阂者,方内之徒,及吾无方,阂⑧于何者?"由是耳得必目探之,意行必身随之。云游岛仚虚延反⑨,无迹而远。予为连州,居无何,而方及至,出祓中诗一篇以贶予,其⑩词甚富。留一岁,观其行,结⑪矩如教,益多之。一旦以行日来告,且曰:"雅闻鸟味⑫之下,有贤诸侯,愿跻其门,如蹈十地⑬。敢乞词以抵之。"予唯⑭而赋,顾其有重请之色起⑮于颜间耳。

昔事⑯庐山远,精舍虎溪东。朝阳照瀑水,楼阁虹霓中。骋望羡游云,振衣若秋蓬。旧房闭松月,远思吟江风。古寺历头陀,奇峰攀⑰祝融。南登小桂岭⑱,却望归塞鸿。衣祓贮

223

文章,自言学雕虫。抢榆念陵厉,覆篑⑲图⑳穷崇。远郡多暇日,有诗㉑访禅宫。石门耸㉒峭绝,竹院含空濛。幽响滴岩溜,晴芳飘野丛。海云悬飓母㉓,山果属狙公㉔。忽忆吴兴㉕郡,白苹正葱茏㉖。愿言捃风采,邈若窥华嵩。桂水㉗夏澜急,火山消㉘焰红。三衣濡蔄㉙露,一锡飞烟空。勿谓翻译徒,不为文雅雄。古来赏音者,樵爨得孤桐㉚。按:狙公宜斥赋芧者,而《越绝书》有"猿公",张衡赋南㉛都,有"猿公长啸㉜"之句,古文士又云权父,由是而言,谓猿为父㉝旧矣。

【题解】

此诗作于元和十一年(816)。诗引云"予为连州,居无何,而方及至",又云"留一岁",刘禹锡元和十年五月到连州,故此诗当作于十一年。

【注释】

①方及:未详何人。

②柳员外:柳宗元。

③引:《全唐诗》作"序"。

④匡山:即庐山。

⑤朱本"赋"下有"诗"字,"诗"字衍。

⑥影:崇本作"愿"。

⑦尝:明本作"常"。

⑧阁:明本作"间",误。

⑨《全唐诗》"仚"下无"虚延反"三字注。崇本为"灵延反","灵",误。

⑩崇本"其"上有"视"字。

⑪结:崇本作"洁"。

⑫鸟咮(zhòu):星宿名。柳宿的别称。

⑬十地:梵语意译。佛家谓菩萨修行所经历的十个境界。

⑭崇本"唯"下有"然"字。

⑮起:《全唐诗》作"见"。

⑯《全唐诗》"事"下注云:"一作日。"

⑰攀:《全唐诗》作"扳",注云:"一作攀。"

⑱小桂岭:《读史方舆纪要》卷一〇一《连州·桂阳废县》:"《舆地志》云:连州桂阳县,汉属桂阳郡,因谓之小桂。……姚思廉曰:小桂,岭名,或即今之桂阳山。"

⑲覆篑:倒一筐土。谓积小成大,积少成多。语本《论语·子罕》:"譬如平地,虽覆一篑,进,吾往也。"

⑳《全唐诗》"图"下注云:"一作而。"

㉑诗:崇本作"时"。

㉒耸:朱本作"崇",《全唐诗》注云:"一作崇。"

㉓飓母:预兆飓风将至的云晕,形似虹霓。亦用以指飓风。唐李肇《唐国史补》卷下:"飓风将至,则多虹蜺,名曰飓风母。"

㉔狙公:古代喜养猿猴者。《庄子·齐物论》:"狙公赋芧。"陆德明释文引崔譔曰:"养猨狙者也。"《全唐诗》"狙"下注云:"一作猿。"

㉕吴兴:此处指代梁吴兴太守柳恽。《南史》卷三八《柳恽传》:"字文畅,少有志行。好学,善尺牍。……历平越中郎将、广州刺史,秘书监,右卫将军,再为吴兴太守,为政清静,人吏怀之。"

㉖"白苹"句:柳恽《江南曲》:"汀洲采白苹,日落江南春。洞庭有归客,潇湘逢故人。故人何不返,春华复应晚。不道故知乐,只言行路远。"

㉗桂水:源出湖南蓝山县南,东北流经嘉禾、桂阳入湘江。

㉘消:崇本、明本、朱本、《全唐诗》皆作"宵",《全唐诗》注云:"一作烧。"

㉙莔(wǎng):一种生在田里的草。朱本、《全唐诗》作"菌"。

㉚"樵爨(cuàn)"句:干宝《搜神记》卷一三:"汉灵帝时,陈留蔡邕,以数上书陈奏,忤上旨意,又内宠恶之,虑不免,乃亡命江海,远迹吴会。至吴,吴人有烧桐以爨者,邕闻火烈声,曰:'此良材也。'因请之,削以为琴,果有美音。而其尾焦,因名'焦尾琴。'"

㉛南:崇本作"吴"。

㉜猿公长啸:左思《吴都赋》:"其上则猿父哀吟,犟子长啸。"禹锡言为张衡《南都赋》句,误。"长啸",崇本作"哀吟"。

㉝父:《全唐诗》作"公"。

送曹璩①归越中旧隐② 并引

　　余为连州,诸生以进士书刺者,浩不可纪。独曹生崖然自称为山夫。及与语,以征其实,则曰:"所嗜者名。尝远游以索之,抗喉舌。胝敏拇③,以干东诸侯。见之日,率莞然曰:'秀才者④,天下是。不礼⑤,庸何伤!'今方依名山以扬其声,将挂帻于南岳。"生之言未及休,余遽曰:"在己不在山。若子之言,依山而易⑥高,是练神叩寂,捐日月而不顾。名闻而老至,持是焉用乎⑦?"生闻言,愀然如悔⑧,色见于眉睫。因留止道士院,从余求书以观。居三时⑨,而功倍一岁。读史书,自黄⑩帝至吴、魏间,斑斑⑪能言之。然而绝口不敢言衡山,知山夫不贩而赢也。十一月,告余归隐于会稽,且曰:"知求名之自矣,乞词以发之。"遂赋七言诗以鉴其志。诗曰:

　　行尽潇湘万里余,少逢知己忆吾庐。数间茅屋闲临水,一盏秋灯夜读书。地远何当随计吏⑫,策成终自诣公车。剡中⑬若问连州事,唯有千山画不如。

【题解】

　　此诗作年不早于元和十一年(816)十一月。诗引云"余为连州,诸生以进士书刺者,浩不可纪。独曹生崖然自称为山夫。……因留止道士院,从余求书以观。居三时,而功倍一岁。……十一月,告余归隐于会稽"。三时即春、夏、秋,刘禹锡元和十年(815)五月抵连州,此诗作年不早于元和十一年十一月。

【注释】

①曹璩:未详何人。

②朱本、《全唐诗》"隐"下有"诗"字。

③胝敏拇:崇本作"胝足拇",《全唐诗》作"胝梅脢",朱本作"胘胝脢"。胝:手脚掌上的厚皮,俗称茧子。

④朱本缺"者"字。

⑤不礼:朱本作"礼不"。

⑥易:朱本、《全唐诗》作"为"。

⑦朱本、《全唐诗》无"乎"字。

⑧悔:朱本作"晦"。

⑨三时:指春、夏、秋三季农作之时。

⑩黄:朱本、《全唐诗》作"皇",非。

⑪斑斑:朱本、《全唐诗》作"班班"。

⑫随计吏:《汉书》卷六四上《朱买臣传》:"后数岁,买臣随上计吏为卒,将重车至长安,诣阙上书,书久不报。待诏公车,粮用乏,上计吏卒更乞匄之。会邑子严助贵幸,荐买臣。召见,说《春秋》,言《楚词》,帝甚说之,拜买臣为中大夫。"计吏:古代州郡掌簿籍并负责上计的官员。

⑬剡中:即剡县,汉属会稽郡。今浙江省嵊县。

马大夫见示浙西王侍御赠答因命同作 大夫

荣践旧府①,又历交趾②、桂林③,南人歌之,列在风什。
王侍御公易④一别岁余,寄词⑤末篇以代札⑥。

忆逐年车⑦凡几时?今来旧府统成⑧师。象筵照室会词客,铜鼓⑨临轩舞海夷。百越酋豪称故吏⑩,十洲风景助新诗。秫陵从事⑪何年别?一见琼章如素期。

【题解】

此诗作于元和十年(815)或十一年(816)。据诗序"大夫荣践旧府,又历交趾、桂林",指马揔元和八年十二月后再赴岭南事。元和十一、二年之交,马揔入为刑部侍郎。《旧唐书》卷一五《宪宗纪》下:元和十二年(817)七月,"以刑部侍郎马揔兼御史大夫,充淮西行营诸军宣慰副使"。诗题云"见示",当为刘禹锡元和十年五月后抵连州后。

【注释】

①荣践旧府:《旧唐书》卷一五七《马揔传》:"(元和)四年兼御史中丞,充岭南都护、本管经略使。""八年,转桂州刺史、桂管经略观察使。"《旧唐书》卷一五《宪宗纪》下:元和八年十二月,"丙戌,以桂管观察使马揔为广州刺史、岭南节度使"。

②交趾:今越南河内。

③林:朱本作"枝",误。

④王侍御公易:未详何人。

⑤朱本、《全唐诗》无"词"字。

⑥《全唐诗》题下注文作"并序"。

⑦年车:为"羊车"之误。宫内所乘小车。一说为宫中用羊牵引的小车。"年",朱本、《全唐诗》作"羊"。

⑧统成:《全唐诗》"统"下注云:"一作总。""成",作"戎"。

⑨铜鼓:古代西南少数民族所使用的乐器。《后汉书》卷二四《马援传》:"援好骑,善别名马,于交趾得骆越铜鼓,乃铸为马式。"

⑩称故吏:《汉书》卷九五《西南夷两粤朝鲜传》:"(赵佗)因为书称:'蛮夷大长老夫臣佗昧死再拜上书皇帝陛下:老夫故粤吏也。'""吏",崇本作"史",误。

⑪秣陵从事:指浙西王侍御。《旧唐书》卷四〇《地理志》三:江南东道润州上:"上元楚金陵邑,秦为秣陵。吴名建业,宋为建康。晋分秣陵置临江县,晋武改为江宁……乾元元年,于江宁置昇州,割润州之句容江宁、宣州之当涂溧水四县,置浙西节度使。上元二年,复为上元县,还润州。"

南海马大夫①见惠著述三通勒成四帙②上自遂③古达于国朝采其菁华至简而④富钦受嘉贶诗以谢之

红旗阅五兵,绛帐领诸生。味道轻鼎食,退公犹笔耕。青箱传学远,金匮䌹书⑤成。一瞬见前事,九流当抗行。编蒲⑥曾苦思,垂竹⑦愧无名。今日承芳⑧讯,谁言赠衮⑨荣?

【题解】

此诗作于元和十年(815)或十一年(816)。高志忠《刘禹锡诗文系年》按云:"马揔自岭南入为刑部侍郎在元和十一、二年之交……诗之为作,不得迟于本年也。"瞿蜕园《笺证》按云:"此诗当作于元和八年(813)以后,揔实为岭南节度使,而二传皆未书。柳宗元有《岭南节度飨军堂记》云:'今御史大夫扶风公廉广州。'旧注云:八年自桂管观察使为广州刺史、岭南节度使。盖本于《旧纪》。吴廷燮《唐方镇年表》系于元和八年(813),至十一年(816),然《旧纪》八年(813)十二月始命,则到广州是九年(814)事,及十年(815)而禹锡、宗元皆至连、柳州,故得与之往还也。"《旧唐书》卷一五《宪宗纪》下:元和十二年(817)七月,"以刑部侍郎马揔兼御史大夫,充淮西行营诸军宣慰副使"。

【注释】

①南海马大夫:马揔。《旧唐书》卷一五七、《新唐书》卷一六三有传。《旧唐书》:"马揔,字会元,扶风人。少孤贫好学,性刚直,不妄交游。贞元中,姚南仲镇滑台,辟为从事。……元和初,迁虔州刺史。四年,兼御史中丞,充岭南都护、本管经略使。……八年,转桂州刺史、桂管经略观察使,入为刑部侍郎。裴度宣慰淮西,奏为制置副使。"

②帙:崇本作"秩",误。

③遂：朱本、《全唐诗》作"邃"，是。

④而：朱本、《全唐诗》作"如"。

⑤金匮绅书：《史记》卷一三〇《太史公自序》："卒三岁而迁为太史令，绅史记，石室金匮之书。""绅"，崇本、朱本、《全唐诗》作"纳"。

⑥编蒲：编联蒲叶以供书写。《汉书》卷五一《路温舒传》："（路温舒）父为里监门，使温舒牧羊，温舒取泽中蒲，截以为牒，编用写书。"后因以"编蒲"为苦学的典故。

⑦垂竹：《后汉书》卷一六《邓禹传》："禹曰：'但愿明公威德加于四海，禹得效其尺寸，垂功名于竹帛耳。'"

⑧芳：朱本作"访"，误。

⑨衮：古代君王等的礼服。

南海马大夫远示著述①兼酬拙诗辄著微诚再有长句时蔡戎未殄故见于末篇②

汉家旌旆③付雄才，百越南溟统外台。身在绛纱传六艺，腰悬青绶亚三台④。连天浪静长鲸息，映日帆多宝舶来。闻道楚氛⑤犹未灭，终须旌旆扫云雷。

【题解】

此诗作年为当在元和十年（815）或十一年（816），具体参见《南海马大夫见惠著述三通勒成四帙上自遂古达于国朝采其菁华至简而富钦受嘉贶诗以谢之》编年。

【注释】

①马大夫远示著述：指前首"马大夫见惠著述三通勒成四帙"。

②时蔡戎未殄故见于末篇："殄"，朱本、《全唐诗》作"弭"。"末篇"，朱

230

本、《全唐诗》作"篇末",是。蔡戎:指淮西吴元济叛军。

③旌旆:《全唐诗》作"旄节"。

④三台:星名。《晋书》卷一一《天文志上》:"三台六星,两两而居……在人曰三公,在天曰三台。"喻三公。此处指尚书、中书、门下三省。

⑤楚氛:指吴元济据蔡州叛乱事。

酬马大夫以愚献通草①菝葜②酒感通拔二字因而寄别之作

泥沙难振拔,谁复问穷通? 莫讶提壶③赠,家传枕曲风④。成谣独酌后,深意片言中。不进终无已,应须荀令公⑤。

【题解】

此诗作于元和十一年(816)或十二年(817)初。题云"寄别",当为马揔离开广州时所作。马揔入为刑部侍郎在元和十一、二年之交。

【注释】

①通草:《本草纲目·草七·通草》:"今之通草,乃古之通脱木也。"陈藏器曰:"通脱木生山侧,叶似蓖麻。其茎空心,中有白瓤,轻白可爱,女人取以饰物,俗名通草。"朱本无"草"字。

②菝葜(bá qiā):亦作"菝葜"。《本草纲目·草七·菝葜》:"菝葜山野中甚多。其茎似蔓而坚强,植生有刺。其叶团大,状如马蹄,光泽似柿叶,不类冬青。秋开黄花,结红子。其根甚硬,有硬须如刺。"

③提壶:刘伶《酒德颂》:"止则操卮执瓢,动则挈榼提壶,唯酒是务,焉知其余?"

④枕曲风:刘伶《酒德颂》:"先生于是方捧罂承槽,衔杯漱醪,奋髯箕踞,枕曲藉糟,无思无虑,其乐陶陶。"

⑤荀令公:荀彧。《三国志》卷一〇《魏书·荀彧传》:"太祖问彧:'谁能代卿为我谋者?'彧言'荀攸、钟繇'。先是,彧言策谋士,进戏志才。志才卒,又进郭嘉。太祖以彧为知人,诸所进达皆称职。"

酬马大夫登涅口戍见寄①

新辞将②印拂朝缨,临水登山四体轻。犹念天涯未归客,瘴云深处守孤城。

【题解】

此诗作于元和十一年(816)。时马揔自岭南召为刑部侍郎,从广州返回长安途经涅口戍寄诗禹锡,禹锡作诗以酬。

【注释】

①酬马大夫登涅口戍见寄:"戍",朱本作"戌"。《全唐诗》题下注云:"一作酬海南马大夫。一作汇口,一作涯口。"涅口:今广东英德市西南连江口。

②将:崇本、朱本作"金"。

赠澧州①高大夫司马霞寓②

前年牧锦城③,马踏血泥行。千里追戎首④,三军许勇名。残兵疑鹤唳⑤,空垒辨乌声⑥。一误云中级⑦,南游湘水清。

【题解】

此诗写作时间在元和十一年(816)七月到元和十二年(817)十一月间。

高霞寓元和十一年七月被贬归州刺史,又被贬澧州司马,以恩例征为右卫大将军当在元和十二年十一月录平淮西功时。此诗为刘禹锡赠高霞寓之作,赞其兵击刘闢之战功,叹其兵败淮西被贬。

【注释】

①澧州:隋置澧州,治所在澧阳(今湖南澧县),唐沿之。

②高大夫司马霞寓:高霞寓,范阳人,元和初诏授兼御史大夫,故称"高大夫"。《旧唐书》卷一六二、《新唐书》卷一四一有传。

③"前年"句:《旧唐书》卷一六二《高霞寓传》:高霞寓"贞元中,徒步造长武城使高崇文,待以犹子之分,擢授军职,累奏宪宗,甚见委信。元和初,诏授兼御史大夫,从崇文将兵击刘闢,连战皆克,下鹿头城,降李文悦、仇良辅。蜀平,以功拜彭州刺史,寻继崇文为长武城使,封感义郡王。""牧",崇本作"收",《英华》注云:"集作收。"《全唐诗》注云:"一作收。""牧",误。

④"千里"句:《旧唐书》卷一五一《高崇文传》:"闢大惧,以亲兵及逆党卢文若赍重宝西走吐蕃。吐蕃素受其赂,且将启之。崇文遣高霞寓、郦定进倍道追之,至羊灌田及焉。闢自投岷江,擒于涌湍之中。西蜀平,乃槛闢送京师伏法。"戎首:指刘闢。

⑤鹤唳:《晋书》卷七九《谢玄传》:"坚众奔溃,自相蹈藉,投水死者不可胜计,肥水为之不流。余众弃甲宵遁,闻风声鹤唳,皆以为王师已至。"

⑥"空垒"句:《春秋左传》襄公十八年:"齐师夜遁。师旷告晋侯曰:'鸟乌之声乐,齐师其遁。'邢伯告中行伯曰:'有班马之声,齐师其遁。'叔向告晋侯曰:'城上有乌,齐师其遁。'"

⑦云中级:《史记》卷一〇二《冯唐列传》:冯唐谓文帝曰:"臣愚,以为陛下法太明,赏太轻,罚太重。且云中守魏尚坐上功首虏差六级,陛下下之吏,削其爵,罚作之。由此言之,陛下虽得廉颇、李牧,弗能用也。"此处用作比高霞寓文城栅兵败之事。《旧唐书》卷一六二《高霞寓传》:"元和十年,朝廷讨吴元济,乃析山南东道为两镇,以霞寓为唐邓隋节度使。霞寓虽称勇敢,素昧机略;至于统制,尤非所长。及达所部,乃率兵趣萧陂,与贼决战。既小胜,又进至文城栅。贼军伪败而退,霞寓逐之不已,因为伏兵所掩,王师大衄,霞寓仅以身免。坐贬归州刺史。"

233

元和十二年(817)

闻道士弹思归引①

仙公②一奏《思归引》,逐客初闻自泫然。莫怪殷勤悲此曲,越声长苦已三年。

【题解】

此诗作于元和十二年(817)。高志忠《刘禹锡诗文系年》按云:"元和十年禹锡抵连州,'越声长苦已三年',当为十二年也。"瞿蜕园《笺证》按云:"此诗有'越声长苦已三年'之句,当是元和三年在朗州作。"高说据"越声"为越地之声。瞿说据"越声"为思归之音,典见《酬令狐相公赠别》注①。今从高说编年。

【注释】

①思归引:《乐府诗集》卷五八《琴曲歌辞》:《思归引》题解云:"一曰《离拘操》。《琴操》曰:'卫有贤女,邵王闻其贤而请聘之,未至而王薨。太子曰:吾闻齐桓公得卫姬而霸,今卫女贤,欲留之。大夫曰:不可。若贤必不我听,若听必不贤,不可取也。太子遂留之,果不听。拘于深宫,思归不得,遂援琴而作歌,曲终,缢而死。'……按谢希逸《琴论》曰:'箕子作《离拘操》。'不言卫女作,未知孰是。"

②公:朱本作"翁",《全唐诗》注云:"一作翁。"

平蔡州三首①

蔡州城中众心死,祆星②夜落照壕③水。汉家飞将下天

234

来④，马篲⑤一挥门洞开。贼徒崩腾望旗拜，有若群蛰惊春雷。狂童面缚登槛车⑥，大帛⑦夭矫垂捷书。相公从容来镇抚，常侍郊迎负文弩⑧。四人⑨归业闾里闲，小儿跳踉健儿舞。

汝南⑩晨鸡喔喔鸣，城头鼓角音和平。路傍老人忆旧事，相与感激皆涕零。老人收泣⑪前致辞，官军入城人不知。忽惊元和十二载，重⑫见天宝承平时。

九衢车马浑浑流，使臣来献淮西囚⑬。四夷闻风失匕箸⑭，天子受贺登高楼。妖童擢发⑮不足数，血污城西一抔土。南峰⑯无火楚泽闲⑰，夜行不锁穆陵关⑱。策勋⑲礼⑳毕天下泰，猛士按剑看常㉑山。时唯常山不庭㉒。

【题解】

此诗作于元和十二年(817)。《旧唐书》卷一五《宪宗纪》下：元和九年(814)九月"己丑，月掩轩辕。淮西节度使吴少阳卒，其子元济匿丧，自总兵柄，乃焚劫舞阳等四县。朝廷遣使吊祭，拒而不纳"。十二年秋七月"丙辰，制以中书侍郎、平章事裴度……出征。诏以郾城为行蔡州治所。……冬十月壬申，裴度往洄口观板筑五沟，贼遽至，注弩挺刃将及度，而李光颜，田布扼其归路，大败之。……己卯，随唐节度使李愬率师入蔡州，执吴元济以献，淮西平"。

【注释】

①平蔡州三首："州"，《英华》作"行"。三首：崇本作题下小字注。

②祆(yāo)星：旧谓凶星。多指彗星。

③壕：朱本作"河"，《全唐诗》注云："一作河。"

④"汉家"句：《资治通鉴》卷二四〇《唐纪》五六：元和十二年(817)十月"辛未，李愬命马步都虞候、随州刺史史旻等留镇文城，命李祐、李忠义帅突将三千为前驱，自与监军将三千人为中军，命李进诚将三千人殿其后。……夜半，雪愈甚，行七十里，至州城。近城有鹅鸭池，愬令惊之以混

235

军声。自吴少诚拒命,官军不至蔡州城下三十余年,故蔡人不为备。壬申,四鼓,愬至城下,无一人知者。李愬、李忠义鑱其城为坎以先登,壮士从之。守门卒方熟寐,尽杀之,而留击柝者,使击柝如故,遂开门纳众。……甲戌,愬以槛车送元济诣京师。"飞将:"飞将军"李广,此处指李愬。

　　⑤马箠(chuí):马鞭。

　　⑥槛车:用栅栏封闭的车。用于囚禁犯人或装载猛兽。

　　⑦大帛:露布,告捷文书。朱本、《全唐诗》作"太白",《全唐诗》注云:"一作大帛。"

　　⑧"相公"二句:《资治通鉴》卷二四〇《唐纪》五六:"辛巳,度建彰义军节,将降卒万余人入城,李愬具橐鞬出迎,拜于路左。度将避之,愬曰:'蔡人顽悖,不识上下之分,数十年矣。愿公因而示之,使知朝廷之尊。'度乃受之。"相公:此处指裴度。常侍:此处指李愬。

　　⑨四人:四民。旧称士、农、工、商为四民。此处"人"为避李世民讳。

　　⑩汝南:《旧唐书》卷三八《地理志》一:"蔡州上,隋汝南郡。武德四年(621)四月,平王世充,置豫州总管府……七年,改为都督府……贞观元年(627),罢都督府……天宝元年(742),改为汝南郡。乾元元年(758),复为豫州。宝应元年(762),改为蔡州。"

　　⑪泣:崇本作"泪",《英华》注云:"集作泪。"《全唐诗》注云:"一作泪。"

　　⑫《全唐诗》"重"下注云:"一作喜。"

　　⑬"九衢"两句:《旧唐书》卷一四五《吴少诚传》附《吴元济传》:"元济至京,宪宗御兴安门受俘,百僚楼前称贺,乃献庙社,徇于两京,斩之于独柳,时年三十五。""九",崇本作"门",误。

　　⑭失匕箸:《三国志》卷三二《蜀书·先主传》:"先主未出时,献帝舅车骑将军董承辞受帝衣带中密诏,当诛曹公。先主未发。是时曹公从容谓先主曰:'今天下英雄,唯使君与操耳。本初之徒,不足数也。'先主方食,失匕箸。""失匕箸",《英华》作"皆失据"。注云:"集作失箸。"《全唐诗》注云:"一作皆失据。一作皆失箸。"

　　⑮擢发:拔下头发(计数)。极言其多。《史记》卷七九《范睢蔡泽列传》:"范睢曰:'汝罪有几?'(须贾)曰:'擢贾之发以续贾之罪,尚未足。'"

⑯峰：朱本作"风"，《全唐诗》注云："一作烽。一作风。"

⑰闲：《英华》作"润"。

⑱穆陵关：故址在今湖北麻城与河南光山交界处。瞿蜕园《笺证》："《通鉴》一五一，梁大通元年，司州刺史夏侯夔帅壮武将军裴之礼等出义阳道，攻魏平静、穆陵、阴山三关，皆克之。注云：《水经注》：穆陵关在黄武山东北，晋西阳城西南。"

⑲策勋：记功勋于策书之上。

⑳礼：朱本作"祀"。

㉑常：《英华》、《全唐诗》作"恒"。

㉒常山不庭：常山：指承德军节度使王承宗。详见《卧病闻常山旋师策勋宥过王泽大洽因寄李六侍御》注①。《旧唐书》卷一五《宪宗纪》下：元和十年(815)十一月："戊寅，盗焚献陵寝宫。诏发振武兵二千，会义武军以讨王承宗。"十一年春正月："癸未，削夺王承宗在身官爵，所袭封邑赐武俊子金吾将军士平。"《旧唐书》卷一四二《王武俊传》附《王承宗传》："(元和)十二年(817)十月，诛吴元济，承宗始惧，求救于田弘正。"不庭：不朝于王庭。

【汇评】

宋李颀：刘梦得曰："柳八驳韩十八《平淮西碑》云：'左餐右粥'，何如我《平淮西雅》之云仰父俯子？"柳云："韩《碑》兼有帽子，使我为之，便说用兵伐叛矣。"刘曰："韩《碑》柳《雅》，予为诗云：'城中晨鸡喔喔鸣，城头鼓角声和平'。美李愬入蔡，贼无觉者。落句云：'始知元和十二载，四海重见升平时'。言十二载以见平淮西之年。"(《古今诗话》)

宋魏泰：人岂不自知耶？乃自爱其文章，乃更大缪，何也？刘禹锡诗固有好处，及其自称《平淮西诗》云"城中喔喔晨鸡鸣，城头鼓角声和平"，为尽李愬之美；又云"始知元和十四载，四海重见升平年"，为尽宪宗之美。吾不知此两联为何等语也？(《临汉隐居诗话》)

宋王楙：仆谓诗人意到，自有所喜，禹锡之意，隐居自不解耳，岂可以目前之语疵之哉！……禹锡所谓"州中喔喔晨鸡鸣，谯楼鼓角声和平"，所以见李愬不动风尘，晓入蔡州，擒捕丑虏如此。"始知元和十二载，四海重见升平年"，所以见宪宗当德宗姑息藩镇之后，能毅然削平祸乱，使人复见太

平官府如此。仆尝味之，此两联正得当时之意。隐居以为何等语，是不思之过也。（《野客丛书》）

明谢肇淛：余最爱刘梦得《平蔡州词》，不过八语，词简意尽，若使元白为之，不知费多少铺叙矣。（《小草斋诗话》）

清吴景旭《隐居诗话》：禹锡称城中二句为尽李愬之美，始知二句为尽宪宗之美，吾不知此句为何等语？《野客丛书》云禹锡城中二句见李愬不动风尘，晓入蔡州，擒捕渠魁如此，始知二句见宪宗当德宗姑息藩镇之后，能毅然削平祸乱，使人复见太平官府如此，此两联正得当时之意。余详禹锡诗中归美李愬，其沾沾自喜或有微意，观唐史云退之淮西碑多归裴度功，李愬妻唐安公主不平诉之于帝，谓愈文不实，遂断其碑，更命段文昌为之，则禹锡之自许有以也。（《历代诗话》）

清沈德潜《纪事》语不足凭，究之柳雅刘诗，远逊韩碑，李义山诗可取而证也。（《唐诗别裁》）

清宋宗元：突兀，亦似从天外飞来（首四句下）。（《网师园唐诗笺》）

又：倒从乱平后说入，章法句法，无不警拔（"汝南晨鸡"二句下）。（同上）

清李因培：云垂海立，笔势峥嵘（"汉家飞将下天来，马箠一挥门洞开。贼徒崩腾望旗拜，有若群蛰惊春雷"下）。（《唐诗观澜集》）

清贺裳：前二句言兵不血刃、凶渠就缚之易，末见蔡人庆幸之意。虽高文典册不及柳州二《雅》，径净流动则过之，梦得自负亦不谬。《隐居诗话》乃云："起结两联，不知为何说。"何异盲者照镜耶？（《载酒园诗话》）

清翁方纲：刘宾客自称其《平蔡州》诗"城中晨鸡喔喔鸣，城头鼓角声和平"云云，意欲驾于韩《碑》、柳《雅》。此诗诚集中高作也。首句"城中"一作"汝南"，古《鸡鸣歌》云："东方欲明星烂烂，汝南晨鸡登坛唤。"蔡州，即汝南地。但曰"晨鸡"，自是用乐府语。而"城中"、"城头"，两两唱起，不但于官军入城事醒切，抑且深合乐府神理，似不必明出"汝南"，而后觉其用事也。末句"忽惊元和十二载"，更妙。此以《竹枝》歌谣之调，而造老杜诗史之地位，正与"大历三年调玉烛"二句近似。此由神到，不可强也。第二首"汉家飞将下天来，马箠一挥门洞开"，亦确是李愬夜半入蔡真情事。下转入"从

238

容镇抚",归到"相公",正复得体。叙淮西事,当以梦得此诗为第一。(《石洲诗话》)

城西^①行

城西簇簇三叛族^②,叛者为谁蔡吴蜀。中使提刀出禁来,九衢车马轰成^③雷。临刑与酒杯未覆,仇家白^④官先请肉。守吏能然董卓脐^⑤,饥乌来觇桓玄目^⑥。城西人散泰街^⑦平,雨洗血痕春草生。

【题解】

此诗作于元和十二年(817)。《旧唐书》卷一五《宪宗纪》下:元和十二年,"十一月丙戌朔,御兴安门受淮西之俘。以吴元济徇两市,斩于独柳树;妻沈氏,没入掖庭;弟二人、子三人,配流,寻诛之;判官刘协等七人处斩"。刘辟、李锜、吴元济叛乱,先后被平,三人亦被斩杀。此诗作于吴元济被斩后。

【注释】

①城西:指刑场。

②三叛族:指吴元济、刘辟、李锜。吴元济事见《平蔡州三首》注⑬。刘辟:《旧唐书》卷一四〇有传。《旧唐书》卷一四《宪宗纪》元和元年(806年)九月载:"辛亥,高崇文奏收成都,擒刘辟以献。""戊子,斩刘辟并子超郎等九人于独柳树下。"李锜:《旧唐书》卷一一二有传。《旧唐书》卷一四《宪宗纪》载:元和二年(807年)十月"庚申,李锜据润州反,杀判官王澹、大将赵琦。……癸酉,润州大将张子良、李奉仙等执李锜以献。""十一月甲申,斩李锜于独柳树下,削锜属籍。"

③成:《全唐诗》作"如",注云:"一作成。"

④白:崇本、《英华》作"百",误。

⑤"守吏"句:《三国志》卷六《魏书·董卓传》裴松之注引《英雄记》:"暴卓尸于市。卓素肥,膏流浸地,草为之丹。守尸吏暝以为大炷,置卓脐中以为灯,光明达旦,如是积日。"

⑥"饥乌"句:《晋书》卷二八《五行志》中:"桓玄既篡,童谣曰:'草生及马腹,乌啄桓玄目。'及玄败,走至江陵,时正五月中,诛如其期焉。"

⑦泰街:即泰阶,古星座名。即三台。上台、中台、下台共六星,两两并排而斜上,如阶梯,故名。借指朝廷。"泰",《英华》作"太"。"街",《全唐诗》作"阶"。

【汇评】

明陆时雍:选意成词。(《唐诗镜》)

元和十三年(818)

奉和郑相公以寄考功十弟山姜花俯赐篇咏①

采撷黄姜蕊,封题青琐闱。供②闻调膳日,正是退朝归。响③为纤筵④发,情随彩⑤翰飞。故将天下宝,万里与⑥光辉。

【题解】

此诗作于元和十三年(818)三月前。高志忠《刘禹锡诗文系年》按云:"郑相公为郑余庆。考功十弟,乃余庆子澣。"郑余庆:《旧唐书》卷一五八有传并附《郑澣传》:"献疏切直,人为危之。及余庆入朝,宪宗谓余庆曰:'卿之令子,朕之直臣,可更相贺。'遂迁起居舍人,改考功员外郎。……时余庆为仆射,请改省郎。乃换国子博士、史馆修撰。"《郑余庆传》:"(元和)九年,拜检校右仆射,兼兴元尹,充山南西道节度观察使,三岁受代。十二年,除太子少师。……十三年,拜尚书左仆射。"《旧唐书》卷一五《宪宗纪》下:元和十三年三月,"丁未,以太子少师郑余庆为左仆射"。高志忠《系年》按:"澣改考功员外郎为元和十二年事,换国子博士为十三年三月以后事。"今从高说。

【注释】

①奉和郑相公以寄考功十弟山姜花俯赐篇咏:崇本无"奉"字。崇本、朱本、《全唐诗》无"寄"字。山姜花:晋嵇含《南方草木状·山姜花》:"山姜花,茎叶即姜也。根不堪食。于叶间吐花,作穗如麦粒,软红色。煎服之,治冷气甚效。"

②供:朱本、《全唐诗》作"共"。

③响:朱本作"香"。

241

④纤筵:崇本作"纤筵",朱本作"绮筵"。

⑤彩:朱本作"绿"。

⑥与:朱本作"共"。

崔元受①少府自贬所还遗山姜花以诗答之②

故人博罗③尉,遗我山姜花。采从碧海上,来自谪仙家。云涛润孤根,阴火④照晨葩。净⑤摇扶桑⑥日,艳对瀛洲霞。世人爱芳辛⑦,搴撷忘幽遐。传名入帝里,飞驲⑧辞天涯。王济本尚味⑨,石崇方斗奢⑩。雕⑪盘多不识,绮席乃增华。驿马损筋骨,贵人滋齿牙。顾予藜藿⑫士,持此空叹⑬嗟。

【题解】

此诗作于元和十三年(818),是刘禹锡感念崔元受赠送山姜花之情谊,作诗以答之。卞孝萱《刘禹锡交游新考》:"崔元受何年'自贬所还'?据柳宗元《朗州员外司户薛君妻崔氏墓志》云:'唐永州刺史博陵崔简女讳媛,嫁为朗州员外司户河东薛巽妻。''巽始佐河北军食有劳,未及录,会其长以罪闻,因从贬。更大赦,方北迁。'旧注:'元和十三年正月,以平淮西大赦天下。'崔元受与薛巽同时贬谪,当亦同时北迁。"高志忠《校注》按云:"元受北迁若途经朗州会薛巽,则连州为必经之地,是诗作于元和十三年无疑。"

【注释】

①崔元受:《旧唐书》卷一六三《崔元略传》附《元受传》:"元和初,于皋谟为河北行营粮料使。元受与韦岵、薛巽、王湘等皆为皋谟判官,分督供馈。既罢兵,或以皋谟隐没赃罪,除名赐死。元受从坐,皆逐岭表,竟坎壈不达而卒。"

②以诗答之:崇本作"答以诗。"

③博罗:今广东博罗。

④阴火:海中生物所发之光。晋王嘉《拾遗记·唐尧》:"西海之西,有浮玉山。山下有巨穴,穴中有水,其色若火,昼则通昽不明,夜则照耀穴外,虽波涛瀳荡,其光不灭,是谓'阴火'。"

⑤净:《全唐诗》作"静"。

⑥扶桑:神话中的树木名。《山海经》卷九《海外东经》:"汤谷上有扶桑,十日所浴。"后用来称东方极远处或太阳出来的地方。

⑦爱芳辛:《全唐诗》"爱"下注云:"一作受。""芳"下注云:"一作苦。"

⑧驲(rì):古代驿站专用的车,后亦指驿马。"驲",《全唐诗》作"驿"。

⑨"王济"句:《晋书》卷四二《王济传》:"性豪侈,丽服玉食。……和峤性至俭,家有好李,帝求之,不过数十。济候其上直,率少年诣园,共啖毕,伐树而去。帝尝幸其宅,供馔甚丰,悉贮琉璃器中。蒸肫甚美,帝问其故,答曰:'以人乳蒸之。'帝色甚不平,食未毕而去。"

⑩"石崇"句:《世说新语·汰侈》:"石崇与王恺争豪,并穷绮丽,以饰舆服。武帝,恺之甥也,每助恺。尝以一珊瑚树,高二尺许赐恺。枝柯扶疏,世罕其比。恺以示崇。崇视讫,以铁如意击之,应手而碎。恺既惋惜,又以为疾己之宝,声色甚厉。崇曰:'不足恨,今还卿。'乃命左右悉取珊瑚树,有三尺、四尺,条干绝世,光彩溢目者六七枚,如恺许比甚众。恺惘然自失。"

⑪《全唐诗》"雕"下注云:"一作堆。"

⑫藜藿:指粗劣的饭菜。

⑬空叹:《全唐诗》作"重咨",注云:"一作空叹。"

【汇评】

清何焯:(云涛联)苏诗"阳侯杀廉角,阴火发光彩",句法本此。(卞孝萱《刘禹锡诗何焯批语考订》)

湖南观察使故相国袁公挽歌三首①

五驱龙虎节,一入凤凰池。令尹自无喜②,羊公人不疑③。

天归京兆日，叶下洞庭时。湘水秋风至，凄凉吹素旗。

丹旐④发江皋，人悲雁亦号。湘南罢亥市⑤，汉上改词曹⑥。表墓双碑立，尊名一字褒。尝闻平楚狱⑦，为报里门高⑧。

返葬三千里，荆衡达帝畿。逢人即⑨故吏，拜奠尽沾⑩衣。地得青乌⑪相，宾惊白鹤飞⑫。五公⑬碑尚在，今日亦同归。

【题解】

此诗作于元和十三年(818)秋。湖南观察使故相国袁公指袁滋。《旧唐书》卷一五《宪宗纪》下：元和十三年(818)六月，"乙丑，湖南观察使袁滋卒"。

此诗前两首，《全唐诗》亦收于权德舆卷。刘禹锡诗作于七月"返葬"之时，权德舆卒于八月，时刘禹锡牧连州，权德舆出镇兴元，袁滋于潭州卒，刘禹锡代权德舆作诗的可能性几乎没有。故二首诗应为刘禹锡之作。

【注释】

①湖南观察使故相国袁公挽歌三首："湖"，《全唐诗》作"河"，误。"三首"，崇本作题下小字注。袁公：袁滋。《旧唐书》卷一八五、《新唐书》卷一五一有传。《旧唐书》卷一八五下《袁滋传》："上始监国，与杜黄裳俱为相，拜中书侍郎、平章事。"

②"令尹"句：《论语·公冶长》："令尹子文三仕为令尹，无喜色；三已之，无愠色。"

③"羊公"句：《晋书》卷三四《羊祜传》："于是吴人翕然悦服，称为羊公，不之名也。祜与陆抗相对，使命交通，抗称祜之德量，虽乐毅、诸葛孔明不能过也。抗尝病，祜馈之药，抗服之无疑心。人多谏抗，抗曰：'羊祜岂酖人者！'时谈以为华元、子反复见于今日。"

④丹旐(zhào)：旧时出丧所用的红色铭旌。

⑤亥市：隔日交易一次的集市。白居易《江州赴忠州舟中示舍弟五十韵》："亥市鱼盐聚，神林鼓笛鸣。""亥"，崇本作"痎"。

⑥词曹：指文学侍从之官。亦借指翰林。

⑦平楚狱：详见《读张曲江集作》注⑬。

⑧里门高：《汉书》卷七一《于定国传》："其父于公为县狱吏、郡决曹，决狱平，罗文法者于公所决皆不恨。郡中为之生立祠，号曰于公祠。""其闾门坏，父老方共治之。于公谓曰：'少高大闾门，令容驷马高盖车。我治狱多阴德，未尝有所冤，子孙必有兴者。'至定国为丞相，永为御史大夫，封侯传世云。"

⑨《全唐诗》"即"下注云："一作多。"

⑩沾：崇本作"霑"，明本、朱本、《全唐诗》作"沾"，是。

⑪青乌：青乌子。传说中的古代堪舆家。后成为堪舆家的美称。

⑫白鹤飞：瞿蜕园《笺证》注云："《尚书故实》：司马承祯尸解去日，白鹤满庭，异香郁烈。"

⑬五公：《三国志》卷六《魏书·袁绍传》裴松之注引华峤《汉书》曰："安字邵公，好学有威重。明帝时为楚郡太守，治楚王狱，所申理者四百余家，皆蒙全济，安遂为名臣。章帝时至司徒，生蜀郡太守京。京弟敞为司空。京子汤，太尉。汤四子：长子平，平弟成，左中郎将，并早卒；成弟逢，逢弟隗，皆为公。"瞿蜕园《笺证》云："按传称滋名陈侍中宪之后，故用汉袁氏四世五公事，然韩愈《袁氏先庙碑》则谓为北魏鸿胪恭之后，似韩文据袁氏家乘为可信。五公者，袁安、袁汤、袁逢、袁隗、袁京。"《全唐诗》"五"下注云："一作羊。"

故相国燕国公于司空①挽歌二首②

彤弓③封旧国，黑矟④继前功。十年镇南雍，九命⑤作司空。池台乐事尽，箫鼓葬仪雄。一代英豪气，晓散白杨风⑥。

阴山贵公子，来葬五陵⑦西。前马悲无主，犹带朔风嘶。汉水青⑧山郭，襄阳白铜蹄⑨。至今有遗爱，日暮人凄凄。

【题解】

此诗作于元和十三年(818)。《旧唐书》卷一五六《于頔传》:"(元和)十三年,頔表求致仕。……其年八月卒。"

【注释】

①相国燕国公于司空:于頔。《旧唐书》卷一五六、《新唐书》卷一七二有传。《旧唐书·于頔传》:"于頔,字允元,河南人也,周太师燕文公谨之后也。""累迁至左仆射、平章事、燕国公。"

②二首:崇本作题下小字注。

③彤弓:朱漆弓。古代天子用以赐有功的诸侯或大臣使专征伐。《尚书·文侯之命》:"彤弓一,彤矢百。"孔安国传云:"诸侯有大功,赐弓矢,然后专征伐。彤弓以讲德习射,藏示子孙。""彤",《全唐诗》作"彫"。

④黑矟:黑矟公、黑矟将军。《魏书》卷三一《于栗磾传》:"于栗磾,代人也。""刘裕之伐姚泓也,栗磾虑其北扰,遂筑垒于河上,亲自守焉。禁防严密,斥侯不通。裕甚惮之,不敢前进。裕遗栗磾书,远引孙权求讨关羽之事,假道西上,题书曰:'黑矟公麾下。'栗磾以状表闻,太宗许之,因授黑矟将军。栗磾好持黑矟以自标,裕望而异之,故有是语。"

⑤九命:周代的官爵分为九个等级,称九命。

⑥崇本无"一代英豪气,晓散白杨风"二句。

⑦五陵:汉代五个皇帝的陵墓,即长陵、安陵、阳陵、茂陵、平陵,在长安附近。

⑧青:朱本作"清",《全唐诗》作"晋",注云:"一作青。"

⑨白铜蹄:《隋书》卷一三《音乐志》上:"初武帝之在雍镇,有童谣云:'襄阳白铜蹄,反缚扬州儿。'识者言,白铜蹄谓马也。白,金色也。及义师之兴,实以铁骑,扬州之士,皆面缚,果如谣言。故即位之后,更造新声,帝自为之词三曲,又令沈约为三曲,以被弦管。""蹄",崇本作"堤",朱本、《全唐诗》作"鞢"。

【汇评】

清何焯:风格近小庾。(卞孝萱《刘禹锡诗何焯批语考订》)

246

伤循州^①浑尚书

贵人沦落路人哀，碧海连天^②丹旐回。遥想长安此时节，朱门深巷百花开。

【题解】

此诗作于元和十三年(818)。浑尚书指浑镐。《旧唐书》卷一五《宪宗纪》下：元和十二年(817)春正月，"癸未，贬义武军节度使浑镐为循州刺史，坐讨贼失律也"。《旧唐书》卷一三四《浑镐传》："贬循州刺史，岁余卒。"

【注释】

①循州：治在今广东惠州东北。

②碧海连天："海"，《英华》作"水"，《全唐诗》注云："一作水。""天"，朱本作"翩"。

元和十四年(819)

平齐①行二首②

胡尘昔起蓟北门③,河南地属平卢军④。貂裘代马⑤绕东岳,峄阳孤桐⑥削为角。地形十二⑦虏意骄,恩泽含容历四朝⑧。鲁人皆科⑨带弓箭,齐人不复闻《箫韶》⑩。今朝天子圣神武,手握玄符⑪平九土。初哀狂童袭故事,文告不来方震怒⑫。去秋诏下诛东平⑬,官军四⑭合犹婴城⑮。春来群乌噪且惊⑯,气如怀山⑰堕其庭。牙门大将有刘生,夜半射落搀抢星⑱。帐中虏血流满地,门外三军舞连臂⑲。驲骑函首过黄河⑳,城中无贼天气和。朝廷侍郎来慰抚㉑,耕夫满野行人歌。

泰山沈寇六十年,旅祭㉒不飨生愁烟。今逢圣君欲封禅,神使阴兵来助战㉓。祅氛㉔扫尽河水清,日观杲杲卿云见㉕。开元皇帝东封时㉖,百神受职争奔驰。千钧㉗猛簴㉘顺流下,洪波涵淡浮熊羆。侍臣燕公㉙秉文笔,玉检告天无愧词㉚。当今睿孙㉛承圣祖,岳神㉜望幸河宗㉝舞。青门大道属车尘,共待葳蕤翠华举。

【题解】

此诗作于元和十四年(819)。《旧唐书》卷一五《宪宗纪》下:元和十三年(818)秋七月,"乙酉,诏削夺淄青节度使李师道在身官爵,仍令宣武、魏博、义成、武宁、横海等五镇之师,分路进讨"。十四年(819)二月,"壬戌,田弘正奏,今月九日,淄青都知兵马使刘悟斩李师道并男二人首请降,师道所

248

管十二州平"。

【注释】

①平齐:平定李师道叛乱。

②二首:崇本作题下小字注。

③"胡尘"句:指安史之乱爆发。蓟北:唐范阳节度使所辖蓟县,今北京大兴。

④"河南"句:《旧唐书》卷一二四《侯希逸传》:"乾元元年(758)冬,玄志病卒,军人共推立希逸为平卢军使,朝廷因授节度使。既数为贼所迫,希逸率励将士,累破贼徒向润客、李怀仙等。既淹岁月,且无救援,又为奚虏所侵,希逸拔其军二万余人,且行且战,遂达于青州。会田神功、能元皓于兖州,青州遂陷于希逸,诏就加希逸为平卢、淄青节度使。自是迄今,淄青节度皆带平卢之名也。"《旧唐书》卷一二四《李正己传》:"李正己,高丽人也。本名怀玉,生于平卢。乾元元年,平卢节度使王玄志卒,会有敕遣使来存问,怀玉恐玄志子为节度,遂杀之,与军人共推立侯希逸为军帅。希逸母即怀玉姑也。""正己沉毅得众心,希逸因事解其职,军中皆言其非罪,不当废。会军人逐希逸,希逸奔走,遂立正己为帅,朝廷因授平卢淄青节度观察使、海运押新罗渤海两蕃使、检校工部尚书、兼御史大夫、青州刺史,赐今名。"河南:唐河南道,辖今山东、河南南部,江苏、安徽北部。

⑤代马:北地所产良马。代,古代郡地,后泛指北方边塞地区。

⑥峄阳孤桐:峄山南坡所生的特异梧桐,古代以为是制琴的上好材料。

⑦地形十二:《旧唐书》卷一二四《李正己传》附《李师道传》:"自正己至师道,窃有郓、曹等十二州,六十年矣。"《资治通鉴》卷二四〇《唐纪》五六胡三省注:"十二州,郓、兖、曹、濮、淄、青、齐、海、登、莱、沂、密也。"

⑧四朝:代、德、顺、宪四朝。

⑨科:科派、摊派。明本、《全唐诗》作"解"。

⑩《箫韶》:舜乐名。《尚书》卷五《夏书·益稷》:"《箫韶》九成,凤凰来仪。"

⑪玄符:玄女符,详见《和董庶中古散调词赠尹果毅》注⑤。

⑫"初哀"两句:《旧唐书》卷一二四《李正己传》附《李师道传》:"师道,

249

师古异母弟。其母张忠志女。师道时知密州事,师古死,其奴不发丧,潜使迎师道于密而奉之。"

⑬东平:指郓州。《旧唐书》卷三八《地理志》一:"天宝元年(742),改郓州为东平郡。乾元元年(758),复为郓州。"

⑭四:《英华》作"回",误。

⑮婴城:环城而守。《战国策》卷六《秦策》四:"小黄济阳婴城,而魏氏服矣。"鲍彪注云:"婴,犹萦也,盖二邑环兵自守。"

⑯"春来"句:《新唐书》卷三四《五行志》一:"(元和)十三年春,淄青府署及城中乌、鹊互取其雏,各以哺子,更相搏击,不能禁。""乌",明本、《英华》作"鸟",误。

⑰怀山:应为"坏山",《晋书》卷一二《天文志》中:"凡负气⋯⋯或黑气如坏山坠军上者,名曰营头之气⋯⋯此衰气也。""怀",崇本、明本、《英华》、朱本、《全唐诗》均作"坏"。

⑱"牙门"二句:《旧唐书》卷一二四《李正己传》附《李师道传》:"师道使刘悟将兵当魏博军,既败,数令促战。师未进,乃使奴召悟计事。悟知其来杀己,乃称病不出,召将吏谋曰:'魏博兵强,乘胜出战,必败吾师,不出则死。今天子所诛,司空一人而已。悟与公等皆被驱逐就死地,何如转祸为福,杀其来使,以兵趣郓州,立大功以求富贵。'众皆曰:'善。'乃迎其使而斩之,遂赍师道追牒,以兵趣郓州。及夜,至门,示以师道追牒,乃得入。兵士继进,至毬场,因围其内城,以火攻之,擒师道而斩其首,送于魏博军,元和十四年二月也。"牙门:古时驻军,主帅或主将帐前树牙旗以为军门,称"牙门"。刘生:刘悟。搀抢:亦作"欃枪"。彗星名。古人以搀抢为妖星,主兵祸。"搀抢",朱本、《全唐诗》作"欃枪"。

⑲舞连臂:崇本、《英华》作"舞臂盟",崇本注云:"一作连臂盟。"《全唐诗》注云:"一作舞臂盟。"

⑳"驲骑"句:《资治通鉴》卷二四一《唐纪》五七:元和十四年二月,"悟函师道父子三首遣使送弘正营,弘正大喜,露布以闻。淄、青等十二州皆平。⋯⋯己巳,李师道首函至"。驲骑:驿骑。函首:用匣子装着首级。"驲",崇本、《英华》、朱本、《全唐诗》作"驿"。

㉑"朝廷"句:《资治通鉴》卷二四一《唐纪》五七:元和十四年二月,"壬戌,田弘正捷奏至。乙丑,命户部侍郎杨於陵为淄青宣抚使。……自广德以来,垂六十年,藩镇跋扈河南、北三十余州,自除官吏,不供贡赋,至是尽遵朝廷约束。上命杨於陵分李师道地,於陵按图籍,视土地远迩,计士马众寡,校仓库虚实,分为三道,使之适均"。

㉒旅祭:祭祀泰山。

㉓"神使"句:指刘悟反戈。

㉔氛:《英华》作"气",注云:"一作氛。"

㉕"日观"句:崇本此前为第一首,误。日观:泰山峰名。为著名的观日出之处。卿云:即庆云。一种彩云,古人视为祥瑞。

㉖"开元"句:《旧唐书》卷八《玄宗纪》上:开元十三年(725),"冬十月……辛酉,东封泰山,发自东都。"

㉗钧:朱本作"军"。

㉘猛簴(jù):古代挂钟磬的架子上的立柱。上饰猛兽,故称"猛簴"。此处代指帝王之乐。

㉙燕公:燕国公张说。《旧唐书》卷九七《张说传》:"张说,字道济,其先范阳人,代居河东,近又徙家河南之洛阳。弱冠应诏举,对策乙第,授太子校书,累转右补阙,预修《三教珠英》。""太平公主引萧至忠、崔湜等为宰相,以说为不附己,转为尚书左丞,罢知政事。……及至忠等伏诛,征拜中书令,封燕国公,赐实封二百户。""说又首建封禅之议。……及将东封,授说为右丞相兼中书令,源乾曜为左丞相兼侍中,盖勒成岱宗,以明宰相佐成王化也。说又撰《封禅坛颂》以纪圣德。"

㉚"玉检"句:瞿蜕园《笺证》按云:"《旧唐书·礼仪志》记开元东封之事云:'玄宗曰:朕今此行,皆为苍生祈福,更无秘请,宜将玉牒出示百僚,使知朕意。'盖即中书令张说之词。"

㉛睿孙:玄宗来孙宪宗李纯。

㉜岳神:山神。

㉝河宗:河神。

251

【汇评】

宋葛立方:唐淄青李师道,倚蔡为重,称兵不轨。洎蔡平,师道乃始震悸。宪宗命削其官,诏诸军进讨,于是六节度之兵兴矣。故刘梦得尝为《平齐行》二篇,以快李师道之死。夫师道猖獗狂悖,反噬其主,人怨神怒,岂能居覆载之中乎? 故梦得云:"牙门大将有刘生,夜半射落欃枪星。"又云:"泰山沉寇六十年,旅祭不飨生愁烟。今逢圣君欲封禅,神使阴兵来助战。"夫刘悟,本军之将也,方为师道屯阳谷以当魏将,乃倒戈以攻其主。泰山,本土之神也,宜神其地,而乃以阴兵助敌。则人怨神怒可知矣。将叛其君,神叛其主,岂非以此始者以此终乎! 天之所报速矣。(《韵语阳秋》)

赠别约师①　并引②

荆州人文约,市井生而云鹤性,故去羍为浮图,生寤③而证入与④。南抵六祖始生之墟,得遗教甚悉。今年访余于连州,且曰:"贫道昔浮湘川,会柳仪曹谪零陵,宅于佛寺,幸联栋而居者有年。由是时人大士得落耳界。"夫闻为见因,今日之来曩时之因耳。时⑤仪曹牧柳州,与八句赠别。

师逢吴兴守⑥,相伴住禅扃。春雨同栽树,秋灯⑦对讲经。庐山曾结社,桂水远扬舲⑧。话旧还惆怅,天南望柳星⑨。

【题解】

此诗作于刘禹锡刺连州期间。诗引云"今年访余于连州",又云"时仪曹牧柳州"。柳宗元卒于元和十四年(819)十一月,此诗当作于此前。

【注释】

①约师:荆州人文约,事不详。《英华》作"约法师"。
②并引:《英华》无此二字,小引全文皆无。

③寤：崇本、《全唐诗》作"悟"。

④与：崇本、《全唐诗》无此字。朱本作"兴"。

⑤时：崇本作"今"。

⑥《全唐诗》"守"下注云："一作寺。"

⑦灯：《英华》作"风"，《全唐诗》注云："一作风。"

⑧舲(líng)：有窗户的小船。

⑨柳星：二十八宿中南方朱雀七宿的第三星。"星"，《英华》作"新"。

重至衡阳伤柳仪曹 并引

元和乙未①岁，与故人柳子厚临湘水为别。柳浮舟适柳州，余登陆赴连州。后五年，余从故道出桂岭，至前别处，而君没②于南中③，因赋诗以投吊。

忆昨与故人，湘江岸头别。我马映林嘶，君帆转山灭。马嘶循故道，帆灭如流④电。千里江蓠春，故人今不见。

【题解】

此诗作于元和十四年(819)。诗引中"元和乙未岁"指元和十年，刘柳二人南行至衡阳。元和十四年十一月，柳宗元卒，刘禹锡重过衡阳，念故友伤情，作诗以吊。

【注释】

①元和乙未：元和十年(815)。

②没：崇本作"殁"。

③南中：泛指国土南部。此处指柳州。

④流：崇本作"雷"。

【汇评】

清何焯：何必沈、谢！(卞孝萱《刘禹锡诗何焯批语考订》)

元和十年(815)至元和十四年(819)在连州所作其他诗

连州腊日①观莫徭②猎西山

海天杀气薄,蛮军部③伍嚣。林红叶尽变,原黑草初④烧。围合繁钲⑤息,禽兴大旆⑥摇。张罗依道口,嗾犬上山腰。猜鹰虑⑦奋迅,惊麏⑧时�跳。瘴云四面起,腊雪半空销。箭头余鹄血,鞍傍见雉翘。日暮还城邑,金笳⑨发丽谯⑩。

【题解】

此诗作于元和十年(815)至元和十三年(818)刘禹锡在连州期间。高志忠《刘禹锡诗文系年》系诸元和十三年(818)。禹锡元和十四年十一月前因母丧奉柩北返洛阳。此诗叙写腊日时见莫徭人打猎的场景。

【注释】

①腊日:古时腊祭之日。农历十二月初八。

②莫徭:瑶族的古称。《隋书》卷三一《地理志》下:"长沙郡又杂有夷蜒,名曰莫徭,自云其先祖有功,常免徭役,故以为名。"

③部:《全唐诗》作"步",注云:"一作部。"

④初:朱本作"如"。

⑤钲:古代的一种乐器,用铜做的,形似钟而狭长,有长柄可执,口向上以物击之而鸣,在行军时敲打。

⑥旆:古代旗末端状如燕尾的垂旒。泛指旌旗。

⑦虑:崇本作"屡"。

⑧麇(jūn)：古同"麕"，指獐子。《全唐诗》作"鹿"，注云："一作麇。"

⑨金筄：古代北方民族常用的一种管乐器。

⑩丽谯：亦作"丽樵"。华丽的高楼。《庄子·徐无鬼》："君亦必无盛鹤列于丽谯之间。"郭象注："丽谯，高楼也。"成玄英疏："言其华丽嶕峣也。"

【汇评】

清何焯："瘴云"句点染连州，"腊雪"句点染腊日作。中间界画顿挫，并暗起"日暮"，妙法。（卞孝萱《刘禹锡诗何焯批语考订》）

莫徭歌

莫徭自生长，名字无符籍①。市易杂鲛人②，婚姻通木客③。星居占泉眼，火种开山脊。夜渡千仞溪，含沙④不能射。

【题解】

此诗作于元和十年(815)至十四年(819)在连州期间。刘禹锡另有《连州腊日观莫徭猎西山》诗，故系诸连州期间。此诗主要写莫徭人的生活状况。

【注释】

①符籍：符伍与名籍。通行凭证、户口簿册。《管子·七法》："符籍不审，则奸民胜；刑法不审，则盗贼胜。"

②鲛人：神话传说中的人鱼。此处指海滨居民。

③木客：传说中的深山精怪，实则可能为久居深山的野人。因与世隔绝，故古人多有此附会。《太平御览》卷八八四引晋邓德明《南康记》："木客，头面语声亦不全异人，但手脚爪如钩利，高岩绝峰然后居之。"此处指深山居民。

④含沙：即蜮。《诗·小雅·何人斯》："为鬼为蜮，则不可得。"朱熹集传曰："蜮，短狐也。江淮水皆有之，能含沙以射水中人影，其人辄病。"《释

255

文》曰："蜮，状如鳖，三足，一名射工，俗呼之水弩。在水中含沙射人。一云射人影。"

【汇评】

宋刘克庄："莫徭自生长，名字无符籍。市易杂鲛人，婚姻通木客。星居占泉眼，火种开山脊。夜渡千仞溪，含沙不能射。""蛮语钩辀音，蛮衣斑斓布。熏狸掘沙鼠，时节祠盘瓠。忽逢乘马客，恍若惊麖顾。腰斧上高山，意行无旧路。"此刘梦得《莫徭》、《蛮子》诗也。世传坡诗始学梦得，观此二诗，信然。(《后村诗话》)

插田歌 并引

连州①城下，俯接村墟。偶登郡楼，适有所感，遂书其事为俚歌，以俟采诗者。

冈头花草齐，燕子东西飞。田塍望如线，白水光参差。农妇白纻裙②，农夫③绿蓑衣。齐唱田④中歌，嘤伫如《竹枝》。但闻怨响音，不辨俚语词。时时一大笑，此必相嘲嗤。水平苗漠漠，烟火生墟落。黄犬往复还，赤鸡鸣且啄。路傍谁家郎？乌帽衫袖长。自言上计吏⑤，年初⑥离帝乡。田夫语⑦计吏："君家侬定谙⑧。一来长安罢⑨，眼大不相参。"计吏笑致辞："长安真大处。省门⑩高轲峨，侬入⑪无度数。昨来补卫士，唯用筒竹布⑫。君看二三年，我作官人去。"

【题解】

此诗为刘禹锡在连州期间所作。诗中通过田夫和计吏的对话，一方面表现出农民对管理者的嘲讽，另一方面揭露出当时社会官场的污浊。

【注释】

①连州:今广东省连州市。

②裙:崇本、明本、朱本、《全唐诗》皆作"裙",是。

③夫:《全唐诗》作"父"。

④田:《全唐诗》作"郢",注云:"一作田。"

⑤计吏:古代州郡掌簿籍并负责上计的官员。

⑥初:《全唐诗》作"幼"。

⑦语:朱本作"诘"。

⑧定谙:"定",崇本作"足"。《全唐诗》"谙"下注云:"一作记,一作喻。"

⑨罢:《全唐诗》作"道"。

⑩省门:指礼部衙门。亦指礼部试进士的场所。礼部隶尚书省,故称。

⑪入:崇本作"人",误。

⑫筒竹布:古代一种名贵细布名。《晋书》卷四三《王戎传》:"南郡太守刘肇赂戎筒中细布五十端,为司隶所纠,以知而未纳,故得不坐,然议者尤之。帝谓朝臣曰:'戎之为行,岂怀私苟得,正当不欲为异耳!'帝虽以是言释之,然为清慎者所鄙,由是损名。"

【汇评】

明钟惺:夸得俚,俚得妙("长安"句下)。(《唐诗归》)

又:风土诗,必身至其地,始知其妙,然使未至者读之,茫然不晓何语,亦是口头笔下不能运用之过。(同上)

明谭元春:极直,极象(末六句下)。(同上)

清邢昉:音节已入变风。(《唐风定》)

又:讽刺澹然,可谓怨而不怒("昨夜"四句下)。(同上)

清何焯:自"计吏"以下,皆以嘲蚩时政,而借歌者点出。(卞孝萱《刘禹锡诗何焯批语考订》)

清贺裳:《插田歌》叙述田夫、计吏问答……匪徒言动如生,言外感伤时事,使千载后人犹为之欲哭欲泣。(《载酒园诗话又编》)

清沈德潜:前状插田唱歌,如闻其声;后状计吏问答,如绘其形。(《唐诗别裁》)

清余成教:梦得《插田歌》云:"水平苗漠漠,烟火生墟落。黄犬往复还,赤鸡鸣且啄。"四句有画意。(《石园诗话》)

清王闿运:诗不对题(起四句下)。(《王闿运手批唐诗选》)

观棋歌送儇师①西游

长沙男子东林师,闲读艺经工弈棋。有时凝思如入定,暗覆一局谁能知②? 今年访余来小桂③,方袍袖中贮新势④。山城⑤无事愁⑥日长,白昼懵懵眠⑦匡床。因君临局看斗智,不觉迟景沈西墙。自从山人遇樵子⑧,直到开元王长史⑨。前身后身付余习,百变千化无穷⑩已。初疑磊落曙天星,次见搏击三秋兵。雁行布阵众未晓,虎穴得子人皆惊。行尽三湘不逢敌,终日饶人损机格⑪。自言台阁有知音,悠然远起西游心。商⑫山夏木阴寂寂,好处徘徊驻飞锡。忽思争道画⑬平沙,独笑无言心有适。蔼蔼京城在九天,贵游豪⑭士足华筵。此时一行出人意,赌取声名不要钱。

【题解】

此诗作于刘禹锡在连州期间。诗云"今年访余来小桂",小桂即为连州。《舆地志》:"连州桂阳县,汉属桂阳郡,因谓之小桂。"此诗写观棋弈棋之乐。

【注释】

①儇(xuān)师:未详何人。

②"暗覆"句:《三国志》卷二一《魏书·王粲传》:"初,粲与人共行,读道边碑,人问曰:'卿能暗诵乎?'曰:'能。'因使背而诵之,不失一字。观人围棋,局坏,粲为覆之。棋者不信,以帊盖局,使更以他局为之。用相比校,不

误一道。其强记默识如此。”

③来小桂：朱本作"杖小拄"，误。

④势：朱本作"艺"。

⑤城：《全唐诗》作"人"。

⑥愁：崇本、《英华》、《全唐诗》作"秋"，《全唐诗》注云："一作愁。"

⑦慵眠：《英华》下注云："一作眼在。"

⑧"自从"句：详见《衢州徐员外使君遗以缟纻兼竹书箱因成一篇用答佳贶》注⑥。"山"，《英华》、《全唐诗》作"仙"，《英华》注云："集作山。"《全唐诗》注云："一作山。"

⑨开元王长史：瞿蜕园《笺证》云："薛用弱《集异记》云：玄宗南狩，百司奔赴行在，翰林善围棋者从焉。谓王积薪也。称为王长史，未知何据。李远有《赠写御容李长史》诗，疑翰林供奉得除王府长史官以食其俸，因以为泛称。"

⑩《英华》、《全唐诗》"无穷"下注云："一作看不。"

⑪机格：规格，格式。此处指弈棋水平之等第。

⑫商：《英华》作"高"。

⑬《全唐诗》"画"下注云："一作昼。"

⑭豪：《英华》作"华"。

【汇评】

宋葛立方：古今人赋棋诗多矣。……"雁行布阵众未晓，虎穴得子人皆惊"者，刘梦得之诗也。……观诸人语意，皆无足取，独爱荆公《赠叶致远》之作。（《韵语阳秋》）

宋胡仔：梦得观棋歌云："初疑磊落曙天星，次见搏击三秋兵。雁行布阵众未晓，虎穴得子人皆惊。"余尝爱此数语，能模写弈棋之趣，梦得必高于手谈也。至东坡观棋，则云："胜固欣然，败亦可喜，优哉游哉，聊复尔耳。"盖东坡素不解棋，不究此味也。（《苕溪渔隐词话》）

宋袁文：棋，至难事也。而咏棋为尤难。尝观杜牧之诗云："赢形暗去春泉长，猛势横来野火烧。"刘梦得诗云："雁行布阵众未晓，虎穴得子人皆惊。"黄太史诗云："心似蛛丝游碧落，身如蜣壳化枯枝。"观此三诗，皆道尽

259

棋中妙处,殆不容优劣矣。至王荆公、苏东坡则不然。荆公之诗云:"战罢两奁收黑白,一枰何处有亏盈。"东坡之诗云:"胜固欣然,败亦可喜。优哉游哉,聊复尔尔。"二诗理趣尤奇,其见又高于前三公也。(《瓮牖闲评》)

清贺裳:梦得最长于刻划……《观棋歌》"初疑磊落曙天星,次见搏击三秋兵。雁行布阵众未晓,虎穴得子人皆惊",俨然两人对弈于旁也。(《载酒园诗话又编》)

清何焯:(商山四句)顿挫,即是结句"出人意"三字之根也。(卞孝萱《刘禹锡诗何焯批语考订》)

酬国子崔博士立之①见寄

健笔高科早绝伦,后来无不揖芳尘。遍看今日乘轩客,多是昔年呈卷人。胄子②执经瞻讲坐,郎官共食接华茵③。烦君远寄相思曲,慰问天南一逐臣。

【题解】

此诗为刘禹锡元和十年(815)至十四年(819)在连州期间所作。高志忠《校注》按云:"《韩昌黎全集》卷一二《蓝田县丞厅壁记》云:'博陵崔斯立……元和初,以前大理评事言得失黜官,再转而为丞兹邑。'文末署:'考功郎中知制诰韩愈记。'《旧唐书》卷一百六十《韩愈传》载:元和八年,'愈自以才高,累被摈黜,作《进学解》以自喻……执政览其文而怜之,以其有史才,改比部郎中、史馆修撰。逾岁,转考功郎中、知制诰,拜中书舍人。'愈元和八年改比部郎中、转考功郎中,知制诰当为十年事。立之为国子博士已为元和十年以后事矣。故,系是诗作于连州。"今从高说。

【注释】

①国子崔博士立之:崔立之,字斯立。
②胄子:国子学生员。

③茵：朱本作"裀"。

海阳十咏 并引

元次山①始作海阳湖②。后之人或立亭榭，率无指名。及余而大备，每疏凿构置，必揣称以标之，人咸曰有旨。异日，迁客裴侍御③为《十咏》以示余，颇明丽而不虚美。因捃拾裴诗所未道者，从而和之。一云，余为《吏隐亭述》，言海阳之所从来详矣。"异日"下与此同④。

吏隐寺

结构得奇势，朱门交碧浔。外来始一望，写尽平生心。
日轩漾波影，月砌镂松阴。几度欲归去，回眸情更深。

切云亭

迥破林烟出，俯窥石潭空。波摇杏梁日，松韵碧窗风。
隔水生别岛，带桥如断虹。九疑南面事，尽入寸眸中。

云英潭

芳幄覆云屏，石砼开碧镜。支流日飞洒，深处自凝莹⑤。
潜去不见迹，清音常满听。有时病朝醒，来此心神醒。

玄览亭

萧洒青林际，寅缘碧潭隈。淙⑥流冒石下，轻波触⑦砌回。
香风逼⑧人度，幽光覆水开。故令无四壁，晴⑨夜月光来。

裴溪 时御史已遇新恩。

楚客忆关中，疏溪想汾水。萦纡非一曲，意态如千里。
倒影罗文动，微波⑩笑颜起。君今赐环⑪归，何人承玉趾。

飞练瀑

晶晶掷岩端,洁光如可把。琼枝曲不折,雪⑫片晴犹下。石坚激清响,叶动承余洒。前时⑬明月中,见是银河泻。

蒙　池

漾渟⑭幽壁下,深净⑮如无力。风起不成文,月来同⑯一色。地灵草木瘦⑰,人远烟霞逼。往往疑列仙,围棋在岩侧⑱。

棼丝瀑

飞流透嵌隟⑲,喷洒如丝棼。含晕迎初旭,翻光破夕曛。余波绕石去,碎响隔溪闻。却望琼沙际,逶迤见脉分。

双　溪

流水绕双岛,碧溪相并深。浮花拥曲处,远影落中心。闲鹭久独立,曝龟惊复沉。苹风有时起,满谷《箫韶》音。

月　窟

溅溅漱幽石,注入团圆处。有如常满杯⑳,承彼青㉑夜露。岩曲月斜照,林寒春晚煦。游人不敢触,恐有蛟龙护。

【题解】

此诗作于刘禹锡在连州期间。

【注释】

①元次山:元结。《新唐书》卷一四三有传。代宗广德年间拜道州刺史。

②海阳湖:《舆地纪胜》:"海阳湖在桂阳县东北二里。唐大历初,道州刺史元结到此,雅好山水,修创林洞,通小舟游泛。刺史刘禹锡重修。"刘禹锡《吏隐亭述》:"海阳之名,自元先生。先生元结,有铭其碣。"

③迁客裴侍御:未详何人。"客",朱本、《全唐诗》作"官",误。

④《全唐诗》引末无"一云"等小字注。

⑤自凝莹:"自",朱本作"身"。"凝",崇本、朱本、《全唐诗》作"疑"。

⑥淙:朱本作"深"。

⑦触:朱本作"逐"。

⑧逼:朱本作"过"。

⑨晴:朱本作"清"。

⑩《全唐诗》"波"下注云:"一作浪。"

⑪赐环:详见《晚岁登武陵城顾望水陆怅然有作》注⑱。

⑫雪:《全唐诗》作"云",非是。

⑬《全唐诗》"时"下注云:"一作池。"

⑭潆淳(yíng tíng):水停滞不流貌。

⑮净:朱本作"静"。

⑯同:朱本作"如"。

⑰瘦:朱本作"腴"。

⑱"围棋"句:《搜神后记》卷一:"嵩高山北有大穴,莫测其深,百姓岁时游观。晋初,尝有一人误堕穴中。同辈冀其傥不死,投食于穴中。坠者得之,为寻穴而行。计可十余日,忽然见明。又有草屋,中有二人,对坐围棋。局下有一杯白饮。坠者告以饥渴,棋者曰:'可饮此。'遂饮之,气力十倍。棋者曰:'汝欲停此否?'坠者不愿停。棋者曰:'从此西行,有天井,其中多蛟龙。但投身入井,自当出。若饿,取井中物食。'坠者如言,半年许,乃出蜀中。归洛下,问张华,华曰:'此仙馆大夫。所饮者,玉浆也,所食者,龙穴石髓也。'"

⑲隟:同"隙"。朱本、《全唐诗》作"隙"。

⑳常满杯:《海内十洲记》:"周穆王时,西胡献昆吾割玉刀及夜光常满杯。刀长一尺,杯受三升。刀切玉如切泥,杯是白玉之精,光明夜照。冥夕出杯于中庭以向天,比明而水汁已满于杯中也。汁甘而香美,斯实灵人之器。"

㉑青:朱本、《全唐诗》作"清",是。

263

送周鲁儒赴举^① 并引

昼居^②外次^③，晨门^④曰："有九疑生持一刺来谒，立西阶^⑤以须^⑥。"生危冠方袂，浅拱舒拜，且前致词称赞^⑦。其文颇涉猎前言。居五六日，复袖^⑧来，益引古事以相劘切^⑨。与之言，能言其得姓因家之所自，暨县道乡亭之风俗，望山名水之概状。罗含^⑩所未记，朱赣^⑪之未条，咸得之于生。由是，始列于宾籍。临觞而司斟，观博而审言，有日矣。初，邑中人闻有生来而二千石^⑫客之，骈然来观，迁客裴御史遇生于坐，抵掌曰："人固有貌类而族殊者！"周生疑罗玠^⑬也。众咸辗然而熟视生，疑也愈甚。夫形似，古所有也。优孟^⑭似薳敖^⑮，而楚君欲以为相。人殊而貌肖，犹或欲用之。玠生于衡山，而生生于九疑，其似诚匹也。无乃蹑其武，升俊造，仕甸服，佐君藩，为御史乎？古文^⑯人无避事，即有而书之，尚实也。行李之贶，则征夫诗。曰：

宋^⑰曰营阳内史^⑱孙，因家占得九疑村。童心便有爱书癖，手指今余把笔痕。自握蛇珠^⑲辞白屋，欲凭鸡卜^⑳谒金门^㉑。若逢广坐^㉒问羊酪^㉓，从此知名在一言。

【题解】

此诗作于刘禹锡在连州期间。诗引云"迁客裴御史遇生于坐"，此"裴御史"当为《海阳十咏》诗引中之"裴侍御"。又，《刘禹锡年谱》云："诗云：'因家占得九疑村。'据《太平寰宇记》卷一一六《江南西道》一四《道州宁远县》条云：'九疑山，在县南六十里，永、郴、连三州界。'可见周鲁儒系连州一带人。"

【注释】

①朱本、《全唐诗》"举"下有"诗"字。

②昼居：白天止息；白昼闲居。《礼记·檀弓上》："夫昼居于内，问其疾可也。"

③外次：《礼记·曾子问》："孔子曰：'男不入，改服于外次；女入，改服于内次；然后即位而哭。'"

④晨门：掌管城门开闭的人。

⑤西阶：指堂西台阶。示尊礼之位。《礼记·曲礼上》："主人就东阶，客就西阶。客若降等，则就主人之阶。"

⑥须：等待，停留。

⑦称贽：具礼品求见。

⑧朱本缺"袖"字。

⑨劘(mó)切：切磋。

⑩罗含：罗含著《湘中记》。

⑪朱赣：即朱贡。《隋书》卷三三《经籍志》二："其后刘向略言地域，丞相张禹使属朱贡条记风俗，班固因之作《地理志》。"

⑫二千石：汉制，郡守俸禄为二千石，即月俸百二十斛。世因称郡守为"二千石"。此处为刘禹锡自指。

⑬罗玠：未详何人。

⑭优孟：《史记》卷一二六《滑稽列传》："优孟，故楚之乐人也。长八尺，多辩，常以谈笑讽谏。……楚相孙叔敖知其贤人也，善待之。病且死，属其子曰：'我死，汝必贫困。若往见优孟，言我孙叔敖之子也。'居数年，其子穷困负薪，逢优孟，与言曰：'我，孙叔敖子也。父且死时，属我贫困往见优孟。'优孟曰：'若无远有所之。'即为孙叔敖衣冠，抵掌谈语。岁余，像孙叔敖，楚王及左右不能别也。庄王置酒，优孟前为寿。庄王大惊，以为孙叔敖复生也，欲以为相。优孟曰：'请归与妇计，三日而为相。'庄王许之。三日后，优孟复来。王曰：'妇言谓何？'孟曰：'妇言慎无为，楚相不足为也。如孙叔敖之为楚相，尽忠为廉以治楚，楚王得以霸。今死，其子无立锥之

地,贫困负薪以自饮食。必如孙叔敖,不如自杀。'……于是庄王谢优孟,乃召孙叔敖子,封之寝丘四百户,以奉其祀。"

⑮蒍敖：即孙叔敖。"蒍",朱本、《全唐诗》作"叔"字。

⑯文：朱本作"之"。

⑰宋：崇本作"当"。

⑱营阳内史：蒋维崧等《笺注》注云："《读史方舆纪要·湖广·永州府·道州》：'晋末分零陵置营阳郡,宋齐因之。'《宋书·州郡三》：'零陵内史,汉武帝元鼎六年立。……营阳太守,江左分零陵立。'宋曰营阳内史之裔孙：此系周鲁儒自述其家世。"

⑲蛇珠：《淮南子·览冥训》："譬如隋侯之珠,和氏之璧,得之者富,失之者贫。"高诱注云："隋侯,汉东之国,姬姓诸侯也。隋侯见大蛇伤断,以药傅之。后蛇于江中衔大珠以报之,因曰隋侯之珠,盖明月珠也。"

⑳鸡卜：古代占卜法之一。以鸡骨或鸡卵占吉凶祸福。《史记》卷一二《孝武本纪》："乃令越巫立越祝祠,安台无坛,亦祠天神上帝百鬼,而以鸡卜。上信之,越祠鸡卜始用焉。"张守节正义："鸡卜法,用鸡一,狗一,生,祝愿讫,即杀鸡狗煮熟,又祭,独取鸡两眼,骨上自有孔裂,似人物形则吉,不足则凶。"

㉑金门：即"金马门"。汉代宫门名,学士待诏之处。《史记·滑稽列传》："金马门者,宦者署门也。门傍有铜马,故谓之曰'金马门'。"

㉒《全唐诗》"坐"下注云："一作知。"

㉓羊酪：《世说新语·言语》："陆机诣王武子,武子前置数斛羊酪,指以示陆曰：'卿江东何以敌此?'陆云：'有千里莼羹,但未下盐豉耳!'"

赠刘景①擢第

湘中才子是刘郎,望在长沙住桂阳②。昨日鸿都③新上第,五陵年少让清光。

266

此诗当为刘禹锡在连州时所作。据诗云"望在长沙住桂阳",桂阳乃连州理所。

【注释】

①刘景:《旧唐书》卷一七七《刘瞻传》:"刘瞻,字几之,彭城人,祖升,父景。"孙光宪《北梦琐言》卷三:"唐相国刘公瞻,其先人讳景,本连州人。"

②桂阳:《大清一统志·广东省·连州》:"汉置桂阳县,属桂阳郡,后汉因之。……梁天监六年置阳山郡。隋平陈,罢郡为连州。大业初,改州为熙平郡,唐武德四年复曰连州。天宝元年改为连山郡,乾元元年复曰连州。'"

③鸿都:《后汉书》卷八《孝灵帝纪》:光和元年二月,"始置鸿都门学生。"李贤注云:"鸿都,门名也,于内置学。时其中诸生,皆敕州、郡、三公举召能为尺牍辞赋及工书鸟篆者相课试,至千人焉。"

有僧言罗浮①事因为诗以写之

君言罗浮上,容易见九垠②。渐高元气壮,汹涌来翼身。夜宿最高峰,瞻空③浩无邻。海黑天宇旷,星辰来逼人。是时当朏魄④,阴物恣腾振。日光吐鲸背,剑影开龙鳞⑤。倏若万马驰,旌旗耸霄沦⑥。又如广乐奏,金石含悲辛。疑其有巨灵⑦,怪物尽来宾。阴阳迭用事,乃俾夜作晨。咿喔天鸡⑧鸣,扶桑色昕昕。赤波⑨千万里⑩,涌出黄金轮。下视生物息,霏如隙中尘。醯鸡⑪仰瓮口,亦谓云汉津。世人信耳目,方寸度大钧⑫。安知视听外,怪愕不可陈!悠然⑬想大方,此乃杯水滨。知小天地大,安能识其真!

【题解】

此诗作于元和十年(815)至元和十四年(819)刘禹锡在连州期间。诗歌描写了僧人所讲述的罗浮山气象,借以表达诗人内心对天地广袤而人的认知极为有限的感悟。

【注释】

①罗浮:罗浮山。在广东省东江北岸。晋葛洪曾在此山修道,道教称为"第七洞天"。

②九垠:九重。扬雄《甘泉赋》:"漂龙渊而还九垠兮,窥地底而上回。"《文选》李善注引服虔曰:"九垠,九重也。"

③空:明本、朱本、《全唐诗》作"望"。

④朏(fěi)魄:新月的月光。亦用为农历每月初三日的代称。

⑤"剑影"句:详见《奉和中书崔舍人八月十五日夜玩月二十韵》注⑯。

⑥瀹(yūn)沦:水深广貌。

⑦巨灵:神话传说中劈开华山的河神。详见《华山歌》注④。

⑧天鸡:神话中天上的鸡。南朝梁任昉《述异记》卷下:"东南有桃都山,上有大树,名曰'桃都',枝相去三千里,上有天鸡。日初出,照此木,天鸡则鸣,天下鸡皆随之鸣。"

⑨赤波:朱本作"示彼",误。

⑩里:崇本作"重"。

⑪醯(xī)鸡:即蠛蠓。古人以为是酒醋上的白霉变成。

⑫大钧:指天或自然。

⑬悠然:明本、朱本、《全唐诗》作"悠悠"。

【汇评】

宋苏轼:刘梦得有诗,记罗浮夜半见日事。山不甚高,而夜见日,甚可异也。(《游罗浮山一首示子过》自注)

清贺裳:《状天坛遇雨》曰:"疾行穿雨过,却立视云背。"《罗浮寺》曰:"夜宿最高峰,瞻望浩无邻。海黑天宇旷,星辰来逼人。"景奇语奇,登山时却实有此事。(《载酒园诗话又编》)

海阳湖^①别浩初^②师 并引

　　潇、湘间无土山，无浊水，民乘是气，往往清慧而文。长沙人浩初，生既因地而清矣。故去牵洗虑，剔颠毛而坏其衣。居一都之殷，易与士会，得执外教，尽捐苛礼。自公侯守相，必赐其清闲^③。耳目灌注，习浮于性。而里中儿贤适与浩初比者，婴冠带、蓁妻子，吏得以乘陵之。汩没天慧，不得自奋，莫可望浩初之清光于侯门上坐，第自吟美而已。浩初益自多其术，尤勇于近达者而归之。往年之临贺^④，唁侍郎杨公^⑤，留岁余，公遗以七言诗，手笔于素。前年，省柳仪曹于龙城^⑥，又为赋三篇，皆章书。今复来连山，以前所得双南金^⑦出于椷^⑧，亟请余赓之。按师为诗颇清，而弈棋至第三品，二道皆足以取幸于士大夫，宜薰余习以深入也。会吴郡^⑨以山水冠世，海阳又以奇甲一州，师慕道，于泉石宜^⑩笃，故携之以嬉。及言旋，复引与共载于湖上，弈于树石间，以植沃州之因缘，且^⑪赋诗具道其事。

　　近郭有^⑫殊境，独游常鲜欢。逢君驻缁锡，观白^⑬称林峦。湖满景方霁，野香春未阑。爱泉移席近，闻石辍棋看。风止松犹韵，花繁露晚^⑭干。桥形出树曲，岩影落池寒。湘^⑮东架险凡四桥。山下出泉，逗嵩为池，泓澄可爱者不可遍举，故状其境以贻好事。别路千嶂里^⑯，诗情暮云^⑰端。他年买山^⑱处，似此得躔官^⑲。

【题解】

此诗作于元和十二年(817)至十四年(819)春。诗引云："前年，省柳仪曹于龙城。"《旧唐书》卷一五《宪宗纪》下:元和十年三月,"以永州司马柳宗元为柳州刺史……朗州司马刘禹锡为播州刺史……御史中丞裴度以禹锡母老,请移近处,乃改授连州刺史"。元和十四年十一月柳宗元卒。诗以写景记游为主,诗引中似对浩初有微词。瞿蜕园《笺证》按云:"所谓'益自多其术,尤勇于近达者而归之',又以诗棋二道为足以取幸于士大夫,盖明其人为江湖游客耳。"

【注释】

①海阳湖:瞿蜕园《笺证》引《舆地纪胜》云:"海阳湖在桂阳县东北二里。唐大历初,道州刺史元结到此,雅好山水,修创林洞,通小舟游泛。刺史刘禹锡重修。"

②浩初:柳宗元《送僧浩初序》,韩醇注云:"浩初,龙安海禅师弟子也。""浩",朱本作"涉",误。

③闲:崇本、《全唐诗》作"问"。

④临贺:今广西贺县。

⑤侍郎杨公:杨凭,《旧唐书》一四六、《新唐书》一六〇均有传。《旧唐书》云:"杨凭,字虚受,弘农人。举进士,累佐使府,征为监察御史,不乐检束,遂求免。累迁起居舍人、左司员外郎、礼部、兵部郎中、太常少卿、湖南、江西观察使,入为左散骑常侍、刑部侍郎、京兆尹。"

⑥龙城:柳州。《旧唐书》卷四一《地理志》四:"柳州隋始安郡之马平县。……天宝元年,改为龙城郡。乾元元年,复为柳州,以州界柳岭为名。"

⑦双南金:指品级高、价值贵一倍的优质铜。喻指宝贵之物。

⑧袯:明本作"械"。

⑨吴郡:今江苏苏州。

⑩宜:《全唐诗》作"为",崇本"宜"下有"为"字。

⑪且:《全唐诗》作"宜"。

⑫有:《全唐诗》作"看",注云:"一作看。"

⑬白:崇本、《全唐诗》作"貌",朱本作"兑"。

⑭晚:崇本、朱本、《全唐诗》之作"末"。《全唐诗》注云:"一作晚。"

⑮湘:崇本作"湖",是。

⑯《全唐诗》"嶂里"下注云:"一作峰外。"

⑰《全唐诗》"云"下注云:"一作雨。"

⑱买山:《世说新语·排调》:"支道林因人就深公买印山,深公答曰:'未闻巢、由买山而隐。'"后以"买山"喻贤士的归隐。亦用以形容人的才德之高。

⑲罢官:罢官;解职。

【汇评】

清何焯:(爱泉句)生动。(卞孝萱《刘禹锡诗何焯批语考订》)

夔州窦员外使君①见示悼妓诗顾余尝识之②因命同作

前年曾见两鬟时,今日惊吟悼妓诗。凤管③学成知有籍,龙媒④欲换叹无期。空廊月照常行地,后院花开旧折枝。寂寞鱼山⑤青草里,何人更立智琼⑥祠?

【题解】

此诗系诸连州。瞿蜕园《笺证》按云:"窦员外谓窦常……其任朗州时,禹锡亦正为朗州司马,故云前年尝见。常自朗迁夔,此诗当为禹锡在连州时作。"今从瞿说。窦常原诗已佚。

【注释】

①夔州窦员外使君:窦常。详见《酬窦员外使君寒食日途次松滋渡先寄示四韵》注①。

②《全唐诗》"之"下注云:"一作面。"

③凤管:笙箫。

④龙媒:《汉书》卷二二《礼乐志》:"天马徕,龙之媒。"颜师古注引应劭

曰:"言天马者乃神龙之类,今天马已来,此龙必至之效也。"后因称骏马为
"龙媒"。

　　⑤鱼山:在今山东东阿县南。

　　⑥智琼:《搜神记》卷一:"魏济北郡从事掾弦超,字义起。以嘉平中夜
独宿,梦有神女来从之。自称天上玉女,东郡人,姓成公,字知琼,早失父
母,天帝哀其孤苦,遣令下嫁从夫。……经七八年,父母为超娶妇之后,分
日而燕,分夕而寝,夜来晨去,倏忽若飞,唯超见之,他人不见。虽居暗室,
辄闻人声,常见踪迹,然不睹其形。后人怪问,漏泄其事,玉女遂求
去。……去后五年,超奉郡使至洛,到济北鱼山下,陌上西行,遥望曲道头
有一马车,似知琼。驱驰至前,果是也。遂披帷相见,悲喜交切。控左援
绥,同乘至洛。遂为室家,克复旧好。"

【汇评】

清纪昀:殊为平浅。(《瀛奎律髓汇评》)

窦夔州见寄寒食日忆故姬小红吹笙因和之

　　鸾声窈眇管参差,清韵初调众乐随。幽院妆成花下弄,
高楼月好夜深吹①。忽惊暮槿②飘零尽,唯有朝云梦想期。闻
道今年寒食日,东山旧路独行迟。

【题解】

　　此诗与《夔州窦员外使君见示悼妓诗顾余尝识之因命同作》所悼为同
一人,当为同时作。

【注释】

　　①深吹:朱本作"吹时"。

　　②槿:《全唐诗》作"雨",注云:"一作槿。"

清金圣叹:一先写"笙",四字是笙声,三字是笙形。二次写"吹",四字是吹笙,三字是合笙。三四,方写"故姬小红",三是小红自吹,四是夔州听吹。此解,写姬在时也(首四句下)。五是小红物故,六是主人追忆,七八是见寄一段情事。此解写姬亡后也(末四句下)。(《贯华堂选批唐才子诗》)

清冯舒:秀贴道地。(《瀛奎律髓汇评》)

清何焯:结有不尽之味。(同上)

清纪昀:亦非高格。(同上)

谢柳子厚寄叠石砚①

常时同砚席,寄此②感离群。清越敲寒玉,参差叠碧云。烟岚余斐亹③,水墨两氤氲。好与陶贞白④,松窗写紫文⑤。

【题解】

此诗作年不迟于元和十四年(819)十一月。时刘禹锡在连州,柳宗元在柳州。元和十四年十一月柳宗元卒。

【注释】

①叠石砚:柳宗元《柳州山水近治可游者记》:"北有双山,夹道崭然,曰背石山,有支川,东流入于浔水。浔水因是北而东,尽大壁下。其壁曰龙壁。其下多秀石,可砚。"

②此:《全唐诗》作"砚",注云:"一作此。"

③斐亹(wěi):文彩绚丽貌。

④陶贞白:陶弘景,谥贞白。工草隶。

⑤紫文:道书。朱本缺"文"字。

穆宗长庆元年(821)

伤愚溪①三首② 并引

故人柳子厚之谪永州③,得胜地,结茅树蔬,为沼沚,为台榭,目曰愚溪。柳子没④三年,有僧游零陵,告余曰:"愚溪无复曩时矣。"一闻僧言,悲不能自胜,遂以所闻为七言以寄恨。

溪水悠悠春自来,草堂无主燕飞回。隔帘惟见中庭草,一树山榴⑤依旧开。

草圣⑥数行留坏壁⑦,木奴⑧千树属邻家。唯见里门通德榜⑨,残阳寂寞出樵车。

柳门竹巷依依在,野草青苔日日⑩多。纵有邻人解吹笛,山阳旧侣更谁过⑪?

【题解】

此诗作于长庆元年(821)。柳宗元卒于元和十四年(819)。诗引云:"柳子没三年,有僧游零陵,告余曰:'愚溪无复曩时矣。'一闻僧言,悲不能自胜,遂以所闻为七言以寄恨。"故此诗当作于长庆元年。

【注释】

①愚溪:在今湖南省零陵县。

②三首:崇本作题下小字注。

③永州:治所在今湖南零陵。

④没:崇本作"殁"。

⑤山榴:杜鹃花的别名。

⑥草圣:东汉张芝,字伯英,善章草,人称草圣。此处指柳宗元书法。

⑦坏壁:明本作"壁坏"。

⑧木奴:柑橘树。《三国志》卷四八《吴志·孙休传》裴松之注引习凿齿《汉晋春秋》:"(李衡)每欲治家,妻辄不听,后密遣客十人于武陵龙阳汜洲上作宅,种甘橘千株。临死,敕儿曰:'汝母恶我治家,故穷如是。然吾州里有千头木奴,不责汝衣食,岁上一匹绢,亦可足用耳。'……吴末,衡甘橘成,岁得绢数千匹,家道殷足。"

⑨通德榜:《后汉书》卷三五《郑玄传》:"郑玄字康成,北海高密人也。""国相孔融深敬于玄,屣履造门。告高密县为玄特立一乡,曰:'昔齐置土乡,越有君子军,皆异贤之意也。郑君好学,实怀明德。昔太史公、廷尉吴公、谒者仆射邓公,皆汉之名臣。又南山四皓有园公、夏黄公,潜光隐耀,世嘉其高,皆悉称公。然则公者仁德之正号,不必三事大夫也。今郑君乡宜曰郑公乡。昔东海于公仅有一节,犹或戒乡人侈其门闾,矧乃郑公之德,而无驷牡之路! 可广开门衢,令容高车,号为'通德门'。"

⑩《全唐诗》下"日"下注云:"一作月。"

⑪"纵有"二句:向秀《思旧赋》序云:"余与嵇康、吕安居止接近,其人并有不羁之才。然嵇志远而疏,吕心旷而放,其后各以事见法。嵇博综技艺,于丝竹特妙。临当就命,顾视日影,索琴而弹之。余逝将西迈,经其旧庐。于时日薄虞渊,寒冰凄然。邻人有吹笛者,发音寥亮。追思曩昔游宴之好,感音而叹,故作赋云。"《全唐诗》"侣"下注云:"一作里。"

【汇评】

宋范温:子厚诗尤深远难识。……《哭吕衡州》诗足以发明吕温之俊伟;《哭凌员外》诗,书尽凌准平生;《掩役夫张进骸》,既尽役夫之事,又反覆自明其意,此一篇笔力纵横,不减庄周、左丘明也。刘梦得《伤愚溪三首》,有"溪水悠悠春自来,草堂无主燕飞回",又"残阳寂寞出樵车",又"柳门竹巷依依在,野草青苔日日多",谓之佳句,正如今之海语,于子厚了无益,殆《折杨》、《皇荂》之雄,易售于流俗耳。(《潜溪诗眼》)

宋吴子良:词人即事睹景,怀古思旧,感慨悲吟,情不能已。今举其最工者,如……刘禹锡《愚溪诗》:"溪水悠悠春自来……"又:"草圣数行留坏

275

壁……"……盖人已逝而迹犹存,迹虽存而景随变。古今词云,语言百出,究其意趣,大概不越诸此。而近世仿效尤多,遂成尘腐,不足贵也。(《吴氏诗话》)

清贺裳:大抵宋人评刘诗多可笑者。如《伤愚溪》诗"溪水悠悠春自来……","草圣数行留坏壁……"摹写荒凉之慨,真觉言与泗俱。《诗眼》乃讥其"于子厚了无益,殆《折扬》、《皇华(荂)》之雄,易售于流俗。"此诗自因僧言零陵来,岂愚溪无曩时之观,而述所闻以寄恨耳。非颂非诔,非志非状,将必欲盛扬子厚之美而后为有益乎?(《载酒园诗话》)

鄂渚留别李二十六表臣①大夫

高墙②起行色,促柱动离声。欲问江深浅,应如远别情。

【题解】

此诗作于长庆元年(821)冬。《旧唐书》卷一六七《李程传》:"(元和)十三年(818)四月,拜礼部侍郎。六月,出为鄂州刺史、鄂岳观察使。"《旧唐书》卷一六《穆宗纪》:长庆二年(822)十二月癸丑,"以前黔中观察使崔元略为鄂、岳、蕲、黄、安等州观察使"。刘禹锡长庆元年冬除夔州刺史,赴任途中经过鄂州与李程相会。此诗即为此次会面时所作。

【注释】

①李二十六表臣:李程,字表臣。《旧唐书》一六七、《新唐书》一三一有传。"六",崇本、朱本、《全唐诗》作"一",误。

②墙:崇本、朱本、《全唐诗》作"樯",是。

【汇评】

明谢榛:诗有简而妙者……亦有简而勿佳者……若刘禹锡"欲问江深浅,应如远别情"不如太白"请君试问东流水,别意与之谁短长"。(《四溟诗话》)

明唐汝询:樯树则行将发,柱促则声将离,其音悲也。李时浮江而逝,故以别情拟之,亦"桃花潭水"之余波也。(《唐诗解》)

清吴昌祺:樯树则行将发,柱促则声将离,以江拟情,亦桃花潭水之余波也。(《删订唐诗解》)

清吴景旭:前十字意态既尽,无复赘言……盖赋而比也,其浅深不从海水量出,而在前十字中看出其意自婉。皇甫百泉尝言刘禹锡"欲问江深浅,应知远别情",李太白"请君试问东流水,别意与之谁短长",江淹《拟休上人怨别》"桂水日千里,因之平生怀",何必长短浅深耶?盖禹锡太白未免直致,而顾正以婉胜也。(《历代诗话》)

答表臣赠别二首①

昔为瑶池侣,飞舞集蓬莱。今作江汉别,风雪一徘徊。
嘶马立未还,行舟路将转。江头暝②色深,挥袖依稀见。

【题解】

此诗作于长庆元年(821)冬,参见《鄂渚留别李二十六表臣大夫》编年。李程原诗已佚。

【注释】

①二首:崇本作题下小字注。
②暝:朱本、《全唐诗》作"暝",是。

始发鄂渚寄表臣二首①

祖帐管弦绝,客帆凄②风生。回车已不见,犹听马嘶声。
晓发柳林戍,遥城闻五鼓。忆与故人眠,此时犹晤语。

277

此诗作于长庆元年(821)冬,参见《鄂渚留别李二十六表臣大夫》编年。

【注释】

①二首:崇本作题下小字注。

②凄:《全唐诗》作"西"。

出鄂州界怀表臣二首①

离席一挥杯,别愁今尚醉。迟迟有情处,却恨江帆驶。

梦觉疑连榻,舟行忽千里。不见黄鹤楼,寒沙雪相似。

【题解】

此诗作于长庆元年(821)冬,参见《鄂渚留别李二十六表臣大夫》编年。

【注释】

①二首:崇本作题下小字注。

重寄表臣二首①

对酒临流奈别何? 君今已醉②我蹉跎。分明记取星星鬓,他日相逢应更多。

世间人事有何穷? 过后思量尽是空。早晚同归洛阳陌,卜邻须③近祝鸡翁④。

【题解】

此诗作于长庆元年(821)冬,参见《鄂渚留别李二十六表臣大夫》编年。

【注释】

①二首:崇本作题下小字注。

②《全唐诗》"醉"下注云:"一作贵。"

③《全唐诗》"须"下注云:"一作愿。"

④祝鸡翁:《列仙传》卷上:"祝鸡翁者,洛人也。居尸乡北山下,养鸡百余年。鸡有千余头,皆立名字,暮栖树上,昼放散之。欲引呼名,即依呼而至。"

松滋渡①望硤②中

渡头轻雨洒寒梅,云际溶溶雪水来。梦渚③草长迷楚望④,夷陵⑤土黑有秦灰⑥。巴人泪应猿声落⑦,蜀客船⑧从鸟道⑨回。十二碧峰⑩何处所,永安宫⑪外是⑫荒台⑬。

【题解】

此诗作于长庆元年(821)冬,刘禹锡赴任夔州路经松滋。

【注释】

①松滋渡:湖北省松滋西北,松滋河入长江处。《全唐诗》"渡"下注云:"一作洞。"

②硤:崇本、《全唐诗》作"峡"。

③梦渚:即云梦泽中小块陆地。

④楚望:《左传》哀公六年:"三代命祀,祭不越望。江、汉、睢、漳,楚之望也。"望,古代祭祀山川的专称。后以"楚望"指楚地的山川。

⑤夷陵:楚先王的坟墓,在今湖北宜昌市东。

⑥秦灰:《史记》卷七三《白起王翦列传》:楚顷襄王二十一年(前278)"白起攻楚,拔郢,烧夷陵。"

⑦"巴人"句:《巴东三峡歌》:"巴东三峡巫峡长,猿鸣三声泪沾裳。"

⑧船:崇本作"舡"。

⑨鸟道:此处指蜀道。李白《蜀道难》:"西当太白有鸟道,可以横绝峨嵋巅。"

⑩十二碧峰:指巫山十二峰。因其四时常碧,故称。

⑪永安宫:宫殿名。三国时刘备所建,故址在今四川省奉节县城内。公元222年,刘备伐吴,在猇亭战败后,驻军白帝城(即今奉节城),建此宫,次年死于此。

⑫《全唐诗》"是"下注云:"一作有。"

⑬荒台:指阳台山。宋玉《高唐赋》:"妾在巫山之阳,高丘之阻,旦为朝云,暮为行雨,朝朝暮暮,阳台之下。"

【汇评】

唐范摅:中山刘公曰,顷在夔州,少逢宾客,纵有停舟相访,不可久留,而独吟曰:"巴人泪逐猿声落,蜀客舟从鸟道来。"(《云溪友议》)

元郝天挺:巫山县西北二百五十步有阳台,今云"荒台"者,讥楚王淫放也。(《唐诗鼓吹》)

明顾璘:此篇尚存中唐气调。(《批点唐音》)

明桂天祥:韵格落盛唐诸公后,而所得亦自深浑。(《批点唐诗正声》)

明谢榛:诗中泪字若"沾衣"、"沾裳",通用不为剽窃,多有出奇者。潘岳曰:"涕泪应情陨。"子美曰:"近泪无干土。"太白曰:"泪尽日南珠。"刘禹锡曰:"巴人泪应猿声落。"(《四溟诗话》)

明许学夷:七言律如"南荆西蜀"、"南宫幸袭"、"渡头轻雨"三篇,声气有类盛唐。(《诗源辨体》)

明唐汝询:此眺望而怀古也。言细雨沾梅,冰雪初解,山峡之波从天而下,于是瞻楚望。(《唐诗解》)

明廖文炳:十二碧峰不知何在,但是永安宫外一荒台而已。盖亦远望而深致其感古伤今之意欤?(《唐诗鼓吹注解》)

清金圣叹:前解感时,后解伤事。一轻雨洒梅,写春动,二雪消水来,写腊尽也。"云际"者,言此处春动,即无处不腊尽。如梦渚夷陵,遥遥极望,眼见皆是春物也。"草长"、"土黑"者,草长为梦渚,土黑为夷陵也。各用五字,写上二字,非欲写草长土黑等五字也(首四句下)。五六,言但见人哭,猿啼,客归,船下,若夫十二碧峰,则我竟知其安在乎。末欲写无碧峰,却偏写有荒台,最为尽意之笔(末四句下)。(《贯华堂选批唐才子诗》)

清王夫之:自然感慨,尽从景得,斯为景藏情。(《唐诗评选》)

此在松滋举目而望,见轻雨洒梅,雪消水下,梦渚草深,暗遮江汉湘漳之望,夷陵土黑,尚留白起烧焚之灰耳。客过峡山,泪随猿声而坠;人归蜀国,帆从鸟道而来,驱驰之难如此。十二碧峰不知何在,但见永安宫外一荒台而已。盖亦远望而深致其感古伤今之意欤?(《唐诗鼓吹评注》)

又:二句领起"望"字,乃雪消水来耳,"雪水来"合用"水深雪霁"之意,"有秦灰"借以自比心变寒灰也。后四句则言触目艰险,并求若宋玉之遇襄王亦不可得,所谓一生不得文章力耳,妙在浑然。夔巫是峡中尽处。(同上)

清朱三锡:题是"望峡中",只写"望"字意。轻雨洒梅,必是交春时候;雪消水来,必是腊尽春初时候。唐人写景,各有分寸,不轻下笔可知。……三、四皆望中可见之景,有无限感触意。五、六皆望中可想之事,有无限低徊意,"碧峰""永安"一结最为尽致,欲写无"碧峰",偏写有"荒台",令人悠然神远矣。(《东岩草堂评订唐诗鼓吹》)

清胡以梅:通篇典丽工切,洵是名家之作。(《唐诗贯珠》)

清毛奇龄、王锡等:寄慨廓然。(《唐七律选》)

清杨逢春:八句劈头将"渡头"二字引起,一句一意,自近而远,俱为写望峡之景,而不见堆垛之迹,有大气包举之也。俯仰古今声情悲壮,固是雄杰之作。(《唐诗绎》)

清何焯:"有秦灰",借以自比心变寒灰也。(《唐三体诗评》)

又:触目崄艰,并不得如襄王、宋玉之遇,是其托寄所在也。(同上)

清王尧衢:前解写松滋渡望,后解写望峡中,通篇不离"望"字。(《古唐诗合解》)

清屈复:一、二松滋渡,又点时。中四望峡中景物。"秦灰",借《史记》白起烧夷陵,实暗用劫灭事,言沧桑多变也。七、八既见神女荒唐,又吊先

主之遗踪,遥应秦灰句也。(《唐诗成法》)

清沈德潜:望峡中(首联下)。正写望峡,警拔("巴人泪应"句下)。(《唐诗别裁》)

清冯舒:秀便工致。(《瀛奎律髓汇评》)

清何焯:"秦灰",潜喻心变死灰。(同上)

又:量移夔州诗,妙在浑然不露。后四句言触目险艰,求若宋玉之遇襄王,亦不可再,所谓"一生不得文章力"耳。(同上)

纪昀:中唐本色,惟结二句不免窠臼。(同上)

清无名氏:刘中山律诗虽不及柳州之镵刻,然自有华气。(同上)

清方东树:起句松滋渡。以下七句,皆峡中景,有"望"字意。一直说去,大气直喷。(《昭昧詹言》)

清吴汝纶:求古人遇主之遗迹,而不可得也。(《桐城先生评点唐诗鼓吹》)

清王寿昌:唐人之诗,有清和纯粹可诵而可法者,如……刘禹锡之"渡头轻雨洒寒梅"……(《小清华园诗谈》)

碧涧寺①见元九侍御②如③展上人诗有三生之句因以和④

廊下题诗满壁尘,塔前松树已鳞皴⑤。古来唯有王文度,重见平生竺道人⑥。

【题解】

此诗作于长庆元年(821)冬,刘禹锡赴任夔州路经松滋时见元稹题诗有感而作。《元稹集》卷一八《八月六日与僧如展前松滋主簿韦戴同游碧涧寺赋得庳字韵寺临蜀江内有碧涧穿注两廊又有龙女洞能兴云雨诗中喷字以平声韵》："空阔长江碍铁围,高低行树倚岩崖。穿廊玉涧喷红旭,踊塔金轮拆翠微。草引风轻驯虎睡,洞驱云入毒龙归。他生莫忘灵山别,满壁人名后会稀。"又:卷八《僧如展及韦载同游碧涧寺各赋诗予落句云他生莫忘灵山别满壁人名后会稀展共吟他生之句因话释氏缘会所以莫不悽然久之不十日而展公长逝惊悼返覆则他生岂有兆耶其间展公仍赋黄字五十韵飞札相示予方属和未毕自此不复撰成徒以四韵为识》："重吟前日他生句,岂料逾旬便隔生。会拟一来身塔下,无因共绕寺廊行。紫毫飞札看犹湿,黄字新诗和未成。纵使得如羊叔子,不闻兼记旧交情。"《公安县远安寺水亭见展公题壁漂然泪流因书四韵》："碧涧去年会,与师三两人。今来见题壁,师已是前身。芰叶迎僧夏,杨花度俗春。空将数行泪,洒遍塔中尘。"

【注释】

①碧涧寺:《舆地纪胜》卷六四《荆湖北路·江陵府》上《景物》下:"碧涧溪,在松滋县西六十里,有碧涧寺。"

②元九侍御:元稹。

③如:崇本、明本、朱本、《全唐诗》皆作"和",是。

④崇本"和"下有"之"字。

⑤鳞皴:朱本、《全唐诗》作"皴鳞"。

⑥"古来"二句:《晋书》卷七五《王坦之传》:"坦之字文度。""初,坦之与沙门竺法师甚厚,每共论幽明报应,便要先死者当报其事。后经年,师忽来云:'贫道已死,罪福皆不虚。惟当勤修道德,以升济神明耳。'言讫不见。坦之寻亦卒,时年四十六。"

【汇评】

清李慈铭:此即古今第一可感事(末联下)。(《越缦堂读书简端记》)

长庆二年(822)

始至云安①寄兵部韩侍郎中书白舍人二公近曾远守故有属焉

天外巴子国②,山头白帝城。波清蜀楝③尽,云散楚④台倾。迅濑下哮吼,两岸势争衡。阴风鬼神过,暴雨蛟龙生。硖⑤断见孤邑,江流照飞甍。蛮军击严鼓,笮马⑥引双旌。望阙遥拜舞,分庭备将迎。铜符一以合⑦,文墨纷来萦。暮色四山起,愁猿数处声。重关群吏散,静室寒灯明。故人青霞意,飞舞焦⑧蓬瀛。昔曾在池籞⑨,应知鱼鸟情。

【题解】

此诗作于于长庆二年(822)正月。刘禹锡长庆元年冬除夔州刺史,二年正月抵夔州。《旧唐书》卷一六《穆宗纪》:长庆元年七月庚申,"以国子祭酒韩愈为兵部侍郎"。《旧唐书》卷一六《穆宗纪》:长庆元年十月,"壬午,以尚书主客郎中、知制诰白居易为中书舍人"。元和末,韩愈被贬潮州刺史,后量移袁州,白居易自江州司马除忠州刺史,故云"近曾远守"。

【注释】

①云安:今重庆云阳。唐属夔州。

②巴子国:即巴国,古国名。周代姬姓之国,子爵。在今重庆一带。

③楝(sù):短的椽子。"楝",崇本作"梀",朱本作"村",皆误。

④楚:朱本作"荒"。

⑤硖:崇本作"峡"。

⑥筰(zuó)马:古族筰都所产之马。《史记》卷一一六《西南夷列传》:"巴蜀民或窃出商贾,取其筰马、僰僮、髦牛,以此巴蜀殷富。""筰",《全唐诗》作"筜"。

⑦"铜符"句:持皇帝所赐符与郡中所存符验对相合。《史记》卷十《孝文本纪》:"九月,初与郡国守相为铜虎符、竹使符。"裴骃集解引应劭曰:"铜虎符第一至第五,国家当发兵,遣使者至郡合符,符合乃听受之。"司马贞索隐:"《汉旧仪》:铜虎符发兵,长六寸……《古今注》云'铜虎符银错书之'。张晏云'铜,取其同心也'。"

⑧焦:崇本、朱本、《全唐诗》作"集",是。

⑨池籞(yù):指帝王的园林。《汉书》卷八《宣帝纪》:"池籞未御幸者假与贫民。"颜师古注:"应劭曰:'池者,陂池也;籞者,禁苑也。'"

竹枝词①　并引②

四方之歌,异音而同乐。岁正月③,余来建平④,里中儿⑤联歌《竹枝》,吹短笛,击鼓以赴节。歌者扬袂睢舞,以曲多为贤。聆其音,中黄钟之羽。其⑥卒章激讦如吴声,虽伧佇不可分,而含思宛转,有淇、濮之艳⑦。昔屈原居沅、湘间,其民迎神,词多鄙陋,乃为作《九歌》,到于今,荆、楚鼓⑧舞之。故余亦作《竹枝词》九篇,俾善歌者飏之,附于末。后之聆巴歈⑨,知变风之自焉。

白帝城头春草生,白盐山⑩下蜀江清。南人上来歌一曲,北人莫⑪上动乡情。

山桃红花满上头,蜀江春水拍山⑫流。花红易衰似郎意,水流无限似侬愁。

江上朱楼⑬新雨晴,瀼西⑭春水縠文生。桥东桥西好杨柳,人来人去唱歌行。

日出三竿春雾消,江头蜀客驻兰桡。凭^⑮寄狂夫书一纸,住在^⑯成都万里桥^⑰。

两岸山花似雪开,家家春酒满银杯。昭君坊^⑱中多女伴,永安宫外踏青来。

城西门前滟滪堆^⑲,年年波浪不能摧^⑳。懊恼^㉑人心不如石,少时东去复西来。

瞿唐嘈嘈十二滩,此中^㉒道路古来难。长恨人心不如水,等闲平地起波澜。

巫峡苍苍烟雨时,清猿啼在最高枝。个里愁人肠自断,由来不是此声悲。

山上层层桃李花,云间烟火是人家。银钏金钗来负水,长刀短笠去烧畲。

【题解】

此诗作于长庆二年(822)刘禹锡在夔州之时。瞿蜕园《笺证》按云:"此诗小引明云'岁正月,余来建平',禹锡以长庆二年正月到夔州,见《夔州谢上表》,夔州即建平郡。"

【注释】

①竹枝词:《全唐诗》"词"下有"九首"二字,崇本"九首"作小字注。

②引:朱本作"序",误。

③岁正月:指长庆二年(822)正月。

④建平:晋时于巫山县置建平郡。以此称夔州。

⑤儿:崇本作"见"。

⑥其:明本、朱本、《全唐诗》皆无此字。

⑦淇濮之艳:"淇",崇本作"湛",误。"濮",朱本、《全唐诗》作"澳"。《全唐诗》"艳"下有"音"字。

⑧鼓:《全唐诗》作"歌"。

⑨巴歈:指巴渝舞。古代巴渝地区民间武舞。周初传入中原,被采用为军队乐舞。魏晋后王粲、傅玄等人人有拟作。自汉至唐,为庙堂舞中武舞之一。魏更名"昭武舞",晋更名"宣武舞",梁恢复原称。隋文帝曾以非正典罢之。唐清商乐中尚有"巴渝舞"之名。

⑩白盐山:《水经注》卷三三《江水》一:"江水又东迳广溪峡,斯乃三峡之首也。其间三十里,颓岩倚木,厥势殆交。北岸山上有神渊,渊北有白盐崖,高可千余丈,俯临神渊。土人见其高白,故因名之。"

⑪莫:朱本作"陌"。

⑫山:崇本作"江",误。

⑬朱楼:崇本作"春来"。

⑭瀼西:即西瀼溪。高志忠《校注》按云:"奉节有瀼水三条:一曰东瀼,一曰西瀼,一曰清瀼。"

⑮凭:《全唐诗》下注云:"一作欲。"

⑯住在:《全唐诗》作"家住"。

⑰万里桥:桥名。在四川省成都市南。唐李吉甫《元和郡县图志·剑南道上·成都县》:"万里桥架大江水,在县南八里,蜀使费祎聘吴,诸葛祖之。祎叹曰:'万里之路,始于此行。'因以为名。"

⑱昭君坊:《太平寰宇记·夔州·兴山县》:"王昭君宅,汉王嫱即此邑之人,故曰昭君之县,村连巫峡,是此地。"

⑲滟滪堆:《水经注·江水》:"江中有孤石,为淫预石,冬出水二十余丈,夏则没。"

⑳《全唐诗》"摧"下注云:"一作推。"

㉑恼:朱本作"恨",《全唐诗》注云:"一作恨。"

㉒此中:《全唐诗》作"人言",注云:"一作此中。"

【汇评】

宋黄庭坚:刘梦得《竹枝》九章,词意高妙,元和间诚可以独步。道风俗而不俚,追古昔而不愧,比之杜子美《夔州歌》所谓同工而异曲也。昔子瞻闻余咏第一篇,叹曰:"此奔逸绝尘,不可追也。"(《山谷题跋》)

287

又：刘梦得作《竹枝歌》九章,余从容夔州,歌之,风气声俗皆可想见。(同上)

又：刘梦得《竹枝》九篇,盖诗人中工道人意中事者,使白居易、张籍为之,未必能也。(同上)

宋葛立方：刘梦得《竹枝》九篇,其一云："白帝城头春草生,白盐山下蜀江清。"其一云："瞿塘嘈嘈十二滩,此中道路古来难。"其一云："城西门前滟滪堆,年年波浪不曾摧。"又言昭君坊、瀼西春之类,皆夔州事。乃梦得为夔州刺史时所作。而史称梦得为武陵司马,作《竹枝词》,误矣。郭茂倩《乐府诗集》言,唐贞元中,刘禹锡在沅湘,以俚歌鄙陋,乃依骚人《九歌》,作《竹枝辞》九章。则茂倩亦以为武陵所作,当是从史所书也。(《韵语阳秋》)

宋王灼：唐时古意亦未全丧,《竹枝》、《浪淘沙》、《抛球乐》、《杨柳枝》,乃诗中绝句,而定为歌曲。(《碧鸡漫志》)

宋邵博：夔州营妓为喻迪孺扣铜盘,歌刘尚书《竹枝词》九解,尚有当时含思宛转之艳,他妓者皆不能也。(《闻见后录》)

明陆时雍：《竹枝词》俚而雅。(《唐诗镜》)

明何良俊：黄山谷跋刘宾客《柳枝词》云：刘宾客《柳枝》,虽乏曹、刘、陆机、左思之豪壮,自为齐梁乐府之将领也。刘梦得《竹枝》九首,盖诗人工道人意中事者,使白居易、张籍为之,未必能也。(《四友斋丛说》)

明李东阳：质而不俚,是诗家难事。乐府歌辞所载《木兰辞》,前首最近古。唐诗,张文昌善用俚语,刘梦得《竹枝》亦入妙。至白乐天令老妪解之,遂失之浅俗。(《怀麓堂诗话》)

明郎瑛：竹枝词本夜郎之音,起于刘朗州。盖子夜歌之变也,实有风人骚子之遗意。(《七修类稿》)

明谢榛：刘禹锡曰："建安里中儿,联歌竹枝,聆其音,中黄钟之羽,其卒章,激讦如吴声。虽伧伫不可分,而含思宛转,有淇、澳之艳音也。"唐去汉、魏乐府为近,故歌诗尚论律吕。梦得亦审音者,不独工于辞藻而已。(《四溟诗话》)

明胡应麟：梦得《竹枝》、长吉《锦囊》、飞卿《金荃》、致光《香奁》,唐人各擅。(《诗薮》)

288

明许学夷：梦得七言绝有《竹枝词》，其源出于六朝《子夜》等歌，而格与调则子美也。（《诗源辨体》）

明敖英：《竹枝》绝唱，后人苦力不逮。（《唐诗绝句类选》）

明费经虞：《竹枝》本巴人俚歌，刘禹锡易为雅音。《竹枝》入绝句，自刘始。而《竹枝》歌声，刘集未载也。（《雅伦》）

清毛先舒：诗有近俚，不必其词之闾巷也。刘梦得《竹枝》，所写皆儿女子口中语，然颇有雅味。（《诗辩坻》）

清王士禛："竹枝古称刘梦得、杨廉夫，近彭羡门尤工此体。"（《渔洋诗话》）

清田雯：山谷自荆州上峡入黔，备尝山川险阻，因作三叠，传与巴人，令以《竹枝》歌之云："鬼门关外莫言远，五十三驿是皇州。"又："鬼门关外莫惆怅，四海一家皆弟兄。"自云可入《阳关》、《小秦王》。余只觉其调俚，其言浅，不及刘梦得《竹枝词》多矣。（《古欢堂集杂著》）

清宋长白：《竹枝》为巴渝之曲，刘宾客特擅其长。以俚词而入雅调，别有一种风格。（《柳亭诗话》）

又：退之《琴操》、梦得《竹枝》、仲初《宫词》、文昌乐府，皆以古调而运新声，脱尽寻常蹊径……虽非堂堂正正之师，而偏锋取胜，亦足称一时之杰矣。（同上）

清何焯：山谷最爱《竹枝九首》，当是各得其性之所近。（卞孝萱《刘禹锡诗何焯批语考订》）

清郎廷槐：《竹枝》本出巴、渝。唐贞元中，刘梦得在沅、湘，以其地俚歌鄙陋，乃作新词九章，教里中儿歌之。其词稍以文语缘诸俚俗，若太加文藻，则非本色矣。世所传"白帝城头"以下九章是也。后之一切诣风土者，皆缘其体。（《师友诗传录》述张笃庆语）

清陈仅：此体本起于巴、濮间男女相悦之词，刘禹锡始取以入咏，诙谐嘲谑，是其本体。杨升庵引王彪之《竹赋》，谓《防露》为《竹枝》所缘起，亦属有见。（《竹林答问》）

清王昶：《竹枝》、《柳枝词》，昉于唐之中叶，刘梦得、白乐天皆以道吴楚间山川、节物、士女讴吟思慕之致，盖《国风》、《离骚》之遗意，采诗者可以观

焉。(《春融堂集·西湖柳枝词序》)

清翁方纲:刘宾客之能事,全在《竹枝词》。至于铺陈排比,辄有伧俗之气。(《石洲诗话》)

又:刘梦得《竹枝》,亦《骚》之裔。(同上)

又:《竹枝》泛咏风土,《柳枝》则咏柳,其大较也。(同上)

又:《竹枝》本近鄙俚。杜公虽无《竹枝》,而《夔州歌》之类,即开其端,然其吞吐之大,则非但语《竹枝》者所敢望也。刘梦得风力远不能跻韩、杜,而惟《竹枝》最工,可见其另属一调矣。虞伯生竟以清道得之,杨廉夫乃以浮艳得之,非可以一概与杜论也。编录《竹枝》,竟须以刘、虞、杨三家为主……郭羲仲《欸乃歌》词,颇有风调,其序亦援杜之《夔州歌》、刘梦得之《竹枝》,盖《竹枝》、《欸乃》,音节相同也。(同上)

清管世铭:《竹枝》始于刘梦得,《宫词》始于王仲初,后人仿为之者,总无能掩出其上也。(《读雪山房唐诗序例》)

清杨际昌:《竹枝》体宜拗中顺,浅中深,俚中雅,太刻划则失之,入科诨更谬矣。刘梦得创调可按也。(《国朝诗话》)

清钟骏声:《竹枝词》始于刘禹锡,体近櫂歌水调,大抵叙江湖舟楫之况,以寓凄感绵邈之情;回肠荡气,节短韵长,斯为得之。(《养自然斋诗话》)

清黄生:诸诗生成《竹枝》声口,与绝句不同,即其调以想其声,真足动心悦耳。(《唐诗摘钞》)

清宋顾乐:《竹枝词》本始自刘郎,因巴渝之旧调而易以新词,自成绝调。然其乐府诸作,篇篇皆佳。(《唐人万首绝句选评》)

胡才甫:《竹枝》本出于巴、渝,唐贞元中,刘禹锡谪居湘沅,以其地俚歌鄙陋,乃作新词九章,教里中儿歌之,遂盛行焉。后人遂以七绝咏土俗琐屑事者为"竹枝体"。(《诗体释例》)

"白帝城头春草生"一首:

清吴瑞荣:按此词起于《巴渝》,唐人所作皆古蜀中风景,后人效此体于他地为之,非古矣。(《唐诗笺要》)

清何焯:始作正郎,便逢远贬,虽所交不慎有以取之,亦可闵也。(下孝

萱《刘禹锡诗何焯批语考订》)

俞陛云：此蜀江《竹枝词》也。首二句言夔门之景，以叠字格写之，两用"白"字，以生韵趣，犹"白狼山下白三郎"，亦两用"白"字，诗中偶有此格。后二句言南人过此，近乡而喜；北人溯峡而上，则乡关愈远，乡思愈深矣。（《诗境浅说续编》）

"山桃红花满上头"一首：

宋王楙：《后山诗话》载，王平甫子游谓秦少游"愁如海"之句，出于江南李后主"问君还有几多愁，恰似一江春水向东流"之意。仆谓李后主之意，又有所自。乐天诗曰"欲识愁多少，高于滟滪堆"，刘禹锡诗曰"蜀江春水拍山流，水流无限似侬愁"，得非祖此乎？则知好处前人皆已道过，后人但翻而用之耳。（《野客丛书》）

俞陛云：前二句言仰望则红满山桃，俯视则绿浮江水，亦言夔峡之景。第三句承首句山花而言，郎情如花发旋凋，更无余恋。第四句承次句蜀江而言，妾意如水流不断，独转回肠。隔句作对偶相承，别成一格，《诗经》比而兼兴之体也。（《诗境浅说续编》）

"江上朱楼新雨晴"一首：

宋宋祁：晏丞相尝问曾鸣仲云："刘禹锡诗有'瀼西春水縠纹生'，'生'作何意？"明仲曰："作生育之生。"丞相曰："非也。作生熟之生，语乃健。《庄子》曰：'生熟不尽于前。'王建诗：'自别城中礼数生。'"（《宋景文公笔记》）

清潘德舆：刘梦得"瀼西春水縠纹生"句，晏同叔谓作生熟之"生"解乃健。予思之，不得其义。殆宋人炼字之法，力求峭健，多拗曲而不明，并以此忖度唐贤欤？（《养一斋诗话》）

清何焯：居者自乐，来者自然，味在言外。（卞孝萱《刘禹锡诗何焯批语考订》）

"日出三竿春雾消"一首：

清何焯：杜拾遗《狂夫》诗云："万里桥西一草堂。"落句云："自笑狂夫老更狂。"梦得自比身世飘零，如拾遗之在远，寄书之语，犹贾生吊屈也。（《唐三体诗》）

"城西门前滟滪堆"一首：

清何焯：万物皆流，金石独止。（卞孝萱《刘禹锡诗何焯批语考订》）

俞陛云：首句言滟滪堆所在之地。次句言数十丈之奇石，屹立江心，千百年急浪排推，凝然不动。后二句以石喻人心，从《诗经》"我心匪石"脱化，言人心难测，东西无定，远不如石之坚贞。慨世情之雨云翻覆，不仅如第二首之叹郎情易衰也。（《诗境浅说续编》）

"瞿唐嘈嘈十二滩"一首：

清邢昉：六朝《读曲歌》体，如此方妙。"长恨人心不如水"，浅而俚矣。（《唐风定》）

清何焯：人言□险于□门。（卞孝萱《刘禹锡诗何焯批语考订》）

俞陛云：首言十二滩道路艰难，以质朴之笔写之，合《竹枝》格调。第四首（指"城西门前滟滪堆"）以石喻人心，此首以水喻人心。后二句言瞿唐以险恶著称，因水为万山所束，巨石所阻，激而为不平之鸣，一入平原，江流漫缓矣。若人心则平地可起波澜，其险恶殆过于瞿唐千尺滩也。（《诗境浅说续编》）

竹枝词二首①

杨柳青青江水平，闻郎江上唱歌声。东边日出西边雨，道是无晴还有晴②。

楚水巴山江雨多，巴人能唱本乡歌。今朝北客思归去，回入《纥那》③披绿罗。

【题解】

此诗作于长庆二年（822）春刘禹锡在夔州之时。高志忠《校注》按云："以《竹枝词九首》、《竹枝词二首》为一体，凡十一首正合《九歌》十一篇之数。""《竹枝词》其一：'白帝城头春草生，白盐山下蜀江清。南人上来歌一曲,北人莫上动乡情。'《竹枝词二首》其二:'楚水巴山江雨多,巴人能唱本乡歌。今朝北客思归去,回入《纥那》披绿罗。'前者为'序曲',后者为'尾声'。其余九首,首歌一事,亦与《九歌》同尔。"

【注释】

①二首:崇本作题下小字注。

②无晴还有晴:朱本作"无情还有晴"。《全唐诗》作"无晴却有晴"。"晴"下注云:"一作情。""却"下注云:"一作还。""晴"下注云:"一作情。"

③《纥那》:《纥那曲》。《旧唐书》卷一○五《韦坚传》:"人间戏唱歌词云:'得(丁纥反)体(都董反)纥那也,纥囊得体耶? 潭里船车闹,扬州铜器多。三郎当殿坐,看唱《得体歌》。'"纥那:踏曲的和声。

【汇评】

宋胡仔:《竹枝歌》云:"杨柳青青江水平,闻郎江上唱歌声。东边日出西边雨,道是无晴也有晴。"予尝舟行苕溪,夜闻舟人唱吴歌,歌中有此后二句。余皆杂以俚语,岂非梦得之歌自巴渝流传至此乎?(《苕溪渔隐丛话》)

宋洪迈:自齐梁以来,诗人作乐府《子夜四时歌》之类,每以前句比兴引喻,而后句实言以正之,至唐……亦多此体,或四句皆然。……七言亦间有之,如"东边日出西边雨,道是无晴又有晴"……是也。(《容斋三笔》)

宋潘子真:(张)文潜次张远韵,有……"东边日下终无雨,阙下题诗合有碑。"……或问:"无雨有碑,何等语也?"予答以"'东边日出西边雨,道是无晴却有晴',刘梦得《竹枝歌》也。"(《潘子真诗话》)

宋张表臣:古有采诗官,命曰风人,以见风俗喜怒好恶。……刘禹锡曰:"东边日出西边雨,道是无晴却有晴。"……此皆风言。(《珊瑚钩诗话》)

宋蔡正孙:愚谓刘禹锡《竹枝歌》云:"东边日出西边雨,道是无情还有情。"亦是此意,盖用"情"字隐"晴"字也。(《诗林广记》)

明谢榛:李义山"江上晴云杂雨云",不如刘梦得"东边日出西边雨,道是无情还有情"。(《四溟诗话》)

又:刘禹锡曰:"东边日出西边雨,道是无情还有情。"措词流丽,酷似六朝。(同上)

明冯复京:"东边日出西边雨,道是无情还有情。"每读呕哕。(《说诗补

遗》)

明周珽：起兴于杨柳、江水，而借景于东日、西雨，隐然见唱歌、闻歌无非情之所流注也。(《唐诗选脉会通评林》)

明陆时雍：《子夜》遗情。(《唐诗镜》)

清黄生：此以"晴"字双关"情"字，其源出于《子夜》、《读曲》。(《唐诗摘钞》)

清黄叔灿："道是无晴却有晴"，与"只应同楚水，长短入淮流"，同一敏妙。(《唐诗笺注》)

清管世铭：诗中谐隐，始于古《稾砧》诗，唐贤绝句，间师此意。刘梦得"东边日出西边雨，道是无晴却有晴"，温飞卿"玲珑骰子安红豆，入骨相思知不知"，古趣盎然，勿病其俚与纤也。(《读雪山房唐诗序例》)

清史承豫：双关语妙绝千古，宋元人作者极多似此，元音杳不可得。(《唐贤小三昧集》)

清方贞观：作诗者无学问理解，终是俗人之谈，不足供士大夫之一笑，然正有无理而妙者。如刘梦得……"东边日出西边雨，道是无晴却有晴"……语圆意足，信手拈来，无非妙趣。可知诗之天地，广大含宏，包罗万有，持一论以说诗，皆井蛙之见也。(《缀锻录》)

俞陛云：此首起二句，则以风韵摇曳见长。后二句言东西晴雨不同，以"晴"字借作"情"字，无情而有情，言郎踏歌之情费人猜想。双关巧语，妙手偶得之。(《诗境浅说》)

寄朗州温右史①曹长

暂别瑶墀鸳鹭行，彩旗双引到沅湘。城边流水桃花过，帘外春风杜若香。史笔柱将书纸尾，朝缨不称濯沧浪。云台功业②家声在，征诏何时出建章？

294

此诗作于长庆二年(822)。《旧唐书》卷一六《穆宗纪》:长庆元年十二月戊寅,"贬员外郎独孤朗韶州刺史,起居舍人温造朗州刺史,司勋员外郎李肇澧州刺史,刑部员外郎王镒郢州刺史,坐与李景俭于史馆同饮,景俭乘醉见宰相谩骂故也"。据"城边流水桃花过,帘外春风杜若香",诗当作于温造刚到朗州的春天,故系诸长庆二年。

【注释】

①朗州温右史:温造。右史:中书省起居舍人的别称。

②云台功业:《后汉书》卷二二:"永平中,显宗追感前世功臣,乃图画二十八将于南宫云台,其外又有王常、李通、窦融、卓茂,合三十二人。"《唐会要》卷四五《功臣》:"(贞观)十七年二月二十八日,诏曰:'自古皇王褒崇勋德,既勒名于钟鼎,又图形于丹青,是以甘露良佐,麟阁著其美,建武功臣,云台纪其迹。……兵部尚书英国公李世勣……可并图画于凌烟阁,庶念功之怀,无谢于前载,旌贤之义,永贻于后昆。"温造外五代祖李勣,名世勣,为凌烟阁之兵部尚书英国公李世勣。温造五代祖温大雅虽未图于凌烟阁,其功亦甚伟。"功",《全唐诗》作"公"。

奉和司空裴相公中书即事通简旧僚之作

谈①笑在岩廊,人人尽所长。仪形见山立,文字动星光。日运丹青笔,时看赤白囊②。伫闻戎马息,入贺领鸳行。

【题解】

此诗作于长庆二年(822),时刘禹锡在夔州任上。瞿蜕园《笺证》按云:"裴度本传:长庆元年(821),以河东节度使充镇州四面行营招讨使……进位检校司空。……二年(822)三月,度至京师,既见,先叙克融,庭奏暴乱河北,受命讨贼无功,次陈除职东都,许令入觐,翌日,以度……充淮南节度使……即日以度守司徒同平章事，复知政事。中书即事之诗必此时所作。其原诗云：'有意效承平，无功答圣明。灰心缘忍事，霜鬓为论兵。道直身还在，恩深命转轻。盐梅非拟议，葵藿是平生。白日长悬照，苍蝇漫发声。高阳旧田里，终使谢归耕。'盖度始则与元稹不叶，继又为李逢吉所构，灰心忍事及苍蝇发声之语，已颇露骨矣。度云：'无功答圣明'，而禹锡和诗云：'伫闻戎马息'，皆以幽镇未平之故也。"今从瞿说。

【注释】

①谈：《全唐诗》作"谭"。

②赤白囊：《汉书》卷七四《丙吉传》："于官属掾史，务掩过扬善。吉驭吏耆酒，数逋荡……此驭吏边郡人，习知边塞发奔命警备事，尝出，适见驿骑持赤白囊，边郡发奔命书驰来至。驭吏因随驿骑至公车刺取，知虏入云中、代郡，遽归府见吉白状，因曰：'恐虏所入边郡，二千石长吏有老病不任兵马者，宜可豫视。'吉善其言，召东曹案边长吏，琐科条其人。未已，诏召丞相、御史，问以虏所入郡吏，吉具对。御史大夫卒遽不能详知，以得谴让。而吉见谓忧边思职，驭吏力也。"

长庆三年(823)

宣上人^①远寄贺^②礼部王侍郎^③放榜后诗因而继和

礼闱^④新榜动长安,九陌人人走马看。一日声名遍天下,满城桃李属春官^⑤。自吟《白雪》铨^⑥词赋,指示青云借^⑦羽翰。借问至公^⑧谁印可^⑨?支郎^⑩天眼^⑪定中观。

【题解】

此诗作于长庆三年(823)春。《旧唐书》卷一六四《王播传》附王起传:"长庆元年(821),迁礼部侍郎。其年,钱徽掌贡士……徽贬官,起遂代徽为礼部侍郎。掌贡二年,得士尤精。"又,宣上人《贺王起》诗云:"再辟文场无枉路,两开金榜绝冤人。"可知此次放榜为第二次。贺礼部王侍郎放榜后诗:《全唐诗》卷八二二题作《贺王起》注云:"一作贺王侍郎典贡放榜。"诗云:"从辞凤阁掌丝纶,便向青云领贡宾。再辟文场无枉路,两开金榜绝冤人。眼看龙化门前水,手放莺飞谷口春。明日定归台席去,鹡鸰原上共陶钧。"

【注释】

①宣上人:广宣。详见《送慧则法师上都因呈广宣上人》注②。

②贺:《全唐诗》作"和"。

③王侍郎:王起。《旧唐书》卷一六四《王播传》附王起传:"起,字举之,贞元十四年(798)擢进士第。""长庆元年(821),迁礼部侍郎。……掌贡二年,得士尤精。"

④礼闱:指古代科举考试之会试,因其为礼部主办,故称礼闱。

⑤春官:唐光宅年间曾改礼部为春官,后"春官"遂为礼部的别称。

⑥铨：《全唐诗》作"诠"。

⑦借：崇本作"惜"。

⑧至公：科举时代对主考官的敬称。谓其大公无私。

⑨印可：佛家谓经印证而认可，禅宗多用之。亦泛指同意。《维摩诘所说经》卷上《弟子品》："能如是晏坐，佛所印可。""印"，崇本作"即"，误。

⑩支郎：慧皎《高僧传》卷一《魏吴建业建初寺康僧会》："时孙权已制江左而佛教未行。先有优婆塞支谦，字恭明，一名越，本月支人，来游汉境。……博览经籍，莫不精究。世间伎艺，多所综习。遍学异书，通六国语。其为人细长黑瘦，眼多白而睛黄，时人为之语曰'支郎眼中黄，形躯虽细是智囊'。"

⑪天眼：佛教所说五眼之一。又称天趣眼，能透视六道、远近、上下、前后、内外及未来等。《全唐诗》"天"下注云："一作大。"

【汇评】

宋黄彻：盖刘禹锡《和宣上人贺王侍郎发榜后》诗云："借问至公谁印可，支郎天眼定中观。"不惟兼具儒释，又政属科场事，其不泛如此。（《䂬溪诗话》）

明何孟春：世称荐用人士谓之桃李，皆本唐人谓狄梁公"天下桃李悉在公门"之说。此说恐非……唐诗"满城桃李属春官"，岂即用当时事耶？春观刘向《说苑》："……夫树桃李者，夏得其休息，秋得其实焉。树蒺藜者，夏不得休息，秋得其刺焉。今子所树者蒺藜也，非桃李也。自今之后，择人而树之，毋已树而择之。"乃知此其事祖也。（《余冬诗话》）

唐侍御①寄游道林②岳麓③二寺诗并沈中丞④姚员外⑤所和见征继作

湘西古刹双蹲蹲⑥，群峰朝拱如骏奔。青松步障深五里，龙宫⑦黯黯神为阍。高殿呀然压苍巘,俯瞰长江疑欲吞。橘洲⑧泛浮金实动,水郭缭绕朱楼骞。语余百响入天籁,众奇引步轻翻翻⑨。泉清石布博⑩棋子,萝密鸟韵如簧言。回廊架险高且曲,新径穿林明复昏。浅流忽浊山兽过,古木半空天火痕。星使双飞出禁垣,元侯饯之游石门。紫髯⑪翼从红袖舞,竹风松雪香温麝⑫。远持青琐照巫峡,一夏惊断三声猿。灵山会中身不预⑬,吟想峭绝愁精魂。恨无黄金千万饼,布地⑭买取为丘园⑮。

【题解】

此诗作于长庆三年(823)。《旧唐书》卷一六《穆宗纪》:长庆三年"六月,宰相监修图史杜元颖奏:史官沈传师除镇湖南,其本分修史,便令将赴本任修撰"。时刘禹锡在夔州任上。此诗当作于长庆三年六月后。唐扶《使南海道长沙题道林岳麓寺》:"道林岳麓仲与昆,卓荦请从先后论。松根踏云二千步,始见大屋开三门。泉清或戏蛟龙窟,殿谽数尽高帆掀。即今异鸟声不断,闻道看花春更繁。从容一衲分若有,萧瑟两鬓吾能髡。逢迎侯伯转觉贵,膜拜佛像心加尊。稍揖皇英颍浓泪,试与屈贾招清魂。荒唐大树悉楠桂,细碎枯草多兰荪。沙弥去学五印字,静女来悬千尺幡。主人念我尘眼昏,半夜号令期至暾。迟回虽得上白舫,羁泄不敢言绿尊。两祠物色采拾尽,壁间杜甫真少恩。晚来光彩更腾射,笔锋正健如可吞。"沈传师《次潭州酬唐侍御姚员外游道林岳麓寺题示》:"承明年老辄自论,乞得湘守东南奔。为闻楚国富山水,青嶂逦迤僧家园。含香珥笔皆旧,谦抑自忘台省尊。不令执简候亭馆,直许携手游山樊。忽惊列岫晓来逼,朔雪洗尽烟岚昏。碧波回屿三山转,丹槛缭郭千艘屯。华镳躞蹀绚砂步,大旆彩错辉松门。樛枝竞骛龙蛇势,折干不灭风霆痕。相重古殿倚岩腹,别引新径萦云根。目伤平楚虞帝魂,情多思远聊开樽。危弦细管逐歌飘,画鼓绣靴随节翻。锼金七言凌老杜,入木八法蟠高轩。嗟余潦倒久不利,忍复感激论元元。"

【注释】

①唐侍御：唐扶。《旧唐书》卷一九〇下《唐次传》附《唐扶传》："扶，字云翔，元和五年（810）进士登第，累佐使府。入朝为监察御史，出为刺史。大和初，入朝为屯田郎中。五年，充山南道宣抚使。"《新唐书》卷八九《唐俭传》附《唐扶传》。

②道林：《大清一统志·长沙府》："道林寺，在善化县西岳麓山下……《岳麓志》：'自碧虚盘纡而下，衍为平拓之区者，道林也。林蔚茂而谷幽清，大江在其襟袖。唐马燧作藏修精舍，名曰道林。'"

③岳麓：《大清一统志·长沙府》："岳麓寺：在善化县西岳麓山上，晋太始元年建，即古麓苑，一名慧光寺……《荆州记》：'岳麓山下有精舍，左右林岭，回环泉涧，旁有矶石，每至严冬，其水不停。'"善化即今湖南长沙。

④沈中丞：沈传师。《旧唐书》卷一四九、《新唐书》卷一三二有传。《旧唐书》："沈传师，字子言，吴人。……性恬退无竞，时翰林未有承旨，次当传师为之，固称疾，宣召不起，乞以本官兼史职。俄兼御史中丞，出为潭州刺史、湖南观察使。入为尚书右丞。出为洪州刺史、江南西道观察使，转宣州刺史、宣歙池观察使。入为吏部侍郎。大和元年卒，年五十九，赠吏部尚书。"

⑤姚员外：高志忠《校注》注云："姚向。《唐尚书省郎官石柱题名考》卷八，司封员外郎：'姚向、孙简、冯药、李弘庆、杨汉公'为一行。"

⑥蹲蹲(cǔn cǔn)：丛聚茂密貌。南朝宋鲍照《拟行路难》其七："但见松柏园，荆棘郁蹲蹲。"

⑦龙宫：此处指佛寺。"宫"，崇本作"官"，误。

⑧洲：朱本作"州"。

⑨翻翻：崇本、《全唐诗》作"翩翩"。

⑩《全唐诗》"博"下注云："一作似。"

⑪紫髯：紫髯将军。《三国志》卷四七《吴书·吴主传》："权与凌统、甘宁等在津北为魏将张辽所袭，统等以死扞权，权乘骏马越津桥得去。"裴松之注引《献帝春秋》曰："张辽问吴降人：'向有紫髯将军，长上短下，便马善射，是谁？'降人答曰：'是孙会稽。'辽及乐进相遇，言不早知之，急追自得，

举军叹恨。"

⑫温馫(nún)：温暖馨香。

⑬预：崇本作"与"。

⑭布地：《金刚经》："一时佛在舍卫国祇树给孤独园，与大比丘众千二百五十人俱。"解义："舍卫国有一长者名须达挐。常施孤独贫穷，故号给孤独长老。欲请佛说法，令先卜圣地住，白太子祇陀。太子戏曰：'若布金满园即可。'须达便运金布八十顷，园俱满。太子不受金，同建精舍，请佛说法。"

⑮丘园：家园；乡村。《易·贲》："六五，贲于丘园，束帛戋戋。"王肃注云："失位无应，隐处丘园。"孔颖达疏云："丘谓丘墟，园谓园圃。唯草木所生，是质素之所。"后以"丘园"指隐居之处。

送张盥赴举① 并引

古人以偕受学为同门友，今人以偕升名为同年友。其语熟见，搢②绅者皆道焉。余于张盥为丈人③，由是道也。襄吾见尔之始生，以老成为祝。今吾见尔之成人，以未立为忧。吾不幸，向所谓同年友，当其盛时，联袂齐镳，亘绝九衢，若屏风然。今来落落如曙星之相望。借曰④会合不烦异席，可长太息哉！然而尚书右丞卫大受⑤，兵部侍郎武庭硕⑥二君者，当时伟人，咸万夫之望，足以订十朋之多也。第如京师，无骚骚尔，无悁悁⑦尔，时秋也，吾为若叩商之讴，幸有感夫二君子。

尔生始悬弧⑧，我作坐上宾。引箸举汤饼，祝词天麒麟。今成一丈夫，坎轲⑨愁风尘。长裾来谒我，自号庐山人。道旧与抚孤，悄然伤我神。依依见眉睫，嘿嘿⑩含悲辛。永怀同年

301

友,追想出谷晨。三十二君子,齐飞凌烟旻⑪。曲江一会时,后会已凋沦。况今三十载,阅世难重陈。盛时一已过,来者日日新。不如摇落树,重有明年春。火后见琼瑁⑫,霜余识松筠。萧机⑬乃独秀,武部⑭亦绝伦。尔今持我诗,西见二⑮重臣。成贤必念旧⑯,保贵⑰在安贫。清时为丞郎⑱,气力侔陶钧⑲。乞取斗升水,因之云汉津。

【题解】

此诗作于长庆三年(823)秋。《旧唐书》卷一六《穆宗纪》:长庆二年十二月,"乙卯,以前陕虢观察使卫中行为尚书右丞"。《全唐文》卷六三九李翱《兵部侍郎赠工部尚书武公墓志铭》:"公讳儒衡,字庭硕,……长庆四年四月壬辰,竟薨,年五十六。"据此,此诗作于长庆三年。诗人作此诗向自己的同科进士卫中行、武儒衡推荐张盥,诗中既言明自己与张盥的关系,又回忆了与旧友的同科之谊。

【注释】

①送张盥赴举:《英华》作《送张舆赴举舆即同年之子》,"舆"下注云:"集作舆,下同。"张盥:《登科记考》卷一三:"贞元九年进士有张复元,唐人谓同年父为同年丈人,禹锡盖与张盥之父同年,疑即张复元,俟考。"《全唐诗》"举"下有"诗"字。

②摺:朱本、《全唐诗》作"缙"。

③丈人:朱本作"友丈人"。

④借曰:崇本、《全唐诗》作"昔日"。

⑤卫大受:卫中行字大受。《韩昌黎集》卷一七《与卫中行书》注云:"中行字大受,御史中丞晏之子,贞元九年进士。"

⑥武庭硕:武儒衡。《旧唐书》卷一五八、《新唐书》卷一五二《武元衡传》附《武儒衡传》。

⑦惬惬:崇本、明本、朱本、《全唐诗》皆作"忻忻"。

⑧悬弧:古代风俗尚武,家中生男,则于门左挂弓一张,后因称生男为

悬弧。语本《礼记正义》卷二八《内则》："子生,男子设弧于门左,女子设帨于门右。"

⑨轲:《英华》、朱本、《全唐诗》作"坷"。

⑩嘿嘿:默默。

⑪《全唐诗》"旻"下注云:"一作冥。"

⑫"火后"句:《淮南子》卷二《俶真训》:"譬若钟山之玉,炊以炉炭,三日三夜而色泽不变。则至德天地之精也。"

⑬肃机:官名。唐代称尚书左右丞。"机",《全唐诗》作"风",注云:"一作机。"

⑭武部:兵部。"部",崇本、《英华》作"抱",《全唐诗》注云:"一作抱。"

⑮二:《英华》作"一"。

⑯念旧:朱本作"旧念",误。

⑰贵:《英华》作"节",《全唐诗》注云:"一作节。"

⑱丞郎:明本作"情郎",朱本作"情节",皆误。

⑲陶钧:制作陶器所用的转轮。也用于比喻治国大道。

酬杨八副使①将赴湖南途中见寄一绝

知逐征南冠楚才②,远劳书信到阳台。明朝若上君山上③,一道巴江自此来。

【题解】

此诗作于长庆三年(823)秋。瞿蜕园《笺证》按云:"此诗一则云'远劳书信到阳台',再则云'一道巴江自此来',明是长庆中禹锡在夔州所作。"高志忠《校注》按云:"杨之所赴当为沈传师幕也。传师长庆三年(823)六月'除镇湖南','逐秋风过洞庭',时间正合。是诗作于长庆三年(823)秋。"今从高说。

①杨八副使:高志忠《校注》注云:"为杨敬之。《全唐诗》卷四七七。李涉《送杨敬之倅湖南》:'久嗟尘匣掩青萍,见说除书试一听。闻君却作长沙傅,便逐秋风过洞庭。'"

②楚才:《左传·襄公二十六年》:"楚虽有材,晋实用之。""才",朱本、《全唐诗》作"材"。

③明朝若上君山上:《全唐诗》前"上"下注云:"一作到。"后"上"下注云:"一作望。"君山:在湖南洞庭湖口,又名湘山。

【汇评】

清何焯:"逐"字醒出湖南。此篇似是夔州时诗。第四双泪、双鱼都包蕴在内,淡而有味。(卞孝萱《刘禹锡诗何焯批语考订》)

白舍人自杭州寄新诗有柳色春藏苏小家之句因而戏酬兼寄浙东元相公

钱塘山水有奇声,暂谪仙官守①百城。女妓还闻名小小,使君谁许唤卿卿②?鳌惊震海风雷起,蜃③斗嘘天楼阁成。莫道骚人在三楚,文星今向斗牛④明。

【题解】

此诗作于长庆三年(823)八月以后。《旧唐书》卷一六《穆宗纪》:长庆二年七月,"壬寅,出中书舍人白居易为杭州刺史"。所寄新诗为《杭州春望》:"望海楼明照曙霞,护江堤白蹋晴沙。涛声夜入伍员庙,柳色春藏苏小家。红袖织绫夸柿蒂,青旗沽酒趁梨花。谁开湖寺西南路?草绿裙腰一道斜。"据《白居易年谱》,白诗系于长庆三年。元稹长庆三年八月为浙东观察使。

【注释】

①守：朱本作"有"，《全唐诗》作"领"。

②卿卿：《世说新语·惑溺》："王安丰妇，常卿安丰。安丰曰：'妇人卿婿，于礼为不敬，后勿复尔。'妇曰：'亲卿爱卿，是以卿卿；我不卿卿，谁当卿卿？'遂恒听之。"

③蜃：海中大蛤。

④斗牛：二十八宿中的斗宿和牛宿。亦指吴越地区。因其当斗、牛二宿之分野，故称。

和东川王相公新涨驿池八韵

今日池塘上，初移造物权。苞藏成别岛，沿①浊致清涟。变化生言下，蓬瀛落眼前。泛舫惊翠羽，开幕对红莲。远写风光入，明含气象全。渚烟笼驿树，波日漾宾筵。曲岸留缇骑，中流转彩船。无因接元礼，共载比神仙。

【题解】

此诗当作于元和十五年（820）至长庆三年（823）间。东川王相公指王涯。《旧唐书》卷一六九《王涯传》："王涯，字广津，太原人。""（元和）十一年十二月，加中书侍郎、同平章事。十三年八月，罢相，守兵部侍郎，寻迁吏部。穆宗即位，以检校礼部尚书、梓州刺史、剑南东川节度使。……三年，入为御史大夫。"《旧唐书》卷一六《穆宗纪》：元和十五年正月丁巳，"以吏部侍郎王涯检校礼部尚书、梓州刺史，充剑南东川节度使"。王涯原诗已佚。

【注释】

①沿：朱本、《全唐诗》作"沿"。

酬冯十七舍人①宿卫赠别五韵

少年为别日，隋宫杨柳阴。白首相逢处，巴江烟浪深。使星下三蜀②，酒雨③沾衣襟。王程促速意，夜语殷勤心。却归天上去，遗我云间音。

【题解】

此诗作于长庆二年(822)或三年(823)刘禹锡在夔州时。《旧唐书》卷一六八《冯宿传》："长庆元年，以本官知制诰。二年，转兵部郎中，依前充职。牛元翼以深州不从王庭凑，诏授襄州节度使。元翼未出，深州为庭凑所围。二年，以宿检校右庶子、兼御史中丞，赐紫金鱼袋，往总留务。监军使周进荣不遵诏命，宿以状闻。元翼既至，宿归朝，拜中书舍人，转太常少卿。"《旧唐书》卷一六《穆宗纪》：长庆二年二月，"丙戌，以兵部郎中、知制诰冯宿检校左庶子，充山南道节度副使，权知襄州军府事，以牛元翼在深州重围故也"。《白居易集》卷一九《送冯舍人阁老往襄阳》："紫微阁底送君回，第二厅下不开。莫恋汉南风景好，岘山花尽早归来。"《白居易年谱》系诸长庆二年。高志忠《校注》按云："倘使襄使蜀为同年事，则此诗作于长庆二年。长庆四年，宿已转太常少卿，'敬宗即位，宿常导引乘舆'，此诗作于二年或三年也。"今从高说。

【注释】

①冯十七舍人：冯宿。《旧唐书》卷一六八、《新唐书》卷一七七皆有传。
②下三蜀：《全唐诗》作"上三蜀"，崇本、朱本作"三蜀酒"。
③酒雨：详见《武陵观火诗》注㉒。"酒"，崇本、朱本、《全唐诗》作"春"。

长庆四年(824)

寄杨八寿州^①

　　风猎红旗入寿春,满城歌舞向朱轮^②。八公山^③下清淮水,千骑尘中白面人^④。桂岭^⑤雨余多鹤迹,茗园^⑥晴望似龙鳞。圣朝方用敢言者^⑦,次第应须旧谏臣^⑧。

【题解】

　　此诗作于长庆四年(824)春,时刘禹锡在夔州,杨归厚刺寿州。诗人盛赞杨归厚之能言敢谏,也隐含了作者对朝廷的期望。

【注释】

　　①杨八寿州:寿州刺史杨归厚。《唐人行第录》云:"《河东集》四二:《奉酬杨侍郎丈因送八叔拾遗戏赠诏追南来诸宾》,杨侍郎,於陵也,八叔拾遗,归厚也。《韩子年谱》六:刘梦得《寄杨八拾遗》曰:为谢同僚老博士,范云来岁即公卿。杨八名归厚,是年(元和七年)十二月,自拾遗贬国子主簿分司,见《旧史》,同僚老博士谓退之也。历典万(白氏集一一及三三)、唐(白氏集三三及梦得外集五)、寿(梦得集四)、郑(梦得外集一〇)、虢(同上及梦得集四)五州。"寿州:隋置寿州,治所寿春,即今安徽寿县。《全唐诗》"杨"下注云:"一作韩。"作"韩"误。

　　②朱轮:古代王侯显贵所乘的车子。因用朱红漆轮,故称。

　　③八公山:在安徽省淮南市西。相传汉淮南王刘安曾与八公登此山,故名。东晋太元八年(383)淝水之战,谢玄大败前秦苻坚兵,坚登寿阳城,望八公山上草木,以为皆晋兵,即此。

　　④白面人:指谢石。《晋书》卷七九《谢石传》:"石字石奴。初拜秘书

郎,累迁尚书仆射。征句难,以勋封兴平县伯。淮淝之役,诏石解仆射,以将军假节征讨大都督,与兄子玄、琰破苻坚。""石少患面创,疗之莫愈,乃自匿。夜有物来舐其疮,随舐随差,舐处甚白,故世呼为谢白面。"

⑤桂岭:瞿蜕园《笺证》云:"此用淮南王《招隐士》'桂树丛生兮山之幽',以切寿春之地,非桂林之桂。"

⑥茗园:瞿蜕园《笺证》云:"《新唐书·地理志》,寿州土贡有茶,所谓'茗园晴望似龙鳞',指艺茶之地。"

⑦"圣朝"句:指朝廷用李渤、贾直言事。《旧唐书》卷一七一《李渤传》:"穆宗即位,召为考功员外郎。……长庆二年,入为职方郎中。三年,迁谏议大夫。……长庆、宝历中,政出多门,事归邪幸。渤不顾忠难,章疏论列,曾无虚日。帝虽昏纵,亦为之感悟。"《旧唐书》卷一六《穆宗纪》:长庆四年(824)正月,"泽、潞判官贾直言新授谏议大夫,刘悟上表乞留,从之。"

⑧旧谏臣:指杨归厚。详见《寄杨八拾遗》注③。

李贾二大谏①拜命后寄杨八寿州

谏省②新登二直臣,万方惊喜捧丝纶③。则知天子明如日,肯放淮阳高卧人④。

【题解】

此诗当作于长庆四年(824)春。《旧唐书》卷一七一《李渤传》:"穆宗即位,召为考功员外郎。……长庆二年,入为职方郎中。三年,迁谏议大夫。……长庆、宝历中,政出多门,事归邪幸。渤不顾忠难,章疏论列,曾无虚日。帝虽昏纵,亦为之感悟。"《旧唐书》卷一六《穆宗纪》:长庆四年(824)正月,"泽、潞判官贾直言新授谏议大夫,刘悟上表乞留,从之"。诗人听得李渤、贾直言二人授谏议大夫,深受鼓舞,故写诗寄送杨归厚。

【注释】

①李贾二大谏：详见《寄杨八寿州》注⑦。大谏：唐宋时谏议大夫之别称。

②谏省：御史台的别称。

③丝纶：《礼记正义》卷五五《缁衣》："王言如丝，其出如纶。"孔颖达疏："王言初出，微细如丝，及其出行于外，言更渐大，如似纶也。"后因称帝王诏书为"丝纶"。

④淮阳高卧人：汲黯。《史记》卷一二〇《汲郑列传》："黯坐小法，会赦免官。于是黯隐于田园。居数年，会更五铢钱，民多盗铸钱，楚地尤甚。上以为淮阳，楚地之郊，乃召拜黯为淮阳太守。黯伏谢不受印，诏数强予，然后奉诏。诏召见黯，黯为上泣曰：'臣自以为填沟壑，不复见陛下，不意陛下复收用之。臣常有狗马病，力不能任郡事，臣愿为中郎，出入禁闼，补过拾遗，臣之愿也。'上曰：'君薄淮阳邪？吾今召君矣。顾淮阳吏民不相得，吾徒得君之重，卧而治之。'……黯居郡如故治，淮阳政清。""阳"，《全唐诗》作"南"，注云："一作阳。"

【汇评】

宋王楙：谢玄晖诗曰："淮阳股肱守，高卧犹在兹。"《文选》李周翰注："汉淮阳太守汲黯上书言病，上曰：'淮阳吾股肱郡，卿为我卧理之。'"按《汉书》：文帝谓季布曰："河东吾股肱郡，故特召君耳。"而武帝谓汲黯，则曰："君薄淮阳邪，吾今召君矣。"初无"淮阳吾股肱郡"之说，翰盖误引季布事言之耳。又按《汲黯传》言淮阳卧治，初无高卧之说。异日刘禹锡诗亦有"肯放淮阳高卧人"，盖祖玄晖诗也。（《野客丛书》）

送裴处士应制举① 并引②

晋人裴昌禹读书数千卷，于《周官》、《小戴礼》尤邃。性是古敢言，虽侯王不能卑下，故与世相参差。凡抵有位以索③

合,行天下几户依反。遍。常叹诸侯莫可游,欲一见天子而未有路。会今年诏书征贤良,昌禹大喜,以为尽可以豁乎生④,搏髀爵⑤跃曰:"一观云龙庭足矣!"繇是裹三月粮而西徂,咨余以七言,为西⑥游之资藉耳。

裴生久在风尘里,气劲言高少知己。注书曾学郑司农⑦,历国多于孔夫子。往年⑧访我到连州,无穷绝境终日游。登山雨中⑨试蜡屐,入洞夏里披貂裘⑩。白帝城边又相遇,敛翼三年不飞去。忽然结束如秋蓬,自称对策明光宫⑪。人言策中说何事,掉头不答看飞鸿。彤庭⑫翠松迎晓日,凤衔金榜云间出。中贵腰鞭立倾酒⑬,宰臣委佩观摇笔。古称射策如弯弧⑭,一发偶中何时无?由来草泽无忌讳,努力满挽当云衢⑮。忆得童⑯年识君处,嘉禾驿后联墙住。垂钓斗得王余鱼⑰,踏芳共登苏小墓。此事今同梦想间,相看一笑且开颜。老大希逢旧邻里,为君扶病到方山⑱。

【题解】

此诗作于长庆四年(824)。诗云"白帝城边又相遇",明言在夔州。卞孝萱《刘禹锡年谱》系诸长庆四年:"禹锡《送裴处士应制举诗》引云:'会今年诏书征贤良,昌禹大喜,以为尽可以豁乎生'云云。昌禹客居禹锡处已三载,本年应制举科,当系禹锡所举。"

【注释】

①《全唐诗》"举"下有"诗"字。

②并引:明本无此二字。朱本"引"作"序",误。

③索:朱本作"素",误。

④以为尽可以豁乎生:朱本、《全唐诗》作"以为可以尽豁乎生。""乎",崇本、明本作"平",是。

⑤《全唐诗》无"爵"字。

⑥朱本、《全唐诗》无"西"字。

⑦郑司农:郑众。《后汉书》卷三六《郑兴传》附《郑众传》:"众字仲师。年十二,从父受《左氏春秋》,精力于学,明《三统历》,作《春秋难记条例》,兼通《易》、《诗》,知名于世。""建初六年,代邓彪为大司农。"

⑧年:崇本作"来"。

⑨《全唐诗》"雨中"下注云:"一作日长。"

⑩夏里披貂裘:蒋维崧等《笺注》注云:"夏日尚披裘,喻其清廉不贪。《高士传》:'披裘公者,吴人也。延陵季子出游,见道中有遗金,顾披裘公曰:取彼金。公投镰瞋目,拂手而言曰:何子处之高而视人之卑!五月披裘而负薪,岂取金者哉!'"

⑪明光宫:汉宫名,为尚书奏事之处。

⑫彤庭:汉代宫廷。因以朱漆涂饰,故称。泛指皇宫。

⑬中贵腰鞭立倾酒:《全唐诗》"中"下注云:"一作七。"句末注云:"一作间倾酒觥。"

⑭弧:古代指木弓。

⑮云衢:青云之路,喻仕途高位。"云",《全唐诗》作"亨",注云:"一作云。"

⑯童:《全唐诗》作"当",注云:"一作童。"

⑰垂钓斗得王余鱼:"钓",明本、朱本作"钩",《全唐诗》作"垂钩钓得王余鱼"。王余鱼:左思《吴都赋》:"双则比目,片则王余。"刘逵注:"王余鱼,其身半也。俗云:越王鲙鱼未尽,因以残半弃水中,为鱼,遂无其一面,故曰王余也。"

⑱方山:高志忠《校注》注云:"方山有多处,此指重庆巴县东之方山,亦名云鸿山。"蒋维崧等《笺注》注云:"谢灵运有《邻里相送至方山》诗……方山有多处,谢灵运诗言方山,在今江苏省南京市西江宁县东南。"按:高说乃以地理位置解,蒋说可从"邻里相送"诗意解。二说俱通。《全唐诗》"方"下注云:"一作芳。"

311

和乐天柘枝①

柘枝本出楚王家，玉面添骄②舞态奢。鬓鬟故梳鸾髻③，新衫别织斗鸡纱。鼓催残拍腰身軃④，汗透罗衣雨点花。画筵曲罢辞归去⑤，便随王母上烟霞。

【题解】

此诗作于长庆四年（824）。《白氏长庆集》卷二三《柘枝妓》："平铺一合锦筵开，连击三声画鼓催。红蜡烛移桃叶起，紫罗衫动柘枝来。带垂钿胯花腰重，帽转金铃雪面回。看即曲终留不住，云飘雨送向阳台。"《白居易年谱》系诸长庆四年。从之。

【注释】

①柘枝：详见《观舞柘枝二首》注①。

②骄：朱本、《全唐诗》作"娇"，是。

③鬓鬟故梳鸾髻："鬓"，崇本作"云"，朱本、《全唐诗》作"鬆"，《全唐诗》注云："一作鬓。""故"，崇本、朱本、《全唐诗》作"改"。"鸾"，崇本作"翔凤"，朱本、《全唐诗》作"鸾凤"。

④軃：朱本作"顿"，崇本、《全唐诗》作"软"。

⑤画筵曲罢辞归去："画"，崇本作"华"，是。《全唐诗》句下注云："一作画席曲残辞别去。"

别夔州官吏

三年楚国巴城守，一去扬州扬子津①。青帐②联延喧驿步,白头俯伛③到江滨。巫山暮色常含雨,峡水秋来不恐人。唯有《九歌》④词数首,里中留与赛蛮神。

【题解】

此诗作于长庆四年(824)秋。刘禹锡长庆二年抵夔州,四年秋离赴和州,此诗为离开夔州时所作。

【注释】

①扬子津:《读史方舆纪要·江南·扬州府·江都县》:"府南二十里,自古为滨江津要,繇此渡江抵京口,渡阔四十里。"《大清一统志·江苏省·扬州府》:"扬子桥,在江都县南十五里,即扬子津,自古为江滨津要。"

②青帐:青色的供帐。古代供迎送接待的临时设施。

③俯伛(yǔ):低头曲背。

④《九歌》:此处指刘禹锡所作《竹枝词九首》等民歌。

自江陵沿流道中 陆逊、甘宁皆有祠宇①。

三千三百西江水,自古如今要路津。月夜歌谣有渔父,风天气色属商人。沙村好处多逢寺,山叶红时觉胜春。行到南朝征战地,古来名将尽为神。

【题解】

此诗作于长庆四年(824)秋作者自夔州刺史迁和州赴任途中。诗中描写了长江两岸风光,令人神清气爽。

【注释】

①陆逊、甘宁皆有祠宇:崇本、朱本无此八字小注,《全唐诗》注于诗末。

【汇评】

清陆贻典：五、六对法变换。（《瀛奎律髓汇评》）

清查慎行："气色"两字下得壮健。（同上）

清何焯：笔力千钧。"三千三百"破尽"沿流"。中四句皆"沿流"也。景物虽佳，何如立功、立事？落句所以慨然于庙食者。（同上）

清纪昀：入手陡健。三、四言闲适自如则有渔父，迅利来往则有商人，言外寓不闲居又不得志之感。结慨儒冠流落，即飞卿"欲将书剑学从军"、昭谏"拟脱儒冠从校尉"之意，而托之古迹，其辞较为蕴藉。（同上）

清许印芳：此评亦妙，全从言外悟出，与他人就诗论诗、死于句下者迥然不同。如此解说，乃知三、四句及七、八句皆是藏过自己一面，从对面着笔也。（同上）

夜闻商人船中筝

大艑^①高船^②一百尺，新声促柱十三弦^③。扬州市里^④商人女，来占西江^⑤明月天。

【题解】

此诗作于长庆四年（824）作者自夔州赴和州途中。诗云"扬州市里商人女，来占西江明月天"与《自江陵沿流道中》之"三千三百西江水"地点同。

【注释】

①艑（biàn）：大船。

②船：《全唐诗》作"帆"，崇本作"舡"。

③十三弦：《隋书》卷一五《音乐志》下："筝，十三弦，所谓秦声，蒙恬所作者也。"

④市里：朱本作"布粟"。

⑤西江：朱本、《全唐诗》作"江西"。

秋江晚泊

长泊起秋色,空江涵霁晖。暮霞千万状,宾鸿次第飞。古戍见旗迥,荒村闻犬稀。轲峨①艑上客,劝酒夜相依。

【题解】

此诗作于长庆四年(824)秋刘禹锡自夔州赴和州途中。

【注释】

①轲峨:高耸貌。《全唐诗》"轲"下注云:"一作峏。"

【汇评】

宋黄彻:坡云:"宾鸿社燕巧相违。"《月令》来宾事,尝疑人未曾用,及观梦得《秋江晚泊》云:"暮霞千万状,宾鸿次第飞。"顾况云:"安得凌风翰,肃肃宾天京。"老杜:"别浦雁宾秋。"(《䂬溪诗话》)

清何焯:文章事业,既不能收之桑榆,又为人排笮,未由量移北归。次连皆比也。脱化之极,仍无一字不切。此篇编杂体中,亦齐梁格也。落句从凄清中能出情趣,又是活景、妙绝。(劝酒句)收足"晚"字。(卞孝萱《刘禹锡诗何焯批语考订》)

清王寿昌:唐人有诗虽传而不免有病,初学者不可不知者……刘梦得"暮霞千万状,宾鸿次第飞"及"酒对青山月,琴韵白苹风",皆不论平仄。……如此之伦,皆白璧之瑕,明珠之颣也。(《小清华园诗谈》)

秋江早发

轻阴迎晓日,霞霁秋江明。草树含远思,襟怀有余清。

凝睇万象起,朗吟孤愤平。渚鸿未矫翼,而我已遄征。因思市朝人①,方听晨鸡鸣。昏昏恋衾枕②,安见元气③英。纳爽耳目变,玩奇筋骨轻。沧洲④有奇趣,浩荡⑤吾将行。

【题解】

此诗作于长庆四年(824)秋刘禹锡自夔州赴和州途中。诗中虽有几分萧瑟,但意趣盎然,颇见几分通脱达观之气。

【注释】

①市朝人:详见《游桃源一百韵》注⑬。

②衾枕:朱本作"枕衾"。

③元气:朱本作"天地",《全唐诗》注云:"元气二字,一作天地。"

④沧洲:滨水的地方。古时常用以称隐士的居处。

⑤荡:《全唐诗》作"然",注云:"一作荡。"

【汇评】

明钟惺:寄托高迥,自是出世伟人。(《唐诗归》)

明谭元春:后六句是游仙最高妙语,亦是感遇杂诗绝境。(同上)

清何焯:是秋晓语。(沧洲二句)收足"发"字。(卞孝萱《刘禹锡诗何焯批语考订》)

望洞庭

湖光秋月两相和,潭面无风镜未磨。遥望洞庭山水翠①,白银②盘里一青螺。

【题解】

此诗作于长庆四年(824)。《历阳书事七十韵》引云:"长庆四年八月,余自夔州转历阳,浮岷江,观洞庭。"高志忠《刘禹锡诗文系年》按云:"禹锡一生,五过洞庭,唯此次在秋天,故系诸本年。"

【注释】

①山水翠:《全唐诗》注云:"一作山翠色。""水翠",崇本作"翠小",朱本作"翠水"。

②银:《全唐诗》"银"下注云:"一作云。"

【汇评】

五代何光远:刘禹锡尚书有《望洞庭》之句,雍使君陶有《咏君山》之诗,其如作者之才,往往暗合。刘《望洞庭》诗曰:"湖光秋月两相和,潭面无风镜未磨。遥望洞庭山水翠,白银盘里一青螺。"雍《咏君山》诗曰:"烟波不动影沉沉,碧色全无翠色深。疑是水仙梳洗处,一螺青黛镜中心。"(《鉴诫录》)

宋葛立方:诗家有换骨法,谓用古人意而点化之,使加工也。……刘禹锡云:"遥望洞庭山水翠,折银盘里一青螺。"山谷点化之,则云:"可惜不当湖水面,银山堆里看青山。"(《韵语阳秋》)

明谢榛:诗巧则浅,若刘禹锡"遥望洞庭山水翠,白银盘里一青螺"是也。(《四溟诗话》)

明谢肇淛:刘梦得《君山诗》云:"湖光秋月两相和……"宋黄鲁直亦有《君山诗》云:"满川风月独凭栏,绾结湘娥十二鬟。可惜不当湖水满,银盘堆里看青山。"二诗机轴相似,才气亦敌,而第三语则唐宋分然,法眼自当辨之,不必言其所以然也。(《小草斋诗话》)

洞庭秋月行①

洞庭秋月生湖心,曾②波万顷如镕金③。孤轮徐转光不定,游气濛濛隔寒镜。是时白露三秋中,湖平月上天地空。岳阳城④头暮角绝,荡漾已过君山东。山⑤城苍苍夜寂寂,水月逶迤绕城白。荡桨巴童歌《竹枝》，连樯估⑥客吹羌笛。势高夜久阴力全，金⑦气肃肃开清躔⑧。浮云野鸟⑨归四裔⑩，首冠⑪星斗当中天。天鸡相呼曙霞出，剑⑫影含光⑬让朝日。日出喧喧人不闲，夜来清⑭景非人间。

【题解】

此诗作于长庆四年(824)秋刘禹锡自夔州赴和州途中。刘禹锡《历阳书事七十韵》诗序："长庆四年八月，余自夔州转历阳，浮岷江，观洞庭，历夏口，涉浔阳而东。"

【注释】

①朱本无"行"字。

②曾：崇本、《英华》、《全唐诗》作"层"。

③如镕金：《全唐诗》"如"下注云："一作豁。"句末注云："一作镕黄金。"

④城：《全唐诗》作"楼"，注云："一作城。"

⑤《英华》、《全唐诗》"山"下注云："一作孤。"

⑥估：《英华》作"佑"。

⑦金：《英华》作"爽"，《全唐诗》注云："一作爽。"

⑧清躔："清"，朱本、《全唐诗》作"星"，《全唐诗》注云："一作清。"躔(chán)：天体的运行。

⑨鸟：明本、朱本、《全唐诗》作"马"。

⑩四裔：指四方边远之地。

⑪首冠：崇本作"栏干"，《全唐诗》作"遥望"。

⑫剑：明本、《全唐诗》作"敛"。

⑬含光：剑名。《列子·汤问》："孔周曰：'吾有三剑，惟子所择，皆不能杀人，且先言其状。一曰含光，视之不可见，运之不知有。其所触物也，泯然无际，经物而物不觉。'"

⑭清：崇本、《英华》作"晴"。

赴和州于武昌县再遇毛仙翁①十八兄因成一绝

武昌山下蜀江东,重向仙舟见葛洪。又得案前亲礼拜,大罗天②诀玉函封。

【题解】
此诗作于长庆四年(824)刘禹锡赴和州途中。

【注释】
①毛仙翁:《唐诗纪事》卷八一:"杜光庭云:'毛仙翁者,名干,字鸿渐。得久视之道,不知其甲子,常如三十许人。其韶容稚姿,雪肌玄发,若处子焉。周游湖岭间,常以丹石攻疾,阴功救物,受其赐者,不可胜纪。'"按杜光庭云,裴度、牛僧孺、令狐楚、元稹、白居易、韩愈、刘禹锡等人与毛仙翁皆有往来。

②大罗天:道教所称三十六天中最高一重天。

西塞山①怀古

西晋楼船下益州②,金陵王气漠然收③。千寻铁锁沈江底④,一片降幡出石头⑤。人世几回伤往事⑥,山形⑦依旧枕寒⑧流。今逢四海为家日,故垒萧萧芦荻秋⑨。

【题解】
此诗作于长庆四年(824)秋,刘禹锡自夔州转和州途次西塞山之时。此诗为怀古诗。诗人遥想当年西晋灭吴之故事,感慨时至今日山河依旧,但人事全非,颇具沉郁苍凉之气。

【注释】

①西塞山:一说在湖北大冶,一说在黄石,一说在武昌。瞿蜕园《笺证》引《水经注·江水》:"江之右岸有黄石山,即黄石矶也。山联延江侧,东山偏高,谓之西塞,东对黄公九矶,所谓九坼者也。两山之间为关塞。"又《元和郡县志》云:"鄂州武昌县:西塞山在县东八十五里,竦峭临江。"《舆地纪胜》云:"西塞山在大冶县东五十里。袁宏《东征赋》云:'沿西塞之峻崿。'今俗呼为道士矶。"

②"西晋"句:《晋书》卷四二《王濬传》:"武帝谋伐吴,诏濬修舟舰。濬乃作大船连舫,方百二十步,受二千余人。以木为城,起楼橹,开四出门,其上皆得驰马来往。又画鹢首怪兽于船首,以惧江神。舟楫之盛,自古未有。""太康元年(280)正月,濬发自成都。"益州:中国古地名,其范围包括今天的四川盆地和汉中盆地一带。《全唐诗》"西晋"下注云:"一作王濬。"

③"金陵"句:《太平御览》卷一七〇引《金陵图》云:"昔楚威王见此有王气,因埋金以镇之,故曰金陵。秦并天下,望气者言江东有天子气,凿地断连冈,因改金陵为秣陵。""漠",《英华》注云:"一作黯。"《全唐诗》作"黯",注云:"一作漠。"

④"千寻"句:《晋书》卷四二《王濬传》:"太康元年正月,濬发自成都,率巴东监军、广武将军唐彬攻吴丹阳,克之,擒其丹阳监盛纪。吴人于江险碛要害之处,并以铁锁横截之,又作铁锥长丈余,暗置江中,以逆距船。先是,羊祜获吴间谍,具知情状。濬乃作大筏数十,亦方百余步,缚草为人,被甲持杖,令善水者以筏先行,筏遇铁锥,锥辄著筏去。又作火炬,长十余丈,大数十围,灌以麻油,在船前,遇锁,然炬烧之,须臾,融液断绝,于是船无所碍。"

⑤"一片"句:《晋书》卷四二《王濬传》:"濬自发蜀,兵不血刃,攻无坚城,夏口、武昌,无相支抗。于是顺流鼓棹,径造三山。皓遣游击将军张象率舟军万人御濬,象军望旗而降。皓闻濬军旌旗器甲,属天满江,威势甚盛,莫不破胆。……壬寅,濬入于石头。皓乃备亡国之礼,素车白马,肉袒面缚,衔璧牵羊,大夫衰服,士舆榇,率其伪太子瑾、瑾弟鲁王虔等二十一

320

人,造于垒门。濬躬解其缚,受璧焚榇,送于京师。"

⑥人世几回伤往事:《英华》《全唐诗》注云:"一作荒苑至今生茂草。"

⑦山形:《英华》注云:"一作古城。"

⑧寒:《全唐诗》作"江",注云:"一作寒。"

⑨"今逢"两句:《英华》《全唐诗》两句下注云:"一作而今四海归皇化,两岸萧萧芦荻秋。"《全唐诗》"今逢"下注云:"一作从今。"

【汇评】

五代何光远:长庆中,元微之、刘梦得、韦楚客同会白乐天之居,论南朝兴废之事。乐天曰:"古者言之不足,故嗟叹之;嗟叹之不足,则咏歌之。今群公毕集,不可徒然,请各赋《金陵怀古》一篇,韵则任意择用。"时梦得方在郎署,元公已在翰林。刘骋其俊才,略无逊让,满斟一巨杯,请为首唱。饮讫,不劳思忖,一笔而成。白公览诗曰:"四人探骊,吾子先获其珠,所余鳞甲,何用?"三公于是罢唱。但取刘诗吟味竟日,沉醉而散。(《鉴诫录》)

宋张表臣:刘禹锡作《金陵诗》云:"千寻铁锁沈江底,一片降旗出石头。"当时号为绝唱。又六朝中《石头城诗》云:"山围故国周遭在,潮打空城寂寞回。"白乐天读之曰:"我知后人不复措笔矣。"其自矜云:"余虽不及,然亦不孤乐天之赏耳。"(《珊瑚钩诗话》)

明顾璘:结欠开阔。(《批点唐音》)

明陆时雍:三、四似少琢炼。五、六凭吊,正是中唐语格。(《唐诗镜》)

明李贽:王濬楼船下益州,金陵怀古独称刘。千寻铁锁沉江底,百万龙骧上石头。赋就群公皆阁笔,功成二子莫为雠。钟山王气千年在,不见长江日夜浮。(《焚书》)

明周弼列为四实体。(《唐诗选脉会通评林》)

明徐用吾:顾华玉谓其结欠开阔,缘兴浅同竭耳。(同上)

明周珽:吊古之什,有异气,能自为局。与《荆门道》一篇运调俱佳,但略加深厚,便觉味长耳。(同上)

明邢昉:咏古之什,悲婉空淡,高于许浑。(《唐风定》)

此专言吴主孙皓之事也。首言王濬下益州伐吴,建业王气渺然不见,尔时铁锁既沉,降旗继出。自晋至六朝,隋唐人物变迁,多悲往事,惟此山形象依旧枕于寒江之流。今则四海为家，旧时军垒无所复用，惟见芦荻萧萧耳。然则兴亡得丧，古今亦复何常哉！（《唐诗鼓吹评注》）

清朱三锡：此真唐人怀古之绝唱也。前四句先写"西塞山古"四字，后四句单写一"怀"字。（《东岩草堂评订唐诗鼓吹》）

劈将王濬下益州起，加"楼船"二字，何等雄壮！随手接云"金陵王气黯然收"，下一"收"字，何等惨淡！……看他前四句单写吴主孙皓，五忽转云"人世几回伤往事"，直将六朝人物变迁、世代废兴俱收在七字中。六又接云"山形依旧枕寒流"，何等高雅，何等自然！末将无数衰飒字样写当今四海为家，于极感慨中却极壮丽，何等气度，何等结构！此真唐人怀古之绝唱也。（《唐诗鼓吹笺注》）

清金圣叹：前解先写"金陵古"，后解独写"怀"。"王濬下益州"，只加"楼船"二字，便觉声势之甚。所以写王濬必要声势之甚者，正欲反衬金陵惨阻之甚也。从来甲子兴亡，必有如此相形。正是眼看不得。"黯然收"，"收"字妙，更不多费笔墨，而当时面缚出降，更无半策，气色如画。三四"铁锁沉江底"、"降旗出石头"，此即详写"黯然收"三字也。看他又加"千寻"字，"一片"字，写前日锁江锁得尽情，此日降晋又降得尽情，以为一笑也（首四句下）。看他如此转笔，于律诗中真为象王回身，非驴所拟，而又随手插得"几回"二字，便见此后兴亡不止孙皓一番，直将六朝纷纷，曾不足当其一叹也，结用无数衰飒字，如"故垒"、如"萧萧"、如"芦荻"、如"秋"，写当今四海为家，此又一奇也（末四句下）。（《贯华堂选批唐才子诗》）

清吴乔：起联如李远之"有客新从赵地回，自言曾上古丛台"，太伤平浅。刘禹锡之"王濬楼船下益州，金陵王气黯然收"稍胜。而少陵之"童稚情亲四十年，中间消息两茫然"，能使次联"更为后会知何地，忽漫相逢是别筵"倍添精彩，更胜之矣。（《围炉诗话》）

清胡以梅：全首流利气胜，一、二苍秀，下字有描写得势之神。（《唐诗贯珠》）

清查慎行：专举吴亡一事，而南渡、五代以第五句含蓄之。见解既高，格局亦开展动宕。（《初白庵诗评》）

清屈复：题甚大，前四句止就一事言，五以"几回"二字包括六代，繁简

322

得宜,此法其妙。七开八合。前半是古,后半是怀。五简练,七、八奇横,元、白之所以束手者在此。全首俱好,五尤出色,记事人止赏三、四,未为知音。(《唐诗成法》)

清沈德潜:起手如黄鹄高举,见天地方员(首句下)。流走,见地利不足恃("千寻铁锁"二句下)。别于三分割据("从今四海"句下)。(《唐诗别裁》)

清汪师韩:刘梦得《金陵怀古诗》,当时白香山谓其已探骊珠,所余鳞角何用。以今观之,"王濬楼船"所咏才一事耳,而多至四句,前则疑于偏枯,山城水国,芦荻之乡,触目尽尔,后则嫌其空衍也。抑何元、白阁笔易易耶?余窃有说焉。金陵之盛,至吴而始著,至孙皓而西藩既摧,北军飞渡,兴亡之感始盛。假使感古者取三国、六代事,衍为长律,便使一句一事,包举无遗,岂成体制?梦得之专咏晋事也,尊题也。下接云"人世几回伤往事",若有上下千年,纵横万里在其笔底者。山形枕水之情景,不涉其境,不悉其妙。至于芦荻萧萧,履清时而依故垒,含蕴正靡穷矣。所谓"骊珠"之得,或在于斯者欤?(《诗学纂闻》)

清薛雪:刘宾客《西塞山怀古》,似议非议,有论无论,笔著纸上,神来天际,气魄法律,无不精到。洵是此老一生杰作,自然压倒元白。(《一瓢诗话》)

清彭端淑:刘梦得《西塞山》诗,"王濬楼船下益州……"直与崔颢《黄鹤楼》争雄,非但元白搁笔矣。(《雪夜诗谈》)

清袁枚:刘梦得《金陵怀古》,只咏王濬楼船一事,而后四句全是空描,当时白太傅谓其"已探骊珠,所余鳞甲无用",真知言哉!不然,金陵典故岂王濬一事,而刘公胸中岂止晓此一典哉?(《随园诗话》)

清翁方纲:刘宾客《西塞山怀古》之作,极为白公所赏,至于为之罢唱,起四句洵是杰作,后四则不振矣。此中唐以后,所以气力衰飒也。固无八句皆紧之理,然必松处必是紧处,方有意味。如此作结,毋乃饮满时思滑之过耶?《荆州道怀古》一诗,实胜此作。(《石洲诗话》)

又:若"王濬楼船"一篇,当时诸公推为绝唱,平心而论,亦即中唐时之《秋兴》、《古迹》、《黄鹤楼》矣。(《七言律诗钞》)

清管世铭：凡律诗最重起结，七言尤然。起句之工于发端，如……刘禹锡"王濬楼船下益州，金陵王气黯然收"、"将星夜落使星来，三省清臣到外台"。（《读雪山房唐诗序例》）

清方世举：七律章法，宜田尤善言之。只就一首如刘梦得《西塞山怀古》，白香山所让能，其妙安在？宜田云：前半专叙孙吴，五句以七字总括东晋、宋、齐、梁、陈五代，局阵开拓，乃不紧迫。六句始落到西塞山，"依旧"二字有高峰堕石之捷速。七句落到怀古，"今逢"二字有居安思危之遥深。八句"芦荻"是即时景，仍用"故垒"，终不脱题。此转结一片之法也。至于前半一气呵成，具有山川形势，制胜谋略，因前验后，兴废皆然，下只以"几回"二字轻轻兜满，何其神妙！（《兰丛诗话》）

清张谦宜：刘禹锡《西塞山怀古》，"王濬楼船下益州，金陵王气黯然收"，兴衰之感宛然。"千寻铁锁沉江底"，虽有天险可据；"一片降幡出石头"，其如人事不修。"人世几回伤往事"，局外议论如此；"山形依旧枕寒流"，那管人间争斗。"今逢四海为家日，故垒萧萧芦荻秋。"太平既久，向之霸业雄心消磨已尽。此方是怀古胜场。七律如此作自好，且看他不费气力处。（《絸斋诗谈》）

清黄叔灿：诗极雄深宕往，所以为金陵怀古之冠。（《唐诗笺注》）

清宋宗元：何等起势！通体亦复神完气足。（《网师园唐诗笺》）

清何焯："江底"、"石头"，天然自工。"西晋"与"今"字对，不必作王濬。"下益州"，兵自西来也。落句收住"塞"字。四海为家，则无东西之可间，又与"西"字反对，诗律之密如此。前半檃括史事，形胜在目。健笔雄才，诚难匹敌。若专赋金陵往事，不惟意味浅短，且不应只说孙氏也。他本题作《金陵怀古》，非。（西晋句）上游。（金陵句）下流。（千寻联）无对属之迹。（卞孝萱《刘禹锡诗何焯批语考订》）

又：气势笔力匹敌崔颢《黄鹤楼》诗，真千载绝作也。（《瀛奎律髓汇评》）

清纪昀：第四句但说得吴，第五句七字括过六朝，是为简练。第六句一笔折到西塞山，是为圆熟。（同上）

清许印芳：当时名流推服此诗，必有高不可及处，自来无人亲切指点。

所传"探骊获珠"一语,但指平吴一事耳。得沈(德潜)、纪(昀)二评,始尽发之。(同上)

清吴瑞荣:此诗梦得略无造意,引满而成。乐天所谓得颔下一颗是也,凡不经意而自工者,才得压倒一切。(《唐诗笺要》)

清方东树:此诗昔人皆入选,然按以杜公《咏怀古迹》,则此诗无甚奇警胜妙。大约梦得才人,一直说去,不见艰难吃力,是其胜于诸家处,然少顿挫沉郁,又无自己在诗内,所以不及杜公。愚以为此无可学处,不及乐天有面目格调,犹足为后人取法也。后来王荆公七律似梦得,然荆公却造句苦思有力,有足取法处。柳子厚才又大于梦得,然境地得失,与梦得相似;至其五言,则妙绝古今,非刘所及矣。(《昭昧詹言》)

清陈世镕:此诗压倒元、白久矣。然第五句词意空竭,不能振荡,终伤才弱也。(《求志居唐诗选》)

清施补华:刘梦得《金陵怀古》诗,"王濬楼船"四句,虽少陵动笔不过如是,宜香山之缩手。五六"人世几回"二句,平弱不称,收亦无完固之力,此所以成晚唐也。(《岘傭说诗》)

清王寿昌:吊古之诗,须褒贬森严,具有《春秋》之义,使善者足以动后人之景仰,恶者足以重千秋之炯戒……至若刘梦得"王濬楼船下益州……",读前半篇暨义山"故国军营"二句,令人凛然知忧来之无方,祸至之无日,而思患预防之心,不可不日加惕也。吁,至矣!(《小清华园诗谈》)

俞陛云:此诗乍观之,前半首不过言平吴事,后半首不过抚今追昔之意,诗诚佳矣,何以元、白高才,皆敛手回席?梦得必有过人之处。……余谓刘诗与崔颢《黄鹤楼》诗,异曲同工。崔诗从黄鹤仙人着想,前四句皆言仙人乘鹤事,一气贯注;刘诗从西塞山铁锁横江着想,前四句皆言王濬平吴事,亦一气贯注,非但切定本题,且七律能四句专咏一事,而劲气直达者。在盛唐时,沈佺期《龙池篇》、李太白《鹦鹉篇》外,罕有能手。梦得独能方美前贤,故乐天有骊珠之叹也。(《诗境浅说》)

登清辉楼^① 逸前四句,在江州^②。

浔阳江^③色潮添满,彭蠡^④秋声雁送来。南望庐山千万仞,共夸新出栋梁材。

【题解】

此诗作于长庆四年(824)。《历阳书事七十韵》诗引云:"长庆四年八月,余自夔州转历阳。浮泯江,观洞庭,历夏口,涉浔阳而东。友人崔敦诗罢丞相,镇宛陵,缄书来抵曰:'必我规而之藩,不十日饮,不置子。故余自池州道宛陵,如其素。"此诗作于诗人赴和州途经浔阳时。

【注释】

①清辉楼:《大清一统志·江西省·九江府》:"清辉楼:在府治后。""辉",朱本、《全唐诗》作"晖",《全唐诗》注云:"一作辉。"

②逸前四句,在江州:《全唐诗》题下无此七字注。"逸",朱本作"送",误。"在",朱本作"为",误。江州:今江西省九江市。

③浔阳江:长江在江西九江以北的一段。

④彭蠡:今江西鄱阳湖。

九华山歌^① 并引

九华山在池州^②青阳县西南,九峰竞秀,神采奇异。昔予仰太华,以为此外无奇;爱女几、荆山,以为此外无秀。及今见九华,始悼前言之容易也。惜其地偏且远,不为世所称,故歌以大之。

奇峰一见惊魂魄,意想洪炉始开辟。疑是九龙夭矫欲攀天,忽逢霹雳一声化为石。不然何至今,悠悠③亿万年,气势不死如腾仚④。音骞,轻举貌⑤。云含幽兮月添冷,日凝晖兮江漾影。结根不得要路津,迥秀长在无人境。轩皇封禅登云亭⑥,大禹会计临东溟。乘樏⑦力追反,山行貌⑧。不来广乐绝,独与猿鸟愁青荧。君不见敬亭⑨之山黄⑩索漠,兀如断岸无棱角。宣城谢守⑪一首诗,遂使名声⑫齐五岳。九华山,九华山,自是造化一尤物,焉能籍甚乎人间?

【题解】

此诗作于长庆四年(824)秋作者自夔州转和州途中。

【注释】

①明本、朱本无"歌"字。

②池州:《旧唐书》卷四〇《地理志》三《江南西道》载:"池州下隶宣城郡之秋浦县。武德四年(621),置池州,领秋浦、南陵二县。贞观元年(627),废池州,以秋浦属宣州。永泰元年(765),江西观察使李勉以秋浦去洪州九百里,请复置池州,仍请割青阳、至德二县隶之,又析置石埭县,并从之。后隶宣州。"

③悠悠:崇本作"攸攸"。

④仚(xiān):同"仙"。

⑤音骞,轻举貌:崇本"骞"作"嫣"。《全唐诗》"貌"下有"一音嫣。"

⑥"轩皇"句:《史记》卷二八《封禅书》载:"管仲曰:'古者封泰山禅梁父者七十二家,而夷吾所记者十有二焉。昔无怀氏封泰山,禅云云;虙羲封泰山,禅云云;神农封泰山,禅云云;炎帝封泰山,禅云云;黄帝封泰山,禅亭亭;颛顼封泰山,禅云云;帝喾封泰山,禅云云;尧封泰山,禅云云;舜封泰山,禅云云;禹封泰山,禅会稽;汤封泰山,禅云云;周成王封泰山,禅社首:皆受命然后得封禅。'"

⑦檑(léi)：古代走山路时乘坐的东西。

⑧力追反，山行貌："追"，《全唐诗》作"最"，"貌"，作"具"。崇本无此六字注。

⑨敬亭：山名，在安徽省宣州市北。山上有敬亭，相传为谢朓赋诗之所，山以此名。

⑩《全唐诗》"黄"下注云："一作广。"

⑪《全唐诗》"守"下注云："一作脁。"

⑫名声：《全唐诗》作"声名"。

【汇评】

宋胡仔：东坡……以湖口李正臣所蓄石，九峰玲珑，宛转若窗棂然，名之曰壶中九华。后归自岭南，欲买此石与仇池为偶，已为好事者取去，赋诗有"尤物已随清梦断"之句。盖用刘梦得《九华山歌》云"九华山，自是造化一尤物，焉能籍甚乎人间"。（《苕溪渔隐丛话》）

宋陆游：过阳山矶，始见九华山。九华本名九子，李太白为易名。太白与刘梦得皆有诗，而刘至以为可兼太华、女几之奇秀。……大抵此山之奇，在修纤耳，然无含蓄敦大气象，与庐阜、天台异矣。（《入蜀记》）

清何焯：此诗拟太白，然不离本色。（卞孝萱《刘禹锡诗何焯批语考订》）

清吴震方：与《华山歌》各极其妙。（《放胆诗》）

清黄周星：此山自太白改"九子"为"九华"，更加梦得一诗，至今薄海内外，无不知有九华矣。然蚩蚩之群，岂知山之奇秀哉？此造化尤物，故当为造化闷之耳。（《唐诗快》）

谢宣州崔相公①赐马

浮云②金络脑③，昨日别朱轮。衔草如怀恋，嘶风尚意频。曾将比君子，不是换佳人④。从此西归路，应容蹑后尘。

此诗作于长庆四年(824)。《历阳书事七十韵》诗引云:"长庆四年八月,余自夔州转历阳。浮泯江,观洞庭,历夏口,涉浔阳而东。友人崔敦诗罢丞相,镇宛陵,缄书来抵曰:'必我觌而之藩,不十日饮,不置子。'故余自池州道宛陵,如其素。"此诗即为刘禹锡赴和州途中与崔群见面时所作。

【注释】

①宣州崔相公:崔群。时为宣歙观察使。

②浮云:《汉书》卷二二《礼乐志》载《天马歌》:"太一况,天马下,沾赤汗,沫流赭。志俶傥,精权奇,籋浮云,晻上驰。体容与,迣万里,今安匹,龙为友。"颜师古注云:"苏林曰:'籋音蹑,言天马上蹑浮云也。'"

③络脑:马笼头。"脑",朱本、《全唐诗》作"膝",《全唐诗》注云:"一作脑。"

④换佳人:唐李冗《独异志》:"后魏曹彰性倜傥,偶逢骏马爱之,其主所惜也。彰曰:'余有美妾可换,惟君所选!'马主因指一妓,彰遂换之。"

晚泊牛渚①

芦苇晚风起,秋江鳞甲生。残霞忽改②色,远③雁有余声。戍鼓音响绝,渔家灯火明。无人能咏史④,独自月中行。

【题解】

此诗作于长庆四年(824)秋刘禹锡由夔州赴和州之时。《历阳书事七十韵》诗引云:"长庆四年八月,余自夔州转历阳。浮泯江,观洞庭,历夏口,涉浔阳而东。友人崔敦诗罢丞相,镇宛陵,缄书来抵曰:'必我觌而之藩,不十日饮,不置子。'故余自池州道宛陵,如其素。敦诗出祖于敬亭祠下,由姑孰西渡江,乃吾圉也。"诗人夜泊牛渚,见秋色有感而发。

【注释】

①牛渚:牛渚山。李吉甫《元和郡县图志》卷二八《江南道》四《宣州当涂县》:"牛渚山,在县北三十五里。山突出江中,谓之牛渚圻,津渡处也。"

②改:《全唐诗》作"变",注云:"一作改。"

③远:明本、朱本作"游"。

④"无人"句:用《晋书》卷九二《袁宏传》所载谢尚于牛渚夜听袁宏咏史事。详见《奉和中书崔舍人八月十五日夜玩月二十韵》注⑳。

【汇评】

宋陆游:采石一名牛渚,与和州对岸,江面比瓜洲为狭,故隋韩擒虎平陈及本朝曹彬下南唐,皆自此渡。然微风辄浪作,不可行。刘宾客云"芦苇晚风起,秋江鳞甲生",王文公云"一风微吹万舟阻",皆谓此矶也。(《入蜀记》)

元方回:意尽晚景,尾句用袁宏咏史事,尤切于牛渚也。按杨诚斋晚景一联亦曰:"暮天无定色,过雁有归声。"(《瀛奎律髓》)

清何焯:落句正自叹所处不如谢尚耳,又恰收足"晚"字。(《瀛奎律髓汇评》)

清纪昀:三、四写晚景有神。结处同一用事,而不及太白"余亦能高咏,斯人不可闻"句之玲珑生动矣。(同上)

鱼复①江中

扁舟尽室贫相逐,白发藏冠镊更加。远水自澄终日绿,晴林长落过春花。客情浩荡逢乡语,诗意留连重物华。风樯好住贪程去,斜日青帘背酒家。

【题解】

此诗作于长庆四年(824)刘禹锡离开夔州赴和州时所作。《历阳书事七十韵》诗引云："长庆四年八月,余自夔州转历阳。浮泯江,观洞庭,历夏口,涉浔阳而东。"此诗乃于途中舟上所作。

【注释】

①鱼复:在今重庆奉节县东。明任宇度《益部谈资》卷下:"鱼复,即夔地,谓鳇鱼至此复回不上也。"

君山①怀古

属车②八十一,此地阻长风。千载威灵尽,赭山寒水中。

【题解】

此诗作于长庆四年(824)秋。高志忠《校注》按云:"《历阳书事七十韵》'引'云:'长庆四年八月,余自夔州转历阳。浮岷江,观洞庭,历夏口,涉浔阳而东。'路线、季节与此诗全符。"

【注释】

①君山:在湖南洞庭湖口,又名湘山。瞿蜕园《笺证》按云:"《水经注》以是山湘君之所游处,故曰君山。此诗有'千载威灵尽'之语,盖不采其说。《史记·秦始皇本纪》:浮江至湘山祠,逢大风,几不得渡,使刑徒三千人伐湘山树,赭其山。诗乃指此。"

②属车:帝王出行时的侍从车。秦汉以来,皇帝大驾属车八十一乘,法驾属车三十六乘,分左中右三列行进。"车",朱本作"居"。

历阳书事七十韵 并引①

长庆四年八月,余自夔州转历阳②。浮泯江③,观洞庭,历夏口④，涉浔阳而东。友人崔敦诗⑤罢丞相，镇宛陵，缄书来抵⑥曰："必我觌而之藩，不十日饮，不置子。"故余自池州⑦道宛陵⑧，如其素⑨。敦诗出祖⑩于敬亭祠下，由姑孰⑪西渡江，乃吾围⑫也。至则考图经，参见事，为之诗，俟采⑬之夜讽者。

　　一夕为湖地⑭，千年列郡名。霸王迷路处⑮，亚父所封城⑯。汉置东南尉⑰，梁分肘腋兵⑱。本吴风俗剽⑲，兼楚语音伧⑳。沸井今无涌，乌江旧有名。土台游柱史㉑，石室隐彭铿㉒。老君适楚，有台在焉。彭祖石室在含山县㉓。曹操祠犹在，濡须坞㉔未平。海潮随月大，江水应春生。一㉕昨深山里，终朝看火耕。鱼书㉖来北阙㉗，鹢首㉘下南荆。云雨巫山暗，蕙兰湘水清。章华㉙树已失，鄂渚草来迎。庐阜㉚香炉出，溢城㉛粉堞明。雁飞彭蠡㉜暮，鸦噪大雷㉝晴。平野分风㉞使，恬和趁夜程。贵池㉟登陆峻，春谷㊱渡桥鸣。络绎主人问，悲欢故旧情。几年方一面，卜昼㊲便三更。助喜杯盘盛，忘机笑语訇。管清疑警鹤，弦巧似娇莺。炽炭烘蹲兽，华茵织斗鲸㊳。回裾㊴飘雾雨，急节堕琼英㊶。敛黛疑㊷愁色，安㊸钿耀翠晶。容华本南国，妆掠㊹学西京。日落方收鼓，天寒更炙笙㊺。促筵交履舄，痛饮倒簪缨。谑浪容优孟，娇矜㊻许智琼㊼。蔽明添翠帟，命烛柱㊽金茎㊾。坐久罗衣皱，杯频㊿粉面骍○51。兴来从请曲，意堕即飞觥。令急重须改，欢冯醉尽呈。诘朝还选胜，来日又寻盟。道别殷勤惜，邀筵次第争。唯闻嗟短景，不复有余酲。众散扃朱户，相携话素诚。语○52言犹亹亹○53，残漏自丁丁。出祖千夫拥，行厨五孰○54烹。离亭临野水，别思入哀筝。接境人情洽，方冬馔具精。中流为界道，隔岸数飞甍。沙浦王浑○55镇，沧洲谢朓城○56。望夫人化石○57，梦帝○58日环营。半渡趋津

332

史⑲,缘堤簇郡甿㊾。场黄堆晚稻,篱碧见冬菁。里社争来献,壶浆各自擎。鸡夷㊑倾底写㊒,粗粆㊓斗成文㊔。采石㊕风传柝,新林㊖暮击钲。苖纶㊗牵拨刺,犀焰㊘照澄泓。露冕㊙观原野,前驱抗斾旌。分庭展宾主,望阙拜恩荣。比屋惸嫠㊱辈,连年水旱并。退㊶思常后已,下令必先庚㊷。远岫低屏列,支流曲带萦。湖鱼香胜肉,官酒重于饧㊸。忆惜㊹泉源变,斯须地轴倾。鸡笼㊺为石颗,龟眼㊻入泥坑。事系人风重,官从物论轻。江春俄澹荡,楼月几亏盈。柳长千丝宛,田塍一线絣㊼。游鱼将婢从㊽,野雉见媒㊾惊。波净攒凫鹥㊿,洲香发杜蘅。一钟菰封㉛米,千里水葵㉜羹。受谴时方久,分忧政未成。比琼虽碌碌,于铁尚铮铮。早忝登㉝三署㉞,曾闻奏《六英》㉟。无能甘负弩㊀,不慎在骑衡㊁。口语成中遘㊂,毛衣阻上征。时闻关利钝,智亦有聋盲。昔愧山东妙㊃,今惭海内兄。后来登甲乙,早已在蓬瀛。心托㊄秦明镜㊅,才非楚白珩㊆。齿衰亲药物,官㊇薄傲公卿。捧日皆元老,宣风尽大彭㊈。好令朝集使㊉,结束赴新正。

【题解】

此诗作于长庆四年(824)冬。诗乃刘禹锡记述自己自夔州赴和州途中之见闻感受。

【注释】

①并引:据崇本、《全唐诗》补。崇本作"序",误。

②历阳:今安徽和县。《旧唐书》卷四〇《地理志》三《淮南道》:"历阳汉县,属九江郡。东晋置历阳郡。宋为南豫州,北齐置和州。隋为历阳郡。国初,复为和州。皆治此县。"

③泯江:"泯",朱本、《全唐诗》作"岷",是。"江",朱本作"山",误。

④夏口:今湖北汉口。

⑤崔敦诗:崔群。《旧唐书》卷一五九《崔群传》:"崔群,字敦诗,清河武城人,山东著姓。……(元和)十二年七月,拜中书侍郎、同中书门下平章事。……为镈所构。宪宗不乐,出为湖南观察都团练使。穆宗即位,征拜吏部侍郎……朝廷坐其失守,授秘书监,分司东都。未几,改华州刺史、兼御史大夫。复改宣州刺史、歙池等州都团练观察等使,征拜兵部尚书。"

⑥抵:《全唐诗》作"招"。

⑦池州:今安徽贵池市。

⑧宛陵:宣城。

⑨素:通"愫"。真实的心情,诚意。

⑩出祖:出行时祭路神,引申为送行。

⑪姑孰:《元和郡县图志·江南道·宣州》:"当涂县,……姑熟水,在县南二里,县(城)名因此。"

⑫圂:崇本作"州",朱本作"园",误。

⑬《全唐诗》"采"下有"风"字。

⑭一夕为湖地:《淮南子》卷二《俶真训》:"夫历阳之都,一夕反而为湖,勇力圣知与疲怯不肖者同命。"高诱注云:"历阳,淮南国之县名,今属江都。昔有老妪,常行仁义。有二诸生过之,谓曰:'此国当没为湖。'谓妪视东门阃有血,便走北山勿顾也。自此妪便往视门阃。阃者问之,妪对曰如是。其暮,门吏故杀鸡血涂门阃。明旦,老妪早往视门见血,便上北山,国没为湖。与门吏言其事适一宿耳。"

⑮霸王迷路处:《史记》卷七《项羽本纪》:"项王渡淮,骑能属者百余人耳。项王至阴陵,迷失道,问一田父,田父绐曰'左'。左,乃陷大泽中,以故汉追及之。"《汉书》卷二八上《地理志》上:"九江郡……县十五……阴陵,历阳。"

⑯亚父所封城:《史记》卷七《项羽本纪》:"亚父者,范增也。""历阳侯范增。""父",朱本作"夫",误。

⑰汉置东南尉:《汉书》卷二八上《地理志》上:九江郡历阳注:"都尉治。"

334

⑱"梁分"句:指侯景之乱的历阳之战。《梁书》卷五六《侯景传》:太清二年(548),"十月,景留其中军王显贵守寿春城,出军伪向合肥,遂袭谯州,助防董绍先开城降之,执刺史丰城侯泰。高祖闻之,遣太子家令王质率兵三千巡江遏防。景进攻历阳,历阳太守庄铁遣弟均率数百人夜斫景营,不克,均战没,铁又降之"。

⑲"本吴"句:《汉书》卷二八下《地理志》下:"吴地,斗分野也。今之会稽、九江、丹阳、豫章、庐江、广陵、六安、临淮郡,尽吴分也。……吴、粤之君皆好勇,故其民至今好用剑,轻死易发。"

⑳楚语音伧(cāng):魏晋南北朝时,吴人以上国自居,鄙视楚人粗伧,谓之"伧楚"。因亦用为楚人的代称。

㉑柱史:指老子。《后汉书》卷五九《张衡传》载《应间》:"庶前训之可钻,聊朝隐乎柱史。"李贤注引应劭曰:"老子为周柱下史,朝隐终身无患,是为上也。"

㉒彭铿:《搜神记》卷一:"彭祖者,殷时大夫也。姓篯,名铿。帝颛顼之孙,陆终氏之中子。历夏而至商末,号七百岁。常食桂芝。历阳有彭祖仙室。"

㉓含山县:今安徽含山县,唐属和州。

㉔濡须坞:《读史方舆纪要·江南八·庐州府·无为州》:"濡须山,州东北五十里。接和州含山县界,濡须之水经焉。三国吴作坞于此,所谓濡须坞也。"《三国志》卷四七《吴书·吴主权传》:"十六年,权徙治秣陵。明年,城石头,改秣陵为建业。闻曹公将来侵,作濡须坞。十八年正月,曹公攻濡须,权与相拒月余。曹公望权军,叹其齐肃,乃退。"

㉕一:《全唐诗》作"忆"。

㉖鱼书:详见《早春对雪奉寄澧州元郎中》注②。

㉗北阙:详见《武陵书怀五十韵》注㉟。

㉘鹢首:详见《游桃源一百韵》注㉑。

㉙章华:《左传》昭公七年:"楚子成章华之台。"杜预注:"台今在华容城内。"

㉚庐阜:庐山。崇本"庐"下注云:"逸三字。""阜",朱本作"岭"。

335

㉛溢城:《读史方舆纪要·江西·九江府·德化县》:"溢口城,府西一里。"

㉜彭蠡:今江西鄱阳湖。

㉝大雷:大雷江。即"雷池"。自今湖北省黄梅县界东流,经今安徽省宿松县至望江县东南,积而成池,称为"雷池"。

㉞分风:《水经注》卷三九《庐江水》:"山下又有神庙,号曰宫亭庙,故彭湖亦有宫亭之称焉。余按《尔雅》云:大山曰宫。宫之为名,盖起于此,不必一由三宫也。山庙甚神,能分风擘流,住舟遣使,行旅之人,过必敬祀而后得去。故曹毗咏云:分风为贰,擘流为两。"蒋维崧等《笺注》按云:"宫亭湖,即彭蠡(鄱阳)湖。"

㉟贵池:《读史方舆纪要·江南·池州府·贵池县》:"池口河:城西五里,一名杜坞河。……亦谓之贵池。"

㊱春谷:县名,故址在今安徽南陵县西。《汉书》卷二八上《地理志》上:"丹扬郡……县十七:宛陵、於赞、江乘、春谷……"《元和郡县图志·江南道·宣州》:"南陵县……春谷故城,在县西一百五十里。""春",《全唐诗》作"春"。"谷",崇本作"榖",皆误。

㊲卜昼:《左传》庄公二十二年:齐侯使敬仲为工正,"饮桓公酒,乐。公曰:'以火继之。'辞曰:'臣卜其昼,未卜其夜,不敢。'"

㊳炽炭烘蹲兽:《晋书》卷九三《羊琇传》:"琇性豪侈,费用无复齐限,而屑炭和作兽形以温酒,洛下豪贵咸竞效之。"

㊴华茵织斗鲸:杜甫《太子张舍人遗织成褥段》:"客从西北来,遗我翠织成。开缄风涛涌,中有掉尾鲸。"又云:"锦鲸卷还客,始觉心和平。"仇兆鳌注云:"胡夏客曰:刘禹锡诗:'华茵织斗鲸',知唐时锦样多织鲸也。"

㊵回裾:朱本作"迴襟"。

㊶英:崇本作"瑛"。

㊷疑:朱本、《全唐诗》作"凝",是。

㊸安:崇本作"拾",《全唐诗》作"施",朱本缺"安"字。

㊹掠:崇本、朱本作"梳",《全唐诗》作"束"。

㊺炙笙:周密《齐东野语》卷一七载:吴郡王杨沂中、平原郡王韩侂胄家

336

中"自十月旦至二月终,日给焙笙炭五十斤,用锦熏笼藉笙于上,复以四和香熏之。……簧暖则字正而声清越,故必用焙而后可。"

㊻矜:崇本、朱本、《全唐诗》作"怜"。

㊼智琼:详见《夔州窦员外使君见示悼妓诗顾余尝识之因命同作》注⑥。

㊽柱:朱本、《全唐诗》作"拄",《全唐诗》注云:"一作挂。"

㊾金茎:用以擎承露盘的铜柱。班固《西都赋》:"抗仙掌以承露,擢双立之金茎。"《文选》李善注云:"金茎,铜柱也。"

㊿频:朱本作"倾"。

51骍(xīng):赤色的马和牛,亦泛指赤色。

52语:崇本、朱本、《全唐诗》作"晤"。

53亹亹(wěi wěi):谓诗文或谈论动人,有吸引力,使人不知疲倦。《后汉书》卷四〇下《班固传》论:"若固之序事,不激诡,不抑抗,赡而不秽,详而有体,使读之者亹亹而不厌,信哉其能成名也。"

54五孰:即"五熟"。《三国志》卷一三《魏书·钟繇传》:"文帝在东宫,赐繇五熟釜。"裴松之注引《魏略》曰:"繇为相国,以五熟釜鼎范因太子铸之,釜成,太子与繇书曰:'昔有黄三鼎,周之九宝,咸以一体使调一味,岂若斯釜五味时芳?……'"

55王浑:《晋书》卷四二《王浑传》:"王浑,字玄冲,太原晋阳人也。""迁安东将军,都督扬州诸军事,镇寿春。吴人大佃皖城,图为边害。浑遣扬州刺史应绰督淮南诸军攻破之,并破诸别屯,焚其积谷百八十余万斛、稻苗四千余顷、船六百余艘。浑遂陈兵东疆,视其地形险易,历观敌城,察攻取之势。及大举伐吴,浑率师出横江。"

56谢朓城:"朓城",崇本作"传荃",朱本"谢"下注云:"逸二字。"

57"望夫"句:详见《望夫石》注①。

58梦帝:《晋书》卷六《明帝纪》:太宁二年"六月,(王)敦将举兵内向,帝密知之,乃乘巴滇骏马微行,至于湖,阴察敦营垒而出。有军士疑帝非常人。又敦正昼寝,梦日环其城,惊起曰:'此必黄须鲜卑奴来也。'帝母荀氏,燕代人,帝状类外氏,须黄,敦故谓帝云。"于湖:在今安徽当涂县南。

(59)史：崇本、朱本、《全唐诗》作"吏"，是。

(60)甿：通"氓"。

(61)鸡夷：当作"鸱夷"。盛酒器。扬雄《酒箴》："鸱夷滑稽，腹如大壶，尽日盛酒，人复借酤。""鸡"，崇本、朱本、《全唐诗》作"鸱"，是。

(62)写：朱本作"舄"，非。

(63)粔籹(jù nǔ)：古代的一种食品。以蜜和米面，搓成细条，组之成束，扭作环形，用油煎熟，犹今之馓子。《楚辞·招魂》："粔籹蜜饵，有怅馓些。"

(64)文：朱本缺。《全唐诗》"成"下注云："缺一字。"

(65)采石：采石矶。《元和郡县图志·江南道·宣州·当涂县》："采石戍，在县西北三十五里。西接乌江，北连建业，城在牛渚山上，与和州横江渡相对。隋师伐陈，贺若弼从此渡。隋平陈置镇，贞观初改镇为戍。"

(66)新林：《大清一统志·江苏省·江宁府》："新林浦，在江宁县西南。齐永明五年，起新林苑。梁太清二年侯景之叛，韦粲、柳中礼等赴援，合军屯新林。"

(67)茧纶：钓丝。

(68)犀焰：《晋书》卷六七《温峤传》："至牛渚矶，水深不可测，世云其下多怪物，峤遂毁犀角而照之。须臾，见水族覆火，奇形异状，或乘马车著赤衣者。峤其夜梦人谓己曰：'与君幽明道别，何意相照也？'意甚恶之。"

(69)露冕：《后汉书》卷二六《蔡茂传》附《蔡贺传》："贺字乔卿，洛人。……拜荆州刺史，引见赏赐，恩宠隆异，及到官，有殊政。百姓便之，歌曰：'厥德仁明郭乔卿，忠正朝廷上下平。'显宗巡狩到南阳，特见嗟叹，赐以三公之服，黼黻冕旒。敕行部去襜帷，使百姓见其容服，以章有德。每所经过，吏人指以相示，莫不荣之。"

(70)惸嫠(qióng lí)：无兄弟与无丈夫的人。亦泛指孤苦无依的人。

(71)退：朱本、《全唐诗》作"遐"。

(72)先庚：谓颁布命令前先行申述。《易·巽》："先庚三日，后庚三日，吉。"孔颖达疏："申命令谓之庚。民迷固久，申不可卒，故先申之三日；令著之后，复申之三日，然后诛之。民服其罪，无怨而获吉矣。"

⑦饧(xíng):饴糖。

⑦惜:朱本、《全唐诗》作"昔",是。

⑦鸡笼:《太平寰宇记·淮南道·和州》:"鸡笼山:在县历阳西北三十五里。《淮南子》云:麻湖初陷之时,有老母提一鸡笼以登此山,因化为石。"

⑦龟眼:《述异记》:"和州历阳沦为湖。先是有书生遇一老姥,姥待之厚,生谓姥曰:'此县门石龟眼血出,此地当陷为湖。'姥后数往候之。门使问姥,姥具以告。吏遂以朱点龟眼。姥见,遂走上北山,城遂陷。"

⑦绷(bēng):同"绷"。

⑦婢从:《尔雅·释鱼》:"鱂鮂鳜鮬。"郭璞注云:"小鱼也,似鲋子而黑,俗呼为鱼婢,江东呼为鱼妾。"杨慎《升庵诗话》:"江海间有鱼,游必三,如媵随妻,先一后二,人号婢妾鱼。"

⑦媒:潘岳《射雉赋》:"晒箱笼以揭骄,睨骁媒之变态。"《文选》徐爰注云:"媒者,少养雉子,至长狎人,能招引野雉,因名曰媒。"

⑧鸲:朱本、《全唐诗》作"鹊"。

⑧菰封:即茭白。

⑧水葵:即莼菜。

⑧登:崇本作"游",朱本作"曹"。

⑧三署:汉时五官署、左署、右署之合称。此处指为郎官。刘禹锡于贞元二十年四月改屯田员外郎。

⑧《六英》:古乐名。相传为帝喾或颛顼之乐。

⑧负弩:谓背负弓箭,开路先行。《史记》卷一一七《司马相如列传》:相如使西南夷,"至蜀,蜀太守以下郊迎,县令负弩矢先驱,蜀人以为宠。"

⑧骑衡:喻做危险事。《史记》卷一〇一《袁盎晁错列传》:"臣闻千金之子坐不垂堂,百金之子不骑衡。""骑",《全唐诗》作"提"。

⑧中遘:同"中冓"。内室,指闺门以内。《诗·鄘风·墙有茨》:"中冓之言,不可道也。"

⑧山东妙:指崔群。崔群为清河武城人,北魏时清河崔氏为世族之冠。

⑨托:朱本作"记",误。

⑨秦明镜:详见《昏镜词》注⑫。

339

㊙白珩(héng)：《国语·楚语下》："王孙圉聘于晋，定公飨之，赵简子鸣玉以相，问于王孙圉曰：'楚之白珩犹在乎？'对曰：'然。'简子曰：'其为宝也，几何矣？'曰：'未尝为宝。楚之所宝者，曰观射父，能作训辞，以行事于诸侯，使无以寡君为口实。又有左史倚相，能道训典，以叙百物，以朝夕献善败于寡君，使寡君无忘先王之业，又能上下说于鬼神，顺道其欲恶，使神无有怨痛于楚国。又有薮曰云连徒洲，金木竹箭之所生也。……此楚国之宝也。若夫白珩，先王之玩也，何宝之焉？'"

㊚官：崇本、朱本、《全唐诗》作"宦"，是。

㊛大彭：指彭祖。

㊜朝集使：汉代各郡每年遣使进京报告郡政及财经情况，称为上计吏。后世袭汉制，改称朝集使。

【汇评】

宋吕本中：苏子由晚年多令人学刘禹锡诗，以为用意深远，有曲折处。后因见梦得《历阳诗》云："一夕为湖地，千年列郡名。霸王迷路处，亚父所封城。"皆历阳事，语意雄健，后殆难继也。(《吕氏童蒙训》)

宋葛立方：刘禹锡《嘉话录》云："作诗押韵，须要有出处。近欲押一饧字，六经中无此字，惟《周礼》吹箫处注有此一字，终不敢押。"予按禹锡《历阳书事诗》云："湖鱼香胜肉，官酒重于饧。"则何尝按六经所出邪？(《韵语阳秋》)

明胡震亨：梦得亦有饧字诗，《历阳书事》："湖鱼香胜肉，官酒重于饧。"盖仿宋也，较宋押得更稳。(《唐音癸签》)

清管世铭：柳子厚《同刘二十八述旧言情八十韵》，韵愈险而词愈工，气愈胜，最为长律中奇作，称柳诗者未有及之者也。刘梦得《历阳书事七十韵》，亦足旗鼓相当。(《读雪山房唐诗序例》)

和汴州令狐相公到镇改月偶书所怀二十二韵

受脤①新梁苑②，和羹旧傅岩③。援毫动星宿④，垂钓取韬

340

铃⑤。赫奕⑥三川⑦至，欢呼万⑧姓瞻。绿油⑨貔虎拥，青纸凤凰衔。外垒曾无警，中厨亦罢监。推诚人自服，去杀令逾严⑩。赳赳容皆饰，幡幡口尽钳。为兄怜庾翼⑪，选婿得萧咸⑫。郁屈⑬咽喉地，骈阗⑭水陆兼。度桥鸣绀幰，入肆飏云帆。端月⑮当中气，东风应远占。管弦喧夜景，灯烛掩寒蟾。酒每倾三雅⑯，书能发百函。词人羞布鼓⑰，远客献貂襜⑱。歌榭白团扇，舞筵金缕衫。旌旗遥一簇，舃履⑲近相搀。花树当朱阁，晴河逼翠帘。衣⑳风飘瑗珶㉑，烛泪滴巉岩。玉斝㉒虚频易，金炉暖更㉓添。映鬟㉔窥艳艳，隔袖见纤纤。谢傅何由接？桓伊定不凡㉕。应怜郡斋老，旦夕镊霜髯。

【题解】

此诗作于长庆四年(824)。汴州令狐相公指令狐楚。《旧唐书》卷一七上《敬宗纪》：长庆四年(824)九月，"庚戌，以河南尹令狐楚检校礼部尚书、汴州刺史、宣武军节度、宋、汴、亳观察等使"。

【注释】

①受脤(shèn)：《左传》闵公二年："帅师者，受命于庙，受脤于社。"杨伯峻注云："古代出兵祭社，其名为宜。祭毕，以社肉颁赐众人，谓之受脤。"

②梁苑：西汉梁孝王所建的东苑。故址在今河南省开封市东南，即唐代汴州郡治所在。

③傅岩：亦称"傅险"。古地名。相传商代贤士傅说为奴隶时版筑于此，故称。《尚书·说命上》："说筑傅岩之野。"孔传："傅氏之岩在虞虢之界，通道所经，有涧水坏道，常使胥靡刑人筑护此道。说贤而隐，代胥靡筑之，以供食或亦有成文也。"清顾祖禹《读史方舆纪要·山西三·平阳府》："傅岩，县(平陆县)东三十五里，即殷相傅说隐处，俗名圣人窟。其地亦曰隐贤社。"穆宗长庆二年(822)十一月令狐楚曾以宰相之位出任陕州大都督府长史、兼御史大夫、陕虢观察使，傅岩正在其辖区内。

④"援毫"句:《旧唐书》卷一七二《令狐楚传》:"李说、严绶、郑儋相继镇太原,高其行义,皆辟为从事。自掌书记至节度判官,历殿中侍御史。楚才思俊丽。德宗好文,每太原奏至,能辨楚之所为,颇称之。郑儋在镇暴卒,不及处分后事,军中喧哗,将有急变。中夜十数骑持刃迫楚至军门,诸将环之,令草遗表。楚在白刃之中,搦管即成,读示三军,无不感泣,军情乃安。"援毫:执笔。

⑤韬钤:古代兵书《六韬》、《玉钤篇》的并称。后因以泛指兵书。

⑥赫奕:详见《武陵观火诗》注⑪。

⑦三川:指洛阳。

⑧万:崇本、朱本、《全唐诗》作"百"。

⑨绿油:即"碧油"。苏鹗《苏氏演义》卷下:"出使之臣,节盛于碧油囊,令启路者双持于马上,天子之命节制于阃外也。"

⑩"推诚"二句:《旧唐书》卷一七二《令狐楚传》:"及莅汴州,解其酷法,以仁惠为治,去其太甚,军民咸悦,翕然从化,后竟为善地。汴帅前例,始至率以钱二百万实其私藏,楚独不取,以其羡财治廨舍数百间。"

⑪庾翼:庾亮弟。《晋书》卷七三《庾亮传》附《庾翼传》:"初,翼迁襄阳,举朝谓之不可,议者或谓避衰,唯兄冰意同,桓温及谯王无忌赞成其计。至是,冰求镇武昌,为翼继援。"

⑫萧咸:西汉张禹之婿。《汉书》卷八一《张禹传》:"禹每病,辄以起居闻,车驾自临问之。上亲拜禹床下,禹顿首谢恩,因归诚,言:'老臣有四男一女,爱女甚于男,远嫁为张掖太守萧咸妻,不胜父子私情,思与相近。'上即时徙咸为弘农太守。"

⑬屈:崇本、《全唐诗》作"倔"。

⑭闃:《全唐诗》作"臻"。

⑮端月:正月。

⑯三雅:《太平御览》卷八四五引《典论》:"刘表有酒爵三,大曰伯雅,次曰仲雅,小曰季雅。伯雅容七升,仲雅六升,季雅五升。"后以"三雅"泛指酒器。

⑰布鼓:《汉书》卷七六《王尊传》:"尊曰:'毋持布鼓过雷门。'"颜师古

注："雷门，会稽城门也，有大鼓。越击此鼓，声闻洛阳……布鼓，谓以布为鼓，故无声。"后以"布鼓"为浅陋之典。

⑱貂襜(chān)：貂皮制成的短衣。

⑲舄(xì)履：鞋。典出《史记·滑稽列传》。详见《武陵书怀五十韵》注㊼。

⑳衣：朱本作"夜"。

㉑暧靆(ài dài)：云盛貌。

㉒玉斝(jiǎ)：玉制的酒器。

㉓更：朱本作"重"。

㉔鬟：朱本、《全唐诗》作"镮"。

㉕"桓伊"句：《晋书》卷八一《桓伊传》："帝召伊饮宴，安侍坐。帝命伊吹笛。……伊便抚筝而歌《怨诗》曰：'为君既不易，为臣良独难。忠信事不显，乃有见疑患。……'声节慷慨，俯仰可观。安泣下沾衿，乃越席而就之，捋其须曰：'使君于此不凡！'帝甚有愧色。"

【汇评】

清何焯：最险之韵。非老手未能如此稳。(卞孝萱《刘禹锡诗何焯批语考订》)

清陈世镕：押强韵，字字精研，梦得、香山皆称擅场，昌黎不得专美。(《求志居唐诗选》)

送惟良①上人 并引②

以貌窥天者，曰乾然③健，单④于然而高。以数迎⑤天者，曰其用四十有九⑥。天果以有形而不能脱乎数。立象以推筴⑦，既成而遗之。古所谓神交造物者，非空言耳。轩皇受天命，其佐皆圣人，故得之。惟唐继天德如黄帝，有外臣一行⑧，亦圣之徒，与刊历考元，书成化去，今丹徒人惟良生而能知，非自外求⑨，以乾坤之筴⑩当十期之数。凝神运指，上感躔次⑪，视玄黄溟涬⑫，无倪有常，绝机泯知，独以神会。数起于复之初九⑬，音生乎黄钟之宫⑭。积微本隐，言与化合⑮。夫⑯天人之数，极而含变，变而靡不通。神趍⑰鬼慑，不足骇也。惟良得一行之道，故亦慕其为外臣。谬谓余为世间聪明，子子来访。初以说合，至于不言。言息而理冥，复申之以嗟叹曰："师其庶几乎！信神与之，而不能测神之所以付，信术通之，而不能知术之所以⑱。浅⑲哉！余闻乎曾井蛙醢鸡⑳之不若也。"长庆四年冬十一月甲子，语至夜艾，遂为诗以志焉。

高斋洒㉑寒水，是夕山僧至。玄牝㉒无关锁，琼书㉓舍㉔文字。灯明香满室，月午霜凝地。语到不言时，世间人尽㉕睡。

【题解】

此诗作于长庆四年(824)冬十一月，诗引中明言。

【注释】

①惟良：事不详。

②并引：《英华》无此二字，小引全文皆无。

③崇本"然"下有"而"字。

④崇本无"单"字，《全唐诗》"(单)"字为校者所补。

⑤迎：崇本作"逆"。

⑥其用四十有九：《易·系辞上》："大衍之数五十，其用四十有九。"

⑦推筴：亦作"推策"。以蓍草或竹筹推算历数。后亦用于占卜吉凶。"筴"，《全唐诗》作"策"。

⑧一行：《宋高僧传》卷五："释一行，俗姓张，钜鹿人也。本名遂则，唐初佐命剡国公公谨之支孙也。""时邢和璞者，道术人，莫窥其际。尝谓尹愔曰：'一行和尚真圣人也！汉洛下闳造历云：八百岁当差一日，则有圣人定之，今年期毕矣。属大衍历出，正其差谬，则洛下闳之言可信。非圣人孰能

预于斯矣!'"高志忠《校注》按云:"一行(673—727),俗姓张,名遂,唐代高僧,天文学家。精通历法、天文,与梁令瓒同制黄道游仪,以之重新测定一百五十余颗恒星之位置,首倡于全国十二地进行天文观测,并据南宫说等一组之测量,归算出相当于子午线纬度之长度,著有《大日经疏》,翻译《大日经》,并订《大衍历》。"

⑨求:崇本作"来"。

⑩乾坤之筴:《易·系辞上》:"乾之策二百一十有六,坤之策百四十有四,凡三百六十,当期之日。"

⑪躔(chán)次:日月星辰在运行轨道上的位次。

⑫溟涬:天地未形成前,自然之气混混沌沌的样子。

⑬复之初九:复卦之初阳爻。《易·复》:"《象》曰:⋯⋯'反覆其道,七日来复',天行也。""初九,不远复,无祗悔,元吉。"蒋维崧等《笺注》:"按大衍历,历气始于冬至。七日来复,当冬至子之半,是历之元。"

⑭"音生"句:《汉书》卷二一上《律历志》上:"五声之本,生于黄钟之律。"

⑮言与化合:《吕氏春秋》卷二五《似顺论》:"事多似倒而顺,多似顺而倒。有知顺之为倒、倒之为顺者,则可与言化矣。至长反短,至短反长,天之道也。"高诱注云:"化,道也。""言与",崇本作"与言"。

⑯夫:朱本作"乎",误。

⑰趍:崇本、明本、朱本、《全唐诗》皆作"趋"。

⑱崇本"以"下有"至"字。

⑲浅:朱本作"洩",误。

⑳醯(xī)鸡:即蠛蠓。古人以为是酒醋上的白霉变成。

㉑《全唐诗》"洒"下注云:"一作映。"

㉒玄牝:道家指孳生万物的本源,比喻道。《老子》:"玄牝之门,是谓天地之根。"苏辙解:"玄牝之门,言万物自是出也,天地自是生也。"

㉓琼书:指佛经、道书。

㉔舍:《英华》作"拾",《全唐诗》注云:"一作拾。"

㉕尽:《英华》作"自",注云:"集作尽。"《全唐诗》注云:"一作自。"

长庆二年(822)春至长庆四年(824)夏在夔州所作其他诗

蜀先主庙① 汉末谣:"黄牛白腹,五铢当复"②

天下③英雄气,千秋尚凛然。势分三足鼎,业复五铢钱。得相④能开国,生儿⑤不象贤。凄凉蜀故妓,来舞魏宫前⑥。

【题解】

此诗为刘禹锡在夔州刺史任内所作怀古诗。刘禹锡于长庆元年(821)冬除夔州刺史,长庆二年(822)正月到任,长庆四年(824)秋转和州,八月离开夔州。

【注释】

①蜀先主庙:蜀帝刘备之庙,故址在今重庆市奉节东白帝山。

②"汉末"句:《后汉书》卷一三《公孙述传》:"是时,述废铜钱,置铁官钱,百姓货币不行。蜀中童谣言曰:'黄牛白腹,五铢当复。'好事者窃言王莽称'黄',述自号'白',五铢钱,汉货也,言天下并还刘氏。"

③下:《全唐诗》作"地",注云:"一作下。"

④相:诸葛亮。

⑤儿:刘禅。

⑥"凄凉"二句:《三国志》卷三三《蜀书·后主传》裴松之注引《汉晋春秋》曰:"司马文王与禅宴,为之作故蜀妓,旁人皆为之感怆,而禅喜笑自若。王谓贾充曰:'人之无情,乃可至于是乎!虽使诸葛亮在,不能辅之久全,而况姜维邪?'充曰:'不如是,殿下何由并之。'"

【汇评】

宋范温:余旧日尝爱刘梦得《先主庙》诗,山谷使余读李义山《汉宣帝诗》,然后知梦得之浅近。(《潜溪诗眼》)

宋刘克庄:刘梦得五言如《蜀先主庙》云:"天地英雄气,千秋尚凛然……"(七言如)《哭吕温公》云:"遗草一函归太史,旅坟三尺近要离。"《金陵怀古》云:"山围故国周遭在,潮打空城寂寞回。"皆雄浑老苍,沉着痛快,小家数不能及也。(《后村诗话》)

宋方岳:杜牧之《赤壁》诗……许彦周不谕此老以滑稽弄翰,每每反用其锋,辄雌黄之。谓"孙氏霸业,系此一战,宗庙丘墟,皆置不问,乃独含情妓女",岂非与痴人言,不应及于梦也。刘禹锡《蜀主庙》云:"凄凉蜀故妓,歌舞魏宫前。"亦是此意,惟增凄感,却不主于滑稽耳。本朝诸公,喜为论议,往往不深谕,唐人主于性情,使隽永有味,然后为胜。(《深雪偶谈》)

元方回:梦得此诗用"三足鼎"、"五铢钱",可谓精当,然末句非事实也。蜀固亡矣,魏亦岂为存哉? 其业已属司马氏矣。(《瀛奎律髓》)

明王昌会:杜牧之《赤壁》诗"折戟沉沙铁未销,细将磨洗认前朝。东风不与周郎便,铜雀春深锁二乔",许彦周不谕此老以滑稽弄,辄每雌黄之,谓孙氏霸业系此一战,庙社丘墟皆置之不问,乃独怆情妓女,岂非与痴人说梦也。刘禹锡《题蜀主庙》云:"凄凉蜀故妓,歌舞魏宫前。"亦是此意,惟增凄感,却不主滑稽耳。(《诗话类编》)

清查慎行:中两联字字确切,惜结句不称。(《初白庵诗评》)

清黄周星:五字有千钧之力(首句下)。先主有知,亦当泪下(末句下)。(《唐诗快》)

清纪昀:句句精拔。起二句确是先主庙,妙似不用事者。后四句沉着之至,不病其直。(《瀛奎律髓汇评》)

清冯舒:落句可伤。用刘禅事,何云"非事实"? 方君不学乃至是! 蜀亡时魏未禅位,何言之梦梦耶?"不象贤",自谓后主,何言诸葛? 方君不通如此。(同上)

清许印芳:凡祠庙坟墓等题,总宜从人着笔,不可引纠缠祠墓。盖祠墓是公共之物,略用关合足矣。人是本题正位,宜用重笔发挥,乃合体裁。如

347

此诗全说先主,于"庙"字无一语道及,而起结皆扣住"庙"字。起语是从庙貌看出,结语则以魏宫对照蜀庙也。(同上)

清何焯:通篇极着意"蜀"字,破题再涵盖"魏"字,非千钧笔力不能。二十字中,无字不典,无字不紧,老杜执笔,不过如此。(卞孝萱《刘禹锡诗何焯批语考订》)

又:此篇似出于张正见《韩信诗》。(同上)

清方世举:诗有似浮泛而胜精切者,如刘和州《先主庙》,精切矣;刘随州《漂母祠》,无所为切,而神理自不泛,是为上乘。比之禅,和州北宗,随州南宗。但不可骤得,宜先法精切者,理学家所谓脚踏实地。(《兰丛诗话》)

清余成教:《先主庙》云:"得相能开国,生儿不象贤。"论断简切。(《石园诗话》)

王文濡:前写先主英雄,何等气概!后及后主昏暗,致堕先业。而蜀妓之舞,正其明证,足为后主之殷鉴。(《历代诗评注读本》)

观八阵图①

轩皇传上略②,蜀相运神机。水落龙蛇③出,沙平鹅鹳飞④。波涛无动势,鳞介⑤避余威。会有知兵者,临流⑥指是非。

【题解】

此诗为刘禹锡在夔州刺史任上所作。

【注释】

①八阵图:《三国志》卷三五《蜀书·诸葛亮传》:"亮性长于巧思,损益连弩,木牛流马,皆出其意;推演兵法,作八阵图,咸得其要云。"

②"轩皇"句:《太白阴经》:"黄帝设八阵之形。"

③龙蛇:二阵名。

④"沙平"句:《唐语林》卷二:"王武子曾在夔州之西市,俯临江岸沙石,下看诸葛亮八阵图。箕张翼舒,鹅形鹳势,聚石分布,宛然尚存。"鹅鹳:二阵名。

⑤鳞介:泛指有鳞和介甲的水生动物。

⑥《全唐诗》"流"下注云:"一作岐。"

【汇评】

宋王谠:王武子曾在夔州之西市,俯临江岸沙石,下看诸葛亮八阵图,箕张翼舒,鹅形鹳势,聚石分布,宛然尚存。峡水大时,三蜀雪消之际,濒滂混漾,大树十围,枯槎百丈,破砲巨石,随波塞川而下,水与岸齐,雷奔山裂,聚石为堆者断可知也。及乎水已平,万物皆失故态,惟阵图小石之堆,标聚行列,依然如是者,垂六七百年间,淘洒推激,迄今不动。刘禹锡曰:是诸葛公诚明一心,为先主效死,况此法出《六韬》,是太公上智之材所构,自有此法,惟孔明行之,所以神明保持,一定而不可改也。(《唐语林》)

巫山神女庙①

巫山②十二郁苍苍,片石亭亭号女郎。晓雾乍开疑卷幔,山花欲谢似残妆。星河好夜闻清佩,云雨归时带异香。何事神仙九天上,人间来就楚襄王③?

【题解】

此诗为刘禹锡在夔州刺史任上所作。咏怀古迹,诗末"何事神仙九天上,人间来就楚襄王"体现出诗人之别出心裁。

【注释】

①神女庙:《大清一统志·四川省·夔州府》:"神女庙,在巫山县东。《襄阳耆旧传》:赤帝女曰瑶姬,未行而卒,葬于巫山之阳,故曰巫山之女。

楚怀王游于高唐,梦与神遇,遂为置观于巫山之南,号为朝云。"范成大《吴船录》卷下:"神女庙乃在诸峰对岸小冈之上。……今庙中石刻引《墉城记》:瑶姬,西王母之女,称云华夫人。助禹驱鬼神,斩石疏波有功,见记。今封妙用真人。"

②山:朱本作"峰"。

③"何事"二句:宋玉《高唐赋》:"昔者先王尝游高唐,怠而昼寝,梦见一妇人曰:'妾,巫山之女也,为高唐之客。闻君游高唐,愿荐枕席。'王因幸之。去而辞曰:'妾在巫山之阳,高丘之阻,旦为朝云,暮为行雨。朝朝暮暮,阳台之下。'"宋玉《神女赋》:"楚襄王与宋玉游于云梦之浦,使玉赋高唐之事。其夜王寝,果梦与神女遇。"

【汇评】

元方回:尾句讥之,良是。然本无此事,词人寓言耳。(《瀛奎律髓》)

清胡以梅:五、六皆揣摩之词,犹云如果有神女,则星河良夜,宜闻清佩,云雨归来,亦带异香矣,然系天帝之女,何事而来就楚王耶,恐无是理也。结既断其无,五、六是反说,而非实事。总之,亦从杜诗"疑"字(按:杜甫《夔州歌十绝句》:"楚宫犹对碧峰疑。")脱化而出。星河兼借织女之意,轻飙落木,亦可疑环佩之声。云雨归,本言云雨收之意,用归字,则若神女为云为雨而归,此故为粘带作谑,而正意只在云雨,盖雨后草木皆香,理之所有。两句皆应活看,若真作神女,何异痴人说梦。(《唐诗贯珠》)

清何焯:落句自叹由南宫远贬也。(《瀛奎律髓汇评》)

清冯班:只第六一句,余皆平调。(同上)

清纪昀:三、四俗语,结亦平浅。五句"好夜"二字生造。冯氏赏六句,不可解,所谓不猥亵不尽兴耶?尾句太直,此种已是宋诗。设题下换宋人名字,不知如何唾骂耳。(同上)

浪淘沙词①九首

九曲黄河万里沙,浪淘风簸自天涯。如今直上银河去,

350

同到牵牛织女家。

洛水桥边春日斜，碧流轻②浅见琼砂。无端陌上狂风急，惊起鸳鸯出浪沙③。

汴水东流虎眼④文，清淮晓⑤色鸭头⑥春。君看渡口淘沙处，渡却人间多少人。

鹦鹉舟⑦头浪飐沙，青楼春望日将斜。衔泥燕子争归舍，独自狂夫不忆家⑧。

濯锦江⑨边两岸花，春风吹浪正淘沙。女郎剪下鸳鸯锦，将向中流定⑩晚霞。

日照澄洲江雾开，淘金⑪女伴满江隈。美人手⑫饰侯王印，尽是沙中浪底来。

八月涛声吼地来，头高数丈触山回。须臾却入海门去，卷起沙堆似雪堆。

莫道谗言如浪深，莫言迁客似沙沉。千涛万漉⑬虽辛苦，吹尽狂沙始到金。

流水淘沙不暂停，前波未灭后波生。令人忽忆潇湘渚，回唱迎神三两声。

④虎眼：形容旋转的水波纹。唐李白《泾溪东亭寄郑少府谔》诗："欲往泾溪不辞远，龙门蹙波虎眼转。"王琦注："虎眼转，谓水波旋转，有光相映，若虎眼之光。"

⑤晓：崇本作"晚"。

⑥鸭头：鸭头色绿，形容水色。

⑦舟：《全唐诗》卷二八、卷三六五皆作"洲"。

⑧《全唐诗》卷三六五于此首末注云："一作张籍诗。"

⑨濯锦江：即锦江。岷江流经成都附近的一段。

⑩定：朱本、《全唐诗》卷二八、卷三六五作"疋"。

⑪《全唐诗》卷二八"金"下注云："集作沙。"卷三六五注云："一作沙。"

⑫手：《乐府》、明本、朱本、《全唐诗》皆作"首"。

⑬千涛万洒："涛"，诸本皆作"淘"，是。"洒"，《全唐诗》作"漉"。

【汇评】

"鹦鹉舟头浪飐沙"一首：

明杨慎列为妙品。(《唐诗选脉会通评林》)

明敖英：梦得《浪淘沙》数首，独此佳。(同上)

明李梦阳：人情只在口头。(同上)

明陆时雍：物情人思，佳境自然。(同上)

明唐汝洵：只"忘我实多"意。薛维翰《怨歌》末句，禹锡改"要"为"独"，欠圆活矣。然以第三句较之，终是薛作浅露。(同上)

清吴昌祺：唐汝洵曰：妇人临水望夫，而以浪之淘沙起兴；言日斜而不至，则不如飞燕之有情也。(《删订唐诗解》)

"日照澄洲江雾开"一首：

明叶羲昂：触景含情，幽恨难写，人情只在口头。(《唐诗直解》)

刘永济：《浪淘沙词》，始于白居易、刘禹锡，大抵描写风沙推移，以见人世变迁无定，或则托意男女恩怨之词。禹锡此首乃言淘沙拣金之劳，而"美人"、"侯王"或未知也。(《唐人绝句精华》)

总评

清王夫之：七言句既冗长，小诗章法短约，自非俪伤摇漾，则为体本疏而密填之，殊不类矣。元帝二诗恰与刘梦得《浪淘沙》……合辙。盖中唐人于此一体，殊胜盛唐。中唐以兴会为主，雅得元音故也。(《古诗评选》)

杨柳枝词二首①

迎得春光先到来，浅黄轻绿映楼台。只缘袅娜多情思，便被春风长请揉②。

巫峡巫山杨柳多，朝云暮雨远相和。因想阳台无限事，为君回唱《竹③枝歌》。

【题解】

此诗作于刘禹锡在夔州期间。诗云"巫峡巫山杨柳多，朝云暮雨远相和"，当在夔州。

【注释】

①杨柳枝词二首：《全唐诗》无"柳"字。"二首"，崇本作题下小字注。

②便被春风长请揉(ruó)："便"，《全唐诗》作"更"。"请揉"，崇本作"暗催"，朱本作"挫摧"，《全唐诗》作"倩猜"，注云："一作请揉。一作便被春风长挫摧。"揉：揉搓。

③《全唐诗》"竹"下注云："一作柳。"

纥那曲词二首①

杨柳郁青青，竹枝无限情。周郎一回顾②，听唱《纥那》声。

踏曲兴无穷，调同词不同。愿郎千万寿，长作主人翁。

右已上词，先不入集，伏缘播在乐章③，今附于卷末。

此诗作于刘禹锡在夔州期间。

【注释】

①纥那曲词二首:《乐府》、《全唐诗》卷三六四无"词"字。《全唐诗》卷二八无"词二首"三字。崇本二首作小字注。纥那曲:详见《竹枝词二首》注③。

②"周郎"句:《三国志》卷五四《吴志·周瑜传》:"瑜少精意于音乐,虽三爵之后,其有阙误,瑜必知之,知之必顾,故时人谣曰:'曲有误,周郎顾。'""周",崇本、《乐府》、《全唐诗》卷二八作"同"。《全唐诗》卷三六四注云:"一作同。"

③伏缘播在乐章:崇本无此六字。

送周使君①罢渝州归郢中②别墅

君思郢上吟归去,故自渝南掷郡章。野戍岸边留画舸,绿萝阴下到③山④庄。池荷雨后衣香起⑤,庭草春深绶带长。只恐鸣驺⑥催上道,不容待得晚菘⑦尝。

【题解】

此诗作于刘禹锡在夔州期间。瞿蜕园《笺证》按云:"据诗题罢渝州归郢中,而禹锡能送之,则似为禹锡在夔州时事。自渝东下,必经夔州也。"

【注释】

①周使君:指周载。元稹《授萧睦凤州周载渝州刺史制》:"前知盐铁转运山南东道院事殿中侍御史周载等,由文学古,施于有政,三验所至,莫非良能。……载可渝州刺史。"

②中:《英华》、明本、朱本、《全唐诗》作"州"。

③到:《英华》作"有",《全唐诗》注云:"一作有。"

④山:崇本作"仙"。

⑤起:《英华》作"老",注云:"集作起。"《全唐诗》注云:"一作老。"

⑥鸣驺:古代随从显贵出行并传呼喝道的骑卒。借指显贵。

⑦晚菘:秋末冬初的大白菜。《南史》卷三四《周朗传》附《周颙传》:"文德太子问颙菜食何味最胜。颙曰:'春初早韭,秋末晚菘。'""菘",崇本作"菰"。

【汇评】

宋黄彻:梦得《送周使君》云:"只恐鸣驺催上道,不容待得晚菘尝。"乃周彦伦答文惠太子问山中菜食云:"春初早韭,秋末晚菘。"此以两字用事者。(《䂬溪诗话》)

清金圣叹:首句,"君"一字,称之也。"思郢上",原君之素心也。"吟归去",写君之高兴也。次句"故"一字,即思郢上。"自"字连下三句二十一字,即吟归去也。言使君由掷郡章而留画舸,而到山庄,直将渝南一副官腔,便如蛇蜕谢之,此其轻快,便有非人所及者。看他二句、三句、四句,上从"自"字,下至"到"字,分明直作一气一句,又为绝句之律格也(首四句下)。此写既归郢上之后,言芰荷香起,鹍草带长,正当尔时,晚菘方乃渐肥。独恐朝书来催,不得久住,为怅然也(末四句下)。(《贯华堂选批唐才子诗》)

此言使君思故园别墅而效陶潜赋归之辞,故自渝州掷郡章而去也。自此,野戍岸边权留画舫,绿萝阴下乃到山庄。吾知公别墅中池荷香起,庭草带长,正堪玩乐之时,但以君才不容幽隐,知必召用而鸣驺促道,岂得久处而待晚菘之食哉!(《唐诗鼓吹评注》)

清何焯:只是规避,岂有高情,发端唱破,却仍不觉。闻"池荷"即追忆衣香,见庭草亦联想结绥,亟亟求出,不可以卒岁,实□戏言尔家自来无真隐,勿我欺也。(卞孝萱《刘禹锡诗何焯批语考订》)

送鸿举师游江南^① 并引^②

始余谪朗州,尔时是师振麻衣,斐然而前,持文篇以为僧赞^③。唧唧而清,如虫吟秋。自然之响,无有假合。有足佳者,故为赋二^④章以声之。距今年遇^⑤于建平,赤髭益蕃,文思益深,而内外学益富。既讯已,探袱中,出前所与诗。阅之,纸老墨瘁,与我同来^⑥。因思夫苒苒之光,浑浑之轮,时而言,有初、中、后之分。日而言,有今、昨、明之称。身而言,有幼、壮、艾之期。乃至^⑦一謦欬^⑧,一弹指,中际^⑨皆具,何必求三生以异身邪?然而视余之文,昔与今有莛^⑩楹之别;视余之书,昔与今有钧石之^⑪悬;视余之仕,昔与今乃^⑫唯阿^⑬之差耳。岂有工拙之数存乎其间哉?盖可勉而进者与日月而至矣。彼傥来外物,虽日月无能至焉。是岁师告余游江西,复为赋七言,以为游地尔。

禅客学禅兼学文,出山^⑭初似无心云。从风卷舒来处处^⑮,缭绕巴山^⑯不得去。山州^⑰古寺好闲居,读尽龙王宫里书。使君滩^⑱头拣石砚,白帝城边寻野蔬。忽然登高心瞥起,又欲浮杯信流水。烟波浩淼鱼鸟情,东去三千三百里^⑲。荆门硖^⑳断无盘涡,湘平汉^㉑阔清光多。庐山雾开见瀑布,江西月净闻渔歌。钟陵八部多名守^㉒,半是西方社中友。与师相见便谈空,想得^㉓高斋^㉔狮子吼^㉕。

【题解】

此诗作于刘禹锡在夔州期间,诗中有"缭绕巴山不得去"、"使君滩头拣石砚,白帝城边寻野蔬"等句,应在夔州。

【注释】

①南:崇本作"西",是。

②并引:《英华》无此二字,小引全文皆无。

③贽:古代初次拜见尊长所送的礼物。

④二:崇本作"三"。

⑤遇:朱本作"过"。

⑥来:崇本作"容",是。

⑦乃至:崇本作"至乃"。

⑧謦欬(qǐng kài):咳嗽。

⑨中际:佛家以前际、中际、后际为三际,犹言三世。中际即现在世。

⑩莛:崇本作"筳"。

⑪崇本"之"下有"相"字。

⑫崇本无"乃"字。

⑬唯阿:唯、阿皆为应诺之声,喻差别不大。

⑭山:崇本作"止"。

⑮处处:朱本、《英华》、《全唐诗》作"何处"。

⑯山:《英华》作"江"。

⑰《全唐诗》"州"下注云:"一作川。"

⑱使君滩:在今四川省万县东。北魏郦道元《水经注》二三《江水一》:"(江水)又东迳羊肠虎臂滩。杨亮为益州,至此舟覆,惩其波澜,蜀人至今犹名之为使君滩。"

⑲三千三百里:《懊侬歌》:"江陵去扬州,三千三百里。已行一千三,所有二千在。""三百",崇本作"二百",误。

⑳硖:崇本、《全唐诗》作"峡",《全唐诗》注云:"一作硖。"

㉑汉:朱本作"溪"。

㉒"钟陵"句:钟陵:《旧唐书》卷四〇《地理志》三:"钟陵汉南昌县,豫章郡所治也。隋改为豫章县,置洪州,炀帝复为豫章郡。宝应元年六月,以犯代宗讳,改为钟陵,取地名。"蒋维崧等《笺注》按云:"《元和郡县图志·江南

西道四》：'江西观察使管州八：洪、饶、虔、吉、江、袁、信、抚。'"瞿蜕园《笺证》按云："是时为江西观察使者当是王仲舒。""部"，崇本、《英华》、朱本、《全唐诗》作"郡"，《英华》注云："一作部。"

㉓想得：《全唐诗》注云："一作竚听。""得"，《英华》作"是"。

㉔斋：《英华》、《全唐诗》注云"一作声"。

㉕狮子吼：佛教语。比喻佛菩萨说法时震慑一切外道邪说的神威。泛指传经说法。

畲田行①

何处好畲田，团团缦山腹。钻龟②得雨卦，上山烧卧木。惊麏走且顾，群雉③声咿喔。红焰远成霞，轻煤④飞入郭。风引上高岑，猎猎度青林。青林望靡靡，赤光低复起。照潭出老蛟，爆竹惊山鬼。夜色不见山，孤明星汉间。如星复如月，俱逐晓风灭。本⑤从敲石光，遂致烘天热。下种暖灰中，乘阳坼牙蘖⑥。苍苍一雨后，苕颖⑦如云发。巴⑧人拱手吟，耕耨不关心。由来得地势，径寸有余阴⑨。

【题解】

此诗作于长庆二年（822）至四年（824）春刘禹锡在夔州期间。卞孝萱《刘禹锡年谱》云："黄常明《诗话》云：'刘禹锡谪连州，作《畲田行》。'（《百家诗话总龟后集》卷二四《用字门》引）误。理由如下：（一）禹锡在夔州所作之《竹枝词九首》有句云：'银钏金钗来负水，长刀短笠去烧畲。''烧畲'是夔州之俗。（二）此诗有句云：'巴人拱手吟，耕耨不关心。'连州不能称巴。"瞿蜕园《笺证》按云："杜甫《秋日夔府咏怀奉寄郑监李宾客》诗云：'烧畲度地偏'，此诗云：'巴人拱手吟'，则亦必禹锡任夔州刺史时所作也。仇注杜诗引《农书》云:'荆楚多畬田,先纵火燎炉,候经雨下种,历三岁土脉竭,复燎旁山,燎,爇火燎原,炉,火烧山界也。'正足为此诗'下种暖灰中','苍苍一雨后'等句作注。"

【注释】

①畬田行:"行",明本、朱本作"作"。畬(shē)田:用火耕种田。

②钻龟:一种占卜术。钻刺龟里甲,并以火灼,视其裂纹以断吉凶。

③《全唐诗》"雉"下注云:"一作鸡。"

④煤:烟气凝结的黑灰。《全唐诗》"煤"下注云:"一作烁。"

⑤本:明本作"木",误。

⑥坼牙蘖:"坼",崇本作"拆"。"牙",朱本作"芽"。《全唐诗》注云:"一作芽。""蘖"下注云:"一作蘖。"牙蘖:即"牙蘖"。草木新生的枝芽。

⑦苕颖:草花和禾穗。亦泛指植物的花、穗及其茎。

⑧《全唐诗》"巴"下注云:"一作几。"

⑨阴:《全唐诗》作"金",注云:"一作阴。"

【汇评】

宋黄彻:刘禹锡谪连州,作《畬田行》云:"何处好畬田,团团缦山腹。""下种暖灰中,乘阳坼芽蘖。"又作《竹枝词》云:"银钏金钗来负水,长刀短笠去烧畬。"尝观辰、沅亦然。瘠土之民,宜倍其劳,而耕反卤莽也。(《䂬溪诗话》)

酬杨司业巨源见寄

璧雝①流水近灵台②,中有诗篇绝世才。渤海归人将集去,梨园弟子请词来。琼枝未识魂空断,宝匣初临手自开。莫道专城管云雨,其如心似不然灰。

【题解】

此诗作于长庆二年(822)至四年(824)刘禹锡在夔州期间。卞孝萱《刘禹锡年谱》云:"诗有'莫道专城管云雨'之句,知禹锡此时为夔州刺史;又有'璧雝流水近灵台'之句,知巨源此时为国子司业。《全唐文》卷五五六韩愈《送杨少尹序》云:'国子司业杨君巨源,方以能诗训后进,一旦以年满七十,亦白丞相去归其乡。'韩《序》撰于长庆四年(据方崧卿《韩文年表》)。刘诗作于四年以前。"今从卞说。

【注释】

①璧雝:亦作"辟雝"、"辟雍"。本为西周天子所设大学,校址圆形,围以水池,前门外有便桥。东汉以后,历代皆有辟雍,除北宋末年为太学之预备学校外,均为行乡饮、大射或祭祀之礼的地方。班固《白虎通·辟雍》:"天子立辟雍何?所以行礼乐宣德化也。辟者,璧也,象璧圆,又以法天,于雍水侧,象教化流行也。""璧雝",崇本作"璧雍",朱本作"璧雍",《全唐诗》作"辟雍"。

②灵台:古时帝王观察天文星象、妖祥灾异的建筑。张衡《东京赋》:"左制辟雍,右立灵台。"薛综注云:"司历纪候节气者曰灵台。"一说为学宫。韩愈《县斋有怀》诗:"尘埃紫陌春,风雨灵台夜。"钱仲联集释引陈景云曰:"谓官四门博士也。汉光武立明堂、辟雍、灵台,号三雍宫。"

寄唐州①杨八归厚

淮安②古地拥③州师,画角金铙旦夕吹。浅草遥迎鸊鹈④马,春风乱飐辟邪旗。谪仙年月今应满,戆谏声名⑤众所知。何况迁乔旧同伴,一双先入凤凰池。时徐晦、杨嗣复二舍人,与唐州⑥同年及第。

【题解】

此诗作于长庆二年（822）到四年（824）之间。《旧唐书》卷一六五《徐晦传》："入拜中书舍人。宝历元年（825），出为福建观察使。"《旧唐书》卷一七六《杨嗣复传》："长庆元年（821）十月，以库部郎中知制诰，正拜中书舍人。……四年（824），僧孺作相，……乃令嗣复权知礼部侍郎。"诗末注"时徐晦、杨嗣复二舍人"，可知此诗当作于长庆二年到四年之间。又据"浅草遥迎鹔鹴马，春风乱飐辟邪旗"句，诗当作于春天，故系于长庆二年后。

【注释】

①唐州：唐置，治比阳，今河南泌阳。《唐刺史考》卷一九一《唐州》："归厚元和十四年在万州刺史任。长庆四年在寿州刺史任。"

②安：朱本作"西"，误。

③拥：朱本作"雍"，误。

④鹔鹴（sù shuāng）：良马名。本作"肃爽"、"肃霜"，亦作"骕骦"。

⑤戁谏声名：详见《寄杨八拾遗》注③。

⑥朱本"唐州"下有"俱"字。

春日寄杨八唐州二首①

淮西春草长，淮水逶迤光。燕入新村落②，人耕旧战场。可怜行春③守，立马看斜桑。

漠漠淮上春，莠苗生故垒。梨花方城④路，荻笋萧陂水。高斋有谪仙，坐啸清风起。

【题解】

此诗作于长庆二年（822）到四年（824）之间，参见《寄唐州杨八归厚》编年。

【注释】

①二首:崇本作题下小字注。

②落:朱本作"路"。

③行春:谓官吏春日出巡。《后汉书》卷三三《郑弘传》:"弘少为乡啬夫,太守第五伦行春,见而深奇之,召署督邮,举孝廉。"李贤注云:"太守常以春行所主县,劝人农桑,振救乏绝。"

④方城:今河南方城县,唐属唐州。

⑤荻笋:荻的幼苗,像笋,故名。又称荻芽。

重寄绝句①

淮西既是平安地,鸦路②今无羽檄飞。闻道唐州最清静,战场耕尽野花稀。

【题解】

此诗作于长庆二年(822)到四年(824)之间,参见《寄唐州杨八归厚》编年。

【注释】

①"重寄绝"句:《全唐诗》作"一作寄唐州杨八"。

②鸦路:鸦飞之路。比喻遥远难行的路程。"鸦",朱本、《全唐诗》作"鸦"。

敬宗宝历元年(825)

春日书怀寄东洛白二十二①杨八二庶子②

曾向空门学坐禅,如今万事尽忘筌。眼前名利同春梦,醉里风情敌少年。野草芳菲红锦地,游丝撩乱碧罗天。心知洛下闲才子,不作诗魔即酒③颠。

【题解】

此诗作于宝历元年(825)。《白氏长庆集》卷六八《苏州刺史谢上表》:"臣居易言伏奉三月四日恩制,授臣使持节苏州诸军事、守苏州刺史。臣以某月二十九日发东都,今月五日到州,当日上讫。"《吴郡诗石记》:"去年脱杭印,今年佩苏印。"文末题:"宝历元年七月二十日苏州刺史白居易题。"可知白居易除苏州刺史在宝历元年三月。白居易长庆四年(824)五月除太子左庶子分司东都,时杨归厚任太子右庶子。

【注释】

①崇本"二十二"下有"学士"二字。

②庶子:《旧唐书》卷四四《职官志》三:"太子左春坊,左庶子二人,正四品上。""太子右春坊,右庶子二人,正四品下。"

③《全唐诗》"酒"下注云:"一作醉。"

【汇评】

明杨慎:元和以后,诗人之全集可观者数家,当以刘禹锡为第一。其诗入选及人所脍炙,不下百首矣。其未经选,全篇如《梦丝瀑》……七言如:"中国书流让皇象,北朝文士重徐陵。"又"桂岭雨余多鹤迹,茗园晴望似龙鳞。"又"连樯估客吹羌笛,荡桨巴童歌《竹枝》。"又"眼前名利同春梦,醉里

风情敌少年。"又"野草芳菲红锦地，游丝撩乱碧罗天。"……宛有六朝风致，尤可喜也。(《升庵诗话》)

清胡以梅：曾经坐禅，万事已相忘，如捕鱼者得鱼忘筌矣，名利已视为春梦，惟风情犹可以敌少耳，当此好春之景，知两君惟诗酒为乐也，五、六佳丽，观其风情不减，则知学禅亦未到忘筌之地，此假禅客也。(《唐诗贯珠》)

客有话汴州新政书事寄令狐相公

天下咽喉今太①宁，军城喜气彻青冥。庭前剑戟朝迎日，笔底文章夜应星②。三省壁中题姓字③，万人头上见仪形。汴州忽复承平事，正月看灯户不扃。

【题解】

此诗作于宝历元年(825)春。瞿蜕园《笺证》按云："令狐相公谓令狐楚。楚自元和十五年(820)罢相屡贬，长庆初以宾客分司东都。时李逢吉作相，极力援楚。以李绅在禁密，沮之，未能擅柄。敬宗即位，逢吉逐李绅，寻用楚为河南尹。长庆四年(824)九月，授宣武军节度使。本传云：'汴军素骄，累逐主帅，……楚长于抚理，……后竟为善地。'故此诗有'汴州忽复承平事，正月看灯户不扃'之句，与外集卷一《和汴州令狐相公到镇改月偶书所怀》一诗大至相合，彼诗作于长庆四年初到镇时，则此诗当作于宝历元年之初春也。于此可见元和用兵以后藩镇武人之暴戾恣睢，乱形已兆，禹锡盖深有慨焉，非专为献颂也。"今从瞿说。

【注释】

①太：朱本、《全唐诗》作"大"。

②星：指文昌星。

③"三省"句：《旧唐书》卷一七二《令狐楚传》：元和十四年"七月，皇甫镈荐楚入朝，自朝议郎授朝议大夫、中书侍郎、同平章事。"长庆四年，"九

月,检校礼部尚书、汴州刺史、宣武军节度、汴宋亳观察等使。"三省:尚书、中书、门下三省。

白舍人见酬拙诗因以寄谢

虽陪三品散班中,资历从来事不同。名姓也曾镌石柱①,诗篇未得上屏风。甘陵旧党②凋零尽,魏阙③新知礼数崇。烟水五湖如有伴,犹应堪作钓鱼翁。

【题解】

此诗作于宝历元年(825)秋,为答白居易《答刘和州禹锡》诗而作。白原诗为:"换印虽频命未通,历阳湖上又秋风。不教才展休明代,为罚诗争造化功。我亦思归田舍下,君应厌卧郡斋中。好相收拾为闲伴,年齿官班约略同。"刘禹锡长庆四年(824)八月自夔州转历阳,十月抵和州,宝历二年秋罢和州刺史,据"历阳湖上又秋风",可知白诗作年当在宝历元年,刘禹锡作诗酬谢亦当于本年。

【注释】

①镌石柱:唐尚书省郎官皆镌名石柱,刘禹锡曾任工部屯田员外郎,故有此言。

②甘陵旧党:《后汉书》卷六七《党锢列传》:"初,桓帝为蠡吾侯,受学于甘陵周福,及即帝位,擢福为尚书。时同郡河南尹房植有名当朝,乡人为之谣曰:'天下规矩房伯武,因师获印周仲进。'二家宾客,互相讥揣,遂各树朋徒,渐成尤隙,由是甘陵有南北部,党人之议,自此始矣。"此处指"二王八司马"。甘陵:故址在今河北清县东南。

③魏阙:古代宫门外两边高耸的楼观。楼观下常为悬布法令之所。亦借指朝廷。

苏州白舍人寄新诗有叹早白无儿之句因以赠之

莫嗟华发与无儿，却是人间久远期。雪里高山头白早，海中仙果子生迟。于公必有高门庆，谢守何烦晓镜悲。幸免如新分非浅，祝君长咏梦熊诗。高山本高，于门使之高，二义殊，古之诗流晓此。

【题解】

此诗作于宝历元年(825)。白舍人新诗指白居易寄禹锡诗《自咏》："形容瘦薄诗情苦，岂是人间有相人？只合一生眠白屋，何因三度拥朱轮？金章未佩虽非贵，银楂常携亦不贫。唯是无儿头早白，被天磨折恰平均。"又有《吟前篇因寄微之》："君颜贵茂不清羸，君句雄华不苦悲。何事遣君还似我，髭须早白亦无儿。"白居易此二诗系诸宝历元年，刘禹锡诗亦应在本年。

【注释】

①《全唐诗》"间"下注云："一作生。"

②"于公"句：指西汉时于定国之父。《汉书》卷七一《于定国传》："始定国父于公，其闾门坏，父老方共治之。于公谓曰：'少高大闾门，令容驷马高盖车。我治狱多阴德，未尝有所冤，子孙必有兴者。'至定国为丞相，永为御史大夫，封侯传世云。"

③"谢守"句：谢朓《冬续羁怀示萧咨议虞田曹刘江二常侍诗》："寒灯耿宵梦，清镜悲晓发。"

④梦熊：详见《答前篇》注④。

⑤朱本"义"下有"有"字。《全唐诗》"义"下有"故"字。

【汇评】

唐白居易：今垂老复遇梦得，得非重不幸耶？梦得，梦得！文之神妙，莫先于诗,若妙与神,则吾岂敢?如梦得"雪里高山头白早,海中仙果子生迟";"沉舟侧畔千帆过,病树前头万木春"之句之类,真谓神妙,在在处处,应当有灵物护之,岂惟两家子侄秘藏而已。(《刘白唱和集解》)

宋魏泰:白居易殊不善评诗,其称徐凝《瀑布诗》云:"千古长如白练飞,一条界破青山色。"又称刘禹锡"雪里高山头白早,海中仙果子生迟","沉舟侧畔千帆过,病树前头万木春",此皆常语也,禹锡自有可称之句甚多,顾不能知之耳。(《临汉隐居诗话》)

宋蔡正孙引《三山老人语录》云:白乐天《寄刘梦得》诗,有叹"早白无儿"之语。刘以此诗赠之,二"高"字,自注其义不同。古之诗流晓此,唐人忌重叠用字,今人则叠用字甚多。(《诗林广记》)

明谢榛:刘禹锡赠白乐天两联用两"高"字:"雪里高山头白早"、"于公必有高门庆"。自注曰:"高山本高,高门使之高,二义不同。"自恕如此。两联最忌重字,或犯首尾可矣。(《四溟诗话》)

明王世贞:白极重刘"雪里高山头白早,海中仙果子生迟"、"沉舟侧畔千帆过,病树前头万木春",以为有神助,此不过学究之小有致者。(《艺苑卮言》)

明戴斋主人:刘禹锡诗,在此有神物护持,予且未之辨。据白乐天之称许云:"雪里高山头白早,山中仙果子生迟。"太神妙之,予竟莫之悟,第恐涉山歌俚唱耳。(《独鉴录》)

明许学夷:乐天最爱梦得七言律"雪里高山头白早,海中仙果子生迟"、"沉舟侧畔千帆过,病树前头万木春"之句,梦得之诗,惟此得为变体,而集中皆不传,及考《万首唐人绝句》,刘实有似乐天者,故当时有"刘、白"之称,乃知今所传梦得诗,绝非全集也。(《诗源辨体》)

清王士禛:白乐天论诗多不可解。如刘梦得"雪里高山头白早,海中仙果子生迟","沉舟侧畔千帆过,病树前头万木春"等句,最为下劣。而乐天乃极赏叹,以为此等语在在当有神物护持,悖谬甚矣。(《香祖笔记》)

又:乐天作《刘白唱和集解》,独举梦得"雪里高山头白早,海中仙树果生迟","沉舟侧畔千帆过,病树前头万木春",以为神妙。且云此等语"在在处处应有灵物护之",殊不可晓。宜元、白于盛唐诸家兴会超诣之妙,全未

梦见。(《池北偶谈》)

清梁章钜:作近体诗前后复字须避,即古体诗亦不宜重叠用之。刘梦得赠白乐天诗:"雪里高山头白早。"又:"于公必有高门庆。"自注云:"高山本高,高门,使之高,二字为义不同。"观唐人之忌复字如此,我辈又焉得不检点乎。(《退庵随笔》)

白舍人曹长①寄新②诗有游宴之盛因以戏酬

苏州刺史例能诗,西掖③今来替左司④。二八城门开道路,五千兵马引旌旗。水通山寺笙歌去,骑过虹桥剑戟随。若共吴王斗百草⑤,不如应⑥是欠西施。

【题解】

此诗作于宝历元年(825)。《白氏长庆集》卷二四《酬刘和州戏赠》:"钱唐山水接苏台,两地寨帷愧不才。政事素无争学得,风情旧有且将来。双蛾解佩啼相送,五马鸣珂笑却回。不似刘郎无景行,长抛春恨在天台。"此诗朱金城《白居易年谱》系诸宝历元年。又,《重答刘和州》题下注:"来篇云:苏州刺史例能诗,西掖今来替左司。又云:若共吴王斗百草,不如唯是欠西施。"

【注释】

①曹长:《唐国史补》卷下:"尚书丞郎郎中相呼为曹长。"

②崇本无"新"字。

③西掖:中书或中书省的别称。汉应劭《汉官仪》卷上:"左右曹受尚书事,前世文士,以中书在右,因谓中书为右曹。又称西掖。"

④左司:左司郎中,此处指韦应物。

⑤斗百草:一种古代游戏。竞采花草,比赛多寡优劣,常于端午行之。南朝梁宗懔《荆楚岁时记》:"五月五日,四民并踏百草,又有斗百草之戏。"

⑥《全唐诗》"如应"下注云："一作知惟。"

【汇评】

宋朱弁：白乐天自中书舍人出知苏州,刘梦得《外集》有《戏酬白舍人曹长寄诗言游宴之盛》一篇,破题云："苏州刺史例能诗,西掖今来替左司。"左司,谓韦应物也。(《风月堂诗话》)

和浙西李大夫伊川卜居

　　早入八元①数,尝承三接②恩。飞鸣③天上路,镇压海西门。清望寰中许,高情物外存。时来诚不让,归去每形言。洛下思招隐,江干厌作藩。按经修道具④,依样⑤买山村。马高唐⑥为御史大夫,将⑦置宅,命画工图其状,戒所使曰"依此样求之。"开凿随人化,幽阴为律暄。远移难得树,立变旧荒园。阙⑧塞通潜径,平泉⑨占上源⑩。烟霞遥在想,簿领⑪益为繁。丹禁虚东阁,苍生望北辕。徒令双白鹤⑫,五里自翩翻。

【题解】

　　此诗作于宝历元年(825)。李德裕《近于伊川卜山居将命者画图而至欣然有感聊赋此诗兼寄上浙东元相公大夫使求青田胎化鹤》诗云："弱岁弄词翰,遂叨明主恩。怀章过越邸,建斾守吴门。西坁阴难驻,东皋意尚存。惭逾六百石,愧负五千言。寄世知婴缴,辞荣类触藩。欲追绵上隐,况近子平村。邑有桐乡爱,山余黍谷暄。既非逃相地,乃是故侯园。野竹多微径,岩泉岂一源？映池芳树密,傍涧古藤繁。邛杖堪扶老,黄牛已服辕。只应将唤鹤,幽谷共翩翻。"题下注云："乙巳岁作。"

【注释】

　　①八元:《左传》文公十八年："高辛氏有才子八人,伯奋、仲堪、叔献、季

369

仲、伯虎、仲熊、叔豹、季狸，忠肃共懿，宣慈惠和，天下之民谓之八元。"

②三接：谓三度接见。《易·晋》："晋康侯用锡马蕃庶，昼日三接。"孔颖达疏："昼日三接者，言非惟蒙赐蕃多，又被亲宠频数，一昼之间三度接见也。"后多以"三接"为恩宠优奖之典。

③飞鸣：《史记》卷一二六《滑稽列传》："此鸟不飞则已，一飞冲天，不鸣则已，一鸣惊人。"

④道具：佛教语。指修行者用的衣物器具。

⑤依样：《新唐书》卷九八《马周传》："初，帝遇周厚，周颇自负。为御史时，遣人以图购宅，众以其兴书生，素无赀，皆窃笑。它日，白有佳宅，直二百万，周遽以闻，诏有司给直，并赐奴婢什物，由是人乃悟。"

⑥马高唐：马周。《新唐书》卷九八《马周传》："高宗即位，追赠尚书右仆射、高唐县公。""高唐"，崇本作"高堂"，朱本作"葛堂"，误。

⑦将：朱本作"时"。

⑧阙："阙"字原缺。崇本、朱本、《全唐诗》作"绝"。

⑨平泉：洛阳李德裕平泉山庄。

⑩源：朱本、《全唐诗》作"原"。

⑪领：朱本作"令"，误。

⑫双白鹤：《太平御览》卷九一六引《永嘉郡记》："沐溪野青田中有双白鹤，年年生伏，长大便去。只伯余父母一双在耳，精白可爱，多云神仙所养。"

和浙西李大夫①霜夜对月听小童吹觱篥②歌依本韵③

海门双青暮烟歇，万顷金波涌明月。侯家小儿能觱篥，对此清光天性发。长江凝练树无风，浏慄一声霄汉中。涵胡④画角⑤怨边草，萧瑟清蝉吟野丛。冲融顿挫心使指，雄吼如风转如水。思妇多情珠泪垂，仙禽欲舞双翅起。郡人寂听

370

衣满霜,江城月斜楼影长。才惊指下繁韵息,已见树杪明星⑥光。谢公⑦高斋吟激楚,恋阙心同在羁⑧旅。一奏荆人白雪歌,如闻雒客扶风邬⑨。吴门水驿接⑩山阴,文字殷勤寄意深。欲识阳陶能绝处,少年荣贵道伤心。

【题解】

此诗作于宝历元年(825)。瞿蜕园《笺证》按云:"德裕之镇浙西,始于长庆二年(822),至大和三年(829)召入为兵部侍郎,凡历七载。友好之中,元稹罢相后,自同州移浙东,白居易自中书舍人出刺杭州,旋复刺苏州,禹锡则除丧后授夔州,旋移和州。唯宝历中德裕在浙西、稹在浙东、居易在苏、禹锡在和,萃于东南,各有沦屈之感。此篇牵涉四人,中含无数史事。"李德裕原唱《霜夜听小童薛阳陶吹笛》仅有残句:"君不见秋山寂历风飙歇,半夜清崖吐明月。寒光乍出松筱间,万籁萧萧从此发。忽闻歌管吟朔风,精魂想在幽岩中。"白居易有《小童薛阳陶吹觱篥歌和浙西李大夫》,《白居易年谱》系诸宝历元年,从之。

【注释】

①浙西李大夫:李德裕。《旧唐书》卷一六《穆宗纪》:长庆二年九月癸卯,"御使中丞李德裕为润州刺史、兼御史大夫、浙江西道都团练观察处置等使"。

②觱篥:古簧管乐器名。本出西域龟兹,后传入内地,为隋唐燕乐及唐宋教坊乐的重要乐器。

③依本韵:朱本作题下小字注。

④涵胡:亦作"函胡"、"含胡",指音质浑厚。"涵",朱本作"函"。

⑤画角:古管乐器。传自西羌。形如竹筒,本细末大,以竹木或皮革等制成,因表面有彩绘,故称。

⑥明星:启明星,即金星。

⑦谢公:指谢朓。

⑧羁:崇本、朱本、《全唐诗》作"羇"。

371

⑨雏客扶风邬：马融《长笛赋》："独卧郿平阳邬中，有雏客舍逆旅，吹笛为《气出》《精列》相和。"《文选》李善注："《汉书》：右扶风有郿县平阳邬，聚邑之名也。"

⑩接：《全唐诗》作"按"，误。

浙西李大夫①述梦四十韵并浙东元相公酬和斐然继声

位是才能取，时因际会遭。羽仪呈鹭鸶，铓刃试豪曹②。洛下推年少③，山东许地高④。门承金铉鼎⑤，家有玉璜⑥韬。吕仍嗣侯⑦。海浪扶鹏翅，天风引骥髦。便知蓬阁闳⑧，不识鲁衣褒⑨。兴发春塘草，魂交益部刀⑩。形开⑪犹抱膝⑫，烛尽遽挥毫。昔仕当初筮⑬，逢时咏载橐⑭。怀铅辨虫蠹，染素学鹅毛。车骑方休汝⑮，归来欲效陶。大夫罢太原从事归京师。南台⑯资謇谔⑰，内署选风骚。羽化如乘鲤，楼居旧冠鳌⑱。美香焚湿麝，名果赐干萄。议赦蝇栖笔⑲，邀歌蚁泛醪。代言无所戏，谢表自称叨。兰焰凝芳泽，芝泥莹玉膏。对频声价出，直久梦魂劳。草诏令归马⑳，批章答献獒㉑。幽冀归阙㉒，西戎乞盟㉓，事并具注前。银花悬院榜，翠羽映帘绦。讽谏欣然纳，奇觚㉔率尔操。禁中时谔谔㉕，天下免忉忉㉖。左顾龟成印㉗，双飞鹄织袍。谢宾缘地密，洁己是心豪。五日思归沐㉘，三春羡众遨。茶炉依绿笋，棋局就红桃。溟海桑潜变，阴阳炭㉙暗熬。仙成脱屣去，臣恋捧弓号㉚。建节辞乌柏，宣风看鹭涛。上山㉛京口㉜峻，铁瓮㉝郡城牢。旧说闰㉞州城如铁瓮，事见韩滉《南征记》㉟。曲岛花千树，官池水一篙。莺来和丝管，雁起拂麾旄。宛转倾罗扇，回旋堕玉搔。罚筹长竖纛㊱，觥盏样如觚㊲。山是千重障,江为四面濠。卧龙曾得雨⑧,浙东。孤鹤尚鸣皋⑨。浙西。剑用雄开匣,二公。弓闲蛰受弢⑩。自谓。凤姿尝在竹,二公。鹦羽不离蒿。自谓。吴越分双镇,东西接万艘。今朝比潘陆⑪,江海更滔滔。

【题解】

此诗作于宝历元年(825)岁杪。《旧唐书》卷一六《穆宗纪》:长庆二年九月癸卯,"御使中丞李德裕为润州刺史、兼御史大夫、浙江西道都团练观察处置等使"。李德裕《述梦诗四十韵》序:"去年七月,溽暑之后,骊降。其夕五鼓未尽,凉风凄然,始觉枕簟微冷。俄而假寐斯熟,忽梦赋诗怀禁掖旧游,凡四十余韵。初觉,尚忆其半,经时,悉以遗忘。今属岁杪无事,羁怀多感,因缀其所遗为述梦诗,以寄一二僚友。"据此知,李德裕此诗当作于长庆四年岁杪后。又据元稹和诗所注"近蒙大夫寄觱篥歌。酬和才毕,此篇续至",故此诗当作于宝历元年岁杪,参见《和浙西李大夫霜夜对月听小童吹觱篥歌依本韵》编年。李诗及元诗文繁不录。

【注释】

①朱本"夫"下有"示"字。

②豪曹:宝剑名。《越绝书·外传记宝剑》:"昔者越王勾践有宝剑五……王使取毫曹,薛烛对曰:'毫曹,非宝剑也。夫宝剑,五色并见,莫能相胜,毫曹亦擅名矣,非宝剑也。'"

③"洛下"句:《史记》卷八四《屈原贾生列传》:"贾生名谊,洛阳人也。""是时贾生年二十余,最为少。每诏令议下,诸老先生不能言,贾生尽为之对,人人各如其意所欲出。诸生于是乃以为能,不及也。孝文帝说之,超迁,一岁中至太中大夫。"此处以贾谊比李德裕。

④"山东"句:《汉书》卷六九《赵充国辛庆忌传》:"秦、汉已来,山东出相,山西出将。"《旧唐书》卷一七四《李德裕传》:"李德裕,字文饶,赵郡人。祖栖筠,御史大夫。父吉甫,赵国忠公,元和初宰相。"赵郡属山东。

⑤金铉鼎:详见《喜遇刘二十八偶书两韵联句》注②。

⑥玉璜:半圆形的璧。《尚书大传》卷一:"周文王至磻溪,见吕尚钓。文王拜。尚云:'望钓得玉璜,刻曰:姬受命,吕佐检。德合于今,昌来提。'"后即以"玉璜"指吕尚佐文王事。

⑦吕仍嗣侯:"仍"为"伋"误。《史记》卷三二《齐太公世家》:"太公之卒百有余年,子丁公吕伋立。""仍",朱本作"伋",是。

⑧閟(bì):谨慎。

⑨鲁衣褒:瞿蜕园《笺证》按云:"鲁衣褒喻儒生,德裕不由进士而为翰林学士,暗喻其不屑为儒生之业。"褒:衣襟宽大。

⑩益部刀:《晋书》卷四二《王濬传》:"濬夜梦悬三刀于卧屋梁上,须臾又益一刀,濬警觉,意甚恶之。主簿李毅再拜贺曰:'三刀为州字,又益一者,明府其临益州乎?'及贼张弘杀益州刺史皇甫晏,果迁濬为益州刺史。"

⑪形开:睡醒。《庄子·齐物论》:"其寐也魂交,其觉也形开。"

⑫抱膝:《三国志》卷三五《蜀书·诸葛亮传》裴松之注引《魏略》:"(亮)每晨夜从容,常抱膝长啸。"

⑬初筮:《左传》闵公元年:"初,毕万筮仕于晋,遇《屯》之《比》。辛廖占之,曰:'吉。《屯》固《比》入,吉孰大焉? 其必蕃昌。《震》为土,车从马,足居之,兄长之,母覆之,众归之,六体不易,合而能固,安而能杀。公侯之卦也。公侯之子孙,必复其始。'"谓仕途亨吉。

⑭载櫜(gāo):《诗·周颂·时迈》:"载戢干戈,载櫜弓矢。"櫜:装弓箭的袋子。此处意在偃武修文。

⑮休汝:谓轻车简从。谢朓《休汝重还道中》:"休汝车骑非。"《文选》李善注引《后汉书》云:"许劭,汝南人,为郡功曹。同郡袁绍,濮阳令,车从甚盛,将入界内,曰:'吾舆服岂可使许子将见?'遂以单车归家。"

⑯南台:御史台。以在宫阙西南,故称。《通典·职官六》:"后汉以来谓之御史台,亦谓之兰台寺。梁及后魏北齐,或谓之南台。"

⑰謇谔(jiǎn è):正直敢言。

⑱冠鳌:蒋维崧等《笺注》注云:"唐翰林学士朝见皇帝,立于镌有鳌的殿陛石正中,时称入翰林院为上鳌头。诗用此兼以酬答德裕原诗:'画壁看飞鹤,仙图见巨鳌。'"

⑲蝇栖笔:《晋书》卷一一三《苻坚载记》上:"初,坚之将为赦也,与王猛、苻融密议于露堂,悉屏左右。坚亲为赦文,猛、融供进纸墨。有一大苍蝇入自牖间,鸣声甚大,集于笔端,驱而复来。俄而长安街巷市里人相告曰:'官今大赦。'有司以闻。坚惊谓融、猛曰:'禁中无耳属之理,事何从泄也?'于是敕外穷推之,咸言有一小人衣黑衣,大呼于市曰:'官今大赦。'须臾不见。坚叹曰:'其向苍蝇乎? 声状非常,吾固恶之。谚曰:欲人勿知,莫若勿为。声无细而弗闻,事未形而必彰者,其此之谓也。'"

⑳归马:意为拒绝接受四方贡献。《汉书》卷六四下《贾捐之传》:"至孝文皇帝,闵中国未安,偃武行文,则断狱数百,民赋四十,丁男三年而一事。时有献千里马者,诏曰:'鸾旗在前,属车在后,吉行日五十里,师行三十里,朕乘千里之马,独先安之?'于是还马,与道里费,而下诏曰:'朕不受献也,其令四方毋求来献。'当此之时,逸游之乐绝,奇丽之赂塞,郑、卫之倡微矣。"

㉑批章答献獒:"批",崇本作"封","答"作"合",误。献獒:《书·旅獒》:"惟克商,遂通道于九夷八蛮。西旅厎贡厥獒,太保乃作《旅獒》,用训于王。"

㉒幽冀归阙:宪宗元和十三年成德镇王承宗献德、棣二州,幽州镇刘总上表请归朝廷。"阙",朱本作"阁",误。《全唐诗》无此十三字小注。

㉓西戎乞盟:穆宗长庆元年九月吐蕃遣使乞盟,十月与吐蕃使盟。

㉔奇觚:奇书。觚,古代用来书写的木简。

㉕谔谔(è'è):直言争辩貌。《韩诗外传》卷十:"有谔谔争臣者,其国昌;有默默谀臣者,其国亡。"

㉖忉忉(dāo dāo):忧思貌。《诗·齐风·甫田》:"无思远人,劳心忉忉。"毛传:"忉忉,忧劳也。"

㉗"左顾"句:详见《酬窦员外使君寒食日途次松滋渡先寄示四韵》注②。

㉘归沐:回家洗沐。《诗·小雅·采绿》:"予发曲局,薄言归沐。"后用以指官吏休假。

㉙阴阳炭:贾谊《鹏鸟赋》:"且夫天地为炉兮,造化为工;阴阳为炭兮,

万物为铜。合散消息兮,安有常则? 千变万化兮,未始有极!"

㉚捧弓号:详见《敬宗睿武昭愍孝皇帝挽歌三首》注⑪。

㉛上山:当作"土山"。在今江苏省南京市东南。"上",崇本、《全唐诗》作"土",是。朱本作"玉"。

㉜京口:今江苏省镇江市。

㉝铁瓮:铁瓮城,镇江北固山前的一座古城。为三国时孙权所筑。

㉞闰:崇本、朱本作"润",是。

㉟事见韩滉《南征记》:"滉",崇本作"浣"。朱本作"归浣"。按:据《新唐书》卷五八《艺文志》二:《南征记》作者为韩琬。《全唐诗》无此十五字小注。

㊱纛(dào):古代军队里的大旗。

㊲舠(dāo):小船。

㊳"卧龙"句:指元稹长庆二年曾为相。

㊴"孤鹤"句:指李德裕尚未拜相。

㊵弢:弓袋。

㊶潘陆:潘岳、陆机,以文辞闻于世。

376

宝历二年(826)

张郎中籍远寄长句开缄之日已及新秋因举目前仰酬高韵

南宫词客寄新篇,清似湘灵促柱弦。京邑旧游劳梦想,历阳秋色正澄鲜。云衔日脚成山雨,风驾潮头入渚田。对此独吟还独酌,知音不见思苍①然。

【题解】

此诗作于宝历元年(825)或二年(826)秋。刘禹锡长庆四年(824)十月抵和州,宝历二年(826)秋罢和州刺史。刺和州期间,两逢"新秋",此诗作于宝历元年或二年秋。张籍《寄和州刘使君》:"别离已久犹为郡,闲向春风倒酒瓶。送客特过沙口堰,看花多上水心亭。晓来江气连城白,雨后山光满郭青。到此诗情应更远,醉中高咏有谁听。"

【注释】

①苍:《全唐诗》作"怆"。

【汇评】

清金圣叹:一二特抽闲笔,先写张郎中所缄长句。三写远寄,四写新秋。此又从来前解异样佳制也。赖是一二先抽闲笔,写过所缄长句,便令三写远寄,四写新秋,皆得宽宽然。设不然者,且不知此题如何发放得完也(首四句下)。人只谓五六是因举目前,不知连七"独吟独酌",方是目前。盖"云衔日脚","风驾潮头",虽是怕人景色,然而殊亦有限。若我之"独吟独酌",真乃老僧不见不闻无穷,此不可不为知音一奉述也(末四句下)。

（《贯华堂选批唐才子诗》）

和乐天题真娘墓

蒨萄①林中黄土堆,罗襦绣帒②已成灰。芳魂虽死人不怕,蔓草逢春花自开。幡盖向风疑舞袖,镜灯临晓似妆台。吴王娇女③坟相近,一片行云应往来。

【题解】

此诗作于宝历二年(826)。《白氏长庆集》卷一二《真娘墓》诗云:"真娘墓,虎丘道。不识真娘镜中面,唯见真娘墓头草。霜摧桃李风折莲,真娘死时犹少年。脂肤荑手不牢固,世间尤物难留连。难留连,易销歇。塞北花,江南雪。"题下注云:"墓在虎丘寺。"李绅《真娘墓诗序》云:"吴之妓人歌舞有名者,死葬于吴虎丘寺前,吴中少年从其志也。"《白居易年谱》系诸宝历二年,从之。

【注释】

①蒨萄:梵语 Campaka 音译。又译作瞻卜伽、旃波迦、瞻波等。义译为郁金花,即栀子。

②帒(dài):同"袋"。"帒",崇本、朱本、《全唐诗》作"黛"。

③吴王娇女:夫差小女紫玉。《搜神记》卷一六:"吴王夫差小女,名曰紫玉,年十八,才貌俱美。童子韩重,年十九,有道术。女悦之,私交信问,许为之妻。重学于齐、鲁之间,临去,属其父母使求婚。王怒,不与女,玉结气死,葬阊门之外。"虎丘亦在阊门外,故曰"坟相近"。

门下相公①荣加册命天下同欢忝沐眷私②辄敢③申贺

册命出宸衷,官仪自古崇。特膺平土拜④,光赞格天⑤功⑥。再佩扶阳印⑦,常乘鲍氏骢⑧。七贤⑨遗老在,犹得咏清风。

【题解】

此诗作于宝历二年(826)春,诗人作诗以贺裴度"正册司空"。《旧唐书》卷十七上《敬宗纪》:宝历二年(826)二月"丁未,以山南西道节度观察处置等使,光禄大夫,守司空,同中书门下平章事,兴元尹、上柱国、晋国公裴度守司空,同平章事,复知政事。丁巳寒食节,三殿宴群臣,自戊午至庚申方止。丙寅,正册司空裴度"。

【注释】

①门下相公:指裴度。裴度(765—839),字中立,河东闻喜(今山西闻喜)人,贞元初擢进士第,德宗时任监察御史、起居舍人。宪宗时拜中书舍人,改御史中丞,为门下侍郎,同中书门下平章事。元和十二年(817),平淮西吴元济乱,以功赐勋上柱国,封晋国公。《旧唐书》卷一七〇、《新唐书》卷一七三有传。

②忝沐眷私:《旧唐书》卷一六〇《刘禹锡传》:"元和十年(815),自武陵召还,宰相复欲置之郎署。时禹锡作《游玄都观咏看花君子》诗,语涉讥刺,执政不悦,复出为播州刺史。诏下,御史中丞裴度奏曰:'刘禹锡有母,年八十余。今播州西南极远,猿狖所居,人迹罕至。禹锡诚合得罪,然其老母必去不得,则与此子为死别,臣恐伤陛下孝理之风。伏请屈法,稍移近处。'……乃改授连州刺史。"

③敢:《全唐诗》作"感",误。

④平土拜:拜司空。《尚书·舜典》:"金曰:'伯禹作司空。'帝曰:'俞,

379

咨禹,汝平水土,惟时懋哉!'"蔡沈集传曰:"平水土者,司空之职。"

⑤格天:感通上天。《尚书·周书·君奭》:"在昔成汤既受命,时则有若伊尹,格于皇天。"

⑥《全唐诗》"功"下注云:"一作宫。"

⑦扶阳印:《汉书》卷七三《韦贤传》:"贤为人质朴少欲,笃志于学,兼通《礼》《尚书》,以《诗》教授,号称邹鲁大儒。……本始三年,代蔡义为丞相,封扶阳侯,食邑七百户。"扶阳:汉县,故址在今安徽萧县西南。

⑧鲍氏骢:《乐府诗集》卷八五《杂歌谣辞三·鲍司隶歌》:"鲍氏骢,三人司隶再入公,马虽瘦,行步工。"郭茂倩题解:"《乐府广题》曰:'《列异传》云:鲍宣,宣子永,永子昱,三世皆为司隶,而乘一骢马,京师人歌之。'"后以"鲍氏骢"指司隶校尉或三公之职。

⑨七贤:竹林七贤。

湖州崔郎中曹长①寄三癖诗自言癖在诗与琴酒其词逸而高吟咏不足昔柳吴兴亭皋陇首之句王融书之白团扇②故为四韵以谢之

视事画屏中,自称三癖翁。管弦泛春渚,旌旆拂晴虹。酒对青山月,琴韵白苹③风。会书团扇上,知君文字工。

【题解】

此诗为宝历元年(825)或二年(826)春作于和州也。刘、崔二人在此期间有数首诗歌往来。谈钥《嘉泰吴兴志》卷一四《郡守题名》:"崔元(玄)亮:长庆三年十一月二十二日,自刑部郎中拜。""独孤迈:宝历二年九月十三日,自歙州刺史拜。"《旧唐书·崔玄亮传》:"大和初,入为太常少卿。"刘禹锡于长庆四年(824)十月抵和州。崔玄亮三癖诗已佚。

【注释】

①湖州崔郎中曹长：崔玄亮。《旧唐书》卷一六五、《新唐书》卷一六四有传。《旧唐书·崔玄亮传》："崔玄亮，字晦叔，山东磁州人也。玄亮贞元十一年(795)登进士第，从事诸侯府。……至元和初，因知己荐达入朝。再迁监察御史，转侍御史。出为密、湖、曹三郡刺史。"

②柳吴兴亭皋陇首之句王融书之白团扇：《南史》卷三八《柳恽传》："(恽)少工篇什，为诗云：'亭皋木叶下，陇首秋云飞。'琅邪王融见而嗟赏，因书斋壁及所执白团扇。"

③白苹：亦作"白萍"。水中浮草。

【汇评】

宋计有功：元亮在湖州，寄《三癖诗》与刘梦得，言癖在诗与琴、酒。梦得和之，并序云："柳吴兴亭皋陇首之句，王融书之白团扇。"故梦得诗曰："视事画屏中，自称三癖翁。管弦泛春渚，旌旆拂晴虹。酒对青山月，琴韵白苹风。会书团扇上，知君文字工。"(《唐诗纪事》)

奉酬湖州崔郎中①见寄五韵②

山阳③昔相遇，灼灼晨葩鲜。同游翰墨场，和乐埙篪④然。一落名⑤宦途，浩如乘风船。行⑥当衰暮日，卧理淮海壖⑦。犹期谢病后，共乐桑榆年。

【题解】

此诗于宝历元年(825)或二年(826)作于和州。作年参见《湖州崔郎中曹长寄三癖诗自言癖在诗与琴酒其词逸而高吟咏不足昔柳吴兴亭皋陇首之句王融书之白团扇故为四韵以谢之》。诗中表达出诗人与崔玄亮惺惺相惜之意。时禹锡在和州，与友朋间的往来赠答是一慰藉。崔玄亮原诗已佚。

酬湖州崔郎中①见寄

风筝②吟秋空，不有③指爪声。高人灵府间，律吕侔④《咸英》。昔年与兄游，文似马长卿。今来寄新诗，乃类陶渊明。磨砻⑤老益智，吟咏闲弥精。岂非山水乡，荡漾神机清。渚烟蕙兰动，汉⑥雨虹蜺生。冯君虚上舍，待余乘兴行。

【题解】

此诗系诸和州,作年参见《湖州崔郎中曹长寄三癖诗自言癖在诗与琴酒其词逸而高吟咏不足昔柳吴兴亭皋陇首之句王融书之白团扇故为四韵以谢之》。崔玄亮原诗已佚。

【注释】

①崔郎中:崔玄亮。详见《湖州崔郎中曹长寄三癖诗》注①。

②风筝:悬挂在殿阁塔檐下的金属片,风起作声。又称"铁马"。

③有:朱本、《全唐诗》作"肖"。

④侔:朱本、《全唐诗》作"伴"。

⑤磨砻(lóng):磨练;切磋。

⑥汉:崇本、朱本、《全唐诗》作"溪",是。

【汇评】

明钟惺:入得灵透,乃其根器静深处。("岂非山水乡,荡漾神机清"句下)(《唐诗归》)

和令狐相公谢太原李侍中①寄蒲桃②

珍果出西域,移根③到北方。昔年随汉使,今日寄梁王④。上相芳缄至,行台⑤绮席张。鱼鳞含宿润,马乳带残霜。染指铅粉腻,满喉甘露香。酿成千⑥日酒,味敌五云浆⑦。咀嚼停金盏,称嗟响画堂。惭非末至客,不得一枝尝。

【题解】

此诗作于宝历元年(825)或二年(826)。《旧唐书》卷一七上《敬宗纪》:宝历元年"秋七月癸卯朔,以忠武军节度使、守司徒、兼侍中李光颜为太原尹、北京留守、河东节度使"。二年九月,"戊寅,河东节度使、守司徒、兼侍中李光颜卒"。

【注释】

①太原李侍中：河东节度使李光颜。《旧唐书》卷一六一《李光进传》附《光颜传》。

②蒲桃：葡萄。

③根：崇本作"相"，误。

④梁王：指令狐楚。令狐楚镇守之汴州，西汉为梁国地。

⑤行台：详见《江陵严司空见示与成都武相公唱和因命同作》注③。

⑥千：朱本、《全唐诗》作"十"。

⑦五云浆：庾信《温汤碑》："其色变者，流为五云之浆。"后以五云浆代指美酒。

和令狐相公送赵常盈炼师①与中贵人②同拜岳及天台投龙③毕却赴京④

银珰谒者⑤引蜺旌⑥，霞帔仙官到赤城。白鹤迎来天乐动，金龙掷下⑦海神惊。元君伏奏归中禁，武帝⑧亲斋礼上清。何事夷门⑨请诗送，梁王⑩文字上声名。

【题解】

此诗作于宝历二年(826)夏。《旧唐书》卷一七上《敬宗纪》：宝历二年，"十一月甲子朔，以太清宫道士赵归真充两街道门都教授博士"。《旧唐书》卷一七上《文宗纪》上："宝历二年十二月八日，敬宗遇害，贼苏佐明等矫制立绛王勾当军国事。枢密使王守澄、中尉梁守谦率禁军讨贼，诛绛王，迎上于江邸。癸卯，见宰臣于阁内，下教处分军国事。甲辰，僧惟真、齐贤、正简，道士赵归真，并配流岭南。"高志忠《校注》按云："宝历元年八月赴天台

384

采药,二年春投龙,及返于开封,已为夏天矣。"今从高说。

【注释】

①赵常盈炼师:高志忠《校注》注云:"太清宫三洞法师吴善经弟子。"炼师:原指德高思精的道士,后作一般道士的敬称。

②中贵人:帝王所宠幸的近臣。后专称显贵的侍从宦官。

③投龙:道教科仪之一。

④朱本"京"下有"师"字。

⑤谒者:宦官。

⑥蜺旌:彩饰之旗。司马相如《上林赋》:"拖蜺旌,靡云旗。"《文选》李善注引张揖曰:"析羽毛,染以五采,缀以缕为旌,有似虹蜺之气也。""蜺",崇本、朱本作"霓"。

⑦金龙掷下:即投龙。《唐会要》五〇:开元"二十四年五月十三日敕:每年春季,镇金龙王殿功德事毕,合献投山水龙璧。"

⑧武帝:汉武帝。汉武帝迷信神仙,此处借指当时崇信道教的唐敬宗。

⑨夷门:战国魏都城的东门。故址在今河南开封城内东北隅。因在夷山之上,故名。此处借指汴州。

⑩梁王:指令狐楚。令狐楚镇守之汴州,西汉为梁国地。

罢和州游建康

秋水清无力,寒山暮多思。官闲不计程,遍①上南朝寺。

【题解】

此诗作于宝历二年(826)秋。刘禹锡罢和州刺史游建康时所作。

【注释】

①遍:崇本作"偏",误。

【汇评】

清宋顾乐:言外见仕路迍邅意,语语有味。(《唐人万首绝句选评》)

俞陛云:首句"无力"二字,状秋水殊精。(《诗境浅说续编》)

台城怀古

清江悠悠王气沉,六朝遗事何处寻? 宫墙隐嶙围野泽,鹳①鸮②夜鸣秋色深。

【题解】

此诗作于宝历二年(826)秋刘禹锡罢和州游金陵之时。

【注释】

①鹳:鸟名,羽毛灰白色或黑色,嘴长而直,形似白鹤,生活在江、湖、池沼的近旁,捕食鱼虾等。

②鸮(yì):同"鹥"。古书上说的一种似鹭的水鸟。

经檀道济①故垒②

万里长城坏③,荒营野草秋。秣陵④多士女,犹唱《白符鸠》⑤。史云:当时人歌曰:"可怜《白符鸠》,枉杀檀江州。"⑥

【题解】

此诗作于宝历二年(826)秋,乃禹锡罢和州游建康时的吊古之作。

【注释】

①檀道济:生年不详,高平金乡(今山东金乡)人,世居京口。沈约《宋

书》卷四三、李延寿《南史》卷一五有传。《宋书》:"道济立功前朝,威名甚重;左右腹心,并经百战,诸子又有才气,朝廷疑畏之。"

②故垒:卞孝萱《刘禹锡年谱》考云:"《太平寰宇记》卷九〇《江南东道》二《昇州江宁县》条云:'古檀城:在金华桥。东晋谢安石围棋,赌得别墅,乞与外甥羊昙,即此也。宋属檀道济,缘以为名。'是为'檀道济故垒'之证。"

③"万里"句:《南史》卷一五《檀道济传》:"道济见收,愤怒气盛,目光如炬,俄尔间引饮一斛。乃脱帻投地,曰:'乃坏汝万里长城。'魏人闻之,皆曰:'道济已死,吴子辈不足复惮。'"

④秣陵:秦始皇三十七年(前210)改金陵邑,置秣陵县,治所在今江苏江宁南秣陵关。建安十七年(212),孙权自京口迁秣陵,改名建业,移至于今南京市。太康元年(280),晋灭吴,复改为秣陵。吴、东晋、宋、齐、梁、陈六朝皆建都于此。

⑤《白符鸠》:古拂舞曲。《旧唐书》卷二十九《音乐志》二:"杨泓《拂舞序》曰:'自到江南,见《白符舞》,或言《白凫鸠》,云有此来数十年。察其辞旨,乃是吴人患孙皓虐政,思属晋也。'"

⑥"史云"句:《南史》卷一五《檀道济传》载元嘉十三年(436),"将遣还镇,下渚未发,有似鹤鸟集船悲鸣。会上疾动,义康矫诏召入祖道,收付廷尉,及其子给事黄门侍郎植、司徒从事中郎粲、太子舍人混、征北主簿承伯、秘书郎中尊等八人并诛。时人歌曰:'可怜《白浮鸠》,枉杀檀江州。'"

【汇评】

宋葛立方:宋彭城王义康忌檀道济之功,会文帝疾动,乃矫诏送廷尉诛之。故时人歌云:"可怜《白浮鸠》,枉杀檀江州。"当时人痛之盖如此。奈何王纲下移,主威莫立,洎魏军至瓜步,帝方登石头以思之,又何补哉! 刘梦得尝过其墓而悲之曰:"万里长城坏,荒云野草秋。秣陵多士女,犹唱《白浮鸠》。"盖伤痛之深,虽历三百年而犹不泯也。(《韵语阳秋》)

明周珽:伤痛之深,历三百年而犹不泯,道济虽死犹生矣。(《唐诗选脉会通评林》)

邹弢:首句切道济,次句切故垒,后二句"白符鸠"言唱白符鸠之诗也。(《精选评注五朝诗学津梁》)

刘永济：此诗末句即用当时人歌，但当时何以用白兔鸠，其义难明。高步瀛《唐宋诗举要》注引《晋书·乐志》《拂舞》歌诗五篇，一曰《白鸠篇》，二曰《济济篇》，谓"时人歌道济，取喻白符鸠，盖隐寓'济'字欤"。按《拂舞》歌诗《济济》与《白鸠》为不同之诗篇，时人歌用《白符鸠》，非用《济济》，何云隐寓道济之名。此歌之意实指义康，岂以孙皓之虐比义康邪？禹锡诗用当时人歌，亦言秣陵士女至今不忘道济有功而被义康枉杀也。（《唐人绝句精华》）

酬乐天扬州初逢席上见赠

巴山楚水凄凉地，二十三年弃置身。怀旧空吟闻笛赋①，到郡②翻似烂柯人③。沈舟侧畔千帆过，病树前头万木春。今日听君歌一曲，暂凭杯酒长精神。

【题解】

此诗作于宝历二年（826）冬。本年秋，白居易罢苏州刺史，冬，刘禹锡罢和州刺史，二人在扬州相逢。白居易《醉赠刘二十八使君》云："为我引杯添酒饮，与君把箸击盘歌。诗称国手徒为尔，命压人头不奈何。举眼风光长寂寞，满朝官职独蹉跎。亦知合被才名折，二十三年折太多。"刘禹锡作此诗以赠。此诗虽有沉郁之情绪，但仍含不甘之壮志，为诗人当时心境之写照。

【注释】

①闻笛赋：详见《伤愚溪三首》注⑪。

②郡：朱本、《全唐诗》作"乡"。

③烂柯人：详见《衢州徐员外使君遗以纻纻兼竹书箱因成一篇用答佳贶》注⑥。

【汇评】

唐白居易:"沉舟侧畔千帆过,病树前头万木春"之句之类,真谓神妙,在在处处,应当有灵物护之。(《刘白唱和集解》)

宋魏泰:"沉舟侧畔千帆过,病树前头万木春",此皆常语也。禹锡自有可称之句甚多,顾不能知之耳。(《临汉隐居诗话》)

明王世贞:白极重刘"雪里高山头白早,海中仙果子生迟"、"沉舟侧畔千帆过,病树前头万木春",以为有神助,此不过学究之小有致者。(《艺苑卮言》)

明许学夷:乐天最爱梦得七言律"雪里高山头白早,海中仙果子生迟"、"沉舟侧畔千帆过,病树前头万木春"之句,梦得之诗,惟此得为变体,而集中皆不传,及考《万首唐人绝句》,刘实有似乐天者,故当时有"刘、白"之称,乃知今所传梦得诗,绝非全集也。(《诗源辨体》)

明胡震亨:刘梦得尝爱张文昌"朝衣暂脱见闲身"之句,及自为诗有云"沉舟侧畔千帆过,病树前头万木春。"若不胜宦途迟速荣悴之感,曲为之拟者。(《唐音癸签》)

清胡以梅:此是从蜀赴扬州之作。(《唐诗贯珠》)

清杨逢春:"沉舟"二句,用对托之笔,倍难为情。"今日"二字,方转到"初逢"正位,结出"酬"字意。(《唐诗绎》)

清赵执信:诗人贵知学,尤贵知道。东坡论少陵诗外尚有事在,是也。刘宾客云:"沉舟侧畔千帆过,病树前头万木春。"有道之言也。(《谈龙录》)

清金埴:前人谓唐人工于为诗,而陋于闻道。然刘禹锡"沉舟侧畔千帆过,病树前头万木春"二语,乃诗人闻道语也。夫沉舟之侧,宜片帆不过,而过千帆;病树之前,宜寸木无春,而春万木,非道乎? 作诗要须有闻道语,方称得诗人。(《不下带编》)

清何焯:声泪俱下。(卞孝萱《刘禹锡诗何焯批语考订》)

清沈德潜:"沉舟"二语见人事之不齐,造化亦无如之何。悟得此旨,终身无不平之心也。(《唐诗别裁》)

清宋顾乐:乐天论诗多不可解,如梦得"雪里高山头白早,海中仙果子生迟"、"沉舟侧畔千帆过,病树前头万木春"等句,最为下劣,而乐天乃极赏

叹，以为此等语"在在处处当有神物护持"，谬矣。(《梦晓楼随笔》)

清管世铭：颔联两句，如二句一意，无异车前驺仗，有何生气？唐贤之可法者，如……刘禹锡"黄河一曲当城下，缇骑千重照路傍"、"怀旧空吟闻笛赋，到乡翻似烂柯人"。(《读雪山房唐诗序例》)

清洪亮吉：刘禹锡"怀旧空吟闻笛赋，到乡翻似烂柯人"，白居易"曾犯龙鳞容不死，欲骑鹤背觅长生"，开后人多少法门。即以七律论，究当以此种为法。(《北江诗话》)

清王寿昌：以句求韵而尚妥适者，……刘梦得之"沉舟侧畔千帆过，病树前头万木春"，……之类是也。(《小清华园诗谈》)

俞陛云：梦得此诗，虽秋士多悲，而悟彻菀枯。能知此旨，终身无不平之鸣矣。(《诗境浅说》)

同乐天登栖灵寺塔①

步步相携不觉难，九层云外倚栏干。忽然语笑②半天上，无限游人举③眼看。

【题解】

《刘禹锡年谱》、《刘禹锡诗文系年》系诸宝历二年(826)冬。瞿蜕园《笺证》按云："白集中有《与梦得同登栖灵塔》诗云：'半月悠悠在广陵，何楼何塔不同登。共怜筋力犹堪在，上到栖灵第九层。'盖白唱而刘和。藉此可见二人在扬州勾留颇久。"刘白二人同游栖灵寺塔，作诗记之。

【注释】

①栖灵寺塔：瞿蜕园《笺证》云："李白集有《秋日登扬州西灵塔》诗，高适、李翱亦均有诗，作栖灵，实即一也。《高僧传》二集一九《扬州西灵塔寺怀信传》：'会昌二年癸亥岁(842)……有淮南词客刘隐之薄游四明，旅泊之宵，梦中如泛海焉。回顾见塔一所，东度见是淮南西灵寺塔。其塔峻峙，制

度较胡太后永宁塔少分耳。其塔第三层见信凭栏与隐之交谈,且曰:转送塔过东海,……后数日天火焚塔俱烬,白雨倾澍,旁有草堂,一无所损。'疑此即会昌毁寺之傅会,此后栖灵寺无后人于吟咏者矣。"

②语笑:朱本、《全唐诗》作"笑语"。

③举:崇本作"与"。

白太守行

闻有白太守,地①官归旧溪。苏州十万户,尽作婴儿啼。太守驻行舟,阊门②草萋萋。挥袂谢啼者,依然两眉低。朱户非不崇,我心如重狴③。华池非不清,意在寥廓栖。夸者窃所④怪,贤者默思齐。我为太守行,题在隐起珪⑤。

【题解】

此诗作于宝历二年(826)。瞿蜕园《笺证》按云:"居易本传云:'文宗即位,征拜秘书监。'此诗即其去苏州北上时所作。"白居易有《答刘禹锡白太守行》:"吏满六百石,昔贤辄去之。秩登二千石,今我方罢归。我秩讶已多,我归惭已迟。犹胜尘土下,终老无休期。卧乞百日告,起吟五篇诗。朝与府吏别,暮与州民辞。去年到郡时,麦穗黄离离。今年去郡日,稻花白霏霏。为郡已周岁,半岁罹旱饥。襦袴无一片,甘棠无一枝。何乃老与幼,泣别尽沾衣。下惭苏人泪,上愧刘君辞。"白居易宝历二年去官北上,刘禹锡诗亦作于本年。

【注释】

①地:朱本作"弃",《全唐诗》作"抛",注云:"一作弃。"

②阊门:详见《泰娘歌》注⑫。

③重狴:牢狱。重:死刑。《后汉书》卷四六《陈宠传》:"汉旧时断狱报

重。"李贤注:"重,死刑也。"

　　④《全唐诗》"所"下注云:"一作在。"

　　⑤隐起珪:苟昶《拟青青河边草》:"客从北方来,贻我端弓绨。命仆开弓绨,中有隐起珪。长跪读隐珪,词苦声亦凄。上言各努力,下言长相怀。"隐起:隐约凸起。

和乐天鹦鹉

　　养来鹦鹉觜初红,宜在朱楼绣户中。频学唤人缘性慧,偏能识主为情通。敛毛睡足难销日,弹①翅愁时愿见风。谁遣聪明好颜色,事须安置入深栊②。

【题解】

　　《刘禹锡年谱》、《刘禹锡诗文系年》编此诗入宝历二年(826)冬。白居易《鹦鹉》诗云:"陇西鹦鹉到江东,养得经年嘴渐红。常恐思归先剪翅,每因喂食暂开笼。人怜巧语情虽重,鸟忆高飞意不同。应似朱门歌舞妓,深藏牢闭后房中。"白诗以鹦鹉自喻,暗含不得志之意,刘禹锡和诗则反其意而行之,言"谁遣聪明好颜色,事须安置入深栊"。

【注释】

　　①弹(duǒ):下垂。

　　②栊:崇本、朱本、《全唐诗》作"笼"。

【汇评】

　　清胡以梅:事,即好颜与聪明,犹言犯了此事,要入笼耳。(《唐诗贯珠》)

　　又:结有感慨才士受困意。(同上)

楚州开元寺①北院枸杞临井繁茂可观群贤赋诗因以继和

僧房药树依寒井,井有香泉树有灵。翠黛叶生栊②石甃③,殷红子孰照铜瓶。枝繁本是仙人杖④,根老新成瑞犬⑤形。上品功能甘露味,还⑥知一勺可延龄。

【题解】

此诗作于宝历二年(826)冬刘禹锡罢和州刺史归洛阳途中。诗人路遇白居易并与之同行,途经楚州,见枸杞而为诗。白居易《和郭使君题枸杞》诗云:"山阳太守政严明,吏静人安无犬惊。不知灵药根成狗,怪得时闻吠夜声。"刘白二人诗中均有枸杞为狗形的诗句。

【注释】

①开元寺:瞿蜕园《笺证》云:"《唐会要》四八:天授元年(690)十月二十九日,两京及天下诸州各置大云寺一所,至开元二十六年(738)六月一日,并改为开元寺。"

②栊:崇本、朱本、《全唐诗》作"笼"。

③甃(zhòu):井壁。

④仙人杖:枸杞的别名。

⑤瑞犬:枸杞之根如犬。白居易《和郭使君题枸杞》:"不知灵药根成狗,怪得时闻吠夜声。""犬",朱本作"木",误。

⑥还:朱本作"远"。

罢郡归洛途次山阳①留辞郭中丞②使君

自到山阳不许辞,高斋③日夜有佳期。管弦正合看书院,语笑方酣④各咏诗。银汉雪晴寒翠幕,清淮⑤月影落金卮。洛阳归客明朝去,容趁城东花发时。

【题解】

此诗作于宝历二年(826)冬刘禹锡罢和州刺史归洛阳途中。诗人途经楚州,遇郭行余,临别作诗以赠。

【注释】

①山阳:唐楚州治,今江苏淮安。

②郭中丞:郭行余。《旧唐书》卷一六九、《新唐书》卷一七九有传。《旧唐书》:"大和初,累官至楚州刺史。五年,移刺汝州,兼御史中丞。"

③高斋:高雅的书斋。常用作对他人屋舍的敬称。

④酣:朱本作"酬"。

⑤清淮:淮水。

韩信庙

将略兵机命世雄,苍黄钟室叹良弓①。遂令后代登坛者②,每一寻思怕立功。

【题解】

此诗为宝历二年(826)年末作。刘禹锡罢和州归洛阳,途经楚州时所作,乃咏怀古迹之作。诗人感叹韩信鸟尽弓藏之命运,显现出对仕宦生活的担忧和失望。

【注释】

①"苍黄"句:《史记》卷九二《淮阴侯列传》:"汉六年(前201),人有上书告楚王信反。高帝以陈平计,天子巡狩会诸侯,南方有云梦,发使告诸侯会陈:'吾将游云梦。'实欲袭信,信弗知。……信曰:'果若人言,狡兔死,良狗亨;高鸟尽,良弓藏;敌国破,谋臣亡。天下已定,我固当亨!'上曰:'人告公反。'遂械系信。至雒阳,赦信罪,以为淮阴侯。……信入,吕后使武士缚信,斩之长乐钟室。信方斩,曰:'吾悔不用蒯通之计,乃为儿女子所诈,岂非天哉!'遂夷信三族。"《全唐诗》"钟"下注云:"一作汉。"

②登坛者:《史记》卷九二《淮阴侯列传》:"王欲召信拜之。何曰:'王素慢无礼,今拜大将如呼小儿耳,此乃信所以去也。王必欲拜之,择良日,斋戒,设坛场,具礼,乃可耳。'王许之。诸将皆喜,人人各自以为得大将。至拜大将,乃韩信也,一军皆惊。"

岁杪①将发楚州呈乐天

楚泽雪初霁,楚城春欲归。清淮变寒色,远树含清晖②。原野已多思,风霜潜减③威。与君同旅雁,北向刷毛衣。

【题解】

此诗作于宝历二年(826)年末。刘禹锡罢和州归洛阳途经楚州,年末将离开楚州时所作。

【注释】

①岁杪(miǎo):年底。

②清:朱本作"晴"。

③《全唐诗》"减"下注云:"一作灭。"

长庆四年(824)冬至宝历二年(826)冬在和州所作其他诗

金陵五题 并序①

余少为江南客②,而未游秣陵③,尝有遗恨。后为历阳④守,跂而望之。适有客以《金陵五题》相示,迫尔⑤生思,欻然⑥有得。他日,友人白乐天掉头苦吟,叹赏良久,且曰:"石头诗云:'潮打空城寂寞回',吾知后之诗人不复措词矣!"余四咏虽不及此,亦不孤乐天之言尔。

石头城⑦

山围故国周遭在,潮打空城寂寞回。淮水⑧东边旧时月,夜深还过女墙⑨来。

乌衣巷⑩

朱雀桥⑪边野草花,乌衣巷口夕阳斜。旧来⑫王谢⑬堂前燕,飞入寻常百姓家。

台 城⑭

台城六代竞豪华,结绮临春事最奢⑮。万户千门成野草,只缘一曲《后庭花》⑯。

生公⑰讲堂

生公说法鬼神听⑱,身后空堂夜不扃。高坐寂寥尘漠漠,一方明月可中庭⑲。

江令⑳宅

南朝词臣㉑北朝客,归来唯见秦淮碧。池台竹树三亩余,至今人道江家宅。

【题解】

此诗为刘禹锡于长庆四年(824)十月至宝历二年(826)秋在和州期间所作。诗人以金陵古迹为题写诗,主要表达出时空流转、物是人非的历史情怀。

【注释】

①序:明本、朱本作"引",是。

②余少为江南客:卞孝萱《刘禹锡年谱》:大历七年壬子云:"禹锡诞生并生长于当时的苏州地区。"

③秣陵:详见《经檀道济故垒》注④。

④历阳:历阳郡。晋永兴元年(304)置,隋开皇十三年(593)改为和州。隋大业及唐天宝初复改为历阳郡,乾元初仍改为和州。

⑤逌(yōu)尔:叹息貌。"逌",朱本作"迺",误。

⑥欻(xū)然:忽然。

⑦石头城:古城名。又名石首城。故址在今江苏省南京市清凉山。

⑧淮水:秦淮河。

⑨女墙:城墙上的矮墙,也称"女儿墙"。《释名·释宫室》:"城上垣,曰睥睨……亦曰女墙,言其卑小,比之于城若女子之于丈夫也。"

⑩乌衣巷:在今南京市秦淮河南。三国吴时在此置乌衣营,以士兵著乌衣而得名。东晋时王谢等望族居此,因著闻。

⑪朱雀桥:即朱雀桁。六朝都城建康(今江苏南京市),南城门朱雀门外的浮桥,横跨秦淮河上。三国吴时称南津桥,晋改名朱雀桁。桁为连船而成,长九十步,广六丈。东晋时王导、谢安等豪门巨宅多在其附近。

⑫来:朱本、《全唐诗》作"时"。《全唐诗》注云:"一作来。"

⑬王谢:王导、谢安。东晋宰相,累世豪门大族,皆居乌衣巷。

⑭台城:六朝时的禁城。宋洪迈《容斋续笔》卷五《台城少城》:"晋宋间谓朝廷禁省为台,故称禁城为台城。"晋之"台城",在今南京市鸡鸣山南乾河沿北,其地本三国吴后苑城,东晋成帝时改建作新宫,遂为宫城。历宋、齐、梁、陈,皆为台省(中央政府)和宫殿所在地,因专名台城。

⑮"结绮"句:《陈书》卷七《张贵妃传》:"至德二年(584),乃于光照殿前起临春、结绮、望仙三阁。阁高数丈,并数十间,其窗牖、壁带、悬楣、栏槛之类,以沉檀香木为之,又饰以金玉,间以珠翠,外施珠帘,内有宝床、宝帐、其服玩之属,瑰奇珍丽,近古所未有。每微风暂至,香闻数里,朝日初照,光映后庭。其下积石为山,引水为池,植以奇树,杂以花药。后主自居临春阁,张贵妃居结绮阁,龚、孔二贵嫔居望仙阁,并复道交相往来。"

⑯《后庭花》:即《玉树后庭花》,乐府吴声歌曲,南朝后主陈叔宝所制。

⑰生公:晋末高僧竺道生(355—434)的尊称。慧皎《高僧传》卷七有《竺道生传》。

⑱"生公"句:《莲社高贤传·道生法师》:"师被摈南还,入虎丘山,聚石为徒,讲《涅槃经》,至阐提处,则说有佛性,且曰:'如我所说,契佛心否?'群石皆为点头。"

⑲可中庭:瞿蜕园《笺证》按云:"《佛祖统纪》载宋文帝大会沙门,亲御地筵,食至良久,众疑日过中,僧律不当食,帝曰:始可中耳。生公乃曰:白日丽天言可中,何得非中? 遂举箸而食。禹锡用可中字本此。盖即以生公事咏生公堂,非杜撰也。彼言白日可中,变言明月可中,尤见其妙。"可中:谓日、月将升到中天。

⑳江令:南朝梁江淹曾为建安吴兴令和建元东武令,后世称"江令"。隋江总先后仕南朝梁、陈及隋三朝,仕陈时官至尚书令,世亦称"江令"。此处指江总。

㉑南朝词臣:《陈书》卷二七《江总传》:"总笃行义,宽和温裕。好学,能属文,于五言七言尤善;然伤于浮艳,故为后主所爱幸。多有侧篇,好事者相传讽玩,于今不绝。后主之世,总当权宰,不持政务,但日与后主游宴后庭,共陈暄、孔范、王瑳等十余人,当时谓之狎客。由是国政日颓,纲纪不立,有言之者,辄以罪斥之,君臣昏乱,以至于灭。"

【汇评】

《石头城》一首：

宋叶梦得：读古人诗多，意有所喜处，诵忆之久，往往不觉误用为己语……如苏子瞻"山围故国城空在，潮打西陵意未平"，此非误用，直是取旧句，纵横役使，莫彼我为辨耳。(《石林诗话》)

宋李颀：刘梦得每吟张籍诗云："新酒欲开期好客，朝衣才脱见闲身。"又吟王维诗云："兴阑啼鸟唤，坐久落花多。"尝言："乐天苦好余《秋水咏》曰：'东屯沧海阔，南漾洞庭宽。'"又《石头城下作》云："山围故国周遭在，潮打空城寂寞回。"自知不及韦苏州"春潮带雨晚来急，野渡无人舟自横"。又杜少陵《过洞庭》诗云："白苹愁杀白头人。"鄙夫之言，亦愧杜公。(《古今诗话》)

宋张表臣：刘禹锡作《金陵诗》云："千寻铁锁沈江底，一片降旗出石头。"当时号为绝唱。又六朝中《石头城诗》云："山围故国周遭在，潮打空城寂寞回。"白乐天读之曰："我知后人不复措笔矣。"其自矜云："余虽不及，然亦不孤乐天之赏耳。"(《珊瑚钩诗话》)

宋蔡正孙引《谢叠山诗话》：二诗(《石头城》、《乌衣巷》)之妙，有风人遗意。意在言外，寄有于无。二诗皆用旧时字，绝妙。(《诗林广记》)

宋吴子良：词人即事睹景，怀古思旧，感慨悲吟，情不能已，今举其最工者，如刘禹锡《金陵诗》："山围故国周遭在，潮打空城寂寞回。淮水东边旧时月，夜深还过女墙来。"(《荆溪林下偶谈》)

宋洪迈：刘梦得"山围故国周遭在，潮打空城寂寞回"之句，白乐天以为后之诗人无复措词。坡公仿之曰："山围故国周遭在，潮打西陵意未平。"坡公天才，出语惊世，如追和陶诗，直与之齐驰。独此二者(按：指仿韦应物《寄全椒山中道士》与刘禹锡《石头城》二诗)，比之韦、刘为不侔，岂非绝唱寡合，理自应尔耶？(《容斋随笔》)

宋吴曾：刘长卿《登余干古县城》："官舍已空秋草绿，女墙犹在夜乌啼"，刘禹锡"夜深还过女墙来"，此学长卿也。(《能改斋漫录》)、

宋范成大：金陵山本止三面，至此(指伏龟楼)则形势回互，江南诸山与淮水团栾接应，无复空阙。唐人诗所谓"山围故国周遭在"者，惟此处所见

为然。(《吴船录》)

宋谢枋得:予客金陵,见名流题咏多矣。抚时怀旧,感慨兴亡,岂无惊人语。李太白诗云:"凤凰台上凤凰游,凤去台空江自流。吴宫花草迷幽径,晋代衣冠成古丘。"许浑诗云:"英雄一去豪华尽,只有青山似洛中。"王介甫词云:"六朝旧事随流水,但衰草,寒烟凝绿。"叶水心《晋元帝庙记》云:"运去物改,臣主同泯,名迹俱泯,一抔之土,且不暇为谋,徒使文士弄笔于坠编遗简之余,骚客费吟于寒烟衰草之外,其亦有可哀矣。"皆未若刘梦得二诗(按:《石头城》、《乌衣巷》)之妙,有风人遗意。(《唐诗绝句》)

又:"山围故国周遭在",山无异东晋之山也。"潮打空城寂寞回",潮无异东晋之潮也。"淮水东边旧时月,夜深还过女墙来",淮水东边之月,无异东晋之月也。求东晋之宗庙宫室,固不可见;求东晋之英雄豪杰,亦不可见矣。意在言外,寄有于无。(同上)

元李冶:东坡先生才大气壮,语太峻快,故中间时有少陘杌者。如……《次韵秦少章》云:"山围故国城空在,潮打西陵意未平。"此则全用刘禹锡《石头城》诗,但改其下三五字耳,亦是太峻快也。(《敬斋古今黈》)

明顾璘:山在,潮在,月在,惟六国不在,而空城耳。是亦伤古兴怀之作云耳。(《批点唐音》)

明王鏊:"潮打空城寂寞回",不言兴亡,而兴亡之感溢于言外,得风人之旨。(《震泽长语》)

明何孟春:滕王阁僧晦几诗:"槛外长江去不回,槛前杨柳后人栽。当时惟有西山在,曾见滕王歌舞来。"《胡颐庵集》记虞伯生最爱此诗,至累登斯阁,不敢留题。一日,为诸生所强,乃即席赋三律并一绝。其绝句云:"豫章城上滕王阁,不见鸣鸾佩玉声。惟有当时帘外月,夜深依旧照江城。"或谓此刘梦得石头城语,春以为只是要翻晦几意耳。(《余冬诗话》)

明何仲德(列)为清新体。(《唐诗选脉会通评林》)

明郭濬:只赋景,自难为怀。(同上)

明焦竑:刘禹锡诗"山围故国周遭在,潮打空城寂寞回",乐天叹为警觉。子瞻云"山围故国城空在,潮打西陵意未平",则又以己意斡旋用之。然终不及刘。大率诗中翻案,须点铁为金手,令我语出而前语可废始得。

400

（《焦氏笔乘》）

明唐汝询：石头为六朝重镇，今城空寂寞，独明月不异往时，繁华竟在何处。（《唐诗解》）

清贺裳：偷法一事，名家不免。如刘梦得"山围故国周遭在……"杜牧之"烟笼寒水月笼沙……"韦端己"江雨霏霏江草齐……"三诗虽各咏一事，意调实则相同。（《载酒园诗话》）

清徐增：此亦是梦得寓意。梦得虽召回，但在朝之士皆新进，与梦得定不相莫逆。而梦得又牢骚不平，于诗中往往露出，不免伤时，风人之旨失矣。（《而庵说唐诗》）

清吴景旭：张表臣自述其自矜云："余虽不及，然亦不喜乐天之赏。"则禹锡亦不复许后之诗人措辞矣。观东坡诗曰"山围故国城空在，潮打西陵意未平"，萨天锡《登凤凰台》诗"千古江山围故国，几番风雨入空城"，皆落牙后，正为浪措辞也。而天锡《招隐首山》又有"千古江山围故国，五更风雨入空城"，奈何复自抬其渖耶？（《历代诗话》）

清王士禛：燕子矶西北，烟雾迷离中一塔挺出，俯临江浒者，浦口之晋王山也。山以隋炀得名。东眺京江，西溯建业，自吴大帝以迄梁、陈，凭吊兴亡，不能一瞬。咏刘梦得"潮打空城"一语，惘然久之。（《带经堂诗话》）

清黄生：情在景中。（《唐诗摘抄》）

清朱之荆：寓炎凉之情在景中。周遭，城之四边也。石头城为六朝重镇。女墙，城上小墙也，亦名睥睨，言于中睥睨人也。（《增订唐诗摘抄》）

清沈德潜：只写山水明月，而六代繁华，俱归乌有，令人于言外思之。乐天谓"后之诗人，不能复措词矣"。（《唐诗别裁》）

又：李沧溟推王昌龄"秦时明月"为压卷，王凤洲推王翰"葡萄美酒"为压卷。本朝王阮亭则云："必求压卷，王维之《渭城》，李白之《白帝》，王昌龄之'奉帚平明'，王之涣之'黄河远上'，其庶几乎？而终唐之世，亦无出四章之右者矣。沧溟、凤洲主气，阮亭主神，各自有见。愈谓：李益之'回乐烽前'，柳宗元之'破额山前'，刘禹锡之'山围故国'，杜牧之'烟笼寒水'，郑谷之'扬子江头'，气象稍异，亦堪接武。"（《说诗晬语》）

清管世铭：柳宗元之"破额山前"、刘禹锡之"山围故国"、李益之"回乐烽前",诗虽佳而非其至。……必欲求之……刘禹锡之"二十余年"、李商隐之"珠箔轻明",与杜牧《秦淮》之作,可称匹美。(《读雪山房唐诗序例》)

清黄叔灿:"山围"二句,真白描高手。"淮水"二句,亦太白《苏台览古》意。(《唐诗笺注》)

清宋宗元:盛唐遗响。(《网师园唐诗笺》)

清李锳:六朝建都之地,山水依然,惟有旧时之月,还来相照而已,伤前朝所以垂后鉴也。(《诗法易简录》)

清胡本渊:只写山水明月,而六代繁华俱归乌有,今人于言外思之。乐天谓后之诗人不复措词。(《唐诗近体》)

清史承豫:凄绝。兴亡百感集于毫端,乃有此种佳制。(《唐贤小三昧集》)

清赵彦传《诗铎》:三、四语转而意不转,只愈添一倍寂寞景象,笔妙绝伦。(《唐绝诗钞注略》)

清范大士:憔悴婉笃,令人心折,白乐天谓"潮打空城"语,后之诗人不复措词矣,诚哉是言!(《历代诗发》)

清李慈铭:二十八字中,有无限苍凉,无限沉着。古今兴废,形胜盛衰,皆以括尽,而绝不见感慨凭吊字面,真高作也。(《越缦堂读书简端记》)

俞陛云:石头城前枕大江,后倚钟岭,前一句"潮打"、"山围",确定为石城之地,兼怀古之思,非特用对句起,笔势浑厚也。后二句谓六代繁华,灰飞烟灭,惟淮水畔无情明月,夜深冉冉西行,过女墙而下,清辉依旧,而人事全非。(《诗境浅说续编》)

刘永济:但写今昔之山水明月,而人情兴衰之感即寓其中。(《唐人绝句精华》)

《乌衣巷》一首:

宋严有翼:朱雀桥、乌衣宅,皆金陵故事。(《艺苑雌黄》)

宋谢枋得:世异时殊,人更物换……其高门甲第,百无一存,变为寻常百姓之家……朱雀桥边之花草如旧时之花草,乌衣巷口之夕阳如旧时之夕阳,惟功臣王、谢之第宅,今皆变为寻常百姓之室庐矣,乃云"旧时王谢堂前燕,飞入寻常百姓家",此风人遗韵。两诗(指《石头城》)皆用"旧时"二字,

绝妙。(《唐诗绝句》)

明瞿佑:予为童子时,十月朝从诸长上拜南山先垅,行石磴间,红叶交坠,先伯元范诵杜牧之"停车坐爱枫林晚,霜叶红于二月花"之句。又在荐桥旧居,春日新燕飞绕檐间,先姑诵刘梦得"旧时王谢堂前燕,飞入寻常百姓家"之句。至今每见红叶与飞燕,辄思之。不但二诗写景咏物之妙,亦先入之言为主也。(《归田诗话》)

明周叙:刘禹锡《乌衣巷》诗云:"朱雀桥边野草花……"武元衡《汴州闻角》诗云:"何处金笳月里悲……"此等极有涵蓄,作者要当如此。(《诗学梯航》)

明谢榛:作诗有三等语:堂上语,堂下语,阶下语。凡下官见上官,所言殊有条理,不免局促之状。若刘禹锡"旧时王谢堂前燕,飞入寻常百姓家",此堂下语也。(《四溟诗话》)

明陆时雍:意高妙。(《唐诗镜》)

明桂天祥:有感慨,有风刺,味之自当泪下。(《批点唐诗正声》)

明唐汝询:此叹金陵之废也。朱雀、乌衣,并佳丽之地。今惟野花夕阳岂复有王、谢堂乎? 不言王、谢堂为百姓家,而借言于燕,正诗人托兴玄妙处。后人以小说荒唐之言解之,便索然无味矣。(《唐诗解》)

明何仲德(列)为警策体。(《唐诗选脉会通评林》)

明周敬:缘物寓意,吊古高手。(同上)

明顾璘:有感慨。(同上)

明唐汝询:笔意自是高华。(同上)

明周明杰:后二句,诗人托兴玄妙处。(同上)

明高棅:谢云世异时殊,人更物换,高门甲第,百无一存,惟朱雀桥、乌衣巷之花草夕阳如旧。不言王谢第宅之变,乃云旧时燕飞入寻常百姓之家,此风人之遗巧也。(《唐诗品汇》)

明张震:按此诗亦有刺风,非偶然之作也。(《唐音》)

清黄生:本意只言王侯第宅变为百姓人家耳,如此措词遣调,方可言诗,方是唐人之诗。(《唐诗摘钞》)

清朱之荆:野草夕阳,满目皆非旧时之胜,堂前则百姓家矣,而燕飞犹

403

是也。借燕为言，妙甚。（《增订唐诗摘钞》）

清沈德潜：言王、谢家成民居耳，用笔巧妙，此唐人三昧也。（《唐诗别裁》）

清杨际昌：金陵诗托兴于王、谢、燕子者，自刘梦得后颇多。康熙间，秀水布衣王价人一绝，为时所称："水满秦淮长绿萍，千秋王谢已灰尘。春风燕子家家入，无复当时旧主人。"视梦得意露，而词更凄婉。（《国朝诗话》）

清何文焕：刘禹锡诗曰："旧时王谢堂前燕，飞入寻常百姓家。"妙处全在"旧"字及"寻常"字。（《历代诗话考索》）

又：刘禹锡诗曰："旧时王谢堂前燕，飞入寻常百姓家。"四溟云："或有易之者曰：'王谢堂前燕，今飞百姓家。'点铁成金矣。"谢公又拟之曰："王谢豪华春草里，堂前燕子落谁家。"尤属恶劣。（同上）

清宋宗元：意在言外。（《网师园唐诗笺》）

清施补华：若作燕子他去，便呆。盖燕子仍入此堂，王、谢零落，已化作寻常百姓矣。如此则感慨无穷，用笔极曲。（《岘傭说诗》）

清范大士：总见世异时殊，人更物换，而造语妙。（《历代诗发》）

王文濡：王、谢既衰，则旧时燕子，亦无所栖托，故飞入百姓家。只"旧时"、"寻常"四字，便有无限今昔之感。（《历代诗评注读本》）

邹弢：今日之燕即昔日之燕，何以不属王、谢之堂而入民家？感伤之意，自在言外。（《精选评注五朝诗学津梁》）

俞陛云：朱雀桥、乌衣巷皆当日画舸雕鞍、花月沉酣之地，桑海几经，剩有野草闲花，与夕阳相妩媚耳。茅檐白屋中，春来燕子，依旧营巢，怜此红襟俊羽，即昔时王、谢堂前杏梁栖宿者，对语呢喃，当亦有华屋山丘之感矣。此作托思苍凉，与《石头城》诗皆脍炙词坛。（《诗境浅说续编》）

刘永济：三四两句诗意甚明，盖从燕子身上表现今昔之不同。而《岘傭说诗》乃谓"若作燕子他去便呆，盖燕子仍入此堂，王谢零落，已化为寻常百姓。如此则感慨无穷，用笔极曲。"其说真曲，诗人不如此也。说诗者每曲解诗人之意，举此一例，以概其余。（《唐人绝句精华》）

《台城》一首：

后蜀韦縠：陈亡，则江南王气尽矣。首句自六代说起，不止伤陈叔宝

404

也。六朝尽于陈亡,末句可叹可恨。(《才调集》)

刘永济:按禹锡《金陵五题》,此所录三首,皆有惩前毖后之意。诗人见盛衰无常,而当其盛时,恣情逸乐之帝王及豪门贵族,曾不知警戒,大可悯伤,故借往事再三唱叹,冀今人知所畏悖而稍加敛抑也。否则古人兴废成败与诗人何关,而往复低回如此。(《唐人绝句精华》)

《生公讲堂》一首:

宋洪刍:山谷至庐山一寺,与群僧围炉,因举《生公讲堂》诗,末句云"一方明月可中庭",一僧率尔云:"何不曰一方明月满中庭?"山谷笑去。(《洪驹父诗话》)

宋陈师道:黄词云:"断送一生唯有,破除万事无过。"盖韩诗有云:"断送一生唯有酒","破除万事无过酒"。才去一字,便为切对,而语益峻。又云:"杯行到手更留残,不道月明人散。"谓思相离之忧,则不得不尽。而俗士改为"留连",遂使两句相失。正如论诗云"一方明月可中庭""可"不如"满"也。(《后山诗话》)

宋范晞文:刘禹锡"一方明月可中庭",老杜有"清池可方舟"……乃知老杜无所不有。(《对床夜语》)

宋朱翌:刘梦得《生师讲堂》云:"一方明月可中庭",张籍《秋山》诗云:"秋山无云可无风",两"可"字义不同,然皆新而不怪。(《猗觉寮杂记》)

宋谢枋得:生公讲堂在平江府二十里外虎丘寺,此诗乃笑生公也。"生公说法鬼神听",言其生前,佛法有神通也。"身后空堂夜不扃,高坐寂寥尘漠漠",更不洒扫,惟有"一方明月",可以周遍于中庭。生前听法二千人,今安在哉?可见生公略无灵圣,寺僧无一人有恭敬之心也。(《唐诗绝句》)

宋蔡正孙引《谢叠山诗话》云:生公讲堂,在平江府三十里外虎邱寺。生公点头石尚在,讲堂宏丽,可容二千人。此诗乃笑生公也。谓其身后略无神通,惟有一方明月,可以周遍中庭。生前听法二千人,今安在哉?(《诗林广记》)

明游潜:叠山选注,以为诗意笑生公也。予意生公何足笑哉?况亦言意浅直矣。梦得盖以生公比当时执政者,言其在日,假威宠以令百僚,莫敢有违,鬼神亦听之也;次句言身后子不守门墙已非;三句四句则言声消势尽,殊非前日华盛景象,无复及其门者,惟明月夜深可中庭耳。与《石头城》"夜深还过女墙来"意同。"可"字有味。(《梦蕉诗话》)

明俞弁:刘梦得《生公讲堂》云:"一方明月可中庭",张籍《秋山诗》云:"秋山无云可风雨",两"可"字义不同,然皆新而不怪。吴中虎丘寺有可月亭,其意本刘诗"可月"。(《山樵暇语》)

明杨慎:刘禹锡《生公讲堂》诗:"高坐寂寥尘漠漠,一方明月可中庭。"山谷须溪皆称其"可"字之妙。按《佛祖统纪》载宋文帝大会沙门,亲御地筵,食至良久,众疑日过中,僧律不当食。帝曰:"始可中耳。"生公乃曰:"白日丽天,天言可中,何得非中。"遂举箸而食。禹锡用"可中"字本此,盖即以生公事咏生公堂,非杜撰也。彼言白日可中,变言明月可中,尤见其妙。(《升庵诗话》)

明高棅:谢云此诗笑生公生前佛法神通,身后空堂不局,高坐寂寥,洒扫,唯有一方明月可更无以周遍中庭。生前听法之人今安在哉?无有恭敬之心,是生公无灵也。(《唐诗品汇》)

清潘德舆:刘梦得《生师讲堂》云:"一方明月可中庭。"张籍《秋山》云:"秋山无云可无风。"朱新仲云:"两'可'字义不同,皆新而不怪。"此宋人讲字法之魔障也。放翁"山可一窗青",亦此类耶?(《养一斋诗话》)

《江令宅》一首:

清何焯:但知保其一亩之宫,不顾市朝遥变,讽刺深而不许露。(卞孝萱《刘禹锡诗何焯批语考订》)

金陵怀古

潮满冶城①渚,日斜征虏亭②。蔡洲③新草绿,幕府④旧烟青⑤。兴废由人事,山川空地形。《后庭花》⑥一曲,幽怨不堪听。

【题解】

禹锡长庆四年(824)十月抵和州,宝历二年(826)秋罢和州。期间宝历元年(825)、二年两度逢春,此诗当在这期间所作。诗为怀古之作。作者发思古幽情,感慨古往今来江山代谢,人事兴废。

【注释】

①冶城:故址在今南京市朝天宫附近。瞿蜕园《笺证》引《六朝事迹编类》:"冶城,今天庆观即其地也。本吴冶铸之所,因以为名。"晋谢安尝居于此。"冶",《英华》作"台"。

②征虏亭:今南京市江宁区东。《世说新语·雅量》:"支道林还东,时贤并送于征虏亭。"刘孝标注引《丹阳记》:"太安中,征虏将军谢安立此亭,因以为名。"

③蔡洲:今江苏省江宁县西南长江中,素为屯兵之地。"蔡",《英华》作"芳",《全唐诗》下注:"一作芳。"

④幕府:山名,在今南京市北长江南岸。瞿蜕园《笺证》引《舆地纪胜》:"幕府山在建康郡西二十五里。"《六朝事迹编类》卷下:晋元帝渡江,"丞相王导建幕府于此。"

⑤旧烟青:《江宁府志》:"山(幕府山)陇多石,居人于此煅石取灰,又名石灰山。"

⑥《后庭花》:详见《金陵五题》注⑯。

【汇评】

宋何汶:引《漫斋语录》:刘禹锡长于歌行并绝句,……《金陵怀古》等五绝,乐天云:"在在处处当有神物护持。"不虚语也。(《竹庄诗话》)

元方回:每读刘宾客诗,似乎百十选一以传诸世者,言言精确。前四句用四地名,而以"潮"、"日"、"草"、"烟"附之。第五句乃一篇之断案也,然后应之曰"山川空地形",而末句乃寓悲怆,其妙如此。(《瀛奎律髓》)

清冯舒:"新草"、"旧烟",只四字逼出"怀古"。五、六斤两,起结俱"金陵"。丝缕俨然,却自无缝。(《瀛奎律髓汇评》)

清冯班:起句千钧。(同上)

407

清何焯:此等诗何必老杜？才识俱空千古。"潮落"、"日斜"、"烟青"、"草绿"，画出"废"字。落日即陈亡，具五国之意。第五起后二句，第六收前四句，变化不测。前四句借地形点化人事。第三句，将。第四句，相。（同上）

清纪昀:叠用四地名，妙在安于前四句，如四峰相直矗，特有奇气。若安于中二联，即重复碍格。五、六筋节，施于金陵尤宜，是龙盘虎踞，帝王之都。末《后庭》一曲，乃推江南亡国之由，申明五、六。虚谷以为但寓悲怆，未尽其意。起四句似平平对，实则以三句"新草"，剔出四句"旧烟"，即从四句转出下半首。运法最密，毫无起承转合之痕。（同上）

清许印芳:此评甚精，深得古人笔法之妙。如此解巧知三、四"新"、"旧"二字足眼目。又按六句用龙虎天堑故事，而用其意，不用其词。此亦暗用法。……此句不但缴足第五句，而且收拾前四句。若无收拾，便是无法，可谓精密之至。（同上）

望夫石[①]　正[②]对和州[③]郡楼

　　终日望夫夫不归，化为孤石苦相思。望来已是几千载[④]，只似当时[⑤]初望时。

【题解】

此诗为刘禹锡于长庆四年(824)十月至宝历二年(826)秋在和州期间所作。

【注释】

①望夫石:古迹名。各地多有，均属民间传说，谓妇人伫立望夫日久化而为石。瞿蜕园《笺证》按云:"《太平寰宇记》:'望夫山在太平州当涂县北四十七里。昔有人往楚，累岁不还，其妻登此山望夫，乃化为石，其山临江，周围五十里，高一百丈。'李白集有《望夫山》诗，为《姑孰十咏》之一。此诗

题注云正对和州郡楼，即白所咏之望夫山也。""石"，崇本、《英华》作"山"。

②《全唐诗》"正"前有"山"字。

③和州：今安徽和县。

④《全唐诗》"载"下注云："一作岁。"

⑤《全唐诗》"时"下注云："一作年。"

【汇评】

宋陈师道：望夫石在处有之。古今诗人共用一律，唯梦得云："望来已是几千岁，只似当年初望时。"语虽拙而意工。（《后山诗话》）

明谢榛：《鹤林玉露》曰："诗惟拙句最难。至于拙，则浑然天成，工巧不足言矣。"若子美"雷声忽送千峰雨，花气浑如百和香"之类，语平意奇，何以言拙？刘禹锡《望夫石》诗："望来已是九千载，只是当年初望时。"陈后山谓"辞拙意工"，是也。（《四溟诗话》）

清何焯：自比久弃于外，不得君也。（卞孝萱《刘禹锡诗何焯批语考订》）

一味简淡，十分精到，化工之笔。刘仲肩曰：写出至诚。（《唐诗真趣编》）

和州①送钱侍御②自宣州幕拜官便于华州觐省

五彩绣衣裳，当年正相称。春风旧③关路，归去真多兴。兰陔行可采，莲府犹回瞪。杨家④绀幰迎，侍御即王相公⑤贵婿。谢守⑥瑶华赠。宣州崔相公⑦有诗赠行。御街草泛滟，台柏⑧烟含凝⑨。曾是平昔游⑩，无因理归乘。

【题解】

此诗作于宝历元年(825)或二年(826)春。《嘉泰吴兴志》卷一四《郡守题名》："钱徽，长庆元年十二月十五日自江州刺史拜；还，迁尚书工部郎中。"《新唐书》卷一七七《钱徽传》:"贬江州刺史。……转湖州。时宣、歙旱,左丞孔戣请徙徽领宣歙,宰相以其本文辞进,不用。……还,迁工部侍郎,出为华州刺史。文宗立,召拜尚书左丞。"《旧唐书》卷一六《穆宗纪》:长庆二年八月丁丑,"以前东都留守李绛为华州刺史,充潼关防御、镇国军等使"。长庆四年崔群自华州移刺宣州,宝历元年冯宿出任华州刺史,未之任。据此,钱徽刺华不早于宝历元年。刘禹锡长庆四年十月抵和州,宝历二年秋罢和州,故此诗当作于宝历元年或二年。

【注释】

①崇本无"和州"二字。

②钱侍御:瞿蜕园《笺证》按云:"钱侍御当即钱可复,其父则钱徽也……禹锡以长庆四年冬到和州刺史任,亦曾道经宣州,其时崔群正为宣歙观察使,而钱徽亦正为华州刺史。据徽本传,子可复、可及皆登进士第,可复以甘露之变在凤翔为郑注参佐,为监军所害。此诗注云为王涯之婿,则宜其被甘露之祸矣。"

③《全唐诗》"旧"下注云:"一作函。"

④杨家:蒋维崧等《笺注》注:"《玉台新咏序》:'传鼓瑟于杨家,得吹箫于秦女。'陈后主《听筝诗》:'琴声本自杨家解,吴歈那知谢傅怜。'按《汉书·杨恽传》杨恽报孙会宗书:'家本秦也,能为秦声。妇,赵女也,雅善鼓瑟。'又,后汉杨震、子秉、孙赐、曾孙彪咸为相,俱忠直。"杨家:代指宰相之家。

⑤王相公:王涯。《旧唐书》卷一六九有传。

⑥谢守:谢朓。此处代指崔群。

⑦宣州崔相公:崔群。《旧唐书》卷一五九有传。

⑧柏:崇本作"相"。

⑨《全唐诗》"凝"下注云:"一作暝。"

⑩平昔游:"平昔",《全唐诗》作"平生",注云:"一作主者。""游"下注云:"一作留。"

文宗大和元年(827)

令狐相公见^①示河中杨少尹^②赠答兼命继声^③

两首新诗百字余,朱弦玉磬韵难如。汉家丞相^④重征后,梁苑^⑤仁风一变初。四面诸侯瞻节制,八方通货溢河渠。自从郤縠^⑥为元帅,大将归来尽把书。

【题解】

此诗作于大和元年(827)春。《旧唐书》卷一七二《令狐楚传》:"(长庆四年)九月,检校礼部尚书、汴州刺史、宣武军节度、汴宋亳观察等使。""大和二年九月,征为户部尚书。三年三月,检校兵部尚书、东都留守、东畿汝都防御使。其年十一月,进位检校右仆射、郓州刺史、天平军节度、郓曹濮观察等使。"此诗当作于长庆四年至大和二年间,刘禹锡罢和州返洛阳途中客居大梁之时,当为大和元年。杨巨源诗已佚。

【注释】

①崇本无"见"字。

②河中杨少尹:杨巨源。《唐才子传》卷五:"巨源,字景山,蒲中人。贞元五年刘太真下第二人及第。……大和中,为河中少尹。"

③声:《全唐诗》作"之"。

④汉家丞相:指黄霸。事详见《奉送浙西李仆射相公赴镇》注④。《旧唐书》卷一七二《令狐楚传》:"长庆元年四月,量移郢州刺史,迁太子宾客,分司东都。……敬宗即位,逢吉逐李绅,寻用楚为河南尹、兼御史大夫。其年九月,检校礼部尚书、汴州刺史、宣武军节度、汴宋亳观察等使。"

⑤梁苑:西汉梁孝王所建的东苑。故址在今河南省开封市东南。此处

411

借指汴州。

⑥郤縠(xì hú)：春秋时晋国元帅。《左传》僖公二十七年："于是乎蒐于被庐，作三军，谋元帅。赵衰曰：'郤縠可。臣亟闻其言矣，说礼乐而敦《诗》《书》。《诗》《书》，义之府也。礼乐，德之则也。德义，利之本也。《夏书》曰：赋纳以言，明试以功，车服以庸。君其试之。'乃使郤縠将中军，郤溱佐之。"《全唐诗》"郤"下注云："一作郗。"

令狐相公俯赠篇章斐然仰谢

鄂渚①临流别，梁园冲雪来。旅愁随冻释，欢意待花开。城晓乌频起②，池春雁欲回。饮和③心自醉，何必管弦催？

【题解】

此诗作于大和元年(827)春，乃刘禹锡自和州返回洛阳途中经过大梁时所作。

【注释】

①鄂渚：原在今武汉市武昌黄鹄山上游三百步长江中。隋置鄂州，即因渚得名。世称鄂州为鄂渚。

②"城晓"句：《乐府诗集》卷八三《鸡鸣歌》："东方欲明星烂烂，汝南晨鸡登坛唤。曲终漏尽严具陈，月没星稀天下旦。千门万户递鱼钥，宫中城上飞乌鹊。"

③饮和：谓使人感觉到自在，享受和乐。《庄子·则阳》："故或不言而饮人以和。"郭象注："人各自得，斯饮和矣，岂待言哉？"

和宣武令狐相公郡斋对新竹

新竹翛翛①韵晓风，隔窗依砌尚蒙笼②。数间素壁初开后，一段③清光入坐中。欹枕闲看知自适，含毫朗咏与谁同？此君若欲长相见，政事堂④东有旧丛。

【题解】

此诗作于大和元年(827)。参见《令狐相公见示赠竹二十韵仍命继和》编年。《旧唐书》卷一七二《令狐楚传》：长庆四年，"九月，检校礼部尚书、汴州刺史、宣武军节度、汴宋亳观察等使。""大和二年九月，征为户部尚书。"令狐楚《郡斋左偏栽竹百余竿炎凉已周青翠不改而为墙垣所蔽有乖爱赏假日命去斋居之东墙由是俯临轩阶低映帷户日夕相对颇有翛然之趣》："斋居栽竹北窗边，素壁新开映碧鲜。青蔼近当行药处，绿阴深到卧帷前。风惊晓叶如闻雨，月过春枝似带烟。老子忆山心暂缓，退公闲坐对婵娟。"

【注释】

①翛翛(xiāo)：象声词。《广韵》："翛翛，飞羽声。"

②蒙笼：《英华》作"朦胧"。

③段：《英华》作"片"。

④政事堂：唐时宰相的总办公处。唐初始有此名，设在门下省，后迁到中书省。开元十一年(723)改称中书门下，因宰相名义上即为中书门下省长官之故。

令狐相公见示赠竹二十韵仍命继和

高人必爱竹，寄兴良有以。峻节可临戎，虚心宜待①士。众芳信妍媚，威凤难栖止。遂于鼙鼓间，移植东南美②。封以梁园③土，浇之浚泉④水。得地色不移，凌空势方起。新青排故叶，余粉笼疏理。犹复隔墙藩⑤，何因出尘滓？兹辰去前蔽，永日劳瞪视。槭槭⑥林已成，荧荧玉相似。规摹起心匠，

413

洗涤在颐指⑦。曲直既瞭然，孤高何卓尔！垂梢覆内屏，进笋侵前戺⑧。妓席拂云鬟⑨，宾阶荫珠履。抱琴恣闲玩，执卷堪斜倚。露下悬明珰，风来韵清徵。坚贞贯四候，标格殊百卉。岁晚当自知，繁华岂云此⑩？古诗无赠竹，高唱从此始。一听清瑶⑪音，琤然长在耳。

【题解】

此诗当作于大和元年（827）春，时刘禹锡自和州返回洛阳途中经过汴州与令狐楚相会。诗题"见示"说明当时两人同在一地，"仍命"说明此诗当作于《和宣武令狐相公郡斋对新竹》之后。令狐楚赠竹二十韵已佚。

【注释】

①待：崇本、朱本作"得"。

②东南美：《尔雅·释地》："东南之美者，有会稽之竹箭焉。"

③园：朱本、《全唐诗》作"国"，误。

④浚泉：即浚水，在河南开封北。

⑤隔墙藩：令狐楚有诗，题为："郡斋左偏，栽竹百余竿，炎凉已周，青翠不改。而为墙垣所蔽，有乖爱赏，假日命去斋居之东墙，由是俯临轩阶，低映帷户，日夕相对，颇有翛然之趣。"

⑥槭槭（sè）：象声词。风吹叶动声。

⑦颐指：谓以下巴的动向示意而指挥人。《汉书》卷四八《贾谊传》："今陛下力制天下，颐指如意。"

⑧戺（shì）：台阶两旁所砌的斜石。

⑨鬟：朱本、《全唐诗》作"鬓"。

⑩此：崇本、朱本、《全唐诗》作"比"，是。

⑪清瑶：水。宋周紫芝《竹坡诗话》卷一："清瑶谓水。"又，高志忠《校注》按云："或为'清谣'之误。陶潜《赠羊长史》云：'清谣结心曲，人乖运见疏。'逯钦立、龚斌皆注曰：'清谣，指四皓所作歌。'"

414

酬令狐相公赠别

越声①长苦有谁闻？老向湘山与楚云。海峤新辞永嘉守②，夷门重见信陵君③。田园松菊今迷路，霄汉鸳鸿久绝群。幸遇甘泉尚词赋，不知何客荐雄文④。

【题解】

此诗作于大和元年(827)春。瞿蜕园《笺证》按云："此诗亦即游梁将别时所作，据湘山楚云之句，当指朗州至夔州之事，海峤新辞永嘉守，则指罢和州刺史。永嘉守借用谢灵运事，非实指温州也。禹锡是时初为主客郎中分司，文宗初政，四方仰望，故末联甚有冀幸之想。"

【注释】

①越声：思乡之声。《史记》卷七〇《张仪列传》："越人庄舃仕楚执珪，有顷而病。楚王曰：'舃故越之鄙细人也，今仕楚执珪，贵富矣，亦思越不？'中谢对曰：'凡人之思故，在其病也。彼思越则越声，不思越则楚声。'使人往听之，犹尚越声也。"

②"海峤"句：《宋书》卷六七《谢灵运传》："少帝即位，权在大臣，灵运构扇异同，非毁执政，司徒徐羡之等患之，出为永嘉太守。郡有名山水，灵运素所爱好，出守既不得志，遂肆意游遨，遍历诸县，动逾旬朔，民间听讼，不复关怀。所至辄为诗咏，以致其意焉。在郡一周，称疾去职。"

③"夷门"句：《史记》卷七七《魏公子列传》："太史公曰：吾过大梁之墟，求问其所谓夷门。夷门者，城之东门也。天下诸公子亦有喜士者矣，然信陵君之接岩穴隐者，不耻下交，有以也。名冠诸侯，不虚耳。"

④"幸遇"二句：《汉书》卷八七上《扬雄传》上："孝成帝时，客有荐雄文似相如者，上方郊祠甘泉泰畤、汾阴后土，以求继嗣，召雄待诏承明之庭。正月，从上甘泉，还奏《甘泉赋》以风。"甘泉：宫名。故址在今陕西淳化西北

甘泉山。本秦宫,汉武帝增筑扩建,在此朝诸侯王,飨外国客;夏日亦作避暑之处。

酬令狐相公寄贺迁拜之什

遭回二纪重为郎^①,洛下遥分列宿光。不见当关^②呼早起,曾无侍史^③与焚香。三花^④秀色通春^⑤幌,十字清^⑥波绕宅墙。白发^⑦青衫谁比数?相怜只是有梁王。相公昔曾以大僚分司^⑧,故有同病相怜之句。

【题解】

此诗作于大和元年(827)春。刘禹锡自永贞元年(805)被贬,"遭回二纪",至大和元年(827)重回洛阳任主客郎中。据诗题可知,令狐楚应作诗贺刘禹锡迁拜之喜,此诗乃刘禹锡答谢之作。令狐楚原诗已佚。

【注释】

①"遭回"句:刘禹锡自永贞元年(805)由屯田员外郎被贬,至大和元年(827)任主客郎中分司东都,历时二十三年。

②当关:门吏。

③侍史:亦作"侍使"。古代没入官府为奴的罪犯家属中,以年少较有才智的女子为侍史。

④三花:三花树,又名贝多树。一年开花三次,故名。

⑤春:朱本作"书"。

⑥清:朱本作"春"。

⑦发:崇本、朱本作"首"。

⑧相公昔曾以大僚分司:《旧唐书》卷一七二《令狐楚传》:令狐楚罢相后,"长庆元年四月,量移郢州刺史,迁太子宾客,分司东都。""曾",《全唐诗》无此字。"大",崇本作"天"。

罢郡归洛阳闲居

十年江外守[①]，旦夕有归心。及此西还日，空成《东武吟》[②]。花间数盏[③]酒，月下一张琴。闻说功名事，依前惜寸阴[④]。

【题解】

大和元年(827)刘禹锡罢郡归洛阳。此诗为作者在洛阳闲居尚未除主客分司之时所作。

【注释】

①"十年"句：自元和十年(815)三月牧连州至宝历二年(826)秋罢和州，共十二年，十年为大约言之。"外"，《全唐诗》作"海"。

②《东武吟》：乐府楚调歌曲名，感叹人生苦短，繁华易逝。

③盏：《全唐诗》作"杯"。

④惜寸阴：《晋书》卷六六《陶侃传》："侃性聪敏，勤于吏职，恭而近礼，爱好人伦。终日敛膝危坐，阃外多事，千绪万端，罔有遗漏。远近书疏，莫不手答，笔翰如流，未尝壅滞。引接疏远，门无停客。常语人曰：'大禹圣者，乃惜寸阴，至于众人，当惜分阴，岂可逸游荒醉，生无益于时，死无闻于后，是自弃也。'"

城东[①]闲游

借问池台主，多居要路津[②]。千金买绝境，永日属闲人。竹径萦纡入，花林委曲巡[③]。斜阳众客散，空锁一园春。

此诗当作于大和元年(827)或大和二年(828)春刘禹锡在洛阳闲居之时。唐代仕宦多在洛阳置园墅,此诗即为作者感慨公卿贵戚园墅豪奢之作。

【注释】

①东:朱本作"中"。《全唐诗》注云:"一作中。"

②要路津:重要的道路和渡口。比喻显要的职位。

③巡:崇本作"循"。

罢郡归洛阳寄友人

远谪年犹少①,初归鬓已衰②。门闲③故吏去,室静④老僧期。不见蜘蛛集⑤,频为偻句⑥欺。颖微囊未出⑦,寒甚谷难吹⑧。濩落唯心在,平生有己知。商歌⑨夜深后,听者竟为谁?

【题解】

此诗为大和元年(827)刘禹锡罢郡归洛阳时所作,表达了诗人有志不获骋的愤懑之情。

【注释】

①"远谪"句:永贞元年(805),刘禹锡被贬为连州刺史,再贬为朗州司马,时三十四岁,故曰"年犹少"。

②"初归"句:大和元年(827),刘禹锡春归洛阳,时五十六岁,故曰"鬓已衰"。

③门闲:朱本作"闲门"。

④室静:朱本作"静室"。

⑤蜘蛛集:萧绎《金楼子》卷六《杂记》下:"楚国龚舍,初随楚王朝,宿未

418

央宫,见蜘蛛焉。有赤蜘蛛大如栗,四面萦罗网,有虫触之而死者,退而不能得出焉。舍乃叹曰:'吾生亦如是矣。仕宦者人之罗网也,岂可淹岁?'于是挂冠而退。时人笑之,谓舍为蜘蛛之隐。"

⑥偻(lǚ)句:《左传》昭公二十五年:"初臧昭伯如晋,臧会窃其宝龟偻句,以卜为信与僭,僭吉。……及昭伯从公,平子立臧会。会曰:'偻句不余欺也。'"杜预注:"偻句,龟所出地名。"后因以"偻句"称龟。"偻句",《全唐诗》作"佝偻",注云:"一作偻句。"

⑦"颖微"句:《史记》卷七六《平原君虞卿列传》:"平原君曰:'夫贤士之处世也,譬若锥之处囊中,其末立见。今先生处胜之门下三年于此矣,左右未有所称诵,胜未有所闻,是先生无所有也。先生不能,先生留。'毛遂曰:'臣乃今日请处囊中耳。使遂蚤得处囊中,乃颖脱而出,非特其末见而已。'"

⑧"寒甚"句:左思《魏都赋》:"且夫寒谷丰黍,吹律暖之也。"《文选》李善注引刘向《别录》云:"邹衍在燕,有谷,地美而寒,不生五谷。邹子居之,吹律而温至黍生,今名黍谷。"

⑨商歌:悲凉的歌。商声凄凉悲切,故称。详见《游桃源一百韵》注㊴。

【汇评】

清何焯:(濩落一联)对法高妙。(卞孝萱《刘禹锡诗何焯批语考订》)

经东都安国观①九仙公主②旧院作

仙院御沟东,今来事不同。门开青草日,楼闭绿杨风。将犬升天③路,披霓赴月宫④。武皇曾驻跸,亲问主人翁⑤。

【题解】

此诗作于大和元年(827)刘禹锡为主客郎中分司时。刘禹锡在一生居洛三次,首为守制,不得为诗;末与白居易同分司东都,诗多唱和,此诗为见

419

和于白诗,故极可能为作者在大和元年分司洛阳时所作。作者经过九仙公主旧院,有感而发。

【注释】

①安国观:《唐会要》卷五〇:"安国观,正平坊。本太平公主宅。长安元年,睿宗在藩国,公主奉焉。至景云元年,置道士观,仍以本衔为名。十年,玉真公主居之,改为女冠观。"

②九仙公主:玉真公主。"九仙公主",崇本作"九公主",《英华》作"九公子",《全唐诗》注云:"一作九公子。"

③将犬升天:王充《论衡》卷七《道虚篇》:"儒书言:淮南王学道,招会天下有道之人,倾一国之尊,下道术之士。是以道术之士并会淮南,奇方异术莫不争出。王遂得道,举家升天。畜产皆仙,犬吠于天上,鸡鸣于云中。此言仙药有余,犬鸡食之,并随王而升天也。好道学仙之人,皆谓之然。此虚言也。"《全唐诗》"犬"下注云:"一作火。"作"火"误。

④披霓赴月宫:《淮南子》卷六《览冥训》:"羿请不死之药于西王母,姮娥窃以奔月。""霓",《全唐诗》作"云",注云:"一作霓。"

⑤"武皇"二句:《汉书》卷六五《东方朔传》:"初,帝姑馆陶公主号窦太主,堂邑侯陈午尚之。午死,主寡居,年五十余矣,近幸董偃。……为人温柔爱人,以主故,诸公接之,名称城中,号曰董君。""上(武帝)临山林,主自执宰敝膝,道入登阶就坐。坐未定,上曰:'愿谒主人翁。'主乃下殿,去簪珥,徒跣顿首谢曰:'妾无状,负陛下,身当伏诛。陛下不致之法,顿首死罪。'有诏谢。主簪履起,之东厢自引董君。董君绿帻傅鞲,随主前,伏殿下。主乃赞:'馆陶公主胞人臣偃昧死再拜谒。'因叩头谢,上为之起。有诏赐衣冠上。偃起,走就衣冠。主自奉食进觞。当是时,董君见尊不名,称为'主人翁',饮大欢乐。"

【汇评】

清宋长白:李义山《碧城三首》,盖咏公主入道事也。……末章云:"武皇内传分明在,莫道人间总不知。"用刘中山《题九仙公主旧院》诗"武皇曾驻跸,亲问主人翁"也。(《柳亭诗话》)

故洛城①古墙

粉落椒飞②知几春,风吹雨洒旋成尘。莫言一片危基在,犹过无穷来往人。

【题解】

此诗当作于大和元年(827)刘禹锡自和州返回洛阳之时。诗人在城东闲游,见故洛城古墙,景物凋敝,人事全非,凄凉之余所幸还有豁达。

【注释】

①故洛城:遗址在今洛阳市东三十里。

②粉落椒飞:意为城墙剥落破败。因汉皇后所居的宫殿内以花椒子和泥涂壁。参见《咏古二首有所寄》注⑩。

鹤叹二首① 并序②

友人白乐天去年罢吴郡,挈双鹤雏以归,余相遇于扬子津③,闲④玩终日。翔舞调态,一符相书⑤,信华亭之尤物也。今年春,乐天为秘书监,不以鹤随,置之洛阳第。一旦,予⑥入门,问讯其家人,鹤轩然来睨,如记相识,徘徊俛仰,似含情顾慕填膺而不能言者。因⑦作《鹤叹》,以赠乐天。

寂寞一双鹤,主人在西京。故巢吴苑⑧树,深院洛阳城。徐引竹间步,远含云外情。谁怜好风月,邻舍夜吹笙⑨。东邻即王家。

丹顶宜承日，霜翎不染泥。爱池能久立，看月未成栖。
一院春草长，三山归路迷。主人朝谒早，贪养汝南鸡^⑩。

【题解】

此诗作于大和元年(827)。诗引云"友人白乐天去年罢吴郡"，白居易宝历二年(826)罢苏州，"今年春，乐天为秘书监"，"今年"乃大和元年。

【注释】

①二首：崇本作题下小字注。

②序：《全唐诗》作"引"，是。

③扬子津：古津渡。在今江苏江都市南，原滨长江，今去江已远。

④闲：崇本作"间"。《全唐诗》作"阅"，注云："一作闲。"

⑤相书：指《相鹤经》。详见《送僧仲剬东游兼寄呈灵澈上人》注⑮。

⑥予：朱本作"也"，误。

⑦崇本"因"下有"以"字。

⑧吴苑：长洲苑，吴王之苑。此处借指苏州。

⑨吹笙：《太平广记》卷四引《列仙传》："王子乔者，周灵王太子也。好吹笙，作凤凰鸣。游伊洛之间，道士浮丘公，接以上嵩山，三十余年。后求之于山，见桓良曰：'告我家，七月七日待我于缑氏山头。'果乘白鹤驻山岭。望之不到，举手谢时人，数日而去。后立祠于缑氏及嵩山。"

⑩汝南鸡：古代汝南所产之鸡，善鸣。

【汇评】

宋陈岩肖：众禽中唯鹤标致高逸……至于鲍明远《舞鹤赋》云："钟浮旷之藻思，抱清迥之明心。"杜子美曰："老鹤万里心。"李太白《画鹤赞》云："长唳风宵，寂立霜晓。"刘禹锡云："徐引竹间步，远含云外情。"此乃奇语也。(《庚溪诗话》)

清吴乔：刘禹锡《咏鹤》云："徐引竹间步，远含云外情。"脱尽粘滞。(《围炉诗话》)

清黄生：第二句预先安下"主人在西京"五字，于本题是撇开一笔，于本意正是主客双提,两两相对。以后语语叹鹤,便语语是赠乐天,深得反客为主之妙。结处若徒言本宅寂寞,意便浅率。此却反说邻舍吹笙,便含意外之意,味外之味;借彼形此之法,其妙如此。(《唐诗矩》)

秘书崔少监①见②示坠马长句因而和之

　　麟台③少监旧仙郎,洛水桥边堕④马伤。尘污腰间青鳌绶⑤,风飘掌上⑥紫游缰。上车著作⑦应来问,折臂三公⑧定送方。犹赖德全如醉⑨者,不妨吟咏入篇章。

【题解】

　　此诗作于大和元年(827)。谈钥《嘉泰吴兴志·郡守题名》:"崔元(元、玄通假)亮,长庆三年十一月二十二日,自刑部郎中拜。迁秘书少监,分司东都。"《旧唐书》卷一六五《崔玄亮传》:"大和初,入为太常少卿。"刘禹锡于大和元年春抵洛阳。据"见示"及诗中言"洛水桥边坠马伤"句可知,作此诗时二人同在洛阳,作诗年份当为大和元年。崔玄亮坠马长句已佚。

【注释】

　　①秘书崔少监:崔玄亮。《旧唐书》卷一六五有传。详见《湖州崔郎中曹长寄三癖诗》注①。

　　②崇本无"见"字。

　　③麟台:唐代官署名。秘书省。唐高宗龙朔二年(662)改为"兰台",武后垂拱元年(685)改为"麟台",中宗神龙初复旧名。

　　④堕:《全唐诗》作"坠"。

　　⑤青鳌绶:青色绶带。鳌(lì):古通"绿",绿色。"鳌绶",崇本作"绶带",《全唐诗》作"褧绶"。

　　⑥上:《全唐诗》作"下"。

　　⑦上车著作:瞿蜕园《笺证》云:"《颜氏家训》:梁朝全盛时,贵游子弟

423

多无学术。谚云：'上车不落则著作,体中何如则秘书'。"

⑧折臂三公：《晋书》卷三四《羊祜传》："有善相墓者,言祜祖墓所有帝王气,若凿之则无后,祜遂凿之。相者见曰'犹出折臂三公',而祜竟堕马折臂,位至公而无子。"

⑨德全如醉：《庄子·达生》："夫醉者之坠车,虽疾不死。骨节与人同而犯害与人异,其神全也。乘亦不知也,坠亦不知也,死生惊惧不入乎其胸中,是故遻物而不慴。彼得全于酒而犹若是,而况得全于天乎？"

为郎分司寄上都^①同舍

籍通金马门,身^②在铜驼陌^③。省闼^④昼无尘,宫树远^⑤凝碧。荒街浅深辙^⑥,古渡潺湲石。唯有嵩丘^⑦云,堪夸早朝客。

【题解】

此诗作于大和元年(827)六月。刘禹锡是月除主客郎中分司东都。诗中"唯有嵩丘云,堪夸早朝客"难掩喜色。

【注释】

①上都：古代对京都的通称。此处指长安。

②身：《全唐诗》作"家"。

③铜驼陌：即"铜驼街"。《太平御览》卷一五八引晋陆机《洛阳记》："洛阳有铜驼街,汉铸铜驼二枚,在宫南西会道相对。俗语曰：'金马门外集众贤,铜驼陌上集少年。'"

④省闼：宫中；禁中。又称禁闼。古代中央政府诸省设于禁中,后因作中央政府的代称。

⑤远：《全唐诗》作"朝",注云："一作远。"

⑥荒街浅深辙：《英华》作"荒阶藓浅深",注云："集作荒街浅深辙。"《全唐诗》下注云："一作荒阶藓浅深。"

⑦嵩丘:嵩山。

【汇评】

清何焯:落句正写冷局无聊,却同洒落。(卞孝萱《刘禹锡诗何焯批语考订》)

敬宗睿武昭愍孝皇帝挽歌三首①

宝历方无限,仙期忽有涯。事亲崇汉礼,传圣法殷家。晚出②芙蓉阙,春归棠棣华。玉轮今日动,不是画云车③。

任贤劳梦寐④,登位富春秋。欲遂东人幸⑤,宁虞杞国忧⑥!长杨收羽骑,太液泊龙舟。唯有衣冠在,年年怆月游⑦。

讲学金华殿,亲耕钩盾田⑧。侍臣容谏猎,方士信求⑨仙。虹影俄侵日⑩,龙髯⑪不上天。空余水银海⑫,长照夜灯⑬前。

【题解】

此诗作于大和元年(827)。敬宗:唐敬宗李湛。《旧唐书》卷一七上《敬宗纪》:宝历二年(826)十二月,"辛丑,帝夜猎还宫,与中官刘克明、田务成、许文端打球,军将苏佐明、王嘉宪、石定宽等二十八人饮酒。帝方酣,入室更衣,殿上烛忽灭,刘克明等同谋害帝,即时殂于室内,时年十八。群臣上谥(号)曰睿武昭愍孝皇帝,庙号敬宗。大和元年(827)七月十三日葬于庄陵"。

【注释】

①三首:崇本作题下小字注。

②晚出:犹晏驾。指帝王死。

③画云车:《史记》卷一二《孝武本纪》:"文成言曰:'上即欲与神通,宫室被服不象神,神物不至。'乃作画云气车,及各以胜日驾车辟恶鬼。"

④"任贤"句:《史记》卷三《殷本纪》:"武丁夜梦得圣人,名曰说。以梦所见视群臣百吏,皆非也。于是乃使百工营求之野,得说于傅险中。是时说为胥靡,筑于傅险。见于武丁,武丁曰是也。得而与之语,果圣人,举以为相,殷国大治。故遂以傅险姓之,号曰傅说。"

⑤"欲遂"句:《旧唐书》卷一七〇《裴度传》:"时昭愍欲行幸洛阳……度曰:'国家营创两都,盖备巡幸。然自艰难已来,此事遂绝。东都宫阙及六军营垒、百司廨署,悉多荒废。陛下必欲行幸,亦须稍稍修葺。一年半岁后,方可议行。'帝曰:'群臣意不及此,但云不合去。若如卿奏,不行亦得,何止后期。'旋又朱克融、史宪诚各请以丁匠五千,助修东都,帝遂停东幸。"《全唐诗》"幸"下注云:"一作行。"

⑥杞国忧:《列子》卷一《天瑞》:"杞国有人忧天地崩坠,身亡所寄,废寝食者;又有忧彼之所忧者,因往晓之,曰:'天,积气耳,亡处亡气,若屈伸呼吸,终日在天中行止,奈何忧崩坠乎?'其人曰:'天果积气,日月星宿不当坠耶?'晓之者曰:'日月星宿,亦积气中之有光耀者;只使坠,亦不能有气中伤。'其人曰:'奈地坏何?'晓者曰:'地,积块耳,充塞四虚,亡处亡块。若躇步跐蹈,终日在地上行止,奈何忧其坏?'其人舍然大喜,晓之者亦舍然大喜。"

⑦"唯有"二句:《史记》卷九九《叔孙通列传》:"孝惠帝为东朝长乐宫,及间往,数跸烦人,乃作复道,方筑武库南。叔孙生奏事,因请间曰:'陛下何自筑复道高寝,衣冠月出游高庙? 高庙,汉太祖,奈何令后世子孙乘宗庙道上行哉?'孝惠帝大惧,曰:'急坏之。'叔孙生曰:'人主无过举。今已作,百姓皆知之,今坏此,则示有过举。愿陛下为原庙渭北,衣冠月出游之,益广多宗庙,大孝之本也。'上乃诏有司立原庙。原庙起,以复道故。""游",崇本作"秋",误。

⑧钩盾田:《汉书》卷七《昭帝纪》:始元元年春二月,"己亥,上耕于钩盾弄田"。注:"应劭曰:'时帝年九岁,未能亲耕帝籍,钩盾,宦者近署,故往试耕为戏弄也。'臣瓒曰:'西京故事弄田在未央宫中。'师古曰:'弄田为宴游之田,天子所戏弄耳,非为昭帝年幼创有此名。'"钩盾:古代职官和官署名。汉少府属官有钩盾令,职掌园苑游观之事,晋亦有之;隋唐曰钩盾署,属司

426

农寺,职掌薪炭鹅鸭薮泽之物,以供祭缋。

⑨《全唐诗》"求"下注云:"一作游。"

⑩"虹影"句:《战国策》卷二五《魏策》四:"聂政之刺韩傀也,白虹贯日。"此处指敬宗遇害。

⑪龙髯:龙之须。《史记》卷二八《封禅书》:"黄帝采首山铜,铸鼎于荆山下。鼎既成,有龙垂胡髯下迎黄帝。黄帝上骑,群臣后宫从上者七十余人,龙乃上去。余小臣不得上,乃悉持龙髯,龙髯拔,堕,堕黄帝之弓。百姓仰望黄帝即上天,乃抱其弓与胡髯号,故后世因名其处曰鼎湖,其弓曰乌号。"后用为皇帝去世之典。

⑫水银海:《汉书》卷三六《楚元王传》:"秦始皇帝葬于骊山之阿,下锢三泉,上崇山坟,其高五十余丈,周回五里有余;石椁为游馆,人膏为灯烛,水银为江海,黄金为凫雁。"

⑬夜灯:夜台之灯。夜台:坟墓。亦借指阴间。

【汇评】

清何焯:"长杨"一联,生前荒亡,自见言外。(卞孝萱《刘禹锡诗何焯批语考订》)

酬令狐相公早秋见寄

公来第四秋①,乐国号无愁。军士游书肆,商人占酒楼。熊罴②交黑矟③,宾客满清油④。今日文章主,梁王不姓刘。

【题解】

此诗作于大和元年(827)秋。长庆四年(824)九月令狐楚为宣武军节度使,至大和元年秋天正为"第四秋"。

【注释】

①第四秋:《旧唐书》卷一七二《令狐楚传》:长庆四年,"九月,检校礼部

尚书、汴州刺史、宣武军节度、汴宋亳观察等使。"至大和元年早秋，正好第四秋。

②熊罴(pí)：熊和罴，皆为猛兽。因以喻勇士或雄师劲旅。

③黑稍：详见《故相国燕国公于司空挽歌二首》注④。

④清油：当为"青油"。青油幕。详见《览董评事思归之什因以诗赠》注②。"清"，朱本、《全唐诗》作"青"，是。

尉迟郎中①见示自南迁牵复②却至洛城东旧居之作因以和之

　　曾遭飞语十年谪，新受恩光万里还。朝服不妨游洛浦，郊园依旧看③嵩山。竹含天籁清商乐，水绕庭台碧玉环。留作功成退身地，如今只是暂时闲。

【题解】

此诗作于大和元年(827)秋洛阳。尉迟郎中亦遭十年贬谪之人，禹锡因有相似经历，故"心有戚戚焉"，诗中有激励同僚之意。

【注释】

①尉迟郎中：瞿蜕园《笺证》按云："《登科记考》，尉迟汾为贞元十八年(802)权德舆下进士，为韩愈所荐，见《摭言》。韩集中有《与尉迟生书》，事迹不详。又考姚合《尉迟少卿郊居》诗云：'卿仕在关东，林居思不穷。朝衣挂壁上，厩马放田中。隔坐惟禅子，随行只药童。砌莎留宿露，庭竹出清风。浓翠生苔点，辛香发桂丛。莲池伊水入，石径远山通。愚者心还静，高人迹自同。无能相近住，终日羡邻翁。'据诗意亦在洛阳，似即其人。"又按："白居易亦有《答尉迟少监水阁重宴诗》云：'人情依旧岁华新，今日重招往日宾。鸡黍重回千里驾，林园暗换四年春。水轩平写琉璃镜，草岸斜铺翡

翠茵。闻道经营费心力,忍教成后属他人!'亦与禹锡诗意相近。而三诗称其官不同,尚待考。"

②牵复:复官;复原。

③《全唐诗》"看"下注云:"一作著。"

酬杨八庶子喜韩吴兴与余同迁见赠 依本韵次用。

早遇圣明朝,雁行①登九霄。吴兴与余中外兄弟。文轻傅武仲②,酒逼盖宽饶③。舍矢同瞻鹄④,当筵共赛枭⑤。吴兴与余同年判入等第。琢磨三益重,唱和五音调。台柏⑥烟常起,池荷香暗飘。吴兴与余同为御史,台门⑦外有莲池也。星文辞北极,旗影度东辽。吴兴自度支郎中出为行军司马,所从即范仆射⑧。昔范明友⑨为度辽将军。直道⑩由来黜,浮名岂敢要?三湘与百越,雨散又云摇。远守惭侯籍,征还荷诏条。悴容唯舌在⑪,别恨几魂销?满眼悲陈事,逢人少旧僚。烟霞为老伴,蒲柳任先凋。虎绶悬新印,龙舸⑫理去桡。断肠天北郡,携手洛阳桥⑬。幢盖今虽贵,弓旌⑭会见招。其如草《玄》客⑮,空宇⑯久寥寥。

【题解】

此诗作于大和元年(827)。瞿蜕园《笺证》按云:"归厚之为庶子,是宝历间事。韩吴兴为韩泰……其自郴州迁睦州,又迁湖州、常州,……据此诗题,必是大和元年(827)得湖州之命,而禹锡则于罢和州后除主客分司,两命约略同时。诗云:'远守惭侯籍,征还荷诏条。''满眼悲陈事,逢人少旧僚。''断肠天北郡,携手洛阳桥。'皆述此意。"今从瞿说。

【注释】

①雁行(háng):《礼记·王制》:"父之齿随行,兄之齿雁行,朋友不相

踰。"陈澔集说:"父之齿,兄之齿,谓其人年与父等,或与兄等也。随行,随其后也;雁行,并行而稍后也。"后因以比喻兄弟。

②傅武仲:傅毅。曹丕《典论·论文》:"文人相轻,自古而然。傅毅之于班固,伯仲之间耳,而固小之,与弟超书曰:'武仲以能属文为兰台令史,下笔不能自休。'"

③盖宽饶:详见《送王司马之陕州》注⑧。

④鹄(gǔ):箭靶的中心。

⑤枭:中国古代的一种游戏叫"樗蒱",一为枭,六为卢。

⑥台柏:御史台之柏树。汉御史台植柏树,故御史台亦被称为柏台。

⑦台门:崇本无"门"字,朱本无"台"字。

⑧范仆射:范希朝。《旧唐书》卷一五一《范希朝传》:"范希朝,字致君,河中虞乡人。……贞元末,累表请修朝觐。时节将不以他故自述职者,惟希朝一人,德宗大悦。既至,拜检校右仆射,兼右金吾大将军。顺宗时,王叔文党用事,将授韩泰以兵柄,利希朝老疾易制,乃命为左神策、京西诸城镇行营节度使,镇奉天,而以泰为副,欲因代之,叔文败而罢。"

⑨范明友:《汉书》卷九四上《匈奴传》上:"汉复得匈奴降者,言乌桓尝发先单于冢,匈奴怨之,方发二万骑击乌桓。大将军霍光欲发兵邀击之,以问护军都尉赵充国。充国以为:'……招寇生事,非计也。'光更问中郎将范明友,明友言可击。于是拜明友为度辽将军,将二万骑出辽东。匈奴闻汉兵至,引去。""明",崇本作"朋",误。

⑩直道:《论语·微子》:"柳下惠为士师,三黜。人曰:'子未可以去乎?'曰:'直道而事人,焉往而不三黜?枉道而事人,何必去父母之邦?'"

⑪舌在:《史记》卷七〇《张仪列传》:"张仪已学而游说诸侯。尝从楚相饮,已而楚相亡璧,门下意张仪,曰:'仪贫无行,必此盗相君之璧。'共执张仪,掠笞数百,不服,醳之。其妻曰:'嘻!子毋读书游说,安得此辱乎?'张仪谓其妻曰:'视吾舌尚在不?'其妻笑曰:'舌在也。'仪曰:'足矣。'"

⑫舠:船。《全唐诗》作"舼"。

⑬洛阳桥:即"天津桥"。参见《酬思黯代书见戏》注③。

⑭弓旌:弓和旌。古代征聘之礼,用弓招士,用旌招大夫。后遂以"弓

旌"泛指招聘贤者的信物。

⑮草《玄》客：扬雄。《汉书》卷八七下《扬雄传》："哀帝时，丁、傅、董贤用事，诸附离之者或起家至二千石。时雄方草《太玄》，有以自守，泊如也。"

⑯空宇：《汉书》卷八七下《扬雄传》："雄以病免，复召为大夫。家素贫，耆酒，人希至其门。"

洛中逢①韩七中丞②之吴兴口号五首③

昔年意气结群英，几度朝回一字行。海北天④南零落尽，两人相见洛阳城。

自从云散各东西，每日欢娱却惨凄。离别苦多相见少，一生心事在书⑤题。

今朝无意诉离杯，何况清弦急管催。本欲醉中轻远别，不知翻引酒悲来。

骆驼桥⑥上苹风起⑦，鹦鹉杯中箬下春⑧。水碧山青知好处，开颜一笑向何人。

溪中士女出笆篱，溪上鸳鸯避画旗。何处人间似仙境？春山携妓采茶时。

【题解】

此诗作于大和元年（827）秋，时刘禹锡为主客郎中分司东都。《嘉泰吴兴志·郡守题名》："韩泰：大和元年七月三日，自睦州刺史拜。"岑仲勉《唐史余沈》卷三《刘禹锡诗之韩湖州》："刘又有《洛中送韩七中丞之吴兴口号五首》，当是泰罢睦州后入觐，而刘于是时分司洛中也，故诗首句即云，'昔年意气结群英，几度朝回一字行。'"

【注释】

①逢:《全唐诗》作"送"。

②韩七中丞:指韩泰。韩泰为"八司马"之一。《旧唐书》卷一三五、《新唐书》卷一六八《王叔文传》皆附韩泰传。

③五首:崇本作题下小字注。

④天:《全唐诗》作"江",注云:"一作天。"

⑤《全唐诗》"书"下注云:"一作诗。"

⑥骆驼桥:瞿蜕园《笺证》引《清一统志》:"骆驼桥在(湖州)府治西,一名迎春桥。《寰宇记》:桥在霅溪上,唐垂拱元年(685)造,以形似橐驼之背,故名。刘禹锡送人之吴兴诗曰:骆驼桥上苹风起,鹦鹉杯中箬下春。即此桥也。""骆驼",崇本作"橐它"。

⑦起:《全唐诗》作"急",注云:"一作起。"

⑧箬(ruò)下春:酒名。即箬下酒。瞿蜕园《笺证》引《舆地纪胜》云:"上箬溪在长兴县,悉生箭箬,南岸曰上箬,北岸曰下箬,村民取下箬水酿酒,醇美胜于云阳,俗称下箬酒。韦昭《吴录》云:乌程箬下酒有名,山谦之《吴兴记》云上箬下箬村并出美酒。""下",崇本、朱本作"雨"。

和浙西李大夫晚下北固山①喜径松②成阴怅然怀古偶题临江亭并浙东元相公所和依本韵③

一辞温室树④,几见武昌柳⑤。荀谢⑥年何少,韦平⑦望已久。种松夹石道,纡组临沙阜。目览帝王州,心存股肱守。叶动惊彩翰⑧,波澄见颊首⑨。晋宋齐梁都,千山万江口。烟散隋宫出,涛来海门吼。风俗太伯⑩余,衣冠永嘉后⑪。江长天作限,山固壤无朽⑫。自古称佳丽,非贤谁奄有?八元⑬邦族盛,万石⑭门风厚。天柱⑮揭东溟,文星照北斗。高亭一骋望,举酒共为寿。因赋《咏怀》诗,远寄同心友。禁中晨夜直,江左东西偶。笔⑯手握兵符,儒腰絷贵绶。颁条风有自,立事言无苟⑰。农野闻⑱让耕⑲,军人不使酒⑳。用材当构厦,知道宁窥牖㉑。谁谓青云高,鹏飞终背负。

【题解】

此诗作年不晚于大和元年(827)九月。《旧唐书》卷一七上《文宗纪》上:大和元年九月,"丁丑,浙西观察使李德裕、浙东观察使元稹就加检校礼部尚书"。诗称"李大夫",当作于此前。李德裕、元稹诗已佚。

【注释】

①北固山:在江苏省镇江市区东北江滨。

②径松:朱本作"松径"。

③依本韵:朱本作题下小字注。

④温室树:汉宫温室殿之树。《汉书》卷八一《孔光传》:"沐日归休,兄弟妻子燕语,终不及朝省政事。或问光:'温室省中树皆何木也?'光嘿不应,更答以他语,其不泄如是。"颜师古注引晋灼曰:"长乐宫中有温室殿。"

⑤武昌柳:《晋书》卷六八《陶侃传》:"侃性纤密好问,颇类赵广汉。尝课诸营种柳,都尉夏施盗官柳植之于己门。侃后见,驻车问曰:'此是武昌西门前柳,何因盗来此种?'施惶怖谢罪。"

⑥荀谢:指晋荀羡、宋谢晦。《晋书》卷七五《荀羡传》:"除北中郎将、徐州刺史、监徐兖二州扬州之晋陵诸军事、假节。殷浩以羡在事有能名,故居以重任。时年二十八,中兴方伯,未有如羡之少者。"《宋书》卷四四《谢晦传》:"初为荆州,甚有自矜之色,将之镇,诣从叔光禄大夫澹别。澹问晦年,晦答曰:'三十五。'澹笑曰:'昔荀中郎年二十七为北府都督,卿比之,已为老矣。'"

⑦韦平:西汉韦贤、韦玄成父子,平当、平晏父子皆相继为相。《汉书》卷七一《平当传》:"汉兴,唯韦、平父子至宰相。"

433

⑧翰：《说文》："翰，天鸡，赤羽也。"即锦鸡、山鸡。

⑨頳(cheng)首：当作"颁首"。《诗·小雅·鱼藻》："鱼在在藻，有颁其首。"颁首：头大貌。

⑩太伯：吴太伯。《史记》卷三一《吴太伯世家》："吴太伯，太伯弟仲雍，皆周太王之子，而王季历之兄也。季历贤，而有圣子昌，太王欲立季历以及昌，于是太伯、仲雍二人乃奔荆蛮，文身断发，示不可用，以避季历。季历果立，是为王季，而昌为文王。太伯之奔荆蛮，自号句吴。荆蛮义之，从而归之千余家，立为吴太伯。""太"，朱本作"泰"。

⑪"永嘉"句：晋怀帝永嘉五年，刘曜陷洛阳，俘晋怀帝。后，衣冠南渡。《晋书》卷六五《王导传》："俄而洛京倾覆，中州士女避乱江左者十六七，导劝帝收其贤人君子，与之图事。时荆扬晏安，户口殷实，导为政务在清静，每劝帝克己励节，匡主宁邦。……曰：'……大王方立命世之勋，一匡九合，管仲、乐毅于是乎在，岂区区国臣所可拟议！愿深弘神虑，广择良能。顾荣、贺循、纪瞻、周玘皆南土之秀，愿尽优礼，则天下安矣。'帝纳焉。"

⑫无朽：《左传》成公五年："山有朽壤而崩，可若何？"蒋维崧等《笺注》注云"诗反用其义，以突出北固山之固"。

⑬八元：详见《和浙西李大夫伊川卜居》注①。

⑭万石：《史记》卷一〇三《万石张叔列传》："万石君名奋，其父赵人也，姓石氏。……及孝景即位，以为九卿；迫近，惮之，徙奋为诸侯相。奋长子建，次子甲，次子乙，次子庆，皆以驯行孝谨，官皆至二千石。于是景帝曰：'石君及四子皆二千石，人臣尊宠乃集其门。'号奋为万石君。"

⑮天柱：此处指宛委山，在浙江绍兴东南。"柱"，崇本作"桂"，误。

⑯笔：《全唐诗》作"将"。

⑰言无苟：《论语·子路》："君子于其言，无所苟而已矣。"

⑱闻：朱本作"闲"，误。

⑲让耕：《史记》卷四《周本纪》："西伯阴行善，诸侯皆来决平。于是虞、芮之人有狱不能决，乃如周。入界，耕者皆让畔，民俗皆让长。虞、芮之人未见西伯，皆惭，相谓曰：'吾所争，周人所耻，何往为，只取辱耳。'遂还，俱让而去。"

㉑使酒：因酒使性。《史记》卷一〇七《魏其武安侯列传》："灌夫为人刚直，使酒，不好面谀。"

㉑窥牖：《老子》四十七："不出户，知天下。不窥牖，见天道。"

洛下①初冬拜表②有怀上京故人

凤楼③南面控三条④，拜表郎官早渡桥。清洛晓光铺碧簟，上阳⑤霜叶剪红绡。省门簪组⑥初成列，云路鸳鸾⑦想退朝。寄谢殷勤九天侣，枪榆水击⑧各逍遥。

【题解】

此诗作于大和元年(827)初冬，刘禹锡本年六月任主客郎中分司东都。

【注释】

①洛下：《全唐诗》作"洛中"。

②拜表：上奏章。

③凤楼：指宫内的楼阁。借指朝廷。

④三条：三条路。都城的三条大道。亦泛指都城通衢。《后汉书》卷四十上《班固传》："披三条之广路，立十二之通门。"李贤注："《周礼》：'国方九里，旁三门。'每门有大路，故曰三条。"

⑤上阳：上阳宫。唐宫名，高宗时建于洛阳。《新唐书》卷三八《地理志》二《东都》注："上阳宫在禁苑之东，东接皇城之西南隅，上元中置，高宗之季常居以听政。"

⑥簪组：冠簪和冠带。借指官宦。

⑦鸳鸾：比喻朝官、同僚。

⑧枪榆水击：详见《武陵书怀五十韵》注㉜。

河南王少尹①宅宴张常侍②白舍人③兼呈卢郎中④李员外⑤二副使⑥

将星夜落⑦使星⑧来,三省清臣⑨到外台⑩。事重各衔天子诏,礼成同把故⑪人杯。卷帘⑫松竹雪初霁,满院池塘春欲回。第一林亭迎好客,殷勤莫惜⑬玉山颓。

【题解】

此诗作于大和元年(827)冬。张、白奉使为吊乌重胤。《文苑英华》二一六、二五八皆载此诗。卷二五八题下注:"时充吊册乌司徒使至洛中"。《旧唐书》卷一七上《文宗纪》上:大和元年十一月,"天平、横海等军节度使、守司徒,同中书门下平章事乌重胤卒"。《旧唐书》卷一六一《乌重胤传》:"穆宗急于诛叛,遂以杜叔良代之,以重胤检校司徒,兼兴元尹,充山南西道节度使。召至京师,复以本官为天平军节度、郓曹濮等州观察等使。李同捷据沧州,请袭父位,朝廷不从。议者虑狡童拒命,欲以重臣代。乃移镇兖海,加太子太师、平章事,俾兼领沧景节度,仍旧割齐州隶之,盖望不劳师而底定。制出旬日,重胤卒,赠太尉。"

【注释】

①王少尹:未详何人。

②张常侍:瞿蜕园《笺证》按、蒋维崧等《笺注》注为张正甫。据《旧唐书·张正甫传》:张正甫"由尚书右丞为同州刺史,入拜左散骑常侍、集贤殿学士判院事"。高志忠《校注》注张常侍为张仲方。《英华》"侍"下有"二十六兄"四字。

③《英华》"人"下有"大监"二字。

④卢郎中:未详何人。《旧唐书》卷一六三《卢简辞传》载,卢简辞曾"转

考宫员外郎,转郎中"。

⑤李员外:未详。

⑥二副使:《英华》无"二"字,题末注云:"一作二副使。"

⑦将星夜落:《三国志》卷三五《蜀书·诸葛亮传》裴松之注引《晋阳秋》曰:"有星赤而芒角,自东北西南流,投于亮营,三投再还,往大还小。俄而亮卒。"瞿蜕园《笺证》按云:"《文宗纪》,大和元年十一月己未朔丙申,天平、横海等军节度使乌重胤卒。'将星夜落'自即指此。此时禹锡犹以主客郎中分司在洛,而居易官为秘书监,题云白舍人不合,《英华》在舍人之下有大监二字则是矣。舍人称其原官,大监称其今职,唐人惯例如此。"

⑧使星:《后汉书》卷八二上《李郃传》:"和帝即位,分遣使者,皆微服单行,各至州县,观采风谣。使者二人当到益部,投郃候舍。时,夏夕露坐,郃因仰观,问曰:'二君发京师时,宁知朝廷遣二使邪?'二人默然,惊相视曰:'不闻也。'问何以知之。郃指星示云:'有二使星向益州分野,故知之耳。'"后因称使者为"使星"。

⑨三省清臣:三省指中书省、门下省、尚书省。清臣:指地位显贵、政事不繁之官员。因常侍属门下、舍人属中书、郎官属尚书,故称"三省清臣"。"臣",《英华》作"晨"。

⑩外台:瞿蜕园《笺证》注云:"魏、晋以后称政府为台,故在京者为中台,在外者为外台。"

⑪故:《英华》作"友",注云:"集作故。"

⑫枕:崇本、《英华》、朱本、《全唐诗》作"帘"。

⑬惜:《英华》作"笑",注云:"集作惜。"

【汇评】

清管世铭:凡律诗最重起结,七言尤然。起句之工于发端,如……刘禹锡"王濬楼船下益州,金陵王气黯然收"、"将星夜落使星来,三省清臣到外台"。(《读雪山房唐诗序例》)

洛中酬①福建陈判官②见赠

　　潦倒声名拥肿材，一生多故苦遭迴。南宫③旧籍遥相管，东洛④闲⑤门昼未开。静对道流论药石，偶逢词客与琼瑰。怪君近日文锋利，新向延平看剑⑥来。

【题解】

　　此诗作于大和元年(827)刘禹锡以主客郎中分司东都之时。此为赠答之诗，诗人一方面有自谦之词，另一方面又盛赞陈判官语言犀利，文采斐然。

【注释】

①酬：朱本作"谢"。

②陈判官：未详何人。

③南宫：尚书省的别称。谓尚书省象列宿之南宫，故称。

④东洛：东都洛阳。

⑤《全唐诗》"闲"下注云："一作关。"

⑥延平看剑：典出《晋书》卷三六《张华传》。详见《奉和中书崔舍人八月十五日夜玩月二十韵》注⑯。延平：延平津。今福建省南平市东南。

有所嗟二首①

　　庾令楼②中初见时，武昌春柳似腰支③。相逢相失④尽如梦，为雨为云今不知。

　　鄂渚⑤濛濛烟雨微，女郎魂逐暮云归。只应长在汉阳渡⑥,化作鸳鸯一只飞。

【题解】

　　此诗作于大和元年(827)刘禹锡为主客郎中之时。白居易《和刘郎中伤鄂姬》诗云:"不独君嗟我亦嗟,西风北雪杀南花。不知月夜魂归处,鹦鹉洲头第几家?"读来为刘禹锡《有所嗟》和诗。白诗系诸大和元年。诗人所伤之鄂姬未详何人,但据刘白诗歌推测,当为刘禹锡姬妾。

　　《全唐诗》亦作元稹诗,题为《所思二首》,必非。

【注释】

　　①有所嗟二首:《全唐诗》注云:"一作元稹诗,题作所思。""二首",崇本作题下小字注,朱本无此二字。

　　②庾令楼:即庾楼。详见《送李策秀才还湖南因寄幕中亲故兼简衡州吕八郎中》注㉝。

　　③"武昌"句:武昌春柳,详见《和浙西李大夫晚下北固山喜径松成阴怅然怀古偶题临江亭并浙东元相公所和依本韵》注⑤。"似",朱本作"斗"。

　　④失:崇本、朱本、《全唐诗》作"笑"。《全唐诗》注云:"一作笑。"

　　⑤鄂渚:相传在今湖北武汉市武昌黄鹄山上游三百步长江中。隋置鄂州,即因渚得名。鄂渚此处代指武昌。

　　⑥汉阳渡:在武昌对面长江北岸。

遥和韩睦州元相公二君子

　　玉人紫绶相辉映,却要霜髯①一两茎。其奈无成空老去,每临明镜若为情!

【题解】

　　此诗作于长庆四年(824)至大和元年(827)期间。瞿蜕园《笺证》按云:

"《郎官石柱题名考》一三引《严州重修图经》:韩泰,长庆四年(824)六月二十五日自郴州刺史拜。又《吴兴志》:韩泰,大和元年(827)七月三日自睦州刺史拜,迁常州刺史。则此诗当作于长庆四年(824)至大和元年(827)之间。"《旧唐书》卷一六六《元稹传》:长庆二年(822),"出稹为同州刺史……在郡二年,改授越州刺史、兼御史大夫、浙东观察使。……凡在越八年"。

【注释】

①髯:《全唐诗》作"须",注云:"一作髯。"

大和二年(828)

洛中逢白监①同话游梁②之乐因寄宣武令狐相公

　　曾经谢病各游梁,今日相逢忆孝王③。少有一身兼将相,更能四面占文章。开颜坐内④摧飞盏,回手⑤庭中看舞枪。借问风前兼月下,不知何客对胡床⑥?

【题解】

　　此诗作于大和二年(828)。白居易《早春同刘郎中寄宣武令狐相公》诗云:"梁园不到一年强,遥想清吟对绿醑。更有何人能饮酌,新添几卷好篇章。马头拂柳时回辔,豹尾穿花暂亚枪。谁引相公开口笑,不逢白监与刘郎。"令狐楚亦有《节度宣武酬乐天梦得》诗云:"蓬莱仙监客曹郎,曾枉高车客大梁。见拥旌旄治军旅,知亲笔砚事文章。愁看柳色悬离恨,忆递花枝助酒狂。洛下相逢肯相寄,南金璀错玉凄凉。"令狐楚诗前两句指大和元年三人在汴州宴游之事,据"梁园不到一年强"句可知,刘禹锡诗作于大和二年。

【注释】

　　①白监:白居易。《旧唐书》卷一六六《白居易传》:"文宗即位,征拜秘书监,赐金紫。"

　　②梁:大梁,汴州。

　　③"曾经"二句:《史记》卷一一七《司马相如列传》:"会景帝不好辞赋,是时梁孝王来朝,从游说之士齐人邹阳、淮阴枚乘、吴庄忌夫子之徒,相如见而说之,因病免,客游梁。"

　　④内:《全唐诗》作"上"。

⑤回手:崇本作"回首",朱本、《全唐诗》作"迴首",是。

⑥何客对胡床:《世说新语·容止》:"庾太尉在武昌,秋夜气佳景清,使吏殷浩、王胡之之徒登南楼理咏。音调始遒,闻函道中有屐声甚厉,定是庾公。俄而率左右十许人步来,诸贤欲起避之。公徐云:'诸君少住,老子于此处兴复不浅!'因便据胡床,与诸人咏谑,竟坐甚得任乐。"

【汇评】

宋刘克庄:梦得贞元间已为郎官御史,牛相方在场屋,投贽文卷,梦得飞笔涂窜。牛既贵,未能忘,有"曾把文章谒后尘"之句。梦得答云:"初见相如成赋日,后为丞相扫门人。"且饬诸子以己为戒。然《和令狐相》云:"鲜有一身兼将相,更能四面占文章。"则依然故态。此诗幸次楚韵,若施之于绹,岂止掇兔葵燕麦之怒耶!(《后村诗话》)

陕州河亭①陪韦五大夫②雪后眺望因以留别与韦有布衣之旧③一别二纪④经迁贬而归

雪霁大阳津⑤,城池表里春。河流添马颊⑥,原色动龙鳞。万里独归客,一杯逢故人。因⑦高向西望,关路正飞⑧尘。

【题解】

此诗作于大和二年(828)春,作者除主客郎中,自洛阳至长安途经陕州之时。在陕州与时任陕虢观察使的韦弘景会面。二人同赏雪景,作诗因以赠别。

【注释】

①陕州河亭:陕州:唐代陕州属河南道,治所在今河南陕县。河亭:亦名河上亭,在陕州黄河上。

②韦五大夫:韦弘景,京兆人,《旧唐书》卷一五七、《新唐书》卷一一六

有传。"五",朱本作"伍",误。

③与韦有布衣之旧:《旧唐书》卷一五七《韦弘景传》:"弘景贞元中始举进士,为汴州、浙东从事。"刘禹锡贞元九年(793)登进士第,故二人相识在此前。

④一别二纪:崇本此四字在题尾。二纪:一纪为十二年。刘禹锡永贞元年(805)被贬,至大和二年(828),正好二十四年。卞孝萱《刘禹锡年谱》大和二年戊申(828)载:"此诗是本年春初,禹锡由洛阳赴长安,途经陕州之作。"此时,韦弘景在陕任职。《旧唐书》卷一七上,敬宗宝历二年(826)三月"丙申,以吏部侍郎韦弘景为陕虢观察使"。文宗大和二年(828)"二月丁亥朔,以兵部侍郎王起为陕虢观察使,代韦弘景,以弘景为尚书左丞"。

⑤大阳津:瞿蜕园《笺证》引《清一统志》:"大阳津在陕州北,黄河津济之处,即古茅津。《左传》文公三年,秦伯伐晋,自茅津济,是也。"高志忠《刘禹锡诗集编年笺注》按云:"茅津渡今属山西平陆。平陆汉为大阳县,属河东郡,唐改平陆,属陕州。《旧唐书》卷三八《地理志》:'天宝三载,太守李齐物开三门,石下得戟,大刃,有平陆篆字,因改为平陆县。'""大",朱本作"太",误。

⑥马颊:马颊河。古九河之一,今已湮,故道约在今河北省东光县之北、泊头市之南。《书·禹贡》:"九河既道。"唐孔颖达疏云:"马颊河势,上广下狭,状如马颊也……太史、马颊、覆釜在东光之北,成平之南。"

⑦因:朱本、《全唐诗》作"登",《全唐诗》注云:"一作因。"

⑧飞:崇本作"无",是。

【汇评】

清盛传敏:思归之念,百折千萦;故人偶聚,谈心握手,此际襟期,千万笔写之不出。此篇三联以十字合写。不过加"万里"、"一杯"四字,使读之者怆然情在,此所谓手笔独高处。况起句浑雄,次句浩大,二联景色恰接"表里春"来,又复旷远,而后衬出十字,愈觉凄恻。结句又极含蓄不尽。如此诗者,非唐人特绝乎?(《碛砂唐诗》)

清何焯:讽刺。(《唐三体诗》)

途中早发

中庭望启明,促促事晨征。寒树鸟初动,霜桥人未行。水流白烟起,日上彩霞生。隐士应高枕,无人问①姓名。

【题解】

此诗作于大和二年(828)春,乃刘禹锡自洛阳赴长安途中所作。

【注释】

①人问:崇本作"由知"。

【汇评】

元方回:刘宾客,诗中精也。自颔联以下,无一句不佳,且是尾句不放过。(《瀛奎律髓》)

清冯班:"高数鸟已去,古原人尚耕",不知其出于此。唐山人又云:"沙上鸟犹睡,渡头人未行。"("寒树鸟初动,霜桥人未行"下)(《瀛奎律髓汇评》)

清查慎行:较"人迹板桥霜",觉此首第四句胜。学者于此理会,思过半矣。(同上)

清纪昀:五句拙,六句俗,结入习径滑语,殊非佳作。虚谷好矫语高尚,故曲取尾句耳。(同上)

途次华州陪钱大夫①登城北楼春望因睹李崔令狐三相国②唱和之什翰林旧侣继踵华城山水清高鸾凤翔集皆忝凥眷遂题是诗

城楼四望出风尘,见尽关西渭北春。百二③山河雄④上国，一双旌斾委名臣。壁中今日题诗处⑤，天上同时草诏人③。莫怪老⑦郎呈滥吹⑧，宦途虽⑨别旧情亲。

【题解】

此诗为大和二年(828)春刘禹锡赴长安途中经过华州时所作。《旧唐书》卷一六八《钱徽传》："大和元年十二月，复授华州刺史。二年秋，以疾辞位，授吏部尚书致仕。"据此，作诗时间为大和二年春。诗人返京途中得遇故友，登高望远，心生愉悦。

【注释】

①钱大夫：华州刺史钱徽。《旧唐书》卷一六八、《新唐书》卷一七七有传。《旧唐书》："钱徽，字蔚章，吴郡人。""贞元初进士擢第，从事戎幕。元和初入朝，三迁祠部员外郎，召充翰林学士。""文宗即位，征拜尚书左丞。大和元年十二月，复授华州刺史。二年秋，以疾辞位，授吏部尚书致仕。"

②李崔令狐三相国：李：李绛。《旧唐书》卷一六四有传。崔：崔群。《旧唐书》卷一五九有传。令狐：令狐楚。《旧唐书》卷一七二有传。三人皆于元和间入相，故称"三相国"。

③百二：以二敌百。一说百的一倍。后以喻山河险固之地。《史记》卷八《高祖本纪》："秦，形胜之国，带河山之险，县隔千里，持戟百万，秦得百二焉。"裴骃集解引苏林曰："得百中之二焉。秦地险固，二万人足当诸侯百万人也。"司马贞索隐引虞喜曰："言诸侯持戟百万，秦地险固，一倍于天下，故云得百二焉，言倍之也，盖言秦兵当二百万也。"

④雄：《英华》作"归"，注云："集作推。"《全唐诗》注云："一作归。"

⑤《英华》、《全唐诗》"处"下注云："一作句。"

⑥同时草诏人：钱、李、崔、令狐四人元和年间皆曾充翰林学士。

⑦老：崇本作"毛"，误。

⑧滥吹：指滥竽充数。《韩非子·内储说》上："齐宣王使人吹竽，必三百人。南郭处士请为王吹竽，宣王说之，廪食以数百人。宣王死，湣王立，好一一听之，处士逃。"

445

⑨虽:崇本作"离"。

三乡驿①楼伏睹玄宗望女几山②诗小臣斐然有感

　　开元天子万事足,唯惜当时光景促。三乡陌上望仙山,归作《霓裳羽衣曲》③。仙心从此在瑶池,三清八景④相追⑤随。天上忽乘白云⑥去,世间空⑦有《秋风词》⑧。

【题解】
　　此诗约作于大和二年(828)。瞿蜕园《笺证》按云:"此诗似为禹锡大和二年(828)春间由洛阳入长安途次所作。诗意颇含讥讽。"今从其说。

【注释】
　　①三乡驿:今河南宜阳三乡镇。
　　②女几山:在河南宜阳县西。《山海经》卷五《中山经·中次八经·荆山》云:"又东北百二十里曰女几山,其上多玉,其下多黄金。"毕沅注云:"山在今河南宜阳县西,《水经注》亦作女机山。"
　　③"归作"句:瞿蜕园《笺证》按云:"《太真外传》注,谓《霓裳羽衣曲》者,是玄宗登三乡驿望女几山所作也。"
　　④八景:道教语,谓八采之景色。"景",朱本作"境",误。
　　⑤《全唐诗》"追"下注云:"一作催。"
　　⑥乘白云:升天成仙。《庄子·天地》:"夫圣人,鹑居而𪇸食,鸟行而无彰,天下有道,则与物皆昌,天下无道,则修德就闲,千岁厌世,去而上迁,乘彼白云,至于帝乡,三患莫至,身常无殃;则何辱之有!"
　　⑦《全唐诗》"空"下注云:"一作惟。"
　　⑧《秋风词》:汉武帝所作。《文选》卷四五《秋风辞一首(并序)》:"上行幸河东,祠后土,顾视帝京欣然,中流与群臣饮燕,上欢甚,乃自作秋风辞曰:秋风起兮白云飞,草木黄落兮雁南归。兰有秀兮菊有芳,携佳人兮不能

忘。泛楼舡兮济汾河,横中流兮扬素波。箫鼓鸣兮发棹歌,欢乐极兮哀情多。少壮几时兮奈老何!""词",崇本作"辞"。

【汇评】

宋王灼:霓裳羽衣曲,……刘梦得诗云:"开元天子万事足,……世间空有秋风词。"……刘诗谓明皇望女几山,持志求仙,故退作此曲。当时诗今无传,疑是西凉献曲之后,明皇三乡眺望,发兴求仙,因以名曲。"忽乘白云去,空有秋风词。"讥其无成也。(《碧鸡漫志》)

答乐天临都驿^①见赠^②

北固山^③边波浪,东都城里风尘。世事不同心事,新人何似故人?

【题解】

此诗作于大和二年(828)。白居易有《临都驿答梦得六言二首》:"扬子津头月下,临都驿里灯前。昨日老于前日,去年春似今年。谢守归为秘监,冯公老作郎官。前事不须问着,新诗且更吟看。"谢守为居易自称,冯公指禹锡,时为主客郎中。

【注释】

①临都驿:洛阳近城第一驿。
②崇本、《全唐诗》题下有"六言"二小字注。
③北固山:在江苏省镇江市区东北江滨。

再赠乐天^①

一政政官轧轧,一年年老骎骎^②。身外名何足算,别^③来诗且同吟。

【题解】

此诗作于大和二年(828)。时刘禹锡任主客郎中,白居易在秘书监,尚未除刑部侍郎。与《答乐天临都驿见赠》同时期所作。

【注释】

①《全唐诗》题下注云:"六言"。

②骎(qīn)骎:马快跑的样子。

③《全唐诗》"别"下注云:"一作到。"

初至长安 时自外郡再授郎官①

左迁凡二纪,重见帝城春。老大归朝客,平安出岭人②。每行经旧处,却想似前身。不改南山色,其余事事新。

【题解】

此诗为大和二年(828)春刘禹锡至长安时所作。

【注释】

①再授郎官:大和二年(828)春刘禹锡复为主客郎中。

②出岭人:指诗人自己。刘禹锡被谪连州(今广东连县),州在五岭以南,故曰"出岭人"。

【汇评】

清余成教:梦得《初至长安》云:"每行经旧处,却想似前身。不改南山色,其余事事新。"《杏园花下酬乐天》云:"二十余年作逐臣,归来还见曲江春。游人莫笑白头醉,老醉花间有几人?"与《游玄都观》两诗同一寓意。(《石园诗话》)

清王寿昌：韦孟之《讽谏诗》，辞严义正……至"左迁凡二纪，重见帝城春。……"则似痛诋矣。(《小清华园诗谈》)

再游玄都观绝句 并引

余贞元二十一年为屯田员外郎①，时此观未有花②。是岁，出牧连州，贬③朗州司马。居十年，召至京师，人人皆言有道士手植仙桃，满观如红④霞，遂有前篇以志一时之事。旋又⑤出牧，今⑥十有四年，复⑦为主客郎中。重游玄都⑧，荡然无复一树，惟兔葵⑨燕麦⑩动摇于春风耳。因再题二十八字，以俟后游。时大和二年三月⑪。

百亩中庭⑫半是苔，桃花净⑬尽菜花开。种桃道士归何处？前度刘郎今独⑭来！

【题解】

此诗作于大和二年(828)三月。刘禹锡自和州返回长安复为主客郎中。诗人元和十年(815)曾因《戏赠看花诸君子》一诗招致祸端，此次以《再游玄都观》为题作诗，颇具意味。两诗写作时间相差十四年，今昔之变巨大，诗人感慨万千。"种桃道士归何处？前度刘郎今独来"句，"独"，一作"又"。一字之别，意思全然不同。若为"独"，则有凄凉之意，若为"又"，则尽吐胸中块垒。

【注释】

①屯田员外郎：《旧唐书》卷四三《职官志》二："屯田郎中一员，员外郎一员。""郎中、员外郎之职，掌天下屯田之政令。凡边防镇守，转运不给，则设屯田，以益军储。其水陆腴瘠，播种地宜，功庸烦省，收率等级，咸取决焉。"

②时此观未有花:崇本"观"下有"中"字,"花"下有"木"字。

③崇本、明本、朱本、《全唐诗》"贬"前有"寻"字,是。

④红:崇本作"烁晨"。

⑤又:崇本作"左"。

⑥崇本"今"前有"于"字。

⑦复:崇本作"得"。

⑧玄都:崇本作"兹观"。《全唐诗》下有"观"字。

⑨菟葵:植物名。似葵,古以为蔬。

⑩燕麦:植物名。野生于废墟荒地间,燕雀所食,故名。籽实亦可用以救饥。

⑪崇本下有"某日"二字。

⑫中庭:《英华》、《全唐诗》作"庭中"。

⑬净:朱本作"静"。《全唐诗》注云:"一作开,一作落。"

⑭独:朱本、《全唐诗》作"又"。《全唐诗》注云:"一作独。"

【汇评】

宋罗大经:刘禹锡"种桃"之句,不过感叹之词耳,非甚有所讥刺也,然亦不免于迁谪。(《鹤林玉露》)

宋谢枋得:"百亩庭中半是苔",喻朝廷无人也。"桃花净尽菜花开",喻前日宰相所用之人已凋谢,今日宰相所用之人方得时也。"种桃道士归何处?前度刘郎今又来。"前日宰相培植私人者,今死矣,吾又立朝,穷达寿夭,听命于天。宰相何苦以私意进退人才哉!(《唐诗绝句》)

明谢榛:夫平仄以成句,抑扬以合调。扬多抑少,则调匀;抑多扬少,则调促。……刘禹锡《再过玄都观》诗:"种桃道士归何处?前度刘郎今又来。"上句四去声相接,扬之又扬,歌则太硬;下句平稳。此一绝二十六字皆扬,惟"百亩"二字是抑。又观《竹枝词》所序,以知音自负,何独忽于此邪?(《四溟诗话》)

明敖英:风刺时事全用此体。(《唐诗绝句类选》)

明黄克瓒:刘绝句多佳,但时露轻薄之态,如"雷雨湘江"句,以"卧龙"自居,一何浅也。此二诗狂态犹在,然托之看花、种桃之人,则其意稍隐,故

存之。(《全唐风雅》)

明唐汝询:文宗之朝,互为朋党,一相去位,朝士尽易,正犹道士去而桃不复存。是以执政者复恶其轻薄。(《唐诗选脉会通评林》)

清吴乔:诗人措词,颇似禅家下语。禅家问曰:"如何是佛?"非问佛,探其迷悟也。以三身四智对,谓之韩庐逐兔,吃棒有分。……刘禹锡之玄都观二诗(按:《元和十年自朗州承召至京戏赠看花诸君子》、《再游玄都观》),是作家语。……禹锡诗,前人说破,见者易识。未说破者,当以此意求之,乃不受瞒。(《答万季埜诗问补遗》)

清王尧衢:诗至中唐,渐失风人温厚之旨。(《古唐诗合解》)

清钱大昕:至玄都诗虽含讽刺,亦词人感慨今昔之常情,何至遂薄其行,史家不考年月,误仞分司与主客为两任,疑由题诗获咎,遂甚其词耳。(《十驾斋养新录》)

清管世铭:《玄都观》前后看桃二作,本极浅直,转不足存。(《读雪山房唐诗序例》)

王文濡:前因看花诗,连遭贬黜,今得重来,而新进者随旧日之执政以俱去矣,因复借此以讽之。(《历代诗评注读本》)

刘永济:按禹锡因王叔文事被贬朗州,十年之后,朝中另换一番人物,故有"尽是刘郎去后栽"之句,以见朝政翻覆无常,语含讥讽,是以又为权贵所不喜,再贬播州,易连州,徙夔州,十四年始入为主客郎中,又因再游诗为"权近闻者,益薄其行",遂被分司东都闲散之地。考此两诗所关,前后二十余年,禹锡虽被贬斥而终不屈服,其蔑视权贵而轻禄位如此。白居易序其诗,以"诗豪"称之,谓"其锋森然,少敢当者"。语虽论诗,实人格之品题也。(《唐人绝句精华》)

杏园花下酬乐天见赠①

二十余年作逐臣,归来还见曲江春。游人莫笑白头醉,老醉花间有②几人?

【题解】

此诗作于大和二年(828)。白居易《杏园花下赠刘郎中》诗云:"怪君把酒偏惆怅,曾是贞元花下人。自别花来多少事,东风二十四回春。"《白居易年谱》系诸大和二年。自永贞元年(805)刘禹锡被贬,"二十四回春"后,为大和二年。刘禹锡被贬二十余年后重回京师,与友同游,内心感慨于此诗中可窥一斑。

【注释】

①杏园花下酬乐天见赠:《英华》作"酬白乐天杏花园"。杏园:园名。故址在今陕西西安市郊大雁塔南。唐代新科进士赐宴之地。

②有:《英华》作"能",注云:"一作有。"《全唐诗》注云:"一作能。"

【汇评】

清余成教:梦得《初至长安》云:"每行经旧处,却想似前身。不改南山色,其余事事新。"《杏园花下酬乐天》云:"二十余年作逐臣,归来还见曲江春。游人莫笑白头醉,老醉花间有几人?"与《游玄都观》两诗同一寓意。(《石园诗话》)

和严给事①闻唐昌观②玉蕊花下有游仙③二绝

玉女④来看玉蕊花,异香先引七香车。攀枝弄雪时回顾,惊怪人间日易斜。

雪蕊琼丝⑤满院春,衣轻步步⑥不生尘。君平⑦帘下徒相问,长伴吹箫别有人。

【题解】

此诗作于大和二年(828)。《旧唐书》卷一七六《杨虞卿传》:"大和二年,南曹令史李赏等六人,伪出告身签符,卖鬻空伪官,令赴任者六十五人,取受钱一万六千七百三十贯。虞卿按得伪状,捕赏等移御史台鞫劾。……乃诏给事中严休复、中书舍人高钺、左丞韦景休充三司推案,而温亮逃窜。"高志忠《刘禹锡诗文系年》按云:"新、旧两唐书《杨虞卿传》所载之'韦景休'当系'韦弘景'之讹也。《旧唐书·文宗纪》(上)载:大和二年,'二月丁亥朔,以兵部侍郎王起为陕虢观察使,代韦弘景;以弘景为尚书左丞。'准此,知大和二年严休复确任给事中。《文宗纪》(下)载:大和四年三月甲辰,'以中书舍人李虞仲为华州刺史,代严休复;以休复为右散骑常侍。'又载,大和三年春正月甲辰,'华州刺史、镇国军潼关防御使崔植卒。'严休复为崔植之后任,其出牧华州在大和三年春无疑。"严休复《唐昌观玉蕊花折有仙人游怅然成二绝》:"终日斋心祷玉宸,魂销目断未逢真。不如满树琼瑶蕊,笑对藏花洞里人。羽车潜下玉龟山,尘世何由睹蕣颜。唯有多情枝上雪,好风吹缀绿云鬟。"

【注释】

①严给事:严休复。

②唐昌观:在长安安业坊南,以玄宗女唐昌公主手植玉蕊花得名。

③有游仙:崇本无"有"字,《全唐诗》"游仙"下注云:"一作仙游。"

④玉女:白居易和严诗云:"嬴女偷乘凤下时,洞中暂歇弄琼枝。"元稹和严诗云:"弄玉潜过玉树时,不教青鸟出花枝。"三诗用典同,玉女即弄玉。

⑤《全唐诗》"丝"下注云:"一作葩。"

⑥《全唐诗》"衣轻步步"下注云:"一作羽衣轻步。"

⑦君平:严遵,字君平。《汉书》卷七二《王贡两龚鲍传》:"君平卜筮于成都市,以为'卜筮者贱业,而可以惠众人'。裁日阅数人,得百钱足自养,则闭肆下帘而授《老子》。"

酬严给事①贺加五品兼简同制水部李郎中②

九天雨露传青诏，八舍郎官③换绿衣④。初佩银鱼⑤随仗⑥入，宜乘白马退朝归。彫槃⑦贺喜开瑶席，彩笔题诗出锁⑧闱。闻道水曹⑨偏得意，霞朝雾夕有光辉⑩。

【题解】

此诗作于大和二年（828）。高志忠《刘禹锡诗文系年》按云："禹锡换绿衣，著浅绯，佩银鱼乃大和二年事也。"瞿蜕园《笺证》按云："禹锡之加五品阶，盖在大和二年（828）直集贤院时。由远州刺史而得江北之和州，由和州而得郎中分司，由分司而真除，由主客而迁礼部直集贤院，甫得衣绯，其艰阻可谓甚矣。"又，参见《和严给事闻唐昌观玉蕊花下有游仙二绝》编年。

【注释】

①严给事：给事中严休复。

②水部李郎中：未详何人，待考。

③八舍郎官：瞿蜕园《笺证》注云："八舍，乃唐人常语，盖谓尚书左右司及六曹，皆有郎官也。"

④绿衣：《旧唐书》卷四五《舆服志》："六品、七品服绿。"

⑤银鱼：即"银鱼符"。唐代授予五品以上官员佩带，用以表示品级身份。亦作发兵、出入宫门或城门之符信。

⑥仗：朱本作"使"，误。

⑦彫槃：崇本、朱本作"雕盘"，《全唐诗》作"彫盘"。

⑧锁：朱本作"琐"。

⑨水曹：指何逊。何逊曾为建安王水曹行参军兼记室，后因称何水曹。

⑩"霞朝"句：何逊《看伏郎新婚》诗云："雾夕莲出水，霞朝日照梁。何如花烛夜，轻扇掩红妆。"

杏园联句

杏园千树欲随风，一醉同人此暂同。群上司空。老态忽忘丝管里，衰颜顿①解酒杯中。绛上白二十二。曲江日暮残红在，翰苑年深旧事空。居易上主客。二十四年流落者，故人相引到花<u>丛</u>。禹锡。

【题解】

此为大和二年(828)春联句。联句人兵部尚书崔群、司空李绛(《旧唐书》卷一六四《李绛传》："文宗即位，征为太常卿。二年，检校司空，出为兴元尹、山南西道节度使。")、刑部侍郎白居易、主客郎中刘禹锡。禹锡句"二十四年流落者"，自永贞元年(805)被贬至大和二年(828)正二十四年。

【注释】

①顿：朱本、《全唐诗》作"宜"。

花下醉中联句

共醉风光地，花飞落酒杯。绛送刘二十八。残春犹可赏，晚景莫相催。禹锡送白侍郎。酒幸年年有，花应岁岁开。居易送兵部相公。且当金韵掷，莫追玉山颓。群①送庾阁长。高会弥堪惜，良时不易陪。承宣送主客。谁能拉花住，争换得②春回。禹锡送吏部。我辈寻常有，佳人早晚来。嗣复送兵部③。寄言三相府，欲散且徘徊。居易。时户部相公同会。

此为大和二年(828)春联句。联句人为李绛、主客郎中刘禹锡、刑部侍郎白居易、兵部尚书崔群、阁长庾承宣(《旧唐书》卷一七上《文宗纪》上：大和元年春正月，"癸未，以吏部侍郎庾承宣为京兆尹、兼御史大夫"。)、吏部杨嗣复(史未有载，《旧唐书》卷一七六《杨嗣复传》："杨嗣复，字继之，仆射於陵子也。……文宗即位，拜户部侍郎。")。户部尚书崔植同会未联句。

【注释】

①群：朱本、《全唐诗》作"绛"。

②换得：朱本作"得换"。

③兵部：《全唐诗》作"白侍郎"，是。

春池泛舟联句

凤池新雨后，池上好风光。上相公禹锡①。取酒愁春尽，留宾喜日长。度送兵②部。柳丝迎画舸，水镜写③雕梁。群送贾阁④长。潭洞迷仙府，烟霞认醉乡。𬣞送张司业。莺声随雨⑤语，竹⑥色入壶觞。籍送主客。晚景含澄澈，时芳⑦得艳阳。禹锡。飞凫拂轻浪，绿柳暗回塘。度。逸韵追安石⑧，高居胜辟强⑨。君⑩。杯停新令举，诗动彩笺忙。𬣞。顾谓同来客，欢游不可忘。籍。

【题解】

此为大和二年(828)春联句。联句人为主客郎中刘禹锡、宰相裴度、兵部尚书崔群、太常少卿贾𬣞(大和二年以太常少卿知制诰)、国子司业张籍。

【注释】

①上相公禹锡：《全唐诗》、朱本作"禹锡上相公"，是。

②兵：《全唐诗》作"户"。

③写:朱本作"泻"。

④阁:朱本作"园",《全唐诗》作"院"。

⑤雨:朱本、《全唐诗》作"笑",是。

⑥竹:朱本作"行",误。

⑦芳:朱本作"方",误。

⑧安石:谢安,字安石。

⑨辟强:刘辟强。《汉书》卷三六《楚元王传》:"辟强,字少卿,亦好读《诗》,能属文。武帝时以宗室子随二千石论议,冠诸宗室。清静少欲,常以书自娱,不肯仕。"

⑩君:崇本、朱本、《全唐诗》作"群",是。

陪崔大尚书及诸阁老宴杏园

更将何面上春台,百事无成老又催。唯有落花无俗态,不嫌憔悴满头来。

【题解】

此诗作于大和二年(828)春。《旧唐书》卷一七上《文宗纪》上:大和元年正月戊寅,"以前户部侍郎于敖为宣歙观察使,代崔群;以群为兵部尚书"。大和三年"二月辛亥朔,以兵部尚书崔群为荆南节度使"。刘禹锡大和元年时分司东都,大和二年方抵长安。

阙下待传点^①呈诸同舍

禁漏晨钟声欲绝,旌旌^②组绶影相交。殿含佳气当龙首③,阁④倚晴天见凤巢⑤。山色葱茏⑥丹槛外,霞光泛滟⑦翠松梢。多惭再入金门⑧籍,不敢为文学《解嘲》⑨。

【题解】

此诗作于大和二年(828)。当作于刘禹锡初充集贤学士之时。《旧唐书》卷一六〇《刘禹锡传》:"大和中,度在中书,欲令知制诰。执政又闻《诗序》,滋不悦。累转礼部郎中、集贤院学士。度罢知政事,禹锡求分司东都。终以恃才褊心,不得久处朝列。"白居易有诗《和集贤刘学士早朝作》:"吟君昨日早朝诗,金御炉前唤仗时。烟吐白龙头宛转,扇开青雉尾参差。暂留春殿多称屈,合入纶闱即可知。从此摩霄去非晚,鬓边未有一茎丝。"《白居易年谱》系诸大和二年。

【注释】

①传点:古朝房、官署和权贵之家以敲击云板报事或召集人员。点:云板。

②旌旌:崇本、朱本、《全唐诗》作"旌旗",是。

③龙首:龙首山。在陕西西安。《水经注》卷一九《渭水》下:"高祖在关东,令萧何成未央宫。何斩龙首山而营之。山长六十余里,头临渭水,尾达樊川。头高二十丈,尾渐下高五六丈,土色赤而坚,云昔有黑龙从南山出,饮渭水,其行道因山成迹。"

④阁:集贤阁。

⑤凤巢:《艺文类聚》卷九九引《尚书中候》:"尧即政七十载,凤皇止庭,巢阿阁谨树。"后因以"凤巢"指中书省。

⑥茏:崇本、《全唐诗》作"笼"。

⑦滟:朱本作"滥",误。

⑧金门:指金马门。亦代指朝廷。"门",崇本作"闱"。

⑨《解嘲》:汉扬雄作。序云:"哀帝时,丁傅董贤用事,诸附离之者起家至二千石。时雄方草创《太玄》,有以自守,泊如也。人有嘲雄以玄之尚白,雄解之,号曰《解嘲》。"

【汇评】

清胡以梅：此诗是梦得复入集贤院直学士时之作。先曾王叔文引入禁中，图议文诰，故云今"再入金门"。按扬子云《解嘲》，嫌老于执戟官职之小，今梦得虽云"不敢"，终嫌久仕官微，此诗之章旨也，读者知之。(《唐诗贯珠》)

浑侍中①宅牡丹

径尺千余朵，人间有此花。今朝见颜色，更不向诸家。

【题解】

此诗作于大和二年(828)春。《旧唐书》卷一七上《文宗纪》上：大和二年六月辛巳，"以天德军使李文悦为灵武节度使"。《旧唐书》卷一三四《浑瑊传》附《浑镮传》："镮，……元和初，出为丰州刺史、天德军使。""元和初"乃"大和初"之误。大和二年三月，刘禹锡抵长安。大和二年夏，浑镮赴丰州。《送浑大夫赴丰州》中有句"其奈明年好春日，无人唤看牡丹花"亦说明本年二人曾同看牡丹。

【注释】

①浑侍中：浑瑊。《旧唐书》卷一三四《浑瑊传》："浑瑊，皋兰州人也，本铁勒九姓部落之浑部也。""瑊本名曰进，年十余岁即善骑射，随父战伐。""安禄山构逆，瑊从李光弼出师河北，定诸郡邑。""兴元元年(784)正月，以瑊为行在都知兵马使。二月，赐实封五百户。……十二年(796)二月，加检校司徒，兼中书令，诸使、副元帅如故。十五年(799)十二月二日，薨于镇。"按：刘禹锡所交游者乃浑瑊之第三子浑镮。

【汇评】

宋胡仔：欧公《花品序》云："牡丹初不载文字，自则天已后始盛，如沈、宋、元、白之流，皆喜咏花，当时有一花之异，彼必形于篇什，而此寂无传焉。惟刘梦得有《咏鱼朝恩宅牡丹》，但云一丛千朵而已。"余谓欧公此言非是，观刘梦得、元微之、白乐天三人，其以牡丹形于篇什者甚众，乌得谓之"寂无传焉"？刘梦得乃是《咏浑侍中牡丹》，非咏鱼朝恩宅者，此亦欧公误记耳。其诗云："径尺千余朵，人间有此花。今朝见颜色，更不向诸家。"又《赏牡丹诗》云："庭前芍药妖无格，池上芙蕖净少情。唯有牡丹真国色，花开时节动京城。"又云："有此倾城好颜色，天教晚发赛诸花。"其诗若是，非独但云一丛千朵而已。(《苕溪渔隐丛话》)

赏牡丹

庭前芍药妖无格，池上芙蕖净少情。唯有牡丹真国色，花开时节动京城。

【题解】

此诗作年应同《浑侍中宅牡丹》，作于大和二年(828)春。此诗亦为历来诗人咏牡丹诗中之佳作。

送浑大夫①赴丰州② 自大鸿胪③拜，家承④旧勋。

风衔新诏⑤降恩华，又见旌旗出浑⑥家。故吏来辞辛属国⑦，精兵愿逐李轻车⑧。毡裘君长迎风惧⑨，锦领酋豪蹋雪衙。其奈明年好春日，无人唤看牡丹花。

【题解】

此诗作于大和二年(828)夏。《旧唐书》卷一七上《文宗纪》上,大和二年六月辛巳,"以天德军使李文悦为灵武节度使"。《旧唐书》卷一三四《浑瑊传》附《浑鐬传》:"鐬,……元和初,出为丰州刺史、天德军使。""元和初"乃"大和初"之误。

【注释】

①浑大夫:浑鐬。《旧唐书》卷一三四《浑瑊传》附《浑鐬传》:"鐬,瑊第三子,以父荫起家为诸卫参军,历诸卫将军。元和初,出为丰州刺史、天德军使。坐赃贬袁州司户,宪宗思咸宁之勋,比例从轻。"按:"元和初"为"大和初"之误,"宪宗"为"文宗"之误,"司户"为"司马"之误。《旧唐书》卷一七下《文宗纪》下:大和四年九月,"丁酉,前丰州刺史天德军使浑鐬坐赃七千贯,贬袁州司马"。

②丰州:今内蒙古自治区五原县。

③大鸿胪:官署名。秦及汉初称典客,景帝六年,更名大行令,武帝太初元年,改称大鸿胪,主掌接待宾客之事。东汉以后,大鸿胪主要职掌为朝祭礼仪之赞导。北齐始置鸿胪寺,唐一度改为司宾寺。

④承:崇本、《英华》作"丞",误。

⑤凤衔新诏:陆翙《邺中记》:"石季龙与皇后在观上为诏书,五色纸,着凤口中。凤既衔诏,侍人放数百丈绯绳,辘轳回转,凤凰飞下,谓之凤诏。凤凰以木作之,五色漆画,脚皆用金。"

⑥浑:《英华》作"汉",注云:"集作浑。"《全唐诗》注云:"一作汉。"

⑦辛属国:汉辛庆忌。《汉书》卷六九《辛庆忌传》:"辛庆忌字子真,少以父任为右校丞,随长罗侯常惠屯田乌孙赤谷城,与歙侯战,陷阵却敌。惠奏其功,拜为侍郎,迁校尉,将吏士屯焉耆国。"属国:《汉书》卷一九上《百官公卿表》上:"典属国,秦官,掌蛮夷降者。武帝元狩三年昆邪王降,复增属国,置都尉、丞、侯、千人。属官,九译令。成帝河平元年省并大鸿胪。"浑鐬自大鸿胪拜,又家承旧勋,与辛庆忌父子情况相仿,故有所云。

⑧李轻车:汉李广从弟李蔡,曾为轻车将军。

⑨惧:《全唐诗》作"驭"。

⑩领：朱本、《全唐诗》作"带"。《全唐诗》注："一作领。"

【汇评】

元方回：梦得诗句句精绝，其集曾自删选，故多佳者。视乐天之易不侔也。(《瀛奎律髓》)

清冯舒：送行之圣。(《瀛奎律髓汇评》)

清纪昀：无深味，而爽朗可颂(诵)。(同上)

首夏犹清和联句

记得谢家诗，清和即此时①。居易。余花②数种在，密叶几重垂。度。芳谢人人惜，阴成处处宜。禹锡。水苹争点缀，梁燕共追随。行式。乱蝶怜疏蕊，残莺恋③好枝。籍。草香殊未歇，云势渐多奇。居易。单服初宁体，新篁已出篱。度。与春为别近，觉日转行迟。禹锡。绕树风光少，侵阶苔藓滋。行式。惟思奉欢乐，长得在西池。籍。

【题解】

大和二年(828)夏联句。大和三年夏，白居易已赴洛阳。联句者为白居易、裴度、刘禹锡、□行式(卞孝萱《刘禹锡交游新考》考为韦行式)、张籍。

【注释】

①"记得"二句：谢灵运《游赤石进泛海》："首夏犹清和，芳草亦未歇。"沈德潜《古诗源》此诗后注云："张衡《归田赋》：'仲春令月，时和气清。'指二月言，此言首夏，犹之清和，芳草亦未歇也。后人以四月为清和，谬矣。"

②花：崇本作"华"。

③恋：朱本无此字。

蔷薇花联句

似锦如霞色,连春接夏开。禹锡。波红分影入,风好带香来。度。得地依东阁,当阶奉上台①。行式。浅深皆有态,次第暗相催。禹锡。满地愁英落,缘隄惜棹②回。度。芳浓③濡雨露,明丽隔尘埃。行式。似箸④烟⑤脂染,如经巧妇裁。居易。奈花无别计,只有酒残杯。籍。

西池落泉联句

东阁听泉落,能令野兴多。行式。散时犹带沫,淙处却①

跳波。度。偏②洗磷磷石,还惊泛泛鹅③。籍。色清尘不染,光白月相和。居易。喷雪萦松竹,攒珠溅芰荷。禹锡。对吟时合响,触树更摇柯。籍。照圃红分药,侵阶绿浸莎。居易。日斜车马散,余韵逐鸣珂。禹锡。

【题解】

大和二年(828)夏联句。大和三年夏,白居易已赴洛阳。联句者为□行式、裴度、张籍、白居易、刘禹锡。

【注释】

①却:崇本、朱本、《全唐诗》作"即"。

②偏:崇本、朱本作"偏"。

③崇本"鹅"下无"籍"字。

闻韩宾①擢第归觐以诗美之兼贺韩十五曹长②时韩牧永州③

零陵香草满郊坰,丹穴雏飞④入翠屏。孝若⑤归来呈⑥画赞⑦,孟阳⑧别后有山铭。兰陔⑨旧地花⑩才结,桂树新枝⑪色更⑫青。为报儒林丈人⑬道,如今从此⑭鬓星星。

【题解】

此诗作于大和二年(828),时刘禹锡宾客东都。

【注释】

①韩宾:《唐会要》卷七六《贡举》中《制科举》:"大和二年(828)闰三月,贤良方正能直言极谏科……韩宾……及第。"

②韩十五曹长:韩晔。曹长:唐人好以他名标榜官称,尚书丞郎、郎中相呼为"曹长"。韩晔曾为司封郎中,故称。

③韩牧永州:《旧唐书》卷一六《穆宗纪》:长庆元年(821)三月乙丑,"汀州刺史韩晔为永州刺史"。《新唐书》卷一六八《韩晔传》:"晔者,滉族子,有俊才。以司封郎中贬饶州司马。终永州刺史。"永州:今湖南零陵。

④丹穴雏飞:《山海经》卷一《南山经·南次三经》:"丹穴之山……有鸟焉,其状如鸡,五采而文,名曰凤凰。"

⑤孝若:夏侯湛。《晋书》卷五五《夏侯湛传》:"夏侯湛,字孝若,谯国谯人也。祖威,魏兖州刺史。父庄,淮南太守。湛幼有盛才,文章宏富,善构新词,而美容观,与潘岳友善,每行止同舆接茵,京都谓之'连璧'。"

⑥呈:《全唐诗》作"成",注云:"一作呈。"

⑦画赞:《文选》载夏侯湛作《东方朔画赞(并序)》中有言曰:"大人来守此国,仆自京都言归定省,睹先生之县邑,想先生之高风;徘徊路寝,见先生之遗像;逍遥城郭,观先生之祠宇。慨然有怀,乃作颂焉。"

⑧孟阳:张载。《晋书》卷五五《张载传》:"张载,字孟阳,安平人也。父收,蜀郡太守。载性闲雅,博学有文章。太康初,至蜀省父,道经剑阁。载以蜀人恃险好乱,因著铭以作诫……益州刺史张敏见而奇之,乃表上其文,武帝遣使镌之于剑阁山焉。"

⑨兰陔:《诗·小雅·南陔序》:"《南陔》,孝子相戒以养也……有其义而亡其辞。"晋束皙承此旨而作《补亡》诗:"循彼南陔,言采其兰;眷恋庭闱,心不遑安。"后以"兰陔"为孝养父母之典。"陔",《英华》作"陵",误。

⑩花:明本、朱本作"多"。《全唐诗》注云:"一作多。"

⑪桂树新枝:意为登第。《晋书》卷五二《郤诜传》:"武帝于东堂会送,问诜曰:'卿自以为何如?'诜对曰:'臣举贤良对策,为天下第一,犹桂林之一枝,昆山之片玉。'帝笑。"后因以"折桂"谓科举及第。

⑫更:崇本、《英华》作"尚",《全唐诗》注云:"一作尚。"

⑬儒林丈人:《晋书》卷三九《王沈传》:"时魏高贵乡公好学有文才,引沈及裴秀数于东堂讲宴属文,号沈为文籍先生,秀为儒林丈人。"此处指韩宾父韩晔。

⑭从此:崇本作"从放",《英华》作"纵放"。

【汇评】

清何焯:次连李义山偷取入四六。(卞孝萱《刘禹锡诗何焯批语考订》)

答东阳于令涵碧图诗① 并引

东阳令于兴宗②,丞相燕国公之犹子。生绮襦纨绔间,所见皆贵盛,而挈③然有心如山东书生④。前年白有司,愿为亲民官以自效,遂补东阳。及莅官,以简易为治,故多暇日。一旦于县五里偶得奇境,埋没于翳荟中。于生自以有特⑤操而生于公侯家,由覆阴入仕,常忽忽叹息。因移是心,开抉泉石,芟去萝茑,斧凡材,舂息壤,而清溪翠岩森立坌⑥来。因构亭其端,题曰涵碧。碧⑦流贯于庭中,如青龙蜿蜒,冰去⑧激射人。树石云霞列于前,昏旦万状。惜其居地不得有闻于时,故图之来乞词,既无负尤物。予亦久翳⑨萝茑者,睹之慨然,遂赋七言,以贻后之文士⑩。

东阳本是佳山水,何况曾经沈隐侯⑪。化得邦人解吟咏,如今县令亦风流。新开潭洞疑仙境,远写丹青到雒州⑫。落在寻常画师手,犹能三伏凛生秋。

【题解】

此诗作于大和二年(828)。卞孝萱《刘禹锡年谱》大和二年戊申(828)载:"引云:'东阳令于兴宗……前年白有司,愿为亲民官以自效,遂补东阳。'据党金衡、王恩注等《东阳县志》卷六《政治志》二《名宦·于兴宗》云:'宝历二年,补是邑。'禹锡赋诗,在于兴宗补东阳之后二年,应为大和二年。

诗有'远写丹青到雍州'之句,知确为在长安所作。"于兴宗《东阳涵碧亭》诗云:"高低竹杂松,积翠复留风。路剧阴溪里,寒生暑气中。"

【注释】

①涵碧图诗:"涵",《全唐诗》作"寒"。崇本无"诗"字。

②东阳令于兴宗:《旧唐书》《新唐书》均无传。《全唐诗》卷五六四载小传云:"于兴宗,大中时御史中丞,守绵州,后为扬州节度。"此诗《引》云:"于兴宗,丞相燕国公之犹子。"燕国公:于頔,德宗朝累迁左仆射、平章事,封燕国公。犹子:指侄子。东阳:今浙江东阳市。

③挈:崇本作"絜"。

④山东书生:即"山东出相"意。《汉书》卷六九《赵充国辛庆忌传》:"秦、汉已来,山东出相,山西出将。"

⑤特:崇本作"持"。

⑥坌(bèn):聚积。

⑦崇本无"碧"字。

⑧去:崇本、明本、朱本、《全唐诗》皆作"去声"。

⑨崇本"翳"下有"荟"字。

⑩崇本"士"下有"矣"字。

⑪沈隐侯:沈约。详见《武陵书怀五十韵》注㉚。

⑫雝州:即"雍州",唐京兆尹府也。"雝",崇本、朱本作"雍"。

答白刑部闻新蝉

蝉声未发前,已自感流年。一入凄凉耳,如闻断续弦。晴清依露叶,晚急思①霞天。何事秋卿咏,逢时亦②悄然。

【题解】

此诗作于大和二年(828)。《旧唐书》卷一七上《文宗纪》上:大和二年二月乙巳,"秘书监白居易为刑部侍郎"。《旧唐书》卷一六六《白居易传》:"大和二年正月,转刑部侍郎……三年,称病东归,求为分司官,寻除太子宾客。"据此,可知作年。白居易《闻新蝉赠刘二十八》:"蝉发一声时,槐花带两枝。只应催我老,兼遣报君知。白发生头速,青云入手迟。无过一杯酒,相劝数开眉。"

【注释】

①思:朱本、《全唐诗》作"畏"。

②亦:朱本作"一"。

【汇评】

清何焯:梦得诗往往空阔有咫尺万里之势。(蝉声联)取"新"字,却过一步。(逢时句)取前四句浑然。(卞孝萱《刘禹锡诗何焯批语考订》)

早秋集贤院^①即事 时为学士

金数已三伏,火星正西流。树含秋^②露晓,阁倚碧天秋。灰琯^③应新律,铜壶^④添夜筹。商飙^⑤从朔塞,爽气入神州。蕙草香书殿,槐花点御沟^⑥。山明真色见,水净^⑦浊烟收。早岁忝华省^⑧,再来成白头。幸依群玉府^⑨,有路向瀛洲^⑩。

【题解】

此诗为大和二年(828)刘禹锡初任集贤殿学士时所作。此时距永贞革新已远,诗人逐渐从困境中走出,诗中流露出腾达之望。

【注释】

①集贤院:官署名。掌管秘书图籍等事。

②秋:崇本作"清"。

③灰琯:又作"灰管"。古代候验节气变化的器具。以葭莩之灰置于律

管,故名。《晋书》卷一六《律历志上》:"又叶时日于晷度,效地气于灰管,故阴阳和则景至,律气应则灰飞。"

④铜壶:古代铜制壶形的计时器。

⑤商飙:亦作"商猋"。秋风。

⑥《全唐诗》"沟"下注云:"一作楼。"

⑦净:朱本、《全唐诗》作"静",《全唐诗》注云:"一作净。"

⑧华省:指亲贵者的官署。

⑨群玉府:即"册府"。古时帝王藏书的地方。此处指集贤院,因集贤院掌秘籍图书,亦为册府。

⑩"有路"句:瀛洲:传说中的仙山。《史记》卷六《秦始皇本纪》:"齐人徐市等上书,言海中有三神山,名曰蓬莱、方丈、瀛洲,仙人居之。"《新唐书》卷一〇二《褚亮传》:"武德四年,太宗为天策上将军,寇乱稍平,乃乡儒,宫城西作文学馆,收聘贤才。……每暇日,访以政事,讨论坟籍,榷略前载,无常礼之间。命阎立本图象,使亮为之赞,题名字爵里,号'十八学士',藏之书府,以章礼贤之重。方是时,在选中者,天下所慕问,谓之'登瀛洲'。"此句意指刘禹锡流落之际生腾达之望。《全唐诗》作"末路尚瀛洲","末"下注云:"一作有。""尚"下注云:"一作向。"

秋日书怀寄河南王尹①

公府想无事,西池秋水清。去年为狎客,永日奉高情。况有台上月,如闻云外笙。不知桑落酒②,今岁与谁倾。

【题解】

此诗作于大和二年(828)秋,时刘禹锡在长安任主客郎中。《旧唐书》卷一七上《文宗纪》上:宝历二年,"八月丙申朔,……以工部侍郎王播(按:应为璠)为河南尹"。大和二年冬十月,"己卯,以河南尹王璠为右丞"。诗云"去年为狎客"当指禹锡在洛阳与王璠酒筵事。

【注释】

①河南王尹:王璠。《旧唐书》卷一六九、《新唐书》卷一七九有传。

②桑落酒:《水经注·河水四》:"(河东郡)民有姓刘名堕者,宿擅工酿,采挹河流,酿成芳酎,悬食同枯枝之年,排于桑落之辰,故酒得其名矣。"

大和戊申①岁大有年②诏赐百僚出城观秋稼谨书盛事以俟采诗者③

长安铜雀鸣④,秋稼与云平。玉烛调寒暑,金风报⑤顺成⑥。川原呈上瑞,恩泽赐闲行。欲及重城掩⑦,犹闻歌吹⑧声。

【题解】

此诗作于大和二年(828)秋。是年农作物丰收,百官奉诏出城观秋稼,因作诗以记盛事。

【注释】

①大和戊申:唐文宗大和二年(828)。

②大有年:大丰收年。《谷梁传》宣公十六年:"冬,大有年。五谷大熟为大有年。"

③采诗者:《汉书》卷二四《食货志》上:"孟春之月,群居者将散,行人振木铎徇于路以采诗,献之大师,比其音律,以闻于天子。"

④铜雀鸣:蒋注引《三辅黄图·建章宫》:"古歌云:'长安城西有双阙,上有双铜雀,一鸣五谷生,再鸣五谷熟。'"

⑤《全唐诗》"报"下注:"一作振。"

⑥顺成:风调雨顺,五谷丰收。

⑦欲及重城掩:《英华》作"欲返皇城掩"。"及",《全唐诗》作"反",注云:"一作及。"《全唐诗》"重"下注云:"一作皇。"

⑧《全唐诗》"吹"下注云:"一作舞。"

和裴相公寄白侍郎求双鹤

皎皎华亭鹤,来①随太守船。白君罢吴郡太守,携鹤雏来②。青云意长在③,沧海别④经年。留滞清洛苑,裴回明月天。何如凤池⑤上,双舞入祥烟。

【题解】

此诗作于大和二年(828)。《旧唐书》卷一六六《白居易传》:"大和二年正月,转刑部侍郎。"《白居易年谱》系《送鹤与裴相临别赠诗》于大和二年。裴度《白二十二侍郎有双鹤留在洛下予西园多野水长松可以栖息遂以诗请之》:"闻君有双鹤,羁旅洛城东。未放归仙去,何如乞老翁。且将临野水,莫闭在樊笼。好是长鸣处,西园白露中。"

【注释】

①来:朱本作"未",误。

②携鹤雏来:"鹤雏",朱本、《全唐诗》作"双鹤"。朱本无"来"字。

③青云意长在:《全唐诗》注云:"一作青云长在意。"

④别:朱本作"到"。

⑤凤池:即凤凰池。禁苑中池沼。魏晋南北朝时设中书省于禁苑,掌管机要,接近皇帝,故称中书省为"凤凰池"。

和乐天送鹤上裴相公别鹤之作

昨日看成送鹤诗,高枕①提出白云词②。朱门乍入应迷路,玉树容栖莫拣枝。双舞庭中花落处,数声池上月明时。三山碧海不归去,且向人间呈羽仪③。

【题解】

此诗作于大和二年(828)。白居易《送鹤与裴相临别赠诗》:"司空爱尔尔须知,不信听吟送鹤诗。羽翮势高宁惜别,稻粱恩厚莫愁饥。夜栖少共鸡争树,晓浴先饶凤占池。稳上青云勿回顾,的应胜在白家时。"《白居易年谱》系诸大和二年。

【注释】

①枕:崇本、朱本、《全唐诗》作"笼"。

②白云词:应作"白云司"。叶庭珪《海录碎事》:"黄帝以云纪官,秋官为白云。《类要》:刑部曰白云司职,人命是悬。""词",崇本作"辞",朱本、《全唐诗》作"司",是。

③羽仪:《周易正义》卷五《渐卦》:"鸿渐于陆;其羽可用为仪。"孔颖达疏:"处高而能不以位自累,则其羽可用为物之仪表,可贵可法也。"后因以"羽仪"比喻居高位而有才德,被人尊重或堪为楷模。

【汇评】

清胡以梅:诗中骨气,最占地位。黄帝以云纪官,秋官为白云,一经名公,自有春秋,骨性使然,香山则安于肤浅也。(《唐诗贯珠》)

又:鹤有怨则唳,故六言"数声"之后,忆三山而不去,却供人耳目之玩,内意亦借以喻趋走高门之徒。(同上)

终南秋雪

南岭见秋雪，千门生①早寒。闲时驻马望，高处卷帘看。雾散琼枝出，日斜铅粉残。偏宜曲江上，倒影入清澜。

【题解】

此诗作于大和二年(828)。白居易有《和刘郎中望终南山秋雪》诗云："遍览古今集，都无秋雪诗。阳春先唱后，阴岭未消时。草讶霜凝重，松疑鹤散迟。清光莫独占，亦对白云司。"《白居易年谱》系诸大和二年。据"亦对白云司"句，可知白居易时在刑部，应为大和二年。

【注释】

①生：朱本作"坐"，误。

【汇评】

清李因培：意别能出祖咏作外（"偏宜曲江上，倒影入清澜"下）。（《唐诗观澜集》)

和乐天早寒①

雨引苔侵壁，风驱叶拥阶。久留闲客话，宿请老僧斋。酒瓮新陈接，书签②次第排。脩③然自有处，摇落不伤怀。

【题解】

此诗作于大和二年(828)。白居易《早寒》："黄叶聚墙角，青苔围柱根。

被经霜后薄,镜遇雨来昏。半卷寒檐幕,斜开暖阁门。迎冬兼送老,只仰酒盈尊。"《白居易年谱》系诸大和二年。两相比较,白诗充盈萧索之气,刘诗之"脩然自有处,摇落不伤怀"则有通达之气。

【注释】

①寒:朱本作"塞",误。

②书签:悬于卷轴一端或贴于封面的署有书名的竹、牙片,纸或绢条。指代书籍。

③脩:崇本、朱本、《全唐诗》作"翛"。

同乐天送河南冯尹学士①

可怜玉马②风流地,暂辍金貂③侍从才。阁上掩书④刘向去,门前修刺⑤孔融来⑥。崤陵⑦路静寒无雨,洛水⑧桥长昼起雷。共⑨羡府中棠棣⑩好,先于城外百花开⑪。

【题解】

此诗作于大和二年(828)。《旧唐书》卷一七上《文宗纪》上:大和二年十月己卯,"以左散骑常侍冯宿为河南尹"。

【注释】

①《英华》题为"送河南尹冯学士赴任"。河南冯尹:冯宿。《旧唐书》卷一六八、《新唐书》卷一七七皆有传。

②玉马:详见《后梁宣明二帝碑堂下作》注②。"玉",《全唐诗》作"五"字,注云:"一作玉。"

③金貂:皇帝左右侍臣的冠饰。汉始,侍中、中常侍之冠,于武冠上加黄金珰,附蝉为文,貂尾为饰,谓之赵惠文冠。借称侍从贵臣。

④阁上掩书:《三辅黄图》卷六:"刘向于成帝之末,校书天禄阁,专精覃

思。夜有老人著黄衣,植青藜杖,叩阁而进。见向暗中独坐诵书,老父乃吹杖端,烟然,因以见向,授五行洪范之文。"

⑤门前修刺:《后汉书》卷七〇《孔融传》:"融幼有异才。年十岁,随父诣京师。时河南尹李膺以简重自居,不妄接宾客,敕外自非当世名人及与通家,皆不得白。融欲观其人,故造膺门。语门者曰:'我是李君通家子弟。'门者言之。膺请融,问曰:'高明祖父尝与仆有恩旧乎?'融曰:'然。先君孔子与君先人李老君同德比义,而相师友,则融与君累世通家。'众坐莫不叹息。"修刺:置备名帖,作通报姓名之用。

⑥《全唐诗》注云:"冯自馆阁出为河南尹。"

⑦崤陵:即崤山二陵。崤,也作"殽"。《左传·僖公三十二年》:"晋人御师必于殽,殽有二陵焉。其南陵,夏后皋之墓也;其北陵,文王之所辟风雨也。"杨伯峻注:"二陵者,东崤山与西崤山也。"

⑧水:《英华》作"下",注云:"集作水。"

⑨共:《英华》作"却",注云:"集作共。"《全唐诗》注云:"一作却。"

⑩棠棣:也作"常棣"。《诗·小雅·常棣》:"常棣之华,鄂不韡韡。凡今之人,莫如兄弟"。后常用以指兄弟。

⑪《英华》、《全唐诗》句末注云:"时公伯仲四人并以显官居洛,士宗荣之。"

【汇评】

元方回:自馆阁出为河南尹,故三、四用事如此之精。(《瀛奎律髓》)

清吴乔:用古,能道意述事则有情。刘禹锡送馆阁出尹河南者云:"阁上掩书刘向去,门前修刺孔融来。"是用古述事者也。(《围炉诗话》)

清何焯:三、四死事捉对,却非作者佳处。(卞孝萱《刘禹锡诗何焯批语考订》)

清姚鼐:此应酬诗,却有气色。(《七言今体诗钞》)

清纪昀:后四句不佳。(《瀛奎律髓汇评》)

清赵臣瑗:五、六,谓是写河南风景乎,而正不仅写河南风景已也。"寒无雨",叹河南一路,久未沾良牧恩膏也;"昼起雷",讽冯公此去,慎毋赦当道豺狼也。(《山满楼笺注唐诗七言律》)

475

和乐天以镜换酒

　　把取菱花百炼镜①,换他竹叶②十旬③杯。嚬眉厌老终难去,蘸甲④须欢便到来。妍丑太分迷忌讳,松乔⑤俱傲绝嫌猜。校量功力相千万,好去从空白玉台⑥。

【题解】

　　此诗作于大和二年(828)。白居易诗《镜换杯》:"欲将珠匣青铜镜,换取金尊白玉卮。镜里老来无避处,樽前愁至有消时。茶能散闷为功浅,萱纵忘忧得力迟。不似杜康神用速,十分一盏便开眉。"白诗系诸大和二年,从之。

【注释】

　　①百炼镜:晋王嘉《拾遗记·方丈山》:"有池方百里,水浅可涉,泥色若金而味辛。以泥为器,可作舟矣。百炼可为金,色青,照鬼魅犹如石镜,魑魅不能藏形矣。"后人因称精炼的铜镜为"百炼镜"。

　　②竹叶:酒名。即竹叶青。

　　③十旬:酒名。亦代指酒。张衡《南都赋》:"酒则九酝甘醴,十旬兼清。"《文选》李善注:"十旬,盖清酒百日而成也。"刘良注:"九酝、十旬皆酒名。""旬",朱本作"分"。

　　④蘸甲:酒斟满,捧觞蘸指甲。表示畅饮。

　　⑤松乔:赤松子和王子乔。《搜神记》卷一:"赤松子者,神农时雨师也。服冰玉散,以教神农,能入火不烧。至昆仑山,常入西王母石室中,随风雨上下。炎帝少女追之,亦得仙,俱去。至高辛时,复为雨师,游人间。今之雨师本是焉。"王子乔,详见《鹤叹二首》注⑨。

　　⑥白玉台:即玉镜台。《世说新语·假谲》:"温公丧妇,从姑刘氏,家值乱离散,唯有一女,甚有姿慧,姑以属公觅婚。公密有自婚意,答云:'佳婿

难得,但如峤比云何?'姑云:'丧败之余,乞粗存活,便足慰吾余年,何敢希汝比?'却后少日,公报姑云:'已觅得婚处,门地粗可,婿身名宦,尽不减峤。'因下玉镜台一枚。姑大喜。既婚,交礼,女以手披纱扇,抚掌大笑曰:'我固疑是老奴,果如所卜!'玉镜台,是公为刘越石长史,北征刘聪所得。"

和令狐相公郡斋对紫微①花

明丽碧天霞,芊茸②紫绶花。香闻荀令宅③,艳入孝王④家。几岁自荣乐⑤,高情方叹嗟。有人移上苑,犹足⑥占年华。

【题解】

此诗作于大和二年(828)十月前,为刘禹锡回长安之后所作。《旧唐书》卷一七上《文宗纪》上,大和二年十月癸酉,"以逢吉为宣武军节度使,代令狐楚;以楚为户部尚书"。令狐楚原作已佚。

【注释】

①紫微:紫绶,又称满堂红、百日红。"微",朱本、《全唐诗》作"薇"。

②芊(fēng)茸:草木茂盛。"芊",朱本、《全唐诗》作"丰"。

③"香闻"句:《太平御览》卷七〇三《服用部》五引《襄阳记》曰:"刘和季性爱香,上厕置香炉。主簿张坦曰:'却墅公作俗人,贞不虚也。'和季曰:'荀令君至人家坐处三日香,君何恶我爱好也?'"荀令君:荀彧,曾任尚书令,人称"荀令君"。

④孝王:西汉梁孝王刘武。《汉书》卷四七《文三王传》:"孝王,太后少子,爱之,赏赐不可胜道。于是孝王筑东苑,方三百余里,广睢阳城七十里,大治宫室,为复道,自宫连属于平台三十余里。"颜师古注引如淳曰:"平台在大梁东北,离宫所在也。"

⑤乐:朱本作"落",《全唐诗》注云:"一作辱。"

⑥足:朱本作"是"。

477

夏日寄宣武令狐相公

长忆梁王逸兴多,西园花尽兴如何?近来潦暑侵亭馆,应觉清谈胜绮罗。境入篇章高韵发,风穿号令众心和。承明①欲谒先相报,愿拂朝衣逐晓珂②。

【题解】

此诗作于大和二年(828)夏。《旧唐书》卷一七上《文宗纪》上,大和二年十月癸酉,"以逢吉为宣武军节度使,代令狐楚;以楚为户部尚书"。高志忠《校注》按云:"盖先有夏日'承明欲谒先相报',继有令狐楚冬之上表'愿朝正月',终有'癸酉'之'以楚为户部尚书'。"瞿蜕园《笺证》按云:"《令狐公集纪》云:'文宗纂服,三年冬,上表以大臣未识天子,愿朝正月。'所谓三年乃并宝历二年(826)文宗已即位言之,非谓大和三年(829)也,盖楚出镇已久,请觐甚殷,禹锡已逆知之,故有'承明欲谒先相报'之句,亦足见禹锡盼楚入相之意至切。"

【注释】

①承明:古代天子左右路寝称承明,因承接明堂之后,故称。
②珂:马笼头的装饰。

和令狐相公入潼关①

寒光照旄节,关路晓无尘。吏谒前丞相②,山迎旧主人③。
东瞻军府静,西望敕书频。心共黄河水,同升天汉津④。

此诗作于大和二年(828)冬。《旧唐书》卷一七上《文宗纪》上:大和二年冬十月癸酉,"以逢吉为宣武军节度使,代令狐楚;以楚为户部尚书"。此诗为令狐楚重回长安入相所作。

【注释】

①潼关:今陕西潼关县北。

②前丞相:令狐楚于元和十四年(819)入相。

③"山迎"句:《旧唐书》卷一七二《令狐楚传》:"元和十三年四月,出为华州刺史。"山:华山。

④"心共"二句:用星槎上汉典。详见《逢王十二学士入翰林因以诗赠》注③。

和令狐相公初归京国赋诗言怀

凌云羽翮挨天才,扬历中枢与外台①。相印昔辞东阁②去,将星还拱北辰来。殿庭捧日影缨入,阁道③看山曳履回。口不言功心自适,吟诗酿酒待花开。

【题解】

此诗作于大和二年(828)。《旧唐书》卷一七上《文宗纪》上:大和二年冬十月,"癸酉,以尚书右仆射、同平章事窦易直检校左仆射、同平章事,充山南东道节度使、临汉监牧等使,代李逢吉;以逢吉为宣武军节度使,代令狐楚;以楚为户部尚书"。令狐楚原诗今不传。

【注释】

①外台:参见《河南王少尹宅宴张常侍白舍人兼呈卢郎中李员外二副使》注⑩。

②东阁:古代称宰相招致、款待宾客的地方。

③阁道:瞿蜕园《笺证》注云:"此指含元殿前之龙尾道,正对终南山也。"

和令狐相公以司空裴相①见招南亭②看雪四韵

　　重门不下关,枢务有余闲。上客同看雪,高亭尽见山。瑞呈霄汉外,兴入笑言间。知是平阳③会,人人带酒还。

【题解】

　　此诗作于大和二年(828)冬。瞿蜕园《笺证》按云:"裴度曾以草制不合旨,使令狐楚因之罢学士,楚与皇甫镈亲厚,得其援引为相,而度严劾镈,两人臭味不同如此。而大和初年同在朝列,其势不得不释嫌,至其心能否无芥蒂,则难言矣。禹锡周旋二人之间,或不无弥缝之意,此诗暗用萧、曹之事,可以微窥其旨。据诗中时令,当是大和二年(828)冬所作。"今从瞿说。

【注释】

①朱本"相"下有"公"字。

②南亭:未详所在。

③平阳:平阳侯曹参。《汉书》卷三九《曹参传》:"参代何为相国,举事无所变更,壹遵何之约束。……日夜饮酒。卿大夫以下吏及宾客见参不事事,来者皆欲有言。至者,参辄饮以醇酒,度之欲有言,复饮酒,醉而后去,终莫得开说,以为常。"

送王司马之陕州 自太常丞授^①,工^②为诗。

暂辍清斋^③出太常,空携诗卷赴^④甘棠^⑤。府公^⑥既有朝中旧^⑦,司马应容酒后狂^⑧。案牍来时唯署字,风烟入兴便成章。两京大道多游客,每遇词人战一场。

【题解】

此诗作于大和二年(828)。瞿蜕园《笺证》按云:"白居易送建诗云:'陕州司马去何如! 养静资贫两有余。公事闲忙同少尹,俸钱多少敌尚书。只携美酒闲为伴,惟作新诗趁下车。自有铁牛无咏者,计君投刃必应虚。'又有《别陕州王司马》诗云:'笙歌惆怅欲为别,风景阑珊初过春。争得遣君诗不苦? 黄河岸上白头人。'居易以大和二年(828)授刑部侍郎在京,故得与禹锡同送,其第二诗则三年春罢刑部侍郎归洛阳过陕州所作也。观此知建赴司马与王起赴镇约略同时,而禹锡此诗定作大和二年(828)也。"王司马:指王建。《唐诗纪事》卷四四:"王建赴陕州司马,乐天、梦得以诗送之。"

【注释】

①自太常丞授:瞿蜕园《笺证》:"《唐诗纪事》云建为太府丞,盖即据建之诗中自述,此诗注云自太常丞授,诗又云'暂辍清斋出太常',则必自太府丞迁太常丞也。太常丞从五品,太府丞从六品。"

②工:朱本作"王",误。

③清斋:《后汉书》卷七九下《周泽传》:"周泽字稺都,北海安丘人也。……复为太常。清洁循行,尽敬宗庙。常卧疾斋宫,其妻哀泽老病,窥问所苦。泽大怒,以妻干犯斋禁,遂收送诏狱谢罪。当世疑其诡激。时人为之语曰:'生世不谐,作太常妻,一岁三百六十日,三百五十九日斋。'"

④《全唐诗》"赴"下注云:"一作过。"

⑤甘棠:详见《朗州窦员外见示与澧州元郎中郡斋赠答长句二篇因以

继和》注⑪。

　　⑥府公：六朝时王府僚属称其主为府公；唐、五代时官府幕僚沿旧习，称节度使、观察使为府公。

　　⑦《全唐诗》"旧"下注云："一作画。"

　　⑧"司马"句：《汉书》卷七七《盖宽饶传》："盖宽饶字次公，魏郡人也。""宽饶初拜为司马……擢为司隶校尉，刺举无所回避，小大辄举，所劾奏众多，廷尉处其法，半用半不用，公卿贵戚及郡国吏县使至长安，皆恐惧莫敢犯禁，京师为清。平恩侯许伯入第，丞相、御史、将军、中二千石皆贺，宽饶不行。许伯请之，乃往，从西阶上，东乡特坐。许伯自酌曰：'盖君后至。'宽饶曰：'无多酌我，我乃酒狂。'丞相魏侯笑曰：'次公醒而狂，何必酒也？'坐者皆属目卑下之。酒酣乐作，长信少府檀长卿起舞，为沐猴与狗斗，坐皆大笑。宽饶不说，卬视屋而叹曰：'美哉！然富贵无常，忽则易人，此如传舍，所阅多矣。唯谨慎为得久，君侯可不戒哉！'因起趋出，劾奏长信少府以列卿而沐猴舞，失礼不敬。"

【汇评】

宋黄彻：退之《和刘使君》云："吏人休报事，公作送春诗。"梦得《送王司马之陕州》云："案牍来时惟署字，风烟入兴便成章。"自俗吏观之，皆可坐不了事之目也。（《䂬溪诗话》）

谢淮南廖参谋①秋夕见过之作 休公②昔为扬州从事参谋，从释子③反初服④。

　　扬州从事夜相寻，无限新诗月下吟。初服已惊⑤玄发长，高情犹向碧⑥云深。语余时举一杯酒，坐久方闻数⑦处砧。不逐繁华访闲散，知君摆落俗人心。

【题解】

此诗作于大和二年(828)秋。《送廖参谋东游》有句"九陌逢君又别离",九陌指长安。可知此诗作年当早于《送廖参谋东游》诗,且应作于长安。

【注释】

①谢淮南廖参谋:"谢",明本、朱本、《全唐诗》作"酬"。崇本作"誷"。淮南廖参谋:未详。

②休公:汤惠休。《宋书》卷七一《徐湛之传》:"时有沙门释惠休,善属文,辞采绮艳,湛之与之甚厚。世祖命使还俗。本姓汤,位至扬州从事史。""休",崇本无,明本、《全唐诗》作"林",误。

③释子:僧徒的通称。取释迦弟子之意。

④反初服:重穿以前的衣服。此处指僧尼还俗。崇本无"服"字。

⑤《全唐诗》"惊"下注云:"一作经。"

⑥《全唐诗》"碧"下注云:"一作白。"

⑦数:《全唐诗》作"四",注云:"一作数。"

【汇评】

宋胡仔引蔡宽夫《诗话》云:唐搢绅自浮屠易业者颇多,刘禹锡《答廖参谋》:"初服已惊白发长,高情犹向碧云深。"李义山呈令狐相公诗曰:"白足禅僧思败道,青袍御史欲休官。"以指其座中人,皆显言之,盖当时自不以为讳;近世言还俗,虽里民且耻之也。(《苕溪渔隐丛话》)

元方回:第四句妙。言已还俗,犹不能忘情于僧也。(《瀛奎律髓》)

清何焯:五、六句法闲淡。末联"见过"作结。(《瀛奎律髓汇评》)

清纪昀:论梦得(按:方回论:"刘梦得诗格高,在元、白之上,长庆以后诗人皆不能及。且是句句分晓,不吃气力,别无暗昧关锁。")是,然以论梦得此二诗(按:《谢淮南廖参谋秋夕见过之作》、《送景玄师东归》)则未是。二诗乃梦得之不佳者。(同上)

又:此盖言其不忘吟诗耳。以为不忘僧,谬甚。起二句并五、六句皆率意。(同上)

483

同白二十二赠王山人^①

　　爱名之世忘名客，多事之时无事身。古老^②相传见来^③久，岁年虽变貌长^④新。飞章^⑤上达三清路，受箓平交五岳神。笑听冬冬朝暮鼓^⑥，只能催得市朝人。

【题解】

　　此诗作于大和二年(828)。白居易有诗《赠王山人》云："玉芝观里王居士，服气餐霞善养身。夜后不闻龟喘息，秋来唯长鹤精神。容颜尽怪长如故，名姓多疑不是真。贵重荣华轻寿命，知君闷见世间人。"白诗系诸大和二年，从之。

【注释】

①王山人：居士王旻。
②老：朱本作"来"。
③来：朱本作"未"。
④长：朱本、《全唐诗》作"常"。
⑤飞章：报告急变或急事的奏章。
⑥冬冬朝暮鼓：冬冬鼓：街鼓的俗称。唐时设置在京城街道的警夜鼓。《新唐书》卷九八《马周传》："先是京师晨暮传呼以警众，后置鼓代之，俗曰'冬冬鼓'。"

【汇评】

　　元方回：刘公诗才，读即高似他人，浑若天成。(《瀛奎律髓》)

　　清纪昀：此评不错，而非此诗之谓也。已逗江西一派，五、六鄙甚。(《瀛奎律髓汇评》)

题集贤阁①

凤池②西畔图书府③,玉树玲珑景气闲。长听余风送天乐,时登高阁望人寰。青山雪④绕栏干外,紫殿⑤香来步武间。曾是先贤翔集地,每看壁记⑥一惭颜。

【题解】

此诗作于大和二年(828),白居易《和刘郎中学士题集贤阁》诗云:"朱阁青山高库齐,与君才子作诗题。傍闻大内笙歌近,下视诸司屋舍低。万卷图书天禄上,一条风景月华西。欲知丞相优贤意,百步新廊不蹋泥。"白诗系诸大和二年,从之。

【注释】

①集贤阁:即"集贤院"。官署名,掌管秘书图籍等事。

②凤池:详见《和裴相公寄白侍郎求双鹤》注⑤。

③图书府:集贤院掌天下图书,故称"图书府"。

④雪:崇本、朱本、《全唐诗》作"云"。

⑤紫殿:帝王宫殿。紫微垣十五星,称紫宫,为皇极之地,故皇帝所居为紫宫、紫殿。

⑥壁记:嵌在墙上的碑记。

田顺郎歌

清歌不是世间音,玉殿尝闻①称主心。唯有顺郎全学得,一声飞出九重深。

此诗作于大和二年(828)。高志忠《刘禹锡诗文系年》按云:"《白集》卷第二十六有《听田顺儿歌》,《白居易年谱》系诸大和二年。《刘禹锡集笺证》云'《听田顺儿歌》诗(卷二六):夏玉敲冰声未停,嫌云不遏入青冥。争得黄金满衫袖,一时抛与断年听。'按:田顺儿即田顺郎。贞元时著名歌童。《乐府杂录》:唐贞元中有田顺郎,曾为宫中御史娘子。《刘禹锡集》卷三五(高按:应为二五)《与歌童田顺郎》:天下能歌御史娘,花前叶底奉君王。九重深处无人见,分付新声与顺郎。考御史娘原系歌者之名,田顺郎乃御史娘之弟子。冯翊《桂苑丛谈》云:国乐有永新妇,御史娘。柳青娘,皆一时之妙。《诗话总龟》前集卷四○误刘氏《与歌童田顺郎》题为《与御史娘》,时代不合。盖刘禹锡难与御史娘同时。又胡震亨《唐音癸签》卷十三《乐通》二谓:御史娘乃贞元时宫中御史娘子田顺,皆以善歌闻,详见《乐府杂录》。所考亦误。宋长白《柳亭诗话》卷十一云:刘梦得《与歌童田顺郎》诗:天下能歌御史娘……《乐府杂录》云:贞元中有善歌者田顺,为宫中御史娘子。今据此诗,又似御史娘授曲于田顺者,呼之曰郎,则非娘子可知。其次章亦云:惟有顺郎全学得,一声飞出九重深。宋氏所考良是。惟于《乐府杂录》御史娘子仍疑莫能解。任半塘《教坊记笺订·曲名》云:按:《乐府杂录》但曰:贞元中有田顺郎,曾为宫中御史娘子,下接叙他事,子上必脱弟字。不然,田既为郎,何以又为娘子?与意显忤。当以刘诗所述为是。所考盖可补宋氏之不足。'《白居易年谱》所笺甚是,兹从之,系禹锡上二诗于本年。"

①《全唐诗》"闻"下注云:"一作开。"

与歌童田顺郎

天下能①歌御史娘②,花前月③底奉君王。九重深处无人见,分付新声与顺郎。

此诗作于大和二年(828)。编年参看《田顺郎歌》。

【注释】

①下能:《英华》作"上龙"。《全唐诗》"下"下注云:"一作上。""能"下注云:"一作龙。"

②御史娘:瞿蜕园《笺证》按云:"此诗中之御史娘,前人多有误解。宋长白《柳亭诗话》云:'《乐府杂录》云:贞元中有善歌者田顺,为宫中御史娘子。今据此诗,又似御史娘授曲于田顺者,呼之曰郎,则非娘子可知。'禹锡诗题明云与歌童田顺郎,则其人必尚年稚,本卷中听歌之作皆在大和初,未必是贞元时也。任半塘《教坊记笺订》云:'《桂苑丛谈》:国乐妇人有永新妇、御史娘、柳青娘,皆一时之妙也。按永新妇,据王仁裕《开天遗事》为玄宗时之歌者,余二人世次如何未详。刘禹锡《与歌童田顺郎》诗云云,是顺郎乃御史娘之弟子,必当稚年,方能寄在九重深处,如此,御史娘之时代当然较早,所供奉者疑为玄宗。'"

③月:《全唐诗》作"叶",注云:"一作月。"

曹刚①

大弦嘈嘈小弦清,喷雪含风意思生。一听曹刚弹《薄媚》②,人生不合出京城。

【题解】

此诗作于大和二年(828)。白居易有诗《听曹刚琵琶兼示重莲》,《白居易年谱》系诸大和二年,两诗或为同时作。

【注释】

①曹刚:一作曹纲,《类说》卷十三《琵琶》:"元和中有王芬、曹保,保子

善才,保孙曹纲,皆习琵琶。裴兴奴与曹同时。纲善为连拨,不事提弦;兴奴长于拢撚。时人谓:'曹纲有右手,兴奴有左手。'"

②《薄媚》:琵琶曲名。《唐音癸签》卷一四《琵琶曲》:《薄媚》,注云"刘禹锡诗:'一听曹刚弹《薄媚》,人生不合出京城。'"

和令狐相公玩白菊

家家菊尽黄,梁国独如霜。莹静真琪树,分明对玉堂。仙人披雪氅,素女不红妆。粉蝶来难见,麻衣①拂更香。向风摇羽②扇,含露滴琼浆。高艳遮银井,繁枝覆象床。桂丛惭并发,梅援③妒先芳。一入瑶华咏,从兹播乐章。

【题解】

此诗在长庆四年(824)至大和二年(828)期间所作。《旧唐书》卷一七二《令狐楚传》:长庆四年,"九月,检校礼部尚书、汴州刺史、宣武军节度、汴宋亳观察等使"。《旧唐书》卷一七上《文宗纪》上,大和二年十月癸酉,"以逢吉为宣武军节度使,代令狐楚;以楚为户部尚书"。令狐楚为宣武军节度使期间,五逢白菊。禹锡此诗具体作年难定。令狐楚原诗已佚。

【注释】

①麻衣:古代诸侯、大夫、士家居时穿的常服。《诗·曹风·蜉蝣》:"蜉蝣掘阅,麻衣如雪。"郑玄笺:"麻衣,深衣。诸侯之朝,朝服;朝夕则深衣也。"

②羽:崇本作"雨",误。

③梅援:蒋维崧等《笺注》注云:"援,疑为'楥'之讹。楥,篱落。梅楥:篱间之梅。""援",朱本、《全唐诗》作"蕊"。

【汇评】

清何焯:初看以为平平,再读觉字字稳切。乐天而外,皆非其敌也。

（卞孝萱《刘禹锡诗何焯批语考订》）

酬令狐相公庭前①白菊花谢偶②所怀见寄

数丛如雪色，一旦冒霜开。寒蕊差池落，清香③断续来。思深含别怨④，芳谢惜年催。千里难同赏，看看又早梅。

【题解】

此诗在长庆四年(824)至大和二年(828)期间所作。可参见《和令狐相公玩白菊》编年。

【注释】

①前：朱本作"中"。

②朱本、《全唐诗》"偶"下有"书"字，是。

③香：朱本作"音"。

④别怨：崇本作"怨别"。

送陆侍御①归淮南使府五韵 用年字

江左重诗篇，陆生名久传。凤城来已熟，羊酪②不嫌膻。归路芙蓉府③，离堂瑇瑁筵。秦山④呈腊雪，隋柳布新年。曾忝扬州荐，因君达短笺。时段⑤丞相镇扬⑥州，尝辱表荐。

【题解】

此诗作于大和二年(828)至四年(830)初春，时刘禹锡在长安。《旧唐书》卷一七上《文宗纪》上：大和元年六月癸巳，"以御史大夫段文昌代（王）

播为淮南节度使"。《旧唐书》卷一七下《文宗纪》下：大和四年三月，"癸卯，以淮南节度使段文昌检校尚书左仆射、同中书门下平章事，兼江陵尹，充荆南节度使"。

【注释】

①陆侍御：瞿蜕园《笺证》按云："侍御为使府幕僚例加之宪衔，陆为吴中著姓，故云江左重诗篇。其人待考。"高志忠《校注》注云："陆畅。……《韩昌黎全集》卷五《送陆畅归江南》注云：'畅字达夫，元和元年进士，董溪婿也。溪，丞相董晋第二子。'又注云：'及登兰省，遇云阳公主（按：应为云安公主）下降，畅为傧相，有咏帘、咏行障、催妆等作。内人以畅吴音，才思敏捷，以诗嘲之。畅酬曰：粉面仙郎选圣朝，偶逢秦女学吹箫。须教翡翠闻王母，不奈乌鸢噪鹊桥。观此可见其能诗矣。'"

②羊酪：详见《送周鲁儒赴举》注㉓。

③芙蓉府：芙蓉幕，莲幕。指大吏之幕府。

④秦山：指终南山。"秦"，朱本、《全唐诗》作"泰"，误。

⑤段：崇本作"从"，误。

⑥《英华》"扬"下无"州"字。

【汇评】

元方回：芙蓉府、玳瑁宴，诗家可有不可多。（《瀛奎律髓》）

明杨良弼：观此诗，知唐人五言律有五韵者。（《作诗体要》）

清冯舒：联者，联续之意，故必双。世人多不知，方公以五韵为异者以此也。（《瀛奎律髓汇评》）

清纪昀：四句用字粗笨，七句"呈"字不妥，八句"布"字亦不贯。（同上）

大和三年(829)

和令狐相公春日寻花有怀白侍郎阁老①

芳菲满雍州②,鸾凤③许同游。花径须深入,时光不少留。色鲜由树嫩,枝亚为房稠。静对仍持酒,高看特上楼。晴宜连夜赏,雨便一年休。共忆秋官④处,余霞曲水头。

【题解】

令狐楚原诗已佚。白居易《酬令狐相公春日寻花见寄》诗云:"病卧帝王州,花时不得游。老应随日至,春肯为人留。粉坏杏将谢,火繁桃尚稠。白飘僧院地,红落酒家楼。空里雪相似,晚来风不休。吟君怅望句,知到曲江头。"系诸大和三年(829)。高志忠《校注》按云:"居易大和二年十二月乞百日病假,三年三月末,百日假满,罢刑部侍郎,以太子宾客分司东都。"白诗云"病卧帝王州,花时不得游"正在百日假期间。

【注释】

①阁老:唐代对中书舍人中年资深久者及中书省、门下省属官的敬称。《旧唐书》卷一一九《杨绾传》:"故事,舍人年深者谓之阁老,公廨杂科,归阁老者五之四。"

②雍州:《尚书·禹贡》:"黑水西河惟雍州。"此处指京都长安。

③鸾凤:武则天改称尚书省为文昌台,中书省为凤阁,门下省为鸾台,宰相称同凤阁鸾台三品。

④秋官:《周礼》六官之一,掌刑狱。唐武则天曾一度改刑部为秋官。后世常以秋官为掌司刑法官员的通称。白居易为刑部侍郎,故称秋官。

曲江春望

　　凤城烟雨歇，万象含佳气。酒后人倒狂①，花时天似醉。三春车马客，一代繁华地。何事独伤怀？少年曾得意。

【题解】

　　此诗作于大和三年(829)。白居易有《和刘郎中曲江春望见示》诗云："芳景多游客，衰翁独在家。肺伤妨饮酒，眼痛忌看花。寺路随江曲，宫墙夹树斜。羡君犹壮健，不枉度年华。"系诸大和三年，从之。诗人历二十余年贬谪生涯，春望曲江，回想当年意气风发之时，心内感伤可以想见。

【注释】

　　①人倒狂：《晋书》卷四三《山简传》："简每出嬉游，多之池上，置酒辄醉，名之曰高阳池。时有童儿歌曰：'山公出何许，往至高阳池。日夕倒载归，酩酊无所知。时时能骑马，倒著白接䍦。举鞭向葛疆：何如并州儿？'"

和乐天南园①试小乐②

　　闲步南园烟雨晴，遥闻丝竹出墙声。欲抛丹笔③三川去，先教清商一部成。花木手栽偏有兴，歌词自作别生情。多才遇景皆能咏，当日人传满凤城。

【题解】

　　此诗作于大和三年(829)。诗云"欲抛丹笔三川去，先教清商一部成"，明言白居易即洛阳。大和三年三月,白居易以太子宾客分司东都。此诗作于本年。白居易《南园试小乐》诗云:"小园斑驳花初发,新乐铮钹教欲成。红萼紫房皆手植,苍头碧玉尽家生。高调管色吹银字,慢拽歌词唱渭城。不饮一杯听一曲,将何安慰老心情?"

【注释】

①南园:在白居易新昌里宅内。

②小乐:古时演奏音乐,人少者为小乐。此处为白居易自谦其自编乐。

③丹笔:书判囚犯簿籍的朱笔。

和乐天春词

新妆宜①面下朱楼,深锁春光一院愁。行到中庭数花朵,蜻蜓飞上玉搔头。

【题解】

此诗作于大和三年(829)。白居易《春词》:"低花树映小妆楼,春入眉心两点愁。斜倚栏干背鹦鹉,思量何事不回头?"白诗系诸大和三年。瞿蜕园《笺证》按云:"唐人宫闱之诗取鹦鹉为比兴者,皆寓难言之隐。居易殆有所怨而不能释者。以是时史事考之,大和元二年(827、828)间,韦处厚为相,颇能有所主张,与裴度默为表里,是禹锡与居易属望最殷之时。处厚以二年(828)十二月暴卒,李宗闵正起复行将入相,朝局一变,故居易以三年(829)春辞刑部侍郎而归洛,此当时政局变化之显然可知者。……大和三年(829)正月己酉,以前山南西道节度使王涯为太常卿,替李绛,为大用张本,次年即复起领盐铁用事,至七年(833)入相。居易江州之谪,涯有力焉。居易固不能与之同立于朝廷矣。"

【注释】

①《全唐诗》"宜"下注云:"一作粉。"

【汇评】

清宋顾乐:末句无谓自妙,细味之,乃亭其凝立如痴光景耳。(《唐人万首绝句选评》)

清李慈铭:袅娜百媚(末两句)。(《越缦堂读书简端记》)

俞陛云:此春怨词也,乃仅曰"春词",故但写春庭闲事,而怨在其中。第二句言一院春愁,即其本意。(《诗境浅说续编》)

答乐天戏赠

才子声名白侍郎,风流虽老尚难当。诗情逸似陶彭泽,斋日多如周太常①。矻矻②将心求净法③,时时偷眼看春光。知君技痒思欢燕,欲倩天魔④破道场。

【题解】

此诗作于大和三年(829)。诗乃答白居易《赠梦得》而作。白诗云:"心中万事不思量,坐倚屏风卧向阳。渐觉咏诗犹老丑,岂宜凭酒更粗狂?头垂白发我思退,脚蹋青云君欲忙。只有今春相伴在,花前剩醉两三场。"

【注释】

①周太常:东汉周泽。详见《送王司马之陕州》注③。

②矻矻(kū):勤劳不懈貌。

③法:朱本作"土"。

④天魔:佛教语。天子魔之略称。为欲界第六天主。常为修道设置障碍。

蒙恩转仪曹郎依前充集贤学士^①举韩湖州^②自代因寄七言

翔鸾阙下谢恩初，通籍由来在石渠^③。暂入南宫判祥瑞^④，还归内殿阅图书。故人犹在三江^⑤外^⑥，同病凡经二纪余^⑦。今日荐君嗟久滞，不唯文体似相如。

【题解】

此诗作于大和三年（829），刘禹锡在裴度推荐下由主客郎中转任礼部郎中兼集贤学士。高兴之余，不忘故友韩泰，感慨与己同病相怜，被贬已久。

【注释】

①转仪曹郎依前充集贤学士：瞿蜕园《笺证》按云："《旧唐书》禹锡本传云：累转主客郎中、集贤直学士，《新唐书》本传云：宰相裴度兼集贤殿大学士，雅知禹锡，荐为礼部郎中，集贤直学士。证以此诗题，知皆稍误。诗题云转仪曹郎者，自主客郎中转礼部郎中也。依前充集贤学士者，前此已以主客郎中充集贤学士也。……又按：《旧唐书》一四八《裴垍传》云：'垍奏：集贤御书院，请准六典，登朝官五品已上为学士，六品已下为直学士，自非登朝官，不问品秩，均为校理。'据钱大昕说：登朝官即指常参官，谓文官五品以上及两省（中书门下）供奉官、监察御史、员外郎、太常博士也。……禹锡以礼部郎中本官当为集贤学士，《新唐书》本传云之直学士，必误。"

②韩湖州：湖州刺史韩泰。《新唐书》卷一六八《王叔文传》附载："泰，字安平，有筹画，伾、叔文所倚重，能决大事。以户部郎中、神策行营节度司马贬虔州司马。终湖州刺史。""湖"，《英华》《全唐诗》作"潮"，误。

③石渠：石渠阁。西汉皇室藏书之处，在长安未央宫殿北。《三辅黄

图·阁》:"石渠阁,萧何造。其下砻石为渠以导水,若今御沟,因为阁名。所藏入关所得秦之图籍。至于成帝,又于此藏秘书焉。"

④判祥瑞:《旧唐书》卷四三《职官志》二:礼部郎中:"凡祥瑞,皆辨其名物。有大瑞、上瑞、中瑞,皆有等差。"

⑤三江:吴江、钱塘、浦阳。

⑥外:崇本作"水",误。

⑦"同病"句:指刘禹锡、韩泰同因永贞革新屡次遭贬事。

和令狐相公寻白阁老①见留小饮因赠

殼士②更逢酒,乐天仍对花。文章管星历,情兴占年华。宦达翻思退,名高却不夸。惟存浩然气,相共赏烟霞。

【题解】

此诗作于大和三年(829)。据诗句"宦达却思退",当指白居易大和二年十二月乞百日病假,三年三月假满,罢刑部侍郎,以太子宾客分司东都事,时令狐楚为东都留守。

【注释】

①白阁老:白居易。

②殼(qiào)士:令狐楚,字殼士。"殼",朱本、《全唐诗》作"傲"。

同乐天送令狐相公赴东都留守 自户部尚书拜①。

尚书剑履②出明光,居守旌旗赴③洛阳。世上功名兼将相,人间声价是文章。衙门晓辟分天仗,宾幕初开辟省郎④。

从发坡头向东望,春风处处有甘棠⑤。自华、陕⑥至河南,皆故林⑦也。

【题解】

此诗作于大和三年(829)。《旧唐书》卷一七二《令狐楚传》:"大和二年九月,征为户部尚书。三年三月,检校兵部尚书、东都留守、东畿汝都防御使。"

【注释】

①朱本无"拜"字。

②剑履:经帝王特许,重臣上朝时可不解剑,不脱履,以示殊荣。《史记》卷五三《萧相国世家》:"乃令萧何赐带剑履上殿,入朝不趋。"

③赴:崇本作"起",误。

④省郎:指中枢诸省的官吏。

⑤甘棠:详见《朗州窦员外见示与澧州元郎中郡斋赠答长句二篇因而继和》注⑪。

⑥陕:朱本作"林",《全唐诗》作"陵",皆误。

⑦林:朱本作"治",是。

【汇评】

清胡以梅:全篇比白有光焰,各出一头之妙。(《唐诗贯珠》)

和令狐相公别牡丹

平章宅①里一栏花,临到开时不在家。莫道两京非远别,春明门②外即天涯。

【题解】

此诗作于大和三年(829)春。令狐楚大和二年(828)十月回京入为户部尚书,三年三月为东都留守,其原诗为《赴东都别牡丹》:"十年不见小庭花,紫萼临开又别家。上马出门回首望,何时更得到京华?"当作于楚即将离开长安赴洛阳之时。禹锡此诗颇有惋惜失落之意。

【注释】

①平章宅:宰相家。唐高宗之后,宰相职务在本官职之外加"同中书门下平章事"。

②春明门:《唐六典》:"京师东面三门,中曰春明。"

【汇评】

宋谢枋得:此言人臣不可恃圣眷也。……大臣位尊名盛,朝承恩,暮岭海,祸福不可必。一出东城门,去君侧渐远,万一有奸邪柔佞欺负之人,造谗诽谤,荧惑上听,宠辱转移,特顷刻间,欲入朝辨明,不可得矣。"春明门外即天涯"一句,绝妙。(《唐诗绝句》)

明黄溥:此诗言人臣不可怙恩宠也。春明门,即长安东城门也。泄柳申详无人乎?穆公之侧则不能安其身。大臣位尊名盛,朝承恩宠,暮出岭海,祸福不可必。一出东门,去君侧渐远,万一奸邪柔佞欺负之人,造谗飞谤,荧惑上听,宠辱转移,顷刻间欲入朝辩明不可得矣,春明门外即天涯,绝妙。(《诗学权舆》)

明敖英:落句遂为千古孤臣去国故实,此即《管子》所谓"君门远于万重"。(《唐诗绝句类选》)

明周敬:平调中转觉警策,含意深远。作诗信不必以险仄为工。(《唐诗选脉会通评林》)

清宋长白:元微之《西归》诗:"春明门外谁相待,不梦闲人梦酒卮。"刘梦得《别牡丹》诗:"莫道两京非远别,春明门外即天涯。"元句愤,有仰天大笑之慨,刘句惨,有眷怀故国之思。(《柳亭诗话》)

清沈德潜:吴梅村《拙政园山茶歌》,胎源于此。(《唐诗别裁》)

清黄叔灿:此种诗可称大雅。(《唐诗笺注》)

清宋宗元:"别"字写得紧。(《网师园唐诗笺》)

清史承豫:宾客绝句,风调绵丽,与李尚书的是对手,白太傅远不逮也。(《唐贤小三昧集》)

清宋顾乐：从无意味处说出情味，又绝不从题外起意，此等诗真不厌百回读也。（《唐人万首绝句选评》）

同乐天和微之深春①二十首 同用家、花、车、斜四韵

何处深春好？春深万乘②家。宫门皆映柳，辇路尽穿花。池色连天汉，城形象帝车③。旌旗暖风里，猎猎向西斜。

何处深春好？春深阿母④家。瑶池长不夜，珠树正开花。桥峻通星渚，楼暗近日车。层城⑤十二阙，相对玉梯⑥斜。

何处深春好？春深执政家。恩光贪捧日，贵重不看花。玉馔堂交印，沙堤⑦柱⑧碍车。多门⑨一已闭，直道⑩更无斜。

何处深春好？春深大镇⑪家。前旌光照日，后骑蹙成花。节院⑫收衙队，球场簇看车。广筵歌舞散，书号⑬夕阳斜。

何处深春好？春深贵戚家。枥嘶无价马，庭发有名花。欲进宫人食，先薰命妇车。晚归长带酒，冠盖任倾斜。

何处深春好？春深恩泽家。炉添龙脑⑭炷，绶结虎头⑮花。宾客珠成履⑯，婴孩锦缚车⑰。画堂帘幕外，来去燕飞斜。

何处深春好？春深京兆家。人眉新柳叶，马色醉桃花。盗息无鸣鼓⑱，朝回自走车⑲。能令帝城外，不敢径由斜。

何处深春好？春深刺史家。夜阑犹命乐，雨甚亦寻花。傲客多凭酒，新姬苦⑳上车。公门吏散后，风摆戟衣㉑斜。

何处深春好？春深羽客家。芝田绕舍色，杏树满山花。云是淮王宅，风为列子车。古坛操简处，一径入林斜。

何处深春好？春深小隐家。芟庭留野菜，撼树去狂花㉒。醉酒一千日㉓，贮书三十车㉔。雉衣㉕从露体，不敢有余斜㉖。

何处深春好？春深富室㉗家。唯多贮金帛，不拟负莺花。国乐呼联辔，行厨㉘载满车。归来看理曲，灯下宝钗斜。

何处深春好？春深豪士家。多沽味浓酒，贵买色深花。已臂鹰随马，连催妓上车。城南蹋青处，村落逐原斜。

何处深春好？春深贵胄家。迎呼偏熟客，拣选最多花。饮馔开华幄，笙歌出钿车。兴酣尊易罄，连泻酒瓶斜。

何处深春好？春深唱第㉙家。名传一纸榜，兴管九衢㉚花。荐听诸侯乐㉛，来随计吏车㉜。杏园抛曲处，挥袖向风斜。

何处深春好？春深少妇家。能偷新禁曲，自剪入时花。追逐同游伴，平章贵价车。从来不堕马㉝，故遣髻鬟斜。

何处深春好？春深稚㉞女家。双鬟梳顶髻，两面绣裙花。妆坏频临镜，身轻不占车。秋千争次第，牵拽彩绳斜。

何处深春好？春深兰若家。当香收柏叶，养蜜近梨花。野径宜行乐㉟，游人尽驻车。菜园篱落短，遥见桔槔㊱斜。

何处深春好？春深老宿㊲家。小栏围㊳蕙草，高架引藤花。四字㊴香书印，三乘㊵壁画车。迟回听句偈，双树㊶晚阴斜。

何处深春好？春深种莳家。分畦十字水，接树两般花。栉比栽篱槿，咿哑转井车。可怜高处望，棋布不曾斜。

何处深春好？春深幼㊷子家。争骑一竿竹，偷折四邻花。笑击羊皮鼓，行牵犊领车㊸。中庭贪夜戏，不觉玉绳㊹斜。

【题解】

此诗作于大和三年(829)。白居易有《和春深二十首》，系诸大和三年。《白氏长庆集》卷二二《和微之诗二十三首》序云："微之又以近作四十三首寄来，命仆继和。其间瘀絮四百字，车斜二十篇者流，皆韵剧辞殚，瑰奇怪谲。"车斜二十篇,当为深春二十首。元稹其诗《深春二十首》原作已不存。

【注释】

①崇本"春"下有"好"字。

②万乘:指天子。周制,天子地方千里,出兵车万乘,故称天子为"万乘"。

③帝车:即北斗星。《史记》卷二七《天官书》:"斗为帝车,运于中央,临制四乡。"

④阿母:指西王母。旧题汉郭宪《洞冥记》卷一:"俄有黄翁指阿母以告朔曰:'昔为吾妻,托形为太白之精。'"此处指文宗即位时之"三宫太后"。《旧唐书》卷五二《后妃传》下:"文宗孝义天然,大和中,太皇太后居兴庆宫,宝历太后居义安殿,皇太后居大内,时号'三宫太后'。上五日参拜,四节献贺,皆由复道幸南内,朝臣命妇诣宫门起居,上尤执礼,造次不失。"

⑤层城:古代神话中昆仑山上的高城。张衡《思玄赋》:"登阆风之层城兮,构不死而为床。"《文选》李善注:"《淮南子》曰:'昆仑虚有三山,阆风、桐版、玄圃,层城九重。'禹云:'昆仑有此城,高一万一千里。'"

⑥玉梯:《全唐诗》作"日西",注云:"一作玉梯。"

⑦沙堤:唐代专为宰相通行车马所铺筑的沙面大路。唐李肇《唐国史补》卷下:"凡拜相,礼绝班行,府县载沙填路。自私第至于子城东街,名曰沙堤。"

⑧柱:朱本作"住",误。

⑨多门:谓颁令之处很多。《左传》襄公三十年:"政多门。"杜预注:"政不由一人。"

⑩直道:《论语·卫灵公》:"斯民也,三代之所以直道而行也。"

⑪大镇:指节度使。

⑫节院:唐代节度使官衙的庭院。

⑬书号:宋孙光宪《北梦琐言》卷五:"咸通中,南蛮围西川,朝廷命太尉渤海高公骈自天平军移镇成都,戎车未届,乃先以帛书军号其上,仍画一符,于邮亭递之,以壮军声。蛮酋惩交趾之败,望风而遁。"

⑭龙脑:龙脑香,为名贵的香料。

501

⑮虎头:印纽之形。蔡邕《独断》:"天子玺,以玉螭虎纽。"

⑯珠成履:《史记》卷七八《春申君列传》:"赵平原君使人于春申君,春申君舍之于上舍。赵使欲夸楚,为玳瑁簪,刀剑室以珠玉饰之,请命春申君客。春申君客三千余人,其上客皆蹑珠履以见赵使,赵使大惭。"

⑰锦缚车:《汉书》卷九六下《西域传》下:"楚主侍者冯嫽能史书,习事,尝持汉节为公主使,行赏赐于城郭诸国,敬信之,号曰冯夫人。为乌孙右大将妻,右大将与乌就屠相爱,都护郑吉使冯夫人说乌就屠,以汉兵方出,必见灭,不如降。乌就屠恐,曰:'愿得小号。'宣帝征冯夫人,自问状。遣谒者竺次、期门甘延寿为副,送冯夫人。冯夫人锦车持节,诏乌就屠诣长罗侯赤谷城,立元贵靡为大昆弥,乌就屠为小昆弥,皆赐印绶。破羌将军不出塞还。"

⑱"盗息"句:《汉书》卷七六《张敞传》:"京师浸废,长安市偷盗尤多,百贾苦之。上以问敞,敞以为可禁。敞既视事,求问长安父老,偷盗酋长数人,居皆温厚,出从童骑,间里以为长者。敞皆召见责问,因贳其罪,把其宿负,令致诸偷以自赎。偷长曰:'今一旦召诣府,恐诸偷惊骇,愿一切受署。'敞皆以为吏,遣归休。置酒,小偷悉来贺,且饮醉,偷长以赭污其衣裾。吏坐里间阅出者,污赭辄收缚之,一日捕得数百人。穷治所犯,或一人百余发,尽行法罚。由是枹鼓稀鸣,市无偷盗,天子嘉之。"

⑲"朝回"句:《汉书》卷七六《张敞传》:"敞无威仪,时罢朝会,过走马章台街,使御史驱,自以便面拊马。"

⑳苦:朱本作"若",误。

㉑载衣:棨载之衣。古代官吏所用的仪仗中有种有缯衣或油漆的木载,称为棨载。

㉒狂花:俗言谎花儿。不会结实的花。

㉓"醉酒"句:《搜神记》卷一九:"狄希,中山人也。能造千日酒,饮之千日醉。"

㉔三十车:《晋书》卷三六《张华传》:"雅爱书籍,身死之日,家无余财,惟有文史溢于机箧。尝徙居,载书三十乘。秘书监挚虞撰定官书,皆资华之本以取正焉。天下奇秘,世所希有者,悉在华所。由是博物洽闻,世无"

与比。"

㉕ 雉衣:崇本作"短衾",朱本作"推衾"。

㉖ 余斜:瞿蜕园《笺证》引《高士传》:"黔娄先生卒,覆以布被,覆头则足见,覆足则头见。曾西曰:'斜其被则敛矣。'妻曰:'斜之有余,不若正之不足。'"

㉗ 室:朱本作"贵"。

㉘ 行厨:谓出游时携带酒食。

㉙ 唱第:指进士及第。

㉚ 九衢:此处指长安街道。《三辅黄图》:"长安城面三门,四面十二门,皆通达九衢,以相经纬。"

㉛ "荐听"句:《新唐书》卷四四《选举志》上:"每岁仲冬,州、县、馆、监举其成者送之尚书省;而举选不繇馆、学者,谓之乡贡,皆怀牒自列于州、县。试已,长吏以乡饮酒礼,会属僚,设宾主,陈俎豆,备管弦,牲用少牢,歌《鹿鸣》之诗,因与耆艾叙长少焉。"诸侯乐:《仪礼·乡饮酒礼》:"工歌《鹿鸣》、《四牡》、《皇皇者华》。"郑玄注云:"《鹿鸣》,君与臣下及四方宾燕讲道修政之乐歌也。"

㉜ "来随"句:《汉书》卷六《武帝纪》:元光五年(公元前130),"征吏民有明当世之务、习先圣之术者,县次续食,令与计偕。"颜师古注云:"计者,上计簿使也。郡国每岁遣诣京师上之。偕者,俱也。令所征之人与计者俱来,而县次给之食。"计吏:古代州郡掌簿籍并负责上计的官员。

㉝ 堕马:指堕马髻。"堕",朱本作"坠",误。

㉞ 稚:崇本、朱本、《全唐诗》作"幼"。

㉟ 乐:朱本作"药"。

㊱ 桔橰(jié gāo):井上汲水的工具。

㊲ 老宿:称释道中年老而有德行者。

㊳ 围:朱本作"斗",误。

㊴ 四字:蒋维崧等《笺注》注云:"四字:即忍默平直四字养生法,亦称'四印'。黄庭坚《赠送张叔和埙诗》:'我提养生之四印,君家所有更赠君。百战百胜不如一忍,万言万当不如一默。无可简择眼界平,不藏秋毫心

地直。'"

⑩三乘：佛法之大乘、中乘、小乘。高志忠《校注》注云："大乘教以羊、鹿、牛三车，象、马、兔三兽喻三乘。"录之以备一说。

⑪双树：娑罗双树。也称双林。为释迦牟尼入灭之处。

⑫幼：崇本、朱本、《全唐诗》作"稚"。

⑬颔车：牙下骨。俗称下巴颏儿。《释名·释形体》："（颐）或曰辅车，言其骨强所以辅持口也；或曰牙车，牙所载也；或曰颔车。颔，含也，口含物之车也。"

⑭玉绳：北斗斗柄之第六星开阳、第七星摇光为玉绳。常泛指群星。

刑部白侍郎谢病长告改宾客分司以诗赠别

鼎食华轩到眼前，拂衣高谢①岂徒然。九霄路上辞朝客，四皓丛中作少年②。他日卧龙终得雨，今朝放鹤且冲天。洛阳旧有衡茅③在，亦拟抽身伴地仙④。

【题解】

此诗作于大和三年（829）春。大和三年三月白居易以病免刑部侍郎，以太子宾客分司东都。此诗为禹锡送别白居易之诗。

【注释】

①谢：朱本作"步"。

②"四皓"句：四皓：秦末隐居商山的东园公、甪里先生（甪，一作角）、绮里季、夏黄公。四人须眉皆白，故称商山四皓。白居易时年五十八，故有"作少年"语。

③衡茅：衡门茅屋，简陋的居室。陶潜《辛丑岁七月赴假还江陵夜行涂口》诗："养真衡茅下，庶以善自名。"

④地仙：方士称住在人间的仙人。比喻闲散享乐的人。晋葛洪《抱朴

子·论仙》："按《仙经》云:'上士举形昇虚,谓之天仙;中士游于名山,谓之地仙;下士先死后蜕,谓之尸解仙。'"

【汇评】

清胡以梅:列鼎而食,华轩出入,皆卿大夫之泰,已到眼前,乃拂衣长告,岂无为而云然哉,志秉清高耳。作歇语更精。中四句有开合,圆绽思逸,真妙品,元、白少此力量。"作少年"更奇。蛟龙得云雨,而今云"卧龙",更切告老之义。结言已亦急欲追步,则刘后亦分司居洛,是素心也。(《唐诗贯珠》)

清何焯:"岂徒然"三字,包含钩党纷纭独以辞荣勇退之意,故落句亦拟自附于知几也。否然则假,君子岂遂道消? 第五非聊以慰藉之辞,故自曲折有深味。(九霄句)三字中暗藏自己。"少年"二字即带起第五。"冲天"二字便含"仙"字意。(卞孝萱《刘禹锡诗何焯批语考订》)

宴兴化池亭①送白二十二东归联句

东洛言归去,西园告别来。白头青眼客②,池上手中杯。度。离瑟殷勤奏,仙舟委曲回。征轮今欲动,宾阁③为谁开? 禹锡。坐弄琉璃水,行登绿缛苔④。花低妆炧⑤影,苹散酒吹醅。居易。岸荫新抽竹,亭香欲变梅。随游多笑傲,遇胜且徘徊。籍。澄澈连天镜,潺湲出地雷。林塘难共赏,鞍马莫相催。度。信及鱼⑥还乐,机忘鸟不猜⑦。晚晴槐起露,新暑⑧石添苔。禹锡。拟作云泥别,尤思顷刻陪。歌停珠贯断,饮罢玉峰颓。居易。虽有逍遥志,其如磊落才。会当重入用⑨,此去肯悠哉? 籍。

【题解】

此为大和三年（829）夏，禹锡等人送别白居易东归洛阳时所作联句。时居易辞刑部侍郎，将以太子宾客分司东都。联句人为裴度、刘禹锡、白居易、张籍。

【注释】

①兴化池亭：裴度园林，在长安兴化坊。"化"，朱本作"庆"，误。

②青眼客：《晋书》卷四九《阮籍传》："籍又能为青白眼，见礼俗之士，以白眼对之。及嵇喜来吊，籍作白眼，喜不怿而退。喜弟康闻之，乃赍酒挟琴造焉，籍大悦，乃见青眼。"

③宾阁：即东阁。详见《和令狐相公初归京国赋诗言怀》注②。

④苔：朱本作"台"，是，《全唐诗》作"堆"。

⑤焰：崇本、朱本、《全唐诗》作"照"。

⑥信及鱼：《易·中孚·象》："'豚鱼吉'，信及豚鱼也。"意为诚信及于豚鱼。

⑦鸟不猜：《列子》卷二《黄帝》："海上之人有好沤鸟者，每旦之海上，从沤鸟游，沤鸟之至者百住而不止。其父曰：'吾闻沤鸟皆从汝游，汝取来，吾玩之。'明日之海上，沤鸟舞而不下也。"

⑧暑：《全唐诗》作"雨"。

⑨入用：朱本作"用日"。"入"，崇本作"日"。

西池①送白二十二②东归兼③寄令狐相公联句

促坐宴回塘，送君归洛阳。彼都留上宰④，为我说中肠。度。威凤池边别，冥鸿天际翔。披云⑤见居守，望日拜封章⑥。禹锡。春尽年华少，舟通景气长。送行欢共惜，寄远意难忘。籍。东道瞻轩盖，西园醉羽觞⑦。谢公深眷昉⑧，商皓信辉光。行式⑨。旧德推三友⑩，新篇代八行⑪。

此为大和三年(829)送白居易东归洛阳时所作联句。大和三年三月,令狐楚出为东都留守,联句时楚已赴任。联句人为裴度、刘禹锡、张籍、□行式、白居易。

【注释】

①西池:即裴度兴化坊池亭。

②白二十二:白居易。

③兼:崇本无此字。

④上宰:此处指东都留守令狐楚。

⑤披云:《世说新语·赏誉》:"卫伯玉为尚书令,见乐广与中朝名士谈议,奇之曰:'自昔诸人没已来,常恐微言将绝。今乃复闻斯言于君矣!'命子弟造之曰:'此人,人之水镜也,见之若披云雾睹青天。'"

⑥封章:言机密事之章奏皆用皂囊重封以进,故名封章。亦称封事。

⑦羽觞:古代一种酒器。作鸟雀状,左右形如两翼。一说,插鸟羽于觞,促人速饮。

⑧眄:崇本作"盼"。

⑨式:朱本作"武"。

⑩三友:《论语·季氏》:"益者三友,损者三友。友直、友谅、友多闻,益矣;友便辟,友善柔,友便佞,损矣。"

⑪新篇代八行:朱本句末注云:"下阙。"《全唐诗》注云:"以下缺。"八行:书札。马融《与窦章书》曰:"孟陵奴来,赐书,见手迹,欢喜何量,见于面也。书虽两纸,纸八行,行七字。"谓信纸一页八行。后世信笺亦多每页八行,因以称书信。

叹水别白二十二①

水。至清,尽美。从一勺②,至千里③。利人利物④,时行时止。道性净皆然，交情淡如此。君游金谷堤上，我在石渠署里。两心相忆似流波，潺湲日夜无穷已。

【题解】

此诗作于大和三年(829)。此诗乃刘禹锡送别白居易赴洛阳所作。

【注释】

①叹水别白二十二：崇本有"杂言"二小字注。《全唐诗》注云："一韵至七韵。"

②一勺：《礼记正义》卷三五《中庸》："今夫水，一勺之多，及其不测，鼋鼍鲛龙鱼鳖生焉，货财殖焉。"

③千里：《公羊传》文公十二年："曷为以水地？河曲疏矣。河千里而一曲也。"

④利人利物：《孟子·尽心上》："民非水火不生活。"《老子》："水善利万物而不争。"

遥和①白宾客分司初到洛中戏呈冯尹②

西辞望苑③去，东占洛阳才。度岭无归④思，看山不㤞来。冥鸿⑤何所慕，辽鹤乍飞回⑥。洗竹⑦通新径，携琴上旧台。尘埃长者辙⑧，风月故人杯。闻道龙门峻，还因上客开。

【题解】

此诗作于大和三年(829)。本年，白居易至洛，以太子宾客分司东都。白居易《分司初到洛中偶题六韵兼戏呈冯尹》："相府念多病，春宫容不才。官衔依口得，俸禄逐身来。白首林园在，红尘车马回。招呼新客旅，扫掠旧池台。小舫宜携乐，新荷好盖杯。不知金谷主，早晚贺筵开？"

【注释】

①和：《全唐诗》作"贺"，注云："一作和。"

②冯尹：河南尹冯宿。

③望苑：即博望苑。《汉书》卷六三《武五子传》："戾太子据，……上为立博望苑，使通宾客，从其所好，故多以异端进者。"借指东宫。

④归：《全唐诗》作"愁"。

⑤冥鸿：汉扬雄《法言·问明》："鸿飞冥冥，弋人何篡焉。"《后汉书》卷八三《逸民传》："杨雄曰：'鸿飞冥冥，弋者何篡焉。'言其违患之远也。"李贤注云："'篡'字诸本或作'慕'，《法言》作'篡'。宋衷曰：'篡，取也。鸿高飞冥冥薄天，虽有弋人，何施巧而取乱。喻贤者隐处，不离暴乱之害也。'"

⑥"辽鹤"句：《搜神后记》卷一："丁令威，本辽东人，学道于灵虚山。后化鹤归辽，集城门华表柱。时有少年，举弓欲射之。鹤乃飞，徘徊空中而言曰：'有鸟有鸟丁令威，去家千年今始归。城郭如故人民非，何不学仙冢垒垒。'遂高上冲天。"

⑦洗竹：削去丛竹的繁枝。

⑧长者辙：《史记》卷五六《陈丞相世家》："家乃负郭穷巷，以弊席为门，然门外多有长者车辙。"

和留守令狐相公答白宾客

麦陇①和风吹树枝，商山逸客出关时。身无拘束起长晚，路足交亲行自迟。官拂象筵终日待，私将鸡黍几人期？君来不用飞书报，万户先从纸贵②知。

【题解】

此诗作于大和三年(829)夏。白居易《将至东都先寄令狐留守》："黄鸟无声叶满枝，闲吟想到洛城时。惜逢金谷三春尽，恨拜铜楼一月迟。诗境忽来还自得,醉乡潜去与谁期? 东都添个狂宾客,先报壶觞风月知。"令狐楚诗今不存。

【注释】

①麦陇:崇本、朱本作"蛟龙",《全唐诗》注云:"一作蛟龙。"

②纸贵:左思作《三都赋》,洛阳为之纸贵。此处指白居易作品在洛阳广为流传。

酬令狐留守巡内①至集贤院②见寄

仙院文房隔旧宫,当时盛事尽成空。墨池半在颓垣下,书带③犹生蔓草中。巡内因经九重苑,裁诗又继二南风。为兄手写殷勤句,遍历三台④各一通。

【题解】

此诗作于大和三年(829)。《旧唐书》卷一七二《令狐楚传》:大和"三年三月,检校兵部尚书、东都留守、东畿汝都防御使。其年十一月,进位检校右仆射、郓州刺史、天平军节度、郓曹濮观察等使"。此诗写作时间当在令狐楚为东都留守而刘禹锡在长安集贤院期间。

【注释】

①巡内:巡视大内。

②集贤院:《唐会要》卷六四《集贤院》:"东都在明福门外大街之西,本太平公主宅。(开元)十年三月,始移书院于此。西向开门,院内屋并太平公主所造。"

③书带:书带草。相传汉郑玄门下取以束书,故名。晋伏琛《三齐记》:"郑司农常居不其城南山中教授。所居山下,草如薤叶,长尺余,坚韧异常,土人呼为'康成书带草'。"

④三台:详见《南海马大夫远示著述兼酬拙诗辄著微诚再有长句时蔡戎未殄故见于末篇》注④。

【汇评】

宋严有翼:《三齐略记》云:"不其城东有鄑山,郑玄删注《诗书》,栖迟于此山,上有古井,不竭,傍生细草如薤,叶长尺余,坚韧异常,土人谓之康成书带。"故梦得诗:"墨池半在颓垣下,书带犹生蔓草中。"(《艺苑雌黄》)

浙东元相公书①叹梅雨郁蒸之候因寄七言

稽山②自与歧山③别,何事连年鸑鷟④飞?百辟商量旧相入⑤,九天祇候谪仙⑥归。平湖⑦晚泛窥清镜,高阁晨开扫翠微。今日看书最惆怅,为闻梅雨损朝衣。

【题解】

此诗作于大和二年(828)或三年(829)梅雨季节。元稹长庆二年(822)出为同州刺史,三年(829)八月除浙东观察使,九月入为尚书左丞。诗言"百辟商量旧相入,九天祇候谪仙归",时禹锡当在长安。

【注释】

①崇本无"书"字,误。

②稽山:会稽山,在浙江绍兴东南。

③歧山:当作"岐山",在陕西省岐山县东北。"歧",崇本、朱本、《全唐诗》作"岐",是。

④鸑鷟(yuè zhuó):凤属。《国语·周语上》:"周之兴也,鸑鷟鸣于岐山。"韦昭注云:"三君云:鸑鷟,凤之别名也。"

⑤"百辟"句:张衡《东京赋》:"然后百辟乃入,司仪辨等,尊卑以班。"《文选》薛综注云:"百辟,诸侯也。"

⑥谪仙:原缺此二字,注云:"逸。"据崇本补。朱本作"远臣",《全唐诗》作"老臣"。

⑦平湖:鉴湖。在浙江绍兴。

始闻蝉有怀白宾客去岁白有闻蝉见寄诗云只应催我老兼遣报君知之句

蝉韵极清切,始闻何处悲？人含不平意,景值欲秋时。此岁方晼晚①,谁家无别离？君言催我老,已是去年诗。

【题解】

此诗作于大和三年(829)。参见《答白刑部闻新蝉》编年。诗中感慨"君言催我老,已是去年诗"颇有岁暮悲凉之意。

【注释】

①晼晚:日暮。亦指人老。

【汇评】

清何焯:(君言句)即借元唱,收足"悲"字,笔到意到。(卞孝萱《刘禹锡诗何焯批语考订》)

忆乐天

寻常相见意殷勤,别后相思①梦更频。每遇登临好风景,羡他天性少情人。

【题解】

此诗读来似大和三年(829)所作。时刘禹锡在长安,白居易以太子宾客分司东都。诗歌表达了作者对白居易的思念之情。

【注释】

①相思:朱本作"思量",《全唐诗》注云:"一作思量。"

月夜忆乐天兼寄微之①

今宵帝城月,一望雪相似。遥想洛阳城,清光正如此。知君当此夕,亦望镜②湖水。展转相忆心,月明③千④万里。

【题解】

此诗作于大和三年(829)九月前。时刘禹锡在长安,白居易在洛阳,元稹尚在越州。本年九月,元稹奉召为尚书左丞。此诗当在此前所作,表达了诗人独望明月,对好友元、白二人的思念之情。

【注释】

①月夜忆乐天兼寄微之:《英华》作"月夜寄微之忆乐天",《全唐诗》注云:"一作月夜寄微之忆乐天"。

②镜:《英华》作"临",注云:"集作镜。"《全唐诗》注云:"一作临。"

③月明:《英华》作"明月",注云:"集作月明。"《全唐诗》注云:"一作明月。"

④《全唐诗》"千"下注云:"一作十。"

【汇评】

清何焯:(一望句)"望"字直贯注"千万里"。(卞孝萱《刘禹锡诗何焯批语考订》)

清宋宗元:一片神行。(《网师园唐诗笺》)

送李尚书镇滑州 自浙西观察使征①拜兵部侍郎，月余有此拜②。

南徐③报政入文昌④，东郡⑤须才别建章。视草⑥名高同蜀客，拥旄年少胜荀郎⑦。黄河一曲当⑧城下，缇骑⑨千重照路傍。自古相门还出相，如今人望在岩廊。其后果继韦、平之族⑩。

【题解】

此诗作于大和三年(829)九月。李尚书指李德裕。《旧唐书》卷一七上《文宗纪》：大和三年(829)七月，"以前浙西观察使、检校礼部尚书李德裕为兵部侍郎"。九月"壬辰，以兵部侍郎李德裕检校户部尚书，兼滑州刺史、义成军节度使"。

【注释】

①征：《英华》作"使"。

②崇本"拜"下有"也"字。

③南徐：古代州名。东晋侨置徐州于京口城，南朝宋改称南徐，即今江苏省镇江市。历齐梁陈，至隋开皇年间废。《旧唐书》卷四〇《地理志》三《江南道·润州》："永泰后，常为浙江西道观察使理所。"瞿蜕园《笺证》注云："唐制，浙江西道观察使治润州，即前此之南徐州也。"

④文昌：文昌省，指尚书省。《旧唐书》卷四二《职官志》一："光宅元年九月，改尚书省为文昌台，左右仆射为文昌左右相。"

⑤东郡：指滑州。

⑥视草：古代词臣奉旨修正诏谕一类公文，称为"视草"。

⑦荀郎：荀羡。《晋书》卷七五《荀崧传》附《荀羡传》："征北将军褚裒以为长史。既到，裒谓佐吏曰：'荀生资逸群之气，将有冲天之举，诸君宜善事之。'寻迁建威将军、吴国内史。除北中郎将、徐州刺史、监徐兖二州扬州之晋陵诸军事、假节。殷浩以羡在事有能名，故居以重任。时年二十八，中兴

方伯,未有如羡之少者。"《全唐诗》"荀"下注云:"一作周。"

⑧当:《英华》作"东"。

⑨缇骑:穿红色军服的骑士。泛称贵官的随从卫队。汉执金吾下有缇骑二百人。《后汉书·百官志四》:"执金吾一人,中二千石……丞一人,比千石。缇骑二百人。"王先谦集解引李祖楙曰:"《说文》:'缇,帛丹黄色。'盖执金吾骑以此帛为服,故名。"

⑩其后果继韦、平之族:《英华》无此自注。韦、平:西汉韦贤、韦玄成父子,平当、平晏父子皆相继为相。《汉书》卷七一《平当传》:"汉兴,唯韦、平父子至宰相。"

【汇评】

清赵臣瑗:一、追叙。二、点题,此自然之来历也。三、美其才名,合顶"文昌"、"建章"。四、美其年运,合顶"南徐"、"东郡"。此自然之节奏也。五六、专指滑州。五、言山河险要,六、言军容壮盛。结,据其门望,以致其颂祷之词。此自然之片段也。送赠诗,如是足矣。(《山满楼笺注唐诗七言律》)

清管世铭:颔联两句,如二句一意,无异车前驺仗,有何生气?唐贤之可法者,如……刘禹锡"黄河一曲当城下,缇骑千重照路傍"、"怀旧空吟闻笛赋,到乡翻似烂柯人"。(《读雪山房唐诗序例》)

乐天寄洛下新诗兼喜微之欲到因以抒怀也

松间风未起,万叶不自吟。池上月未来,清辉同夕阴。宫徵不独运,埙篪自相寻。一从别乐天,诗思日已沈。吟君洛中作,精绝百炼金。乃知孤鹤情,月露为知音。微之从东来,威凤鸣归林。羡君先相见,一豁平生心。

此诗作于大和三年(829)九月之后。《旧唐书》卷一七上《文宗纪》上,大和三年九月,"戊戌,以前睦州刺史陆亘为越州刺史、浙东观察使,代元稹;以稹为尚书左丞,代韦弘景;以弘景为礼部尚书"。刘、元二人交情甚深,此诗表达了诗人听得元稹返京消息后的喜悦。

秋日题窦员外^①崇德里^②新居 窦时判度支^③案

长爱街西风景闲,到君居处暂^④开颜。清光门外一渠水,秋色墙头数点山。疏种碧松通^⑤月朗,多栽^⑥红药待春还。莫言堆案无余地,认得诗人在此间。

【题解】

此诗作于大和三年(829)秋。此时刘禹锡在京都为集贤学士。《旧唐书》卷一五五《窦巩传》:"元稹观察浙东,奏为副使、检校秘书少监,兼御史中丞,赐金紫。稹移镇武昌,巩又从之。"《旧唐书》卷一七上《文宗纪》上:大和三年九月"戊戌,以前睦州刺史陆亘为越州刺史、浙东观察使,代元稹;以稹为尚书左丞,代韦弘景"。《旧唐书》卷一七下《文宗纪》下:大和四年正月"辛丑,以尚书左丞元稹检校户部尚书,充武昌军节度、鄂岳蕲黄安申等州观察使"。据此推断,窦巩为度支判官时当为大和三年。

【注释】

①窦员外:瞿蜕园《笺证》按云:"窦员外当是窦巩。《旧唐书》卷一五五、《新唐书》卷一七五均附《窦群传》中。"《旧唐书》卷一五五《窦巩传》:"巩,字友封,元和二年(807)登进士第。袁滋镇滑州,辟为从事。滋改荆、襄二镇,皆从之,掌管记之任。平卢薛平又辟为副使。入朝,拜侍御史,历司勋员外、刑部郎中。元稹观察浙东,奏为副使、检校秘书中

丞,赐金紫。稹移镇武昌,巩又从之。巩能五言诗,昆仲之间,与牟诗俱为时所赏重。性温雅,多不能持论,士友言议之际,吻动而不发,白居易等目为'嗫嚅翁'。终于鄂渚,时年六十。"

②崇德里:瞿蜕园《笺证》:"《唐两京城坊考》四:朱雀门街西第二街崇德坊本名宏德,神龙初改。司勋员外郎窦巩宅。引禹锡此诗。又引褚藏言《窦巩传》:公北归,道途遘疾,迨至辇下,告终于崇德里之私第。巩又有宅在永宁坊。此诗首句云'长爱街西风景闲'与崇德里之地望正合。"

③度支:官署名。魏晋始置,掌管全国的财政收支,长官为度支尚书。南北朝以度支尚书领度支、金部、仓部、起部四曹。隋开皇初改度支尚书为民部尚书。唐因避太宗李世民讳,改民部为户部,旋复旧称。

④《全唐诗》"暂"下注云:"一作便。"

⑤《全唐诗》"通"下注云:"一作过。"

⑥栽:崇本作"裁",误。

【汇评】

清王寿昌:何谓新? 曰:如刘梦得之"长爱街西风景闲……"是也。（《小清华园诗谈》）

赠致仕滕庶子①先辈② 时及第人人③中最长④

朝服归来昼锦⑤荣,登科记⑥上更无兄⑦。寿觞每使⑧曾孙献,胜境长携众妓行。矍铄据鞍时骋健⑨,殷勤把酒尚多情。凌寒却向山阴去,衣绣郎君雪里迎⑩。时令子为御史,主务在越中。

【题解】

此诗作于大和三年(829)冬。瞿蜕园《笺证》按云:"《唐会要》六七:'大和三年(829)四月,右庶子致仕滕珦奏:伏蒙天恩致仕,今欲归家,乡在浙

517

东。'诗有'凌寒却向山阴去'之语,或上表虽四月,至冬始成行。"

【注释】

①滕庶子:右庶子滕珦。《全唐诗》卷二五三小传云:"滕珦,东阳人,历茂王傅。大和初,以右庶子致仕。四品给券还乡自珦始。"

②先辈:唐代同时考中进士的人相互敬称先辈。唐李肇《唐国史补》卷下:"得第谓之前进士,互相推敬谓之先辈。"

③人人:崇本、《英华》、《全唐诗》作"人"。朱本作"八人",误。

④长:《英华》、《全唐诗》作"老"。

⑤昼锦:《史记》卷七《项羽本纪》:"项王见秦宫皆以烧残破,又心怀思欲东归,曰:'富贵不归故乡,如衣绣夜行,谁知之者!'"故富贵还乡为昼锦。

⑥登科记:科举时代及第士人的名录。唐代有"登科记",宋以后名"登科录",亦称"题名录"。详载乡、会试中试人数、姓名、籍贯、年岁以及考官以下官职姓名,并三场试题目。

⑦兄:明本、朱本作"名",《全唐诗》注云:"一作名。"

⑧《英华》、《全唐诗》"使"下注云:"一作许。"

⑨"矍铄"句:《后汉书》卷二四《马援传》:"武威将军刘尚击武陵五溪蛮夷,深入,军没,援因复请行。时年六十二,帝愍其老,未许之。援自请曰:'臣尚能披甲上马。'帝令试之。援据鞍顾眄,以示可用。帝笑曰:'矍铄哉是翁也!'""时",崇本、《英华》作"能",《全唐诗》注云:"一作能。"

⑩迎:《全唐诗》作"行",注云:"一作迎。"

518

大和四年(830)

寄杨虢州^①与之旧姻^②

避地江湖知几春,今来本郡拥朱轮。阮郎^③无复里中旧,杨仆却为关外人^④。各系一官难命驾,每怀^⑤前好易沾巾。玉城^⑥山里多灵药,摆落功名且养神。

【题解】

此诗大概作于大和四年(830)。刘禹锡《祭虢州杨庶子文》:"维大和六年月日苏州刺史刘禹锡谨遣军吏某乙,具少牢清酌之奠,敬祭于故虢州杨公之灵。……朝典陟明,俾临本州。锡以贵绶,腰金昼游。舆疾而来,风烟为愁。静治三载,卧分主忧。"以"三载"前推,当在大和四年。

【注释】

①杨虢州:虢州刺史杨归厚。详见《寄杨八寿州》注①。虢州:隋于卢氏县置虢郡,唐武德元年(618)改为虢州,贞观八年(634)废鼎州而移虢州于弘农。天宝元年(742)改为弘农郡。乾元元年(758)复为虢州,故治在今河南灵宝南四十里。

②与之旧姻:崇本此四字做题下小字注。

③阮郎:阮肇。详见《衢州徐员外使君遗以缟纻兼竹书箱因成一篇用答佳贶》注⑦。

④"杨仆"句:《汉书》卷六《武帝纪》:"(元鼎)三年(前114)冬,徙函谷关于新安。以故关为弘农县。"颜师古注引应劭曰:"时楼船将军杨仆数有大功,耻为关外民,上书乞徙东关,以家财给其用度。武帝意亦好广阔,于是徙关于新安,去弘农三百里。"杨仆:《汉书》卷九〇《酷吏传》:"杨仆,宜阳人

也。以千夫为吏。河南守举为御史,使督盗贼关东,治放尹齐,以敢击行。稍迁至主爵都尉,上以为能。南越反,拜为楼船将军,有功,封将梁侯。"

⑤《全唐诗》"怀"下注云:"一作追。"

⑥玉城:玉城县。后魏立石城县,后改为玉城,北周废,隋复置,故治在今河南灵宝东南八十里。

哭王仆射相公 名①播,时兼盐铁,暴薨。

于侯②一日病③,滕公千载归④。门庭飒⑤已变,风物惨⑥无辉。群吏谒新府,旧宾沾素衣。歌堂忽暮哭,贺雀⑦尽惊飞。

【题解】

此诗作于大和四年(830)。王仆射相公指王播。《旧唐书》卷一六四、《新唐书》卷一六七有传。《旧唐书》卷一七下《文宗纪》下:大和四年(830)正月,"甲午,守左仆射、同平章事,诸道盐铁转运使王播卒"。《新唐书·王播传》载:"卒,年七十二,赠太尉,谥曰敬。"

【注释】

①《英华》无"名"字。

②于侯:"于",崇本、《全唐诗》皆作"子",《全唐诗》注云:"一作于侯,又作子舆。"

③一日病:《史记》卷一二《孝武本纪》:"天子独与侍中奉车子侯上泰山,……既已封禅泰山,无风雨菑,而方士更言蓬莱诸神山若将可得,于是上欣然庶几遇之,乃复东至海上望,冀遇蓬莱焉。奉车子侯暴病,一日死。"

④"滕公"句:详见《遥伤段右丞》注④。

⑤飒:《全唐诗》作"怆",注云:"一作飒。"

⑥惨:《全唐诗》作"澹"。

⑦贺雀:《淮南子》卷一七《说林训》:"大厦成而燕雀相贺。""贺",《英

华》作"驾"。

微之镇武昌中路见寄蓝桥怀旧之作凄然继和兼寄安平①

今日油幢引,他年黄纸追②。同为三楚客,独有九霄期。宿草③恨长在,伤禽飞尚迟。武昌应已到,新柳映红旗。

【题解】

此诗作于大和四年(830)。《旧唐书》卷一六六《元稹传》:"(大和)四年正月,检校户部尚书,兼鄂州刺史、御史大夫、武昌军节度使。"元稹《留呈梦得子厚致用题蓝桥驿》诗云:"泉溜才通疑夜磬,烧烟余暖有春泥。千层玉帐铺松盖,五出银区印虎蹄。暗落金乌山渐黑,深埋粉堠路浑迷。心知魏阙无多地,十二琼楼百里西。"高志忠《校注》按云:"此诗作于元和十年正月,非此次所寄怀旧之作。蓝桥所怀旧事,乃元和初诸人远谪江湘,及元和十年诏追之事,怀旧之作已佚。"

【注释】

①安平:韩泰,字安平,时为湖州刺史。

②黄纸追:元和九年末,有诏召追刘禹锡、柳宗元、韩泰、元稹等。

③宿草:隔年的草。《礼记·檀弓上》:"朋友之墓,有宿草而不哭焉。"孔颖达疏:"宿草,陈根也,草经一年则根陈也,朋友相为哭一期,草根陈乃不哭也。"

【汇评】

清何焯:包括曲折。(卞孝萱《刘禹锡诗何焯批语考订》)

和滑州李尚书上巳忆江南禊事①

白马津②头春日迟,沙洲归雁拂旌旗。柳营唯有军中戏,不似江南三月时。

【题解】

此诗作于大和四年(830)春。《旧唐书》卷一七上《文宗纪》上:大和三年九月,"壬辰,以兵部侍郎李德裕检校户部尚书,兼滑州刺史、义成军节度使"。《旧唐书》卷一七下《文宗纪》下:大和四年冬十月戊申,"以德裕检校兵部尚书,兼成都尹。充剑南西川节度使"。此诗当作于大和四年上巳时。李德裕《上巳忆江南禊事》诗云:"黄河西绕郡城流,上巳应无祓禊游。为忆渌江春水色,更无宵梦向吴州。"

【注释】

①禊事:禊祭之事。指三月上巳临水洗濯、祓除不祥的祭祀活动。

②白马津:《元和郡县图志·河南道·滑州·白马县》:"黎阳津一名白马津,在县北三十里,鹿鸣城之西南隅。"

美温尚书①镇定兴元②以诗寄贺

旌旗入境犬无声,戮尽鲸鲵汉水清③。从此世人开耳目,始知名将出书生。

【题解】

此诗作于大和四年(830)。《旧唐书》卷一七下《文宗纪》下:大和四年

"二月丙午朔。戊午,兴元军乱,节度使李绛举家被害,判官薛齐、赵存约死之。庚申,以左丞温造为兴元节度使"。三月丁亥,"兴元温造奏:李绛贼首丘铓、丘铸及官健千人,并处斩讫"。

【注释】

①温尚书:温造。《旧唐书》卷一六五、《新唐书》卷九一有传。

②兴元:唐兴元元年(784)升梁州为兴元府,为山南西道治所,即今陕西汉中市。

③"旌旗"二句:《旧唐书》卷一六五《温造传》:"造,字简舆,河内人。""四年,兴元军乱,杀节度使李绛。文宗以造气豪嫉恶,乃授检校右散骑常侍、兴元尹、山南西道节度使。造辞赴镇,以兴元兆乱之状奏之,文宗尽悟其根本,许以便宜从事。……造行至襃城,会兴元都将卫志忠征蛮回,谒见。造即留以自卫,密与志忠谋。又召亚将张丕、李少直各谕其旨。暨发襃城,以八百人为衙队,五百人为前军,入府分守诸门。……即召坐卒,诘以杀绛之状。志忠、张丕夹阶立,拔剑呼曰'杀'。围兵齐奋,其贼首教练使丘铸等并官健千人,皆斩首于地,血流四注。监军杨叔元在座,遽起求哀,拥造靴以请命;遣兵卫出之,以俟朝旨。敕旨配流康州。其亲刃绛者斩一百断,号令者斩三断,余并斩首。"鲸鲵:即鲸。雄曰鲸,雌曰鲵。比喻凶恶的敌人。《左传·宣公十二年》:"古者明王伐不敬,取其鲸鲵而封之,以为大戮。"杜预注:"鲸鲵,大鱼名,以喻不义之人吞食小国。"

④耳:《英华》作"眼"。

裴祭酒尚书①见示春归城南②青松坞别墅寄王左丞③高侍郎④之什命同作

早宦阅人事,晚⑤怀生道⑥机。时从学省⑦出,独望郊园归。野衲⑧渡春水,山花映岩扉。石头解金章,林下步绿薇。

青松郁成坞,修竹盈尺围。吟风起天籁,蔽日无炎威。危径盘羊肠,连薨耸翚飞⑨。幽谷响樵斧,澄潭⑩环钓矶。因高见帝城,冠盖扬光辉。白云难持寄,清韵投所希。二公如长离⑪,比翼翔太微⑫。含情谢林壑,酬赠骈⑬珠玑。顾予久郎潜⑭,愁寂对芳菲。一闻丘中趣,再抚黄金徽⑮。

【题解】

此诗作于大和四年(830)春或五年(831)春,时刘禹锡在长安为礼部郎中。此诗为作者与裴通、王起和高钺之间的往来赠答诗。裴、王、高所历官皆在大和四、五年间。

【注释】

①裴祭酒尚书:裴通。《新唐书》卷七一上《宰相世系表》一上《南来吴裴氏》:"通,字文玄,检校礼部尚书。"《唐会要》卷六六《国子监》:"大和五年(831)十二月,国子祭酒裴通奏。"《新唐书》卷五七《艺文志》一:"裴通《易书》一百五十卷。"注曰:"字又玄,士淹子,文宗访以《易》意,令进所撰新书。"

②《全唐诗》"南"下注云:"一作东。"

③王左丞:王起。《旧唐书》卷一六四、《新唐书》卷一六七有传。《旧唐书》:"起,字举之,贞元十四年(798)擢进士第,释褐集贤校理,登制策直言极谏科,授蓝田尉。""大和二年(828),出为陕虢观察使、兼御史大夫。四年(830),入拜尚书左丞。"

④高侍郎:高钺。《旧唐书》卷一六八有传。载:"高钺,字翘之。祖郑宾,宋州宁陵令。父去疾,摄监察御史。钺,元和初进士及第,判入等,补秘书省校书郎,累迁至右补阙,充史馆修撰。""大和三年七月,授刑部侍郎。四年冬,迁吏部侍郎。"

⑤晚:《全唐诗》注云:"一作晓。"

⑥生道:使民生存之道。《孟子·尽心上》:"以生道杀民,虽死不怨杀者。"

⑦学省：即太学。古代中央政府设立的国学。沈约《直学省愁卧诗》，《文选》李善题注："学省，国学也。"

⑧彴(zhuó)：独木桥。

⑨翚(huī)飞：《诗·小雅·斯干》："如鸟斯革，如翚斯飞。"孔颖达疏云："言檐阿之势，似鸟飞也。"后因以"翚飞"形容宫室的高峻壮丽。

⑩潭：《英华》作"江"，注云："集作潭。"《全唐诗》"潭"下注云："一作江。"

⑪长离：即凤。古代传说中的灵鸟。一说为神名。《汉书》卷五七下《司马相如传下》："左玄冥而右黔雷兮，前长离而后矞皇。"颜师古注云："长离，灵鸟也。服虔曰：'皆神名也。'"《后汉书》卷五九《张衡列传》："前长离使拂羽兮，委水衡乎玄冥。"李贤注："长离，即凤也。"后用以比喻才德出众之人。《全唐诗》"长离"下注云："一作凤雏。"

⑫太微：亦作"大微"。古代星官名。三垣之一。位于北斗之南，轸、翼之北，大角之西，轩辕之东。诸星以五帝座为中心，作屏藩状。《史记》卷二七《天官书》："南宫朱鸟，权、衡。衡，太微，三光之廷。匡卫十二星，藩臣：西，将；东，相；南四星，执法；中，端门；门左右，掖门。"古以为天庭。

⑬赠骈：《英华》作"唱进"，注云："一作赠骈。"《全唐诗》注云："一作唱进。"

⑭久郎潜：《后汉书》卷五九《张衡列传》："尉厖眉而郎潜兮，逮三叶而遘武。"李贤注："尉为都尉颜驷也。厖，苍杂色也。遘，遇也。《汉武故事》曰：'上至郎署，见一老郎，鬓眉皓白，问：'何时为郎，何其老也？'对曰：'臣姓颜名驷，以文帝时为郎。文帝好文而臣好武；景帝好老而臣尚少；陛下好少而臣已老；是以三叶不遇也。'上感其言，擢为会稽都尉也。"《全唐诗》"郎"下注云："一作即。"

⑮再抚黄金徽：《全唐诗》注云："一作再听抚金徽。""抚黄"，《英华》注云："一作听抚。"金徽：金饰琴上系弦之绳。

【汇评】

清何焯：亦复句句工。（卞孝萱《刘禹锡诗何焯批语考订》）

酬令狐相公春日言怀见寄

前陪看花处,邻里近王昌[1]。今想临戎地,旌旗出汶阳[2]。
营飞柳絮雪,门耀戟枝霜。东望清河水,心随艑上郎。

【题解】

此诗作于大和四年(830)或五年(831)春。据"旌旗出汶阳"、"东望清
河水"句知时令狐楚在郓州,刘禹锡在长安。《旧唐书》卷一七上《文宗纪》
上:大和三年(829)十二月,"己丑,以东都留守令狐楚检校右仆射、天平军
节度使,代崔弘礼为东都留守"。《旧唐书》卷一七下《文宗纪》下:大和六年
(832),"二月甲子朔,以前义昌军节度使殷侑检校吏部尚书,充天平军节
度、郓曹濮等州观察使,代令狐楚;以楚检校右仆射、兼太原尹、北都留守、
河东节度使"。令狐楚原诗已佚。

【注释】

①王昌:蒋维崧等《笺注》注云:"王昌:唐人,字公伯,官散骑常侍,以姿
仪俊美为时所共赏。按《天禄识余》云:'唐崔颢、王维、李商隐诗中,多用王
昌,其事不可考。按《襄阳耆旧传》:王昌,字公伯,为散骑常侍。妇,任城王
曹子文女。钱希言《桐薪》曰:意其人为贵戚,出相东平,则姿仪俊美,为时
所共赏可知。'"

②汶阳:汶水之阳,此处指郓州治所须昌县。

和郓州令狐相公春晚对花

朱门退公后,高兴对花枝。望阙无穷思,看书欲尽时。

含芳朝竞发,凝艳晚相宜。人意殷勤惜,狂风岂得知!

【题解】

此诗作于大和四年(830)或五年(831)春。《旧唐书》卷一七上《文宗纪》上:大和三年(829)十二月,"己丑,以东都留守令狐楚检校右仆射、天平军节度使,代崔弘礼为东都留守"。《旧唐书》卷一七下《文宗纪》下:大和六年(832),"二月甲子朔,以前义昌军节度使殷侑检校吏部尚书,充天平军节度、郓曹濮等州观察使,代令狐楚;以楚检校右仆射,兼太原尹、北都留守、河东节度使"。令狐楚在郓州两度逢春。

寄湖州韩中丞

老郎日日忧苍鬓,远守年年厌白蘋①。终日相思不相见,长头②相见是何人?

【题解】

此诗作年不迟于大和四年(830)五月。湖州韩中丞指韩泰。瞿蜕园《笺证》按云:"据《嘉泰吴兴志》郡守题名,泰自大和元年(827)七月至四年(830)五月,在湖州刺史任。是时禹锡为郎官学士,老郎云云自谓,远守谓泰。"今从瞿说。

【注释】

①"远守"句:《乐府诗集》卷二六《相和歌辞》一载梁柳恽《江南曲》:"汀洲采白蘋,日落江南春。洞庭有归客,潇湘逢故人。故人何不返,春华复应晚。不道新知乐,只言行路远。"柳恽曾两刺吴兴,此处以柳恽比韩泰。

②长头:《后汉书》卷三六《贾逵传》:"自为儿童,常在太学,不通人间事。身长八尺二寸,诸儒为之语曰:'问事不休贾长头。'"《南史》卷六〇《范

岫传》："岫长七尺八寸,姿容奇伟。""南乡范云谓人曰:'诸君进止威仪,当问范长头。'以岫多识前代旧事也。""头",朱本、《全唐诗》作"频",《全唐诗》注云:"一作头。"

酬滑州李尚书秋日见寄

一入石渠署①,三闻宫树蝉。丹霄未得路,白发又添年。双节②外台贵,洞箫中禁传③。征黄④在旦夕,早晚发南燕⑤。

【题解】

此诗作于大和四年(830)秋。诗云"一入石渠署,三闻宫树蝉",刘禹锡大和二年为集贤殿学士,"三闻"已至大和四年。

【注释】

①石渠署:详见《蒙恩转仪曹郎依前充集贤学士举韩湖州自代因寄七言》注③。

②双节:《新唐书》卷四九下《百官志四》:"节度使掌总军旅,颛诛杀。初授,具帑抹兵仗诣兵部辞见,观察使亦如之。辞日,赐双旌双节。"

③"洞箫"句:详见《奉送李户部侍郎自河南尹再除本官归阙》注③。"洞",《全唐诗》作"孤"。

④征黄:西汉黄霸为颍川太守,有治绩,被征为京兆尹。后因以"征黄"谓地方官员有治绩,必将被朝廷征召,升任京官。详见《奉送浙西李仆射相公赴镇》注④。

⑤南燕:指滑州。北魏兵破后燕国都中山(今河北定县),承相慕容德率众迁到滑台(今河南滑县)。

裴相公大学士见示答张秘书^①谢马诗并群公属和因命追作

草《玄》门户少尘埃，丞相并州寄马来。初自塞垣衔苜蓿^②，忽行幽径破莓苔。寻花缓辔威迟^③去，带酒垂鞭躞蹀^④回。不与王侯与词客，知轻富贵重清才。

【题解】

此诗作于大和二年(828)至四年(830)期间。《旧唐书》卷一七〇《裴度传》载："(元和)十四年(819)，检校左仆射、同中书门下平章事、太原尹、北都留守、河东节度使。"《旧唐书》卷一六《穆宗纪》：元和十五年(820)九月"戊午，加河东节度使、金紫光禄大夫、检校尚书右仆射、兼门下侍郎、同平章事、太原尹、北都留守、上柱国、晋国公、食邑三千户裴度守司空、门下侍郎、同平章事"。张籍《谢裴司空寄马》："骆耳新驹骏得名，司空远自寄书生。乍离华厩移蹄涩，初到贫家举眼惊。每被闲人来借问，多寻古寺独骑行。长思岁旦沙堤上，得从鸣珂傍火城。"张诗云"司空远自寄书生"，当在元和十五年九月后。《旧唐书》卷一七下《文宗纪》下：大和四年(830)七月，"壬午，以守司徒、平章军国重事、晋国公裴度守司徒、兼侍中，充山南东道节度使"。刘禹锡诗题云"见示"，诗当作于禹锡在长安期间，又在裴度赴汉南前。裴度《酬张秘书因寄马赠诗》："满城驰逐皆求马，古寺闲行独与君。代步本惭非逸足，缘情何幸枉高文。若逢佳丽从将换，莫共驽骀角出群。飞控著鞭能顾我，当时王粲亦从军。"

【注释】

①张秘书：秘书郎张籍。

②苜蓿：《史记》卷一二三《大宛列传》："宛左右以蒲陶为酒，富人藏酒

至万余石，久者数十岁不败。俗嗜酒，马嗜苜蓿。汉使取其实来，于是天子始种苜蓿、蒲陶肥饶地。"

③《全唐诗》"逶迟"下注云："一作逶迤。"

④蹀躞(xiè dié)：小步行走貌。

奉和裴侍中将赴汉南①留别座上诸公

　　金貂晓出凤池头，玉节前临南雍州②。暂辍洪炉③观剑戟，还将大笔注《春秋》。管弦席上留高韵，山水途中入胜游。岘首④风烟看未足，便应重拜富人侯⑤。

【题解】

此诗作于大和四年(830)。《旧唐书》卷一七下《文宗纪》下：大和四年九月，"壬午，以守司徒、平章军国重事、晋国公裴度守司徒、兼侍中，充山南东道节度使"。裴度原诗已佚。

【注释】

①汉南：此处指襄州。

②南雍州：《旧唐书》卷三九《地理志》二《襄州·襄阳》："汉县，属南郡。建安十三年，置襄阳郡。晋入为荆州治所。梁置南雍州，西魏改为襄州，隋为襄阳郡，皆以此县为治所。"

③洪炉：《后汉书》卷六九《何进传》："今将军总皇威，握兵要，龙骧虎步，高下在心，此犹鼓洪炉燎毛发耳。"喻高位。

④岘首：详见《分司东都蒙襄阳李司徒相公书问因以奉寄》注⑤。

⑤富人侯：《汉书》卷六六《车千秋传》："千秋长八尺余，体貌甚丽，武帝见而说之……立拜千秋为大鸿胪。数月，遂代刘屈氂为丞相，封富民侯。"《汉书》卷七三《韦玄成传》："功业既定，乃封丞相为富民侯，以大安天下，富实百姓。"后以"富民侯"称安天下、富百姓的高官。避太宗李世民讳，改

"民"为"人"。

与歌者米嘉荣①

　　唱得凉②州意外声,旧人唯③数④米嘉荣。近来时世⑤轻先⑥辈,好染髭须事后生⑦。

【题解】

　　此诗约作于大和四年(830)。瞿蜕园《笺证》按云:"米嘉荣之姓亦表其来自西域。米姓始见于此。与次首大意相似,当是大和二年(828)入京以后触感而作。"陶敏、陶红雨《刘禹锡全集编年校注》按云:"牛、李为永贞元年进士,元和十二年裴度为相平淮西吴元济时,李宗闵为裴度判官,随度出征,故均为裴度后辈。诗似为此事而发。"《旧唐书》卷一七四《李德裕传》:"大和三年八月,召为兵部侍郎,裴度荐以为相。而吏部侍郎李宗闵有中人之助,是月拜平章事,惧德裕大用。九月,检校礼部尚书,出为郑滑节度使。……裴度于宗闵有恩。度征淮西时,请宗闵为彰义观察判官,自后名位日进。至是恨度援德裕,罢度相位,出为兴元(按:当为襄阳)节度使,牛、李权赫于天下。"陶系诸大和四年,今从之。

【注释】

①米嘉荣:唐代著名的歌唱家,西域米国人。

②凉:《英华》作"梁",《全唐诗》注云:"一作梁。"

③唯:《英华》作"难"。

④《全唐诗》"数"下注云:"一作有。一作难数。"

⑤《全唐诗》"时世"下注云:"一作年少。"

⑥《全唐诗》"先"下注云:"一作前。"

⑦《全唐诗》诗末注云:"一作一别嘉荣三十载,忽闻旧曲尚依然。如今世俗轻前辈,好染髭须事少年。"

米嘉荣

　　一别嘉荣三十①载，忽闻旧曲尚依然。如今世俗轻前辈，好染髭须事少年。

【题解】

《全唐诗》卷三六五附注此诗于《与歌者米嘉荣》诗末。此诗或为《与歌者米嘉荣》之未定稿。

【注释】

①"三十"原缺，据崇本、朱本补。

庙庭偃松诗 并引

　　侍中后阁前有小松，不待年①而偃。丞相晋公②为赋诗，美其犹龙蛇然。植于高檐乔木间，上嵌旁轧③，盘蹙倾亚，似不得天和者。公以遂物性为意，乃加怜焉。命畚土以壮其趾，使无攲；索绹以牵其干，使不仆。盥漱之余④以润之，顾眄⑤之辉以照之。发于仁⑥心，感召和气。无负天阏，坐能敷舒。向之跧蹙，化为奇古。故虽衰丈而有偃号焉。予尝诣阁白事。公为道所以，且示以诗。窃感嘉木之逢时，斐然成咏⑦。

　　势轧枝偏根已危，高情一见与扶持。忽从憔悴有生意，却为离披无俗姿。影入岩廊行乐处，韵含天籁宿斋时。谢公莫道东山去,待取⑧阴成满凤池。

【题解】

此诗作于大和四年(830)六至九月之间。《旧唐书》卷一七下《文宗纪》下:大和四年,"六月癸卯朔。丁未,以守司徒、门下侍郎、平章事、上柱国、晋国公、食邑三千户、食实封三百户裴度为守司徒、平章军国重事;待疾损日,每三日、五日一度入中书"。九月,"壬午,以守司徒、平章军国重事、晋国公裴度守司徒、兼侍中,充山南东道节度使"。此诗以松为题,实表诗人对裴度援引情谊之感念。

【注释】

①《全唐诗》"待年"下注云:"一作特立。"

②晋公:裴度。《旧唐书》卷一七〇《裴度传》载:元和十三年(818),"二月,诏加度金紫光禄大夫、弘文馆大学士,赐勋上柱国,封晋国公,食邑三千户,复知政事"。

③上欹旁轧:"欹",《全唐诗》作"嵌"。"旁轧",崇本无"旁"字。

④余:朱本作"饮",误。

⑤昒:崇本、朱本作"盼"。

⑥仁:朱本作"人"。

⑦咏:崇本作"韵"。

⑧《全唐诗》"待取"下注云:"一作时取。"

【汇评】

清胡以梅:梦得颠危迁谪,独裴晋公识拔成全。今此诗,借松为喻,俱有内意。"无俗姿",用得蕴藉,占地步。"岩廊"即庙堂之下,故是"乐处",而得插影其间,"天籁"之声,必在"宿斋"清肃之夜,愈见亦有密交相契,非众人所知之意。结言留晋公且莫谢政,等得此树"阴满凤池",则扶植之功大成耳。亦自负期望语,妙在一无圭角,处处有情。(《唐诗贯珠》)

吐绶鸟^①词 并序

滑州牧尚书李公^②以《吐绶鸟词》见示，兼命继声。盖尚书前为御史时所作，有翰林二学士^③同赋之。今所谓追和也。鸟之所异，具于首篇。

越山有鸟翔寥廓，嗉中天^④绶光若若^⑤。越人偶见而奇之，因名吐绶江南知。四明^⑥天姥^⑦神仙地，朱鸟星精钟异气。赤玉彫成彪炳毛，红绡剪出玲珑翅。湖烟始开山日高，迎风吐绶槃花绦。临波似染琅邪^⑧草，映叶疑开阿母桃。花红草绿人间事，未若灵禽自然贵。鹤吐明珠^⑨暂报恩，鹊衔金印^⑩空为瑞。春和秋霁野花开，玩景寻芳处处来。翠幕彫拢^⑪非所慕，珠丸柘弹莫相猜。栖^⑫月啼烟凌缥缈，高林先见金霞晓。三山仙路寄遥情，刷羽扬翘欲上征。不学碧鸡依井络^⑬，愿随青鸟向层城^⑭。太液池中有黄鹄^⑮，怜君长在瑶枝^⑯宿。如何一借羊角风，来听《箫韶》九成^⑰曲。

【题解】

此诗作于大和三年(839)或四年(830)。《旧唐书》卷一七上《文宗纪》上：大和三年九月，"壬辰，以兵部侍郎李德裕检校户部尚书，兼滑州刺史、义成军节度使"。《旧唐书》卷一七下《文宗纪》下：大和四年冬十月戊申，"以德裕检校兵部尚书，兼成都尹。充剑南西川节度使"。

【注释】

①吐绶鸟：即吐绶鸡。《本草纲目·禽二·附吐绶鸡》："出巴峡及闽广山中，人多畜玩。大者如家鸡，小者如鸲鹆。头颈似雉，羽色多黑，杂以黄

白圆点,如真珠斑。项有嗉囊,内藏肉绶,常时不见,每春夏晴明,则向日摆之。顶上先出两翠角,二寸许,乃徐舒其颔下之绶,长阔近尺,红碧相间,采色焕烂,逾时悉敛不见,或剖而视之,一无所睹。此鸟生亦反哺。行则避草木,故《禽经》谓之避株,《食物本草》谓之吐锦鸡,《古今注》谓之锦囊,《蔡氏诗话》谓之真珠鸡,《倦游录》谓之孝鸟,《诗经》谓之鸐。"

②尚书李公:李德裕。

③翰林二学士:未详何人。

④《全唐诗》"天"下注云:"一作吐。"

⑤若若:《汉书》卷九三《石显传》:"显与中书仆射牢梁、少府五鹿充宗结为党友,诸附倚者皆得宠位。民歌之曰:'牢邪石邪,五鹿客邪!印何累累,绶若若邪!'"颜师古注云:"若若,长貌。"

⑥四明:山名,在浙江宁波市西南。

⑦天姥:山名,在浙江嵊县新昌县间。

⑧琅邪:山名,在今山东诸城县东南海滨。《全唐诗》作"瑯琊"。崇本作"瑯琊",误。

⑨鹤吐明珠:《搜神记》卷二〇:"哙参,养母至孝,曾有玄鹤,为弋人所射,穷而归参,参收养,疗治其疮,愈而放之。后鹤夜到门外,参执烛视之,见鹤雌雄双至,各衔明珠以报参焉。"

⑩鹊衔金印:《搜神记》卷九:"常山张颢为梁州牧,天新雨后,有鸟如山鹊,飞翔入市,忽然坠地。人争取之,化为圆石。颢椎破之,得一金印,文曰:'忠孝侯印。'颢以上闻,藏之秘府。后议郎汝南樊衡夷上言:'尧舜时旧有此官。今天降印,宜可复置。'颢后官至太尉。"

⑪拢:崇本、朱本、《全唐诗》作"笼",是。

⑫栖:朱本作"按"。

⑬井络:左思《蜀都赋》:"远则岷山之精,上为井络。"刘逵注:"言岷山之地,上为东井维洛;岷山之精,上为天之井星也。"

⑭层城:详见《同乐天和微之深春二十首》注⑤。

⑮"太液"句:《西京杂记》卷一:"始元元年,黄鹄下太液池。上为歌曰:'黄鹄飞兮下建章。'"

⑯长在瑶枝:"在瑶",原空,据崇本补。朱本、《全唐诗》作"向高"。崇本"枝"下注云:"一作长向瑶枝。"

⑰《箫韶》九成:《书·益稷》:"《箫韶》九成,凤皇来仪。"《箫韶》:舜乐。九成:奏之多遍。

和令狐相公言怀寄河中杨少尹①

章句惭非第一流,世间才子昔②陪游。吴宫已叹芙蓉死,张司业③诗云:"吴宫四面秋江水,天清露白芙蓉死。"边月空悲芦管秋。李尚书④。任向洛阳称傲吏,分司白宾客。苦教河上领诸侯。天平相公⑤。石渠⑥甘对图书老,关外杨公安稳不?

【题解】

此诗作于大和四年(830)。《旧唐书》卷一七上《文宗纪》上:大和三年(829)十二月,"己丑,以东都留守令狐楚检校右仆射、天平军节度使,代崔弘礼为东都留守"。《旧唐书》卷一七下《文宗纪》下:大和四年(830)十二月,"戊辰,以太子宾客分司白居易为河南尹"。

【注释】

①杨少尹:杨巨源。详见《令狐相公见示河中杨少尹赠答兼命继声》注②。

②昔:朱本作"暗",误。

③张司业:张籍,时为国子司业。有诗《吴宫怨》:"吴宫四面秋江水,江清露白芙蓉死。吴王醉后欲更衣,座上美人娇不起。宫中千门复万户,君恩反复谁能数?君心与妾既不同,徒向君前作歌舞。茱萸满宫红实垂,秋风袅袅生繁枝。姑苏台上夕燕罢,他人侍寝还独归。白日在天光在地,君今那得长相弃!"

④李尚书:李益,时任礼部尚书。《夜上受降城闻笛》:"回乐烽前沙似雪,受降城下月如霜。不知何处吹芦管,一夜征人尽望乡。""尚",崇本、《全唐诗》作"白",误。

⑤天平相公:令狐楚,大和三年十二月己丑为天平军节度使。

⑥石渠:详见《蒙恩转仪曹郎依前充集贤学士举韩湖州自代因寄七言》注③。

和兵部郑侍郎省中柳①松诗十韵 松是中书相公任侍郎时栽②。

右相③历中台④,移松武库栽。紫茸抽组绶,青实长玫瑰。便有干霄势,看成构厦材。数分天柱半,影逐日轮回。旧赏台阶⑤去,新知谷口⑥来。息阴常仰望,玩境⑦几徘徊。翠粒晴悬露,苍鳞雨起苔。凝音助瑶瑟,飘蕊泛金罍。月桂花⑧遥⑨烛,星榆叶⑩对开。终须似鸡树⑪,荣茂近昭回。

【题解】

此诗作于大和四年(830)前后。兵部郑侍郎指郑澣。《旧唐书》卷一五八《郑余庆传》附《郑澣传》:"大和二年,迁礼部侍郎。典贡举二年,选拔造秀,时号得人。转兵部侍郎,改吏部,出为河南尹,皆著能名。"郑澣《中书相公任兵部侍郎日后阁植四松逾数年澣忝此官因献拙什》诗云:"丞相当时植,幽襟对此开。人知舟楫器,天假栋梁材。错落龙鳞出,褵褷鹤翅回。重阴罗武库,细响静山台。得地公堂里,移根涧水隈。吴臣梦寐远,秦岳岁年摧。转觉飞缨缪,何因继组来。几寻珠履迹,愿比角弓培。柏悦犹依社,星高久照台。后凋应共操,无复问良媒。"

【注释】

①柳:崇本、朱本、《全唐诗》作"四",是。

537

②松是中书相公任侍郎时栽:"是",朱本作"楚",误。"时",作"日手"。中书相公:李宗闵。《旧唐书》卷一七六《李宗闵传》:"(长庆)四年,贡举事毕,权知兵部侍郎。宝历元年,正拜兵部侍郎,父忧免。大和二年,起为吏部侍郎,赐金紫之服。三年八月,以本官同平章事。时裴度荐李德裕,将大用。德裕自浙西入朝,为中人助宗闵者所沮,复出镇。寻引牛僧孺同知政事,二人唱和,凡德裕之党皆逐之。累转中书侍郎、集贤大学士。"

③右相:唐玄宗开元初年改左右仆射为尚书左右丞相,天宝初复其旧,乃改侍中为左相,中书令为右相,至德二年复为中书令。

④中台:尚书省。

⑤台阶:三台星亦名泰阶,故称台阶。古人以为有三公之象,因以指三公之位或宰辅重臣。详见《城西行》注⑦。

⑥谷口:《高士传》卷中:"郑朴,字子真,谷口人也,修道静默,世服其清高。成帝时,元舅、大将军王凤以礼聘之,遂不屈。扬雄盛称其德,曰:'谷口郑子真,耕于严石之下,名振京师。'冯翊人刻石祠之,至今不绝。"

⑦《全唐诗》"境"下注云:"一作意。"

⑧《全唐诗》"花"下注云:"一作光。"

⑨遥:朱本作"摇",误。

⑩叶:崇本、朱本作"半"。

⑪鸡树:《三国志》卷一四《魏书刘放传》:"帝独召爽与放、资俱受诏命,遂免宇、献、肇、朗官。"裴松之注引世语曰:"放、资久典机任,献、肇心内不平。殿中有鸡栖树,二人相谓:'此亦久矣,其能复几?'指谓放、资。"后代指中书省。

和苏十郎中①谢病闲居时严常侍②萧给事③同过④访叹初有二毛⑤之⑥作

清羸隐几⑦望云空,左掖⑧鸳鸾到室中。一卷素书⑨销⑩

永日,数茎斑鬓⑪对秋风。菱花照后容虽改,蓍草占来命⑫已通。莫怪人人惊早白,缘君合⑬是黑头翁⑭。

【题解】

此诗作于大和四年(830)。《旧唐书》卷一七下《文宗纪》下:大和四年(830)三月甲辰"以中书舍人李虞仲为华州刺史,代严休复,以修复为右散骑常侍"。大和五年,刘禹锡出牧苏州,可知此诗作年。诗中感慨岁月流逝、华发早生的同时也有通达宽慰之语。

【注释】

①苏十郎中:高志忠《校注》注云:"苏景胤。《全唐诗》卷五○一姚合和苏诗称'前司封苏郎中',《唐尚书省郎官石柱题名考》卷五,司封郎中:'严休复、张士阶、王申伯、王彦威、苏景胤'同为一行,知苏继王后。"

②严常侍:严休复。《旧唐书》卷一七下《文宗纪》下:大和四年(830)三月甲辰"以中书舍人李虞仲为华州刺史,代严休复,以休复为右散骑常侍。"

③萧给事:高志忠《校注》注云:"萧澣。《旧唐书》卷一七下《文宗纪》下载:大和七年(833)三月,'以散骑常侍严休复为河南尹,以给事中萧澣为郑州刺史'。"

④崇本无"过"字。

⑤二毛:斑白的头发。常用以指老年人。《左传·僖公二十二年》:"君子不重伤,不禽二毛。"杜预注云:"二毛,头白有二色。"

⑥明本无"之"字。

⑦隐几:靠着几案,伏在几案上。

⑧左掖:唐时指门下省。唐杜甫《宣政殿退朝晚出左掖》诗仇兆鳌注:"《唐六典》:在宣政门内,殿东有东上阁门,殿西有西上阁门。东上阁门,门下省在焉。西上阁门,中书省在焉。公时为左拾遗,属门下,故出左掖。"

⑨素书:此处指道书。

⑩销:崇本作"铺"字,误。

⑪鬓：《全唐诗》作"发"，注云："一作鬓。"

⑫命：《英华》作"梦"。

⑬合：朱本、《全唐诗》作"尚"。

⑭翁：崇本作"公"。

酬郓州①令狐相公官舍言怀见寄兼②呈乐天

词人各在一涯居，声味虽同迹自疏。佳句传因多好事，尺题稀为不便书。已通戎略逢黄石③，仍占文星④耀碧虚。闻说朝天在来岁，霸陵春色待行⑤车。

【题解】

此诗作于大和四年(830)。瞿蜕园《笺证》按云："《文宗纪》，大和三年(829)十二月己丑，以东都留守令狐楚检校右仆射天平军节度使。楚到郓州恐未能即有言怀之作。据禹锡诗'闻说朝天在来岁，霸陵春色待行车'之句。或者楚于到郓州次年岁杪作诗，自述望入觐之意，则当为大和四年(830)，禹锡固犹在京也，故与下一首相接。楚之原诗未见，姑存疑。"今从瞿说。

【注释】

①郓州：唐代郓州，治须昌，在今山东东平西北。

②崇本无"兼"字。

③"已通"句：详见《游桃源一百韵》注⑬。"略"，朱本作"路"。

④文星：《全唐诗》作"星文"。

⑤行：朱本作"来"。

和苏郎中①寻丰安里②旧居寄主客张郎中③

漳滨卧起恣闲游，宣室征还未白头。旧隐来寻通德里，新篇写出《畔牢愁》④。池看科斗⑤成文字，鸟听提壶⑥忆献酬。同学同年又同舍，许君云路并华辀⑦。

【题解】

此诗作于大和四年（830）左右。高志忠《校注》引陶敏、陶红雨《刘禹锡全集编年校注》按云："李宗闵、牛僧孺入相分别在大和三年八月及四年正月，则苏景胤之征还当亦在大和四年左右。"今从之。

【注释】

①苏郎中：苏景胤。参见《和苏十郎中谢病闲居时严常侍萧给事同过访叹初有二毛之作》注①。

②丰安里：即"安丰坊"。朱雀门街西第二街自北向南第七坊。

③张郎中：张又新。高志忠《校注》注云："《旧唐书》卷一七六《李宗闵传》载陈夷行曰：'比者宗闵得罪，以朋党之故，恕死为幸。宝历初，李续之、张又新、苏景胤等，朋比奸险，几倾朝廷，时号八关十六子。'"

④《畔牢愁》：扬雄作。《汉书》卷八七上《扬雄传》上："先是时，蜀有司马相如，作赋甚弘丽温雅，雄心壮之，每作赋，常拟之以为式。又怪屈原文过相如，至不容，作《离骚》，自投江而死，悲其文，读之未尝不流涕也。以为君子得时则大行，不得时则龙蛇，遇不遇命也，何必湛身哉！乃作书，往往摭《离骚》文而反之，自岷山投诸江流以吊屈原，名曰《反离骚》；又旁《离骚》作重一篇，名曰《广骚》；又旁《惜诵》以下至《怀沙》一卷，名曰《畔牢愁》。"

⑤科斗：即蝌蚪。

⑥提壶：亦作"提胡芦"。鸟名，即鹈鹕。

⑦辀（zhōu）：车辕。

大和五年(831)

遥①和令狐相公坐中闻思帝乡有感

当初造曲者为谁？说得思乡恋阙时。沧海②西头旧丞相，停杯处分③不须吹。

【题解】

此诗作于大和五年(831)春。令狐楚《坐中闻思帝乡有感》："年年不见帝乡春，白日寻思夜梦频。上酒忽闻吹此曲，坐中惆怅更何人？"据禹锡"沧海西头旧丞相"及楚"年年不见帝乡春"句可知，令狐楚时为天平军节度使。令狐楚大和三年十二月出镇，大和六年二月移太原尹，在郓州两度逢春，因"年年不见帝乡春"，可知为大和五年作。

【注释】

①《全唐诗》无"遥"字，题下注云："一本题上有遥字。"

②沧海：东海。曹操《步出夏门行》："东临碣石，以观沧海。"《初学记》卷六引晋张华《博物志》："东海之别有渤澥，故东海共称渤海，又通谓之沧海。"

③《全唐诗》"分"下注云："上声。"

送源中丞充新罗册立使 侍中之孙①

相门才子称华簪，持节东行捧德音。身②带霜威辞凤阙，口传天语到鸡林③。烟开鳌背千寻碧，日浴④鲸波万顷金。想见扶桑⑤受恩后⑥，一时西拜尽倾心。

【题解】

此诗作于大和五年(831)四月。源中丞指源寂。《旧唐书》卷一七下《文宗纪》下:大和五年四月，"甲戌，以新罗王嗣子金景徽为开府仪同三司、检校太保，使持节鸡林州诸军事、鸡林州大都督、宁海军使、上柱国，封新罗王;仍封其母朴氏为新罗国太妃"。卷一九九上《新罗传》:"五年，金彦升卒，以嗣子金景徽为开府仪同三司、检校太尉、使侍节大都督鸡林州诸军事，兼持节充宁海军使、新罗王;景徽母朴氏为太妃，妻朴氏为妃。命太子左谕德、兼御史中丞源寂持节吊祭册立。"

【注释】

①侍中之孙:瞿蜕园《笺证》按云:"题下注云:侍中之孙。则是玄宗时宰相源乾曜之后裔。据《旧唐书》，太子左谕德兼御史中丞源寂持节使新罗，即其人。"

②身:崇本作"官"。

③鸡林:古国名，即新罗。

④浴:崇本作"落"。

⑤扶桑:扶桑国。《梁书》卷五四《诸夷传·扶桑国》:"扶桑在大汉国东二万余里，地在中国之东，其土多扶桑木，故以为名。"

⑥后:《全唐诗》作"处"，注云:"一作后。"

【汇评】

元方回:此诗中四句全佳。(《瀛奎律髓》)

首言张源相门才子，宜服华簪、奉德音而至新罗也。御史铁面，故曰"带霜威";帝命亲承，故曰"传天语"。三联，海上经过所见之景物。末联，言彼国王受大唐之恩，一时西拜，以谢唐德之厚。源真不愧使命者矣。(《唐诗鼓吹评注》)

又:德音所被，日曜烟开，五六摄起"拜"字，度外精彩。下接"扶桑"，如

何可改"落"字?(同上)

清纪昀:"面带"句究不甚雅。气脉雄大。(《瀛奎律髓汇评》)

清王寿昌:何谓俊爽?曰:如……刘梦得之"相门才子称华簪……"是也。(《小清华园诗谈》)

送李中丞①赴楚州

缇骑朱旗入楚城,士林皆贺振家声。儿童但喜迎贤守,故吏犹应记小②名。万顷水田连郭秀,四时烟月映淮清。忆君初得昆山玉③,同向扬州携手行。

【题解】

此诗作于大和五年(831)四月。《新唐书》卷一四六《李栖筠传》附:"子德修,亦有志操,宝历中为膳部员外郎。张仲方入为谏议大夫,德修不欲同朝,出为舒、湖、楚三州刺史。卒。"《楚州金石录·唐楚州官署题名幢》:"大中大夫,使持节楚州诸军事,守楚州刺史,充本州团练使、淮南营田副史、上柱国、袭赵国公。食邑三千户,赐紫金鱼袋李德修,大和五年四月十九日授。"

【注释】

①李中丞:李德修,李吉甫之子,李德裕之兄。

②小:《全唐诗》作"姓",注云:"一作小。"

③昆山玉:《晋书》卷五二《郤诜传》:"累迁雍州刺史。武帝于东堂会送,问诜曰:'卿自以为何如?'诜对曰:'臣举贤良对策,为天下第一,犹桂林之一枝,昆山之片玉。'"

白侍郎大尹自河南寄示池北新葺水斋即事招宾十四韵兼命同作

公府有高政①,新斋池上开。再吟佳句后,一似画图来。结构疏林下,寅②缘曲岸隈。绿波穿户牖,碧甃③叠琼瓌④。幽兴⑤当轩满,清光绕砌回。潭心澄晓⑥镜,渠⑦口起晴雷。瑶草缘堤种,松烟⑧上岛栽。游鱼⑨惊拨剌⑩,浴鹭⑪喜毰毸⑫。为客烹林笋,因僧采石苔。酒瓶常不罄,书案任成堆。檐外青雀舫,座中鹦鹉杯。蒲根⑬抽九节,莲萼捧重台⑭。芳讯此时到,胜游何日陪? 共讯吴太守⑮,自占洛阳才。

【题解】

此诗作于大和五年(831)。《白氏长庆集》卷二八《府西池北新葺水斋即事招宾十六韵》:"缭绕府西面,潺湲池北头。凿开明月峡,决破白苹洲。清浅漪澜急,黉缘浦屿幽。直冲行径断,平入卧斋流。石叠青棱玉,波翻白片鸥。喷时千点雨,澄处一泓油。绝境应难别,同心岂易求? 少逢人爱玩,多是我淹留。夹岸铺长簟,当轩泊小舟。枕前看鹤浴,床下见鱼游。洞户斜开扇,疏帘半上钩。紫浮萍泛泛,碧亚竹修修。读罢书仍展,棋终局未收。午茶能散睡,卯酒善销愁。檐雨晚初霁,窗风凉欲休。谁能伴老尹,时复一闲游?"《白居易年谱》系诸大和五年。

【注释】

①政:朱本作"致",是。

②寅:朱本、《全唐诗》作"夤",是。

③甃(zhòu):砖砌的井壁。此处指池壁。

④琼瓌(guī):琼:美玉。瓌:美石。

⑤兴：朱本、《全唐诗》作"异"。

⑥晓：朱本、《全唐诗》作"晚"。

⑦渠：朱本作"梁"。

⑧松烟：朱本作"烟松"，是。

⑨游鱼：崇本作"鱼游"。

⑩拨剌：鱼尾拨水声。

⑪浴鹭：崇本作"鹭浴"。

⑫毰毸(péi sāi)：羽毛张开貌。

⑬蒲根：蒋维崧等《笺注》注引《南方草木状·菖蒲》："番禺东有涧，涧中生菖蒲，皆一寸九节。"

⑭重台：台，通"苔"，花茎重发。

⑮吴太守：汉河南太守吴公。《史记》卷八四《屈原贾生列传》："孝文皇帝初立，闻河南守吴公治平为天下第一，故与李斯同邑而常学事焉，乃征为廷尉。廷尉乃言贾生年少，颇通诸子百家之书。文帝召以为博士。"

吟白君①哭崔儿二②篇怆然寄赠

吟君苦调我沾缨③，能使无情尽有情。四望车④中未释，千秋亭⑤下赋初成。庭梧已有雏栖⑥处，池鹤今无子和声⑦。从此期君比琼树，一枝吹折一枝生。

【题解】

此诗作于大和五年(831)。《白氏长庆集》卷二八《哭崔儿》："掌珠一颗儿三岁，鬓雪千茎父六旬。岂料汝先为异物，常忧吾不见成人。悲肠自断非因剑，啼眼加昏不是尘。怀抱又空天默默，依前重作邓攸身。"《初丧崔儿报微之晦叔》："书报微之晦叔知，欲题崔字泪先垂。世间此恨偏敦我，天下何人不哭儿？蝉老悲鸣抛蜕后，龙眠惊觉失珠时。文章十帙官三品，身后传谁庇荫谁。"白诗有句"掌珠一颗儿三岁,鬓雪千茎父六旬",白居易六十岁时为大和五年。白居易老年得子,孰料阿崔三岁而夭,白居易伤心欲绝,此诗乃刘禹锡安慰之语。

【注释】

①君:朱本、《全唐诗》作"乐天"。

②二:朱本作"上",误。

③沾缨:泪水浸湿冠缨。指痛哭、悲伤。《淮南子》卷一〇《缪称训》:"雍门子以哭见,孟尝君涕流沾缨。"

④四望车:《晋书》卷四一《魏舒传》:"子混,字延广,清惠有才行,为太子舍人。年二十七,先舒卒,朝野咸为舒悲惜。舒每哀恸,退而叹曰:'吾不及庄生远矣,岂以无益自损乎!'于是终服不复哭。诏曰:'舒惟一子,薄命短折。舒告老之年,处穷独之苦,每念怛然,为之嗟悼。思所以散愁养气,可更增滋味品物。仍给赐阳燧四望缦窗户皂轮车牛一乘,庶出入观望,或足散忧也。'"

⑤千秋亭:潘岳《西征赋》:"夭赤子于新安,坎路侧而瘗之。亭有千秋之号,子无七旬之期。虽勉励于延吴,实潜恸乎余慈。"《文选》李善注云:"《伤弱子序》曰:三月壬寅,弱子生,五月之长安。壬寅,次于新安之千秋亭,甲辰而弱子夭。乙巳,瘗于亭东。"

⑥雏栖:《全唐诗》作"栖雏"。

⑦"池鹤"句:《周易·中孚》:"九二,鸣鹤在阴,其子和之。"

答乐天所寄咏怀且适①其枯树之叹

衙前有乐馔常精,宅内连池酒任倾。自是官高无狎客,不论年长少欢情。骊龙颔被探珠去②,老蚌③胎④还应月生⑤。莫羡三春桃与李,桂花成实向秋荣。

【题解】

此诗作于大和五年(831)。《白氏长庆集》卷二八《府斋感怀酬梦得》："府伶呼唤争先到,家酝提携辄随。合是人生开眼日,自当年老敛眉时。丹砂炼作三铢土,玄发看成一把丝。劳寄新诗远安慰,不闻枯树再生枝。"白诗为答刘禹锡《吟白君哭崔儿二篇怆然寄赠》。禹锡此诗仍表达出对白居易丧子后的关心与宽慰。

【注释】

①适:崇本、朱本、《全唐诗》作"释",是。

②"骊龙"句:《庄子·列御寇》:"河上有家贫恃纬萧而食者,其子没于渊,得千金之珠。其父谓其子曰:'取石来锻之! 夫千金之珠,必在九重之渊而骊龙颔下,子能得珠者,必遭其睡也。使骊龙而寤,子尚奚微之有哉!'"

③老蚌:《三国志》卷一〇《魏书·荀彧传》:裴松之注引孔融与康父端书曰:"前日元将来,渊才亮茂,雅度弘毅,伟世之器也。昨日仲将又来,懿性贞实,文敏笃诚,保家之主也。不意双珠,近出老蚌,甚珍贵之。"

④胎:朱本、《全唐诗》作"胚"。

⑤应月生:左思《吴都赋》:"穷性极形,盈虚自然。蚌蛤珠胎,与月亏全。"《文选》刘渊林注云:"《吕氏春秋》曰:'月望则蚌蛤实,月晦则蚌蛤虚。'"

【汇评】

明陆时雍:诗绝似长语,如此则脱手易就。(《唐诗镜》)

西川①李尚书知愚与元武昌有旧远示二篇吟之泫然因以继和二首② 来诗云:元公令陈从事求蜀琴,将以为寄,而武昌之讣闻,因陈生会葬。

如何赠琴日,已是绝弦时。无复双金③报,空余挂剑悲④。宝匣从此闭⑤,朱弦谁复调? 秖应随玉树⑥,同向土中销。

　　此诗作于大和五年(831)。《旧唐书》卷一六六《元稹传》："(大和)四年正月,检校户部尚书,兼鄂州刺史、御史大夫、武昌军节度使。五年七月二十二日暴疾,一日而卒于镇,时年五十三,赠尚书右仆射。"

【注释】

　　①川:《全唐诗》作"州",误。

　　②二首:崇本作题下小字注。

　　③双金:详见《酬元九侍御赠壁州鞭长句》注②。

　　④挂剑悲:《史记》卷三一《吴太伯世家》:"季札之初使,北过徐君。徐君好季札剑,口弗敢言。季札心知之,为使上国,未献。还至徐,徐君已死,于是乃解其宝剑,系之徐君冢树而去。从者曰:'徐君已死,尚谁予乎?'季子曰:'不然。始吾心已许之,岂以死倍吾心哉!'"

　　⑤闭:《全唐诗》作"闲",注云:"一作闭。"

　　⑥玉树:《世说新语·伤逝》:"庾文康亡,何扬州临葬云:'埋玉树著土中,使人情何能已!'"

和西川李尚书汉州①微月游房太尉②西湖

　　木落汉川夜,西湖悬玉钩。旌旗环水次,舟楫泛中流。目极想前事,神交如共游。瑶琴久已绝,松韵自悲秋。

【题解】

　　此诗作于大和五年(831)。《旧唐书》卷一七下《文宗纪》下:大和四年冬十月戊申,"以德裕检校兵部尚书,兼成都尹,充剑南西川节度使"。大和六年十二月,"丁未,以前西川节度使李德裕为兵部尚书"。卞孝萱《刘禹锡年谱》云:"《李文饶文集·别集》卷四《汉州月夕游房太尉西湖》、《重题》、《房公旧竹亭闻琴缅慕风流神期如在因重题词作》三诗之后,附录禹锡和

549

诗,题名为:'礼部郎中、集贤殿学士刘禹锡。'"大和五年十月后禹锡出为苏州刺史。诗云"瑶琴久已绝,松韵自悲秋",故此诗当作于大和五年秋。李德裕《汉州月夕游房太尉西湖》诗云:"丞相鸣琴地,何年闭玉徽。偶因明月夕,重敞故楼扉。桃柳谿空在,芙蓉客暂依。谁怜济川楫,长与夜舟归。"

【注释】

①汉州:今四川广汉市。"州",朱本作"川"。

②房太尉:房琯。《旧唐书》卷一一一《房琯传》:"上元元年四月,改礼部尚书,寻出为晋州刺史。八月,改汉州刺史。""广德元年八月四日,卒于阆州僧舍,时年六十七。赠太尉。"

和重题

　　林端落照尽,湖上远风①清。水榭芝兰室,仙舟鱼鸟情。人琴久寂寞,烟月若平生。一泛钓璜②处,再吟锵玉③声。

【题解】

　　此诗作于大和五年(831),参见《和西川李尚书汉州微月游房太尉西湖》编年。李德裕《重题》诗云:"晚日临寒渚,微风发棹讴。凤池波自阔,鱼水运难留。亭古思宏栋,川长忆夜舟。想公高世志,只似冶城游。"

【注释】

①风:朱本、《全唐诗》作"岚"。

②钓璜:详见《浙西李大夫述梦四十韵并浙东元相公酬和斐然继声》注⑥。

③锵玉:《礼记·玉藻》:"古之君子必佩玉,右徵角,左宫羽,趋以采齐,行以肆夏,周还中规,折还中矩,进则揖之,退则扬之,然后玉锵鸣也。"

和游房公旧竹亭闻琴绝句

尚有竹间路，永无蒌下尘。一闻流水曲①，重忆餐霞人②。

【题解】

此诗作于大和五年(831)，参见《和西川李尚书汉州微月游房太尉西湖》编年。李德裕《房公旧竹亭闻琴缅慕风流神期如在因重题此作》诗云："流水音长在，青霞意不传。独悲形解后，谁听广陵弦。"

【注释】

①流水曲：《列子》卷五《汤问》："伯牙善鼓琴，钟子期善听。伯牙鼓琴，志在登高山。钟子期曰：'善哉！峨峨兮若泰山！'志在流水，钟子期曰：'善哉！洋洋兮若江河！'伯牙所念，钟子期必得之。"

②餐霞人：颜延之《五君咏·嵇中散》："中散不偶世，本自餐霞人。""餐"，崇本作"食"，误。

哭庞京兆① 少年有俊气，尝②擢制科之首。

俊骨英才气褎然③，策名飞步冠群贤。逢时已自致高位，得疾④还因倚少年。天上别归京兆府，人间空叹⑤茂陵阡。今朝缲帐哭君处，前日见铺歌舞筵。

【题解】

此诗作于大和五年(831)八月。庞京兆指庞严。《旧唐书》卷一七下《文宗纪》下：大和五年(831)八月"京兆尹庞严卒。"

【注释】

①庞京兆：庞严。《旧唐书》卷一六六《元稹传》附《庞严传》："庞严者，寿春人。父景昭。严元和中登进士第，长庆元年应制举贤良方正、能直言极谏科，策入三等，冠制科之首。是月，拜左拾遗。聪敏绝人，文章峭丽。翰林学士元稹、李绅颇知之。……权知京兆尹，以强干不避权豪称，然无士君子之检操，贪势嗜利。因醉而卒。"

②尝：《全唐诗》作"常"。

③褎（yòu）然：杰出貌。"褎"，明本作"裹"，误。

④疾：《英华》作"病"，注云："集作疾。"《全唐诗》注云："一作病。"

⑤叹：《全唐诗》作"数"，注云："一作叹。"

【汇评】

此言庞君才气豪雄，衣服华盛，已策名进士而冠于群贤之上矣。虽逢时得位而贵，惜少年纵欲而亡，在天上虽归京兆之府，在人间空见茂陵之阡耳。乃今哭君之所，即前日歌舞之地，可不令人伤悼哉！言"歌舞筵"者，亦见昔日之纵欲，盖讥之也。（《唐诗鼓吹评注》）

清胡以梅：通首皆有不足微辞，虽云"哭"，实刺之也。致讥于身后，恐非古道，特取工绽，不可为挽诔法。"褎然"，已便喝出，然质既英俊，试又冠军，则其不能冲抑，犹可也，逢时致位，已觉怒张，得疾倚少，直言其该死，词虽婉而大发露矣。五、六精妙切题，一为作京兆于"天上"，一为葬京兆于地下，空叹，亦串上下文不足意，而结仍应第四，恐亦不遗余力矣。所可取者，总因典赡松润，可以浣俗，比之风流谑浪，喜笑唾骂，皆成文章，苟无才以运之，便堕恶趣。然刘之半生淹滞，不止咏看玄都之桃，大约概由此等，亦为笔锋所累。（《唐诗贯珠》）

清何焯：第六亦用京兆尹事，对得变。（卞孝萱《刘禹锡诗何焯批语考订》）

再伤庞尹

京兆归何处？章台①空暮尘。可怜鸾镜下，哭杀画眉人。

【题解】

此诗作于大和五年(831)八月。

【注释】

①章台：章台宫，在长安县故城西南。

送工部萧郎中①刑部李郎中②并以本官兼中丞分命充京西京北覆③粮使

霜简④映金章，相辉同舍郎。天威巡虎落，星使⑤出鸳行。尊俎成全策，京坻⑥阅见粮。归来虏尘灭，画地⑦奏明光⑧。

【题解】

此诗当作于大和五年(831)。

【注释】

①工部萧郎中："工"，《英华》作"兵"，注云："集作工。"《全唐诗》注云："一作兵。""郎中"下注云："一作侍郎。"萧郎中：未详何人。

②刑部李郎中：李石。《旧唐书》卷一七二《李石传》："入为工部郎中，判盐铁案。五年，改刑部郎中。"

③覆：审查。

④霜简:古代御史弹劾大臣的奏章。

⑤星使:详见《元和癸巳岁仲秋诏发江陵偏师问罪蛮徼后命宣慰释兵归降凯旋之辰率尔成咏寄荆南严司空》注⑥。

⑥京坻:《诗·小雅·甫田》:"曾孙之庾,如坻如京。"谓谷米堆积如山。后因以"京坻"形容丰收。

⑦画地:《汉书》卷五九《张汤传》附《张安世传》:"初,安世长子千秋与霍光子禹俱为中郎将,将兵随度辽将军范明友击乌桓。还,谒大将军光,问千秋战斗方略,山川形势,千秋口对兵事,画地成图,无所忘失。光复问禹,禹不能记,曰:'皆有文书。'光由是贤千秋,以禹为不材,叹曰:'霍氏世衰,张氏兴矣!'及禹诛灭,而安世子孙相继,自宣、元以来为侍中、中常侍、诸曹散骑、列校尉者凡十余人。"

⑧明光:汉代宫殿名。后亦泛指朝廷宫殿。

酬令狐相公见寄

群玉山①头住四年,每闻笙鹤看诸仙。何时得把浮丘②袖③?白日将升第九天。

【题解】

此诗作于大和五年(831)。令狐楚原诗《寄礼部刘郎中》云:"一别三年在上京,仙垣终日选群英。除书每下皆先看,唯有刘郎无姓名。"禹锡诗云"群玉山头住四年",自大和二年(828)充集贤学士起推四年,为大和五年。楚诗云"一别三年在上京",自令狐楚大和三年三月离长安至洛阳为东都留守推三年,亦为大和五年。

【注释】

①群玉山:群玉山乃西王母所居,此处指集贤院。详见《早秋集贤院即事》注⑨。

②浮丘:即浮丘公。郭璞《游仙诗》之三:"左挹浮丘袖,右拍洪崖肩。"《文选》李善注引《列仙传》:"浮丘公接王子乔以上嵩高山。"

③袖:朱本作"袂"。

赴苏州酬别乐天

吴郡鱼书①下紫宸②,长安厩吏③送朱轮。二南风化④承遗爱⑤,八咏⑥声名蹑后尘。梁氏夫妻⑦为寄客,陆家兄弟⑧是州民。江城春日追游⑨处,共忆东都旧主人⑩。

【题解】

此诗作于大和五年(831)冬。《白氏长庆集》卷六八《与刘苏州书》:"去年冬,梦得由礼部郎中、集贤学士迁苏州刺史,冰雪塞路,自秦徂吴。仆方守三川,得为东道主,阁下为仆税驾十五日,朝觞夕咏,颇极平生之欢,各赋数篇,视草而别。……自太和六年冬送梦得之任之作始。""六年"乃"五年"误。白居易有《送刘郎中赴任苏州》诗云:"仁风膏雨去随轮,胜境欢游到逐身。水驿路穿儿店月,花船棹入女湖春。宣城独咏窗中岫,柳恽单题汀上苹。何似姑苏诗太守,吟诗相继有三人。"此诗为刘禹锡赴苏州途中与白居易见面相聚后的分别之作。

【注释】

①鱼书:详见《早春对雪奉寄澧州元郎中》注②。

②紫宸:宫殿名。《唐六典》:"大明宫北曰紫宸门,其内紫宸殿。"

③长安厩吏:《汉书》卷六四上《朱买臣传》:"长安厩吏乘驷马车来迎,买臣遂乘传去。会稽闻太守且至,发民除道,县长吏并送迎,车百余乘。"

④二南风化:二南:《诗经·国风》中的《周南》、《召南》。《毛诗序》:"然则《关雎》《麟趾》之化,王者之风,故系之周公。南,言化自北而南也。《鹊巢》《驺虞》之德,诸侯之风也,先王之所以教,故系之召公。《周南》《召南》,

正始之道,王化之基。”

⑤遗爱:《左传》昭公二十年:“及子产卒,仲尼闻之,出涕曰:‘古之遗爱也。’”

⑥八咏:沈约为东阳太守,建元畅楼,题八咏诗:《登台望秋月》、《会圃临东风》、《岁暮愍衰草》、《霜来悲落桐》、《夕行闻夜鹤》、《晨征听晓鸿》、《解佩去朝市》、《被褐守山东》。

⑦梁氏夫妻:梁鸿、孟光夫妇。《后汉书》卷八三《梁鸿传》:“梁鸿字伯鸾,扶风平陵人也。……至吴,依大家皋伯通,居庑下,为人赁春。”故云“寄客”。

⑧陆家兄弟:陆机、陆云兄弟。陆家兄弟为吴郡华亭人,故称“州民”。

⑨游:朱本作“随”。

⑩东都旧主人:指白居易。白原为苏州刺史现为河南尹。“都”,朱本、《全唐诗》作“归”。

【汇评】

元方回:乐天尝守苏,今梦得亦往守此,故有“承遗爱”、“蹑后尘”之语。梁鸿、孟光尝客于吴,机、云二陆昔为吴人,今到苏之后,凡寄寓之客及在郡之士人与太守相追游,当共忆乐天为旧太守,即旧主人也。善用事,笔端有口,未易可及。(《瀛奎律髓》)

清陆贻典:诗有远近起伏,意致便灵。(《瀛奎律髓汇评》)

清何焯:次联胜三联。四联若无“共忆”二字,便成死句。(同上)

清纪昀:第三句“二南风化”四字无着,亦不切苏州,而不觉借用,以原是太守耳。(同上)

清沈德潜:颈联可云佳话。(《唐诗别裁》)

福先寺①雪中酬别乐天

龙门②宾客会龙宫③,东去旌旗驻上东④。二八笙歌⑤云幕下,三千世界雪花中。离堂未暗排红烛,别曲含凄飓晚⑥风。才子从今一分散,便将诗咏向吴侬⑦。

【题解】

此诗作于大和五年(831)冬。刘禹锡赴苏州途中与白居易相聚数日后离别。此为临别之诗。白居易《福先寺雪中饯刘苏州》诗云:"送君何处展离筵? 大梵王宫大雪天。庾岭梅花落歌管,谢家柳絮扑金田。乱从纵袖交加舞,醉入篮舆取次眠。却笑召邹兼访戴,只持空酒驾空船。"

【注释】

①福先寺:时在洛阳积德坊。

②龙门:龙门山,在洛阳南。

③龙宫:此处指福先寺。

④上东:洛阳城东门。

⑤二八笙歌:古代歌舞八人一列,两列称为"二八"。

⑥飓晚:朱本作"向晓"。

⑦吴侬:吴地自称曰"我侬",称人曰"渠侬"、"个侬"、"他侬",因称人多用侬字,故以"吴侬"指吴人。

醉答乐天

洛城洛城何日归? 故人故人今转稀。莫嗟雪里暂时别,终拟云间相逐飞。

【题解】

此诗为大和五年(831)冬刘禹锡赴苏州途经洛阳与白居易相聚时所作。《白氏长庆集》卷二七《醉中重留梦得》:"刘郎刘郎莫先起,苏台苏台隔云水。酒盏来从一百分,马头去便三千里。"

和乐天耳顺吟兼寄敦诗①

　　吟君新什慰蹉跎,屈指同登耳顺科。邓禹功成三纪事②,孔融书就八年多③。已经将相④谁能尔? 抛却丞郎⑤争奈何! 独恨长洲⑥数千里,且随鱼鸟泛烟波。

【题解】

　　此诗作于大和五年(831)冬,刘禹锡赴苏州途经洛阳与白居易相聚时。《白氏长庆集》卷二一《耳顺吟寄敦诗梦得》:"三十四十五欲牵,七十八十百病缠。五十六十却不恶,恬淡清净心安然。已过爱贪声利后,犹在病羸昏眊前。未无筋力寻山水,尚有心情听管弦。闲开新酒尝数盏,醉忆旧诗吟一篇。敦诗梦得且相劝,不用嫌他耳顺年。"

【注释】

　　①敦诗:崔群。《旧唐书》卷一五九有传。"崔群,字敦诗,清河武城人。"

　　②"邓禹"句:《后汉书》卷一六《邓禹传》:"邓禹字仲华,南阳新野人也。……光武即位于鄗,使使者持节拜禹为大司徒。策曰:'制诏前将军禹:深执忠孝,与朕谋谟帷幄,决胜千里。孔子曰:自吾有回,门人日亲。斩将破军,平定山西,功效尤著。百姓不亲,五品不训,汝作司徒,敬敷五教,五教在宽。今遣奉车都尉授印绶,封为酂侯,食邑万户。敬之哉!'禹时年二十四。"纪:十二年为一纪。邓禹功成距耳顺之年有三纪。

　　③"孔融"句:孔融《与曹操论盛孝章书》:"岁月不居,时节如流,五十之年,忽焉已至,公为始满,融又过二。"孔融写信五十过二,距六十有八年。

　　④已经将相:指崔群。《旧唐书》卷一五《宪宗纪》下:元和十二年(817)七月丙辰,"以朝散大夫、守尚书户部侍郎、上护军、赐紫金鱼袋崔群为中书

侍郎、同中书门下平章事。"

　　⑤抛却丞郎:指白居易。瞿蜕园《笺证》云:"居易曾于大和二、三年(828、829)任刑部侍郎,唐人通以尚书左右丞及六部侍郎为丞郎也。"

　　⑥长洲:长洲苑。故址在今江苏省苏州市西南、太湖北。春秋时为吴王阖闾间游猎处。

将赴苏州途出洛阳留守李相公^①累^②申宴饯宠行话旧形于篇章谨抒下情以申仰谢

　　岁杪风物动,雪余宫苑晴。兔园宾客至,金谷管弦声。
洛水故人别,吴宫新燕迎。越乡^③忧不浅,怀袖有琼英。

【题解】

　　此诗作于大和五年(831)。《旧唐书》卷一七下《文宗纪》下:大和五年八月壬申,"以逢吉检校司徒、兼太子太师,充东都留守"。禹锡大和五年十月出为苏州刺史,此诗为将赴苏州时所作,

【注释】

　　①留守李相公:李逢吉。
　　②崇本无"累"字。
　　③乡:崇本、朱本、《全唐诗》作"郎",是。

途次大梁雪中奉天平令狐相公书问兼示新什因思曩岁从此拜辞形于短篇以申仰谢

　　远守宦情薄,故人书信来。共曾花下别,今独^①雪中回。

纸尾得新什,眉头还暂开。此时同雁鹜^②,池上一徘徊。

【题解】

此诗作于大和五年(831)冬刘禹锡赴苏州刺史任途中。

【注释】

①《全唐诗》"独"下注云:"一作坐。"

②雁鹜:《战国策·燕策二》:"赖得先王雁鹜之余食,不宜臞。臞者,忧公子之且为质于齐也。"南朝梁刘孝标《广绝交论》:"分雁鹜之稻粱,沾玉斝之余沥。"

大和二年(828)至大和五年(831)在长安所作其他诗

听旧宫中乐人穆氏唱歌

曾随织女渡天河,记得云间第一歌。休唱贞元供奉曲,当时①朝士已无多。

【题解】

此诗应作于大和二年(828)至大和五年(831)刘禹锡在长安之时。诗中听乐人歌念及故僚,有时过境迁旧人不在之感慨。

【注释】

①当时:《英华》作"如今",注云:"一作当时。"《全唐诗》注云:"一作如今。"

【汇评】

宋谢枋得:前两句,形容宫中之乐,如在九霄。后两句,谓唐德宗贞元间,陆宣公为相,姜公辅、萧复、阳城、王仲舒诸贤,先后立朝,所尚多君子,今日与贞元大不侔也。闻贞元乐曲,思贞元朝士,宁能无伤今怀古之情乎?曰"当时朝士已无多",隐然见今日朝廷无人才,正如《书》云"即我御事,罔或耆寿,俊在厥服",《诗》云"伊谁之思,西方美人"。不言"无",而言"无多",此诗人巧处。(《注解选唐诗》)

元释圆至:织女渡河止于一夕,永贞改元曾未经年,借穆氏以比立朝不久也。感慨入骨。(《笺注唐贤绝句三体诗法》)

明高棅:谢云:前两句言宫中之乐如在九霄,后两句谓贞元诸贤立朝尚多君子,今日与贞元不侔矣。闻贞元之乐曲,思贞元之多士,宁无伤今怀古之情乎?《诗》云:"云谁之思,西方美人。"此诗人之遗意也。(《唐诗品汇》)

明桂天祥:《穆氏》、《何戡》,二诗同体,然其隐痛极是婉曲。(《批点唐诗正声》)

明敖英:《与歌者》诗并此诗俱善于言情。(《唐诗绝句类选》)

明陆时雍:宕。(《唐诗镜》)

又:伤感之甚。(同上)

明周珽(列)为虚接体。(《唐诗选脉会通评林》)

明何仲德(列)为熔竟体。(同上)

明吴山民:"已无多"三字,跟"休唱"字来,有无穷之思。(同上)

明张震:此亦借言,有所指也。贞元,德宗年号。梦得贞元时入仕,元和初谪,二十四年方归,故有是语。(《唐音》)

明唐汝询:此梦得还京之后,伤老成无遗,托此兴慨。上述宫人之词,下为己告之语。言彼自云曾与天河之会,记得此歌。我想当时朝士,无有存者。贞元供奉之曲,不必唱也。按梦得贞元时入仕,元和中坐贬,历二十四年方归,故有是语。(《唐诗解》)

清何焯:织女渡河,止于一夕。永贞改元,曾未经年。借穆氏以比立朝不久也。(《唐三体诗》)

清沈德潜:贞元尚多君子,元和已少其人,前人谓有"西方美人"之思。(《唐诗别裁》)

清宋宗元:怀古深情,令读者得之言外。(《网师园唐诗笺》)

清吴昌祺:"第一歌",即供奉曲也。刘云贞元尚多君子,"西方美人"之遗也。(《删订唐诗解》)

又:言彼曾闻天上之歌,然当时朝士,无有存者,贞元供奉之曲,适足愁人耳。梦得贞元时入仕,元和中坐贬,故有是语。(同上)

邹弢:兴亡衰盛之感,言之伤心。(《精选评注五朝诗学津梁》)

俞陛云:诗以织女喻妃嫔,以云间喻宫禁。白头宫女如穆氏者,曾供奉掖庭,岁月不居,朝士贞元,已稀如星凤,解听《清平》旧调者能有几人?梦得闻歌诗凡三首,赠嘉荣与何戡,皆专赠歌者,此则兼有典型之感。(《诗境

与歌者何戡^①

二十余年别帝京^②,重闻天乐不胜情。旧人唯有何戡在,更与殷勤唱渭城^③。

【题解】

此诗应作于大和二年(828)至大和五年(831)刘禹锡在长安期间。被贬二十余年后重返帝京,旧曲虽闻,故人难见,伤感可见一斑。

【注释】

①何戡:唐长庆时著名歌者。

②"二十"句:刘禹锡于永贞元年(805)被谪离京,大和二年(828)重回长安,前后二十四年。

③渭城:指渭城曲,即王维《送元二使安西》诗。

【汇评】

宋谢枋得:"不胜情"三字有味,"旧人唯有何戡在",见得旧时公卿大夫与己为仇者,今无一存,惟歌妓何戡尚在。……今日幸而登朝,何戡更与唱昔年送别之曲。回思逆境,岂意生还。仇人怨家,消磨已尽。人生争名争利,相倾相陷,果何如哉!(《注解选唐诗》)

宋胡次焱:前二句,颇有恋君之意。因"唱渭城"句推之,乃知幸怨家仇人之无存也。旧人惟有何戡,更与唱曲,欣幸快慰之词,与"前度刘郎今又来"同意。(《唐诗选脉会通评林》)

明郭濬:《穆氏》、《何戡》二诗同法,追想间极是婉转。(同上)

明瞿佑:(刘禹锡)晚始得还,同辈零落殆尽。有诗云:"昔年意气压群英,几度朝回一字行。二十年来零落尽,两人相遇洛阳城。"又云:"休唱贞元供奉曲,当时朝士已无多。"又云:"旧人惟有何戡在,更与殷勤唱渭城。"

盖自德宗后,历顺、宪、穆、敬、文、武,凡八朝。(《归田诗话》)

明高棅:谢云刘初贬召还,又忤宰相,被黜。十年再召还,怨旧时之害己者今无一存,唯一妓独在。"不胜情"三字极有味。(《唐诗品汇》)

明蒋仲舒:苦于言情。(《唐诗绝句类选》)

明李攀龙:宋刘原父《别宫妓》诗:"玳筵银烛彻宵明,白玉佳人唱渭城。更进一杯须起舞,明和秋月不生情。"从此诗翻出。(《唐诗选》)

明陆时雍:"南宫旧吏来相问,何处淹留白发生?""旧人惟有何戡在,更与殷勤唱渭城。"更有何意索得?此所以有水到渠成之说也。(《诗镜总论》)

又:深衷痛语。(《唐诗镜》)

明唐汝询:梦得为当政者所忌,居外二十四年而始还都,是以闻天乐而不胜情也。然旧人无遗,惟一乐工在,更为我唱当年别离之曲,有情哉!(《唐诗解》)

清沈德潜:王维《渭城》诗,唐人以为送别之曲。梦得重来京师,旧人惟一乐工,为唱《渭城》送别,何以为情也?(《唐诗别裁》)

清黄叔灿:念旧人而止存何戡,乃更与殷勤歌唱,缭绕"不胜情"三字,倍多婉曲。"渭城朝雨",别离之曲,又与上"别帝京"相映。(《唐诗笺注》)

清管世铭:柳宗元之"破额山前"、刘禹锡之"山围故国"、李益之"回乐烽前",诗虽佳而非其至。……必欲求之,……刘禹锡之"二十余年"、李商隐之"珠箔轻明",与杜牧《秦淮》之作,可称匹美。(《读雪山房唐诗序例》)

清李锳:无一旧人能唱旧曲,情固可伤,犹若可以忘情;惟尚有旧人能唱旧曲,则感触更何以堪!(《诗法易简录》)

清范大士:抚今思昔,可泣可歌。(《历代诗发》)

清宋顾乐:前二首(指《与歌者米嘉荣》、《听旧宫中乐人穆氏唱歌》)题外转意,此首兜裹得好,叙而不议,神味觉更悠然。深情高调,三首未易区分高下也。(《唐人万首绝句选评》)

俞陛云:诗谓觚棱前梦,悠悠二十余年,家令重来,春婆梦醒,重闻天乐,不禁泪湿青衫。后二句谓甫惘惘之相看,又匆匆之录别,同调无多,为唱一曲《渭城》殷勤致意,者旧凋零,因何郎而重有感矣。(《诗境浅说续

编》)

刘永济:此三诗皆听歌有感之作。米嘉荣乃长庆间歌人,及今已老,故感其不为新进少年所重,而以"好染髭须"戏之。穆氏乃宫中歌者,故有"织女"、"天河"、"云间第一歌"等语,而感于贞元朝士无多,以见朝政反覆,与《再游玄都观》诗同意。何戡则二十年前旧人之仅存者,亦以感时世沧桑也。禹锡诗多感慨,亦由其身世多故使然也。(《唐人绝句精华》)

唐郎中^①宅与诸公同饮酒看牡丹

今日花前饮,甘心醉数杯。但愁花有语,不为老人开。

【题解】

此诗当作于刘禹锡大和二年(828)至五年(831)春在长安期间。诗中虽与友对花饮酒,但惆怅之意甚明。

【注释】

①唐郎中:唐扶。详见《唐侍御寄游道林岳麓二寺诗并沈中丞姚员外所和见征继作》注①。

【汇评】

宋蔡正孙:苏子由云:"此诗感慨,东坡《吉祥寺赏牡丹》一绝,正与此意同。"(《诗林广记》)

明黄溥:此时托物寓兴,有风人遗意。(《诗学权舆》)

清黄叔灿:"年年岁岁花相似,岁岁年年人不同。"伤心句也。此则云:"但愁花有语,不为老人开。"更伤心矣,而牡丹之艳亦觉十分。(《唐诗笺注》)

清徐增:梦得已是老人,自以为过时,与世不相入,故借饮酒看花来作慨叹。今日正是人厌弃我之日,何故却在牡丹花前饮酒?大非所宜,"甘心醉数杯",此句不可随慨看去。人将甘心于我,牡丹岂甘心于我者?梦得多遭折磨，见花亦有戒心也。按梦得为咏桃花诗，以桃花喻小人，讽刺当事，以致再贬，今又看着牡丹，为之猛省，牡丹与桃花不同，当是喻君子。讽刺小人既不可，亲近君子又恐他不然，见处世之甚难。大醉之后，花终无语，牡丹毕竟是君子，若桃花者真小人哉！（《说唐诗详解》）

清吴景旭：刘梦得看牡丹诗："今日花前饮，甘心醉几杯。但愁花有语，不为老人开。"苏子由云：此诗感慨，是何乐悲之不同也。（《历代诗话》）

清王尧衢："今日"二字内寓感无限。（《古唐诗合解》）

赠同年陈长史员外①

明州②长史外台郎，忆昔同年翰墨场③。一自分襟多岁月，相逢满眼是凄凉。推贤有愧韩安国④，论旧唯存盛孝章⑤。所叹谬游东阁⑥下，看君无计出悽⑦惶。

【题解】

此诗作于大和二年（828）至大和五年（831）刘禹锡为集贤殿学士之时。诗云"所叹谬游东阁下"为证。诗人与同年别后数载重逢，忆昔思今，无尽感慨。

【注释】

①陈长史员外：未详何人。长史：唐制，上州刺史别驾下，有长史一人，从五品。朱本"员外"下有"石"字。

②明州：今浙江宁波一带。

③场：朱本作"玚"，误。

④韩安国：《汉书》卷五二《韩安国传》："安国为人多大略，知足以当世取舍，而出于忠厚。贪耆财利，然所推举皆廉士贤于己者。于梁举壶遂、臧固，至它，皆天下名士，士亦以此称慕之，唯天子以为国器。"

⑤盛孝章：孔融《论盛孝章书》："海内知识，零落殆尽，惟有会稽盛孝章

尚存。"李善注云："虞预《会稽典录》曰：盛宪，字孝章，器量雅伟。举孝廉，补尚书郎，迁吴郡太守，以疾去官。孙策平定吴、会，诛其英豪。宪素有名，策深忌之。初，宪与少府孔融善，忧其不免祸，乃与曹公书，由是徵为都尉。诏命未至，果为权所害。"

⑥东阁：详见《和令狐相公初归京国赋诗言怀》注②。

⑦栖：崇本作"栖"。

送太常萧博士①弃官归养赴东都 时元兄②罢相为少师，仲兄③为郎官，并分司洛邑。

兄弟尽鸳鸯，归心切问安。贪荣五采服④，遂挂两梁冠⑤。侍膳曾调鼎⑥，循陔更握兰。从今别君后，长向⑦德星⑧看。

【题解】

此诗作于大和二年(828)春至五年(831)七月刘禹锡在长安期间。"时元兄罢相为少师"指萧俛。《旧唐书》卷一七上《文宗纪》上：大和元年四月，"乙卯，以礼部尚书萧俛为太子少师分司"。《旧唐书》卷一七下《文宗纪》下：大和五年七月"甲辰，以太子少师分司、上柱国、袭徐国公萧俛守左仆射致仕"。刘禹锡大和二年三月抵长安，故得以在长安送萧博士赴洛阳。

【注释】

①太常萧博士：指萧俶。太常博士：《旧唐书》卷四四《职官志》三："太常卿之职，掌邦国礼乐、郊庙、社稷之事，以八署分而理之：一曰郊社，二曰太庙，三曰诸陵，四曰太乐，五曰鼓吹，六曰太医，七曰太卜，八曰廪牺。总其官属，行其政令。……博士四人（从七品上）。"

②元兄：指萧俛。

③仲兄：指萧杰。

④五采服:《艺文类聚》卷二十引《列女传》云:"老莱子孝养二亲,行年七十,婴儿自娱,着五色彩衣,尝取浆上堂,跌仆,因卧地为小儿蹄,或弄乌鸟于亲侧。"

⑤两梁冠:古代博士和某些高级文官所戴的一种帽子。用缁布做,有两道横脊。

⑥调鼎:详见《庭梅咏寄人》注③。

⑦向:《全唐诗》作"忆",注云:"一作向。"

⑧德星:古以景星、岁星等为德星,认为国有道有福或有贤人出现,则德星现。《史记》卷二七《天官书》:"天精而见景星。景星者,德星也。其状无常,常出于有道之国。"喻指贤士。

【汇评】

清王寿昌:于亲当如束广微之《补南陔》、谢康乐之《述祖德》,暨孟东野之"慈母手中线……";近体当如"君此卜行日……"暨刘梦得之"兄弟尽鸳鸯……"。(《小清华园诗谈》)

刘驸马①水亭避暑

千竿竹翠数莲红,水阁虚凉玉簟空。琥珀盏烘②疑漏③酒,水晶帘莹④更通风。赐冰满碗沈朱实,法馔⑤盈盘覆碧笼。尽日⑥逍遥避⑦烦暑,再三珍重主人翁。

【题解】

此诗当作于大和二年(828)至五年(831)刘禹锡在长安时。

【注释】

①刘驸马:瞿蜕园《笺证》按云:"刘驸马当是顺宗女云英公主(高志忠按:应为"云安公主")所嫁之刘士泾,士泾事附载《旧唐书》一五二、《新唐

书》卷一七〇《刘昌传》中。《旧传》云:'士泾,德宗朝尚主,官至少列十余年,家富于财。结讬中贵,交通权倖。宪宗朝迁太府卿。制下,给事中韦弘景等封还制书,言士泾不合居九卿,辞语激切。宪宗谓弘景曰:士泾父有功于国,又是戚属,制书宜下。弘景奉诏。士泾善胡琴,多游权倖之门,以此为之助,时论鄙之。'禹锡为之作诗,盖唐时主婿多好招邀朝士文人,以博名声,故唐人集中屡以此为题,一时风气如此,不足异也。"

②"烘",《全唐诗》作"红",注云:"一作烘。"朱本"烘"作"红"。

③《全唐诗》"漏"下注:"一作泻。"

④《全唐诗》"莹"下注云:"一作密。"

⑤法馔:法膳。指帝王的常膳。

⑥日:朱本作"月"。

⑦避:《英华》作"却",注云:"集作避。"《全唐诗》注云:"一作却。"

大和六年(832)

到郡未浃日[①]登西楼见乐天题诗因即事以寄 乐天自此郡谢病西归。

湖[②]上收宿雨,城中无昼尘。楼依新柳贵,池带乱苔春[③]。云水正一望,簿书来绕身。烟波洞庭[④]路,愧彼扁舟人[⑤]。

【题解】

此诗作于大和六年(832)春。刘禹锡大和六年二月抵苏州,诗题云"到郡未浃日",诗作于本年。宝历二年,白居易自苏州谢病西归。

【注释】

①浃(xiá)日:古代以干支纪日,称自甲至癸一周十日为"浃日"。《国语·楚语下》:"远不过三月,近不过浃日。"韦昭注:"浃日,十日也。"

②湖:太湖。

③春:《全唐诗》作"青"。

④洞庭:洞庭山。在江苏省太湖中,有东西二山,东山与陆地相连,西山在湖中。又:洞庭亦为太湖的别名。

⑤扁舟人:指范蠡。

令狐相公自天平移镇太原以诗申贺 相公昔为并州从事[①]。

北都留守将天兵,出入香[②]街宿禁扃。鼙鼓夜闻惊朔雁,旌旗晓动拂参星③。孔璋④旧檄家家有，叔度⑤新歌处处听。夷落遥知真汉相⑥，争来屈膝看仪形⑦。

【题解】

此诗作于大和六年(832)。《旧唐书》卷一七二《令狐楚传》：大和"六年二月，改太原尹、北都留守、河东节度等使"。

【注释】

①从事：汉以后三公及州郡长官皆自辟僚属，多以从事为称。令狐楚德宗贞元中曾任河东节度使掌书记至节度判官，故云。

②《全唐诗》"香"下注云："一作天。"

③参星：星座名。二十八宿之一，西方白虎七宿的末一宿。

④孔璋：陈琳，字孔璋。《三国志》卷二一《魏志·王粲传》附阮瑀传："军国书檄，多琳、瑀所作也。"裴松之注引《典略》曰："琳作诸书及檄，草成呈太祖。太祖先苦头风，是日疾发，卧读琳所作，翕然而起曰：'此愈我病。'数加厚赐。"此处实指令狐楚之文。

⑤叔度：廉范，字叔度。《后汉书》卷三一《廉范传》："廉范字叔度，京兆杜陵人也，赵将廉颇之后也。……建初中，迁蜀郡太守，其俗尚文辩，好相持短长，范每厉以淳厚，不受偷薄之说。成都民物丰盛，邑宇逼侧，旧制禁民夜作，以防火灾，而更相隐蔽，烧者日属。范乃毁削先令，但严使储水而已。百姓为便，乃歌之曰：'廉叔度，来何暮？不禁火，民安作。平生无襦今五绔。'"

⑥真汉相：《汉书》卷八二《王商传》："商代匡衡为丞相，益封千户，天子甚尊任之。为人多质有威重，长八尺余，身体鸿大，容貌甚过绝人。河平四年(前25)，单于来朝，引见白虎殿。丞相商坐未央廷中，单于前，拜谒商。商起，离席与言，单于仰视商貌，大畏之，迁延却退。天子闻而叹曰：'此真汉相矣！'"此处以王商指令狐楚。《旧唐书》卷一七二《令狐楚传》："楚风仪严重，若不可犯。"

⑦形：《全唐诗》作"刑"。

重酬前寄

边烽寂寂尽收兵，宫树苍苍^①静掩扃。戎羯归心如内地，天狼^②无角比凡星。新成丽句开缄后，便入清歌满坐听。吴苑晋祠^③遥望处，可怜南北太^④相形。

【题解】

此诗作于大和六年(832)二月后。《旧唐书》卷一七二《令狐楚传》：大和"六年二月，改太原尹、北都留守、河东节度等使"。据"吴苑晋祠遥望处"，可知时令狐楚在太原，而刘禹锡在苏州。

【注释】

①苍苍：朱本作"仓仓"，误。

②天狼：星名。古以为主侵掠。

③祠：崇本作"词"，误。

④《全唐诗》"太"下注云："一作大。"

和白侍郎送令狐相公镇太原

十万天兵貂锦衣，晋城风日斗生辉。行台^①仆射新^②恩重，从事中郎^③旧路归。叠鼓^④蹙成汾水浪，闪^⑤旗惊断塞鸿飞。边庭自此无烽火，拥节还来坐紫微^⑥。

【题解】

此诗作于大和六年(832)二月。《旧唐书》卷一七下《文宗纪》下：大和六年,"二月甲子朔,以前义昌军节度使殷侑检校吏部尚书,充天平军节度、郓曹濮等州观察使,代令狐楚;以楚检校右仆射,兼太原尹、北都留守、河东节度使"。《白氏长庆集》卷二六《送令狐相公赴太原》:"六蠢双旌万铁衣,并汾旧路满光辉。青衫书记何年去?红旆将军昨日归。藩镇例驱红旆。诗作马蹄随笔走,猎馺鹰翅伴鵕飞。北都莫作多时计,再为苍生入紫微。"

【注释】

①行台:详见《江陵严司空见示与成都武相公唱和因命同作》注③。

②新:《全唐诗》作"深"。

③从事中郎:东晋南北朝置从事中郎,为将帅幕僚,隋以后废。

④叠鼓:小击鼓。

⑤闪:朱本作"门"。

⑥紫微:唐开元元年(713)改中书省为紫微省,开元五年(717)复旧称。

【汇评】

清胡以梅:当日为从事之中郎者,今从旧路以归,即白之"青衫书记"意,此更觉郑重圆妥。按"从事中郎"比"青衫书记"更大雅为胜矣。(《唐诗贯珠》)

清何焯:(拥节句)刘琨为并州刺史,辟卢谌,后为从事中郎,其精切工假如此。乐天"青衫书记"、"红旆将军"未免为渠压制。(卞孝萱《刘禹锡诗何焯批语考订》)

寄赠小樊①

花面丫头十三四,春来绰约向人时。终须买取名②春草③,处处将行④步步随。

【题解】

此诗卞孝萱《刘禹锡年谱》、高志忠《刘禹锡诗文系年》系诸大和六年

(832)春。今从之。《本事诗》:"白尚书姬人樊素善歌,妓小蛮善舞。尝为诗云:'樱桃樊素口,杨柳小蛮腰。'"

【注释】

①小樊:樊素,白居易之歌姬。

②《全唐诗》"名"下注云:"一作多。"

③春草:白居易舞妓。

④《全唐诗》"行"下注云:"一作来,一作相将。"

忆春草①

忆春草,处处多情洛阳道。金谷园中见日迟,铜驼陌上迎风早。河南大尹②频出难,只得池塘十步看。府门闭后满街月,几处游人草头歇?馆娃宫外姑苏台,郁郁芊芊拨不开。无风自偃君知否?西子裙裾曾拂来。

【题解】

此诗作于大和六年(832)。《白氏长庆集》卷六八《与刘苏州书》云:"梦得阁下:前者枉手札数幅,兼惠答《忆春草》、《报白君》以下五六章,发函披文而后喜可知也。又覆视书中有攘臂痛拳之戏,笑与抃会,甚乐甚乐。……去年冬梦得由礼部郎中集贤学士迁苏州刺史。"《与刘苏州书》作于大和六年。白居易大和五年除河南尹,七年四月免河南尹,复授太子宾客。据此,此诗当作于大和六年。

【注释】

①《全唐诗》题下有注云:"春草,乐天舞妓名。"

②河南大尹:河南尹白居易。

乐天寄忆旧游①因作报白君以答

报白君,别来已度江南春。江南春色何处好? 燕子双飞故官②道。春城三百七十桥,夹岸朱楼隔柳条。丫头小儿荡画桨,长袂女郎簪翠翘③。郡斋北轩卷罗幕,碧池逶迤绕华④阁。池边绿竹桃李花,花下舞筵铺彩霞。吴娃足情言语黠,越客有酒巾冠斜。坐中皆言白太守,不负风光向杯酒。酒酣褾笺⑤飞逸韵,至今传在人人口。报白君,相思空望嵩丘⑥云。其奈钱塘苏小小,忆君泪黥⑦石榴裙。白君有妓⑧,近自洛归钱塘。

【题解】

此诗作于大和六年(832)。见《忆春草》编年。《白氏长庆集》卷二一《忆旧游》,题下自注:"寄刘苏州。"诗云:"忆旧游,旧游安在哉? 旧游之人半白首,旧游之地多苍苔。江南旧游凡几处,就中最忆吴江隈。长洲苑绿柳万树,齐云楼春酒一杯。阊门晓岩旗鼓出,皋桥夕闹船舫回。修蛾慢脸灯下醉,急管繁弦头上催。六七年前狂烂熳,三千里外思徘徊。李娟张态一春梦,周五殷三归夜台。虎丘月色为谁好? 娃宫花枝应自开。赖得刘郎解吟咏,江山气色合归来。"

【注释】

①游:崇本作"送",误。

②官:朱本作"宫"。

③翠翘:古代妇人首饰的一种。状似翠鸟尾上的长羽,故名。

④华:朱本、《全唐诗》作"画"。

⑤褾(biǎo)笺:折纸作书。"褾",朱本作"擘"。

⑥嵩丘:嵩山。嵩山在洛阳东南,自苏州望洛阳而不见,故云"空望嵩

575

丘云”。

⑦黦(yuè):东西打湿后出现污迹。“黦”,朱本、《全唐诗》作“点”。

⑧有妓:朱本作“在城”。

酬令狐相公秋怀见寄

寂寞蝉声尽①,差池燕羽②回。秋风怜③越绝④,朔气想台骀⑤。相去数千里,无因同一杯。殷勤望飞雁,新自塞垣⑥来。

【题解】

此诗作于大和六年(832)秋。令狐楚《立秋日悲怀》诗云:“清晓上高台,秋风今日来。又添新节恨,犹抱故年哀。泪岂挥能尽,泉终闭不开。更伤春月过,私服示无缞。”据“秋风怜越绝,朔气想台骀”句可知,时禹锡在苏州楚在太原。大和六年二月,令狐楚移太原尹,七年六月,入为吏部尚书。

【注释】

①尽:崇本、朱本、《全唐诗》作“静”。

②差池燕羽:《诗·邶风·燕燕》:“燕燕于飞,差池其羽。”

③风怜:朱本作“燐多”。“怜”,崇本作“邻”,误。

④越绝:《越绝书》。此处借指吴越。

⑤台骀(tái):相传上古金天氏少皞的后代昧,生允格、台骀。台骀承袭祖业,为水官之长,疏通汾洮二水,帝颛顼嘉其功,封之于汾川,后世遂以为汾水之神。此处借指太原。

⑥塞垣:指北方边境地带。一说长城。

酬令狐相公六言见寄

已嗟离别①太远，更被光阴苦催。吴苑燕辞人去，汾川雁带书来。愁吟月落犹望，忆梦天明未回。今日便令歌者，唱兄诗送一杯。

【题解】

此诗作于大和六年(832)秋。据"吴苑燕辞人去，汾川雁带书来"句知时禹锡在苏州楚在太原，编年参见《酬令狐相公秋怀见寄》。令狐楚六言已佚。

【注释】

①离别:《全唐诗》作"别离"。

秋夕不寐寄乐天

洞户夜帘卷，华堂秋簟清。萤飞过池影，蛩①思绕阶声。老枕知将雨，高窗报欲明。何人谙此景？远问白先生。

【题解】

此诗作于大和六年(832)秋。《白氏长庆集》卷二六《酬梦得秋夕不寐见寄》诗云:"碧簟绛纱帐，夜凉风景清。病闻和药气，渴听碾茶声。露竹偷灯影，烟松护月明。何言千里隔，秋思一时生。"《白居易年谱》系诸大和六年。

【注释】

①蛩(qióng):蟋蟀。

清何焯:结语毕竟少力。(卞孝萱《刘禹锡诗何焯批语考订》)

酬乐天见寄

元君后辈先零落^①,崔相同年不少留^②。华屋坐来能几日?夜台^③归去便千秋。背时犹自居三品,三川^④、吴郡^⑤品同。得老终须卜一丘。投老之日,愿^⑥乐天为邻。若使吾徒还早达,亦应箫鼓入松楸^⑦。

【题解】

此诗作于大和六年(832)。《白氏长庆集》卷二六《寄刘苏州》诗云:"去年八月哭微之,今年八月哭敦诗。何堪老泪交流日,多是秋风摇落时。泣罢几回深自念,情来一倍苦相思。同年同病同心事,除却苏州更是谁?"元稹大和五年(831)七月卒,崔群大和六年(832)八月卒。好友元稹、崔群相继离世,刘、白二人皆内心悲恸,作诗往来既为悼念,又互为慰藉。

【注释】

①"元君"句:元稹卒于大和五年,小刘、白七岁。

②"崔相"句:崔群卒于大和六年,与刘、白同庚。

③夜台:坟墓。

④川:朱本作"州",误。

⑤郡:朱本、《全唐诗》作"郎",误。

⑥《全唐诗》"愿"下有"与"字。

⑦松楸:松树与楸树。墓地多植,因以代称坟墓。

【汇评】

清胡以梅:三、四用曹植语脱化,而添一层"能几日"、"便千秋",用古入

化,更有精神。(《唐诗贯珠》)

答乐天见忆

与老无期约,到来如等闲。偏伤朋友尽,移兴子孙间。笔底心犹①毒,杯前胆不豭②。呼关反。唯余忆君梦,飞过武牢关③。

【题解】

此诗作于大和六年(832)。《白氏长庆集》卷二六《忆梦得》诗云:"齿发各蹉跎,疏慵与病和。爱花心在否?见酒兴如何?年长风情少,官高俗虑多。几时红烛下,闻唱竹枝歌。"《白居易年谱》系诸大和六年。

【注释】

①犹:朱本、《全唐诗》作"无"。

②豭(huān):清宋长白《柳亭诗话》:"豭,呼关切,读作顽。刘梦得有'杯前胆不豭',赵飔有'吞船酒胆豭',似剧饮淋浪之谓。《唐韵》无此字,《礼部韵》亦不收。"瞿蜕园《笺证》按云:"豭字《说文》从二豕,当取豕突之意,引申为粗莽。""豭",《全唐诗》作"豭",注云:"呼关切,顽也。亦作豭。"

③武牢关:即虎牢关。在今河南荥阳汜水镇西,位于洛阳之东。

【汇评】

宋陆游:荆公诗曰:"闭户欲推愁,愁终不肯去。"刘宾客诗云:"与老无期约,到来如等闲。"韩舍人子苍取作一联云:"推愁不去还相觅,与老无期稍见侵。"比古句盖意工矣。(《老学庵笔记》)

明王世贞:刘禹锡作诗欲入饧字,而以六经无之乃已,不知宋之问已用押韵矣。云:马上逢寒食,春来不见饧。刘用字谨严乃尔,然其答乐天而有:笔底心犹毒,杯前胆不豭。豭,呼关反。此何谓也?(《艺苑卮言》)

清吴景旭引《文苑潇湘》曰：梦得用字极谨严，然其答乐天而有笔底心犹毒，杯前胆不猇。猇，呼关反。此何谓也？（《历代诗话》）

和乐天诮失婢牓①者

把镜朝犹在，添香夜不归。鸳鸯拂瓦去，鹦鹉透栊②飞。不逐张公子③，即随刘武威④。新知正相乐，从此脱青衣⑤。

【题解】

此诗作于大和六年（832）。《白氏长庆集》卷二六《失婢》："宅院小墙庳，坊门帖牓迟。旧恩惭自薄，前事悔难追。笼鸟无常主，风花不恋枝。今宵在何处？唯有月明知。"《白居易年谱》系诸大和六年。刘禹锡此诗为逃婢而作，间接反映出当时主人虐待奴婢的社会现实。

【注释】

①牓：同"榜"。

②栊：崇本、朱本、《全唐诗》作"笼"。

③张公子：详见《泰娘歌》注⑳。

④刘武威：李商隐《圣女祠》："人间定有崔罗什，天上应无刘武威。"冯浩注云："《后汉书·冯异传》：制诏武威将军。注曰：刘尚也。《南蛮传》：武威将军刘尚。《神仙感遇传》：刘子南者，汉武威太守。冠军将军也，从道士尹公受务成子萤火丸，佩之隐形、辟百鬼诸毒兵刃盗贼。永平间为虏所围，矢下如雨，未至子南马数尺，矢辄堕地，终不能伤，乃解围而去。其丸一名'冠军丸'，一名'武威丸'。按：所考仅若此，当别有事，未及详也。如刘梦得《诮失婢榜》云：'不逐张公子，即随刘武威。'可知必有事在。"

⑤青衣：汉以后卑贱者衣青衣，故称婢仆、差役等人为青衣。

【汇评】

明惠康野叟：唐人有诮失婢榜诗，……白乐天云："旧恩惭自薄，前事悔

难追。"可谓有忠厚之意。刘宾客和之云:"新知正相乐,从此脱青衣。"是亦难乎其为情矣。(《识余》)

清冯班:似胜白。(《瀛奎律髓汇评》)

清纪昀:出手浅滑,更不及白诗。(同上)

清韩弼元:第五句太直露,落句尤轻薄伤雅。(同上)

清何焯:第三先起后半二句,直是叙得生动。(卞孝萱《刘禹锡诗何焯批语考订》)

和杨师皋①给事伤小姬英英

见学胡琴见艺成,今朝追想几伤情。撚弦花下呈新曲,放拨灯前谢改名。但是好花皆易落,从来尤物不长生。鸾台②夜直衣衾冷,云雨无因入禁城。

【题解】

此诗作于大和六年(832)。《旧唐书》卷一七六载:"(大和)五年六月,拜谏议大夫,充弘文馆学士,判院事。六年,转给事中。七年,宗闵罢相,李德裕知政事,出为常州刺史。"高志忠《刘禹锡诗文系年》云:"杨虞卿《过小姬英英墓》……乃为英英亡年之秋日所作。七年,虞卿(师皋)牧常州,是诗作于六年秋无疑。"杨虞卿《过小姬英英墓》:"萧晨骑马出皇都,闻说埋冤在路隅。别我已为泉下土,思君犹似掌中珠。四弦品柱声初绝,三尺孤坟草已枯。兰质蕙心何所在? 焉知过者是狂夫。"

【注释】

①杨师皋:杨虞卿,字师皋。《旧唐书》卷一七六、《新唐书》卷一七五有传。

②鸾台:唐时门下省的别名。给事中属门下省。

清冯舒:五、六率,然语必是唐人。(《瀛奎律髓汇评》)

清纪昀:此小有致。(同上)

令狐相公自太原累示新诗因以酬寄

飞蓬卷尽塞云寒,战马闲嘶汉地宽。万里胡天无警急,一笼烽火报平安①。灯前妓乐留宾宴,雪后山河出猎看。珍重新诗远相寄,风情不似四登坛②。

【题解】

此诗作于大和六年(832)冬。《旧唐书》卷一七下《文宗纪》下:大和六年二月甲子朔,"以楚检校右仆射,兼太原尹、北都留守、河东节度使"。大和七年六月"乙酉,以前河东节度使令狐楚检校右仆射,兼吏部尚书"。诗中所描为冬天景象,当作于大和六年。

【注释】

①烽火报平安:《资治通鉴》卷二一八《唐纪》三四,唐肃宗至德元载:"及暮,平安火不至,上始惧。"胡三省注:"《六典》:'唐镇戍烽堠所至,大率相去三十里。每日初夜,放烟一炬,谓之平安火。'"

②四登坛:瞿蜕园《笺证》按云:"楚一为河阳,二为宣武,三为天平,四为河东,……唐人每以授节钺为登坛,用韩信事也。""四",朱本作"旧"。

冬日晨兴寄乐天

庭树晓禽动,郡楼残点声。灯挑红烬落,酒暖白光生。

发少嫌梳利，颜衰恨镜明。独吟谁应和？须寄洛阳城。

【题解】

此诗作于大和六年(832)冬。《白氏长庆集》卷二八《和梦得冬日晨兴》诗云："漏传初五点，鸡报第三声。帐下从容起，窗间眈恳明。照书灯未灭，暖酒火重生。理曲弦歌动，先闻唱渭城。"《白居易年谱》系诸大和六年。

虎丘寺①见元相公二年前题名怆然有咏 前年浐桥②送之武昌。

浐水送君君不还，见君题字③虎丘山。因知早贵兼才子，不得多时在世间。

【题解】

此诗作于大和六年(832)。《旧唐书》卷一七下《文宗纪》下：大和四年春正月，"辛丑，以尚书左丞元稹检校户部尚书，充武昌军节度、鄂岳蕲黄安申等州观察使"。时刘禹锡在长安礼部郎中、集贤学士任。据"前年浐桥送之武昌"，此诗当作于大和六年。

【注释】

①虎丘寺：在苏州市西北虎丘山。
②浐桥：浐水桥。浐水：在今西安市东部。
③字：崇本作"寺"。

和西川李尚书伤韦令^①孔雀及薛涛之什

玉儿已逐金环葬^②，翠羽先随秋草萎。唯见芙蓉含晓露，数行红泪^③滴清池。后魏元树，南阳王禧^④之子，南奔^⑤到建业，数年后北归，爱姬朱玉儿脱金指环为赠。树至魏，却以指环寄玉儿，示有还意。

【题解】

此诗作于大和六年(832)。《旧唐书》卷一七下《文宗纪》下：大和四年冬十月戊申，"以德裕检校兵部尚书，兼成都尹。充剑南西川节度使"。大和六年十二月，"丁未，以前西川节度使李德裕为兵部尚书"。据彭芸苏《薛涛丛考》，薛涛卒于大和六年秋冬，今从之。故系此诗于大和六年。

【注释】

①韦令：韦皋。《旧唐书》卷一四〇、《新唐书》卷一五八有传。《旧唐书·韦皋传》："贞元元年，拜检校户部尚书，兼成都尹、御史大夫、剑南西川节度使。"贞元十七年，"皋以功加检校司徒，兼中书令，封南康郡王。"《全唐诗》无"韦令"二字。

②"玉儿"句：诗后有注，与传说中韦皋玉箫故事合。事见《云溪友议》："西川韦相公皋，昔游江夏，止于姜使君之馆。姜氏孺子曰荆宝，……荆宝有小青衣曰玉箫，年才十岁，常令祇候，侍于韦兄，玉箫亦勤于应奉。后二载，姜使君入关求官，而家累不行。韦乃易居，止头陁寺，荆宝亦时遣玉箫往彼应奉。玉箫年稍长大，因而有情。时廉使陈常侍得韦君季父书云：'侄皋久客贵州，切望发遣归觐。'廉察启缄，遗以舟楫服用。仍恐淹留，请不相见。泊舟江渚，俾篙工促行。昏暝拭泪，乃书以别荆宝。宝顷刻与玉箫俱来，既悲且喜。宝命青衣从往，韦以违觐日久，不敢俱行，乃固辞之。遂为言约，少则五载，多则七年，取玉箫。因留玉指环一枚，并诗一首。五年既不至，玉箫乃静祷于鹦鹉洲。又逾二年，暨八年春。玉箫叹曰：'韦家郎君，

一别七年,是不来耳!'遂绝食而殒。姜氏愍其节操,以玉环着于中指,而同殡焉。"

　　③红泪:王嘉《拾遗记》卷七:"文帝所爱美人,姓薛名灵芸,常山人也。父名邺,为鄼乡亭长,母陈氏,随邺舍于亭傍。居生穷贱,至夜,每聚邻妇夜绩,以麻蒿自照。灵芸年至十五,容貌绝世,邻中少年夜来窃窥,终不得见。咸熙元年,谷习出守常山郡,闻亭长有美女而家甚贫。时文帝选良家子女,以入六宫。习以千金宝赂聘之,既得,乃以献文帝。灵芸闻别父母,歔欷累日,泪下沾衣。至升车就路之时,以玉唾壶承泪,壶则红色。既发常山,及至京师,壶中泪凝如血。"

　　④南阳王禧:《魏书·献文六王传》作"咸阳王禧"。

　　⑤奔:《全唐诗》作"阳"。

大和七年(833)

和乐天洛下醉吟寄太原令狐相公兼见怀长句

旧相临戎非称意,词人作尹本多情。从容自使边尘静,谈笑不闻桴鼓①声。章句新添塞下曲②,风流旧占洛阳城。昨来亦有吴趋③咏,惟寄东都④与北京⑤。

【题解】

此诗作于大和七年(833)春。《白氏长庆集》卷三一《早春醉吟寄太原令狐相公苏州刘郎中》诗云:"雪夜闲游多秉烛,花时暂出亦提壶。别来少遇新诗敌,老去难逢旧饮徒。大振威名降北虏,勤行惠化活东吴。不知歌酒腾腾兴,得似河南醉尹无?"白诗系诸大和七年。

【注释】

①桴鼓:指战鼓。

②塞下曲:令狐楚有《塞下曲二首》、《少年行四首》、《从军词五首》等边塞征戍作品。

③吴趋:吴趋曲,吴地歌曲名。晋陆机《吴趋行》:"四坐并清听,听我歌《吴趋》。"晋崔豹《古今注·音乐》:"《吴趋曲》,吴人以歌其地也。"

④东都:洛阳。时白居易所在。

⑤北京:北都,指太原。时令狐楚所在。

送宗密上人①归南山草屋②寺因诣③河南尹白侍郎④

宿习修来得慧根,多闻第一却忘言。自从七祖传心印,不要三乘⑤入便门。东泛沧江⑥寻古迹,西归紫阁⑦出尘喧。河南白尹大檀越⑧,好把真经相对翻。

【题解】

此诗作于大和六年(832)或大和七年(833)。《旧唐书》卷一七下《文宗纪》下:大和七年夏四月,"壬子,以河南尹白居易为太子宾客,分司东都"。据"东泛"、"西归"知,诗人作诗之时当在苏州。

【注释】

①宗密上人:《五灯会元》卷二《圭峰宗密禅师》:"终南山圭峰宗密禅师者,果州西充人也。姓何氏。家本豪盛,龀龆通儒书,冠岁探释典。唐元和二年将赴贡举,偶造圆和尚法席,欣然契会,遂求披剃,当年进具。……北游清凉山,回住鄠县草堂寺。未几,复入终南圭峰兰若。大和中征入内,赐紫衣。帝累问法要,朝士归慕。"《高僧传》三集卷六《唐圭峰草堂寺宗密传》亦有记载。

②屋:诸本皆作"堂",是。

③诣:《全唐诗》作"谒",注云:"一作诣。"

④河南尹白侍郎:白居易。《旧唐书》卷一六六《白居易传》:"大和二年正月,转刑部侍郎,……三年,称病东归,求为分司官,寻除太子宾客。……五年,除河南尹。七年,复授太子宾客分司。"

⑤三乘(chéng):佛教语。一般指小乘(声闻乘)、中乘(缘觉乘)和大乘(菩萨乘)。三者均为浅深不同的解脱之道。亦泛指佛法。

⑥《全唐诗》"江"下注云:"一作浪。"

⑦紫阁:紫阁峰。《读史方舆纪要》卷五三《陕西·西安府·鄠县》:"又

587

紫阁峰,亦在县东南三十里。"

⑧檀越:梵语音译。施主。

河南白尹有喜崔宾客归洛兼见怀长句因而继和

几年侍从作名臣①,却向青云索得身。朝士忽为方外士,主人仍是眼中人。双鸾游处天京好,五马②行时海峤③春。遥羡光阴不虚掷,肯令丝竹暂生尘。

【题解】

此诗作于大和七年(833)春。《旧唐书》卷一六五《崔玄亮传》:"大和初,入为太常少卿。四年,拜谏议大夫,中谢日,面赐金紫。朝廷推其名望,迁右散骑常侍。……七年,以疾求为外任;宰相以弘农便其所请。乃授检校左散骑常侍、虢州刺史。是岁七月,卒于郡所。"《白氏长庆集》卷七○《唐故虢州刺史赠礼部尚书崔公墓志铭》云:"拜太子宾客,分司东都。"高志忠《刘禹锡诗文系年》云:"《白集》卷第三十一有《六年冬暮赠崔常侍晦叔》,结句云:'已共崔君约,樽前倒即休。'玄亮拜太子宾客分司东都当在大和六年。"刘禹锡诗中有句"五马行时海峤春",当为次年春。《白氏长庆集》卷二八《赠晦叔忆梦得》:"自别崔公四五秋,因何临老转风流。归来不说秦中事,歇定唯谋洛下游。酒面浮花应是喜,歌眉敛黛不关愁。得君更有无厌意,犹恨尊前欠老刘。"

【注释】

①"几年"句:《旧唐书》卷一六五《崔玄亮传》:"大和初,入为太常少卿。四年,拜谏议大夫,中谢日,面赐金紫。朝廷推其名望,迁右散骑常侍。来年,宰相宋申锡为郑注所构,狱自内起,京师震惧。玄亮首率谏官十四人,诣延英请对,与文宗往复数百言。文宗初不省其谏,欲置申锡于法。玄亮泣奏曰:'孟轲有言:众人皆曰杀之,未可也;卿大夫皆曰杀之,未可也;天下

皆曰杀之,然后察之,方置于法。今至圣之代,杀一凡庶,尚须合于典法,况无辜杀一宰相乎?臣为陛下惜天下法,实不为申锡也。'言讫,俯伏呜咽,文宗为之感悟。玄亮由此名重于朝。"

②五马:《玉台新咏·日出东南隅行》:"使君从南来,五马立踟蹰。"汉时太守乘坐的车用五匹马驾辕,因借指太守的车驾。借指太守。

③海峤:海边山岭。

郡斋书怀寄江①南白尹兼简分司崔宾客②

谩读图书三十车③,年年为郡老天涯。一生不得文章力,百口空为饱暖家。绮季④衣冠称鬓面,吴公⑤政事副词华。还思谢病吟⑥归去,同醉城东桃李花。

【题解】

此诗作于大和七年(833)。《白氏长庆集》卷三一《和梦得》诗前注:梦得来诗云:谩读图书三十车,年年为郡老天涯。一生不得文章力,百口空为饱暖家。诗云:"纶阁沉沉无宠命,苏台籍籍有能声。岂唯不得清文力,但恐空传冗吏名。郎署回翔何水部,江湖留滞谢宣城。所嗟非独君如此,自古才难共命争。"白诗系诸大和七年。

【注释】

①江:朱本作"河",是。

②崔宾客:崔玄亮。

③三十车:详见《同乐天和微之深春二十首》注㉔。"三",朱本作"二",误。

④绮季:绮里季,商山四皓之一。《史记》卷五五《留侯世家》:四皓"年皆八十有余,须眉皓白,衣冠甚伟。"

⑤吴公:详见《白侍郎大尹自河南寄示池北新葺水斋即事招宾十四韵

589

兼命同作》注⑮。

⑥吟：朱本作"今"。

【汇评】

宋黄彻：王元之《到任表》有"全家饱暖，尽荷君恩"之语，到今传诵。永叔用为诗云："诸县丰登少公事，全家饱暖荷君恩。"梦得亦尝有云："一生不得文章力，百口空为饱暖家。"白云："不才空饱暖，无力及饥贫。"（《碧溪诗话》）

寄毗陵①杨给事②三首③

挥毫起制来东省④，蹀⑤足修名谒外台。好著⑥櫜鞬⑦莫惆怅，出文入武是全才。

曾主鱼书⑧轻刺史，今朝自请左鱼来。青云直上无多地，却要斜飞取势回。

东城南陌昔同游，坐上无人第二流⑨。屈指如今已零落，且须欢喜⑩作邻州。

【题解】

此诗作于大和七年(833)。《旧唐书》卷一七下《文宗纪》下：大和七年三月，"庚戌，出给事中杨虞卿为常州刺史"。大和七年时，李德裕为相，杨虞卿为李宗闵之党，因党争故，出为常州刺史。时刘禹锡刺苏州，与杨为邻。

【注释】

①毗陵：春秋时吴季札封地延陵邑。西汉置县，治所在今江苏省常州市。

②杨给事：杨虞卿。《旧唐书》卷一七六、《新唐书》一七五有传。《旧唐书》卷一七六《杨虞卿传》："杨虞卿，字师皋，虢州弘农人。""及李宗闵、牛僧

590

孺辅政,起为左司郎中。五年六月,拜谏议大夫,充弘文馆学士,判院事。六年,转给事中。七年,宗闵罢相,李德裕知政事,出为常州刺史。"

③三首:崇本作题下小字注。

④东省:指门下省。

⑤蹀:朱本、《全唐诗》作"躞"。

⑥著:朱本作"看",误。

⑦櫜鞬(gāo jiān):藏箭和弓的器具。

⑧鱼书:古代朝廷任免州郡长官时所赐颁的鱼符和敕书。《演繁露》卷一:"唐世刺史亦执左鱼至州,与右鱼合契。亦其制也。左鱼之外,又有敕牒将之,故兼名鱼书。"《旧唐书》卷一七六《杨虞卿传》:"长庆四年八月,改吏部员外郎。"

⑨第二流:《世说新语·品藻》:"桓大司马下都,问真长曰:'闻会稽王语奇进尔邪?'刘曰:'极进,然故是第二流中人耳!'桓曰:'第一流复是谁?'刘曰:'正是我辈耳!'"

⑩《全唐诗》"喜"下注云:"一作笑。"

【汇评】

宋洪迈:刘禹锡有《寄毗陵杨给事》诗云:"曾主鱼书轻刺史……"以其时考之,盖杨虞卿也。按唐文宗大和七年,以李德裕为相,与之论朋党事。时给事中杨虞卿、萧澣、中书舍人张元夫依附权要,上干执政,下挠有司,上闻而恶之,于是出虞卿为常州刺史,澣为郑州刺史,元夫为汝州刺史,皆宗闵客也。……然则虞卿刺毗陵,乃为朝廷所逐耳。禹锡犹以为"自请",诗人之言,渠可信哉!(《容斋随笔》)

清何焯:激昂顿挫。(卞孝萱《刘禹锡诗何焯批语考订》)

酬太原令狐相公见寄

书信来天外,琼瑶满匣中。衣冠南渡远,旌节北门雄。

鹤唳华亭^①月，马嘶榆塞^②风。山川几千里，惟有两心同。

【题解】

此诗作年不晚于大和七年（833）六月。《旧唐书》卷一七下《文宗纪》下：大和七年六月，"乙酉，以前河东节度使令狐楚检校右仆射，兼吏部尚书"。

【注释】

①鹤唳华亭：《世说新语·尤悔》："陆平原河桥败，为卢志所谗，被诛。临刑叹曰：'欲闻华亭鹤唳，可复得乎！'"

②榆塞：《汉书》卷五二《韩安国传》："后蒙恬为秦侵胡，辟数千里，以河为竟。累石为城，树榆为塞，匈奴不敢饮马于河。"后因以"榆塞"泛称边关、边塞。

乐天见示伤微之敦诗晦叔三君子皆有深分因成是诗以寄

吟君叹逝双绝句，使我伤怀奏短歌。世上空惊故人少，集中惟觉祭文多。芳林新叶催陈叶，流水前波让后波。万古至今同此恨，闻琴泪尽^①欲如何？

【题解】

此诗作于大和七年（833）秋。《白氏长庆集》卷三一《微之敦诗晦叔相次长逝岿然自伤因成二绝》诗云："并失鹓鸾侣，空留麋鹿身。只应嵩洛下，长作独游人。长夜君先去，残年我几何？秋风满衫泪，泉下故人多。"元微之稹卒于大和五年七月，崔敦诗群卒于大和六年八月，崔晦叔玄亮卒于大和七年七月。

①闻琴泪尽:用"雍门鼓琴"典。典出《说苑·善说》:"雍门子周以琴见乎孟尝君。孟尝君曰:'先生鼓琴亦能令文悲乎?'雍门子周曰:'臣何独能令足下悲哉? 臣之所能令悲者,有先贵而后贱,先富而后贫者也。不若身材高妙,适遭暴乱无道之主,妄加不道之理焉;不若处势隐绝,不及四邻,诎折加厌,袭于穷巷,无所告愬;不若交欢相爱,无怨而任离,远赴绝国,无复相见之时;不若少失二亲,兄弟别离,家室不足,忧蹙盈匈。当是之时也,固不可以闻飞鸟疾风之声,穷穷焉固无乐已。凡若是者,臣一为之徽胶援琴而长太息,则流涕沾衿矣。"

秋日书怀寄白宾客

州①远雄无益,年高健亦衰。兴情逢酒在,筋力上楼知。蝉噪芳意尽,雁来愁望时。商山紫芝客②,应不向秋③悲。

【题解】

此诗作于大和七年(833)秋。《白氏长庆集》卷三一《答梦得秋日书怀见寄》诗云:"幸免非常病,甘当本分衰。眼昏灯最觉,腰瘦带先知。树叶霜红日,髭须雪白时。悲愁缘欲老,老过却无悲。"《白居易年谱》系诸大和七年。

【注释】

①州:苏州。

②紫芝客:指商山四皓。郭茂倩《乐府诗集》卷五八:"《琴集》曰:'《采芝操》,四皓所作也。'《古今乐录》曰:'南山四皓隐居,高祖聘之,四皓不甘,仰天叹而作歌。'按《汉书》曰:'四皓皆八十余,须眉皓白,故谓之四皓,即东园公、绮里季、夏黄公、甪里先生也。'崔鸿曰:'四皓为秦博士,遭世暗昧,坑黜儒术。于是退而作此歌,亦谓之《四皓歌》。'二说不同,未知孰是。《采芝

操》："皓天嗟嗟，深谷逶迤。树木莫莫，高山崔嵬。岩居穴处，以为幄茵。晔晔紫芝，可以疗饥。唐虞往矣，吾当安归。"

③秋：崇本作"愁"。

八月十五夜半云开然后玩月因书①一时之景寄呈乐天

半夜碧云收，中天素月②流。开城邀好客，置酒赏清秋。影透衣香润，光凝歌黛愁。斜辉犹可玩，移宴上西楼③。

【题解】

此诗作于大和七年(833)秋。《白氏长庆集》卷三一《答梦得八月十五日夜玩月见寄》诗云："南国碧云客，东京白首翁。松江初有月，伊水正无风。远思两乡断，清光千里同。不知娃馆上，何似石楼中?"瞿蜕园《笺证》按云："居易以大和七年(833)四月罢河南尹，见其《咏兴诗》序，此必是年之秋所作。"今从瞿说。

【注释】

①书：朱本作"咏"。

②月：崇本作"户"，误。

③《全唐诗》注云："西楼，白居易常赋诗之所也。"

题于家公主①旧宅

树绕②荒台叶满池，箫声一绝草虫悲。邻家犹学宫人髻，园客争偷御果枝。马埒③蓬蒿藏狡兔，凤楼④烟雨啸愁鸱。何郎独在无恩泽，不似当初傅粉时⑤。

【题解】

此诗作于大和七年（833）秋。高志忠《刘禹锡诗文系年》按云："居易有《同诸客题于家公主旧宅》诗，刘、白题于家公主旧宅诗，乃相酬唱之什，当同时所作。居易题公主旧宅诗，载《白集》卷第三十一，《七年元月对酒五首》后，《喜刘苏州恩赐金紫遥想贺宴以诗庆之》前，刘白诗皆作于大和七年也。"今从高说。

【注释】

①于家公主：宪宗长女永昌公主。《新唐书》卷八三《诸帝公主传》："梁国惠康公主，始封普宁。帝特爱之。下嫁于季友。元和中，徙永昌。薨，诏追封及谥。"《旧唐书》卷一五六《于頔传》："宪宗即位，威肃四方，頔稍戒惧。以第四子季友求尚主，宪宗以长女永昌公主降焉。""于"，朱本作"丁"，误。

②绕：朱本作"满"。

③马埒(liè)：习射之驰道。两边有界限，使不致跑出道外。

④楼：崇本、朱本作"栖"，误。

⑤"何郎"二句：《世说新语·容止》："何平叔美姿仪，面至白；魏明帝疑其傅粉。正夏月，与热汤饼。既啖，大汗出，以朱衣自拭，色转皎然。""独"，朱本作"犹"。

【汇评】

清冯舒：凄凄恻恻，易淡易狭。此偏有味，偏说得开，"四灵"、"九僧"不能及也。黄、陈以枯硬高之，弥见其丑。（《瀛奎律髓汇评》）

清纪昀：语太浅直。（同上）

清金圣叹：前解悼公主，后解悲驸马。看他从"叶满池"上，追说"仙台"，从"草虫悲"上，追说"箫声"，便自使人怅然心悲，并不更用多写荒凉败落也。三、四尤为最工，若不写得如此，便是平等人家，断钗零钿，不复成公主悼亡诗也（首四句下）。"蓬蒿狡兔"，"烟雨愁鸱"，此即"无恩泽"之三字

595

也。七句"独"字"在"字,不许草草连读。盖"在"而"独"固是悲公主,乃"独"而"在"却是悲驸马。人只知"独"字之甚悲,即岂知"在"字之尤悲耶。设使驸马早知如此,固真不如先一旦试黄泉,借蝼蚁以陪公主于地下之为得算也(末四句下)。(《贯华堂选批唐才子诗》)

清王夫之:点染工刻,初唐人不为此,乃为亦未必工。(《唐诗评选》)

清何焯:比乐天诗更曲折有味,三、四妙绝。冯己苍极称此诗,以为悲凉之中自饶才致,他人为此而定薄矣。(树绕句)"绕"字不如"满"字。(卞孝萱《刘禹锡诗何焯批语考订》)

吟乐天自问怆然有作

亲友关心皆不见,风光满眼倍①伤神。洛阳城里多池馆,几处花开有主人?

【题解】

此诗作于大和七年(833)秋。《白氏长庆集》卷三一《自问》:"依仁台废悲风晚,履信池荒宿草春。自问老身骑马出,洛阳城里觅何人?"《白居易年谱》系诸大和七年。瞿蜕园《笺证》按云:"原诗虽有'宿草春'之语,禹锡诗亦有'几处花开'之语,不可泥,仍是作于大和七年(833)之秋。"今从瞿说。

【注释】

①《全唐诗》"倍"下注云:"一作独。"

酬乐天七月一日夜即事见寄

夜树风韵清,天河云彩轻。故茆①多露草,隔城②闻鹤鸣③。摇落从此始，别离含远情。闻君当是夕，倚瑟吟商声。外物岂不足，中怀向谁倾？秋来念归去④，同听嵩阳笙⑤。

【题解】

此诗作于大和七年(833)。瞿蜕园《笺证》按云："白集有《立秋夕有怀梦得》一诗，格韵皆同。虽题微异，必其原作也。……据'再见新蝉鸣'之句可知为大和七年(833)之秋所作，盖禹锡以五年(831)之冬与居易相别，至是凡两度逢秋也。"今从瞿说。《白氏长庆集》卷二九《立秋夕有怀梦得》："露簟荻竹清，风扇蒲葵轻。一与故人别，再见新蝉鸣。是夕凉飙起，闲境入幽情。回灯见栖鹤，隔竹闻吹笙。夜茶一两杓，秋吟三数声。所思渺千里，云外长洲城。"

【注释】

①故茆（máo）：此处指洛阳故居。茆：通"茅"。崇本、《全唐诗》作"苑"，朱本作"花"，皆误。

②城：朱本作"树"。

③鹤鸣：华亭鹤唳。详见《酬太原令狐相公见寄》注①。

④"秋来"句：详见《览董评事思归之什因以诗赠》注⑧。

⑤嵩阳笙：王子乔之笙。详见《鹤叹二首》注⑨。

酬乐天初冬早寒见寄

乍起衣犹冷，微吟帽半欹。霜凝南屋瓦，鸡唱后园枝。洛水碧云晓，吴宫黄叶时。两传千里意，书札不如诗。

【题解】

此诗作于大和七年(833)冬。《白氏长庆集》卷三一《初冬早起寄梦得》:"起戴乌纱帽,行披白布裘。炉温先暖酒,手冷未梳头。早景烟霜白,初寒鸟雀愁。诗成遣谁和,还是寄苏州。"白诗系诸大和七年。

《全唐诗》收此诗亦入元稹卷中,白诗《初冬早起寄梦得》明言寄刘,此诗为刘禹锡诗作无疑。又,元稹大和五年(831)七月已卒。

【汇评】

明刘绩:朋友往后有以诗代书者,故刘梦得《和乐天》云:"欲传千里意,书札不如诗。"(《霏雪录》)

酬乐天见贻贺金紫①之什

久学文章含白凤②,却因政事③赐金鱼。郡人未百④闻谣咏,天子知名与诏书。珍重贺⑤诗呈锦绣,愿言归计并园庐。旧来词客多无位,金紫同游⑥谁得如?

【题解】

此诗作于大和七年(833)冬。刘禹锡《苏州谢恩赐加章服表》:"伏奉去年十一月二十七日诏书,加臣赐紫金鱼袋,余如故者。……大和七年十二月十六日。""去年"二字或为"今年"之误,或为衍文。《白氏长庆集》卷三一《喜刘苏州恩赐金紫遥想贺宴以诗庆之》:"海内姑苏太守贤,恩加章绶岂徒然?贺宾喜色欺杯酒,醉妓欢声遏管弦。鱼佩茸鳞光照地,鹘衔瑞带势冲天。莫嫌鬓上些些白,金紫由来称长年。"

【注释】

①金紫:金鱼袋及紫衣。唐宋的官服和佩饰。因亦用以指代贵官。

②含白凤:《西京杂记》卷二:"扬雄读书,有人语之曰:'无为自苦,《玄》故难传。'忽然不见。雄著《太玄经》,梦吐凤凰,集《玄》之上,顷而灭。"

③因政事:《苏州谢恩赐加章服表》:"到任之初,便逢灾异。奉宣圣泽,

恭守诏条。上秉睿谋,下求人瘼。才术虽短,忧劳则深。幸免流离,渐臻完复。"

④百:崇本、朱本、《全唐诗》作"识",是。

⑤贺:朱本作"和",误。

⑥金紫同游:白居易于大和元年(827)三月征拜秘书监,赐金紫。

【汇评】

清何焯:末句盖《简兮》诗人之意。(卞孝萱《刘禹锡诗何焯批语考订》)

酬乐天衫酒见寄

　　酒法众传吴米好,舞衣偏尚越罗轻。动摇浮蚁①香浓甚,装束轻鸿意态生。阅曲定知能自适,举杯应叹不同倾。终朝相忆终年别,对景临风无限情。

【题解】

　　此诗作于大和七年(833)。《白氏长庆集》卷三二《刘苏州寄酿酒糯米李浙东寄杨柳枝舞衫偶因尝酒试衫辄成长句寄谢之》诗云:"柳枝慢踏试双袖,桑落初香尝一杯。金屑醅浓吴米酿,银泥衫稳越娃裁。舞时自觉愁眉展,醉后仍教笑口开。惭愧故人怜寂寞,三千里外寄衣来。"李浙东指李绅。《旧唐书》卷一七下《文宗纪》下:大和七年七月,"癸未,以太子宾客李绅检校左散骑常侍兼越州刺史,充浙东观察使"。大和八年七月,刘禹锡移汝州刺史。又,糯米熟、"桑落初香尝一杯"都在秋季,故此诗作于大和七年。

【注释】

　　①浮蚁:酒面上的浮沫。

大和八年(834)

酬令狐相公岁暮远怀见寄 依韵①。

別侣孤鹤怨,冲天威凤②归。容光一以间,梦想是耶非③。
芳讯远弥④重,知音老更稀。不如湖上雁,北向整毛衣。

【题解】

此诗作于大和八年(834)。《旧唐书》卷一七下《文宗纪》下:大和七年
六月"乙酉,以前河东节度使令狐楚检校右仆射,兼吏部尚书"。故诗云"冲
天威凤归"。诗题为"岁暮怀远",令狐楚诗当作于大和七年末,又据"不如
湖上雁,北向整毛衣"句,禹锡答诗当作于大和八年初。令狐楚岁暮怀远诗
已佚。

【注释】

①依韵:朱本无此二字注。

②冲天威凤:《史记》卷一二六《滑稽列传》:"淳于髡说之以隐曰:'国中
有大鸟,止王之庭,三年不蜚又不鸣,王知此鸟何也?'(齐威)王曰:'此鸟不
飞则已,一飞冲天;不鸣则已,一鸣惊人。'"此处指令狐楚还朝。

③是耶非:《汉书》卷九七上《外戚传》上:"上(武帝)思念李夫人不已,
方士齐人少翁言能致其神。乃夜张灯烛,设帷帐,陈酒肉,而令上居他帐,
遥望见好女如李夫人之貌,还幄坐而步。又不得就视,上愈益相思悲感,为
作诗曰:'是邪,非邪? 立而望之,偏何姗姗其来迟!'"

④远弥:崇本作"远珍",朱本作"还珍"。

酬令狐相公亲仁郭家①花下即事见寄

荀令②园林好,山公③游赏频。岂无花下侣? 远望眼中人。斜日渐移影,落英纷委尘。一吟相思曲,惆怅江南春。

【题解】

此诗作于大和八年(834)春。令狐楚大和七年六月还京入为吏部尚书,已过春天。据"一吟相思曲,惆怅江南春"句,时禹锡在苏州,大和八年七月禹锡移刺汝州,故此诗作于大和八年春。令狐楚诗已佚。

【注释】

①亲仁郭家:长安亲仁坊郭子仪家。《唐两京城坊考》卷三:朱雀门街东第三街亲仁坊,有尚父汾阳郡王郭子仪宅。

②荀令:荀彧。详见《和令狐相公郡斋对紫微花》注③。此处以荀彧比郭子仪。

③山公:山简。《晋书》卷四三《山简传》:"简字季伦。……永嘉三年,出为征南将军、都督荆、湘、交、广四州诸军事、假节,镇襄阳。于时四方寇乱,天下分崩,王威不振,朝野危惧。简优游卒岁,唯酒是耽。诸习氏,荆土豪族,有佳园池,简每出嬉游,多之池上,置酒辄醉,名之曰高阳池。时有童儿歌曰:'山公出何许,往至高阳池。日夕倒载归,酩酊无所知。时时能骑马,倒著白接䍦。举鞭问葛疆:何如并州儿?'疆家在并州,简爱将也。"

酬浙东李侍郎越州春晚即事长句

越中蔼蔼繁华地,秦望峰①前禹穴西。湖草初生边雁去,山花半谢杜鹃啼。青油昼卷临高阁,红旆晴翻绕古堤。明日汉庭征旧德,老人争出若耶溪②。后汉刘宠为会稽,大治。及征还,山阴县③有五六老叟自若耶山谷间出,人赍百钱以送宠,宠劳之。答曰:"自明府下车,民不见吏,年老遭④值圣明,故奉送⑤。"宠为人选一大钱受之也⑥。

【题解】

此诗作于大和八年(834)。浙东李侍郎指李绅。《旧唐书》卷一七下《文宗纪》下:大和七年闰七月"癸未,以太子宾客李绅检校左散骑常侍兼越州刺史,充浙东观察使"。大和九年五月,"丁未,以浙东观察使李绅为太子宾客,分司东都"。禹锡大和八年七月移刺汝州。此诗当作于大和八年。李绅原诗已佚。

【注释】

①秦望峰:秦望山。一说在浙江绍兴东南,一说在浙江余杭。高志忠《校注》按云:"此秦望峰当在会稽。"

②若耶溪:在浙江绍兴,传为西施浣纱处。

③县:朱本作"忽"。

④遭:崇本、朱本作"遇"。

⑤故奉送:朱本作"故自抉奉送"。

⑥《全唐诗》无小字注。

别苏州二首①

三载为吴郡②,临歧祖帐开。虽非谢桀点③,且为一徘徊。
流水阊门④外,秋风吹柳条。从来送客处,今日自魂销。

此诗作于大和八年(834)秋。刘禹锡大和八年七月自苏州刺史移汝州任。此诗乃诗人离开苏州之时所作。

【注释】

①二首:崇本作题下小字注。

②"三载"句:刘禹锡于大和六年刺苏州,八年移汝州,故云。

③桀点:当作"桀黠",意为凶悍狡黠之人。"点",崇本、朱本、《全唐诗》作"黠",是。

④阊门:苏州城之西门。

【汇评】

清宋顾乐:与严维《送人往金华》诗同一机局,而此更情胜。(《唐人万首绝句选评》)

发苏州后登武丘寺①望梅楼②

独宿望梅楼,夜深珍木冷。僧房已闭户,山月方出岭。碧池涵剑彩,宝刹摇星影。却忆郡斋中,虚眠此时景。

【题解】

此诗作于大和八年(834)。本年七月禹锡自苏州移刺汝州。

【注释】

①武丘寺:即虎丘寺。唐避李渊祖李虎讳,改"虎"为"武"。

②望梅楼:"梅",朱本、《全唐诗》作"海",下同。《全唐诗》注云:"一作望梅楼。"

罢郡姑苏北归渡扬子津^①

几岁悲南国^②,今朝赋北征^③。归心渡江勇,病体得秋轻。海阔石门小,城高粉堞明。金山^④旧游寺,过岸听钟声。

【题解】

此诗作于大和八年(834)刘禹锡自苏州赴汝州途中。

【注释】

①扬子津:详见《别夔州官吏》注①。

②悲南国:《诗·小雅·四月》:"滔滔江汉,南国之纪。尽瘁以仕,宁莫我有。"朱熹集传云:"滔滔江汉犹为南国之纪,今也,尽瘁以仕而王何其不我有哉!"

③北征:班彪《北征赋》:"遂奋袂以北征兮,超绝迹而远游。"赋北征意为将北行。

④金山:《大清一统志·江苏省·镇江府》:"金山,在丹徒县西北七里大江中。《九域志》:唐时裴头陀于江际获金数镒,李锜镇润州,奏闻,赐名。"金山在江苏省镇江市西北,因泥沙沉积,已与陆地相连。

【汇评】

元方回:俗谚曰:于仕宦谓"贺下不贺上"。凡初至官者乃任事之始,未知其终也,故不贺。解官而去,则所谓善终者也,故贺。梦得于此诗句句佳,三、四尤紧。(《瀛奎律髓》)

清查慎行:次联着力在句末两字。(《瀛奎律髓汇评》)

清纪昀:结句在有情无情之间,极有分寸。(同上)

清何焯:(过岸句)金山亦不暇登,收足归心之勇。(卞孝萱《刘禹锡诗何焯批语考订》)

将赴汝州途出浚下^①留辞李相公^②

　　长安旧游四十载,鄂渚一别十四年。后来富贵已零落,岁寒松柏犹^③依然。初逢贞元尚文主,云阙天池共翔舞。相看却数六朝^④臣,屈指如今无四五。夷门^⑤天下之咽喉,昔时往往生疮疣。联翩旧相^⑥来镇压,四海吐纳皆通流。久别凡经几多事,何由说得平生意^⑦。千思万虑尽如空,一笑一言真可贵^⑧。世间何事最殷勤,白头将相逢故人。功成名遂会归老,请向东山为近邻。

【题解】

　　此诗作于大和八年(834)秋。诗人将赴汝州,与李程作诗以别。时间流逝,人事飘零,与故友间的情谊是老来觉得最珍贵的事情。

【注释】

　　①浚下:汴州。今河南开封。

　　②李相公:李程。《旧唐书》卷一六七、《新唐书》卷一三一有传。崇本"相公"下有"表臣"二字。

　　③《全唐诗》"犹"下注云:"一作尚。"

　　④六朝:指德、顺、宪、穆、敬、文六朝。

　　⑤夷门:指夷门山,又称夷山。故址在今河南开封城内东北隅。

　　⑥旧相:瞿蜕园《笺证》按云:"自元和以来,镇宣武者,韩弘以后,张弘靖、令狐楚、李逢吉及程,皆曾为宰相,故诗云:'联翩旧相来镇压。'"

　　⑦《全唐诗》"意"下注云:"一作愁。"

　　⑧《全唐诗》"贵"下注云:"一作休。"

酬淮南牛相公①述旧见贻

少年曾忝汉庭臣,晚岁空余老病身。初见相如成赋日②,寻为丞相扫门人③。追思往事咨嗟久,喜奉清光笑语频。犹有登朝④旧冠冕,待公三入⑤拂埃尘⑥。

【题解】

此诗作于大和八年(834)秋,刘禹锡自苏州移刺汝州途经扬州与牛僧孺相会。《旧唐书》卷一七下《文宗纪》下:大和六年十二月,"乙丑,以中书侍郎、同平章事牛僧孺检校右仆射、同平章事、扬州大都督府长史,充淮南节度使"。《旧唐书》卷一七二《牛僧孺传》:"凡在淮甸六年。开成二年五月,加检校司空,食邑二千户,判东都尚书省事、东都留守、东畿汝都防御使。"牛僧孺《席上赠刘梦得》:"粉署为郎四十春,今来名辈更无人。休论世上升沉事,且斗樽前见在身。珠玉会应成咳唾,山川犹觉露精神。莫嫌恃酒轻言语,曾把文章谒后尘。"

【注释】

①淮南牛相公:牛僧孺。

②"初见"句:计有功《唐诗纪事》卷三九牛僧孺:"公赴举之秋,尝投贽于刘补阙禹锡,对客展卷,飞笔涂窜其文。历二十余岁,刘转汝州,公镇海(按:当作"淮")南,枉道驻旌,信宿酒酣赋诗。刘方悟往年改公文卷。僧孺诗曰:'粉署为郎四十春,……'禹锡和云:'……初见相如成赋日,后为丞相扫门人。……'牛公吟和诗,前意稍解,曰:'三日之事,何敢当焉!'(宰相三朝后主印,可以升降百司也。)于是移宴竟夕,方整前驱也。刘乃戒其子咸及承雍曰:'吾成人之志,岂料为非;汝辈进修,守中为上。'"

③扫门人:《史记》卷五二《齐悼惠王世家》:"魏勃少时,欲求见齐相曹参,家贫无以自通,乃常独早夜扫齐相舍人门外。相舍人怪之,以为物,而

606

伺之,得勃。勃曰:'愿见相君,无因,故为子扫,欲以求见。'于是舍人见勃曹参,因以为舍人。一为参御,言事,参以为贤,言之齐悼惠王。悼惠王召见,则拜为内史。"

④《全唐诗》"朝"下注云:"一作当时。"

⑤入:朱本作"日",误。

⑥《全唐诗》句末注云:"牛相再入中书,故以三入期之。"

【汇评】

宋刘克庄:梦得贞元间已为郎官御史,牛相方在场屋,投贽文卷,梦得飞笔涂窜。牛既贵,未能忘,有"曾把文章谒后尘"之句。梦得答云:"初见相如成赋日,后为丞相扫门人。"且饬诸子以己为戒。(《后村诗话》)

宋李颀:牛僧孺将赴举时,投贽于刘梦得,对客展读,飞笔涂窜其文。居三十年,梦得守汝,牛出镇汉南,枉道汝水,驻旌信宿。酒酣,赠诗于梦得曰:"粉署为郎二十春,向来名辈更无人。休论世上升沉事,且斗尊前见在身。珠玉会应成咳唾,山川犹觉露精神。莫嫌恃酒轻言语,曾把文章谒后尘。"梦得方悟往年改文卷之事,和答云:"昔年曾忝汉朝臣,晚岁空余老病身。初见相如成赋日,后为丞相倚门人。追思往事咨嗟久,幸喜清风语笑频。犹有当时旧冠剑,待公三日拂埃尘。"(《古今诗话》)

清冯舒:贴贴八句,只是人不可及。(《瀛奎律髓汇评》)

清查慎行:通首跌宕可喜。(同上)

清纪昀:此答思黯"曾把文章谒后尘"句,而巽言以解其嫌也。不注本事,了不知为何语矣。语虽涉应酬,而立言委婉之中,尚不甚折身份,是古人有斟酌处。(同上)

郡内书情①献裴侍中留守

功成频献乞身②章,摆落襄阳镇洛阳。万乘旌旗分一半,八方风雨会中央。兵符今奉黄公略③,书殿曾随翠凤翔。心寄华亭一双鹤^④，日陪^⑤高步绕池塘。

【题解】

此诗作于大和八年(834)。裴侍中留守指裴度。《旧唐书》卷一七下《文宗纪》下：大和八年三月，"庚午，以山南东道节度使裴度充东都留守，依前守司徒、兼侍中"。

【注释】

①情：朱本作"怀"。

②乞身：古代以作官为委身事君，故称请求辞职为乞身。

③黄公略：黄石公所著《三略》。

④"心寄"句：参见《和裴相公寄白侍郎求双鹤》、《和乐天送鹤上裴相公别鹤之作》诗作。

⑤陪：朱本作"随"，误。

【汇评】

宋叶梦得：七言难于气象雄浑，句中有力，而纤徐不失言外之意。自老杜"锦江春色来天地，玉垒浮云变古今"，与"五更鼓角声悲壮，三峡星河影动摇"等句之后，常恨无复继者。韩退之笔力最为杰出，然每苦意与语俱尽。《和裴晋公破蔡州回诗》所谓"将军旧压三司贵，相国新兼五等崇"，非不壮也，然意亦尽于此矣。不若刘禹锡《贺晋公留守东都》云："天子旌旗分一半，八方风雨会中州"，语远而体大也。(《石林诗话》)

元刘壎：闳伟尊壮。(《隐居通议》)

明朱承爵："天子旌旗分一半，八方风雨会中州。"此刘禹锡贺晋公留守东都诗也，其远大之志，自觉轩豁可仰。(《存余堂诗话》)

清贺裳：《郡内书情献裴侍中留守》，其警句云："万乘旌旗分一半，八方风雨会中央。"不徒对仗整齐，气象雄丽，且雒邑为天下之中，度以上相居守，字字关合，殆无虚设。顾有以"旌旗"对"风雨"不工为言者，岂非小儿强作解人乎？(《载酒园诗话又编》)

清朱庭珍：纯用实字，杰句最少，不可多得。古今句可法者，如……刘

中山"天子旌旗分一半，八方风雨会中央"，……高唱入云，气魄浑厚，亦名句之堪嗣响工部者。（《筱园诗话》）

清方东树：愚谓梦得此句（按："天子旌旗分一半，八方风雨会中央"）亦粗，不足法。（《昭昧詹言》）

清陈世镕：宋人有谓昌黎"将军旧压三司贵，相国新兼五等崇"不及梦得之"万乘旌旗分一半，八方风雨会中央"，其实不然。韩词意古雅，刘官样微俗，当于骨理辨之，后学勿逐耳食也。（《求志居唐诗选》）

奉和裴晋公凉风亭睡觉

骊龙①睡后珠元②在，仙鹤行时步又轻。方寸莹然无一事，水声来似玉琴声。

【题解】

此诗作于大和八年（834）。裴度《凉风亭睡觉》诗云："饱食缓行新睡觉，一瓯新茗侍儿煎。脱巾斜倚绳床坐，风送水声来耳边。"瞿蜕园《笺证》按云："此当是大和八年之夏度任东都留守时作，正深以退闲为喜，情见乎词，禹锡亦颇能窥其心事也。"今从瞿说。

【注释】

①骊龙：详见《答乐天所寄咏怀且适其枯树之叹》注②。
②元：朱本作"原"。

奉送浙西李仆射相公①赴镇 奉送至临泉驿，书札②见征拙诗，时在汝州。

建节东行是旧游，欢声喜气满吴州③。郡人重得黄丞相④,童子争迎郭细侯⑤。诏下初辞温室树⑥,梦中先到景阳楼⑦。自怜不识平津阁⑧,遥望旌旗汝水头。

【题解】

此诗作于大和八年(834)。《旧唐书》卷一七《文宗纪》下载:大和八年(834)十一月,"乙亥,以兵部尚书李德裕检校右仆射,充镇海军节度、浙江西道观察等使"。李德裕赴任,途次汝州,刘禹锡作诗以送。

【注释】

①浙西李仆射相公:指李德裕。《英华》无"相公"二字,亦无题下小字自注。

②札:明本、朱本作"礼",误。

③吴州:即吴郡,苏州。《旧唐书》卷四〇《地理志》三:"武德四年(621),平李子通,置苏州。""天宝元年(742),改为吴郡。乾元元年(758),复为苏州。"

④黄丞相:指黄霸。《汉书》卷八九《循吏传》:"黄霸字次公,淮阳阳夏人也。""霸以外宽内明得吏民心,户口岁增,治为天下第一。……有诏归颍川太守官,以八百石居治如其前。前后八年,郡中愈治。是时,凤皇神爵数集郡国,颍川尤多。天子以霸治行终长者,下诏称扬曰:'颍川太守霸,宣布诏令,百姓乡化,孝子弟弟贞妇顺孙日以众多,田者让畔,道不拾遗,养视鳏寡,赡助贫穷,狱或八年亡重罪囚,吏民乡于教化,兴于行谊,可谓贤人君子矣。'"

⑤郭细侯:指郭伋。《后汉书》卷三一《郭伋传》:"郭伋字细侯,扶风茂陵人也。……伋前在并州,素结恩德,及后入界,所到县邑,老幼相携,逢迎道路。所过问民疾苦,聘求耆德雄俊,设几杖之礼,朝夕与参政事。始至行部,到西河美稷,有童儿数百,各骑竹马,道次迎拜。伋问:'儿曹何自远来?'对曰:'闻使君到,喜,故来奉迎。'伋辞谢之。及事讫,诸儿复送至郭外,问:'使君何日当还?'伋谓别驾从事,计日告之。行部既还,先期一日,伋为违信于诸儿,遂止于野亭,须期乃入。"

⑥温室树：汉宫温室殿之树。详见《和浙西李大夫晚下北固山喜径松成阴怅然怀古偶题临江亭并浙东元相公所和依本韵》注④。

⑦景阳楼：故址在今江苏南京市玄武湖侧。

⑧平津阁：《汉书》卷五八《公孙弘传》：弘封平津侯，"时上方兴功业，娄举贤良。弘自见为举首，起徒步，数年至宰相封侯，于是起客馆，开东阁以延贤人，与参谋议。弘身食一肉，脱粟饭，故人宾客仰衣食，奉禄皆以给之，家无所余"。颜师古注云："阁者，小门也，东向开之，避当庭门而引宾客，以别于掾史官属也。"

【汇评】

明毛奇龄等：似涉俚笔，然初唐旧调，原自有此（"建节东行是旧游，欢声喜气满吴州"下）。（《唐七律选》）

诗言李公持节按镇，吴人欢声，喜李复来，如黄丞相再守颍川，其童子之迎，亦若郭伋之德感并州也。五句言其将往莅事，六句言其祗命之心。末联自言无才，不能与平津之阁，但望李公旌旆在于汝水而已，意以李如公孙弘之好贤，亦望其荐拔之意也。（《唐诗鼓吹评注》）

清陈鹤崖：工整流丽，当与王、岑争坐，不可以时代论。历下论诗，最爱李东川，于此等诗曾未齿及，止以时代取人也。（《唐七律隽》）

清赵臣瑗："丞相"、"细侯"借用而巧合，自是对偶中活法。（《山满楼笺注唐诗七言律》）

又：此等诗，文理条达，无不可晓，而风华典赡，足可为后学楷模。"是旧游"，再任也。"欢声喜气"，言人情爱慕之至，而仆射之有恩德于斯士，亦可见矣。下乃举二人以实之，非谓黄与郭不得专美于昔，正谓黄与郭不意再见于今也。此四句，是预写其到浙之时，想当如是。五重作提笔，言其奉命之日，顷刻就道。六忽作顿笔，言其恋阙之心，窀寐以之也。末，人必谓是自媒，吾则以为乃是讽仆射为公孙相公耳。（同上）

重送浙西李相公顷廉问江南已经七载后历滑台剑南两镇遂入相今复领旧地新加旌旄^①

江北万人看玉节,江南千骑引金铙。凤从池上游沧海,鹤到辽东识旧巢。城下清波含百谷,窗中远岫列三茅^②。碧鸡^③白马^④回^⑤翔久,却忆朱方^⑥是乐郊!

【题解】

此诗为大和八年(834)在汝州送李德裕所作。瞿蜕园《笺证》按云:"诗题云'今复领旧地,新加旌旄',以德裕前度仅为观察使,今为节度使也。浙西一道,或称观察,或称节度,视居位之人之资历,初无一定。德裕曾为宰相,且曾居西川大镇,故加节度使之名。诗中碧鸡指西川,白马指滑州,朱方指润州,皆唐人习用语,以此作结,亦似感慨,亦似慰藉,而不及交情一语,可谓巧于措词者。"

【注释】

①诗题:《英华》作"送浙江李相公重赴旧镇加旌节"。廉问:察访查问。"廉问",崇本作"尝镇"。

②三茅:山名。亦称茅山、句曲山。在江苏省句容县东南。相传汉景帝时茅盈、茅固、茅衷三兄弟得道于此,故名。

③碧鸡:详见《洛中送杨处厚入关便游书谒韦令公》注⑦。

④白马:白马津。在今河南省滑县北。今湮。

⑤回:崇本作"徊"。

⑥却忆朱方:"忆",《英华》作"拥",注云:"集作忆。""方"下注云:"集作幢。"朱方:春秋时吴地名。治所在今江苏省丹徒县东南。此处代指润州。

【汇评】

宋蔡居厚:苏子容爱元、白、刘宾客辈诗,如《汝洛唱和》,皆往往成诵;

苦不爱太白辈诗。曾诵《汝洛集九日送人》云:"清秋方落帽,子夏正离群。"以为假对工夫无及此联。又举刘梦得《送李文饶再镇浙西》诗,以为最着题。(《诗史》)

和浙西王尚书闻常州杨给事制新楼因寄之作①

文昌星②象尽东来,油幕朱门次第开。且上新楼看风月,会乘云雨一时回。尚书在南宫为左丞,给事与禹锡皆是郎吏③。

【题解】

此诗作年当在大和七年(833)或八年(834)。《旧唐书》卷一七下《文宗纪》下:大和七年三月,"庚戌,出给事中杨虞卿为常州刺史"。大和八年十二月己丑,"常州刺史杨虞卿为工部侍郎"。

【注释】

①和浙西王尚书闻常州杨给事制新楼因寄之作:《全唐诗》无"王"字。"闻"下注云:"一无此。""因",崇本作"困",误。浙西王尚书:王璠。《旧唐书》卷一六九《王璠传》:"(大和)四年七月,拜京兆尹、兼御史大夫。十二月,迁左丞,判太常卿事。六年八月,检校礼部尚书、润州刺史、浙西观察使。八年,李训得幸,累荐于上。召还,复拜右丞。"常州杨给事:杨虞卿。《旧唐书》卷一七六《杨虞卿传》:"六年,转给事中。七年,宗闵罢相,李德裕知政事,出为常州刺史。……八年,宗闵复入相,寻召为工部侍郎。"

②文昌星:《全唐诗》"昌"下注云:"一作章。""星"下注云:"一作新。"

③郎吏:郎官。谓侍郎、郎中等职。大和二年刘禹锡入为主客郎中,礼部郎中,杨虞卿为左司郎中。

大和六年(832)春至大和八年(834)秋在苏州所作其他诗

酬朗州崔员外①与任十四兄侍御②同过鄙人旧居见怀之什时守吴郡

昔日居邻招屈亭③,枫林橘树鹧鸪声。一辞御苑青门④去,十见蛮江白芷生⑤。自此曾沾宣室⑥召,如今又守阖闾城⑦。何人万里能相忆?同舍仙郎与外兄。任侍御,予外兄,崔员外,南宫同官。

【题解】

此诗为刘禹锡大和六年(832)至大和八年(834)任苏州刺史期间所作。崔员外与任侍御过禹锡在朗州旧宅有感寄诗给诗人,诗人感念兄友情谊,作诗以答。

【注释】

①崔员外:未详。

②任十四兄侍御:未详名。

③招屈亭:详见《武陵书怀五十韵》注③。

④青门:汉长安城东南门。本名霸城门,因其门色青,故俗呼为"青门"或"青城门"。《三辅黄图·都城十二门》:"长安城东,出南头第一门曰霸城门。民见门色青,名曰青城门,或曰青门。门外旧出佳瓜,广陵人召平为秦东陵侯,秦破,为布衣,种瓜青门外。"

⑤"十见"句:刘禹锡贞元二十一年(805)被贬朗州司马,元和九年

(814)末被召回,前后十年,故云此。

⑥宣室:古代宫殿名。指汉代未央宫中之宣室殿。《史记》卷八四《屈原贾生列传》:"孝文帝方受釐,坐宣室。上因感鬼神事,而问鬼神之本。贾生因具道所以然之状。"裴骃集解引苏林曰:"未央前正室。"司马贞索隐引《三辅故事》云:"宣室在未央殿北。"

⑦阖闾城:亦作"阖庐城"。苏州的别称。春秋时吴都。

【汇评】

清何焯:叙致包括,流转如丸。所亲而又同病,言相忆止此二人,正叹在位有气力者。(卞孝萱《刘禹锡诗何焯批语考订》)

西山兰若①试茶歌

山僧后檐茶数丛,春来映竹抽新茸。苑②然为客振衣起,自傍芳丛摘鹰嘴③。斯须炒④成满室香,便酌砌下金沙水。骤雨松声入鼎来,白云满碗花⑤徘徊。悠扬喷鼻宿酲散,清峭彻骨烦襟开。阳崖阴岭各殊气,未若竹下莓苔地。炎帝虽尝未解煎,桐君⑥有箓那知味?新芽连拳半未舒,自摘至煎俄顷余。木兰坠⑦露香微似,瑶草临波色不如。僧言灵味宜幽寂,采采翘英为嘉客。不辞缄封寄郡斋,砖井铜炉损标格。何况蒙山⑧顾渚⑨春,白泥赤印走风尘。欲知花乳清泠味,须是眠云跂⑩石人。

【题解】

此诗写作具体年份未确。瞿蜕园《笺证》按云:"诗有'不辞缄封寄郡斋'之句,自是大和六年(832)后苏州刺史任时作。又据'春来映竹抽新茸'之句,六年之春初至,恐未能有此闲暇,以七年春所作为近似。"今从瞿说。

【注释】

①西山兰若:指太湖洞庭西山水月禅院。瞿蜕园《笺证》引朱长文《吴郡图经续记》云:"洞庭山出美茶,旧入为贡。……近年山僧尤善制茗,谓之水月茶,以院为名也。颇为吴人所贵。高德基《平江纪事》云:'洞庭西山中有水月禅院者,……创于梁天监三年,旧名明月禅院'。"

②苑:崇本作"莞",朱本、《全唐诗》作"宛"。

③鹰嘴:亦作"鹰觜"。茶名。"嘴",明本、朱本、《全唐诗》作"觜"。

④炒:崇本作"碾"。

⑤花:崇本作"若"。

⑥桐君:瞿蜕园《笺证》注云:"《方舆胜览》:'桐君山在严州,有人采药,结庐桐木下,指桐为姓,故以得名。'《桐君茶录》:'巴东有真香茗,煎饮令人不眠。'"

⑦坠:《全唐诗》作"霶",注云:"一作坠。"

⑧蒙山:瞿蜕园《笺证》注云:"《茶谱》:蒙山中顶曰上清峰,茶最难得,俟雷发声采之。"

⑨顾渚:瞿蜕园《笺证》按云:"《唐国史补》:'湖州有顾渚之紫笋,常州有义兴之紫笋,皆茶也。'……《太平寰宇记》云:'顾渚在长兴县西北三十里,山中多产茶以充贡。'"

⑩跂:崇本作"卧"。

【汇评】

清何焯:(春来句)暗插"竹下"一段。(末联)东坡《食蟫帖》即此诗落句之意。(卞孝萱《刘禹锡诗何焯批语考订》)

清贺裳:梦得最长于刻划,……《西山兰若试茶歌》"骤雨松声入鼎来,白云满碗花徘徊",令人渴吻生津。(《载酒园诗话又编》)

杨柳枝①词九首②

塞北《梅花》③羌笛吹,淮南桂树小山词。请君莫奏前朝曲,听唱新翻《杨柳枝》。

南陌东城春早时,相逢何处不依依? 桃红李白皆夸好,须得垂杨相发挥④。

凤阙⑤轻遮翡翠帏,龙池⑥遥望曲尘⑦丝。御沟春水相晖⑧映,狂杀长安年少儿。

金谷园中莺乱飞,铜驼陌上好风吹。城东⑨桃李须臾尽,争似垂杨无限时。

花萼楼⑩前初种时,美人楼上斗腰支。如今抛掷长⑪街里,露叶如啼欲恨⑫谁?

炀帝行宫汴水滨,数株残柳不胜春⑬。晚⑭来风起花如雪,飞入宫墙不见人。

御陌青门⑮拂地垂,千条金缕万条丝。如今绾作同心结,将赠行人知不知?

城外春风吹⑯酒旗,行人挥袂日西时。长安陌上无穷树,唯有垂杨管⑰别离。

轻盈袅娜占年⑱华,舞树⑲妆楼处处遮。春尽絮飞⑳留不得,随风好去落谁家?

【题解】

此诗作于刘禹锡在苏州之时。此诗为和白居易《杨柳枝词》之作。瞿蜕园《笺证》按云:"白集《别柳枝》云:'两枝杨柳小楼中,袅娜多年伴醉翁。明日放归归去后,世间应不要春风。'同卷又有诗题云:'前有《别柳枝》绝句,梦得继和云:春尽絮飞留不得,随风好去落谁家。又复戏答。'诗云:'柳老春深日又斜,任他飞向别人家。谁能更学孩童戏,寻逐春风捉柳花?'据此则禹锡《杨柳枝词》九首未必皆一时所作,即使一时所作,亦在晚年,当居易放柳枝时。"

【注释】

①杨柳枝:《乐府诗集》卷八一《近代曲辞》三:"《杨柳枝》,白居易洛中所制也。《本事诗》曰:'白尚书有妓樊素善歌,小蛮善舞。尝为诗曰:樱桃樊素口,杨柳小蛮腰。年既高迈,而小蛮方丰艳,乃作《杨柳枝》辞以托意曰:永丰西角荒园里,尽日无人属阿谁! 及宣宗朝,国乐唱是辞。帝问谁辞,永丰在何处,左右具以对。时永丰坊西南角园中有垂柳一株,柔条极茂,因东使命取两枝植于禁中。居易感上知名,且好尚风雅,又作辞一章云:定知玄象今春后,柳宿光中添两星。'河南卢尹时亦继和。薛能曰:《杨柳枝》者,古题所谓《折杨柳》也。乾符五年(878),能为许州刺史。饮酣,令部妓少女作杨柳枝健舞,复赋其辞为《杨柳枝》新声云。'"

②九首:崇本作题下小字注。

③《梅花》:《梅花落》。《乐府诗集》卷二四《横吹曲辞》四《汉横吹曲》四:"《梅花落》,本笛中曲也。按唐大角曲亦有《大单于》《小单于》《大梅花》《小梅花》等曲,今其声犹有存者。"

④挥:《乐府诗集》作"辉"。

⑤凤阙:汉代宫阙名。《史记》卷一二《孝武本纪》:"于是作建章宫……其东则凤阙,高二十余丈。"司马贞索隐引《三辅故事》:"北有圜阙,高二十丈,上有铜凤皇,故曰凤阙也。"

⑥龙池:《唐会要》卷三十《兴庆宫》:"开元二年(714)七月二十九日,以兴庆里旧邸为兴庆宫。初,上在藩邸,与宋王等同居于兴庆里,时人号曰五王子宅。至景龙末,宅内有龙池涌出,日以浸广。望气者云有天子气。中宗数行其地,命泛舟,以驮象踏气以厌之。至是为宫焉。""池",崇本、《乐府诗集》作"墀"。

⑦曲尘:曲上所生菌,色淡黄如尘。《周礼·天官·内司服》:"曲衣",郑玄注引郑司农云:"黄桑服也,色如曲尘,象桑叶始生。"此处用作形容柳色。

⑧相晖:"相",《乐府》作"柳",《全唐诗》注云:"一作柳。""晖",朱本、《全唐诗》作"辉"。

⑨东:朱本、《全唐诗》作"中",《全唐诗》注云:"一作东。"

618

⑩花萼楼:唐玄宗于兴庆宫西南建花萼相辉之楼,简称花萼楼。《新唐书》卷八一《让皇帝宪传》:"天子于(兴庆)宫西、南置楼,其西署曰'花萼相辉之楼',南曰'勤政务本之楼',帝时时登之,闻诸王作乐,必亟召升楼,与同榻坐,或就幸第,赋诗燕嬉,赐金帛侑欢。"

⑪长:《乐府》作"上",注云:"一作长。"《全唐诗》注云:"一作上。"

⑫恨:《全唐诗》作"向",注云:"一作恨。"

⑬"炀帝"二句:《隋书》卷二四《食货志》:"炀帝即位……始建东都……开渠,引谷、洛水,自苑西入,而东注于洛。又自板渚引河,达于淮海,谓之御河。河畔筑御道,树以柳。""株",《全唐诗》作"枝",注云:"一作枝。""残",《全唐诗》作"杨",注云:"一作残。"

⑭晚:《乐府》作"昨",《全唐诗》注云:"一作昨。"

⑮青门:详见《酬朗州崔员外与任十四兄侍御同过鄙人旧居见怀之什时守吴郡》注④。青门外有灞桥,送客至此,折柳送别。《全唐诗》"青"下注云:"一作东。"

⑯吹:《乐府》作"满"。《全唐诗》注云:"一作满。"

⑰管:朱本作"绾"。

⑱年:《乐府》作"春"。

⑲树:崇本、明本、朱本、《全唐诗》、《乐府》皆作"榭",是。

⑳飞:《全唐诗》作"花",注云:"一作飞。"

【汇评】

"塞北《梅花》羌笛吹"一首:

宋王灼《鉴戒录》云:"《柳枝歌》,亡隋之曲也。"……予考乐天晚年,与刘梦得唱和此曲词,白云:"古歌旧曲君休听,听取新翻《杨柳枝》。"……刘梦得亦云:"请君莫奏前朝曲,听唱新翻《杨柳枝》。"盖后来始变新声,而所谓乐天《杨柳枝》者,称其别创词也。(《碧鸡漫志》)

"凤阙轻遮翡翠帏"一首:

宋蔡正孙引《复斋漫录》云:余读唐杨巨源诗"江边杨柳曲尘丝"之句,皆不知所本。其后读梦得《杨柳枝辞》,乃知巨源取此。(《诗林广记》)

"金谷园中莺乱飞"一首:

宋范晞文:白乐天《杨柳枝》云:"陶令门前四五树,亚夫营里百千条。何似东都正二月,黄金枝映洛阳桥。"刘禹锡云:"金谷园中莺乱啼,铜驼陌上好风吹。城东桃李须臾尽,争似垂杨无限时。"张祐云:"凝碧池头敛翠眉,景阳楼下绾青丝。那胜妃子朝元阁,玉手和烟弄一枝?"薛能云:"和风烟树九重城,夹路春阴十万营。惟向边头不堪望,一株憔悴少人行。"三诗皆仿白,独薛能一首变为凄楚耳。(《对床夜语》)

"花萼楼前初种时"一首:

宋谢枋得:此首意谓人不能特立,随时趋势,以求富贵者,与花萼楼前杨柳何异?……宫人歌舞楼上者,观杨柳之轻盈袅娜,自恨腰肢之不如,欲与杨柳斗此娇媚之态,犹人之逢时遇主,大蒙宠幸也……犹人之忤时失势,摒弃寂寞也。……"露叶如啼欲恨谁",犹小人失势,不责己而怨人,虽泣血涟如,亦无益也。(《唐诗绝句》)

宋胡次焱:此乃梦得自道也。其与议禁中,所言必从,此"花萼楼前初种时"也;降武元衡,罢窦群,斥韩皋,此"美人楼上斗腰肢"也;贬连州刺史,斥朗州司马,易柳州,徙夔州,此"如今抛掷长街里"也;《问大钧赋》、《谪九年赋》,叙张九龄事,为《子刘子自传》,此"露叶如啼欲恨谁"也。末句乃不敢怨人之词,"欲恨谁"者,即《易》所谓"自我致寇,又谁咎也",其悔心之萌乎?(《唐诗选脉会通评林》)

明陆时雍:自怨语,正是尤人无限。(《唐诗镜》)

清宋顾乐:先荣后悴,即柳以见意。(《唐人万首绝句选评》)

"炀帝行宫汴水滨"一首:

宋谢枋得:炀帝荒淫不君,国亡身丧,行宫外残柳数株,枝条柔弱,如不胜春风之摇荡,柳花如雪,飞入宫墙,似若羞见时人者。隋之臣子仕唐,曾不曰国亡主灭,分任其咎,扬扬然无羞恶心,观柳花亦可愧矣。(《唐诗绝句》)

宋胡次焱:谢叠翁注:炀帝荒淫,国亡身殒,隋之君子仕唐,曾不分任其咎,扬扬然无羞恶之心,观柳花亦可以愧矣。谓柳花如雪,飞入宫墙,如羞见时人者,此扶植世教,足以立顽廉贪;但"不见人"三字,恐只是《易》所谓"窥其户,阒其无人"之意。(《唐诗选脉会通评林》)

明蒋一葵:吊亡隋者,多不出此意。如此落句,更出人意表。(同上)

明陆时雍:忽入雅调。(同上)

明徐子扩:此诗只是形容亡国荒凉之态。叠山诮羞不见人,非也。李君虞《隋宫燕》诗"燕语如伤旧国春,宫花一落旋成尘。自从一闭风光后,几度飞来不见人",亦是此意。(《唐诗选》)

明桂天祥:绝处味好。(同上)

明唐汝询:炀帝植柳汴宫旁,谓之柳塘。今柳花如雪,宫中无人,自足兴慨。(《唐诗解》)

清黄生:"不胜春"三字正为"残柳"写照,若作"杨柳"则三字落空矣。只"不见人"三字,写尽故宫黍离之悲,何用多言。(《唐诗摘钞》)

清沈德潜:似胜李君虞《汴河曲》(末二句下)。(《唐诗别裁》)

清宋宗元:韵远情深。(《网师园唐诗笺》)

清吴昌祺:此诗宋人亦曾误解。(《删订唐诗解》)

清吴瑞荣:"不见人"是荒凉之象,宋儒谓改作"羞见人"更佳,其说非是。(《唐诗笺要》)

邹弢:写杨花写到花到地,方色空空,唤醒迷夫不少。(《精选评注五朝诗学津梁》)

王文濡:隋炀植柳汴堤,谓之柳塘,故梦得有此作。末句谓宫墙尚在,宫中无人,即柳花飞入,谁人见来? 不胜兴废之感。(《历代诗评注读本》)

俞陛云:此隋宫怀古之作,咏残柳以写亡国之悲,情韵双美,寄慨苍凉,与《石头城》怀古诗皆推绝唱,宜白乐天称为"诗豪"也。李益《隋宫燕》《汴河曲》,与梦得用意同,而用笔逊之。(《诗境浅说续编》)

"城外春风吹酒旗"一首:

宋洪迈:薛能者,……别有《柳枝词》五首,最后一章曰:"刘白苏台总近时,当初章句是谁推。纤腰舞尽春杨柳,未有侬家一首诗。"自注云:"刘、白二尚书继为苏州刺史,皆赋《杨柳枝词》,世多传唱,虽有才语,但文字太僻,宫商不高。"能之大言如此,……视刘、白以下蔑如也。今读其诗,正堪一笑。刘之词曰:"城外春风吹酒旗,行人挥袂日西时。长安陌上无穷树,唯有垂杨管别离。"……其风流气概,岂能所可仿佛哉! (《容斋随笔》)

621

宋谢枋得：人之饯别，非驿亭则酒肆。驿亭酒肆，多种杨柳，古人或折柳以赠，或攀柳而悲。长安陌上，树木尽多，"管别离"者，惟有垂杨耳。意谓王公将相，位尊权重，其栽培桃李必多；或辞官，或失势，一旦去国，其门下士终始不相背负者，甚少也。（《唐诗绝句》）

明黄溥：薛能，晚唐诗人，格调不高。有《柳枝词》云："刘白苏台总近时，……。"自注云："刘、白《杨柳词》世多传唱，但文字太僻，宫商不高耳。"刘之词云："城外春风吹酒旗，……。"白之词云："红板江桥青酒旗，……。"其三诗风流气概如此，其高下可见。（《诗学权舆》）

清黄周星：想垂杨亦不胜攀折，正见苦无替代耳。（《唐诗快》）

清吴瑞荣："管"字下得妙，视前首"见"字用意更胜。（《唐诗笺要》）

清宋顾乐：说得如此有情，真含无限悲苦。（《唐人万首绝句选评》）

"轻盈袅娜占年华"一首：

宋计有功：乐天妓樊素也，善歌《杨柳枝》，人多以曲名名之。乐天病，去之。梦得诗云："春尽絮飞留不得，随风好去落谁家。"（《唐诗纪事》）

宋谢枋得："轻盈袅娜占年华"，小人柔邪便佞，趋炎炙热，专宠怙恩也。"舞榭妆楼处处遮"，小人为权贵所信任，妄作威福，无一事不出其手，无一人不登其门也。"春尽絮飞留不得"，主人失势受祸，宾客尽散。"随风好去落谁家"，小人忘恩负义，随时变化，背故知而趋新知，知柳絮随风堕落，不择地亦不择人也。（《唐诗绝句》）

明黄溥：第一句喻小人邪柔便佞，趋炎炙热，专宠怙恩也。第二句喻小人为权贵所信任，妄作威福，无一事不出其手，无一人不登其门也。第三句喻小人失势受祸，宾客尽散。"随风好去落谁家"，喻小人忘恩背义，随时变化，背故趋时，如柳絮随风坠落，不择地亦不择人也。（《诗学权舆》）

明游潜：盖言小人故为诙媚之态，得专宠幸，招权纳贿，无所不至。然至竟时去势消，亦将沦落而莫知所矣。鄙之而笑之也。（《梦蕉诗话》）

总评

唐薛能：刘、白二尚书继为苏州刺史，皆赋《杨柳枝词》，世多传唱，虽有才语，但文字太僻，宫商不高，如可者，岂斯人徒欤？洋洋乎唐风，其令虚爱。（《柳枝词五首（并序）》第五首自注）

宋黄庭坚：刘宾客《柳枝词》，虽乏曹、刘、陆机、左思之豪壮，自为齐梁乐府之将帅也。(《山谷题跋》)

明陆时雍：《杨柳词》流连宛转，哀怨无穷。(《唐诗镜》)

明郎瑛：唐人咏此题极多，偶尔记忆，因录出其一韵者，置之于左，庶可以见先贤用意之工拙也。刘禹锡诗云："花萼楼前初种时，……露叶如啼欲恨谁。城外西风吹酒旗，……唯有垂杨管别离。"白居易曰："红板桥边青酒旗，馆娃宫暖日斜时。可怜雨歇东风定，万树千条各自垂。"……然当时传诵，惟刘、白为最。(《七修类稿》)

清沈德潜：似胜李君虞《汴河曲》。(《唐诗别裁》)

清翁方纲：《竹枝》泛吟风土，《柳枝》则咏柳，其大校也。……薛能乃欲"搜难抉新"，至谓刘、白"官商不高"，亦妄矣。(《石洲诗话》)

刘永济：《杨柳枝词》盖即古《横吹曲》之《折杨柳》。其词托意杨柳以写离情，或感叹盛衰。今录禹锡两首，前者(指"花萼楼前初种时")以柳比人，后者(指"城外东风吹酒旗")即写离别，不可但作单纯咏物诗看。(《唐人绝句精华》)

送霄韵上人①游天台

曲江僧向松江②见，又道③天台看④石桥⑤。鹤恋故巢云恋岫，比⑥君犹自不逍遥。

【题解】

此诗当作于刘禹锡在苏州期间。诗云"曲江僧向松江见，又到天台看石桥"。

【注释】

①霄韵上人：未详何人。"霄"，崇本作"宵"，《英华》作"宝"，《全唐诗》题下注云："一作宝韵上人。"

②松江:吴淞江。

③道:《英华》《全唐诗》作"到"。

④看:《英华》作"见"。

⑤石桥:《读史方舆纪要》卷九二《浙江·台州府·天台县》:"天台山县北十里。一名桐柏山,亦名大小台山,以石桥大小得名。……又石桥山,在县北五十里,石桥架两崖间,长七丈,北阔二尺,南七尺,其中尖起丈余,下有两涧合流,势甚峭峻。"

⑥比:《英华》作"此"。

送元简①上人适越

孤云出岫本无依,胜境②名山即是归。久向吴门游好寺,还思越水洗尘机。浙江涛惊师③子吼,稽岭④峰疑灵鹫飞。更入天台石桥路⑤,垂珠璀璨拂三⑥衣。

【题解】

此诗当作于刘禹锡在苏州期间。诗云"久向吴门游好寺,还思越水洗尘机",言元简上人在吴游览后欲赴越,刘禹锡作诗相送。

【注释】

①元简:未详何人。

②境:崇本作"景",《全唐诗》注云:"一作景。"

③师:《全唐诗》作"狮"。

④稽岭:会稽山。

⑤路:《全唐诗》作"去",注云:"一作路。"

⑥三:《英华》作"山"。

【汇评】

清何焯:以彼法语运化越中名胜,想欲移搬不动。(卞孝萱《刘禹锡诗

何焯批语考订》)

早夏郡中书事

水禽渡残月,飞雨洒高城。华堂对嘉树,帘庑①含晓清。拂镜整危冠,振衣步前楹。将吏俨成列,簿书纷来萦。言下辩曲直,笔端破交争。虚怀询病苦,坏②律操剽轻。阍吏③告无事,归来解簪缨。高帘覆朱阁,忽尔闻调笙。

【题解】

此诗作于刘禹锡在苏州期间。此诗描述了诗人在苏州任刺史期间的生活。

【注释】

①庑:堂下周围的走廊、廊屋。

②坏:崇本、朱本、《全唐诗》作"怀",是。

③阍吏:守门的小吏。"阍",朱本作"关"。

【汇评】

清何焯:发端拟韦左司。观刘、白诗,其治苏之状可想见于千载之下,均为盛名不妄云也。(卞孝萱《刘禹锡诗何焯批语考订》)

松江①送处州②奚使君③

吴越古今路,沧波朝夕流。从来别离地,能使管弦愁。江草带烟暮,海云含雨秋。知君五陵④客,不乐石门游。

此诗当作于刘禹锡在苏州任刺史期间。

【注释】

①松江:《元和郡县图志》卷二五《江南道》一《苏州·吴县》:"松江在县南五十里,经昆山入海。"

②处州:今浙江丽水。

③奚使君:未详何人。

④五陵:长陵、安陵、阳陵、茂陵、平陵五县的合称。均在渭水北岸今陕西咸阳市附近。为西汉五个皇帝陵墓所在地。汉元帝以前,每立陵墓,辄迁徙四方富豪及外戚于此居住。

题报恩寺①

云外支硎寺,名声敌虎丘。石文留马迹②,峰势耸牛头③。泉眼潜通海,松门预带秋。迟回好风景,王谢昔曾游。

【题解】

此诗作于刘禹锡为苏州刺史期间。

【注释】

①报恩寺:《吴地记》:"支硎山在吴县西十五里,晋支遁,字道林,尝隐于此山,后得道,乘白马生云而去。山中有寺,号曰报恩,梁武帝置。"

②马迹:范成大《吴郡记》卷九:"道林喜养骏马,今有白马硎,云饮马处也。庵旁石上有马足四,云是道林飞步马迹也。"

③牛头:《读史方舆纪要·江南·江宁府·江宁县》:"牛首山,府南三十里。……本名牛头山,有二峰东西相对。"

馆娃宫①在郡西南砚石山②上前瞰姑苏台③傍有采香径④梁天监中置佛寺曰灵岩即故宫也信为绝境因赋二章

馆娃宫⑤

宫馆贮娇娃，当时意大⑥夸。艳倾吴国尽，笑入楚王家⑦。
月殿移椒壁，天花⑧代藓华⑨。唯余采香径，一带绕⑩山斜。

姑苏台⑪

故国荒台在，前临震泽⑫波。绮罗随世尽，麋鹿⑬占⑭时
多。筑用金锤⑮力，摧因石鼠⑯窠。昔年雕辇路，唯有采樵歌。

【题解】

此诗作于刘禹锡为苏州刺史期间。

【注释】

①馆娃宫：古代吴宫名。春秋吴王夫差为西施所造。在今江苏省苏州
市西南灵岩山上。

②在郡西南砚石山上：朱本、《全唐诗》"郡"上有"旧"字。《全唐诗》无
"上"字。砚石山：《吴郡图经续记》卷中："砚石山，在吴县西二十里。山西
有石鼓，亦名石鼓山。"

③姑苏台：台名。在姑苏山上，相传为吴王夫差所筑。《墨子·非攻
中》："(夫差)遂筑姑苏之台，七年不成。"孙诒让间诂："按《国语》以筑姑苏
为夫差事，与此书正合……《越绝》以姑苏为阖闾所筑，疑误。"

④采香径：范成大《吴郡志·古迹一》："采香径，在香山之傍小溪也。
吴王种香于香山，使美人泛舟于溪以采香。今自灵岩山望之，一水直如矢，

故俗又名箭泾。"

⑤馆娃宫:据崇本补。

⑥大:朱本作"太"。

⑦"笑入"句:《史记》卷四一《越王勾践世家》:"楚威王兴兵而伐之,大败越,杀王无彊,尽取故吴地至浙江,北破齐于徐州。而越以此散,诸族子争立,或为王,或为君,滨于江南海上,服朝于楚。"

⑧天花:亦作"天华"。佛教语。天界仙花。《维摩经·观众生品》:"时维摩诘室有一天女……见诸大人闻所说法,便现其身,即以天华散诸菩萨大弟子上。"

⑨蕣华:木槿之花,朝开暮谢。借指美女容颜。

⑩绕:朱本作"入"。

⑪姑苏台:崇本作小标题,是。

⑫震泽:即江苏太湖。《吴郡图经续记》卷中:"太湖,在吴县南,《禹贡》谓之震泽,《周官》《尔雅》谓之具区,《史记》《国语》谓之五湖,其实一也。"

⑬麋鹿:《史记》卷一一八《淮南衡山列传》中伍被谓淮南王曰:"臣闻子胥谏吴王,吴王不用,乃曰'臣今见麋鹿游姑苏之台也'。"

⑭占:崇本、朱本、《全唐诗》作"古"。

⑮锤:朱本作"槌"。

⑯石鼠:即鼫鼠。范成大《桂海虞衡志·志兽》:"石鼠,专食山豆根,宾州人以其腹干之,治咽喉疾,效如神,谓之石鼠肚。"

杨柳枝①

扬子江头烟景迷,隋家宫树拂金堤。嵯峨犹有②当时色,半蘸波中水鸟栖。

【题解】

此诗当作于刘禹锡任苏州刺史期间,诗云"扬子江头烟景迷"为证。

①杨柳枝:《全唐诗》卷二八与"迎得春光先到来"、"巫峡巫山杨柳多"合为《杨柳枝词三首》。

②有:朱本作"是"。《全唐诗》注云:"一作是。"

酬令狐相公雪中游玄都观①见忆

好雪动高情,心期在玉京。人披鹤氅出,马蹋象筵行。照耀楼台变,淋漓松桂清。玄都留五字②,使③入步虚声④。

【题解】

此诗具体作年难确。题云"见忆",说明刘禹锡当时不在京城。应在大和七年(833)后令狐楚任吏部尚书在京而诗人刺苏州或汝州之时。

【注释】

①玄都观:"玄",朱本作"元"。朱本、《全唐诗》无"观"字。

②五字:五言诗。此处指令狐楚题写在玄都观的五言诗,今已佚。

③使:朱本作"便"。

④步虚声:道士诵经声。南朝宋刘敬叔《异苑》卷五:"陈思王游山,忽闻空里诵经声,清远遒亮,解音者则而写之,为神仙声。道士效之,作步虚声也。"

吴兴敬郎中①见惠斑竹杖兼示一绝聊以谢之

一茎炯炯琅玕色,数节重重玳瑁文。拄到高山未登处,青云路上愿逢君。

【题解】

此诗作于大和七年(833)或八年(834)。敬昕原诗已佚。

【注释】

①敬郎中:高志忠《校注》注云:"敬昕。《嘉泰吴兴志》卷一四,郡守题名:'敬昕,大和七年自婺州刺史拜。除吏部郎中,续加检校本官,依前湖州刺史。后除常州。'"

大和九年（835）

送廖参谋①东游②

九陌③逢君又别离，行云别鹤本无期。望嵩④楼上忽相见，看过花开花落时。

繁花落尽君辞去，绿草垂杨引征路。东道诸侯皆故人，留连必是多情处。

【题解】

此诗作于大和九年（835）夏。据"望嵩楼上忽相见"可知，二人在汝州重逢。刘禹锡于大和八年七月移刺汝州，大和九年十月移同州。据此，此诗作于大和九年。

【注释】

①廖参谋：《谢淮南廖参谋秋夕见过之作》题下注："休公昔为扬州从事参谋，从释子反初服。"高志忠《校注》注云："盖与禹锡同入杜佑幕府，而后从释子又还俗之人。"

②明本、朱本、《全唐诗》"游"下皆有"二首"二字。崇本"二首"作题下小字注。

③九陌：详见《秋萤引》注③。

④嵩：崇本作"高"，误。

酬令狐相公首夏闲居书怀见寄

蕙草芳未歇，绿槐阴已成。金罍唯独酌，瑶瑟有离声。

翔泳各殊势,篇章空寄情。应怜三十载,未变使君名。贞元中
自郎官出守^①,至今三十一年。

【题解】

此诗作于大和九年(835)夏。诗末注"贞元中自郎官出守,至今三十一
年"。自贞元二十一年(805)被贬连州刺史起算下推三十一年,为大和九
年,时刘禹锡当在汝州刺史任,故云"应怜三十载,未变使君名"。令狐楚诗
已佚。

【注释】

①贞元中自郎官出守:《旧唐书》卷一四《宪宗纪》上:贞元二十一年九
月己卯,"屯田员外郎刘禹锡贬连州刺史,坐交王叔文也。"十一月己卯,再
贬"连州刺史刘禹锡朗州司马,……初贬刺史,物议罪之,故再加贬窜。"

昼居池上亭独吟

日午树阴正,独吟池上亭。静看蜂教诲^①,闲想鹤仪形^②。
法酒^③调神气,清琴入性灵。浩然机已息,几杖复何铭^④?

【题解】

此诗作于大和九年(835)。白居易有诗《闲园独赏》题下注:"因梦得所
寄蜂鹤之咏,因成此篇以和之。""蜂鹤之咏"即为此诗"静看蜂教诲,闲想鹤
仪形"句。朱金城《白居易年谱》系白诗于大和九年,刘诗当也在本年。此
诗表现的是作者昼居池上亭的恬淡心情。

【注释】

①蜂教诲:《诗经·小雅·小宛》:"螟蛉有子,蜾蠃负之。教诲尔子,式
穀似之。"毛传云:"螟蛉,桑虫也。蜾蠃,蒲卢也。负,持也。"郑玄笺云:"蒲

卢取桑虫之子负持而去,煦妪养之,以成其子。喻有万民不能治,则能治者将得之。"又笺云:"式,用。穀,善也。今有教诲女之万民用善道者,亦似蒲卢言将得而子也。"《尔雅·释虫》:"果赢蒲卢。"郭璞注:"即细腰蜂也。"

②鹤仪形:《诗经·小雅·鹤鸣》小序:"鹤鸣,诲宣王也。"毛传云:"诲,教也。教宣王求贤人之未仕者。"仪形:法式、模范。

③法酒:按官府法定规格酿造的酒。

④"几杖"句:蒋维崧等《笺注》注云:"《大戴礼记·武王践阼》:'机之铭曰:皇皇惟敬,口生垢,口戕口。……杖之铭曰:恶乎危? 于忿疐。恶乎失道? 于嗜欲。恶乎相忘? 于富贵。'谓机心既息,自无须铭戒。"

和乐天闲园独赏八韵前以蜂鹤拙句寄呈今辱蜗蚁妍词见答因成小巧以取大哂①

永日无人事,芳园任②兴行。陶庐③树可爱,潘宅④雨新晴。傅粉琅玕⑤节,熏香菡萏茎。榴花裙色好,桐子药丸成。柳蠹枝偏亚,桑闲⑥叶再生。睢盱⑦欲斗雀,索漠不言莺。动植随四气,飞沈含五情。枪⑧榆与水击,小大强为名。

【题解】

此诗作于大和九年(835)夏。白居易《闲园独赏》诗云:"午后郊园静,晴来景物新。雨添山气色,风借水精神。永日若为度,独游何所亲? 仙禽狎君子,芳树倚佳人。蚁斗王争肉,蜗移舍逐身。蝶双知伉俪,蜂分见君臣。蠢蠕形虽小,逍遥性即均。不知鹏与鷃,相去几微尘?"蜂鹤拙句指刘禹锡《昼居池上亭独吟》诗,有"静看蜂教诲,闲想鹤仪形"句。

【注释】

①哂(hāi):讥笑、嗤笑。

②任:崇本作"住",误。

③陶庐:陶潜《读山海经十三首》其一:"孟夏草木长,绕屋树扶疏。众鸟欣有托,吾亦爱吾庐。"

④潘宅:潘岳《闲居赋》:"于是凛秋暑退,熙春寒往。微雨新晴,六合清朗。太夫人乃御版舆,升轻轩,远览王畿,近周家园。"

⑤傅粉琅玕:粉竹。琅玕:形容竹之青翠,亦指竹。

⑥闲:朱本作"间",《全唐诗》作"空"。

⑦睢盱(huī xū):睁眼仰视貌。

⑧枪:朱本、《全唐诗》作"抢"。

【汇评】

清何焯:(末联)上以小巧取妍,仍以此二句收束,不离诗格。姚合以下不知也。(卞孝萱《刘禹锡诗何焯批语考订》)

答杨八敬之①绝句 杨生②时亦谪居。

饱霜孤竹声偏切,带火焦桐韵本悲。今日知音一留听,是君心事③不平时。

【题解】

此诗作于大和九年(835)七月之后。《旧唐书》卷一七下《文宗纪》下:大和九年七月,"戊午,贬……户部郎中杨敬之连州刺史"。

【注释】

①杨八敬之:杨敬之。《新唐书》卷一六〇《杨敬之传》:"敬之,字茂孝。元和初,擢进士第,平判入等,迁右卫胄曹参军。累迁屯田、户部二郎中。坐李宗闵党,贬连州刺史。文宗尚儒术,以宰相郑覃兼国子祭酒,俄以敬之代。未几,兼太常少卿。是日,二子戎、戴登科,时号'杨家三喜'。转大理卿,检校工部尚书,兼祭酒,卒。敬之尝为《华山赋》示韩愈,愈称之,士林一

时传布,李德裕尤咨赏。敬之爱士类,得其文章,孜孜玩讽,人以为癖。雅爱项斯为诗,所至称之,綨是擢上第。"

②《全唐诗》无"生"字。

③事:朱本作"手",《全唐诗》注云:"一作手。"

酬喜相遇同州与乐天替代

旧托松心契①,新交竹使符②。行年同甲子,筋力羡丁夫。别后诗成帙③,携来酒满壶。今朝停五马,不独为罗敷。前章④所⑤言春草,白君之舞妓也,故有此答。

【题解】

此诗作于大和九年(835)冬,刘禹锡赴同州途经洛阳与白居易相见时所作。《白氏长庆集》卷三三《喜见刘同州梦得》诗云:"紫绶白髭须,同年二老夫。论心共牢落,见面且欢娱。酒好携来否? 诗多记得无? 应须为春草,五马少踟蹰。"《旧唐书》卷一七下《文宗纪》下:大和九年九月,"辛亥,以太子宾客分司东都白居易为同州刺史,代杨汝士"。白辞疾不拜。十月,改授太子少傅分司东都。

【注释】

①松心契:《礼记·礼器》:"其在人也,如竹箭之有筠也,如松柏之有心也。二者居天下之大端矣。故贯四时而不改柯易叶。"

②竹使符:汉时竹制的信符。右留京师,左与郡国。凡发兵用铜虎符,其余征调用竹使符。《汉书》卷四《文帝纪》:"初与郡守为铜虎符、竹使符。"颜师古注引应劭曰:"竹使符皆以竹箭五枚,长五寸,镌刻篆书,第一至第五。"泛指地方官吏的印符。

③帙:崇本作"秩",误。

④前章:指刘禹锡《忆春草》诗。

⑤所:朱本作"比"。

喜遇刘二十八偶书两韵联句

病来佳兴少,老去旧游稀。笑语纵横作,杯筋络绎飞。度。清谈如冰①玉,逸韵贯珠玑。高位当金铉②,虚怀似布衣。禹锡。已容狂取乐,仍任醉忘机。舍眷将何适,留欢便是归。居易。风仪常欲附,蚊力自知微。愿假尊罍末,膺门③自此依。绅。

【题解】

大和九年(835)冬,刘禹锡赴同州途中经过洛阳,与好友相聚时联句。联句者为裴度、刘禹锡、白居易、李绅。

【注释】

①冰:崇本、朱本、《全唐诗》作"水",是。

②金铉:举鼎具。贯穿鼎上两耳的横杆,金属制,用以提鼎。《易·鼎》:"鼎黄耳,金铉,利贞。"朱熹本义:"金,坚刚之物;铉,贯耳以举鼎者。"比喻三公之类重臣。

③膺门:《后汉书》卷六七《李膺传》:"是时朝庭日乱,纲纪颓弛,膺独持风裁,以声名自高。士有被其容接者,名为登龙门。"后以"膺门"借指名高望重者的门下。

刘二十八自汝赴左冯①途经洛中相见②联句

不归丹掖去,铜竹③漫云云。唯喜因过我,须知未贺君。

度。诗闻安石咏④，香见令公熏⑤。欲首函关路，来披缑岭⑥
云。居易。貂蝉⑦公独步，鸳鹭我同群。插羽先飞酒，交锋便
战文。绅。镇嵩知表德，定鼎为铭勋。顾鄙容商洛，征欢候汝
坟⑧。禹锡。顷⑨年多谑浪，此夕任喧纷。故态犹应在，行期
未⑩要闻。度。游藩荣已久，捧袂惜将分。讵厌杯行疾？唯愁
日向曛。居易。穷阴初莽苍，离思渐氤氲。残雪午桥岸，斜阳
伊水濆。绅。上谟尊右掖⑪，全略静东军。万顷徒称量，沧溟
讵有垠？禹锡。

【题解】

此诗作于大和九年(835)冬刘禹锡自汝州赴同州途经洛阳之时。联句
者为裴度、白居易、李绅、刘禹锡。

【注释】

①左冯：同州。详见《送湘阳熊判官孺登府罢归钟陵因寄呈江西裴中
丞二十三兄》注⑭。

②崇本无"相见"二字。

③铜竹：铜虎符、竹使符。古代地方长官所佩。

④"诗闻"句：《晋书》卷七九《谢安传》："安少有盛名，时多爱慕。……
安本能为洛下书生咏，有鼻疾，故其音浊，名流爱其咏而弗能及，或手掩鼻
以效之。"

⑤"香见"句：《太平御览》卷七○三《服用部》五引《襄阳记》曰："刘和季
性爱香，上厕置香炉。主簿张坦曰：'却墅公作俗人，贞不虚也。'和季曰：
'荀令君至人家坐处三日香，君何恶我爱好也？'"

⑥缑(gōu)岭：缑氏山。在河南省偃师市。

⑦貂蝉：貂尾和附蝉，古代为侍中、常侍等贵近之臣的冠饰。《后汉
书·舆服志下》："侍中、中常侍加黄金珰，附蝉为文，貂尾为饰，谓之'赵惠
文冠'。"刘昭注："应劭《汉官》曰：'说者以金取坚刚，百炼不耗。蝉居高饮

絜，口在掖下，貂内劲捍而外温润。'此因物生义也。"喻达官显贵。

⑧汝坟：指古汝水堤岸。《诗·周南·汝坟》："遵彼汝坟，伐其条枚。"毛传："汝，水名也。坟，大防也。"此处代汝州。

⑨顷：崇本作"领"，朱本、《全唐诗》作"频"。

⑩未：朱本作"永"。

⑪右掖：唐时指中书省。因其在宫中右边，故称。掖，皇宫的旁垣或边门。

两如何①诗谢裴令公赠别二首②

一言一顾重，重如何？今日陪游清洛苑③，昔年别入承明庐④。

一东一西别，别如何？终期大冶再熔炼，愿托扶摇翔碧虚。

【题解】

此诗作于大和九年(835)。《旧唐书》卷一七下《文宗纪》下：大和九年十月，"乙未，……以汝州刺史刘禹锡为同州刺史"。"庚子，东都留守、特进、守司徒、侍中裴度进位中书令。"既云"赠别"，当是刘禹锡自汝州移同州时过洛阳与裴度相见后离别所作。

【注释】

①如何：朱本作"何如"。

②二首：崇本作题下小字注。

③清洛苑：洛阳宫苑。

④承明庐：汉承明殿旁屋，侍臣值宿所居，称承明庐。《汉书》卷六四上《严助传》："君厌承明之庐，劳侍从之事，怀故土，出为郡吏。"颜师古注引张晏曰："承明庐在石梁阁外，直宿所止曰庐。"应璩《百一诗》："问我何功德？三入承明庐。"《文选》张铣注："承明，谒天子待制处也。"后以入承明庐为入

638

朝或在朝为官的典故。

将之官留辞裴令公留守

祖帐临伊水^①，前旌指渭河^②。风烟里^③数少，云雨别情多。重叠受恩久，遭回如命何^④！东山与东阁，终冀再经过。

【题解】
此诗作于大和九年(835)，参见《两如何诗谢裴令公赠别二首》编年。

【注释】
①伊水：伊河。在河南省西部，洛水支流。
②渭河：同州治所在今陕西大荔县，在渭河之北。
③里：朱本作"星"，误。
④如命何：《论语·宪问》："子曰：'道之将行也与，命也；道之将废也与，命也。公伯寮其如命何！'"

赠乐天

一别旧游尽，相逢俱涕零。在人虽晚达，于树似冬青。痛饮连宵醉，狂吟满座听。终期抛印绶，共占少微星^①。

【题解】
此诗作于大和九年(835)冬。高志忠《刘禹锡诗文系年》系诸大和九年冬。按云："(一)刘、白自五年一别，至九年再会，元稹、崔群、崔玄亮诸君子相次长逝，故曰'一别旧游尽'也。(二)大和七年禹锡赐金紫，九年授同州，居易封冯翊县开国侯。故有'晚达'云云。（三）'终期抛印绶，共占少微星'，亦为述赴同州之心情耳。因居易辞同州刺史之故也。由是，系《赠乐天》于本年冬。"所云甚是，今从高说。

【注释】

①少微星：《史记》卷二七《天官书》："廷蕃西有隋星五，曰少微，士大夫。"司马贞《索隐》："《春秋合诚图》云：'少微，处士位。'又《天官占》云'少微一名处士星'也。"张守节《正义》："廷，太微廷；蕃，卫也。少微四星，在太微西，南北列：第一星，处士也；第二星，议士也；第三星，博士也；第四星，大夫也。占以明大黄润，则贤士举；不明，反是；月、五星犯守，处士忧，宰相易也。"

【汇评】

宋刘克庄：梦得历德、顺、宪、穆、敬、文、武七朝，其诗尤多感慨，惟"在人虽晚达，于树比冬青"之句差闲婉，《答乐天》云："莫道桑榆晚，余霞尚满天。"亦足见其精华老而不竭。（《后村诗话》）

明瞿佑：（禹锡）暮年与裴、白优游绿野堂，有"在人称晚达，于树比冬青"之句。又云："莫道桑榆晚，为霞尚满天。"其英迈之气老而不衰如此。（《归田诗话》）

酬令狐相公季冬南郊①宿斋②见寄

坛下雪初霁，城南冻欲生。斋心祠上帝，高步领名卿。沐浴含芳泽，周旋听佩声。犹怜广平守③，寂寞竟何成？

【题解】

此诗作于大和九年（835）冬。《旧唐书》卷一七下《文宗纪》下：大和九年六月"癸巳，以吏部尚书令狐楚为太常卿"。《唐六典》卷一四《太常卿》："太常卿之职，掌邦国礼乐、郊庙、社稷之事。"开成元年（836）夏四月甲午，

"以左仆射、诸道盐铁转运使令狐楚检校左仆射,为山南西道节度使"。可知,此诗作于大和九年冬,时刘禹锡在同州刺史任。令狐楚原诗已佚。

【注释】

①南郊:古代天子在京都南面的郊外筑圜丘以祭天的地方。《礼记·月令》:"(孟夏之月)立夏之日,天子亲帅三公、九卿、大夫,以迎夏于南郊。"冬至日祭天亦在南郊。

②宿斋:古代指举行祭祀等礼仪前的斋戒。

③广平守:谢朓《新亭渚别范零陵》:"广平听方籍,茂陵将见求。"《文选》李善注引王隐《晋书》曰:"郑袤,安林叔,为中郎散骑常侍。会广平太守缺,宣帝谓袤曰:'贤叔大匠浑垂称于平阳。魏郡蒙惠化,且庐子家王子邕继踵此郡,欲使世不乏贤,故复相屈。'在郡先以德化,善为条教,百姓爱之。""守",朱本作"宅",误。

酬郑州权舍人见寄十二①韵

　　朱户凌晨启,碧梧含早凉。人从桔橰至②,书到漆沮③傍。抃会因佳句,情深取断章④。惬心同笑语,入耳胜笙簧⑤。忆昔三条路⑥,居邻数仞墙。舍人旧宅光福里⑦,时忝东邻。学堂青玉案⑧,彩服紫罗囊⑨。麟角看成就,龙驹见抑⑩扬。彀中飞一箭,云际落双鸧⑪。舍人一举登科,又判入等第。甸邑叨前列,天台⑫愧后行。鄙人离⑬渭南主簿十年,舍人方尉此邑,及罢遣谪,重入南宫为礼部郎中,舍人方任考功员外。鲤庭⑭传事业,鸡树逐⑮翱翔。书殿连鹓鹊⑯,神池接凤凰。追游蒙尚齿,惠好结中肠。鄙人在集贤,与西掖接近,日夕追游。铄⑰翮方抬举,危根易损伤。一麾怜弃置,五字⑱借恩光。鄙人出牧姑苏,舍人草制。汝海崆峒秀,溱流芍药芳。风行能⑲偃草,境静不争桑⑳。鄙人转临汝,舍人

641

牧^㉑荥阳。转斾趋关右，颁条匝渭阳。病吟犹有思，老醉已无狂。尘满鸿沟^㉒道，沙惊白狄^㉓乡。伫闻黄纸诏，促召紫微郎^㉔。

【题解】

此诗作于大和九年(835)。郑州权舍人指权璩。《旧唐书》卷一四八《权德舆传》："子璩，中书舍人。"卷一七下《文宗纪》下：大和九年八月，"甲午，贬中书舍人权璩为郑州刺史"。此诗为刘禹锡大和九年十二月抵同州后所作。

【注释】

①十二：朱本作"二十"。是。

②人从桔槔至："槔"，《全唐诗》作"栿"。崇本作"人从荥泽入"。

③漆沮：二水名。漆水在今陕西麟游县，沮水在今陕西黄陵县。

④取断章：《左传·襄公二十八年》："赋诗断章，余取所求焉。"

⑤篁：朱本、《全唐诗》作"簧"。是。

⑥三条路：都城的三条大道。亦泛指都城通衢。《后汉书》卷四〇上《班固传》："披三条之广路，立十二之通门。"李贤注云："《周礼》：'国方九里，旁三门。'每门有大路，故曰三条。"

⑦光福里：《隋唐两京坊里谱》："光福坊：朱雀门街东侧从北向南之第四坊。"崇本、朱本无"里"字。

⑧青玉案：青玉所制的短脚盘子，名贵的食用器具。张衡《四愁诗》："美人赠我锦绣段，何以报之青玉案。"《文选》刘良注："玉案，美器，可以致食。"一说为青玉案几。此处指古诗。

⑨紫罗囊：《晋书》卷七九《谢玄传》："玄少好佩紫罗香囊，安患之，而不欲伤其意，因戏赌取，即焚之。"杜甫《又示宗武》诗："试吟青玉案，莫羡紫罗囊。"仇兆鳌注云："青玉案，谓古诗。紫罗囊，指戏具。暇日方饮，戒其勿纵酒以旷时。"

⑩抑：崇本作"柳"。误。

⑪鸧(cāng)：鸟名。

⑫天台：指尚书省。

⑬离：朱本作"为"。误。

⑭鲤庭：《论语·季氏》："陈亢问于伯鱼曰：'子亦有异闻乎？'对曰：'未也。尝独立，鲤趋而过庭。曰：学诗乎？对曰：未也。不学诗，无以言。鲤退而学诗。他日又独立，鲤趋而过庭。曰：学礼乎？对曰：未也。不学礼，无以立。鲤退而学礼。闻斯二者。'陈亢退而喜曰：'问一得三。闻诗，闻礼，又闻君子之远其子也。'"后因以"鲤庭"谓子受父训之典。

⑮逐：崇本、《全唐诗》作"遂"。

⑯鸤(zhī)鹊：汉宫观名。司马相如《上林赋》："过鸤鹊，望露寒。"郭璞注引张揖曰："此四观，武帝建元中作，在云阳甘泉宫外。""鸤"，崇本、朱本作"鸣"。误。

⑰铢：朱本作"微"。误。

⑱五字：官印。《史记》卷一二《孝武本纪》："夏，汉改历，以正月为岁首，而色上黄，官名更印章以五字。"裴骃《集解》引张晏曰："汉据土德，土数五，故用五为印文也。若丞相曰'丞相之印章'，诸卿及守相印文不足五字者，以'之'足也。"

⑲行能：崇本作"能行"。

⑳争桑：《史记》卷三一《吴太伯世家》："初，楚边邑卑梁氏之处女与吴边邑之女争桑，二女家怒相灭，两国边邑长闻之，怒而相攻，灭吴之边邑。吴王怒，故遂伐楚，取两都而去。"后用为边境不宁的典实。

㉑牧：崇本作"收"。误。

㉒鸿沟：古运河名。在今河南省。楚汉相争时曾划鸿沟为界。《史记》卷八《高祖本纪》："项王恐，乃与汉王约，中分天下，割鸿沟以西者为汉，鸿沟而东者为楚。"司马贞索隐引应劭云："在荥阳东南三十里，盖引河东南入淮泗也。"张华云："一渠东南流，经浚仪，是始皇所凿，引河灌大梁，谓之鸿沟。"

㉓白狄：亦作"白翟"，我国古代少数民族之一。《左传·成公十三年》："夏四月戊午，晋侯使吕相绝秦曰：……白狄及君同州，君之仇雠，而我之昏

643

姻也。"瞿蜕园《笺证》云:"春秋时白狄皆当同州之境。"

㉔紫微郎:指中书舍人权璩。紫微:唐开元元年改中书省为紫微省,中书舍人为紫微舍人。

【汇评】

宋王楙:唐人诗句不一,固有采取前人之意,亦有偶然暗合者,如……杜子美诗:"试吟青玉案,莫弄紫罗囊。"刘梦得诗:"学堂青玉案,彩服紫罗囊。"……此类甚多。(《野客丛书》)

乐天寄重①和晚达冬青一篇因成再答

风云变化饶年少,光景蹉跎属老夫。秋隼得时②凌汗漫③,寒龟饮气④受泥涂⑤。东隅有失⑥谁能免,北叟之言⑦岂便无⑧?振臂犹堪呼一掷⑨,争知掌下不成卢⑩?

【题解】

此诗作于大和九年(835)。参见《赠乐天》编年。《白氏长庆集》卷二五《代梦得吟》诗云:"后来变化三分贵,同辈凋零太半无。世上争先从尽汝,人间斗不如吾。竿头已到应难久,局势虽迟未必输。不见山苗与林叶,迎春先绿亦先枯。"刘禹锡有《赠乐天》诗,云"在人虽晚达,于树似冬青"。白诗为重和《赠乐天》作,刘作《再答》。

【注释】

①寄重:朱本作"重寄"。

②得时:朱本作"自能"。

③汗漫:广大,漫无边际。

④寒龟饮气:曹植《神龟赋》:"玄武(龟)集于寒门。……顺阴阳以呼吸,藏景曜于重泉。餐飞尘以实气,饮不竭于朝露。"

⑤受泥涂:《庄子·秋水》:"庄子钓于濮水。楚王使大夫二人往先焉,曰:'愿以境内累矣!'庄子持竿不顾,曰:'吾闻楚有神龟,死已三千岁矣。王巾笥而藏之庙堂之上。此龟者,宁其死为留骨而贵乎?宁其生而曳尾于涂中乎?'二大夫曰:'宁生而曳尾涂中。'庄子曰:'往矣!吾将曳尾于涂中。'"

⑥东隅有失:《后汉书》卷一七《冯异传》:"玺书劳异曰:'赤眉破平,士吏劳苦,始虽垂翅回溪,终能奋翼黾池,可谓失之东隅,收之桑榆。'"李贤注引:"《淮南子》曰:'至于衡阳,是谓隅中。'又《前书》谷子云曰:'太白出西方六十日,法当参天;今已过期,尚在桑榆间。'桑榆谓晚也。"

⑦北叟之言:《淮南子·人间训》载塞翁失马事。

⑧无:朱本作"诬"。

⑨一掷:《晋书》卷八五《何无忌传》:"(桓)玄曰:'刘裕勇冠三军,当今无敌。刘毅家无儋石之储,樗蒱一掷百万。何无忌,刘牢之甥,酷似其舅。共举大事,何谓无成!'"

⑩成卢:《晋书》卷八五《刘毅传》:"后于东府聚樗蒱大掷,一判应至数百万,余人并黑犊以还,唯刘裕及毅在后。毅次掷得雉,大喜,褰衣绕床,叫谓同坐曰:'非不能卢,不事此耳。'裕恶之,因接五木久之,曰:'老兄试为卿答。'既而四子俱黑,其一子转跃未定,裕厉声喝之,即成卢焉。"卢:古代樗蒱之戏,一掷五子皆黑谓之"卢"。

【汇评】

清何焯:梦得生平可谓知进不知退矣。(卞孝萱《刘禹锡诗何焯批语考订》)

冬夜宴河中李相公①中堂命筝歌送酒

朗朗②鹍鸡弦③,华堂夜多思。帘外雪已深,坐中人半醉。翠娥发清响,曲尽有余意。酌我莫忧狂,老来无逸气。

【题解】

此诗作于大和九年(835)冬刘禹锡自汝州移同州途中。诗虽描写宴会声伎之乐,但已显诗人暮年之气。

【注释】

①河中李相公:李程。《旧唐书》卷一七下《文宗纪》下:大和四年(830),"三月乙亥,以河东节度使李程检校左仆射、同平章事,兼河中尹、晋绛慈隰等州节度使"。大和九年"六月乙亥朔,西市火。以前宣武军节度使李程为河中节度使"。

②朗朗:《英华》作"琅琅",注云:"集作朗朗。"《全唐诗》注云:"一作琅琅。"

③鹍鸡弦:用鹍鸡筋所制的琵琶弦。段成式《酉阳杂俎》前集卷六《乐》:"古琵琶弦用鹍鸡筋。"鹍鸡:《楚辞·九辩》:"雁廱廱而南游兮,鹍鸡啁哳而悲鸣。"洪兴祖补注:"鹍鸡似鹤,黄白色。"一说古曲名。张衡《南都赋》:"《寡妇》悲吟,《鹍鸡》哀鸣。"《文选》李善注:"《寡妇》曲未详,古相和歌有《鹍鸡》之曲。"

【汇评】

宋黄彻:梦得"酌我莫忧狂,老来无逸气",乃倒用盖次翁"无多酌我"。(《䂬溪诗话》)

开成元年(836)

酬令狐相公①杏园②花③下饮有怀见寄

年年曲江望④,花发即经过。未饮心先醉,临风思倍多。三春看又尽,两地欲如何? 日望长安道,空成劳者歌。

【题解】

此诗作于开成元年(836)春。当是令狐楚在长安,禹锡远离京城期间。大和七年(833)六月,令狐楚入为吏部尚书。开成元年(836)四月,为山南西道节度使。禹锡先后移苏州、汝州、同州。高志忠《校注》按云:"以'日望长安道'观之,当作于同州,方可望之也。且此诗前后两诗皆作于典冯翊时,此亦禹锡典冯翊,楚出镇梁州前之所作者。其作年为开成元年(836)春无疑。"今从高说。

【注释】

①令狐相公:令狐楚。《旧唐书》卷一七二、《新唐书》卷一六六有传。

②杏园:详见《杏园花下酬乐天见赠》注①。

③花:朱本无此字。

④曲江望:"曲江",朱本作"杏园"。"望",崇本作"上"。

令狐相公见示题洋州崔侍郎①宅双文②瓜花顷接侍郎同舍陪宴树下吟玩来什辄成和章

金牛③蜀路远,玉树帝城春。荣耀华馆里④,逢迎欠主人。

帘前疑⑤小雪,墙外丽行尘。来去皆回首,情深是德邻⑥。

【题解】

此诗作于开成元年(836)春。《旧唐书》卷一七下《文宗纪》下:大和九年(835)七月,"戊午,贬工部侍郎、充皇太子侍读崔侑为洋州刺史"。高志忠《校注》按云:"'荣耀生华馆,逢迎欠主人',即花开时崔侑不在家也。'来去皆回首,情深是德邻'谓令狐楚乃崔侑长安之比邻,崔宅当亦在楚之同一坊里。'金牛蜀路远',似指崔之同舍赴蜀或自蜀而来。""此诗作于开成元年四月令狐楚赴兴元前。"今从高说。

【注释】

①洋州崔侍郎:崔侑。洋州:今陕西洋县。

②文:崇本、朱本、《全唐诗》作"木",是。

③金牛:古川陕间栈道名。蜀道之南栈,旧名金牛峡,故自陕西省勉县而西,南至四川省剑阁县之剑门关口,称金牛道。自秦以后,由汉中入蜀者,必取道于此。

④华馆里:朱本、《全唐诗》作"生华馆"。

⑤疑:朱本作"凝"。

⑥德邻:《论语·里仁》:"德不孤,必有邻。"

和令狐相公春早朝回盐铁使院中作

柳动御沟清,威迟堤上行。城隅日未过,山色雨初晴。莺避传呼起,花临府署明。簿书盈几案,要自有高情。

【题解】

此诗作于开成元年(836)春。《旧唐书》卷一七二《令狐楚传》:大和九年(835)十一月,令狐楚"以本官领盐铁转运等使"。令狐楚原诗已佚。

送令狐相公自仆射出镇南梁①

　　夏木正阴成,戎装出帝京。沾襟辞阙泪,回首别乡情。云树褒中②路,风烟汉上城。前旌转谷去,后骑蹋桥声。久③领鸳行重,无嫌虎绶④轻。终当提一笔⑤,再入副⑥苍生。

【题解】

　　此诗作于开成元年(836)四月。《旧唐书》卷一七下《文宗纪》下载:开成元年四月甲午,"以左仆射、诸道盐铁转运使令狐楚检校左仆射,为山南西道节度使"。

【注释】

　　①南梁:梁州兴元府,治南郑,今山西南郑县。

　　②褒中:《旧唐书》卷三九《地理志》二《山南西道》:"梁州领南郑、褒中、城固、西四县。"

　　③《全唐诗》"久"下注云:"一作又。"

　　④绶:《英华》作"节",注云:"集作绶。"《全唐诗》注云:"一作节。"

　　⑤终当提一笔:《全唐诗》此句作"终提一麾去",注云:"一作当持一笔。"当提:《英华》作"常持"。

　　⑥副:《英华》、《全唐诗》作"福"。《全唐诗》注云:"一作副。"

和令狐仆射相公题龙回寺①

　　兹地回銮②日,皇家禅圣③时。路无胡马迹,人识汉官仪④。天子旌旗度，法王龙象随。知怀去家⑤叹，经此益迟迟⑥。相公家本咸阳，有乔木之思⑦。

【题解】

此诗作于开成元年(836)四月。《旧唐书》卷一七二《令狐楚传》："开成元年上巳，赐百僚曲江亭宴。楚以新诛大臣，不宜赏宴，独称疾不赴，论者美之。以权在内官，累上疏乞解使务。其年四月，检校左仆射、兴元尹，充山南西道节度使。"令狐诗当为出长安赴兴元府途中所作，禹锡和诗亦应在此时。

【注释】

①龙回寺：未详。

②回銮：至德二年(757)十二月，玄宗自蜀还都事。

③禅圣：天宝十五年七月李亨即位，改元至德，尊玄宗为上皇。

④"人识"句：《后汉书》卷一上《光武帝纪》："更始将北都洛阳，以光武行司隶校尉，使前整修宫府。于是置僚属，作文移，从事司察，一如旧章。时三辅吏士东迎更始，见诸将过，皆冠帻，而服妇人衣，诸于绣镼，莫不笑之，或有畏而走者。及见司隶僚属，皆欢喜不自胜。老吏或垂涕曰：'不图今日复见汉官威仪！'由是识者皆属心焉。"

⑤家：朱本作"嗟"，误。

⑥迟迟：《孟子·万章下》："孔子之去齐，接淅而行。去鲁，曰：'迟迟吾行也，去父母国之道也。'"

⑦思：《全唐诗》作"息"，误。

令狐相公见示新栽薰兰二草之什兼命同作

上国庭前草①，移来汉水浔。朱门虽易地，玉树有余阴。艳彩凝还泛，清香绝复寻。光华童子佩②，柔软美人心③。惜

650

晚④含远思,赏幽⑤空独吟。寄言知声⑥者,一奏风中琴⑦。

【题解】

此诗作于开成元年(836)夏。诗云"上国庭前草,移来汉水浔"当为令狐楚初到兴元府之时。《旧唐书》卷一七二《令狐楚传》:开成元年"四月,检校左仆射、兴元尹,充山南西道节度使"。

【注释】

①庭前草:蕙兰。《晋书》卷七九《谢玄传》:"譬如芝兰玉树,欲使其生于庭阶耳。"

②童子佩:《诗·卫风·芄兰》:"芄兰之支,童子佩觿。""芄兰之叶,童子佩韘。"

③美人心:鲍照《芜城赋》:"东都妙姬,南国佳人。蕙心兰质,玉貌绛唇。"

④惜晚:张九龄《感遇九首》:"紫兰秀空蹊,皓露夺幽色。馨香岁欲晚,感叹情何极!"

⑤赏幽:陈子昂《感遇诗十五首》:"兰若生春夏,芊蔚何青青。幽独空林色,朱蕤冒紫茎。迟迟白日晚,袅袅秋风生。岁华尽摇落,芳意竟何成。"

⑥声:崇本、朱本、《全唐诗》作"音"。

⑦风中琴:《孔子家语·辩乐解》:"昔者舜弹五弦之琴,造南风之诗,其诗曰:'南风之薰兮,可以解吾民之愠兮。南风之时兮,可以阜吾民之财兮。'"

【汇评】

清何焯:(艳彩二句)浓淡相参。(卞孝萱《刘禹锡诗何焯批语考订》)

送唐舍人①出镇闽中②

暂辞鸳鹭出蓬瀛,忽拥貔貅镇粤城③。闽岭④夏云迎皂盖,建⑤溪秋树映红旌。山川远地由来好,富贵当年别有情⑥。了却人间婚嫁事,复归朝右⑦作公卿。

【题解】

此诗作于开成元年(836)唐扶自中书舍人出镇福州,途经同州之时。《旧唐书》卷一七下《文宗纪》下:开成元年(836)五月丁巳,"以中书舍人唐扶为福建观察使"。

【注释】

①唐舍人:唐扶。参见《旧唐书》卷一九〇下《唐次传》附《唐扶传》,《新唐书》卷八九《唐俭传》附《唐扶传》。

②中:《英华》作"川",注云:"集作中。"

③粤城:即福州。

④闽岭:即闽山,在今福州市旧城内西南隅。

⑤建:《英华》作"远"。

⑥"富贵"句:《旧唐书》卷一九〇下《唐次传》附《唐扶传》:"扶佐幕立事,登朝有名,及廉问瓯、闽,政事不治。身殁之后,仆妾争财,诣阙论诉,法司按劾,其家财十万贯,归于二妾。又尝枉杀部人,为其家所诉。行己前后不类,时论非之。"

⑦朝右:位列朝班之右。指朝廷大官。《全唐诗》"右"下注云:"一作阙。"

【汇评】

清何焯:五、六超脱语,更有味。(卞孝萱《刘禹锡诗何焯批语考订》)

贞元中侍郎舅氏^①牧华州时余再忝科第^②前后由华觐谒陪登伏毒寺^③屡焉亦曾赋诗题于梁栋今典冯翊暇日登楼南望三峰^④浩然生思追想昔年之事因成篇题旧寺

曾作关中客，频经伏毒岩。晴烟沙苑^⑤树，晚日渭川帆。昔是青春貌，今悲白雪髯。郡楼空一望，含意卷高帘。

【题解】

此诗作于开成元年(836)，时刘禹锡在同州刺史任。大和九年(835)十月禹锡自汝州移同州，十二月抵达。开成元年秋迁太子宾客，分司东都。此诗乃禹锡故地重游，登高望远之感慨。

【注释】

①侍郎舅氏：卢征。《旧唐书》卷一四六、《新唐书》卷一四九有传。《旧唐书》卷一三《德宗纪》下：贞元十年(794)三月，"壬申，以同州刺史卢征为华州刺史、潼关防御、镇国军等使"。

②再忝科第：《旧唐书》卷一六〇《刘禹锡传》："贞元九年(793)擢进士第，又登宏辞科。"

③伏毒寺：张邦基《墨庄漫录》云："杜子美有《忆郑南玭》诗云：'郑南伏毒守，潇洒到天心。'殊不晓伏毒守之义，守当作寺，按华州图经有伏毒寺。"

④三峰：华山东峰朝阳、西峰莲花、南峰落雁，合称三峰。

⑤沙苑：地名。在陕西大荔县南，临渭水。

酬乐天闲卧见忆^①

散诞向阳眠，将闲敌地仙。诗情茶助爽，药力酒能宣。

风碎竹间日，露明池底天。同年未同隐，缘欠买山钱②。

【题解】

此诗作于开成元年(836)。白居易《闲卧寄刘同州》诗云："软褥短屏风，昏昏醉卧翁。鼻香茶熟后，腰暖日阳中。伴老琴长在，迎春酒不空。可怜闲气味，唯欠与君同。"《白居易年谱》系诸开成元年，从之。时刘禹锡刺同州，白居易为太子少傅分司东都。

【注释】

①忆：朱本、《全唐诗》作"寄"。

②买山钱：买山隐居钱。详见《海阳湖别浩初师》注⑱。

奉和裴令公新成绿野堂即书①

蔼蔼鼎门外，澄澄洛水湾。堂皇临绿野，坐卧看青山。位极却忘贵，功成欲爱闲。官名司管籥②，心术去机关。禁苑凌晨出，园花③及露④攀。池塘鱼拔刺⑤，竹径鸟绵蛮⑥。志在安潇洒，尝经历险艰。高情方造适，众意望征还。好客交珠履，华筵舞玉颜。无因随贺燕，翔集画梁间。

【题解】

此诗作于开成元年(836)。《旧唐书》卷一六〇《裴度传》："(大和)九年十月，进位中书令。十一月，诛李训、王涯、贾𫗧、舒元舆等四宰相，其亲属门人从坐者数十百人；下狱讯劾，欲加流窜。度上疏理之，全活者数十家。自是，中官用事，衣冠道丧。度以年及悬舆，王纲版荡，不复以出处为意。东都立第于集贤里，筑山穿池，竹木丛萃，有风亭水榭，梯桥架阁，岛屿回环，极都城之胜概。又于午桥创别墅，花木万株；中起凉台暑馆，名曰'绿野堂'。……度视事之隙,与诗人白居易、刘禹锡酣宴终日,高歌放言,以诗酒琴书自乐,当时名士,皆从之游。"《白氏长庆集》卷三三《奉和裴令公新成午桥庄绿野堂即事》诗末注:"时裴加中书令。"

【注释】

①书:朱本作"事",是。

②管籥(yuè):锁匙。籥,通"钥"。《礼记·月令》:"(孟冬之月)脩键闭,慎管籥。"郑玄注:"管籥,搏键器也。"孔颖达疏:"以铁为之,似乐器之管籥,揢于镖内以搏取其键也。"《汉书》卷三九《萧何曹参传》:"汉兴,依日月之末光,何以信谨守管籥,参与韩信俱征伐。"颜师古注云:"高祖出征,何每居守,故言守管籥。"

③花:崇本作"华"。

④露:崇本作"路",误。

⑤拔剌:鱼尾拨水声。喻鱼疾游。"拔",朱本作"拨",是。

⑥绵蛮:小鸟貌。《诗·小雅·绵蛮》:"绵蛮黄鸟,止于丘阿。"

途中早发

马蹋尘上霜,月明冈①头路。行人朝气锐,宿鸟相辞去。流水隔远村,缦山多红树。悠悠关塞内,来往②无闲步。

【题解】

此诗作于开成元年(836)秋刘禹锡自同州归洛阳途中。

【注释】

①冈:朱本、《全唐诗》作"江"。

②来往:《全唐诗》作"往来",注云:"一作来往。"

自左冯①归洛下酬乐天兼呈裴令②公

新恩通籍在龙楼③,分务神都④近旧丘。自有园公⑤紫芝侣⑥,时宾行四人⑦,尽在洛中。仍追少傅赤松游⑧。华林⑨霜叶红霞晚,伊水晴光碧玉秋。更接东山⑩文酒会,始知江左未风流。王俭云:江左风流宰相,惟有谢安⑪。

【题解】

此诗作于开成元年(836)。时刘禹锡自同州归洛阳。《白氏长庆集》卷三三《喜梦得自冯翊归洛兼呈令公》诗云:"上客新从左辅回,高阳兴助洛阳才。已将四海声名去,又占三春风景来。甲子等头怜共老,文章敌手莫相猜。邹枚未用争诗酒,且饮梁王贺喜杯。"

【注释】

①左冯:详见《送湘阳熊判官孺登府罢归钟陵因寄呈江西裴中丞二十三兄》注⑭。

②令:朱本作"相"。

③龙楼:汉代太子宫门名。《汉书》卷一〇《成帝纪》:"上尝急召,太子出龙楼门,不敢绝驰道,西至直城门,得绝乃度,还入作室门。"颜师古注引张晏曰:"门楼上有铜龙,若白鹤、飞廉之为名也。"

④神都:东都洛阳。武则天光宅元年(684)九月改东都为神都。

⑤园公:东园公,四皓之一。

⑥紫芝侣:据《古今乐录》,四皓作《紫芝歌》:"莫莫高山,深谷逶迤。晔晔紫芝,可以疗饥。唐虞世远,吾将何归? 驷马高盖,其忧甚大。富贵之畏人兮,不如贫贱之肆志。"

⑦宾行四人:瞿蜕园《笺证》云:"禹锡之外,可考者为李德裕、李珏,其

他一人未知是李仍叔否,待详。"蒋维崧等《笺注》注云:"当时和作者同时在洛阳任太子宾客的还有李仍叔、萧籍,再加太子少傅白居易,都官职闲散,如同隐退,故以紫芝侣四皓相比。"高志忠《校注》注云:"当为李仍叔、萧籍、李德裕、刘禹锡。"

⑧赤松游:《史记》卷一五《留侯世家》:"留侯乃称曰:'家世相韩,及韩灭,不爱万金之资,为韩报仇强秦,天下振动。今以三寸舌为帝者师,封万户,位列侯,此布衣之极,于良足矣。愿弃人间事,欲从赤松子游耳。'乃学辟谷,道引轻身。"

⑨华林:宫苑名。本东汉芳林园,魏正始初因避齐王芳讳改。故址在今河南洛阳东洛阳故城内。

⑩东山:谢安隐居处。

⑪安:朱本作"公",崇本"安"下有"公"字。

始闻秋风

昔看黄菊与君别,今听玄蝉①我却回。五夜②飕飗枕前觉,一夜颜状镜中来。马思边草拳毛动,雕盼③青云睡眼开。天地肃清堪四望,为君扶病上高台。

【题解】

此诗作于开成元年(836)秋。大和五年(831)十月,刘禹锡出为苏州刺史,开成元年秋,因患足疾,迁太子宾客,分司东都,返回洛阳。故言"昔看黄菊与君别,今听玄蝉我却回"。诗人闻秋风知秋意,虽诗中有奋发之意,奈何天地肃清,难免悲凉。

【注释】

①玄蝉:秋蝉,寒蝉。

②五夜:五更。陆倕《新刻漏铭》:"六日不辨,五夜不分。"《文选》李善

注引卫宏《汉旧仪》："昼夜漏起,省中用火,中黄门持五夜。五夜者,甲夜、乙夜、丙夜、丁夜、戊夜也。"

③盼:《全唐诗》作"眄"。

【汇评】

宋王楙:刘禹锡曰:"昔看黄菊与君别,今见玄蝉我却回。"皆纪时也。此祖《诗》"昔我往矣,杨柳依依;今我来思,雨雪霏霏"之意。(《野客丛书》)

元方回:痛快。(《瀛奎律髓》)

清胡以梅:三、四佳。"胡马依北风",夏热多病,故毛拳。初读"睡眼",似乎与雕不切,然凡笼鹰过夏,金眸困顿,下此二字,实为体物。结有慨时之意。(《唐诗贯珠》)

清毛张健:"拳"切马毛,"睡"切鹰眼,又与秋风关照,此炼字之妙也("马思边草"联下)。(《唐体余编》)

清沈德潜:"君"字未知所谓。下半首英气勃发,少陵操管,不过如是。(《唐诗别裁》)

清何焯:后四句衰气一振,"扶病"二字又照应不漏。(《瀛奎律髓汇评》)

清纪昀:题下当有脱字,当云始闻秋风寄某人。(同上)

清宋宗元:梦得诗警丽句。如咏《始闻秋风》云:"马思边草拳毛动,雕盼青云睡眼开。"句警。(《网师园唐诗笺》)

清于庆元:寓悼望于秋风,英气勃发,笔力雄健。(《唐诗三百首续选》)

清王寿昌:唐人佳句,有可以照耀古今、脍炙人口者。如……刘梦得之"马思边草拳毛动,雕盼青云倦眼开"。(《小清华园诗谈》)

奉和裴令公夜宴

天下苍生望不休,东山虽有但时游。从①来海上仙桃树,肯逐人间风露秋。

此诗当作于开成元年(836)秋。《旧唐书》卷一七〇《裴度传》:"(大和)九年十月,进位中书令。……度视事之隙,与诗人白居易、刘禹锡酣宴终日,高歌放言,以诗酒琴书自乐,当时名士,皆从之游。""开成二年五月,复以本官兼太原尹、北都留守、河东节度使。"刘禹锡开成元年秋迁太子宾客分司东都,与裴度、白居易等往来频繁。

【注释】

①《全唐诗》"从"字下注云:"一作后。"

秋斋独坐寄乐天兼呈吴方之①大夫

空斋寂寂不生尘,药物方书②绕病身。纤草数茎胜静地,幽禽忽至似佳宾。世间忧喜虽无定,释氏销磨尽有因。同向洛阳闲度日,莫教风景属他人。

【题解】

此诗作于开成元年(836)秋。本年秋,刘禹锡因足疾迁太子宾客,分司东都。《白氏长庆集》卷三三《答梦得秋庭独坐见赠》诗云:"林梢隐映夕阳残,庭际萧疏夜气寒。霜草欲枯虫思急,风枝未定鸟栖难。容衰见镜同惆怅,身健逢杯且喜欢。应是天教相暖热,一时垂老与闲官。"

【注释】

①吴方之:吴士矩。详见《酬端州吴大夫夜泊湘川见寄一绝》注①。

②方书:医书。

和乐天斋戒月满夜对道场偶怀咏^①

常修清净去繁华,人识王城长者^②家。案上香烟铺贝叶^③,佛前灯焰透莲花^④。持斋已满招闲客,理曲先闻命小娃。明日若过方丈室,还应问为法来邪^⑤?

【题解】

此诗作于开成元年(836)。《白氏长庆集》卷三三《斋戒满夜戏招梦得》诗云:"纱笼灯下道场前,白日持斋夜坐禅。无复更思身外事,未能全尽世间缘。明朝又拟亲杯酒,今夕先闻理管弦。方丈若能来问疾,不妨兼有散花天。"高志忠《校注》按云:"白居易……诗,载《白集》卷第三十三,《喜梦得自冯翊归洛兼呈令公》后,《对酒劝令公开春游宴》前。《开春游宴》诗结句云:'好作开成第二春。'以是知居易……诗作于开成元年秋冬。故系禹锡……诗于本年秋冬也。"今从高说。

【注释】

①怀咏:朱本作"咏怀"。

②王城长者:在王舍城听法的舍卫城长者,指笃信佛法的人。此处指白居易。

③贝叶:古代印度人用以写经的树叶。亦借指佛经。

④莲花:莲台,指佛座。

⑤邪:朱本作"耶"。

【汇评】

清何焯:(佛前句)"透"字顶得"焰"字,精神。(还应句)□句不可效。落句苏氏兄弟多效此体。(卞孝萱《刘禹锡诗何焯批语考订》)

酬李相公①喜归乡国自巩县②夜泛洛水见寄

巩树烟月上,清光含碧流。且无三已色③,犹泛五湖舟④。
鹏息风还起,凤归林正秋。虽攀小山桂,此地不淹留⑤。

【题解】

此诗作于开成元年(836)秋。《旧唐书》卷一七下《文宗纪》下:开成元
年七月,"壬午,以滁州刺史李德裕为太子宾客"。十一月庚辰,"以太子宾
客分司东都李德裕检校户部尚书,充浙西观察使"。李德裕原诗已佚。

【注释】

①李相公:李德裕。

②巩县:今河南巩义市。

③三已色:《论语·公冶长》:"令尹子文三仕为令尹,无喜色;三已之,
无愠色。"

④五湖舟:《国语》卷二一《越语》下:"反至五湖,范蠡辞于王曰:'君王
勉之,臣不复入越国矣。'……遂乘轻舟以浮于五湖,莫知其所终极。"

⑤"虽攀"二句:淮南小山《招隐士》:"攀援桂枝兮聊淹留。"

和李相公平泉潭上喜见初月

家山见初月,林壑悄无尘。幽境此何夕,清光如为人。
潭空破镜入①,风动翠娥颦。会向琐窗望,追思伊洛滨。

【题解】

此诗系诸开成元年(836)，与《酬李相公喜归乡国自巩县夜泛洛水见寄》当是同时作。李德裕《潭上喜见新月》诗云："簪组十年梦，园庐今夕情。谁怜故乡月，复映碧潭生。皓彩松上见，寒光波际轻。还将孤赏意，暂寄玉琴声。"

【注释】

①朱本无"入"字。

【汇评】

清何焯：(林壑句)应衬潭上。(幽境句)"喜"字，高妙。梦得诗在咸酸之外如此。(潭空句)初月。(卞孝萱《刘禹锡诗何焯批语考订》)

吴方之见示独酌小醉首篇乐天续有酬答皆含戏谑极至风流两篇之中并蒙见属辄呈滥吹益美①来章

闲门共寂②任张罗，静室同虚养太和。尘世欢娱开③意少，醉乡风景独游多。散金疏傅④寻常乐，枕曲刘生⑤取次歌。计会雪中争挈榼⑥，辰⑦裴鹤氅递相过。

【题解】

此诗作于开成元年(836)冬。《白氏长庆集》卷三三《吴秘监每有美酒独酌独醉但蒙诗报不以饮招辄此戏酬兼呈梦得》诗云："蓬山仙客下烟霄，对酒唯吟独酌谣。不怕道狂挥玉爵，亦曾乘兴换金貂。君称名士夸能饮，我是愚夫肯见招？赖有伯伦为醉伴，何愁不解傲松乔？"吴诗未详。

【注释】

①美：朱本作"弄"，误。

②寂:崇本作"菽",误。

③娱开:朱本作"虞关"。

④散金疏傅:疏广。详见《许给事见示哭工部刘尚书诗因命同作》注⑮。

⑤枕曲刘生:刘伶。刘伶《酒德颂》:"先生于是捧罂承糟,衔杯漱醪,奋髯箕踞,枕曲藉糟,无思无虑,其乐陶陶。"

⑥榼(kē):古代盛酒的器具。刘伶《酒德颂》:"止则操卮执瓢,动则挈榼提壶。唯酒是务,焉知其余?"

⑦辰:崇本、朱本、《全唐诗》作"鹿",是。

酬乐天斋满日裴令公置宴席上戏赠

一月道场斋戒满,今朝华幄管絃迎。衔杯本自多狂态,事佛无妨有佞名①。酒力半酣愁已散,文锋未钝老犹争。平阳不独容宾醉,听取喧呼吏舍声②。

【题解】

此诗作于开成元年(836)冬。《白氏长庆集》卷三三《长斋月满携酒先与梦得对酌醉中同赴令公之宴戏赠梦得》诗云:"斋宫前日满三旬,酒榼今朝一拂尘。乘兴还同访戴客,解酲仍对姓刘人。病心汤沃寒灰活,老面花生朽木春。若怕平原怪先醉,知君未惯吐车茵。"

【注释】

①"事佛"句:《晋书》卷七七《何充传》:"性好释典,崇修佛寺,供给沙门以百数,糜费巨亿而不吝也。亲友至于贫乏,无所施遗,以此获讥于世。阮裕尝戏之曰:'卿志大宇宙,勇迈终古。'充问其故。裕曰:'我图数千户郡尚未能得,卿图作佛,不亦大乎!'于时郗愔及弟昙奉天师道,而充与弟准信释氏,谢万讥之云:'二郗谄于道,二何佞于佛。'"

663

②"平阳"二句:《史记》卷五四《曹相国世家》:"日夜饮醇酒。卿大夫已下吏及宾客见参不事事,来者皆欲有言。至者,参辄饮以醇酒,闲之,欲有所言,复饮之,醉而后去,终莫得开说,以为常。相舍后园近吏舍,吏舍日饮歌呼。从吏恶之,无如之何,乃请参游园中,闻吏醉歌呼,从吏幸相国召按之。乃反取酒张坐饮,亦歌呼与相应和。"

酬乐天偶题酒瓮见寄

从①君勇断抛名后,世路荣枯见几回?门外红尘人自走,瓮头清酒我初开。三冬学任胸中有,万户侯须骨上来②。何幸相招同醉处,洛阳城里好池台。

【题解】

此诗作于开成元年(836)冬。《白氏长庆集》卷三三《题酒瓮呈梦得》诗云:"若无清酒两三瓮,争向白须千万茎。曲糵销愁真得力,光阴催老苦无情。凌烟阁上功无分,伏火炉中药未成。更拟共君何处去,且来同作醉先生。"

【注释】

①《全唐诗》"从"下注云:"一作是。"

②"万户侯"句:《史记》卷一〇九《李将军列传》:"文帝曰:'惜乎,子不遇时!如令子当高帝时,万户侯岂足道哉!'""广尝与望气王朔燕语,曰:'自汉击匈奴而广未尝不在其中,而诸部校尉以下,才能不及中人,然以击胡军功取侯者数十人,而广不为后人,然无尺寸之功以得封邑者,何也?岂吾相不当侯邪?且固命也?'"

答裴令公雪中讶白二十二与诸公不相访之什

玉树琼楼满眼新,的知开阁待诸宾。迟迟未^①去非无意,拟作梁园坐右人^②。

【题解】

此诗作于开成元年(836)冬。裴度《雪中讶诸公不相访》诗云:"忆昨雨多泥又深,犹能携妓远相寻。满空乱雪花相似,何事居然无赏心?"

【注释】

①《全唐诗》"未"下注云:"一作来。"

②梁园坐右人:谢惠连《雪赋》:"岁将暮,时既昏。寒风积,愁云繁。梁王不悦,游于兔园。乃置旨酒,命宾友,召邹生,延枚叟;相如末至,居客之右。"《文选》李善注引《汉书》曰:"相如客游梁。又曰:田叔等十人,汉廷臣无能出其右者。"

和李相公初归平泉过龙门南岭遥望山居即事

暂别明庭^①去,初随优诏还。曾为《鵩^②鸟赋》,喜过凿龙山^③。新墅烟火起,野程泉石间。岩廊人望在,只得片时闲。

【题解】

此诗系诸开成元年(836),与《酬李相公喜归乡国自巩县夜泛洛水见寄》当是同时作。李德裕《初归平泉过龙门南岭遥望山居即事》诗云:"初归故乡陌,极望且徐轮。近野樵蒸至,平泉烟火新。农夫馈鸡黍,渔子荐霜鳞。惆怅怀杨仆,惭为关外人。"

【注释】

①明庭:指甘泉山,在陕西省淳化县西北。亦指甘泉宫。古代帝王祀神灵之地。《汉书》卷二五上《郊祀志》上:"其后黄帝接万灵明庭。明庭者,甘泉也。"此处指帝庭。

②鹏:朱本、《全唐诗》作"鹏",误,《全唐诗》注云:"一作鹏。"

③凿龙山:即龙门山,亦称伊阙,在河南洛阳市南。

【汇评】

清何焯:(新墅句)闲淡生动,此为真才逸格。(卞孝萱《刘禹锡诗何焯批语考订》)

和李相公以平泉新墅获方外之名因为诗以报洛中士君子兼见寄之什①

业继韦平②后,家依昆阆③间。恩华辞北第④,潇洒爱东山。满室图书在,入门松菊闲。垂⑤天虽暂息,一举出人寰。

【题解】

此诗系诸开成元年(836),与《酬李相公喜归乡国自巩县夜泛洛水见寄》当是同时作。李德裕《洛中士君子多以平泉见呼愧获方外之名因以此诗为报奉寄刘宾客》诗云:"非高柳下逸,自爱竹林闲。才异居东里,愚因在北山。径荒寒未扫,门设昼长关。不及鸱夷子,悠悠烟水间。"

【注释】

①什:朱本作"作"。

②韦平:详见《和浙西李大夫晚下北固山喜径松成阴怅然怀古偶题临江亭并浙东元相公所和依本韵》注⑦。

③昆阆：指昆仑山上的阆苑，传说中神仙所居之地。

④北第：靠近北阙的宅第。《汉书》卷四一《夏侯婴传》："婴自上初起沛，常为太仆从，竟高祖崩。以太仆事惠帝。惠帝及高后德婴之脱孝惠、鲁元于下邑间也，乃赐婴北第第一，曰'近我'，以尊异之。"颜师古注云："北第者，近北阙之第，婴最第一也。故张衡《西京赋》云：'北阙甲第，当道直启。'"后遂指功臣的宅第。

⑤垂：朱本作"华"，误。

乐天示过敦诗①旧宅有感一篇吟之泫然追想昔事因成继和以寄苦怀

凄凉同到故人居，门枕寒流古木疏。向秀心中嗟栋宇②，萧何身后散图书③。本营归计非无意，唯算生涯尚有余。忽忆前言④更惆怅，丁宁相约速悬车⑤。敦诗与予友乐天三人同甲子⑥，平生相约同休洛中。

【题解】

此诗作于开成元年(836)冬。《白氏长庆集》卷三三《与梦得偶同到敦诗宅感而题壁》诗云："山东才副苍生愿，川上俄惊逝水波。履道凄凉新第宅，宣城零落旧笙歌。园荒唯有薪堪采，门冷兼无雀可罗。今日相逢偶同到，伤心不是故经过。"高志忠《刘禹锡诗文系年》按云："居易原唱《与梦得讴同到敦诗宅感而题壁》，载《白集》卷第三十三，《杨六尚书新授东川节度使使代妻戏贺兄嫂二绝》前。《旧唐书·文宗纪》(下)载：开成元年十二月，'癸丑，以兵部侍郎杨汝士检校礼部尚书，充剑南东川节度使'。刘、白过敦诗旧宅诗作于开成元年冬无疑也。"今从高说。

【注释】

①敦诗：崔群。

②"向秀"句：向秀《思旧赋》："栋宇存而弗毁兮，形神逝其焉如？"

③"萧何"句：《史记》卷五三《萧相国世家》："沛公至咸阳，诸将皆争走金帛财物之府分之，何独先入收秦丞相御史律令图书藏之。"

④言：朱本作"因"。

⑤悬车：致仕。古人一般至七十岁辞官家居，废车不用，故云。汉班固《白虎通》卷二下《致仕》："臣年七十悬车致仕者，臣以执事趋走为职，七十阳道极，耳目不聪明，跂踦之属，是以退老去避贤者……悬车，示不用也。"

⑥敦诗与予友乐天三人同甲子："予"，崇本作"子"，误。"友"，《全唐诗》作"及"，是。"甲"，崇本作"田"，误。

【汇评】

清何焯：五、六极有味，此退之贵勇也。（卞孝萱《刘禹锡诗何焯批语考订》）

吴方之见示昕江西故吏①朱幼恭②歌三篇颇有怀故林之思③吟讽不足因而和之

侯家④故吏歌声发，逸处能高怨处低。今岁洛中无雨雪，眼前风景似⑤江西。

【题解】

此诗作于开成元年（836）冬。《旧唐书》卷一七下《文宗纪》下：大和七年四月，"癸酉，以同州刺史吴士智（按：当作矩）为江西观察使"。开成元年二月辛未，"二月辛未朔，以左散骑常侍罗让为江西观察使"。《册府元龟》卷五二〇下："开成二年，贬前秘书监吴士矩为蔡州别驾。"刘禹锡诗题"见示"，说明时二人同在一处，故此诗作于开成元年冬。

【注释】

①江西故吏：吴士矩任江西观察使时之故吏。

②朱幼恭:未详何人。

③思:《全唐诗》作"想"。

④家:朱本作"门"。

⑤似:朱本、《全唐诗》作"是"。

送从弟郎中赴浙西 并引

从弟三复①,十余年间凡三为浙右从事。往年主公②入相,荐剡③登朝。中复从公④镇南,未几而罢。昨以尚书外郎奉使至洛,旋承新命,改辕而东。三从公皆在⑤旧地。征诸故事,复无其伦。故赋诗赠之,亦志异也。

衔命出尚书,新恩换使车。汉庭无右者⑥,梁苑⑦重归轪⑧! 又食建业水⑨,曾依京口⑩居。《刘前军⑪传》云:"本莒人,世家京口⑫。"共经何限⑬事,宾主两如初。

【题解】

此诗作于开成元年(836)冬。《旧唐书》卷一七下《文宗纪》下:开成元年十一月庚辰,"以太子宾客分司东都李德裕检校户部尚书,充浙西观察使"。《旧唐书》卷一七四《李德裕传》:开成元年"七月,迁太子宾客。十一月,检校户部尚书,复浙西观察使。德裕凡三镇浙西,前后十余年"。

【注释】

①从弟三复:刘三复。刘三复事见《旧唐书》一七七《刘邺传》:"父三复,聪敏绝人,幼善属文。少孤贫,母有废疾,三复丐食供养,不离左右,久之不遂乡赋。长庆中,李德裕拜浙西观察使,三复以德裕禁密大臣,以所业文诣郡干谒。德裕阅其文,倒屣迎之,乃辟为从事,管记室。母亡哀毁,殆不胜丧。德裕三为浙西,凡十年,三复皆从之。大和中,德裕辅政,用为员

669

外郎。居无何，罢相，复镇浙西，三复从之。汝州刺史刘禹锡以宗人遇之。深重其才，尝为诗赠三复。"瞿蜕园《笺证》按云："即取此诗之小引，所引文字小异，盖经剪裁耳。"

②主公：指李德裕。《旧唐书》卷一七四《李德裕传》：大和六年(832)冬，"召德裕为兵部尚书……七年二月，德裕以本官平章事……六月，宗闵亦罢，德裕代为中书侍郎、集贤大学士"。

③荐敭：推举。"敭"，同"扬"。

④公：朱本作"事"。

⑤朱本无"在"字。

⑥"汉庭"句：《史记》卷一〇四《田叔列传》：赵午、贯高等人"私相与谋弑上。会事发觉，汉下诏捕赵王及群臣反者。于是赵午等皆自杀，唯贯高就系。是时汉下诏书：'赵有敢随王者罪三族。'唯孟舒、田叔等十余人赭衣自髡钳，称王家奴，随赵王敖至长安。贯高事明白，赵王敖得出，废为宣平侯，乃进言田叔等十余人。上尽召见，与语，汉廷臣毋能出其右者，上说，尽拜为郡守、诸侯相"。

⑦梁苑：西汉梁孝王所建的东苑。故址在今河南省开封市东南。

⑧归欤：鲁国季康子执政，欲召冉求回去，协助办理政务。《论语·公冶长》："子在陈曰：'归欤！归欤！吾党之小子狂简，斐然成章，不知所以裁之。'"

⑨建业水：《三国志》卷六一《吴书·陆凯传》："皓徙都武昌，扬土百姓泝流供给，以为患苦，又政事多谬，黎元穷匮。凯上疏曰：'……童谣言：宁饮建业水，不食武昌鱼；宁还建业死，不止武昌居。'"

⑩京口：今江苏镇江。

⑪刘前军：刘穆之。《宋书》卷四二《刘穆之传》："刘穆之，字道和，小字道民，东莞莒人，汉齐悼惠王肥后也，世居京口。""前"，崇本作"将"，误。

⑫本莒人，世家京口：崇本无"本"、"口"二字。

⑬何限："何"，崇本作"无"。"限"，朱本作"恨"，误。

【汇评】

清何焯：结句包括，淡而有味。(卞孝萱《刘禹锡诗何焯批语考订》)

送赵中丞自司金郎①转官参山南令狐仆射

幕府 赵氏兄弟皆仆射门客

绿树满褒斜②,西南蜀路赊。驿门临白社③,县道过④黄花⑤。相府开油幕,门生逐绛纱⑥。行看布政后,还从入京华。

【题解】

此诗作于开成元年(836)。赵中丞:瞿蜕园《笺证》按云:"《郎官石柱题名考》一六,金部员外郎有赵枧,劳格谓疑即此人。此诗题云赵以郎官带中丞参使幕,非行军司马即副使也。令狐楚以开成元年(836)出镇,赵当亦于是时从至南梁。"

【注释】

①司金郎:"金",《英华》作"直"。明本、朱本"金"下有"外"字。《全唐诗》"郎"下注云:"一作司直郎。"

②褒斜:瞿蜕园《笺证》按云:"《舆地纪胜》云:'《郡国志》谓北口曰斜,南口曰褒,长四百七十里,同为一谷,两谷高峻,中间谷道,褒水所流。……斜谷路在府西北,入于斜谷,至凤州界一百五十里,有栈阁二千九百八十九间,板阁二千八百九十三间,土人云:其间有一溪可以行舟,赋税极轻,人家多台也。'"高志忠《校注》按云:"斜、褒二谷在陕西终南山,为自秦入蜀之通道。"

③临白社:《英华》作"经赤县",注云:"集作临白草。"《全唐诗》注云:"一作经赤县。""社",崇本、《全唐诗》作"草"。

④县道过:"过",《全唐诗》作"入",注云:"一作道路过。"县道:即栈阁、栈道。县,通"悬"。《英华》作"道路",注云:"集作县道。"

⑤黄花:黄花县,在今陕西省凤县北,因东有黄花川,故名。

⑥绛纱:即绛帐。《后汉书》卷六〇上《马融传》:"融才高博洽,为世通

儒，教养诸生，常有千数。涿郡卢植，北海郑玄，皆其徒也。善鼓琴，好吹笛，达生任性，不拘儒者之节。居宇器服，多存侈饰。尝坐高堂，施绛纱帐，前授生徒，后列女乐，弟子以次相传，鲜有入其室者。"后以"绛帐"表对师门、讲席之敬称。

送国子令狐博士①赴兴元觐省

　　相门才子高阳族，学省②清资五品官。谏院③过时荣棣萼，谢庭归去踏芝兰④。山头⑤花带烟岚⑥晚，栈底江涵⑦雪水寒。伯仲⑧到家人尽贺，柳营莲府⑨递相欢。

【题解】

　　此诗作于开成元年(836)或二年(837)。瞿蜕园《笺证》按云："此诗题云赴兴元觐省，则必在开成元、二年(836、837)楚为山南西道节度使时，楚之卒即在二年。"《旧唐书》卷一七二《令狐楚传》：开成元年"四月，检校左仆射、兴元尹，充山南西道节度使。二年十一月，卒于镇，年七十二"。

【注释】

①令狐博士：令狐绪，令狐楚之子。

②学省：即太学。古代中央政府设立的国学。《全唐诗》"学"下注云："一作才。"

③谏院：御史台。

④"谢庭"句：《晋书》卷七九《谢安传》："安尝戒约子侄，因曰：'子弟亦何豫人事，而正欲使其佳？'诸人莫有言者。玄答曰：'譬如芝兰玉树，欲使其生于庭阶耳。'"

⑤头：崇本、《全唐诗》作"中"。

⑥《全唐诗》"岚"下注云："一作霞。"

⑦涵：崇本作"含"。

⑧仲:《英华》作"虎",注云:"集作仲。"

⑨莲府:幕府。

【汇评】

宋庞元英:唐谏议大夫、拾遗补阙在左右省,而刘禹锡《送令狐博士诗》云:"谏院过时荣棣萼",已有谏院之名,何哉?按《会要》,贞元中,薛元舆为谏议大夫,奏云:"谏官所上封章,事皆机密,每进一封,两省印署,凡有封奏,人且先知,请别铸谏院印,庶无漏泄。"乃知谏院之名旧矣。(《文昌杂录》)

开成二年(837)

酬乐天请裴令公开春加^①宴

高名大位能兼有,恣意遨游是特恩。二室^②烟霞成步障^③,三川^④风物是家园。晨窥苑树韶光动,晚渡河桥^⑤春思繁。弦管常调客常满,但逢花处即开樽。

【题解】

此诗作于开成二年(837)春。《白氏长庆集》卷三三《对酒劝令公开春游宴》诗云:"时泰岁丰无事日,功成名遂自由身。前头更有忘忧日,向上应无快活人。自去年来多事故,从今日去少交亲。宜须数数谋欢会,好作开成第二春。"据诗末"好作开成第二春"句,系诸开成二年春。

【注释】

①加:朱本作"嘉"。

②二室:嵩山之太室山、少室山。

③步障:用以遮蔽风尘或视线的一种屏幕。《世说新语·汰侈》:"君夫作紫丝布步障碧绫里四十里,石崇作锦步障五十里以敌之。"

④三川:黄河、洛水、伊水。洛阳据三川之地,故以三川代洛阳。"川",朱本作"州",误。

⑤河桥:午桥,在河南洛阳。裴度在午桥庄作别墅。

令狐相公频示新什早春南望遐^①想汉中^②因抒短章以寄诚素^③

军城临汉水,旌旆起春风。远思见江草,归心看塞鸿。野花^④沿古道,新叶映行宫。惟有诗兼酒,朝朝两不同。

【题解】

此诗作于开成二年(837)春。《旧唐书》卷一七二《令狐楚传》:开成元年"四月,检校左仆射、兴元尹,充山南西道节度使。二年十一月,卒于镇"。既云"早春",必在大和二年春。

【注释】

①《全唐诗》"遐"下注云:"一作遥。"

②汉中:《旧唐书》卷三九《地理志》二《山南西道》:"梁州兴元府隋汉川郡。……天宝元年,改为汉中郡,仍为都督府。乾元元年,复为梁州。"

③诚素:朱本、《全唐诗》作"情愫",《全唐诗》注云:"一作诚素。"

④花:崇本作"华"。

酬^①令狐相公春思见寄

一纸书封四句诗,芳晨对酒远相思。长吟尽日西南望,犹及残春花落时。

【题解】

此诗作于开成元年(836)或二年(837)春。《旧唐书》卷一七二《令狐楚

675

传》：开成元年"四月，检校左仆射、兴元尹，充山南西道节度使。二年十一月，卒于镇"。令狐楚《春思寄梦得乐天》："花满中庭酒满樽，平明独坐到黄昏。春来诗思偏何处？飞过函关入鼎门。"

【注释】

①崇本、朱本、《全唐诗》无"酬"字。

城内花园颇曾游玩令公①居守亦有素期适值②春霜一夕委谢书实以答令狐相公见谑

楼下芳园最占春，年年结侣采花频。繁霜一夜相撩治③，不似佳人似老人。今年春霜，百花憔悴，惟近水处不衰④。

【题解】

此诗作于开成二年（837）春。令狐楚见谑诗为《皇城中花园讥刘白赏春不及》："五凤楼西花一园，低枝小树尽芳繁。洛阳才子何曾爱，下马贪趋广运门。"时刘禹锡在洛阳，令狐楚在兴元。

【注释】

①令公：中书令裴度。《旧唐书》卷一七〇《裴度传》："（大和）八年三月，以本官判东都尚书省事，充东都留守。九年十月，进位中书令。""开成二年五月，复以本官兼太原尹、北都留守、河东节度使。"

②崇本、朱本、《全唐诗》无"值"字。

③治：崇本、朱本作"冶"。

④崇本、朱本、《全唐诗》无此小字注。

和乐天洛城春齐梁体八韵

帝城宜春入，游人喜日①长。草生季伦谷②，花出莫愁坊③。断云发山色，轻风漾水光。楼前戏马地，树下斗鸡场。白头自为侣，绿酒亦满觞。潘园④观种植，谢墅阅池塘。至闲似隐逸，过老不悲伤。相问为⑤功德，银黄⑥游故乡。

【题解】

此诗作于开成二年(837)春。为和白居易诗而作。《白氏长庆集》卷二九《洛阳春赠刘李二宾客齐梁格》诗云："水南冠盖地，城东桃李园。雪销洛阳堰，春入永通门。淑景方霭霭，游人稍喧喧。年丰酒浆贱，日晏歌吹繁。中有老朝客，华发映朱轩。从容三两人，藉草开一樽。樽前春可惜，身外事勿论。明日期何处？杏花游赵村。"高志忠《刘禹锡诗文系年》按云："居易原唱载《白集》卷第二十九，排在《六十六》之后，当作于开成二年也。"今从高说。

【注释】

①日：崇本、朱本、《全唐诗》作"意"。

②季伦谷：金谷，在洛阳。季伦：石崇，字季伦。

③坊：崇本作"妨"，误。

④潘园：潘岳所居之园，在洛阳。

⑤为：朱本、《全唐诗》作"焉"，是。

⑥银黄：银印和金印或银印黄绶。《汉书》卷九〇《杨朴传》："怀银黄，垂三组，夸乡里。"颜师古注云："银，银印也；黄，金印也。"刘孝标《广绝交论》："海内髦杰，早绾银黄。"李周翰注云："银黄，谓银印黄绶。"

予①自到洛中与乐天为文酒之会时时措②咏乐不可支则慨然共忆梦得而梦得③亦分司至止欢惬可知因为联句

成周文酒会，吾友胜邹枚④。唯忆刘夫子，而今又到来。度。欲迎先倒屣⑤，亦坐⑥便倾杯。饮许伯伦⑦户⑧，诗推公干⑨才。并以本事。居易。久曾聆郢唱⑩，重喜上燕台⑪。昼话墙阴转，宵欢斗柄回。禹锡。新声还共听，故态复相咍。遇物皆先赏，从花⑫半未开。度。起时乌帽侧，散处玉山颓⑬。墨客喧东阁⑭，文星犯上台⑮。居易。咏吟君称首，疏放我为魁。忆戴⑯何劳访？忆梦得⑰，梦得分司而来。留髡⑱不用猜。宴席上老夫暂起，乐天密坐不动⑲。度。奉觞承曲蘖⑳，落笔捧琼瑰。醉弁㉑无妨侧，词锋不可摧。此两韵美令公也。居易。水轩看翡翠，石径践莓苔。童子能骑竹，佳人解咏梅。陪游南宅之境。禹锡。洛中三㉒可矣，邺下七㉓悠哉。自向风光急，不须弦管催。度。乐观鱼踊跃，闲爱鹤徘徊。烟柳青凝黛，波苹绿拨醅㉔。居易。春榆初改火㉕，律管又飞灰㉖。红药多迟发，碧松宜乱栽。禹锡。马嘶驼陌㉗上，鹢㉘泛凤城隈。色色事㉙堪惜，些些病莫推。度。涸流寻轧轧，余刃转恢恢。从此知心伏，无因敢自媒。禹锡。室随亲客入，席许旧寮陪。逸兴稽将阮，交情陈与雷㉚。此二句属梦得也。居易。洪炉思哲匠，大厦要群材。他日登龙路，应知免曝鳃㉛。禹锡。

【题解】

此为开成二年(837)春裴度、白居易、刘禹锡三人联句。时刘禹锡为太子宾客分司东都。

【注释】

①予:指裴度。"予",《全唐诗》作"度"。

②措:朱本、《全唐诗》作"构"。

③崇本无"而梦得"三字。

④邹枚:邹阳、枚乘,西汉时梁孝王的宾客。

⑤倒屣:《三国志》卷二一《魏志·王粲传》:"粲徙长安,左中郎将蔡邕见而奇之。时邕才学显著,贵重朝廷,常车骑填巷,宾客盈坐。闻粲在门,倒屣迎之。粲至,年既幼弱,容状短小,一坐尽惊。"

⑥亦坐:朱本作"入座"。

⑦伯伦:刘伶,字伯伦。

⑧户:朱本、《全唐诗》作"右",是。

⑨公干:刘桢,字公干。建安七子之一。

⑩郢唱:宋玉《对楚王问》:"客有歌于郢中者。其始曰《下里》《巴人》,国中属而和者数千人。其为《阳阿》《薤露》,国中属而和者数百人。其为《阳春》《白雪》,国中有属而和者,不过数十人。"

⑪燕台:黄金台。详见《武陵书怀五十韵》注㊻。

⑫花:崇本作"华"。

⑬玉山颓:《世说新语·容止》:"嵇叔夜之为人也,岩岩若孤松之独立;其醉也,傀俄若玉山之将崩。"

⑭东阁:详见《和令狐相公初归京国赋诗言怀》注②。

⑮上台:详见《蔷薇花联句》注①。

⑯忆戴:《世说新语·任诞》:"王子猷居山阴,夜大雪,眠觉,开室,命酌酒。四望皎然,因起仿偟,咏左思招隐诗。忽忆戴安道,时戴在剡,即便夜乘小船就之。经宿方至,造门不前而返。人问其故,王曰:'吾本乘兴而行,兴尽而返,何必见戴?'"

⑰忆梦得:《全唐诗》作"时"。"忆",朱本作"指"。

⑱留髡:髡:淳于髡。《史记》卷一二六《滑稽列传》:"日暮酒阑,合尊促坐,男女同席,履舄交错,杯盘狼藉,堂上烛灭,主人留髡而送客,罗襦襟解,

微闻芳泽,当此之时,髡心最欢,能饮一石。"

⑲密坐不动:"密",朱本作"坚"。《全唐诗》"动"下有"足"字。

⑳曲糵:代指酒。"糵",《全唐诗》作"蘖",崇本、朱本作"糵"。

㉑弁(biàn):古代的一种帽子。

㉒洛中三:指裴度、白居易、刘禹锡。

㉓邺下七:邺下七子,指建安七子。"七",崇本作"士"。

㉔拨醅:未滤过的重酿酒。亦泛指酒。

㉕"春榆"句:《论语·阳货》:"钻燧改火,斯可已矣。"何晏集解引马融曰:"《周书·月令》有更火之文:春取榆柳之火,夏取枣杏之火,季夏取桑柘之火,秋取柞楢之火,冬取槐檀之火。一年之中,钻火各异,故曰改火也。"

㉖"律管"句:《梦溪笔谈·象数一》引晋司马彪《续汉书》候气之法:"于密室中以木为案,置十二律琯,各如其方。实以葭灰,覆以缇縠,气至则一律飞灰。"律管,古代用作测候季节变化的器具。

㉗驼陌:铜驼陌。详见《为郎分司寄上都同舍》注③。

㉘鹢:一种似鹭的水鸟。头上画着鹢的船,亦泛指船。

㉙事:朱本、《全唐诗》作"时",误。

㉚陈与雷:陈重与雷义。《后汉书》卷八一《雷义传》:"义归,举茂才,让于陈重,刺史不听,义遂阳狂被发走,不应命。乡里为之语曰:'胶漆自谓坚,不如雷与陈。'"

㉛"他日"二句:《艺文类聚》卷九六《鳞介部上·龙》引辛氏《三秦记》:"河津一名龙门,大鱼集龙门下数千,不得上,上者为龙,不上者,[句有脱文。]故云曝鳃龙门。"暴鳃:即曝鳃。《后汉书·郡国志五》:"交趾郡封谿建武十九年置。"刘昭注引晋刘欣期《交州记》:"有隄防龙门,水深百寻,大鱼登此门化成龙,不得过,曝鳃点额,血流此水,恒如丹池。"后以喻挫折、困顿。

三月三日与乐天及河南李尹①奉陪裴令公泛洛禊②饮各赋十二韵

洛下今修禊,群贤胜会稽③。盛筵陪玉铉④,通籍尽金闺⑤。波上神仙妓,岸傍桃李蹊。水嬉如鹭振,歌响杂莺啼。历览风光好,沿洄意思迷。棹歌能俪曲,墨客竞分题。翠幄连云起,香车向道齐。人夸绫步障⑥,马惜锦障泥⑦。尘暗宫墙外,霞明苑树西。舟形随鹢⑧转,桥影与虹低。川色晴犹远,乌声暮欲栖。唯余蹋青伴,待月魏王堤。

【题解】

此诗作于开成二年(837)三月。白居易《三月三日被禊洛滨并序》其序云:"开成二年三月三日,河南尹李待价以人和岁稔,将禊于洛滨。前一日,启留守裴令公。令公明日召太子少傅白居易、太子宾客萧籍、李仍叔、刘禹锡、前中书舍人郑居中、国子司业裴恽、河南少尹李道枢、仓部郎中崔晋、司封员外郎张可续、驾部员外郎卢言、虞部员外郎苗愔、和州刺史裴俦、淄州刺史裴洽、检校礼部员外郎杨鲁士、四门博士谈弘谟等一十五人,合宴于舟中。由斗亭,历魏堤,抵津桥,登临溯沿,自晨及暮,簪组交映,歌笑间发,前水嬉而后妓乐,左笔砚而右壶觞。望之若仙,观者如堵。尽风光之赏,极游泛之娱。美景良辰,赏心乐事,尽得于今日矣。若不记录,谓洛无人。晋公首赋一章,铿然玉振,顾谓四座继而和之,居易举酒抽毫,奉十二韵以献。"

【注释】

①河南李尹:河南尹李珏,字待价。"李",朱本作"季",误。

②禊(xì):古代春秋两季在水边举行的清除不祥的祭祀。

③"群贤"句:王羲之《兰亭集序》:"永和九年,岁在癸丑,暮春之初,会于会稽之兰亭,修禊事也。群贤毕至,少长咸集。"会稽:今浙江绍兴。

④玉铉(xuàn)：玉制的举鼎之具。状如钩,用以提鼎之两耳。喻处于高位的大臣。

⑤金闺：金马门。

⑥步障：详见《酬乐天请裴令公开春加宴》注③。

⑦障泥：垂于马腹两侧,用于遮挡尘土的东西。《世说新语·术解》："王武子善解马性。尝乘一马,著连钱障泥,前有水,终日不肯渡。王云：'此必是惜障泥。'使人解去,便径渡。"

⑧鹢(yì)：见《予自到洛中与乐天为文酒之会时时措咏乐不可支则慨然共忆梦得而梦得亦分司至止欢惬可知因为联句》注㉘。

【汇评】

清何焯：乐天固不可及,此作亦自秀整。齐韵容易窘人,非梦得几于阁笔矣。(卞孝萱《刘禹锡诗何焯批语考订》)

寄贺①东川杨尚书慕②巢兼寄西川继之二公近从弟兄情分偏睦早忝游旧因成是诗

太华③莲峰降岳灵,两川棠树接郊坰④。政同兄弟⑤人人乐⑥,曲⑦奏埙篪处处听。杨叶百穿⑧荣会府⑨,芝泥⑩五色耀天⑪庭。各抛笔砚夸旄钺,莫遣文星让将星。

【题解】

此诗作于开成二年(837)春。杨尚书慕巢指杨汝士,字慕巢。《旧唐书》卷一七下《文宗纪》下：开成元年(836)十二月,"癸丑,以兵部侍郎汤汝士检校礼部尚书,充剑南东川节度使"。西川继之指西川节度使杨嗣复,字继之。《旧唐书》卷一七下《文宗纪》下：大和九年(835)二月,"庚申,以剑南东川节度使杨嗣复检校户部尚书,兼成都尹、西川节度使"。开成二年冬十月，"己未，以前西川节度使杨嗣复为户部尚书，充诸道盐铁转运使"。《白氏长庆集》卷三三《同梦得寄贺东西川二杨尚书》诗云："两川风景同三月，千里江山属一家。"据此，系诸三月。

【注释】

①贺：朱本、《全唐诗》作"和"，误。

②朱本无"慕"字。

③太华：华山。

④"两川"句：因二杨分治东西二川，境界相连，故云。郊埛(jiōng)：《尔雅·释地》："邑外谓之郊，郊外谓之牧，牧外谓之林，林外谓之埛。"

⑤政同兄弟：《论语·子路》："鲁卫之政，兄弟也。"鲁为周公之后，卫为周公弟康叔之后，同出于姬氏。

⑥乐：朱本作"曲"。

⑦曲：朱本作"乐"。

⑧杨叶百穿：《史记》卷四《周本纪》："楚有养由基者，善射者也。去柳叶百步而射之，百发而百中之。左右观者数千人，皆曰善射。"

⑨会府：尚书省之别称。

⑩芝泥：指古人缄封书札物件用的封泥，上盖印章，如后世之用火漆印。庾信《汉武帝聚书赞》："芝泥印上，玉匣封来。"

⑪天：崇本作"尺"，误。

再经故元九相公①宅池上作

故池春又至，一到一伤情。雁鹜群犹下，蛙螟衣②已生。竹丛身后长，台势雨来倾。六尺孤安③在？人间未有名。

【题解】

此诗当作于开成二年(837)春。元稹卒于大和五年(831)七月武昌军节度使任所。《唐两京城坊考》卷五：东都履信坊"武昌军节度使元稹宅。白居易诗注：微之履信新居多水竹"。合诗中所写"故池"、"竹丛"描述。刘禹锡开成元年(836)秋至洛阳，"故池春又至"当于开成二年。

【注释】

①元九相公：元稹。

②蛙螾(pín)衣：青苔。"螾"，《全唐诗》作"螾"，注云："一作螾。"

③《全唐诗》"安"下注云："一作犹。"

奉送李户部侍郎^①自河南尹再除本官归阙

昔年内署^①振雄词，今日东都结去思。宫女犹传《洞箫赋》^③，国人先咏袞衣诗^④。华星却复文昌位，别鹤重归太一^⑤池。想到金门^⑥待通^⑦籍，一时惊喜^⑧见风仪。

【题解】

此诗作于开成二年(837)三月。《旧唐书》卷一七下《文宗纪》下载：开成二年三月，"戊子，以河南尹李珏为户部侍郎"。五月，"丙寅，户部侍郎李珏判本司事"。此诗为刘禹锡送李珏还朝诗作。

【注释】

①奉送李户部侍郎：《英华》无"奉"字。李户部侍郎：李珏。《旧唐书》卷一七三、《新唐书》卷一八二有传。

②署：《英华》作"史"。《全唐诗》注云："一作史。"

③《洞箫赋》：王褒所作，载《文选》卷一七。《汉书》卷六四下《王褒传》："太子体不安，苦忽忽善忘，不乐。诏使褒等皆之太子宫虞侍太子，朝夕诵读奇文及所自造作。疾平复，乃归。太子喜褒所为《甘泉》及《洞箫》颂，令后宫贵人左右皆诵读之。"

④袞衣诗：《诗·豳风·九罭》："是以有袞衣兮，无以我公归兮。"

⑤一：朱本、《英华》、《全唐诗》皆作"乙"。

⑥门：《全唐诗》作"闻"。

⑦通：《英华》、崇本作"称"，《全唐诗》注云："一作称。"

⑧《全唐诗》"喜"下注云："一作起。"

【汇评】

清何焯："归阙"便当入相。"先咏"二字，寓颂于思，敏妙无迹，且托诸通国想望，则出于不言同然之公心，非己因事攀附，亦有地步。今人用之收结，则词冗而意卑矣。（卞孝萱《刘禹锡诗何焯批语考订》）

洛滨①病卧户部李侍郎②见惠药物谑以文星之句斐然仰酬③

隐几支颐对落晖，故人书信到柴扉。周南留滞商山老，星象如今属少微④。

【题解】

此诗作于开成二年（837）三月后。时禹锡为太子宾客分司东都。《旧唐书》卷一七下《文宗纪》下：开成二年三月，"戊子，以河南尹李珏为户部侍郎"。三年正月戊申，"朝议郎、户部侍郎、判户部事、上柱国、赐紫金鱼袋李珏可本官同中书门下平章事，依前判户部事"。

【注释】

①崇本无"洛滨"二字。

②户部李侍郎：李钰。朱本无"户部"二字。

③斐然仰酬："酬"，《全唐诗》作"谢"。崇本、朱本无此四字。

④少微：详见《赠乐天》注①。

分司东都蒙襄阳李司徒相公①书问因以奉寄

早忝金马②客，晓为③商洛翁④。知名四海内，多病一生中。举世往还尽，何人心事同？几时登岘首⑤，恃⑥旧揖三公⑦。

【题解】

此诗作于开成二年(837)三月以后。时刘禹锡迁太子宾客，分司东都，李程为检校司空，出镇襄阳。

【注释】

①襄阳李司徒相公：李程。《旧唐书》一六七、《新唐书》一三一有传。《旧唐书》载："(开成)二年(837)三月，检校司徒，出为襄州刺史、山南东道节度使。"

②金马：即金马门。详见《送周鲁儒赴举》注㉑。

③晓：崇本、明本、朱本、《全唐诗》作"晚"。《全唐诗》注云："一作暮。"《英华》作"暮"，注云："集作晚。"

④商洛翁：商山四皓。

⑤登岘首：《晋书》卷三四《羊祜传》："祜乐山水，每风景，必造岘山，置酒言咏，终日不倦。尝慨然叹息，顾谓从事中郎邹湛等曰：'自有宇宙，便有此山。由来贤达胜士，登此远望，如我与卿者多矣！皆湮灭无闻，使人悲伤。如百岁后有知，魂魄犹应登此也。'湛曰：'公德冠四海，道嗣前哲，令闻令望，必与此山俱传。至若湛辈，乃当如公言耳。'"岘首：岘首山、岘山，在今湖北襄阳市南。

⑥恃：朱本作"怀"。《全唐诗》注云："一作怀。"

⑦三公：古代中央三种最高官衔的合称。唐宋沿东汉之制，以太尉、司徒、司空为三公，但已非实职。此处指李程，时以"司徒"镇襄阳，故云"三公"。

和裴相公傍水闲行

为爱《逍遥》第一篇，时时闲步赏风烟。看花临水心无事，功业成来二十年。

【题解】

此诗作于开成二年(837)。裴相公指裴度。《旧唐书》卷一七下《文宗纪》下：开成二年，"五月癸亥朔。乙丑，以东都留守裴度为太原尹、北都留守、河东节度使，依前守司徒、中书令"。禹锡诗中有"功业成来二十年"，当以裴度宪宗元和十二年(817)讨平淮蔡算起。裴度《傍水闲行》："闲余何处觉身轻，暂脱朝衣傍水行。鸥鸟亦知人意静，故来相近不相惊。"

酬思黯见示小饮四韵

抛却人间第一官，俗情惊怪我方安。兵符相印无心恋，洛水嵩云恣①意看。三足鼎中知味久，百寻竿上掷身难。追呼故旧连宵饮，直到天明兴未阑。

【题解】

此诗作于开成二年(837)。《白氏长庆集》卷三三《同梦得酬牛相公初到洛中小饮见赠》诗云："淮南挥手抛红旆，洛下回头向白云。政事堂中老丞相，制科场里旧将军。宫城烟月饶全占，关塞风光请半分。诗酒放狂犹得在，莫欺白叟与刘君。"《旧唐书》卷一七下《文宗纪》下：开成二年五月，"辛未，诏以前淮南节度使牛僧孺为检校司空、东都留守"。牛僧孺原诗已佚。

【注释】

①《全唐诗》"恣"下注云："一作著。"

奉送裴司徒^①令公自东都留守再命太原

本^②封晋国公,两任相去十六年。

星使出关东,兵符赐上公。山河归旧国,管籥^③换离宫^④。
行色旌旗动,军声鼓角雄。爱棠^⑤余故吏,骑竹^⑥见新童。汉
垒三秋静,胡沙万里空。其如^⑦天下望,旦夕咏清风。

【题解】

此诗作于开成二年(837)五月。《旧唐书》卷一六《穆宗纪》长庆二年
(822)二月载:"丁亥,以河东节度使、司空、兼门下侍郎、平章事裴度守司
徒、平章事,充东都留守,判东都尚书省事、都畿汝防御使、太微宫等使。"
《旧唐书》卷一七〇《裴度传》载:"开成二年(837)五月,复以本官兼太原尹、
北都留守、河东节度使。"自长庆二年至开成二年,前后相去十六年,正合禹
锡之言"两任相去十六年"。

【注释】

①奉送裴司徒:崇本无"奉"字。裴司徒:裴度。

②本:崇本作"自",误。

③管籥(yuè):详见《奉和裴令公新成绿野堂即书》注②。

④离宫:《旧唐书》卷一七〇《裴度传》:"开成二年五月,复以本官兼太
原尹、北都留守、河东节度使。诏出,度累表固辞老疾,不愿更典兵权。优
诏不允。文宗遣吏部郎中卢弘往东都宣旨曰:'卿虽多病,年未甚老,为朕
卧镇北门可也。'促令上路,度不获已,之任。"太原为唐北都,故称"离宫"。

⑤爱棠：《左传·襄公十四年》："武子之德在民，如周人之思召公焉，爱其甘棠，况其子乎？"杜预注："召公奭听讼，舍于甘棠之下，周人思之，不害其树，而作勿伐之诗，在《召南》。"后以"爱棠"为称颂地方官德政之典。

⑥骑竹：详见《奉送浙西李仆射相公赴镇》注⑤。

⑦其如：朱本作"空余"。

酬①乐天闻新蝉见赠

碧树有②蝉后，烟云改容光。瑟然引秋气，芳③草日夜黄。夹道喧古槐，临池思垂杨。离人下忆泪，志④士激刚肠。昔闻阻山川，今听同匡床。人情便所遇，音韵岂殊常？因之比笙竽，送我游醉乡。

【题解】

此诗作于开成二年(837)夏秋之交。《白氏长庆集》卷三六《开成二年夏闻新蝉赠梦得》题下注云："十年来，常与梦得索居，同在洛下。每闻蝉，多有寄答，今喜以此篇唱之。"诗云："十载与君别，常感新蝉鸣。今年共君听，同在洛阳城。噪处知林静，闻时觉景清。凉风忽袅袅，秋思先秋生。残槿花边立，老槐阴下行。虽无索居恨，还动长年情。且喜未聋耳，年年闻此声。"

【注释】

①酬：崇本、朱本作"谢"。

②有：《全唐诗》作"鸣"。

③"芳"字原缺，据崇本、朱本、《全唐诗》补。

④志：朱本作"忠"，误。

和令狐相公晚泛汉江书怀寄洋州崔侍郎[①] 阆州高舍人[②]二曹长

雨过远山出，江澄暮霞生。因浮济川舟，遂作适野行。郊树映缇骑，水禽避红旌。田夫捐畚锸，织妇窥柴荆。古岸夏花发，遥林晚蝉清。沿洄方玩境，鼓角已登城。部[③]内有良牧，望中寄深情。临舻念佳期，泛瑟动离声。寂寞一病士[④]，夙昔接群英。多谢谪仙侣，几时还玉京？

【题解】

此诗作于开成元年(836)或二年(837)。据"晚泛汉江"知令狐楚时在兴元府。《旧唐书》卷一七二《令狐楚传》：开成元年"四月，检校左仆射、兴元尹，充山南西道节度使。二年十一月，卒于镇"。

【注释】

①洋州崔侍郎：崔侑。洋州：今陕西洋县。

②阆州高舍人：阆州刺史高元裕。《旧唐书》卷一七一、《新唐书》卷一七七有传。《旧唐书》卷一七下《文宗纪》下：大和九年(835)八月"壬寅，贬中书舍人高元裕为阆州刺史"。阆州：今四川阆中市。

③部：罗颀《物原·名原》："汉武帝始称州为部，唐太宗改称道，宋太祖改称路，元世祖改称省。"蒋注云："汉武帝时，于地方设十二部，每部置刺史。成帝以后，改刺史为牧。此处借指节度使衙署。"

④朱本无"士"字。

和河南裴尹侍郎①宿斋太②平寺诣九龙祠祈雨二十韵

　　有事九龙庙,洁斋梵王祠③。玉箫何时绝?碧树空凉飔。吏散埃堨息,月高庭宇宜。重城肃穆闭,涧水潺湲时。人稀夜复闲,虑静境亦随。纻④怀断鳌足⑤,凝⑥想乘鸾姿。朱明⑦盛农节,膏泽⑧方愆期。瞻言五灵⑨瑞,能救百谷萎。咿喔晨鸡鸣,阑干斗柄⑩垂。修容谒神像,注意陈正词⑪。惊飙起泓泉,若召⑫雷雨师。黑烟耸鳞甲,洒液如棼丝。丰隆⑬震天衢,列缺⑭挥火旗。炎空忽凄紧,高霤⑮悬绠縻⑯。生物已霶霈,湿云稍离披。丹霞启南陆,白水含东菑⑰。熙熙飞走适,蔼蔼草树滋。浮光动宫观,远思盈川坻。吴公敏于政⑱,谢守⑲工为诗。商山有病客⑳,言贺舒庞眉㉑。

【题解】

　　此诗作于开成二年(837)七月。《旧唐书》卷一七下《文宗纪》下:开成二年秋七月,"乙亥,以久旱徙市,闭坊门。……己丑……京畿雨,群臣表贺"。此诗为作者和裴潾祈雨之诗。

【注释】

　　①河南裴尹侍郎:裴潾。《旧唐书》卷一七一、《新唐书》卷一一八有传。《旧唐书》:"裴潾,河东人也。少笃学,善隶书。以门荫入仕。元和初,累迁右拾遗,转左补阙。""开成元年(836),转兵部侍郎。二年,加集贤院学士,判院事。寻出为河南尹,入为兵部侍郎。"

　　②太:《全唐诗》作"天"。

　　③梵王祠:佛寺。此处指太平寺。《全唐诗》"梵"下注云:"一作梦。"

691

④纻:朱本、《全唐诗》作"缃"。

⑤断鳌足:《淮南子》卷六《览冥训》:"往古之时,四极废,九州裂,天不兼覆,地不周载,火爁炎而不灭,水浩洋而不息,猛兽食颛民,鸷鸟攫老弱,于是女娲炼五色石以补苍天,断鳌足以立四极,杀黑龙以济冀州,积芦灰以止淫水。苍天补,四极正,淫水涸,冀州平,狡虫死,颛民生。"

⑥凝:崇本作"疑",误。

⑦朱明:夏季。《尔雅·释天》:"春为青阳,夏为朱明,秋为白藏,冬为玄英。"

⑧膏泽:滋润土壤的雨水。曹植《赠徐干》诗:"良田无晚岁,膏泽多丰年。"葛洪《抱朴子·博喻》:"甘雨膏泽,嘉生所以繁荣也,而枯木得之以速朽。"

⑨五灵:谓麟、凤、神龟、龙、白虎,古代传说中的五种灵异鸟兽。晋杜预《春秋经传集解序》:"麟、凤五灵,王者之嘉瑞也。"孔颖达疏云:"麟、凤与龟、龙、白虎五者,神灵之鸟兽,王者之嘉瑞也。"

⑩柄:《英华》作"杓"。《全唐诗》注云:"一作杓。"

⑪正词:指祈雨文。

⑫召:朱本、《全唐诗》作"调",《全唐诗》注云:"一作召。"

⑬丰隆:亦作"丰霳"。古代神话中的雷神。后多用作雷的代称。《淮南子》卷三《天文训》:"季春三月,丰隆乃出,以将其雨。"高诱注:"丰隆,雷也。"

⑭列缺:闪电。

⑮霤(liù):通"溜"。屋檐的流水。

⑯绠縻(gěng mí):绳索。喻雨水泻注貌。

⑰菑(zī):初耕的田地。《尔雅·释地》:"田一岁曰菑,二岁曰新田,三岁曰畬。"

⑱"吴公"句:详见《白侍郎大尹自河南寄示池北新葺水斋即事招宾十四韵兼命同作》注⑮。

⑲谢守:宣城太守谢朓。

⑳"商山"句:刘禹锡自谓。商山:山名。在今陕西商县东。亦名商岭、

商阪、地肺山、楚山。秦末汉初东园公、绮里季、夏黄公、甪里先生四皓曾在此隐居，称为"商山四皓"。

㉑庞眉：眉毛黑白杂色。形容老貌。

酬留守牛相公宫城①早秋寓言见寄

晓月映宫树，秋光起天津②。凉风稍③动叶，宿露未④生尘。景⑤气尚芳丽，旷望感心神。挥毫成逸韵，开阁迟来宾。摆去将相印，渐为逍遥身。如招后房宴，却要白头人。

【题解】

此诗作于开成二年(837)秋。《旧唐书》卷一七二《牛僧孺传》："开成二年五月，加检校司空，食邑二千户，判东都尚书省事、东都留守、东畿汝都防御使。"《旧唐书》卷一七下《文宗纪》下：开成三年九月，"戊寅，以东都留守牛僧孺为左仆射"。《白氏长庆集》卷三十《酬牛相公宫城早秋寓言见示兼呈梦得》题下注："时梦得有疾。"《白居易年谱》系诸开成二年。

【注释】

①城：朱本作"树"。
②天津：银河。
③稍：朱本作"梢"。
④露未：朱本作"路木"。
⑤景：《全唐诗》作"星"，注云："一作景。"

秋晚病中乐天以诗见问力疾奉酬

耳虚多听远，展转晨鸡鸣。一室背炉①卧，中庭②扫③叶声。兰芳经雨败④,鹤病得秋轻。肯⑤蹋衡门草,唯应是友生。

【题解】

此诗作于开成二年(837)秋。《白氏长庆集》卷三四《梦得卧病携酒相寻先以此寄》诗云:"病来知少客,谁可以为娱? 日晏开门未? 秋寒有酒无? 自宜相慰问,何必待招呼! 小疾无妨饮,还须挈一壶。"《白居易年谱》系诸开成二年,今从之。

【注释】

①炉:崇本、朱本、《全唐诗》作"灯",是。

②庭:朱本作"夜",《全唐诗》作"宵"。

③扫:朱本作"拂"。

④败:朱本作"散",误。

⑤肯:朱本作"音",误。

酬乐天小台晚坐见忆

小台堪远望,独上清秋时。有酒无人劝①,看山只自知。幽禽啭深②竹,孤莲落静池。高门勿遽掩,好客无前期。

【题解】

此诗作于开成二年(837)。《白氏长庆集》卷三〇《小台晚坐忆梦得》诗云:"汲泉洒小台,台上无纤埃。解带面西坐,轻襟随风开。晚凉闲兴动,忆同倾一杯。月明候柴户,藜杖何时来?"《白居易年谱》系诸开成二年,从之。

【注释】

①劝:朱本作"欢",误。

②深:《全唐诗》作"新"。

清何焯:腹联幽远。(卞孝萱《刘禹锡诗何焯批语考订》)

和乐天秋凉闲卧

暑退人体轻,雨余天色改。荷珠贯索断,竹粉残妆在。
高僧扫室请,逸客登楼待。槐柳渐萧疏,闲①门少光彩。

【题解】

此诗作于开成二年(837)秋。《白氏长庆集》卷二九《秋凉闲卧》诗云:
"残暑昼犹长,早凉秋尚嫩。露荷散清香,风竹含疏韵。幽闲竟日卧,衰病
无人问。薄暮宅门前,槐花深一寸。"《白居易年谱》系诸开成二年,从之。

【注释】

①闲:朱本作"开"。

和令狐相公南斋小燕听阮咸①

阮巷②久芜沈,四弦有遗音。雅声发兰室,远思含竹林。
座绝众宾语,庭移芳树阴。飞觞助真气,寂听无流心。影似
白团扇,调谐朱弦琴。一毫不平意,幽怨古犹今。

【题解】

此诗作于开成二年(837)。高志忠《刘禹锡诗文系年》按云:"《白集》卷
第三十三亦有《和令狐仆射小饮听阮咸》诗,排在《同梦得酬牛相公初到洛

中小饮见赠》后,《岁除夜对酒》前。《白居易年谱》、《白居易年谱简编》皆系《岁除夜对酒》于开成二年,《和令狐仆射小饮听阮咸》亦当为开成二年所作。故系禹锡《和令狐相公南斋小燕听阮咸》于本年也。"今从高说。

【注释】

①阮咸:乐器名。简称"阮"。《新唐书》卷二〇〇《儒学下·元澹传》:"有人破古冢得铜器,似琵琶,身正圆,人莫能辨。行冲曰:'此阮咸所作器也。'命易以木,弦之,其声亮雅,乐家遂谓之'阮咸'。"

②阮巷:阮咸所居之巷。"阮",崇本、朱本作"陋",误。

和乐天烧药不成命酒独醉

九转欲成就,百神阴①主持。婴啼鼎上去,老貌镜前悲。却顾空丹灶,回心向酒卮。醺然耳热后,暂似少年时。

【题解】

此诗作于开成二年(837)。《白氏长庆集》卷三三《烧药不成命酒独醉》诗云:"白发逢秋王,丹砂见火空。不能留姹女,争免作衰翁?赖有杯中绿,能为面上红。少年心不远,只在半酣中。"《白居易年谱》系诸开成二年,从之。

【注释】

①阴:朱本、《全唐诗》作"应"。

酬乐天醉后狂吟十韵 来章有"移家住醉乡①"之句。

散诞人间乐,逍遥地上仙。诗家登逸品,释氏悟真筌。

制诰留台阁,歌词入管弦。处身于木雁②,任世变桑田。吏隐情兼遂,儒玄道两全。八关斋③适罢,三雅兴④尤偏。文墨中年旧,松筠晚岁坚。鱼书曾替代⑤,香火有因缘⑥。陆法和云:与梁元帝于空王寺佛前有⑦香火因缘。欲向醉乡去,犹为色界牵。好吹杨柳曲,为我舞金钿。

【题解】

此诗作于开成二年(837)。《白氏长庆集》卷三四《分司洛中多暇数与诸客宴游醉后狂吟偶成十韵因招梦得宾客兼呈思黯奇章公》诗云:"性与时相远,身将世两忘。寄名朝士籍,寓兴少年场。老岂无谈笑?贫犹有酒浆。随时求伴侣,逐日用风光。数数游何爽,些些病未妨。天教荣启乐,人恕接舆狂。改业为逋客,移家住醉乡。不论招梦得,兼拟诱奇章。要路风波险,权门市井忙。世间无可恋,不是不思量。"《白居易年谱》系诸开成二年,从之。

【注释】

①住醉乡:《全唐诗》作"惟醉和"。

②木雁:《庄子·山木》:"弟子问于庄子曰:'昨日山中之木,以不材得终其天年;今主人之雁,以不材死;先生将何处?'庄子笑曰:'周将处乎材与不材之间。材与不材之间,似之而非也,故未免乎累。'"

③八关斋:佛教指在家信徒一昼夜受持的八条戒律。《资治通鉴·齐武帝永明元年》:"会上于华林园设八关斋,朝臣皆预。"胡三省注云:"释氏之戒:一,不杀生;二,不偷盗;三,不邪淫;四,不妄语;五,不饮酒、食肉;六,不著花鬘璎珞、香油涂身、歌舞倡伎故往观听;七,不得坐高广大床;八,不得过斋后吃食。以上八戒,故为八关。"

④三雅兴:酒兴。详见《和汴州令狐相公到镇改月偶书所怀二十二韵》注⑯。

⑤"鱼书"句:敬宗宝历元年(825),白居易除苏州刺史,二年去职。文宗大和五年(831)十月,刘禹锡除苏州刺史,八年(834)七月移汝州。大和

九年十月,新授同州刺史白居易为太子少傅分司,以汝州刺史刘禹锡为同州刺史。

⑥"香火"句:谓同在佛门,彼此契合。《北齐书》卷三二《陆法和传》:"法和是求佛之人,尚不希释梵天王坐处,岂规王位?但于空王佛所,与主上有香火因缘,见主人应有报至,故求援耳。"

⑦有:崇本作"结",朱本、《全唐诗》作"订"。

【汇评】

清何焯:(处身联)此当是甘露事后语。(卞孝萱《刘禹锡诗何焯批语考订》)

诮①乐天咏老见示

人谁不愿②老,老去有谁怜?身瘦带频减,发稀冠③自偏。废书缘惜眼,多灸为随年。经事还谙事,阅人如阅川④。细思皆幸矣,下比⑤便修然。莫道桑榆晚,为⑥霞尚满天。

【题解】

此诗作于开成二年(837)。《白氏长庆集》卷三二《咏老赠梦得》诗云:"与君俱老也,自问老何如?眼涩夜先卧,头慵朝未梳。有时扶杖出,尽日闭门居。懒照新磨镜,休看小字书。情于故人重,迹共少年疏。唯是闲谈兴,相逢尚有余。"《白居易年谱》系诸开成二年,从之。

【注释】

①诮:崇本作"誚",朱本、《全唐诗》作"酬",是。

②愿:朱本作"顾",是。

③冠:朱本作"帽"。

④阅川:陆机《叹逝赋》:"川阅水以成川,水滔滔而日度;世阅人而为世,人冉冉而行暮。"

⑤比:崇本、朱本、《全唐诗》作"此",是。

⑥为:《全唐诗》作"微",注云:"一作为。"

【汇评】

宋刘克庄:梦得历德、顺、宪、穆、敬、文、武七朝,其诗尤多感慨,惟"在人虽晚达,于树比冬青"之句差闲婉,《答乐天》云"莫道桑榆晚,余霞尚满天",亦足见其精华老而不竭。(《后村诗话》)

明瞿佑:刘梦得初自岭外召还,赋《看花》诗云:"玄都观里桃千树,尽是刘郎去后栽。"以是再黜。久之又赋诗云:"种桃道士归何处?前度刘郎今又来。"讥刺并及君上矣。晚始得还,同辈零落殆尽。有诗云:"昔年意气压群英,几度朝回一字行。二十年来零落尽,两人相遇洛阳城。"又云:"休唱贞元供奉曲,当时朝士已无多。"又云:"旧人惟有何戡在,更与殷勤唱渭城。"盖自德宗后,历顺、宪、穆、敬、文、武、宣凡八朝。暮年与裴、白优游绿野堂,有"在人称晚达,于树比冬青"之句。又云:"莫道桑榆晚,为霞尚满天。"其英迈之气,老而不衰如此。(《归田诗话》)

明胡震亨:刘禹锡播迁一生,晚年洛下闲废,与绿野、香山诸老优游诗酒间,而精华不衰,一时以诗豪见推,公亦自有句云:"莫道桑榆晚,为霞尚满天。"盖道其实也。公自贞元登第,历顺、宪、穆、敬、文、武凡七朝,同人凋落且尽,而灵光岿然独存,造物者亦有以偿其所不足矣。人生得如是,何憾哉?(《唐诗谈丛》)

清何焯:四语中极起伏之势。结句气既不衰,文章必传无疑。故是刘、柳分重,与干没不已语又别。(卞孝萱《刘禹锡诗何焯批语考订》)

清余成教:《养鹜词》:"饮啄既已盈,安能劳羽翼?"《酬乐天》云:"莫道桑榆晚,余霞尚满天。"结句皆有余韵。(《石园诗话》)

酬思黯代书见戏①

官冷如浆病满身,凌寒不易过②天津③。少年留守④多情兴,请待花时作主人。

【题解】

此诗作于开成二年(837)冬。《旧唐书》卷一七下《文宗纪》下:开成二年五月,"辛未,诏以前淮南节度使牛僧孺为检校司空、东都留守"。开成三年九月,"戊寅,以东都留守牛僧孺为左仆射"。据诗,当作于开成二年冬。

【注释】

①酬思黯代书见戏:《全唐诗》注云:"一作酬牛相见寄。"

②《全唐诗》"过"下注云:"一作遇。"

③天津:天津桥。故址在今河南洛阳市西南。隋炀帝大业元年迁都,以洛水贯都,有天汉津梁的气象,因建此桥,名曰"天津"。

④少年留守:指牛僧孺。"守",《全唐诗》作"取",注云:"一作守。"

裴侍郎大尹①雪中遗酒一壶兼示喜眼疾初②平一绝有闲行把酒之句斐然仰酬

卷尽轻云月更明,金篦不用且闲行。若倾家酿③招来客,何必池塘春草生④。

【题解】

此诗作于开成二年(837)冬。《旧唐书》:"裴潾,河东人也。""开成元年,转兵部侍郎。二年,加集贤院学士,判院事。寻出为河南尹,入为兵部侍郎。三年四月卒。"

【注释】

①裴侍郎大尹:兵部侍郎、河南尹裴潾。《旧唐书》卷一七一、《新唐书》卷一一八有传。

②朱本、《全唐诗》无"初"字。

③倾家酿：《世说新语·赏誉》："刘尹云：'见何次道饮酒，使人欲倾家酿。'"

④池塘春草生：谢灵运《登池上楼》："池塘生春草，园柳变鸣禽。"

和乐天洛下雪中宴集寄汴州李尚书①

洛城无事足杯盘，风雪相和岁欲阑。树上因依见寒鸟，座中收拾尽闲官。笙歌要请频何爽，笑语忘机拙更欢。遥想兔园今日会，琼林满眼映旌竿。

【题解】

此诗作于开成二年(837)冬。《白氏长庆集》卷三四《洛下雪中频与刘李二宾客宴集因寄汴州李尚书》诗云："水南水北总纷纷，雪里欢游莫厌频。日日暗来唯老病，年年少去是交亲。碧毡帐暖梅花湿，红燎炉香竹叶春。今日邹枚俱在洛，梁园置酒召何人？"高志忠《刘禹锡诗文系年》按云："居易原唱《洛下雪中频与刘李二宾客宴集因寄汴州李尚书》，载《白集》卷第三十四《令狐相公与梦得交情素深眷予分亦不浅一闻薨逝相顾泫然旋有使来得前月未殁之前数日书及诗寄赠梦得哀吟悲叹寄情于诗诗成示予感而继和》后，《新岁赠梦得》前，当系开成二年末之所作。"今从高说。

【注释】

①李尚书：李绅。《旧唐书》卷一七下《文宗纪》下：开成元年，"六月戊戌朔。癸亥，以河南尹李绅检校礼部尚书、汴州刺史，充宣武军节度使"。

酬令狐相公使宅别斋初栽桂树见怀之作^①

清淮南岸家山树^②,黑水^③东边第一栽。影近画梁迎晓日,香随绿酒入金杯。根留本土依江润,叶起寒稜^④映月开。早晚阴成比梧竹,九霄还放彩雏^⑤来。

【题解】

此诗作于开成元年(836)或二年(837)。时刘禹锡为太子宾客分司东都,令狐楚在兴元府。《旧唐书》卷一七二《令狐楚传》:开成元年"四月,检校左仆射、兴元尹,充山南西道节度使。二年十一月,卒于镇"。

【注释】

①见怀之作:崇本作"怀作"。

②"清淮"句:淮南小山《招隐士》:"桂树丛生兮山之幽。"家山:家乡。刘禹锡父刘绪曾寄居苏州嘉兴,刘禹锡即生于嘉兴,长于江淮间,故有此句。

③黑水:在陕西城固县北,南流入汉水。黑水东边指汉中。

④稜(lèng):土垄。

⑤雏:朱本作"鹏",《全唐诗》注云:"一作鹏。"

和令狐相公咏栀子花

蜀国花已尽,越桃^①今已^②开。色疑琼树倚,香似玉京来。且赏同心^③处,那忧别叶催。佳人如拟咏,何必待寒梅!

此诗作于开成元年(836)或二年(837),时令狐楚在兴元府。据栀子花花期和诗中所云"蜀国花已尽,越桃今已开"和"佳人如拟咏,何必待寒梅"句知令狐楚原诗应作于开成元年或二年夏秋时节,禹锡和诗也当如是。

【注释】

①越桃:栀子的别名。

②已:崇本、朱本作"正"。

③同心:瞿蜕园《笺证》云:"徐悱妻刘氏《摘同心栀子赠谢娘》诗:'同心何处恨? 栀子最关人。'韩翃《送王少府》诗:'葛花满把能消酒,栀子同心好赠人。'唐人习用此。"

酬令狐相公新蝉见寄

相去三千里,闻蝉同此时。清吟晓露叶,愁噪夕阳枝。忽尔弦断绝①,俄闻管参差②。洛桥碧云晚,西望佳人期。

【题解】

此诗作于开成元年(836)或二年(837)夏秋际。诗云"洛桥碧云晚",刘禹锡于开成元年秋到洛阳,时令狐楚在兴元。

【注释】

①弦断绝:陈张正见《寒树晚蝉疏》:"声疏饮露后,唱绝断弦中。"

②管参差:傅玄《蝉赋》:"嗟群吟以近唱兮,似箫管之余音。"

酬令狐相公见寄

才兼文武播雄名,遗爱①芳尘满洛城。身在行台为仆射,书来甪里②访先生。闲游占得嵩山色,醉卧高听洛水声。千里相思难命驾③,七言诗里寄深情。

【题解】

此诗作于开成元年(836)或二年(837)。《旧唐书》卷一七二《令狐楚传》:开成元年"四月,检校左仆射、兴元尹,充山南西道节度使。二年十一月,卒于镇"。故云"身在行台为仆射",而刘禹锡开成元年秋迁太子宾客,故云"书来甪里访先生"。

【注释】

①遗爱:指有古人高尚德行、被人敬爱的人。《左传·昭公二十年》:"及子产卒,仲尼闻之,出涕曰:'古之遗爱也。'"杜预注:"子产见爱,有古人之遗风。"

②甪(lù)里:甪里先生,商山四皓之一。刘禹锡时为太子宾客,分司东都,以此自比。

③"千里"句:《晋书》卷四九《嵇康传》:"东平吕安服康高致,每一相思,辄千里命驾,康友而善之。"

和令狐相公九日对黄白二菊花见怀

素萼迎寒秀,金英带露香。繁华照旌钺①,荣盛②对银黄③。琼璧交辉映,衣裳杂彩章。晴云遥盖覆,秋蝶近悠扬。空想逢九日,何由陪一觞? 满丛佳色在,未肯委严霜。

【题解】

此诗当作于禹锡在洛阳期间。瞿蜕园《笺证》按云:"此诗当是开成二年(837)之九日所作,距令狐楚之卒不远,恐此后遂无诗矣。"今从瞿说。

【注释】

①旄钺:白旄和黄钺。《书·牧誓》:"王左杖黄钺,右秉白旄以麾。"蔡沈集传:"钺,斧也,以黄金为饰……旄,军中指麾,白则见远。"

②《全唐诗》"盛"下注云:"一作茂。"

③银黄:详见《和乐天洛城春齐梁体八韵》注⑥。

令狐仆射与予投分素深纵山川阻修①然音问相继今年十一月仆射疾不起闻予已承讣书寝门长恸②后日有使者两辈持书并诗计其日时已是卧疾手笔盈幅翰墨尚新律③词一篇音韵弥切收泪握管以成报章④虽广陵之弦于今绝矣而盖泉之感⑤犹庶闻焉焚之缞帐之前附于旧编之末

前日寝门恸,至今悲有余。已嗟万化尽,方见八行书。满纸传相忆,裁诗怨索居。危弦音方⑥绝,哀玉韵由⑦虚。忽叹幽明异,俄惊岁月除。文章虽不朽,精魄竟焉如?零泪沾青简,伤心具素车⑧。凄凉从此后,无复望双鱼⑨!

【题解】

此诗作于开成二年(837)十二月。《旧唐书》卷一七二《令狐楚传》:开成元年"四月,检校左仆射、兴元尹,充山南西道节度使。二年十一月,卒于镇"。令狐楚卒于十一月,禹锡诗云"俄惊岁月除",当在十二月。此诗乃诗人得知挚友令狐楚亡故后的悲恸之作。

【注释】

①修:崇本、朱本作"峭"。

②寝门长恸:《礼记·檀弓上》:"孔子曰:'吾恶乎哭诸? 兄弟,吾哭诸庙;父之友,吾哭诸庙门之外;师,吾哭诸寝;朋友,吾哭诸寝门之外;所知,吾哭诸野。于野,则已疏;于寝,则已重。'"

③律:崇本、朱本作"新"。

④报章:酬答诗文。

⑤盖泉之感:刘孝标《重答刘秣陵沼书》:"盖山之泉,闻弦歌而赴节。"《文选》李善注引《宣城记》曰:"临城县南四十里盖山,高百许丈,有舒姑泉。昔有舒氏女与其父析薪,此泉处坐,牵挽不动,乃还告家。比还,唯见清泉湛然。女母曰:'吾女本好音乐,乃弦歌,泉涌回流,有朱鲤一双。今作乐嬉戏,泉固涌出也。'"

⑥方:崇本、朱本、《全唐诗》作"有"。

⑦由:崇本、朱本作"犹",是。

⑧具素车:"具",崇本、朱本、《全唐诗》作"见",是。素车:丧事所用之车。

⑨双鱼:代指书信。汉乐府《饮马长城窟行》:"客从远方来,遗我双鲤鱼。呼儿烹鲤鱼,中有尺素书。"

开成三年(838)

元日乐天见过因举酒为贺

渐入有年数,喜逢新岁来。震方①天籁动,寅位②帝车③回。门巷扫残雪,林园惊早梅。与君同甲子,寿酒让先杯。

【题解】

此诗作于开成三年(838)。《白氏长庆集》卷三四《新岁赠梦得》诗云:"暮齿忽将及,同心私自怜。渐衰宜减食,已喜更加年。紫绶行联袂,篮舆出比肩。与君同甲子,岁酒合谁先?"《白居易年谱》系诸开成三年,从之。

【注释】

①震方:东方。《梁书》卷三《武帝纪下》:"前代因袭,有乖礼制,可于震方,简求沃野。"

②寅位:周历建子,殷历建丑,夏历建寅。以寅纪月为农历正月。

③帝车:北斗星。详见《同乐天和微之深春二十首》注③。

酬牛相公独饮偶醉寓言见示

宫漏夜丁丁①,千门闭霜月。华堂列红烛,丝管静中发。歌眉低有思,舞体轻无骨。主人启酡②颜,酣畅浃肌③发。犹思城外客,阡陌不可越。春意日夕深,此欢无断绝。

此诗作于开成三年(838)春。牛僧孺原诗已佚。牛僧孺开成二年五月至开成三年九月留守东都,据禹锡诗云"春意日夕深,此欢无断绝"知,此诗当作于开成三年春。

【注释】

①丁丁(zhēng):象声词。

②酡:崇本作"驰",误。

③肌:崇本作"映",误。

【汇评】

清何焯:高格细律。(宫漏四句)四句拈"独饮",超妙。(犹思二句)倒映发端,是"独"字。(此欢句)反收"偶"字。(卞孝萱《刘禹锡诗何焯批语考订》)

洛中早春赠乐天

漠漠复霭霭,半晴将半阴。春来自何处?无迹日以深。韶嫩冰后水①,轻盈烟际林。藤生欲有讬,柳弱不自任。花②意已含蓄,鸟言尚沉吟。期君当此时,与我恣追寻。翻愁烂熳后,春暮却伤心。

【题解】

此诗作于开成三年(838)春。高志忠《刘禹锡诗文系年》按云:"白居易和诗《和梦得早春见赠七韵》,载《白集》卷三六《樱桃花下有感而作》前,《有感而作》题下注云:'开成三年春,季美周宾客南池者'……是诗作于三年早春无疑。"今从高说。

【注释】

①水:《全唐诗》作"木",误。

②花:崇本作"华"。

和乐天燕①李周美中丞宅池上赏樱桃花

　　樱桃千万枝,照耀如雪天。王孙燕其下,隔水疑神仙。宿露发清香,初阳动暄妍。妖姬满髻插,酒客折枝传。同此赏芳月②,几人有华筵?杯行勿遽辞,好醉逸三年③。

【题解】

　　此诗作于开成三年(838)春。《白氏长庆集》卷三六《樱桃花下有感而作》,题下注云:"开成三年春,季美周宾客南池者。"诗云:"蔼蔼美周宅,樱繁春日斜。一为洛下客,十见池上花。烂熳岂无意?为君占年华。风光饶此树,歌舞胜诸家。失尽白头伴,长成红粉娃。停杯两相顾,堪喜且堪嗟!"李周美:李仍叔,字周美,时为太子宾客,分司东都。白诗作"季美周",误。

【注释】

　　①燕:朱本作"宴",崇本、《全唐诗》作"讌",下同。

　　②《全唐诗》"月"下注云:"一作日。"

　　③"好醉"句:《搜神记》:"狄希,中山人也,能造千日酒饮之,千日醉;时有州人,姓刘,名玄石,好饮酒,往求之。希曰:'我酒发来未定,不敢饮君。'石曰:'纵未熟,且与一杯,得否?'希闻此语,不免饮之。复索,曰:'美哉!可更与之。'希曰:'且归。别日当来。只此一杯,可眠千日也。'石别,似有怍色。至家,醉死。家人不之疑,哭而葬之。经三年,希曰:'玄石必应酒醒,宜往问之。'既往石家,语曰:'石在家否?'家人皆怪之曰:'玄石亡来,服以阕矣。'希惊曰:'酒之美矣,而致醉眠千日,今合醒矣。'乃命其家人凿冢,破棺,看之。冢上汗气彻天。遂命发冢,方见开目,张口引声而言曰:'快者醉我也!'因问希曰:'尔作何物也?令我一杯大醉,今日方醒,日高几许?'墓上人皆笑之。""逸",朱本作"过"。

和乐天春词依忆江南曲拍为句

　　春去也，多谢洛城人。弱柳从风疑举袂，<u>丛兰裛露似沾巾</u>。独笑亦含颦。

【题解】

　　此诗作于开成三年(838)春。《白氏长庆集》卷三四白居易《忆江南词三首》云："江南好，风景旧曾谙：日出江花红胜火，春来江水绿如蓝。能不忆江南？江南忆，最忆是杭州：山寺月中寻桂子，郡亭枕上看潮头，何日更重游？江南忆，其次忆吴宫：吴酒一杯春竹叶，吴娃双舞醉芙蓉。早晚复相逢!"《白居易年谱》系诸开成三年，禹锡诗当亦在此时。

【汇评】

　　明陆时雍：仿佛唐音。(《唐诗镜》)

　　清况周颐：唐贤为词，往往丽而不流，与其诗不甚相远也。刘梦得《忆江南》"春去也"云云，流丽之笔，下开北宋子野、少游一派。唯其出自唐音，故能流而不靡，所谓风流高格调，其在斯乎!(《蕙风词话》)

　　清沈雄："春去也"云云，刘宾客词也。一时传唱，乃名为《春去也》曲。(《古今词话》)

　　清陈廷焯：婉丽。(《别调集》)

　　俞陛云：作伤春词者，多从送春人着想。此独言春将去而恋人，柳飘离袂，兰浥啼痕，写春之多情，别饶风趣，春犹如此，人何以堪!(《唐五代两宋词选释》)

　　龙榆生：中唐诗人，刘、白并称。二人皆留意民间歌曲，因之在倚声填词方面，亦能相互切劘，以开晚唐、五代之盛，此治唐、宋诗词所宜特为着眼者也。(《唐宋名家词选》)

述旧贺迁寄陕虢孙常侍^① 南宫左辅^②,两处交代^③。

南宫幸袭芝兰后,左辅曾交印绶来。多病未离清洛苑,新恩已历望仙台。关头古塞桃林^④静,城下长河竹箭^⑤回。闻道随车有零雨^⑥,此时偏动子荆才。

【题解】

此诗作于开成三年(838)二月。《旧唐书》卷一七下《文宗纪》下,开成三年(838)二月,"丁未,以同州刺史孙简为陕虢观察使。"此诗乃诗人恭贺孙简晋迁之作。

【注释】

①陕虢孙常侍:陕虢观察使孙简。《旧唐书》卷一九〇《文苑中·孙逖传》:"宿子公器,官至信州刺史、邕管经略使。公器子简、范,并举进士。会昌后,兄弟继居显秩,历诸道观察使。简,兵部尚书。"《旧唐书》卷一七下《文宗纪》下,开成三年(838)二月,"丁未,以同州刺史孙简为陕虢观察使"。

②左辅:汉三辅之一左冯翊的别称。因在京兆尹之左(东)得名。后世亦称京东之地为"左辅"。唐杜甫《沙苑行》:"君不见,左辅白沙如白水,缭以周墙百余里。"仇兆鳌注:"梦弼曰:《汉书》:'京兆尹、左冯翊、右扶风,谓之三辅。'同州、汉属冯翊郡,故曰左辅。"

③两处交代:刘禹锡于开成元年(836)秋罢同州刺史,继任者为孙简。大和二年(828)刘禹锡为主客郎中,继孙简之任。

④桃林:古地区名。在今河南灵宝以西,陕西潼关以东地区。为周武王放牛处。《书·武成》:"偃武修文,归马于华山之阳,放牛于桃林之野,示天下弗服。"孔传:"山南曰阳,桃林在华山东,皆非常养牛马之地,欲使自生自死,示天下不复乘用。"

⑤竹箭:竹制的利箭。《太平御览》卷六一引《慎子》:"河之下龙门,其

711

流驶如竹箭，驷马追弗能及。"后因以"竹箭"喻河流迅疾。

⑥随车有零雨：瞿蜕园《笺证》按云："此句用孙楚事以切其姓。《文选》孙楚《征西官署送于涉阳侯》诗：'晨风飘歧路，零雨被秋草。'注：'臧荣绪《晋书》曰：孙楚，字子荆。'又随车二字兼用郑弘事。《后汉书·郑弘传》注：'谢承《书》曰：弘消息縣赋，政不烦苛，行春大旱，随车致雨。'禹锡诗中用典灵活，往往如此。"

乐天少傅五月长斋广延缁徒谢绝文友坐成暌间因以戏之

一①月长斋戒，深居绝送迎。不离通德里②，便是法王城。举目皆僧事，全家少俗情。精修无上道，结念未来生。宾阁田衣③占，书堂信鼓④鸣。戏童为塔象，啼鸟学经声。黍用青菰⑤角，葵承玉露烹。马家供薏苡⑥，刘氏饷芜菁⑦。暗网笼歌扇，流尘晦酒铛。不知何次道⑧，作佛几时成？

【题解】

此诗作于开成三年(838)。高志忠《刘禹锡诗文系年》按云："居易和诗《酬梦得以予五月长斋延僧徒绝宾友见戏十韵》，载《白集》卷第三十四，《奉和裴令公三月上巳日游太原龙泉忆去岁禊洛见示之作》前，'去岁禊洛'，乃开成二年三月三日，河南尹李珏以人和岁稔而禊于洛滨者也。居易和诗作于开成三年无疑。"今从高说。

【注释】

①一：崇本、朱本、《全唐诗》作"五"，是。

②通德里：后汉郑玄居处，此处借指白居易居宅。

③田衣：袈裟的别名，亦称"田相衣"。袈裟多方格形图案，类水田畦畔

纵横,故名。"田",朱本、《全唐诗》作"缁"。

④信鼓:佛教礼忏时击鼓以唤起虔敬信仰之心,故称此鼓为信鼓。

⑤《全唐诗》"菰"下注云:"一作蒲。"

⑥薏苡(yì yǐ):植物名。籽粒(薏苡仁)供食用、酿酒,并入药,茎叶可作造纸原料。

⑦芜菁:植物名,又名蔓菁。块根可做蔬菜。

⑧何次道:何充,字次道。详见《酬乐天斋满日裴令公置宴席上戏赠》注①。

【汇评】

清何焯:(黍用四句)薏苡、芜菁,属对尤工。四句补足"五月长斋"。(卞孝萱《刘禹锡诗何焯批语考订》)

送蕲州李郎中①赴任

楚关②蕲水路非赊,东望云山日夕佳。薤叶照人呈夏簟③,松花④满碗试新茶。楼中饮兴因明月⑤,江上诗情为晚霞⑥。北地交亲长引领,早将玄鬓到京华。

【题解】

此诗作于开成三年(838)。《白集》卷三四有《送蕲春李十九使君赴郡》诗,《白居易年谱》系诸开成三年。考:"'蕲春李十九使君'为蕲州刺史李播。"

【注释】

①蕲州李郎中:李播。

②关:《英华》作"开",《全唐诗》注云:"一作门。"

③"薤叶"句:瞿蜕园《笺证》按云:"白居易亦有《寄李蕲州》诗有句云:'笛愁春尽梅花里,簟冷秋生薤叶中。'自注:'蕲州出好笛及薤叶簟。'"

④松花:《本草纲目·木一·松》:"松花,别名松黄……润心肺,益气,除风止血。亦可酿酒。"

⑤"楼中"句:详见《送李策秀才还湖南因寄幕中亲故兼简衡州吕八郎中》注㉝。《英华》"兴"下注云:"集作酒,非。"

⑥"江上"句:谢朓《晚登三山还望京邑》:"余霞散成绮,澄江静如练。"

【汇评】

首言长安至蕲州不远,东望云山,嘉美在目。次联言蕲州之事。三联言李之往蕲,闲中之乐如此。末言李处后,京师交亲引领而望君之还,当及少年复朝,以慰京华之望也。(《唐诗鼓吹评注》)

又:"佳"字出韵。(同上)

清顾嗣立:作诗用故实以不露痕迹为高,昔人所谓使事如不使也。……余谓刘宾客诗"楼中饮兴因明月,江上诗情为晚霞",一用庾亮,一用谢朓,读之使人不觉,亦是此法。(《寒厅诗话》)

清赵臣瑗:七、八,嘱其及早还朝,夫还朝可得而自主哉?嘱其及早还朝者,讽其善自为政也。古人之诗,浑厚不露乃如此。(《山满楼笺注唐诗七言律》)

洛中春末送杜录事①赴蕲州

尊前花下长相见,明日忽为千里人。君过午桥②回首望,洛城③犹自有残春。

【题解】

此诗当作于开成三年(838)。诸本中此诗皆在《送蕲州李郎中赴任》之后,盖杜录事与李播同赴蕲州。

【注释】

①杜录事:未详何人。录事:晋代骠骑将军及诸大将军不开府办事,属

官有录事参军,掌总录文簿。后代刺史领军而开府者亦置之,职任甚为重要。省称"录事"。隋初以为郡官,相当于汉时州郡主簿。唐宋因之,京府中则改称司录参军。

②午桥:午桥庄。唐宰相裴度的别墅名。其地在今河南洛阳。

③《全唐诗》"城"下注云:"一作阳。"

【汇评】

宋谢枋得:此诗意谓世衰道微,光景迫促,然未至春光结局时也。"回首望",劝其不忘君。(《唐诗绝句》)

明唐汝询:以常相见之人,而为千里之别,信是足悲,又况春将尽乎!然君过午桥而望,则洛阳之残春,犹足观也。时唐祚日衰,裴公为国柱石,故以残春拟之,言为时所属望也。不然到处皆春,何独望午桥哉。(《唐诗解》)

清吴昌祺:唐解,亦一说也。或言:东京终胜远方,亦可。谢云:"劝其不忘君。"(《删订唐诗解》)

和牛相公游南庄①醉后寓言戏赠乐天兼见示

城外园林初夏天,就中野趣在西偏。蔷薇乱发多临水,鸂鶒②双游不避船。水底远山云似雪,桥边平岸草如烟。白家唯有杯觞兴,欲把头盘③打少年。

【题解】

此诗作于开成三年(838)初夏。牛相公指牛僧孺。《旧唐书》卷一七下《文宗纪》下:开成二年五月,"辛未,诏以前淮南节度使牛僧孺为检校司空、东都留守"。开成三年九月,"戊寅,以东都留守牛僧孺为左仆射"。牛僧孺原作已佚。

715

①南庄:白居易《太湖石记》:"公(牛僧孺)以司徒保釐河洛,治家无珍产,奉身无长物,惟东城置一第,南郭营一墅,精葺宫宇,慎择宾客。"

②鸂鶒(xī chì):水鸟名。形大于鸳鸯,而多紫色,好并游。俗称紫鸳鸯。

③头盘:骰盘,投掷色子所用之盘,古代行酒令时的用具。

【汇评】

清王夫之:腹颔两联,七言胜境。结亦与乐府相表里。唐七言律如此者,不能十首以上。乃一向湮没,总为皎然一项人以乌豆换睛也。一叹。(《唐诗评选》)

思黯①南墅赏牡丹花②

偶然相遇人间世,合在增城③阿姥④家。有此倾城好颜色,天教晚发赛诸花。

【题解】

此诗作于开成三年(838),参见《和牛相公游南庄醉后寓言戏赠乐天兼见示》编年。

【注释】

①思黯:牛僧孺,字思黯。

②《全唐诗》无"花"字。

③增城:即层城。详见《同乐天和微之深春二十首》注⑤。

④阿姥:指西王母。

乐天池馆夏景方妍白莲初开彩舟空泊唯邀缁侣因以戏之

池馆今正好,主人何寂然? 白莲方出水,碧树未鸣蝉。静室宵闻磬,斋厨晚绝烟。蕃僧如共载,应不是神仙。

【题解】

此诗作于开成三年(838)夏,当为诗人作于白居易斋戒时,参见《乐天少傅五月长斋广延缁徒谢绝文友坐成睽间因以戏之》编年。

酬端州吴大夫①夜泊湘川见寄一绝

夜泊湘川逐客心,月明猿苦血沾襟。湘妃旧竹②痕犹浅,从此因君染更深。

【题解】

此诗作于开成三年(838)五月。《旧唐书》卷一七下《文宗纪》下:开成三年五月“辛酉,诏:前江西观察使吴士规(应为“矩”)坐赃,长流端州”。吴士矩因罪流放端州,刘禹锡深味逐客离人之苦,故诗中充满了同情和难过。

【注释】

①端州吴大夫:吴士矩。《新唐书》卷一五九《吴凑传》附:“(兄)溆子士矩。士矩文学蚤就,喜与豪英游,故人人助为谈说。开成初,为江西观察使,飨宴侈纵,一日费凡十数万。初至,库钱二十七万缗,晚年才九万,军用

单匮，无所仰。事闻，中外共申解，得以亲议，文宗弗穷治也，贬蔡州别驾。谏官执处其罪，不纳。于是御史中丞狄兼謩建言：'陛下擢任士矩，非私也；士矩负陛下而治之，亦非私也。请遣御史至江西即讯，使杜江淮它镇循习意。'帝听，乃流端州。""端"，《全唐诗》作"瑞"，注云："一作端。""州"，崇本作"才"，均误。

②湘妃旧竹：即斑竹。《初学记》卷二八引晋张华《博物志》："舜死，二妃泪下，染竹即斑。妃死为湘水神，故曰湘妃竹。"

酬乐天晚夏闲居欲相访先以诗见贻

池榭堪临泛，儵然散郁陶。步因驱鹤缓，吟为听蝉高。林密添新竹，枝低绽①晚桃。酒醅晴易墊②，药圃夏频薅。老是班行旧，闲为乡里豪。经过更何处？风景属吾曹。

【题解】

此诗作于开成三年(838)夏。《白氏长庆集》卷三四《晚夏闲居绝无宾客欲寻梦得先寄此诗》云："鱼笋朝餐饱，蕉纱暑服轻。欲为窗下寝，先傍水边行。晴引鹤双舞，秋生蝉一声。无人解相访，有酒共谁倾？老更谙时事，闲多见物情。只应刘与白，二叟自相迎。"高志忠《刘禹锡诗文系年》按云："居易原唱《晚夏闲居绝无宾客欲寻梦得先寄此诗》，载《白集》卷三十四《四年春》前，当系开成三年晚夏所作也。"今从高说。

【注释】

①绽(zhuì)：用绳索拴住人或物从上往下放。

②墊：朱本、《全唐诗》作"熟"。

酬乐天感秋凉见寄

庭晚初辨色,林秋微有声。槿衰犹强笑,莲迥却多情。
檐燕归心动,鞲鹰俊气生。闲人占闲景,酒熟且同倾。

【题解】

此诗作于开成三年(838)秋。高志忠《校注》按云:"以此诗于《外集》之
次第观之,应为《汝洛集》原貌。其前后诗皆作于开成三年,此诗亦当作于
三年初秋。"今从高说。

新秋对月寄乐天

月露发光彩,此时方见秋。夜凉金气①应,天静火星流。
蛩响偏依井,萤飞直过楼。相知尽白首,清景没②追游。

【题解】

此诗作于开成三年(838)秋。《白氏长庆集》卷三四《酬梦得早秋夜对
月见寄》诗云:"吾衰寡情趣,君病懒经过。其奈西楼上,新秋明月何? 庭芜
凄白露,池色澹金波。况是初长夜,东城砧杵多。"高志忠《刘禹锡诗文系
年》云:"排在《三年冬随事铺设小堂寝处稍似稳暖因念衰病偶吟所怀》之
前,其为开成三年秋所作无疑。"今从高说。

【注释】

①金气:秋气。
②没:朱本、《全唐诗》作"复",误。

【汇评】

清何焯:(此时句)"新"字。(萤飞句)的是新秋语。(清景句)落句暗使秋兴事。复追游,言当□日达夜。(卞孝萱《刘禹锡诗何焯批语考订》)

早秋雨后寄乐天

夜云起河汉,朝雨洒高林。梧叶先风落,草虫迎湿吟。簟凉扇①恩薄,室静琴思深。且喜火②前别,安能怀寸③阴!

【题解】

此诗当作于开成三年(838)秋天。

【注释】

①扇:朱本作"府",误。

②火:大火星。《诗·豳风·七月》:"七月流火。"朱本、《全唐诗》作"炎"。

③寸:朱本作"月"。

【汇评】

清何焯:犹近六代气味。(室静句)秋凉雨后,乃无弦急之患。第六入妙。(卞孝萱《刘禹锡诗何焯批语考订》)

秋晚新晴夜月如练有怀乐天

雨歇晚霞明,风调夜景清。月高微晕散,云薄细鳞生。露草百虫思,秋林千叶声。相望一步地,脉脉万重情。

此诗作于开成三年(838)秋。《白氏长庆集》卷三四《酬梦得暮秋晴夜对月相忆》诗云:"霁月光如练,盈庭复满池。秋深无热后,夜浅未寒时。露叶团荒菊,风枝落病梨。相思懒相访,应是各年衰。"高志忠《刘禹锡诗文系年》按云:"诗排在《三年冬随事铺设小堂寝处稍似稳暖因念衰病偶吟所怀》之前,其为开成三年秋所作无疑。"今从高说。

和思黯忆①南庄见示

丞相新家伊水头,智囊心匠日增修。化成池沼无痕迹,奔走清波不自由。台上看山徐举酒,潭中见月慢回舟。从来天下推尤物,合属人间第一流。

【题解】

此诗作于开成三年(838)。《旧唐书》卷一七下《文宗纪》下:开成二年五月,"辛未,诏以前淮南节度使牛僧孺为检校司空、东都留守"。开成三年九月,"戊寅,以东都留守牛僧孺为左仆射"。牛僧孺原诗已佚。

【注释】

①朱本无"忆"字。

牛相公留守见示城外新墅有溪竹秋①月亲情多往宿游恨不得去因成四韵兼简洛中亲故之什兼命同作

别墅洛城外,月明邨埭②通。光辉满地③上,丝管发舟中。

堤艳菊花露,岛凉松叶风。高情限清禁④,寒漏滴深宫。

【题解】

此诗作于开成二年(837)或开成三年(838)秋。《旧唐书》卷一七下《文宗纪》下:开成二年五月,"辛未,诏以前淮南节度使牛僧孺为检校司空、东都留守"。开成三年九月,"戊寅,以东都留守牛僧孺为左仆射"。

【注释】

①秋:朱本作"杖",误。
②邨埜:崇本作"村墅",朱本作"村径",《全唐诗》作"村野"。
③地:朱本作"池"。
④清禁:皇宫。皇宫中清静严肃,故称。

和牛相公夏末①雨后寓怀见示

金火交争②正抑扬,萧萧飞雨助清商③。晓看纨扇恩情薄,夜觉纱灯刻数长。树上早蝉才发响,庭中百草已无光。当年富贵亦惆怅,何况悲翁发似霜!

【题解】

此诗作于开成三年(838)。瞿蜕园《笺证》按云:"当年富贵谓正当富贵时,此句指牛,下句自谓,仍寓不平之意。……金火交争、纨扇恩情、百草无光等语,非即大和、开成间党争之谓乎?禹锡既与李德裕交厚,与李宗闵辈实无缘分,而僧孺又不得不随遇周旋。介于其间,颇难因应。故末语但以感慨出之,可不着边际也。诗题但称牛相公,无仆射字,必开成三年(838)僧孺未内召时所作。"今从瞿说。

【注释】

①朱本、《全唐诗》无"夏末"二字。

②金火交争:夏秋之交。《春秋繁露·五行之义》:"火居南方而主夏气,金居西方而主秋气。"

③清商:秋风。

牛相公林亭雨后偶成

飞雨过池阁,浮光生草树。新竹开粉奁,初莲爇①香炷。野花无时节,水鸟自来去。若问知境人,人间第一处。

【题解】

此诗具体作年难断。似刘禹锡在牛僧孺于开成二年(837)五月至三年(838)九月东都留守期间所作。

【注释】

①爇(ruò):烧。

和牛相公南溪醉歌见寄

脱屣①将相守冲谦,唯于山水独不廉。枕伊背洛得胜地,鸣皋②少室③来轩檐。相去声形面势然④指画,言下变化随顾瞻。清池曲榭人所致,野趣幽芳天与添。有时转入潭岛间,珍木如幄藤为帘。忽然便有江湖思,沙砾平浅草纤纤。怪石钓出太湖底,珠树移自天台尖。崇兰迎风绿泛艳,坼莲含露红襜襜⑤。修廊架空远岫入,弱柳覆槛流波沾。渚蒲抽英⑥剑脊动,岸荻迸笋锥头铦。携觞命侣极永日,此会虽数心无厌。人皆置庄身不到,富贵难与逍遥兼。唯公出处得自在,决就放旷辞炎炎。座宾尽欢恣谈谑,愧^⑦我掉头还奋髯。能令商於^⑧多病客,亦觉自适非沈潜。

【题解】

此诗作于开成三年(838)前后。瞿蜕园《笺证》按云:"南溪当即白居易诗所称之南庄,僧孺在东都时所营别墅之名。……'商於多病客'之语,自谓以足疾辞同州刺史改宾客分司也。"

【注释】

①脱屣:比喻看得很轻,无所顾恋,犹如脱掉鞋子。《汉书》卷二五上《郊祀志》上:"嗟乎! 诚得如黄帝,吾视去妻子如脱屣耳!"颜师古注云:"屣,小履。脱屣者,言其便易,无所顾也。"

②鸣皋:山名。在今河南省嵩县东北。

③少室:山名。在今河南省登封县。

④然:朱本、《全唐诗》作"默",是。

⑤襜襜(lián chān):帐帷。

⑥英:《全唐诗》作"芽",注云:"一作英。"朱本作"荚"。

⑦愧:崇本作"媿"。

⑧商於(wū):在今河南淅川县西南。

牛相公见示新什谨依本^①韵次用以抒下情

剧韵新篇至,因难始见^②能。雨天龙变化,晴日凤骞腾^③。游海惊何极^④? 闻韶^⑤素不曾。惬心时搏^⑥髀,击节自摩肱。符彩^⑦添隃墨^⑧,波澜起剡藤^⑨。拣金光熠熠,累璧^⑩势层层。珠媚多藏贾,花撩欲定僧。封来真宝物,寄与愧交^⑪朋。已老无时疾,时洛中时疠,多伤少年。长贫望岁登。雀罗秋寂寂,虫翅晓毳毳。赢骥方辞绊,虚舟已绝绠⑫。荣华甘死别,健羡⑬亦生憎。玉柱玎玑韵,金觥雹凸棱。何时良宴会? 促膝对华灯。

【题解】

此诗作于开成二年(837)或三年(838)。《旧唐书》卷一七下《文宗纪》下:开成二年五月,"辛未,诏以前淮南节度使牛僧孺为检校司空、东都留守"。开成三年九月,"戊寅,以东都留守牛僧孺为左仆射"。此诗当作于这期间。牛僧孺原诗已佚。

【注释】

①崇本无"本"字。

②见:朱本作"有"。

③骞(xiān)腾:飞腾。

④"游海"句:《庄子·秋水》:"秋水时至,百川灌河。泾流之大,两涘渚崖之间,不辩牛马。于是焉河伯欣然自喜,以天下之美为尽在己。顺流而东行,至于北海,东面而视,不见水端,于是焉河伯始旋其面目,望洋向若而叹曰:'野语有之曰:闻道百,以为莫己若者,我之谓也。且夫我尝闻少仲尼之闻而轻伯夷之义者,始吾弗信;今我睹子之难穷也,吾非至于子之门则殆矣,吾长见笑于大方之家。'"

⑤闻韶:《论语·述而》:"子在齐闻韶,三月不知肉味,曰:'不图为乐之至于斯也。'"

⑥搏:崇本、朱本、《全唐诗》作"拊"。

⑦符彩:美玉的纹理色彩。

⑧隃墨:隃麋产的墨。借指名墨。隃麋:古县名,汉置,因隃麋泽而得名,故地在今陕西汧阳东,以产墨著称。"隃",朱本作"渝",误。

⑨剡藤:剡溪出产的藤可以造纸,负有盛名。后因称名纸为剡藤。

⑩璧:朱本、《全唐诗》作"璧"。

⑪交:崇本、朱本作"文"。

⑫绠(gēng)：古同"缏"，大绳索。

⑬健羡：贪欲。《史记·太史公自序》："至于大道之要，去健羡，绌聪明，释此而任术。"裴骃集解引如淳曰："知雄守雌，是去健也。不见可欲，使心不乱，是去羡也。"

和①牛相公题姑苏所寄太湖石兼寄李苏州②

震泽③生奇石，沈潜④得地灵。初辞水府出，犹带龙宫腥。发⑤自江湖国，来荣卿相庭。从风夏云势，上汉古查⑥形。拂拭鱼鳞见，铿锵玉韵聆。烟波含宿润，苔藓助新青。嵌穴胡雏貌，纤铓⑦虫篆⑧铭。屠颜⑨傲林薄⑩，飞动向雷霆。烦热近还散，余酲见便醒。凡禽不敢息⑪，浮螱⑫莫能停。静称垂松盖，鲜宜映鹤翎。忘忧常目击，素尚与心冥。眇小欺湘燕⑬，团圆笑落星⑭。徒然想融结，安可测年龄？采取询乡耋⑮，搜求按旧经。垂钩⑯入空隙，隔浪动晶荧。有获人争贺，欢谣众共听。一州惊阅宝，千里远扬舲。睹物洛阳陌，怀人吴御亭⑰。寄言垂天翼⑱，蚤晚起沧溟。

【题解】

此诗作于开成三年(838)。牛僧孺《李苏州遗太湖石奇状绝伦因题二十韵奉承梦得乐天》诗云："胚浑何时结，嵌空此日成。掀蹲龙虎斗，挟怪鬼神惊。带雨新水静，轻敲碎玉鸣。挼叉锋刃簇，缕络钓丝萦。近水摇奇冷，依松助澹清。通身鳞甲隐，透穴洞天明。丑凸隆胡准，深凹刻兕觥。雷风疑欲变，阴黑讶将行。噤痒微寒早，轮囷数片横。地祇愁垫压，鳌足困支撑。珍重姑苏守，相怜懒慢情。为探湖里物，不怕浪中鲸。利涉余千里，山河仅百程。池塘初展见，金玉自凡轻。侧眩魂犹悚，周观意渐平。似逢三益友,如对十年兄。旺兴添魔力,消烦破宿醒。媲人当绮皓,视秩即公卿。念此园林宝,还须别识精。诗仙有刘白,为汝数逢迎。"《白居易年谱》系白居易《奉和思黯相公以李苏州所寄太湖石奇状绝伦因题二十韵见示兼呈梦得》于开成三年,从之。

【注释】

①崇本无"和"字。

②李苏州:苏州刺史李道枢。

③震泽:今江苏太湖。《书·禹贡》:"三江既入,震泽底定。"

④沈潜:《书·洪范》:"高明柔克,沉潜刚克。"孔颖达疏:"地之德沉深而柔弱矣,而有刚能出金石之物也。"

⑤发:朱本作"登"。

⑥上汉古查:详见《逢王十二学士入翰林因以诗赠》注③。"查",朱本作"槎"。

⑦纤铓:细刻。

⑧虫篆:虫书。秦八体书之一,王莽变八体为六体,又名鸟虫书。《汉书》卷三〇《艺文志》:"六体者:古文、奇字、篆书、隶书、缪篆、虫书。"颜师古注云:"虫书,谓为虫鸟之形,所以书幡信也。"

⑨屡颜:险峻、高耸貌。

⑩林薄:交错丛生的草木。《楚辞·九章·涉江》:"露申辛夷,死林薄兮。"王逸注云:"丛木曰林,草木交错曰薄。"

⑪息:《英华》作"宿"。

⑫浮壒(ài):浮尘。

⑬湘燕:石燕。详见《观舞柘枝二首》注⑪。

⑭落星:陨石。

⑮耋:《英华》作"老"。

⑯钩:《英华》作"钓"。

⑰御亭:三国孙权所建的亭子,后即以为地名。王维《送元中丞转运江淮》诗:"东南御亭上,莫使有风尘。"赵殿成笺注:"《太平寰宇记》:'御亭驿在常州东南一百三十里。'《舆地志》云:'御亭在吴县西六十里,吴大帝所

727

立……开皇九年置为驿,十八年改为御亭驿。李袭誉改为望亭驿。'"

⑱垂天翼:《庄子·逍遥游》:"北冥有鱼,其名为鲲,鲲之大,不知其几千里也。化而为鸟,其名为鹏,鹏之背,不知其几千里也。怒而飞,其翼若垂天之云。"

和仆射牛相公以离阙庭七年班行亲故亡没十无一人再睹龙颜喜庆虽极感叹风烛能不怆然因成四韵并示集贤中书二相公①所和

久辞龙阙拥红旗,喜见天颜拜赤墀。三省英寮非旧侣,万年芳树长新枝。交朋接武居仙院,幕客追风入凤池。云母屏风②即施设,可怜荣耀冠当时。

【题解】

此诗作于开成三年(838)。诗题云"离阙庭七年",牛僧孺大和六年(832)任淮南节度使至开成三年(838)以左仆射还,前后历经七年。

【注释】

①集贤中书二相公:未详何人。

②云母屏风:《后汉书》卷三三《郑弘传》:"郑弘字巨君,会稽山阴人也。……弘少为乡啬夫,太守第五伦行春,见而深奇之,召署督邮,举孝廉。……元和元年,代邓彪为太尉。时举将第五伦为司空,班次在下,每正朔朝见,弘曲躬而自卑。帝问知其故,遂听置云母屏风,分隔其间,由此以为故事。"

【汇评】

清何焯:第四句衬得活脱,却亦妙。(卞孝萱《刘禹锡诗何焯批语考订》)

酬仆射牛相公晋国池^①上别后至甘棠馆^②忽梦同游因成口号见寄

已嗟池上别魂惊,忽报梦中携手行。此夜独归还乞梦,老人无睡到天明。

【题解】

此诗作于开成三年(838)。晋国池在洛阳,甘棠馆在寿安,为京洛间必经之路。此诗作于刘禹锡、牛僧孺二人在洛阳别后牛僧孺为左仆射之后。《旧唐书》卷一七下《文宗纪》下:开成三年九月,"戊寅,以东都留守牛僧孺为左仆射"。

【注释】

①晋国池:晋国公裴度在洛阳午桥之池亭。

②甘棠:《诗·召南·甘棠》:"蔽芾甘棠,勿翦勿伐,召伯所芨。"小序云:"《甘棠》,美召伯也。召伯之教,明于南国。"甘棠馆:驿馆,以纪念西周召伯听政命名。

和仆射牛相公追感韦裴六相^①登庸皆四十余未五十薨殁岂早荣早枯之义今年将六十犹粗强健因亲故劝酒率然^②成章并见寄之作

坐镇清朝独殷然,闲征故事数前贤。用才同践钧衡地,禀气终分大小年。威凤本^③池思泛泳,仙查^④旧路望回旋。犹怜绮季^⑤深山里,唯有松风与石田。

此诗作于开成三年(838)。《旧唐书》卷一七下《文宗纪》下:开成三年九月,"戊寅,以东都留守牛僧孺为左仆射"。牛僧孺生于唐德宗建中元年(780),至开成三年(838)为五十九岁,合题中"今年将六十"。又,杜牧《唐故太子少师奇章郡开国公赠太尉牛公墓志铭》:"大中二年十月二十日,薨于东都城南别墅,年六十九。"

【注释】

①韦裴六相:蒋维崧等《笺注》注云:"自僧孺为相追数至元和初,凡韦、裴两姓为相而又早殁者,唯裴垍可确指出,其余不详。"

②然:朱本作"尔"。

③朱本无"本"字。

④查:朱本作"槎"。

⑤绮季:商山四皓之一,此处为刘禹锡自比。

和仆射牛相公寓言二首①

两度竿头②立定夸③,回眸举袖拂青霞。尽抛今日贵人样,复振前朝名相家④。御史近⑤来休直宿,尚书依旧趁参衙。具瞻⑥尊重诚无敌,犹忆洛阳千树花。

心如止水鉴常明,见尽人间万物情。雕鹗腾空犹逞俊,骅骝⑦齿⑧足自无惊。时来未觉权为祟,贵了方知退是荣。只恐重重世缘在,事须三度副苍生。

【题解】

此诗作于开成三年(838)。《旧唐书》卷一七下《文宗纪》下:开成三年九月,"戊寅,以东都留守牛僧孺为左仆射"。四年八月,"癸亥,以左仆射牛僧孺检校司空、同平章事,兼襄州刺史,充山南东道节度使"。瞿蜕园《笺证》按云:"此为牛僧孺初上左仆射时之作。"今从瞿说。

【注释】

①二首:崇本作题下小字注。

②两度竿头:指牛僧孺于长庆三年自户部侍郎入相和大和四年再度入相。

③夸:朱本作"污",误。

④前朝名相家:《旧唐书》卷一七二《牛僧孺传》:"牛僧孺,字思黯,隋仆射奇章公弘之后。"

⑤近:朱本、《全唐诗》作"定"。

⑥具瞻:当为"具瞻"。谓为众人所瞻望。语出《诗·小雅·节南山》:"赫赫师尹,民具尔瞻。"毛传:"具,俱;瞻,视。"郑玄笺:"此言尹氏汝居三公之位,天下之民俱视汝之所为。""瞻",崇本、朱本、《全唐诗》作"瞻",是。

⑦骅骝(huá liú):周穆王八骏之一。泛指骏马。

⑧齿:《全唐诗》作"啮",误。

乐天以愚相访沽酒致欢因成七言聊以奉答

少年曾醉酒旗下,同辈黄衣①颔亦黄②。蹭蹬青云寻入仕,萧条白发且飞觞。令③征古事欢生雅,客唤闲人兴在④狂。犹胜独居荒草院,蝉声听尽到寒螀⑤。

【题解】

此诗作于开成三年(838)。《白氏长庆集》卷三四《与梦得沽酒闲饮且约后期》诗云:"少时犹不忧生计,老后谁能惜酒钱? 共把十千沽一斗,相看七十欠三年。闲征雅令穷经史,醉听清吟胜管弦。更待菊黄家酿熟,共君一醉一陶然。"据白诗"相看七十欠三年",禹锡与居易开成三年俱六十

731

七岁。

【注释】

①黄衣：蒋维崧等《笺注》注云："黄衣选人，掌祭祀。《事物原始·九卿少部·斋郎》：魏始有太常斋郎。唐有太庙、郊社之别。……谓之黄衣选人。此言尚未入仕的候选官员。"高志忠《校注》注云："太庙斋郎以五品以上子孙及六品职事官子为之，六考而满；郊社斋郎以六品职事官子为之，八考而满。……刘、白皆无斋郎之经历，然刘父官盐铁转运副使，白父官徐州别驾，似皆为五六品职事官之子弟，故以'黄衣选人'自称。"

②颌亦黄：《北史》卷二四《崔颙传》："神武葬后，颙又窃言：'黄颌小儿堪当重任不？'遣外兄李慎以告遷。遷启文襄，绝颙朝谒。颙要拜道左，文襄发怒曰：'黄颌儿何足拜也！'"

③令：朱本作"今"。

④在：朱本、《全唐诗》作"任"，是。

⑤寒螿(jiāng)：即寒蝉。

裴令公见示诮^①乐天寄奴买马绝句斐然仰和且戏乐天

常奴安得似方回^②？争望追风^③绝足来。若把翠娥酬绿耳^④，始知天下有奇才。

【题解】

此诗作于开成三年(838)。裴度原诗已佚。《白氏长庆集》卷三四《酬裴令公赠马相戏》题下注云："裴诗云：'君若有心求逸足，我还留意在名姝。'盖引妾换马戏，意亦有所属也。"诗云："安石风流无奈何，欲将赤骥换青娥。不辞便送东山去，临老何人与唱歌？"《白居易年谱》系诸开成三年，从之。

【注释】

①诮:朱本作"酬",崇本无此字。

②"常奴"句:《晋书》卷七五《刘惔传》:"性简贵,与王羲之雅相友善。郗愔有伧奴善知文章,羲之爱之,每称奴于惔。惔曰:'何如方回邪?'羲之曰:'小人耳,何比郗公!'惔曰:'若不如方回,故常奴耳。'"方回:郗愔字。

③追风:崔豹《古今注·鸟兽》:秦始皇"有七名马:一曰追风,二曰白兔,三曰蹑景,四曰追电,五曰飞翮,六曰铜雀,七曰神凫。"

④绿耳:周穆王八骏之一。《列子》卷三《周穆王》:"不恤国事,不乐臣妾,肆意远游。命驾八骏之乘,右服骅骝而左绿耳,右骖赤骥而左白㸸。""绿",《全唐诗》作"騄"。"耳"下注云:"一作駬。"

岁夜咏怀

弥年不得意,新岁又如何? 念昔同游者,而今有几多? 以闲为自在,将寿补蹉跎。春色无情故,幽居亦见过。

【题解】

此诗作于开成三年(838)年末。卞孝萱《刘禹锡年谱》云:"蒲积中《新刊古今岁时杂咏》卷四一《古今除夜》门,载白居易《岁夜咏怀兼寄思黯》,刘禹锡《岁夜咏怀》,牛僧孺《乐天梦得有岁夜诗聊以奉和》,卢贞《奉和刘宾客二十八丈岁夜咏怀》四首。都是五言四十字,盖同时所作。其中居易寄僧孺一首云:'遍数故交亲,何人得六旬? 今年已入手,余事岂关身?'僧孺明年正六十岁,四诗当为本年(838)'岁夜'所作。"今从卞说。

开成四年(839)

酬太原狄尚书^①见寄

家声炬^②赫冠前贤,时望穹崇^③镇北边。身上官衔如座主^④,幕中谈笑取同年。幽并侠少趋鞭弭^⑤,燕赵佳人奉管弦。仍把天兵书号笔,远题长句寄山川^⑥。

【题解】

此诗作年当在开成三年(838)年末或四年(839)年初。《旧唐书》卷一七下《文宗纪》下:开成三年十二月辛丑,"以兵部侍郎狄兼谟为河东节度使"。

【注释】

①狄尚书:狄兼谟。为狄仁杰族曾孙。《旧唐书》卷八九、《新唐书》卷一一五《狄仁杰传》附《狄兼谟传》。

②炬:崇本、朱本、《全唐诗》作"烜",是。

③穹崇:高貌。司马相如《长门赋》:"正殿块以造天兮,郁并起而穹崇。"《文选》李善注云:"穹崇,高貌。"此处形容声望或地位崇高。

④座主:唐时进士称主试官为座主。此处未详何人。

⑤弭(mǐ):弓。

⑥山川:当为"三川"之误。借指洛阳。

【汇评】

清冯舒:应酬诗毕竟高不过此公。未必胜吾邑之桑苎,然桑苎至此亦不可胜。(《瀛奎律髓汇评》)

清纪昀:中山乃作此鄙语。(同上)

清许印芳:全首庸俗。应酬诗易犯此病,亦最忌犯此病。(同上)

夜宴福建卢常侍①宅因送之镇

暂驻旌旗洛水堤,绮筵红烛醉兰闺。美人美酒长相逐,
莫怕猿声发建溪②。

【题解】

此诗作于开成四年(839)。卢常侍指卢贞。《旧唐书》卷一七下《文宗
纪》下载:开成四年闰正月,"辛丑,以司农卿李玭为福建观察使,谏官论其
不可,乃罢之。丙午,以大理卿卢贞为福建观察使"。

【注释】

①常侍:明本、朱本作"侍御",《全唐诗》作"侍郎",注云:"一作常侍。"
②建溪:在福建南平市北,为闽江北源。

和仆射牛相公春日闲坐见怀

官曹崇重难频入,第宅清闲且独行。阶蚁相逢如偶语,
园蜂速去恐违①程。人于红药惟看色②,莺到垂杨不惜声。东
洛池台怨抛掷,移文③非久会应成。

【题解】

此诗作于开成四年(839)春。《旧唐书》卷一七下《文宗纪》下:开成三
年九月,"戊寅,以东都留守牛僧孺为左仆射"。开成四年八月,"癸亥,以左
仆射牛僧孺检校司空、同平章事,兼襄州刺史,充山南东道节度使"。据此,

此诗作于开成四年春。

【注释】

①《全唐诗》注云："违，一作迟。"

②《全唐诗》注云："惟看色，一作偏怜色。"

③移文：旧时文体之一，指行于不相统属的官署间的公文。亦泛指平行文书。

【汇评】

元方回："阶蚁"、"园蜂"一联，似已有"江西体"。"莺到垂杨不惜声"，绝唱也。（《瀛奎律髓》）

清王夫之：梦得深于影刺，此亦谤史也。"莺到垂杨不惜声"，情语无双。（《唐诗评选》）

清查慎行：陆放翁七律全学刘宾客，细味乃得之。（《初白庵诗评》）

清何焯：中四句是比小人成群，纷纷汹汹，如蚁之蠹，如蜂之毒，人主反假以名器，寄以耳目，如宋申锡已蒙冤窜逐以去，独居深念，思违远其祸。阶蚁园蜂，喻守澄、注也。怜红药之色，君子不得于君，则有美人香草之思。求莺古之声，虽迁于崇重之高位，不忘在深谷之故侣，指见怀也。落句遂劝渠决求分司，勿复濡滞，恐旦暮变作，欲清闲袖手，不可得也。（卞孝萱《刘禹锡诗何焯批语考订》）

又："人于红药偏怜色"，谓中书崇重，眷恋者多。"莺到垂杨不惜声"，攀附者众，不能不因之纡意。然我为牛公计，惟有为东洛趣驾而已。（《唐三体诗》）

又：红药开则春将尽，故倍觉可怜，不必用小谢诗也。下句亦言鸟犹如此，人岂无情耳！（同上）

又："官曹崇重"，乃指奇章。中二连，托意甚深。钩党刺促，闲坐纵观，岂不如蜂蚁之纷纭乎？只写春日景物，略于首尾致意，深妙。第五言中书崇重，眷恋居多。第六则攀附者众，不能不为之纡意。我为牛公计，惟有趋驾东洛而已。（《瀛奎律髓汇评》）

清纪昀：三、四究非佳语，不得以新取之。六句自好，五句凑泊不称。结二句笨。（同上）

736

和仆射牛相公见示长句

静得天和兴自浓，不缘宦达性灵慵。大鹏六月有闲意，仙鹤千年无躁容。流辈尽来多叹息，官班高后少过从。唯应加筑露台^①上，剩见终南云外峰。

【题解】

此诗作于开成三年(838)九月至四年(839)八月间。《旧唐书》卷一七下《文宗纪》下：开成三年九月，"戊寅，以东都留守牛僧孺为左仆射"。四年八月，"癸亥，以左仆射牛僧孺检校司空、同平章事，兼襄州刺史，充山南东道节度使"。

【注释】

①露台：《史记》卷一〇《孝文本纪》："孝文帝从代来，即位二十三年，宫室苑囿狗马服御无所增益，有不便，辄弛以利民。尝欲作露台，召匠计之，直百金。上曰：'百金中民十家之产，吾奉先帝宫室，常恐羞之，何以台为！'"裴骃《集解》引徐广曰："露，一作'灵'。"司马贞《索隐》："顾氏按：新丰南骊山上犹有台之旧址也。"

寄陕州姚中丞^①　时分司东都

八月天地肃，二陵^②风雨收。旌旗阙下来，云日关东秋。禹迹^③想前事，汉台^④余故丘。徘徊襟带地，左右帝王州。留滞悲昔老，恩光荣彻侯^⑤。相思望棠树^⑥，一寄商声讴。

【题解】

此诗作于开成四年(839)八月。《旧唐书》卷一七下《文宗纪》下,开成四年(839)"八月庚戌朔,以给事中姚合为陕虢观察使"。时刘禹锡为宾客分司。诗中所寄乃自己身世感慨及与姚合离别伤感之情。

【注释】

①陕州姚中丞:姚合。《旧唐书》卷一七下《文宗纪》下,开成四年(839)"八月庚戌朔,以给事中姚合为陕虢观察使"。辛文房《唐才子传》卷六《姚合传》:"合,陕州人,宰相崇之曾孙也。以诗闻。元和十一年,李逢吉知贡举,有夙好,因拔泥涂,郑解榜及第。历武功主簿、富平、万年尉。宝应中,除监察御史,迁户部员外郎,出为金、杭二州刺史。后召入,拜刑户二部郎中、谏议大夫、给事中。开成间,李商隐尉弘农,以活囚忤观察使孙简,将罢去,会合来代简,一见大喜,以风雅之契,即谕使还官,人雅服其义。后仕终秘书监。与贾岛同时,号'姚贾',自成一法。岛难吟,有清冽之风;合易作,皆平淡之气。"

②二陵:即二崤。详见《同乐天送河南冯尹学士》注⑦。

③禹迹:蒋维崧等《笺注》注云:"《元和郡县图志·河南道·陕州·夏县》:'夏县……本汉安邑县地……因下雨所都为名。……乾元三年属陕州。'"高志忠《校注》按云:"虢州亦有禹迹,即三门峡。郦道元《水经注》卷四《河水》四:'砥柱,山名也。昔禹治洪水,山陵当水者凿之,故破山以通河,河水分流,包山而过,山见水中,若柱然,故曰砥柱也。三穿既决,水流疏分,指状表目,亦谓之三门矣。山在虢州城东北大阳城东也。'"

④汉台:思子台。《汉书》卷六三《武五子传》:戾太子据以巫蛊事自杀,"上怜太子无辜,乃作思子宫,为归来望思之台于湖。天下闻而悲之。"颜师古注云:"言己望而思之,庶太子之魂来归也。其台在今湖城县之西,阌乡县之东,基址犹存。"

⑤彻侯:爵位名。秦统一后所建立的二十级军功爵中的最高级。汉初因袭之,多授予有功的异姓大臣,受爵者还能以县立国。后避武帝讳,改称通侯或列侯。新莽时废。后用以泛指侯伯高官。

⑥棠树:棠梨树。《史记》卷三四《燕召公世家》:"召公巡行乡邑,有棠

树，决狱政事其下，自侯伯至庶人各得其所，无失职者。召公卒，而民人思召公之政，怀棠树不敢伐，哥咏之，作《甘棠》之诗。"后因以"棠树"喻惠政。

【汇评】

清何焯：平平叙致，自多感慨。（卞孝萱《刘禹锡诗何焯批语考订》）

酬皇甫十少尹①暮秋久雨喜晴有怀见示

雨余独坐卷帘帷，便得诗人喜霁诗。摇落从来长年感，惨舒偏是病身知。扫闲②云雾呈光景，流尽潢汙③见路歧④。何况菊香新酒熟，神州司马⑤好狂时。

【题解】

此诗作年不迟于开成四年（839）暮秋，皇甫曙开成五年三月赴任绛州，参见《送河南皇甫少尹赴绛州》编年。

【注释】

①皇甫十少尹：皇甫曙。《唐诗纪事》五二云："曙，元和十一年（816），中书舍人李逢吉下登第。"

②闲：崇本、朱本、《全唐诗》作"开"，是。

③潢汙(huáng wū)：《左传》隐公三年："潢汙行潦之水。"杜预注云："潢汙，停水。"

④路歧：《列子·说符》："杨子之邻人亡羊，既率其党，又请杨子之竖追之。杨子曰：'嘻！亡一羊，何追者之众？'邻人曰：'多歧路。'既反，问：'获羊乎？'曰：'亡之矣。'曰：'奚亡之？'曰：'歧路之中，又有歧路焉。吾不知其所之，所以反也。'杨子戚然变容，不言者移时，不笑者竟日。"

⑤神州司马：指皇甫曙。

酬乐天小庭寒夜有怀

寒夜阴云起,疏林暗^①鸟惊。斜风闪灯影,进^②雪打窗声。竟夕不能寐,同年知此情。汉皇无奈老^③,何况本书生!

【题解】

此诗作于开成四年(839)岁暮。白居易《小庭寒夜寄梦得》诗云:"庭小同蜗舍,门闲称雀罗。火将灯共尽,风与雪相和。老睡随年减,衰情向夕多。不知同病者,争奈夜长何!"《白居易年谱》系诸开成四年,从之。

【注释】

①暗:朱本、《全唐诗》作"宿"。

②进:朱本作"近"。

③"汉皇"句:汉武帝《秋风辞》:"欢乐极兮哀情多,少壮几时兮奈老何?"

开成五年(840)

送河南皇甫少尹^①赴绛州^②

祖帐^③临周道,前旌指晋城。午桥群吏散,亥字老人^④迎。诗酒同行^⑤乐,别离方见情。从兹洛阳社,吟咏欠书生^⑥。

【题解】

此诗作于开成五年(840)。瞿蜕园《笺证》按云:"《唐诗纪事》五二云:'曙,元和十一年(816),中书舍人李逢吉下登第。'白居易《醉吟先生传》中之皇甫朗之,即其人也。白居易有《皇甫郎中亲家翁赴任绛州宴送出城》诗云:'慕贤入室交先定,结援通家好复成。新妇不嫌贫活计,娇孙同慰老心情。洛桥歌酒今朝散,绛路风烟几日行? 欲识离群相恋意,为君扶病出都城。'禹锡与曙相稔,殆亦因居易之故,故于其出任绛州时,同作诗送之。"《白集》卷三五《皇甫郎中亲家翁赴任绛州宴送出城》载《春尽日宴罢感事独吟》前,后者题下注:"开成五年三月三十日作。"

【注释】

①皇甫少尹:皇甫曙。少尹:官名。唐初诸郡皆置司马,开元元年改为少尹,是府州的副职。

②绛州:今山西新绛。

③祖帐:古代送人远行,在郊外路旁为饯别而设的帷帐。亦指送行的酒筵。

④亥字老人:《左传》襄公三十年载:"晋悼夫人食舆人之城杞者。绛县人或年长矣,无子,而往与于食。有与疑年,使之年。曰:'臣小人也,不知纪年。臣生之岁,正月甲子朔,四百有四十五甲子矣,其季于今三之一也。'

吏走问诸朝,师旷曰:'鲁叔仲惠伯会郤成子于承匡之岁也。是岁也,狄伐鲁。叔孙庄叔于是乎败狄于咸,获长狄侨如及虺也豹也,而皆以名其子。七十三年矣。'史赵曰:'亥有二首六身,下二如身,是其日数也。'士文伯曰:'然则二万六千六百有六旬也。'"

⑤同行:崇本作"每同",《全唐诗》注云:"一作每同。"

⑥"从兹"二句:《晋书》卷七九《谢安传》:"安少有盛名,时多爱慕。……安本能为洛下书生咏,有鼻疾,故其音浊,名流爱其咏而弗能及,或手掩鼻以敩之。""欠",《全唐诗》作"属"。

【汇评】

宋黄彻:史赵释绛县老人年数云:"亥有二首六身。"盖离析"亥"字点画而上下之如算筹纵横然,则下其二首为二万,六身各一纵一横,为六千六百六十,正合其甲子之日数,传以赵之明历。刘宾客《送人赴绛州》云:"午桥群吏散,亥字老人迎。"义山《赠绛台老驿吏》云:"过客不劳询甲子,惟书亥字与时人。"可谓善使事矣。(《碧溪诗话》)

又:张文潜《法云怀无咎》云:"独觉欠此公。"或传某生语,文潜自以欠字为得意。然梦得《送皇甫》云:"从兹洛洛阳社,吟咏欠书生。"乐天"可怜闲气味,惟欠与君同。""得君更有无厌意,犹恨尊前欠老刘。"退之云:"今者诚自幸,所怀无一欠。"张何得意之有?(同上)

元方回:自洛赴绛,故以亥字老人事,上搭对午桥为偶,诗家常例也。五、六方有味。前四句只是形模,不下"周道"、"晋城"四字,则"午桥"亦唤不来。(《瀛奎律髓》)

清冯班:前四句精工,若曰"诗家常例",似非公议。(《瀛奎律髓汇评》)

清纪昀:前半工而无味,后半亦平浅。(同上)

清余成教:刘梦得诗云:"午桥群吏散,亥市老人迎。"……开后人以干支相对法门。(《石园诗话》)

洛中送崔司业使君^①扶侍赴唐州^②

绿野方城^③路,残春柳絮飞。风鸣骕骦^④马,日照老莱衣。洛苑鱼书至,江村雁户^⑤归。相思望淮水,双鲤不应稀。

【题解】

此诗当作于开成五年(840)。卞孝萱《刘禹锡年谱》考:"居易有《送唐州崔使君侍亲赴任》诗。……载于《白氏长庆集》卷三五,其后为《春尽日宴罢感事独吟》,题下注:'开成五年三月三十日作。'"瞿蜕园《笺证》按云:"白居易有《送唐州崔使君侍亲赴任》诗云:'连持使节历专城,独赏崔侯庆最荣。乌府一抛霜简去,朱轮四从板舆行。发时正许沙鸥送,到日方乘竹马迎。唯虑郡斋宾友少,数杯春酒共谁倾?'时地皆合,必与禹锡同赋。"

【注释】

①崔司业使君:未详何人。司业:学官名。《礼记》卷二〇《文王世子》:"乐正司业,父师司成。"郑玄注:"司,主也。"孔颖达疏:"司是职司,故为主。谓乐正主太子《诗》《书》之业。"隋以后国子监置司业,为监内的副长官,协助祭酒,掌儒学训导之政。至清末始废。

②唐州:今河南泌阳县。

③方城:《旧唐书》卷三九《地理志》二:"方城,前汉堵阳县,属南阳郡。后汉改为顺阳。隋改为方城县,属淯阳郡。武德二年于县置北澧州",贞观八年,"改北澧州为鲁州……九年,省鲁州,以方城属唐州"。今河南方城县。"方",《全唐诗》作"芳"。

④骕骦(sù shuāng):良马名。本作"肃爽"、"肃霜",亦作"骕騻"。

⑤雁户:流动无定的民户。

奉和吏部杨尚书^①太常李卿^②二相公策免后即事述怀赠答十韵

文雅关西族^③，衣冠赵北都^④。有声真汉相^⑤，无颣^⑥胜隋珠^⑦。当轴龙为友，临池凤不孤。九天开内殿，百辟^⑧看晨趋。诚满澄^⑨欹器^⑩，成功别大炉^⑪。余芳在公论，积庆是神扶。步武^⑫离台席^⑬，徊翔集帝梧^⑭。铨材秉秦镜^⑮，典乐^⑯去齐竽^⑰。萧洒风尘外，逢迎诗酒徒。唯应待华皓^⑱，更食^⑲万钱厨^⑳。

【题解】

此诗作于开成五年（840）。《旧唐书》卷一七三《李珏传》："（开成）三年（838），杨嗣复辅政，荐珏以本官同平章事。珏与固言、嗣复相善，自固言得位，相继援引；居大政，以倾郑覃、陈夷行、李德裕三人。凡有奏议，必以朋党为谋，屡为覃所廷折之。""武宗即位之年（开成五年，840）九月，与杨嗣复俱罢相，出为桂州刺史、桂管观察使。"此诗为杨、李二人遭罢免后刘禹锡的述怀赠答之作。

【注释】

①吏部杨尚书：杨嗣复。《旧唐书》卷一七六、《新唐书》卷一七四有传。

②太常李卿：李珏。《旧唐书》卷一七三、《新唐书》卷一八二有传。

③"文雅"句：指杨嗣复。杨嗣复：字继之，仆射杨於陵之子。《旧唐书》卷一六四《杨於陵传》："杨於陵，字达夫，弘农人。汉太尉震之第五子奉之后。"《后汉书》卷五四《杨震传》："震少好学，受《欧阳尚书》于太常桓郁，明经博览，无不穷究。诸儒为之语曰：'关西孔子杨伯起。'"

④"衣冠"句：指李珏。赵北都：赵郡，今河北赵县。《旧唐书》卷一七三《李珏传》："李珏，字待价，赵郡人。"

⑤真汉相:详见《令狐相公自天平移镇太原以诗申贺》注⑥。

⑥颣(lèi):瑕疵,毛病。

⑦隋珠:隋侯之珠。《淮南子•览冥训》:"譬如隋侯之珠,和氏之璧,得之者富,失之者贫。"高诱注云:"隋侯,汉东之国,姬姓诸侯也。隋侯见大蛇伤断,以药傅之。后蛇于江中衔大珠以报之,因曰隋侯之珠,盖明月珠也。"

⑧百辟:诸侯;百官。《全唐诗》"辟"下注云:"一作拜。"

⑨澄:崇本作"惩"。

⑩欹器:见《题欹器图》注①。

⑪大炉:洪炉,亦作洪垆。大火炉,比喻陶冶和锻炼人的环境。

⑫步武:很短的距离。《国语》卷三《周语》下:"夫目之察度也,不过步武尺寸之间。"韦昭注:"六尺为步,贾君以半步为武。"

⑬台席:古以三公取象三台,故称宰相的职位为台席。

⑭集帝梧:《韩诗外传》卷八:"黄帝乃服黄衣,戴黄冕,致斋于宫,凤乃蔽日而至,黄帝降于东阶,西面再拜稽首,曰:'皇天降祉,不敢不承命。'凤乃止帝东国,集帝梧桐,食帝竹实,没身不去。诗曰:'凤凰于飞,刿刿其羽,亦集爰止。'"

⑮秦镜:见《昏镜词》注⑫。

⑯典乐:官名。掌管朝廷的音乐事务。《尚书•尧典》:"帝曰:夔,命汝典乐,教胄子。"

⑰齐竽:滥竽充数。详见《途次华州陪钱大夫登城北楼春望因睹李崔令狐三相国唱和之什翰林旧侣继踵华城山水清高鸾凤翔集皆忝夙眷遂题是诗》注⑧。

⑱华皓:须发花白。指年老。《隋书》卷三七《李穆传》:"至若吕尚以期颐佐周,张苍以华皓相汉,高才命世,不拘恒礼,迟得此心,留情规训。""皓",朱本、《全唐诗》作"诰",《全唐诗》注云:"一作皓。"

⑲《全唐诗》"食"下注云:"一作入。"

⑳万钱厨:日食万钱。

送前进士^①蔡京^②赴学究科^③　时旧相杨尚书^④掌选。

耳闻战鼓带经锄,振发名声^⑤自里间。已是世间能赋客,更攻窗下绝编书^⑥。朱门达者谁能识? 绛帐诸^⑦生尽不如。幸遇天官^⑧旧丞相,知君无翼上空虚。

【题解】

此诗作于开成五年(840)。题下注:"时旧相杨尚书掌选。"《新唐书·宰相表》下:开成五年五月己卯,"嗣复罢,守吏部尚书、刑部尚书"。

【注释】

①前进士:唐代称及第而尚未授官的进士。唐李肇《唐国史补》卷下:"投刺谓之乡贡,得第谓之前进士。"

②蔡京:瞿蜕园《笺证》按云:"蔡京事迹见《唐诗纪事》四九,云:'邕州蔡大夫京者,故令狐文公楚镇滑台日,于僧中见,曰:此童眉目疏秀,进退不慑,惜其单幼,可以劝学乎? 师从之,乃得陪学于相国子弟。后以进士举上第,寻又学究登科,作尉畿服。既为御史,覆狱淮南,李相绅忧悸而卒,颇得绣衣之称。谪居澧州,为厉员外玄所辱。稍迁抚州刺史,以辞气自负。……刘梦得有《送前进士蔡京赴学究科诗》云:已是世间能赋客,更攻窗下绝编书。又云:幸遇天官旧丞相,知君无翼上虚空。盖欲荐之时相也。京以进士举登学究科,时为(谓)好及第、恶科名,有锦上披蓑之诮焉。令狐文公在天平后堂宴乐,京时在坐,故义山诗云:白足禅僧思败道,青袍御史拟休官。谓京曾为僧也。或云:咸通中为广西节度,褊忮贪克,峻条令,为炮熏刽斮法,御下惨毒,为军中所逐,后贬死。'"

③学究科:唐代科举科目之一。

④旧相杨尚书:杨嗣复。"旧相",崇本、《全唐诗》作"崔相公"。

⑤名声:《全唐诗》作"声名"。

⑥绝编书:指《周易》。

⑦诸:朱本、《全唐诗》作"书"。

⑧天官:官名。《周礼》分设六官,以天官冢宰居首,总御百官。唐武后光宅元年改吏部为天官,旋复旧。后世亦称吏部为天官。借指吏部尚书。

文宗元圣昭献孝皇帝挽歌三首①

继体②三才理,承颜九族亲。禹功留海内,殷历付天伦。调露③曲长在,秋风词④尚新。本支方百代,先让棣华春⑤。

月落宫车动,风凄仪仗闲。路唯瞻凤翣,人尚想龙颜。御宇方无事,乘云遂不还。圣情悲望处,兄日⑥下西山。

享国十五载,升天千万年。龙镳⑦仙路远,骑吹礼容全。日下初陵外,人悲旧剑⑧前。周南有遗老,掩泪望秦川。

【题解】

此诗作于开成五年(840)。文宗:唐文宗李昂。《旧唐书》卷一七下《文宗纪》下:开成五年(840)春正月,"辛巳,上崩于大明宫之太和殿,寿享三十三。群臣谥曰元圣昭献皇帝,庙号文宗。其年八月十七日,葬于章陵"。

【注释】

①三首:崇本作题下小字注。

②继体:继位。

③调(diào)露:乐曲名。任昉《奉答敕示七夕诗启》:"宁足以继想《南风》,克谐《调露》。"《文选》李善注引宋均曰:"《调露》,调和致甘露也,使物茂长之乐。"刘良注:"四节不相违,谓之《调露》之乐。"

④秋风词:汉武帝所作《秋风辞》。《全唐诗》"词"下注云:"一作调。"

⑤"先让"句:《旧唐书》卷一七下《文宗纪》下:开成"五年春正月戊寅

朔,上不康,不受朝贺。己卯,诏立亲弟颍王瀍为皇太弟,权勾当军国事。皇太子成美复为陈王。"

⑥兄日:《唐音癸签》卷二三:"'圣情悲望处,兄日下西山。'人君兄日姊月,出《春秋感精符》。武宗以弟及,故用之。今本作'沈日',是浅学所改。""兄",崇本、《全唐诗》作"沈",朱本作"见",皆误。《全唐诗》"日"下注云:"一作见日,一作兄日。"

⑦龙镳:天子所乘之马。

⑧旧剑:《史记》卷一《五帝本纪》:"皇帝崩,葬桥山。"张守节《正义》引《列仙传》云:"轩辕自择亡日与群臣辞。还葬桥山,山崩,棺空,唯有剑舄在棺焉。"

【汇评】

清何焯:"调露"一联,谓其好文也。文宗命陈王嗣位,宦官弑之,而立颍王瀍为太弟。落句(按:指"本支"一联)盖有讽也。(卜孝萱《刘禹锡诗何焯批语考订》)

和陈许王尚书①酬白少傅侍郎②长句因通简汝洛旧游之什

廖③廓高翔不可追,风云失路暂相随。方同洛下书生④咏,又建⑤军前大将旗。雪里命宾开玉帐,饮中请号驻金卮。竹林一自王戎去,嵇阮虽贫兴未衰。

【题解】

此诗作于开成三年(838)至开成五年(840)间。《旧唐书》卷一五七《王彦威传》:"(开成)三年七月,检校礼部尚书,代殷侑为许州刺史,充忠武军节度、陈许濮观察等使。"蒋维崧等《笺注》注云:"据《唐方镇年表》卷二,彦

748

威于开成五年由忠武徙宣武。"又,会昌元年(841),白居易少傅官停。王彦威原诗已佚。

【注释】

①陈许王尚书:王彦威。《旧唐书》卷一五七、《新唐书》卷一六四有传。

②白少傅侍郎:白居易。

③廖:崇本、朱本、《全唐诗》作"寥"。

④洛下书生:《晋书》卷七九《谢安传》:"安本能为洛下书生咏,有鼻疾,故其音浊,名流爱其咏而弗能及,或手掩鼻以敩之。"此处以谢安比王彦威。

⑤建:朱本、《全唐诗》作"见"。

武宗会昌元年(841)

酬宣州崔大夫①见寄

白衣曾拜汉尚书②,今日恩光到弊③庐。再入龙楼称绮季④,应缘狗监⑤说相如。中郎南镇⑥权方重,内史⑦高斋兴有余。遥想敬亭⑧春欲暮,百花飞尽柳花初。

【题解】

此诗作于会昌元年(841)春暮。《旧唐书》卷一七下《文宗纪》下:开成四年三月癸酉,"以户部侍郎崔龟从为宣歙观察使"。"白衣尚书"指刘禹锡检校尚书事,"再入龙楼称绮季"指刘禹锡再为太子宾客事。刘禹锡会昌元年春加检校礼部尚书兼太子宾客分司东都。又据"遥想敬亭春欲暮,百花飞尽柳花初"句,此诗当作于会昌元年春暮。

【注释】

①宣州崔大夫:崔龟从。《旧唐书》卷一七六有传,《新唐书》卷一六〇《崔元略传》附《崔龟从传》。《旧唐书》:"崔龟从,字玄告,清河人。……元和十二年擢进士第,又登贤良方正制科,及书判拔萃二科,释褐拜右拾遗。大和二年,改太常博士。""累转考功郎中、史馆修撰。九年,转司勋郎中、知制诰。十二月,正拜中书舍人。开成初,出为华州刺史。三年三月,入为户部侍郎,判本司事。四年,权判吏部尚书铨事。"

②"白衣"句:《后汉书》卷二七《郑均传》:"郑均字仲虞,东平任城人也。……建初三年,司徒鲍昱辟之,后举直言,并不诣。六年,公车特征。再迁尚书,数纳忠言,肃宗敬重之。后以病乞骸骨,拜议郎,告归,因称病笃,帝赐以衣冠。……帝东巡过任城,乃幸均舍,敕赐尚书禄以终其身,故

时人号为'白衣尚书'"。此处指刘禹锡检校尚书为虚衔,故称"白衣尚书"。

③弊:朱本、《全唐诗》作"敝",是。

④绮季:绮里季,商山四皓之一。此处指刘禹锡再为太子宾客。

⑤狗监:汉代内官名,主管皇帝的猎犬。《史记》卷一一七《司马相如列传》:"蜀人杨得意为狗监,侍上。上读《子虚赋》而善之曰:'朕独不得与此人同时哉!'得意曰:'臣邑人司马相如自言为此赋。'"裴骃集解引郭璞曰:"主猎犬也。"司马相如因狗监荐引而名显,故后常用以为典。

⑥中郎南镇:东汉设东南西北四中郎将。

⑦内史:隋文帝改中书省为内史省,置内史监、令各一员。隋炀帝改为内书省。唐高祖武德初复为内史省,三年改为中书省。后亦用以称中书省的官员。崔龟从曾任中书舍人。

⑧敬亭:详见《九华山歌》注⑨。

同留守王仆射各赋春中一物从一韵至七

莺。能语,多情。春将半,天欲明。始逢南陌,复集东城。林疏时见影,花密但闻声。营中缘催短笛,楼上来定哀筝。千门万户垂杨里,百转如簧烟景晴。

【题解】

此诗作于会昌元年(841)。留守王仆射指王起。《旧唐书》卷一六四《王播传》附《王起传》:"武宗即位,八月,充山陵卤簿使。枢密使刘弘逸、薛季棱惧诛,欲因山陵兵士谋废立。起与山陵使知其谋,密奏,皆伏诛。寻检校左仆射、东都留守,判东都尚书省事。会昌元年,征拜吏部尚书,判太常卿事。"《唐刺史考》卷四八:"《千唐志·张季戎墓志》:'开成五祀,东都留守尚书崔公……及冬,仆射王公……会昌,司徒李公……。'"王起诗已佚。

【汇评】

清宋长白：刘梦得一七字会咏莺云：千门万户垂杨里，百转如簧烟景晴。虽用经语，却从风景上描写。章枫山《楚中闻莺》曰：东风空费如簧舌，不道朝廷有凤仪。下一舌字便刻入一层。（《柳亭诗话》）

会昌春连宴即事①

元年寒食日，上巳②暮春天。鸡黍三家会，莺花二节连。居易。光风初淡荡，美景渐暄妍。簪组兰亭上，车舆曲水边。禹锡。松声添奏乐，草色助铺筵。雀舫宜闲泛，螺杯任漫传。起。园蔬香带露，厨③柳暗藏烟。丽句轻珠玉，清谈胜管弦。居易。陌喧金距斗④，树动彩绳悬。姹女妆梳艳，游童衣服鲜。禹锡。圃香知种蕙，池暖忆开莲。怪石云疑触，夭桃火欲然。起。正欢唯恐散，虽醉未思眠。啸傲人间世，追随地上仙。居易。燕来双涎涎⑤，雁去累翩翩。行乐真吾事，寻芳独⑥我先。禹锡。滞周⑦惭太史，太史公留滞周南，今荣忝⑧，惭古人矣。入洛⑨继先贤。此言刘白声价与二陆争长矣。昔恨多分手，今欢谬比肩。起。病犹陪燕⑩饮，老更奉周旋。望重青云客，情深白首年。居易。遍尝珍馔后，许入昼⑪堂前。舞袖翻红矩⑫，歌鬟插宝蝉。禹锡。断金多感激，倚玉⑬贵迁延。说史吞颜注⑭，论诗笑郑笺⑮。起。松筠寒不变，胶漆⑯冷弥坚。兴伴王寻戴⑰，谓随仆射过尚书也。荣同隗在燕⑱。居易。自谓。掷卢⑲夸使气，刻烛斗成篇。实蓺⑳皆三捷，虚名愧六联㉑。禹锡。兴阑犹举白，话静每思玄。更说归时好，亭亭㉒月正圆。起。

752

【题解】

会昌元年(841)春联句。联句者为白居易、刘禹锡、王起。

【注释】

①崇本题末有"联句"二字。

②上巳:旧时节日名。汉以前以农历三月上旬巳日日为"上巳";魏晋以后,定为三月三日,不必取巳日。《后汉书·礼仪志上》:"是月上巳,官民皆洁于东流水上,曰洗濯祓除去宿垢疢为大洁。"

③厨:朱本作"池"。

④金距斗:即斗鸡。金距:装在斗鸡距上的金属假距。《左传·昭公二十五年》:"季郈之鸡斗。季氏介其鸡,郈氏为之金距。"

⑤涎涎(diàn diàn):光泽貌。《汉书》卷二七中之上《五行志中之上》:"成帝时童谣曰:'燕燕尾涎涎,张公子,时相见……'其后帝为微行出游,常与富平侯张放俱称富平侯家人,过阳阿主作乐,见舞者赵飞燕而幸之,故曰'燕燕尾涎涎',美好貌也。"颜师古注云:"涎涎,光泽貌也,音徒见反。""涎涎",《全唐诗》作"涎涎"。

⑥独:原脱,据崇本、朱本、《全唐诗》补。

⑦滞周:留滞周南。《史记·太史公自序》:"是岁天子始建汉家之封,而太史公留滞周南,不得与从事,故发愤且卒。而子迁适使反,见父于河洛之间。"裴骃集解引徐广曰:"挚虞曰:'古之周南,今之洛阳。'"司马贞索隐引张晏曰:"自陕已东,皆周南之地也。"此处太史指司马谈。司马谈志难获骋,王起官至东都留守,检校左仆射,故云"今荣忝,惭古人矣"。

⑧忝:朱本作"示",误。

⑨入洛:《晋书》卷五四《陆机传》:"至太康末,与弟云俱入洛,造太常张华。"

⑩燕:崇本、《全唐诗》作"谯",朱本作"宴"。

⑪昼:本、朱本、《全唐诗》作"画",是。

⑫矩:崇本、朱本、《全唐诗》作"炬",是。

⑬倚玉:蒹葭倚玉树。《世说新语·容止》:"魏明帝使后弟毛曾与夏侯玄共坐,时人谓'蒹葭倚玉树'。"言二人品貌极不相称。后以"倚玉"谓相形

见绌,又指高攀或亲附贤者。

⑭颜注:唐颜师古为《汉书》作注。

⑮郑笺:东汉郑玄为《毛诗》作笺。

⑯胶漆:比喻情谊极深,亲密无间。邹阳《狱中上梁王书》:"感于心,合于行,坚如胶漆,昆弟不能离,岂惑于众口哉!"

⑰王寻戴:详见《奉和中书崔舍人八月十五日夜玩月二十韵》注㉑。

⑱隗在燕:郭隗在燕国。《战国策·燕策一》:"郭隗先生曰:'……今王诚欲致士,先从隗始。隗且见事,况贤于隗者乎?岂远千里哉?'于是昭王为隗筑宫而师之。乐毅自魏往,邹衍自齐往,剧辛自赵往,士争凑燕。"

⑲掷卢:古时赌博的一种。以骰五枚,上黑下白,掷之全黑为卢。

⑳薮:崇本、朱本、《全唐诗》作"艺"。

㉑六联:古代谓六方面的政务须官府各部门联合行事。《周礼·天官·小宰》:"以官府之六联合邦治:一曰祭祀之联事,二曰宾客之联事,三曰丧荒之联事,四曰军旅之联事,五曰田役之联事,六曰敛弛之联事,凡小事皆有联。"

㉒亭亭:朱本作"高亭"。

仆射来示有三春向晚四者难并①之说诚哉是言辄引起题重为联句疲兵再战勍敌②难降下笔之时颗然③自哂走呈仆射兼简尚书

三春今向晚,四者昔难并。借问低眉坐,何如携手行。居易。旧游多过隙④,新宴且寻盟。鹦鹉林⑤须乐,麒麟阁⑥未成。起。分阴⑦当爱惜,迟景好逢迎。林野薰风⑧起,楼台谷雨晴。禹锡。墙低山半出,池广水初平。桥转长虹曲,舟回小鹢轻。居易。残花犹布绣,密竹自闻笙。欲过芳菲节,难忘宴慰⑨情。起。月轮行似箭,时物势⑩如倾。见雁随兄⑪去,听莺求友声。禹锡。蕙长书带⑫展,菰⑬嫩剪刀生。坐密衣裳暖,堂虚丝管清。居易。峰峦侵碧落,草木近朱明⑭。与点非沂水⑮,陪膺是洛城⑯。白尝为三川守,故云。起。拨醅篘⑰绿醑⑱,卧酪⑲待朱樱。几处能留客?何人唤解酲⑳?禹锡。旧仪尊右揆㉑,新命宠春卿㉒。有喜鹊频语,无机鸥不惊㉓。居易。青林思小隐,白雪仰芳名。访旧殊千里㉔,登高赖九城。起。鄷侯司管钥㉕,疏傅傲簪缨㉖。纶绋㉗曾同掌,烟霄即上征。禹锡。册庭尝接武㉘,书殿㉙忝连衡。兰室春弥馥,松心晚更贞。居易。琴招翠羽下,钓㉚掣紫鳞呈。只愿回乌景,谁能避兕觥?起。方知醉兀兀,应胜㉛走营营。凤阁鸾台路,从他年少争。居易。送㉜呈二公。

【题解】

会昌元年(841)联句。联句者为白居易、王起、刘禹锡。《旧唐书》卷一六四《王播传》附《王起传》:"武宗即位,八月,充山陵卤簿使。……寻检校左仆射、东都留守,判东都尚书省事。会昌元年,征拜吏部尚书,判太常卿事。"又,《唐刺史考》卷四八:"《千唐志·张季戎墓志》:'开成五祀,东都留守尚书崔公……及冬,仆射王公……会昌,司徒李公……。'"王起充东都留守在开成五年冬。

【注释】

①四者难并:谢灵运《拟魏太子邺中集诗八首序》:"天下良辰、美景、赏心、乐事,四者难并。"

②勍(qíng)敌:强敌。

③辴(chǎn)然:笑貌。左思《吴都赋》:"东吴王孙辴然而咍。"《文选》刘逵注云:"辴,大笑貌。"

④过隙:《史记》卷五五《留侯世家》:"人生一世间,如白驹过隙。"

⑤林:朱本作"杯",是。

⑥麒麟阁:汉代阁名,在未央宫中。汉宣帝时曾画霍光等十一功臣像于阁上,以表扬其功绩。

⑦分阴:详见《罢郡归洛阳闲居》注④。

⑧薰风:南风。《孔子家语·辨乐解》:"昔者舜弹五弦之琴,造南风之诗,其诗曰:'南风之薰兮,可以解吾民之愠兮;南风之时兮,可以阜吾民之财兮。'"

⑨慰:朱本作"会"。

⑩势:《全唐诗》作"始"。

⑪雁随兄:《礼记·王制》:"兄之齿雁行,朋友不相踰。"

⑫书带:详见《酬令狐留守巡内至集贤院见寄》注③。

⑬菇:慈姑,亦称"茨菇"。可作食用和药用,因叶如剪刀,又称剪刀草。

⑭朱明:夏季。《尔雅·释天》:"春为青阳,夏为朱明,秋为白藏,冬为玄英。"

⑮"与点"句:《论语·先进》:"(曾皙)曰:'莫春者,春服既成,冠者五六人,童子六七人,浴乎沂,风乎舞雩,咏而归。'夫子喟然叹曰:'吾与点也!'"

⑯"陪膺"句:《后汉书》卷六八《郭太传》:"始见河南尹李膺,膺大奇之,遂相友善,于是名震京师。后归乡里,衣冠诸儒送至河上,车数千两。林宗唯与李膺同舟共济,众宾望之,以为神仙焉。"

⑰篘(chōu):一种竹制的滤酒的器具。

⑱醑(xǔ):美酒。

⑲酪:用果实做的糊状食品。

⑳解酲:醒酒;消除酒病。《世说新语·任诞》:"天生刘伶,以酒为名;一饮一斛,五斗解酲。""酲",崇本作"醒",误。

㉑右揆:右丞相。揆,指宰相之位。

㉒春卿:周春官为六卿之一,掌邦礼。后因称礼部长官为春卿。此处指刘禹锡新加检校礼部尚书。

㉓"无机"句:详见《宴兴化池亭送白二十二东归联句》注⑦。

㉔"访旧"句:《晋书》卷四九《嵇康传》:"东平吕安服康高致,每一相思,

756

辄千里命驾。"白、刘皆在洛阳,离自己较近,故云"殊千里"。

㉕"酂(cuó)侯"句:《史记》卷五三《萧相国世家》:"及汉兴,依日月之末光,何谨守管籥,因民之疾秦法,顺流与之更始。"此处以萧何比王起。

㉖"疏傅"句:《汉书》卷七一《疏广传》:"广谓受曰:'吾闻知足不辱,知止不殆,功遂身退,天之道也。今仕官至二千石,宦成名立,如此不去,惧有后悔,岂如父子相随出关,归老故乡,以寿命终,不亦善乎?'受叩头曰:'从大人议。'即日父子俱移病。满三月赐告,广遂称笃,上疏乞骸骨。上以其年笃老,皆许之,加赐黄金二十斤,皇太子赠以五十斤。公卿大夫故人邑子设祖道,供张东都门外,送者车数百两,辞决而去。及道路观者皆曰:'贤哉二大夫!'"

㉗纶綍(fú):《礼记·缁衣》:"王言如丝,其出如纶;王言如纶,其出如綍。"郑玄注云:"言言出弥大也。"后因称皇帝的诏令为"纶綍"。因王、白二人曾任中书舍人,知制诰,故云"纶綍曾同掌"。

㉘"册庭"句:册庭:草拟册命之庭,此处指中书省。接武:步履相接。前后相接;继承。王起于元和十四年以比部郎中知制诰。穆宗即位,拜中书舍人。白居易于长庆元年三月,受诏与中书舍人王起覆试礼部侍郎钱徽下及第人郑朗等十四人。十月,转中书舍人。

㉙书殿:集贤殿。王起与刘禹锡都曾为集贤殿学士。

㉚钓:《全唐诗》作"钩"。

㉛胜:《全唐诗》作"是",误。

㉜送:朱本、《全唐诗》作"更"。

送分司陈郎中①祗召直使馆重修三圣②实录

蝉鸣官树引行车,言自成周③赴玉除④。远取南朝贵公子,重修东观帝王⑤书。常时载笔窥金匮⑥,暇日登楼到石渠。若问旧人刘子政⑦,如今头白在商於⑧。

此诗作于会昌元年(841)夏。《旧唐书》卷一八上《武宗纪》:会昌元年,"四月辛丑,敕:'《宪宗实录》旧本未备,宜令史官重修进内。其旧本不得注破,候撰成同进。'"

【注释】

①陈郎中:高志忠《校注》注云:"陈商。开成中以司门郎中分司东都。"按云:"据《新唐书》卷七一下《宰相世系表》一下,商为陈宣帝顼之玄孙、左散骑常侍萆之子,故诗云'远取南朝贵公子'也。"

②三圣:顺、宪、穆三宗。崇本无"三圣"二字。

③成周:古地名。即西周的东都洛邑。故址据传在今河南省洛阳市东郊。

④玉除:玉阶,借指朝廷。

⑤《全唐诗》"王"下注云:"一作皇。"

⑥金匮:铜制的柜。古时用以收藏文献或文物。

⑦刘子政:刘向。《汉书》卷三六《刘向传》:"向字子政,本名更生。""会初立《谷梁春秋》,征更生受《谷梁》,讲论《五经》于石渠。"

⑧头白在商於:《全唐诗》作"白首在南徐",注云:"一作头白在商於。"

【汇评】

宋黄彻:老杜:"卿到朝廷说老翁,漂零已是沧浪客。"又:"朝觐从容问幽仄,勿云江汉有垂纶。"其后梦得《送陈郎中》云:"若问旧人刘子政,而今头白在商於。"《送惠休》则云:"休公久别如相问,楚客逢秋心更悲。"……皆有所因也。(《碧溪诗话》)

清管世铭:凡律诗最重起结,七言尤然。……落句以语尽意不尽为贵,如……刘禹锡"若问旧人刘子政,如今白首在南徐"。(《读雪山房唐诗序例》)

秋霖即事联句三十韵

萧索穷秋月,苍然①苦雨天。泄云生栋上,行潦②入庭前。居易送上仆射。苔色侵三径,波声想五弦。井蛙争入户,辙鲋③乱归泉。起送上中丞大监。高雷④愁晨坐,空阶警⑤夜眠。鹳鸣⑥犹未已,蚁穴亦频迁。禹锡送上少傅侍郎。散漫疏还密,空濛断又⑦连。竹沾青玉润,荷滴白珠圆。居易。地湿灰蛾⑧灭,池添水马⑨怜。有苗沾霢霂⑩,无月弄潺湲。起。篱菊潜开秀,园蔬已罢鲜。断行垂⑪雁翅,孤啸耸鸢肩。禹锡。桥柱黏黄菌,墙衣⑫点绿钱。草荒行药⑬路,沙淀⑭钓鱼船。居易。长者车⑮犹阻,高人榻且悬⑯。此思刘、白⑰之来也。金乌何日见,玉爵几时传?起。近井桐先落,当檐石欲穿。趋风⑱诚有恋,披雾⑲邈无缘。禹锡以答悬榻之名⑳。廪米陈生醭㉑,庖薪湿起烟。鸣鸡潜报晓,急景暗凋年。居易。盖洒高松上,丝繁细柳边。拂丛时起蝶,堕叶乍惊蝉。起。巾角皆争垫㉒,裙裾例㉓似湔㉔。人多蒙翠被,马尽著㉕连乾㉖。禹锡。好客无来者,贫家但悄然。寒㉗泥印鹤㉘迹,漏壁络蜗涎。居易。蚊聚雷侵室,鸥翻浪满川。上楼愁幂幂,绕舍厌浅浅㉙。起。律候㉚今秋矣,欢娱久旷焉。但令高兴在,晴后奉周旋。禹锡。

【题解】

会昌元年(841)秋联句。联句者为白居易、王起、刘禹锡。《旧唐书》卷一六四《王播传》附《王起传》:"武宗即位,八月,充山陵卤簿使。枢密使刘弘逸、薛季棱俱诛,欲因山陵兵士谋废立。起与山陵使知其谋,密奏,皆伏

759

诛。寻检校左仆射、东都留守,判东都尚书省事。会昌元年,征拜吏部尚书,判太常卿事。"又,《唐刺史考》卷四八:"《千唐志·张季戎墓志》:'开成五祀,东都留守尚书崔公……及冬,仆射王公……会昌,司徒李公……。'"王起充东都留守在开成五年冬。联句时当在会昌元年秋。刘禹锡汝州、同州任刺史皆代御史中丞,时刘禹锡在秘书监分司任,故称"中丞大监"。

【注释】

①然:朱本、《全唐诗》作"茫"。

②行潦:道路上的积水。《左传·隐公三年》:"潢污行潦之水。"

③辙鲋:《庄子·外物》:"周昨来,有中道而呼者。周顾视车辙中,有鲋鱼焉。周问之曰:'鲋鱼来!子何为者邪?'对曰:'我,东海之波臣也。君岂有斗升之水而活我哉?'"

④霤(liù):通"溜"。屋檐的流水。

⑤警:朱本作"惊"。

⑥鹳鸣:《诗·豳风·东山》:"鹳鸣于垤,妇叹于室。"毛传云:"垤,蚁冢也。将阴雨,则穴处先知之矣。鹳好水,长鸣而喜也。""鹳",朱本、《全唐诗》作"鹤",误。

⑦又:《全唐诗》作"复"。

⑧"蛾"原缺,崇本亦缺,注云:"逸一字。"据朱本、《全唐诗》补。

⑨水马:水虫名。身褐色,腹白色,两鬓,四足,常逆流疾步,轻快如飞,俗称水划虫。

⑩霢霂(mài mù):小雨。《诗·小雅·信南山》:"益之以霢霂,既优既渥,既沾既足,生我百谷。"

⑪垂:朱本、《全唐诗》作"随"。

⑫墙衣:墙上所生青苔。

⑬行药:魏晋南北朝士大夫喜服五石散以养生,服药后漫步以散发药性,谓之"行药"。延至唐代,余风犹存。

⑭淀:《全唐诗》作"泛"。

⑮长者车:详见《遥和白宾客分司初到洛中戏呈冯尹》注⑧。

⑯"高人"句:详见《送湘阳熊判官孺登府罢归钟陵因寄呈江西裴中丞

760

二十三兄》注⑲。

⑰白：朱本作"君"。

⑱趋风：疾行至下风，以示恭敬。《左传·成公十六年》："郤至三遇楚子之卒，见楚子，必下，免胄而趋风。"

⑲披雾：比喻人的神情清朗。《世说新语·赏誉》："卫伯玉为尚书令，见乐广与中朝名士谈议，奇之……命子弟造之，曰：'此人，人之水镜也，见之若披云雾睹青天。'"

⑳名：《全唐诗》作"召"，朱本作"言"。

㉑醭（bú）：醋或酱油等表面上长的白色霉。

㉒"巾角"句：详见《闻董评事疾因以书赠》注⑨。

㉓例：朱本、《全唐诗》作"别"。

㉔湔（jiān）：洗。

㉕著：崇本作"看"，误。

㉖连乾：马饰物。

㉗寒：《全唐诗》作"湿"。

㉘鹤：崇本作"鸹"，误。

㉙浅浅：朱本、《全唐诗》作"溅溅"。

㉚律候：指以十二律配十二月。

【汇评】

明陆时雍："波声想五弦"，是其变调；"竹沾青玉润"，语稍破俗；"孤啸耸鸢肩"，饶有奇趣；"沙淀钓鱼船"，景色佳。排律忌冗塌沉绵，自少陵以来，未能免此通病。（《唐诗镜》）

喜晴联句

　　苦雨晴何喜？喜于未雨时。气收云物变，声乐鸟乌①知。居易送上仆射。蕙泛光风圃，兰开皎月池。千峰分远近，九陌好追随。起送上尚书。白日开天路，玄阴②卷地维。余清在林薄，新照入涟漪。禹锡。碧树凉先落，青芜湿更滋。暵③毛经浴鹤，曳尾出泥龟。居易。舞去商羊④速，飞来野马⑤迟。柱边无润础，台上有游丝。起。桥净行尘息，堤长禁柳垂。宫城明⑥睥睨⑦，观阙⑧丽罘罳⑨。禹锡。洛水澄清镜⑩，嵩烟展翠帷。梁成虹乍见，市散蜃⑪初移。居易。藉草风犹暖，攀条露已晞。屋穿添碧瓦，墙缺召金锤。起。迥彻来双目，昏烦去四支。霞文晚焕烂，星影夕参差。禹锡。爽助门庭肃，寒催⑫草木衰。黄乾向阳菊，红洗得霜梨。居易。假盖⑬闲谁惜？弹弦燥更悲。散蹄良马稳，炙背野人宜。起。洞户晨晖入，空庭宿雾披。堆床⑭出书卷⑮，倾笥⑯上衣椸⑰。禹锡。道路行非阻，轩车望可期。无辞访圭窦⑱，且愿见琼枝。居易。仙⑲阁蓬莱客，古以秘书喻蓬莱。储宫羽翼师⑳。此言少傅。每优㉑陪丽句，何暇觊㉒英姿？起以酬圭窦之言。玩景方搔首，怀人尚敛眉。因吟仲文什，高兴尽于斯。禹锡。

【题解】

会昌元年(841)秋联句。联句者为白居易、王起、刘禹锡。参见《秋霖即事联句三十韵》编年。

【注释】

①鸟乌：乌鸦。

②玄阴：冬季极盛的阴气。王粲《七释》："农功既登，玄阴戒寒，乃致众庶，大猎中原。"

③暵：朱本、《全唐诗》作"晒"。

④商羊：传说中的鸟名。据云，大雨前，常屈一足起舞。《孔子家语·辩政》："齐有一足之鸟，飞集于宫朝，下止于殿前，舒翅而跳。齐侯大怪之，使使聘鲁问孔子。孔子曰：'此鸟名曰商羊，水祥也。昔童儿有屈其一脚，

振讯两眉而跳,且谣曰:天将大雨,商羊鼓舞。今齐有之,其应至矣。急告民趋治沟渠,修堤防,将有大水为灾。'顷之大霖,雨水溢泛。"王充《论衡·变动》:"商羊者,知雨之物也;天且雨,屈其一足起舞矣。"

⑤野马:《庄子·逍遥游》:"野马也,尘埃也,生物之以息相吹也。"郭象注云:"野马者,游气也。"

⑥明:朱本、《全唐诗》作"开",误。

⑦睥睨:城墙上锯齿形的短墙;女墙。详见《金陵五题》注⑨。

⑧观阙:古代帝王宫门前的两座楼台。

⑨罘罳(fú sī):详见《秋萤引》注⑤。

⑩镜:崇本、《全唐诗》作"镇",误。

⑪虮:崇本作"蚁",是,《全唐诗》作"蜃"。

⑫催:朱本、《全唐诗》作"摧",是。

⑬假盖:借伞。嵇康《与山巨源绝交书》:"仲尼不假盖于子夏,护其短也。"

⑭堆床:朱本作"推床",《全唐诗》作"推林",误。

⑮卷:据崇本补。朱本、《全唐诗》作"目"。

⑯笥(sì):盛饭或衣物的方形竹器。

⑰衣椸(yí):衣架。

⑱圭窦:形状如圭的墙洞。亦借指微贱之家的门户。《左传·襄公十年》:"筚门圭窦之人,而皆陵其上,其难为上矣!"杜预注云:"圭窦,小户,穿壁为户,上锐下方,状如圭也。"

⑲仙:朱本、《全唐诗》作"山"。

⑳羽翼师:商山四皓。《史记》卷五五《留侯世家》:高祖谓戚夫人:"我欲易之,彼四人辅之,羽翼已成,难动矣。"时白居易为太子少傅,故言。

㉑优:朱本作"忧",是。

㉒觌:据朱本、《全唐诗》补,崇本作"接"。

开成元年(836)至会昌二年(842)在洛阳所作其他诗

病中三①禅客见问因以谢之

劳动诸贤者,同来问病夫。添炉捣鸡舌②,洒水净龙须③。身是芭蕉喻④,行须邛竹⑤扶。医王⑥有妙药,能乞一丸无?

【题解】

刘禹锡开成元年(836)秋因足疾迁太子宾客分司东都,至会昌二年(842)一直在洛阳。此诗当刘禹锡患病期间,有三禅客前往探望,作者感念在心,因以作诗答谢。

【注释】

①三:崇本、明本、朱本作"一二"。

②捣鸡舌:"捣",崇本作"寿",误。"捣鸡",《全唐诗》作"烹雀",注云:"一作捣鸡。"鸡舌:鸡舌香,即丁香。详见《朗州窦员外见示与澧州元郎中郡斋赠答长句二篇因而继和》注⑧。

③龙须:草名。茎可织席。此处指龙须草席。

④芭蕉喻:瞿蜕园《笺证》引《涅槃经》云:"是身不坚,犹如芦苇、伊兰水沫、芭蕉之树。"又云:"譬如芭蕉,生实则枯,一切众生身亦如是。"

⑤邛竹:《艺文类聚》卷八九引《竹谱》:"邛竹,高节实中,状如人刻,俗谓之扶老竹。"《全唐诗》"邛竹"下注云:"一作竹杖。"

⑥医王:医术极精的人。多用以比喻诸佛或高僧等。

【汇评】

宋黄彻:《宾客集》:"添炉捣鸡舌,洒水净龙须。"骆宾王:"桃花嘶别路,竹叶泻离樽。"此体甚众。惟柳子厚《从崔中丞过卢少府郊居》一联最工，云："菊药闲庭无国老，开尊虚室值贤人。"只似称座客，而有两意，盖甘草为国老，浊酒为贤人故也。梦得又有"药炉烧姹女，酒瓮贮贤人"，近于汤烨右军矣。(《苕溪诗话》)

元方回：鸡舌香、龙须席，各去一字便佳。(《瀛奎律髓》)

清何焯：句句切禅客，第三句僧来只添茶也。(《瀛奎律髓汇评》)

清纪昀：此便格韵不同。刘、白并称，中山未必甘也。结处双关，大雅，不落小巧法门。(同上)

送李庚①先辈赴选

一家何啻十朱轮②，诸父双飞秉大钧。曾脱素衣参幕客，却为精舍读书人。离筵洛水侵杯色，征路函关向晚尘。今日山公旧宾主③，知君不负帝城春。

【题解】
此诗作于刘禹锡在洛阳期间，但具体年份不详。

【注释】
①李庚：未详何人。

②十朱轮：杨恽《报孙会宗书》："恽家方隆盛时，乘朱轮者十人，位在列卿，爵为通侯，总领从官，与闻政事。"

③山公旧宾主："公"，朱本作"翁"。《全唐诗》注云："一作山居宾主话。"山公：山简。详见《酬令狐相公亲仁郭家花下即事见寄》注③。

【汇评】
清金圣叹：一，写一家。二，写诸父。三，写本身。一直三句，一片接连而下，言如此人家子弟，必是绝不肯更读书也。何意却为一转，转出"精舍"

五字。"精舍"妙妙,任下无数语,写读书不得尽者,只此二字,已自写得入骨入髓。盖从来悬梁刺股,囊萤映雪等语,俱是乡中担粪奴仰信苦学人必有如此鬼怪。其实读书只须沉潜精舍,三年不出户庭,便已极尽天下之无穷。此理只可与董仲舒说也(首四句下)。上解只写李庚先辈,此解始写送,始写"北选","不负帝城",着语极蕴藉也(末四句下)。(《贯华堂选批唐才子诗》)

又:"旧宾主"三字,毕竟从"十朱轮"、"双大钩"一线牵来,读之不能不为寒士贾泪也。(同上)

首美李庚家世之盛。盖李曾参幕,却能读书,在未赴选之先也。五六句言伐别之筵,当洛水而饮,远行之路,向函关而去。今吏部如山涛者皆旧日宾主,必被高擢,而不负帝城春色矣。(《唐诗鼓吹评注》)

清何焯:此必庚之"诸父"恩意甚薄,不如"宾主"之可恃,故其诗云然。(卞孝萱《刘禹锡诗何焯批语考订》)

清胡以梅:长安有"旧宾主"主铨政,如山公之为吏部,则必得意,不负帝城之春色也。(《唐诗贯珠》)

清赵臣瑗:"今日山公"操选政之人也。"旧宾主"者,不是"十朱轮"之门生,即为"双大钩"之故吏也。呜呼,必若是而后知其不负,则凡一无所倚,挟策而游帝城者,又何其不自量欤。(《山满楼笺注唐诗七言律》)

伤韦宾客缜① 自工部尚书除②宾客。

韦公八十③余,位至六尚书。五福唯无富,一生谁得如?桂枝攀最④久,兰省⑤出仍初。海内时流尽,何人动素车⑥?

【题解】

此诗系诸开成元年(836)至会昌二年(842)在洛阳所作。《旧唐书》卷一七下《文宗纪》下:开成元年正月,"丁未,以秘书监韦缜为工部尚书"。韦缜具体事迹不详。

【注释】

①伤韦宾客缜:《全唐诗》无"缜"字,注云:"一作伤韦宾客缜。"

②朱本"除"下衍"兵"字。

③十:崇本作"年",误。

④《全唐诗》"最"下注云:"一作收实。"

⑤兰省:即兰台。指秘书省。

⑥素车:丧事所用之车。

闲坐忆乐天以诗问酒熟未

案头开缥帙^①,肘后^②检青囊^③。唯有达生理,应无治老方。减书存眼力,省事养心王^④。君酒何时熟? 相携入醉乡。

【题解】

此诗作于开成元年(836)至会昌二年(842)刘禹锡在洛阳期间,具体作年未确。

【注释】

①缥帙:当作"缥帙"。淡青色的书衣。亦指书卷。"帙",朱本、《全唐诗》作"帙",是。

②肘后:肘后方。晋葛洪曾撰医书《肘后备急方》,简称《肘后方》,意谓卷帙不多,可以悬于肘后。后因借以泛指随身携带的丹方。

③青囊:古代医家存放医书的布袋。

④心王:佛教语。指法相宗所立五位法中的心法,包括眼识、耳识、鼻识、舌识、身识、意识、末那识和阿赖耶识,与心所有法相对。亦泛指心。心为三界万法之主,故称。

秋中暑退赠乐天

暑服宜秋著,清琴入夜弹。人情皆向菊,风意欲摧兰。岁稔①贫心泰,天凉病体安。相逢取次第,却甚少年欢。

【题解】

此诗当为刘禹锡因足疾为太子宾客分司东都时所作。

【注释】

①稔:崇本作"念"。

【汇评】

元方回:三、四已佳,五、六十分佳绝。(《瀛奎律髓》)

清冯舒:即如此四句,尚不分景与情也。(《瀛奎律髓汇评》)

清查慎行:三、四新颖可喜。(同上)

清纪昀:究是三、四比兴深微,五、六直宋人习语耳,虚谷誉所可及也。(同上)

清宋宗元:精警蕴藉,慰励交深("人情"二句下)。(《网师园唐诗笺》)

乐天是月长斋鄙夫此时愁卧里间非远云雾难披因以寄怀遂为联句所期解闷焉敢惊禅

五月长斋月,文心①苦行心。兰葱不入户,蕡蒥②自成林。梦得。护戒先辞酒,嫌喧亦撤琴。尘埃宾位静,香火道场深。乐天。我清③驯狂象④,吾⑤余施众禽。定知于佛侮,岂复向书淫⑥？梦得。栏药凋红艳，庭槐换绿阴。风光徒满目，云雾未披襟。乐天。树为清凉倚，池因盥漱临。苹芳遭燕拂，莲坼待蜂寻。梦得。舍下环流水，窗中列远岑。苔斑钱剥落，石怪玉嵚崟⑦。乐天。鹊顶迎秋秃，莺喉入夏瘖。柳丝垂色绠⑧，棘刺⑨露长针。梦得。散秩身犹幸，趋朝力不任。官将方⑩共拙⑪，年与病交侵。乐天。徇乐非时选，忘机似陆沈⑫。鉴容称四皓，扪腹有三壬⑬。梦得。携手惭连璧，同心许断金。紫芝⑭虽继唱，前后各任宾客。白雪少知音。乐天。忆罢吴门守，相逢楚水浔。舟中频曲宴，夜后各加斟。梦得。烛泪⑮销残漏，弦声间远砧。酡颜舞长袖，密坐接华簪。乐天。持论峰峦峻，战文矛戟森。笑言诚莫逆，造次必相箴。梦得。往事辄⑯如昨，余欢迄至今。迎君常倒屣⑰，访我辄携衾。乐天。阴魄初离毕⑱，时有雨候⑲。阳光正在参⑳。五月之节。待公休一食㉑，纵饮共狂吟。梦得。

【题解】

此首联句具体作年难确，但应在刘禹锡、白居易同居洛阳时期。

【注释】

①"文心"二字原脱，据《全唐诗》补。

②蓍萄：详见《和乐天题真娘墓》注①。

③清：朱本、《全唐诗》作"静"。

④狂象：佛家语。妄心狂迷。

⑤吾：《全唐诗》作"餐"，是。

⑥向书淫：嗜书成癖，好学不倦。《北堂书钞》卷九七引晋皇甫谧《玄晏春秋》："余学或兼夜不寐，或临食忘餐，或不觉日夕，方之好色，号余曰书淫。"

⑦嵚崟(qīn yín)：高大；险峻。

⑧柳丝垂色缐(xiàn):《全唐诗》此句作"绿杨垂嫩色"。"缐",崇本作"綟",朱本作"线"。

⑨棘刺:《全唐诗》作"綟棘"。

⑩方:《易·未济》:"君子以慎辨物居方。"孔颖达疏:"各居其方,皆得安其所。""方",朱本作"才",误。

⑪拙:朱本作"拱",误。

⑫陆沈:陆地无水而沉。比喻隐居。《庄子·则阳》:"方且与世违而心不屑与之俱,是陆沉者也。"郭象注云:"人中隐者,譬无水而沉也。"

⑬三壬:术数家语。言人腹部有三壬,乃长寿之征。

⑭紫芝:详见《自左冯归洛下酬乐天兼呈裴令公》注⑥。

⑮烛泪:朱本、《全唐诗》作"浊酒"。

⑯辄:崇本作"浑",朱本、《全唐诗》作"应"。

⑰倒屣:详见《予自到洛中与乐天为文酒之会时时措咏乐不可支则慨然共忆梦得而梦得亦分司至止欢惬可知因为联句》注⑤。

⑱阴魄初离毕:《诗·小雅·渐渐之石》:"月离于毕,俾滂沱矣。"朱熹集传云:"月离毕,将雨之验也。"

⑲时有雨候:"时",朱本作"将"。"雨候",崇本作"雨后",朱本作"后雨"。

⑳阳光正在参:《史记》卷二七《天官书》:"以六月与觜觿、参晨出,曰长列。"

㉑一食:佛教徒苦行,日食一次。

未编年

题欹器^①图

秦国功成思税驾^②,晋臣名遂叹危机^③。无因上蔡牵黄犬^④,愿作丹徒一布衣^⑤。

【题解】

此诗作年不详。瞿蜕园《笺证》按云:"李晟、马燧、浑瑊三人在德宗朝皆几于不克自全。禹锡此诗若在早年,则当是为三帅作,若在中年,则当是为裴度作,要之必有所指。"此诗用李斯、诸葛长民典,旨在讽刺同类把握实权劣迹昭彰最终不得善终之人。

【注释】

①欹器:古代一种倾斜易覆的盛水器。水少则倾,中则正,满则覆。人君可置于座右以为戒。

②"秦国"句:《史记》卷八七《李斯列传》:"李斯喟然而叹曰:'嗟乎! 吾闻之荀卿曰:物禁大盛。夫斯乃上蔡布衣,闾巷之黔首,上不知其驽下,遂擢至此。当今人臣之位无居臣上者,可谓富贵极矣。物极则衰,吾未知所税驾也!'"司马贞《索隐》:"税驾犹解驾,言休息也。李斯言己今日富贵已极,然未知向后吉凶止泊在何处也。""秦国",崇本作"嬴相"。

③"晋臣"句:晋臣指诸葛长民。《晋书》卷八五《诸葛长民传》:"长民骄纵贪侈,不恤政事,多聚珍宝美色,营建第宅,不知纪极,所在残虐,为百姓所苦。自以多行无礼,恒惧国宪。及刘毅被诛,长民谓所亲曰:'昔年醢彭越,前年杀韩信,祸其至矣!'谋欲为乱,问刘穆之曰:'人间论者谓太尉与我不平,其故何也?'穆之曰:'相公西征,老母弱弟委之将军,何谓不平!'长民

弟黎民轻狡好利,固劝之曰:'黥彭异体而势不偏全,刘毅之诛,亦诸葛氏之惧,可因裕未还以图之。'长民犹豫未发,既而叹曰:'贫贱常思富贵,富贵必履危机。今日欲为丹徒布衣,岂可得也!'"

④"无因"句:《史记》卷八七《李斯列传》:"二世二年(前208)七月,具斯五刑,论腰斩咸阳市。斯出狱,与其中子俱执,顾谓其中子曰:'吾欲与若复牵黄犬俱出上蔡东门逐狡兔,岂可得乎!'遂父子相哭,而夷三族。"上蔡:今河南上蔡。

⑤丹徒一布衣:丹徒:今属江苏,春秋时名朱方。《南徐州记》载:"秦时以其地有天子气,使赭衣徒三千人,凿京岘南坑,以败其势,故名丹徒。"

八月十五日①夜玩月

天将今夜月,一遍洗寰瀛②。暑退九霄净,秋澄万景清。星辰让光彩,风露发晶英。能变人间世,倏然是玉京。

【题解】

此诗作于中秋之夜,具体年份不详。诗歌内容平实恬淡,别无深意。

【注释】

①朱本"十五"下无"日"字。

②寰瀛:天下。

【汇评】

宋胡仔:古人赋中秋诗,例皆咏月而已,少有著题者,惟王元之云:"莫辞终夕看,动是来年期。"苏子瞻云:"暮云收尽溢清寒,银汉无声转玉盘,此生此夜不长好,明月明年何处看。"盖庶几焉。如杜子美、刘梦得皆有《八月十五夜诗》,祇是咏月,然亦佳句也。子美云:"满目飞明镜,归心折大刀。转蓬行路远,攀桂仰天高。水路疑霜雪,林栖见羽毛。此时瞻白兔,直欲数秋毫。"梦得云:"天将今夜月,一遍洗寰瀛。暑退九霄净,秋澄万里清。星

辰让光彩,风露发晶英。能变人间世,脩然是玉京。"(《苕溪渔隐词话》)

元方回:绝妙无敌。(《瀛奎律髓》)

清冯舒:首二句压倒一世。(《瀛奎律髓汇评》)

清冯班:破无迹,妙。首句冠古,第二日用不得,却不说出中秋。(同上)

清查慎行:与少陵别是一调,亦见精彩。(同上)

清何焯:不减休文《咏月》。正面不写一句。(同上)

宿诚禅师山房题赠二首

宴坐①白云端,清江直下看。来人望金刹,讲席②绕香坛。虎啸夜林动,鼍鸣秋涧寒。众音徒③起灭,心在净④中观。

不出孤峰上,人间四十秋。视身如传舍⑤,阅世甚⑥东流。法为因缘立,心从次第修。中宵问真偈⑦,有住是吾忧⑧。

【题解】

此诗作年不详。此诗为刘禹锡宿于禅房所题,谈论诗人对佛法的感悟。

【注释】

①宴坐:佛教指坐禅。《维摩诘所说经》卷上《弟子品》:"夫宴坐者,不于三界现身意,是为宴坐;不起灭定而现诸威仪,是为宴坐;不舍道法而现凡夫事,是为宴坐;心不住内亦不在外,是为宴坐;于诸见不动而修行三十七道品,是为宴坐;不断烦恼而入涅槃,是为宴坐;若能如是坐者佛所印可。"

②讲席:高僧、儒师讲经讲学的席位。

③《全唐诗》"徒"下注云:"一作从。"

④《全唐诗》"净"下注云:"一作定。"《英华》注云:"集作定。"

⑤传(zhuàn)舍:古时供行人休息住宿的处所。

⑥甚:《全唐诗》作"似",注云:"一作甚。"

⑦偈:梵语"颂",即佛经中的唱词。

⑧"有住"句:佛教语。谓心有所执,不能随缘而行。与"无住"相对。《金刚经·离相寂灭分》:"不应住色生心,不应住声香味触法生心。应生无所住心,若心有住,即为非住。是故佛说菩萨心,不应住色布施。"

【汇评】

元方回:第四句"甚"字下得妙。(《瀛奎律髓》)

清冯舒:末联紧结。(《瀛奎律髓汇评》)

清纪昀:此种究是浅语。不得曰淡,曰高。(同上)

客有为余话登天坛遇雨之状因以赋之

清晨登天坛①,半路逢阴晦。疾行穿雨过,却立视云背。白日照其上,风雷走于内。混瀁雪海翻,槎牙玉山碎。蛟龙露鬐鬣②,神鬼含变态。万状互相生③,百音以繁会。俯观群动静,始觉天宇大。山顶自澄④明,人间已霶霈。豁然重昏敛,涣若春冰溃。反照入松门,瀑流飞缟带。遥光泛物色,余韵吟天籁。洞府撞仙钟,村墟起夕霭。却见山下侣,已如迷世代。问我何处来,我来云雨外。

【题解】

此诗作年不详,主要描写了登天坛山途中遇雨、天气变化莫测的场景。

【注释】

①天坛:王屋山的绝顶,相传为黄帝礼天处。《通志·地理略》:"王屋山在济源县南八十里,形如王者车盖,故名。其绝顶曰天坛。"

②鬐鬛(qí liè)：鱼、龙的脊鳍。木华《海赋》："巨鳞插云，鬐鬛刺天。"《文选》李善注引郭璞《〈上林赋〉注》："鳍，鱼背上鬛也。"

③互相生：《全唐诗》作"互生灭"。

④澄：《全唐诗》作"晶"，注云："一作澄。"

【汇评】

明陆时雍：写出真际处最佳。"疾行"数语，殊自奇快，结语稳足。（《唐诗镜》）

明钟惺：视听高寂（"百音"句下。）"上"字、"内"字、"外"字，皆以极确字面形出极幻之境，作记妙手（"我来"句下）。山水诗，语有极壮幻惊人，而不免为后人开一蹊径者，如"日月照其上，风雷走于内"等语是也。意以为不如"百音以繁会"、"遥光泛物色"，虽无声迹可寻，而实境所触，偶然得之，移动不去，久而更新耳。（《唐诗归》）

清何焯：（反照二句）结束映带。（问我二句）收"话"字。"外"字与"过"字相应。（卞孝萱《刘禹锡诗何焯批语考订》）

清黄周星：一路极力铺叙，总赶到末二句紧紧收锁，正如风樯阵马，截然而止，此岂寻常笔力！（《唐诗快》）

清贺裳：五古自是刘诗胜场，然其可喜处多在新声变调尖警不含蓄者。……状天坛遇雨曰："疾行穿雨过，却立视云背。"《罗浮寺》曰："夜宿最高峰，瞻望浩无邻。海黑天宇旷，星辰来逼人。"景奇语奇，登山时却实有此事。（《载酒园诗话又编》）

清施补华：刘梦得《天坛遇雨作》，变化奇幻，已开东坡之先声。（《岘佣说诗》）

清王闿运：山上看山下雨，常景也。作诗便觉灵奇（首句下）。（《王闿运手批唐诗选》）

戏赠崔千牛①

学道深山虚②老人，留名万代不关身。劝君多买长安酒，南陌东城占取春。

【题解】

此诗作年不详，崔千牛未详何人。

【注释】

①千牛：禁卫官千牛备身、千牛卫的省称。掌执千牛刀，为君王护卫。

②虚：朱本、《全唐诗》作"许"。《全唐诗》注云："一作虚。"

秋夜安国观闻笙

织女分明银汉秋，桂枝梧叶共飔飀。月露①满庭人寂寂，《霓裳》一曲在高楼。

【题解】

此诗应为刘禹锡在洛阳所作，但具体作年不详。诗中弥漫清冷萧条味道。

【注释】

①露：崇本作"落"。

洛中寺北楼见贺监①草书题诗

高楼贺监昔曾登，壁上笔②踪龙虎腾。中国书流让③皇象④，北朝文士重徐陵⑤。偶因独见空惊目，恨不同时便伏膺。唯恐尘埃转磨灭，再三珍重嘱山僧。

此诗当作于刘禹锡在洛阳之时,具体作年不详。诗人在游览过程中见到贺知章草书,大加赞赏,因以成诗。

【注释】

①贺监:贺知章(659—744),字季真,越州永兴(今浙江萧山)人,证圣初举进士,曾任银青光禄大夫兼正授秘书监。《旧唐书》卷一九〇《文苑传》中、《新唐书》卷一九六《隐逸》有传。《旧唐书》载:"知章晚年尤加纵诞,无复规检,自号四明狂客,又称'秘书外监',遨游里巷。醉后属词,动成卷轴,文不加点,咸有可观。又善草隶书,好事者供其笺翰,每纸不过数十字,共传宝之。"

②笔:崇本作"神"。

③让:《全唐诗》作"尚",注云:"一作让。"

④皇象:字休明,生卒年不详,广陵江都(今江苏扬州)人,三国吴国书法家,官任青州刺史。有《文武帖》、《急就章》著作传于世。《三国志》卷六三《吴书·赵达传》裴松之注引《吴录》曰:"皇象字休明,广陵江都人。幼工书。时有张子并、陈梁甫能书。甫恨逋,并恨峻,象斟酌其间,甚得其妙,中国善书者不能及也。"

⑤徐陵:字孝穆(507—583),东海郯(今山东郯城)人。仕梁为通直散骑常侍,入陈官至尚书。《陈书》卷二六、《南史》卷六二有传。《南史》载:"自陈创业,文檄军书及受禅诏策,皆陵所制,为一代文宗。……文、宣之时,国家有大手笔,必命陵草之。其文颇变旧体,缉裁巧密,多有新意。每一文出,好事者已传写成诵,遂传于周、齐,家有其本。"

赠东岳张炼师①

东岳真人张炼师,高情雅澹②世间希。堪为烈③女书青简,久事元君④住翠微。金缕机中抛锦字⑤,玉清坛⑥上著霓衣。云衢不要吹箫伴⑦,只拟乘鸾独自飞。

【题解】

此诗作年不详,据诗可知,张炼师乃一女冠。

【注释】

①炼师:旧时以某些道士懂得"养生"、"炼丹"之法,尊称为"炼师"。

②澹:崇本作"赡"。

③烈:《全唐诗》作"列"。是。

④元君:道教语。女子成仙者之美称。

⑤锦字:《晋书》卷九六《列女·窦滔妻苏氏传》:"窦滔妻苏氏,始平人也,名蕙,字若兰,善属文。滔苻坚时为秦州刺史,被徙流沙,苏氏思之,织锦为回文旋图诗以赠滔。宛转循环以读之,词甚凄惋。"

⑥坛:崇本、《全唐诗》作"台",《全唐诗》注云:"一作坛。"

⑦吹箫伴:《列仙传》卷上:"萧史者,秦穆公时人也。善吹箫,能致孔雀白鹤于庭。穆公有女,字弄玉,好之,公遂以女妻焉。日教弄玉作凤鸣,居数年,吹似凤声,凤凰来止其屋。公为作凤台,夫妇止其上,不下数年。一旦,皆随凤凰飞去。故秦人为作凤女祠于雍宫中,时有箫声而已。"

【汇评】

宋葛立方:唐张炼师不知何人,观唐人赠其诗,若有讥诮。……刘禹锡云:"金缕机中抛锦字,玉清台上著霓衣。云衢不要吹箫伴,只拟乘鸾独自飞。"其华山女之流乎?(《韵语阳秋》)

元方回:诗格高律熟。(《瀛奎律髓》)

首言炼师东岳修道,高情雅淡,世所罕有,其守贞不嫁,节同烈女,又信道不移,久事元君也。且断机以弃锦字,是绝凡间之事;登坛而着霓衣,不辍奉道之敬矣。末言炼师将往云衢,不假吹箫之伴,只自乘鸾而朝帝耳。玩"烈女"、"锦字"、"吹箫"等意,似以怨女思妇而入道者也。廖以"金缕"句为亲女红,卑乎其言之矣!(《唐诗鼓吹评注》)

又:第三,自比当主文章之柄。此诗亦自比不得于君,流落江湘耳。(同上)

清纪昀:熟则有之,高则未也。出手太率。(《瀛奎律髓汇评》)

题王郎中①宣义里②新居

爱君新买街西宅,客到如游鄠杜③间。雨后退朝贪种树,申时出省④趁看山。门前巷陌三条近,墙内池亭万境闲。见拟移居作邻里,不论时节请开关。

【题解】

此诗作年不详。瞿蜕园《笺证》按云:"宣义坊在朱雀街西,诗中'街西宅'三字非泛设。此坊为清明渠所经,故有池亭之胜。盖禹锡于大和二年(828)初入长安时有此余暇。"

【注释】

①王郎中:未详。

②宣义里:《唐两京城坊考》卷四:"宣义坊在朱雀门街西第二街。"

③鄠(hù)杜:班固《西都赋》:"商洛缘其隈,鄠杜滨其足。"《文选》李善注:"扶风有鄠县、杜阳县。"《汉书》卷二八下《地理志》下:"故秦地于《禹贡》时跨雍、梁二州,诗风兼秦、豳两国。……文王作酆,武王治镐,其民有先王遗风,好稼穑,务本业,故《豳诗》言农桑衣食之本甚备。有鄠、杜竹林,南山檀柘,号称陆海,为九州膏腴。"

④申时出省:郎中为常参官,每日入朝,申时出省。

登陕州城北楼却寄京师亲友①

独上百尺楼,目穷思亦②愁。初日遍露草,野田荒悠悠。

尘息长道白,林清宿烟收。回首云深处,永怀帝乡游^③。

【题解】

此诗作年难确。题云"寄京师亲友",当为诗人离别京城后登陕州城北楼怀想帝乡之作。

【注释】

①却寄京师亲友:"寄",崇本、《全唐诗》作"忆"。"师",朱本作"都"。
②《全唐诗》"亦"下注云:"一作自。"
③帝乡游:《全唐诗》作"乡旧游",注云:"一作帝乡游。"

武昌老人说笛歌

  武昌老将^①七十余,手把庾令^②相问书。自言少小^③学吹笛,早事曹王^④曾赏激。往年镇戍到^⑤蕲州^⑥,楚山萧萧笛竹秋。当时买林^⑦恣搜索,典却身上乌貂裘。古苔苍苍封老节,石上^⑧孤生饱风雪。商声五音^⑨随指发,水中龙应行云绝。曾将黄鹤楼上吹,一声占尽秋江月。如今老去语犹^⑩迟,音韵高低耳不知。气力已无^⑪心尚在,时时一曲梦中吹。

【题解】

此诗作年不详。瞿蜕园《笺证》按云:"此诗虽无年月可据,然据'手把庾令相问书'之语,此武昌老人必是持有鄂岳观察使之书函来谒禹锡者,……此时观察鄂岳者正是李程,与禹锡素交,则似可断为元和十三、十四年(818、819)间所作。"

【注释】

①将:《英华》注云:"《文粹》作人。"《全唐诗》作"人",注云:"一作将。"

②庾令:指东晋中书令庾亮。《晋书》卷七三有传。《晋书》卷七三《庾亮传》:"迁亮都督江、荆、豫、益、梁、雍六州诸军事,领江、荆、豫三州刺史,进号征西将军、开府仪同三司、假节。亮固让开府,乃迁镇武昌。"

③《英华》"少小"下注云:"《文粹》作年少。"《全唐诗》下注云:"一作年少。"

④曹王:瞿蜕园《笺证》:"曹王谓李皋,《旧唐书》一三一、《新唐书》八〇均有传。据传,德宗初年,为江西节度使,讨梁崇义,遣兵进拔蕲州。诗云:'往年镇戍到蕲州',正指其事。"

⑤《英华》"镇戍到"下注云:"《文粹》作征镇戍。"《全唐诗》下注云:"一作征镇戍。"

⑥蕲州:今湖北蕲春。

⑦林:朱本、《全唐诗》作"材",是。

⑧上:崇本作"山",《英华》注云:"集作山。"《全唐诗》注云:"一作山。"

⑨商声五音:"商",崇本作"高",误。《英华》、《全唐诗》注云:"一作商音五声。"

⑩语犹:《全唐诗》作"语尤",注云:"一作兴犹。""语",《英华》注云:"《文粹》作兴。"

⑪无:《全唐诗》作"微"。

【汇评】

宋蔡居厚:昔苏子美言乐天《琵琶行》中云:"夜深忽梦少年事,觉来粉泪红阑干。"此联真佳句。余谓梦得《武昌老人吹笛歌》云:"如今老去语犹迟,音韵高低耳不知。气力已无声尚在,时时一曲梦中吹。"不减乐天。(《诗史》)

宋吴沆:琴诗当读韩、柳《琴操》,笛诗当看《武昌老人说笛歌》,琵琶诗当看《琵琶行》及欧阳公、王介甫《明妃曲》。却虽用事时不犯正位,不随古人言语走。(《环溪诗话》)

宋何汶:《漫斋语录》云:"刘禹锡长于歌行并绝句,如《武昌老人说笛歌》,山谷云:'使宋玉、马融复生,亦当许之。'……不虚语也。"(《竹庄诗话》)

781

宋曾季貍：唐人乐府，惟张籍、王建古质，刘梦得《武昌老人说笛歌》宛转有思致。（《艇斋诗话》）

清贺裳：（禹锡）七言古大致多可观，其《武昌老人说笛歌》，娓娓不休，极肖过时人追忆盛年，不禁技痒之态。至曰"气力已微心尚在，时时一曲梦中吹"，不意笔舌之妙，一至于此！（《载酒园诗话又编》）

咏树①红柿子

晓连星影出，晚带日光悬。本因遗采掇②，翻自保天年。

【题解】

此诗作年不详。瞿蜕园《笺证》按云："树红柿子是唐时俗语，盖谓不供食用者。但诗必有为而发，或是在朝时见旅进旅退之具僚而刺之。"

【注释】

①崇本、《英华》、《全唐诗》无"树"字。

②掇：《英华》作"摘"，注云："集作掇。"《全唐诗》注云："一作摘。"

庭 竹

露涤铅粉节①，风摇青玉枝。依依似君子，无地不相宜。

【题解】

此诗作年不详。

【注释】

①铅粉节：竹节间有粉如铅粉之淡竹。《本草纲目》卷三七《本部·竹》

集解云:"淡竹一品,肉薄,节间有粉者。"

题寿安^①甘棠馆^②二首^③

公馆似仙家,池清竹径斜。山禽忽惊起,冲落半岩花。
门前洛阳道,门里桃源^④路。尘土与^⑤烟霞,其间十余步。

【题解】

此诗作年不详。瞿蜕园《笺证》按云:"甘棠馆乃往来寄宿之驿舍,唐人每乐道其风景之幽胜,足以洗涤尘嚣。"

【注释】

①寿安:今河南宜阳。

②甘棠馆:驿馆。

③二首:崇本作题下小字注。

④源:《全唐诗》作"花"。

⑤与:朱本作"无"。

【汇评】

清徐增:终南捷径,烟霞即尘土,金门吏隐,尘土即是烟霞,并不可作取相分别,乃去分门前门里,干十余步之间哉!然才人笔下,又何妨作此分别也,其诗自佳。(《说唐诗详解》)

燕尔馆^①破屏风所画至精人多叹赏题之

画时应遇空亡日^②,卖处难逢识别人。唯有多情往来客,强将衫袖拂^③埃尘。

此诗作年不详。

【注释】

①燕尔馆:瞿蜕园《笺证》按云:"唐时驿舍多以某某馆为名,如本卷之寿安甘棠馆,《封氏闻见记》之濠州高塘馆,指不胜屈。故诗有'多情往来客'之语。燕尔馆所在尚待考。""尔",崇本作"耳",误。

②空亡日:不吉利之日。瞿蜕园《笺证》引《丹铅总录》三:"正月十六日谓之耗磨日,张说《耗日饮》诗云:耗磨传兹日,纵横道未宜。但令不忌醉,翻是乐无为。又曰:上月今朝诚,流传耗磨辰。但令不事事,同醉俗中人。时日家于日之不吉者名曰空亡,亦耗磨之类。"又引翟灏《通俗编》云:"《后汉书·郭躬传》:桓帝时有陈伯敬者,行路闻凶,便解驾留止,还归触忌,则寄宿乡亭。注引历法曰:归忌日四孟在丑,四仲在寅,四季在子,其日不可远行,归家及徙。《论衡·辨祟篇》:涂上之暴尸,未必出以往亡,室中之殡柩,未必还以归忌。又晁氏《读书志》:空亡之说,本于《史记》孤虚。刘禹锡《题破屏》诗:画时应值空亡日,卖处难逢识别人。"

③拂:朱本作"扫"。

马嵬行

绿野扶风①道,黄尘马嵬驿。路边杨贵人,坟高三四尺。乃问里中儿,皆②言幸蜀时。军家诛佞倖③,天子舍妖姬。群吏伏门屏,贵人牵帝衣。低回转美目,风日为无晖。贵人饮金屑④,倏忽舜英莫⑤。平生服杏丹⑥,颜色真⑦如故。属车尘已远,里巷来窥觎。共爱宿妆妍,君王画眉处。履綦⑧无复有,履组⑨光未灭。不见岩畔人⑩,空见凌波袜。邮童爱踪迹,私手解繁⑪结。传看千万眼,缕绝香不歇。指环照骨⑫明,首饰敌连城。将入咸阳市，犹得贾胡惊。

【题解】

此诗作年不详。唐人写马嵬之变者众多，刘禹锡之"军家诛佞倖，天子舍妖姬"与白居易之"六军不发无奈何，宛转蛾眉马前死"，可见唐人对李杨事异见。

【注释】

①扶风：古郡名。唐凤翔府，隋为扶风郡。

②《全唐诗》"皆"下注云："一作辈。"

③佞倖：《全唐诗》作"戚族"，注云："一作佞倖。"

④饮金屑：《晋书》卷三一《后妃传》载："赵王伦、孙秀等因众怨谋欲废后。后数遣宫婢微服于人间视听，其谋颇泄。后甚惧，遂害太子，以绝众望。赵王伦乃率兵入宫，使翊军校尉齐王冏入殿废后。后与冏母有隙，故伦使之。后惊曰：'卿何为来！'冏曰：'有诏收后。'后曰：'诏当从我出，何诏也？'后至上阁，遥呼帝曰：'陛下有妇，使人废之，亦行自废。'又问冏曰：'起事者谁？'冏曰：'梁、赵。'后曰：'系狗当系颈，今反系其尾，何得不然！'至宫西，见谧尸，再举声而哭遽止。伦乃矫诏遣尚书刘弘等持节赍金屑酒赐后死。"

⑤蕣英莫："蕣"，《全唐诗》作"舜"，注云："一作蕣。""莫"，《全唐诗》注云："一作姿。"蕣英：即舜英，木槿花。

⑥杏丹：方士以杏仁为主要原料所制的一种成药。传说食之能令人颜色美好。《全唐诗》"杏"下注云："一作古。"

⑦真：朱本作"其"，误。

⑧履綦：指鞋饰。

⑨履组：鞋带。

⑩岩畔人：指洛神。曹植《洛神赋》："睹一丽人，于岩之畔。"

⑪繋(pán)：小袋子。"繋"，明本、朱本作"槃"，《英华》、《全唐诗》作"鞶"。

⑫指环照骨：瞿蜕园《笺证》注云："《西京杂记》：戚妃以百炼金为驱环，照见指骨。上恶之，以赐侍儿鸣玉、耀光等各四枚。"

【汇评】

宋魏泰：唐人咏马嵬之事者多矣。世所称者，刘禹锡曰："官军诛佞幸，天子舍妖姬。群臣伏门屏，贵人牵帝衣。低回转美目，风日为无辉。"白居易曰："六军不发争奈何，宛转蛾眉马前死。"此乃歌咏禄山能使官军皆叛，逼迫明皇，明皇不得已而诛杨妃也。噫！岂特不晓文章体裁，而造语蠢拙，抑已失臣下事君之礼矣。（《临汉隐居诗话》）

宋释惠洪：老杜《北征》诗曰："唯昔艰难初，事与前世别。不闻夏商衰，中自诛褒妲。"意者明皇览夏、商之败，畏天悔过，赐妃子死也。而刘禹锡《马嵬》诗曰："官军诛佞幸，天子舍妖姬。群吏伏门屏，贵人牵帝衣。"白乐天《长恨》词曰："六军不发争奈何，宛转蛾眉马前死。"乃是官军迫使杀妃子，歌咏禄山叛逆耳。孰谓刘、白能诗哉！其去老杜何啻九牛毛耶。《北征》诗识君臣之大体，忠义之气与秋色争高，可贵也。（《冷斋夜话》）

宋张戒：往年过华清宫，见杜牧之温庭筠二诗，俱刻石于浴殿之侧，必欲较其优劣而不能。近偶读庭筠诗，乃知牧之之工，庭筠小子，无礼甚矣。刘梦得《扶风歌》、白乐天《长恨歌》及庭筠此诗，皆无礼于其君者。（《岁寒堂诗话》）

宋范温：文章贵众中杰出，如同赋一事，工拙尤易见。……马嵬驿，唐诗尤多，如刘梦得"绿野扶风道"一篇，人颇诵之，其浅近乃儿童所能。义山云："海外徒闻更九州，他生未卜此生休"，语既亲切高雅，故不用愁怨堕泪等字，而闻者为之深悲。"空闻虎旅鸣宵柝，无复鸡人报晓筹"，如亲扈明皇，写出当时物色意味也。"此日六军同驻马，他时七夕笑牵牛"，益奇。义山诗世人但称其巧丽，至与温庭筠齐名。盖俗学祇见其皮肤，其高情远意，皆不识也。（《潜溪诗眼》）

清吴乔：意由于识。马嵬事吟咏甚多，而子美云："不闻夏殷衰，中自诛褒妲。"曲折有含蓄，子瞻称之。郑畋云："肃宗回马杨妃死，云雨难忘日月新。终是圣明天子事，景阳宫井又何人？"人知其有宰相器。刘梦得、白乐天，直言六军逼杀天子之妃矣。（《围炉诗话》）

清潘德舆：魏泰依倚曾步之势，乡井患苦，推荆公为孟子后一人，数称章惇之长，撰《东轩笔录》、《碧云騢》污蔑正人，士类不齿。然能知刘梦得“官军诛佞幸，天子舍妖姬”为“不晓文章体裁，失臣下事君之体”，且谓郑畋“终是圣明天子事，景阳宫井又何人”，“命意稍似，而词句凡下，比说无状，亦不足道”，非其诗学之深，有此识力，盖数诗本非人心所安也。诗教自有正大门庭，不入其门，虽词语新巧，万口流传，不足当小人之一哂，况有识者乎？（《养一斋诗话》）

清冯浩：余昔病义山咏杨妃事尖刻失体，以此章较之，彼犹婉约矣。（手抄本《刘禹锡集》批语）

华清词[①]

日出骊山东，裴回照温泉。楼台影[②]玲珑，稍稍开白烟。言昔太上皇，常[③]居此祈年。风中闻清乐[④]，往往来列仙。翠华入五云，紫气归上玄。哀哀生人泪，泣尽弓剑[⑤]前。圣道本自我，凡情徒颙然。小臣感玄化，一望青冥天。

【题解】

此诗作年未详。刘禹锡作诗立意往往出人意表。唐人以“华清宫”为题多感古伤今，或追忆、或伤感、或讥讽，禹锡此诗似追忆中无限伤感，但又言“圣道本自我，凡情徒颙然”，含讥讽之意。

【注释】

①华清词：《全唐诗》注云：“一作华清宫词。”

②影：《英华》作“相”，注云：“集作影。”《全唐诗》注云：“一作相。”

③常：朱本作“寄”。

④清乐：《旧唐书》卷二九《音乐志》二载：“《清乐》者，南朝旧乐也。永

嘉之乱,五都沦覆,遗声旧制,散落江左。宋、梁之间,南朝文物,号为最盛;人谣国俗,亦世有新声。后魏孝文、宣武,用师淮、汉,收其所获南音,谓之《清商乐》。隋平陈,因置清商署,总谓之《清乐》。"

⑤弓剑:以"弓剑"为对已故帝王寄托哀思之词。参见《敬宗睿武昭愍孝皇帝挽歌三首》注⑪。

视刀环^①歌

常恨言语浅,不如人意深。今朝两相视,脉脉万重心^②。

【题解】

此诗作年不详。诗歌透出诗人欲言又止之意,似有无限心事难以言明。

【注释】

①刀环:瞿蜕园《笺证》注云:"《古诗》:'何当大刀头,破镜飞上天。'《乐府解题》:'大刀头者,刀头有环也。何当大刀头者,何日当还也。'"

②"今朝"两句:《汉书》卷五四《李广苏建传》附《李陵传》:"昭帝立,大将军霍光、左将军上官桀辅政,素与陵善,遣陵故人陇西任立政等三人俱至匈奴招陵。立政等至,单于置酒赐汉使者,李陵、卫律皆侍坐。立政等见陵,未得私语,即目视陵,而数数自循其刀环,握其足,阴谕之,言可还归汉也。"

【汇评】

明顾璘:深沉。(《批点唐音》)

明钟惺:诗作如是语,即妙在题又是"视刀环",所以诗益觉深致。(《唐诗归》)

清何焯:咏李陵事,思归京都,有如痿人之念起状,又恐再辱。二十字中,意味极长。(卞孝萱《刘禹锡诗何焯批语考订》)

清吴景旭：又观刘梦得《视刀环歌》云："常恨言语浅，不如人意深。今朝两相见，脉脉百种心。"直为古诗传神。(《历代诗话》)

清刘邦彦：唐云：有心者固难测。吴敬夫云：须看题是视刀环。(《唐诗归折衷》)

清沈德潜：着意"视"字。(《唐诗别裁》)

清黄生：此咏其事(按指汉使招李陵)，必有为而作。(《唐诗摘钞》)

又：古乐府以环隐还，此诗不曾翻案，但以下笔深婉，出口柔媚为妙。(同上)

清黄叔灿："不如人意深"，谓两心相照，两意相期，疑有变更，故曰"今朝两相视，脉脉万重心"，盖因其不还也。(《唐诗笺注》)

清周咏棠：言不得归也，措词妙绝。(《唐贤小三昧集》)

三阁辞①四首 吴声②

贵人三阁上，日晏未梳头。不应有恨事，娇甚却成愁③。
珠箔曲琼钩，子④细见扬州。北兵那得度？浪语判⑤悠悠。
沈香帖阁柱，金缕画门⑥楣。回首降幡⑦下，已见黍离离。
三人出暂井⑧，一身登槛车。朱门漫临水⑨，不可⑩见鲈鱼。

【题解】

此诗作年不详。诗人以乐府咏六朝古事，独出心裁。

【注释】

①三阁辞：《乐府诗集》卷四七《清商曲辞》四："《三阁词》，刘禹锡所作吴声曲也。《南史》曰：'陈后主至德二年，于光昭殿前起临春、结绮、望仙三阁，高数十丈，并数十间。窗牖壁带悬楣栏槛之类，皆以沉檀香为之。又饰以珠玉，间以珠翠，外施珠帘，内有宝床宝帐，服玩瑰丽，近古未有。每微风

暂至,香闻数里,朝日初照,光映后庭。其下积石为山,引水为池,植以奇树,杂以花药。后主自居临春阁,张贵妃居结绮阁,龚、孔二贵嫔居望仙阁,并复道交相往来。'"

②吴声:《乐府诗集》卷四四《清商曲辞》一:"《晋书·乐志》曰:'吴歌杂曲,并出江南。东晋已来,稍有增广。其始皆徒歌,既而被之管弦。盖自永嘉渡江之后,下及梁、陈,咸都建业,吴声歌曲起于此也。'"《乐府诗集》、《全唐诗》卷二一题下无此二字。崇本"四首吴声"作题下小字注。

③成愁:《全唐诗》卷二一"成"下注云:"集作生。"《乐府诗集》卷四七校云:"成愁:《刘梦得文集》卷八作'生愁'。"

④子:《全唐诗》卷三六四作"仔",注云:"一作子。"

⑤浪语判:"语",《全唐诗》卷三四六作"话","话判"下注云:"一作语声。"卷二一"语"下注云:"集作话。"《乐府诗集》卷四七校云:"浪语判:同上。""判",崇本作"声",是。

⑥门:《全唐诗》卷二一注云:"集作阁。"卷三六四注云:"一作阁。"

⑦幡:明本、《全唐诗》卷三六四作"旛"。

⑧"三人"句:《资治通鉴》卷一七七《隋纪》一载:开皇九年(589),"时韩擒虎自新林进军,忠已帅数骑迎降于石子冈。领军蔡征守朱雀航,闻擒虎将至,众惧而溃。……陈主遑遽,将避匿,宪正色曰:'北兵之入,必无所犯。大事如此,陛下去欲安之!臣愿陛下正衣冠,御正殿,依梁武帝见侯景故事。'陈主不从,下榻驰去,曰:'锋刃之下,未可交当,吾自有计。'从宫人十余出后堂景阳殿,将自投于井,宪苦谏不从,后阁舍人夏侯公韵以身蔽井,陈主与争,久之,乃得入。既而军人窥井,呼之不应,欲下石,乃闻叫声。以绳引之,惊其太重,及出,乃与张贵妃、孔贵嫔同束而上。"窨(yuān)井:枯井。

⑨"朱门"句:《南史》卷十《陈本纪》:"及后主在东宫时,有妇人突入,唱曰'毕国主'。有鸟一足,集其殿庭,以嘴画地成文,曰:'独足上高台,盛草变为灰,欲知我家处,朱门当水开。'解者以为独足盖指后主独行无众,盛草言荒秽,隋承火运,草得火而灰。及至京师,与其家属馆于都水台,所谓上高台,当水也。其言皆验。"

⑩《全唐诗》卷三六四"可"下注云："一作得。"《乐府诗集》卷四七校云："可:同上。注:'一作得。'"

【汇评】

宋黄庭坚:三阁词四章可以配黍离之诗,有国存亡之鉴也。大概梦得乐府小章优于大篇,诗优于它文耳。(《山谷题跋》)

明胡震亨:《三阁词》:刘禹锡作,咏陈后主起临春、结绮、望仙三阁,置三妃嫔事。《吴声曲》。(《唐音癸签》)

更衣曲①

博山②炯炯吐香雾,红烛引至更衣处。夜如何其③夜漫漫,邻鸡未鸣寒雁度。庭前雪压松桂丛,廊下点点悬纱笼。满堂醉客争笑语,嘈嘈④琵琶青幕中。

【题解】

此诗作年不详。此诗乃写长夜欢会场景。

【注释】

①更衣曲:《乐府诗集》卷九四《新乐府辞》五:"《汉武帝故事》曰:'武帝立卫子夫为皇后。初,上行幸平阳主家,主置酒作乐。子夫为主讴者,善歌,能造曲,每歌挑上。上意动,起更衣,子夫因侍得幸。头解,上见其美发悦之。主遂纳子夫于宫。'《更衣曲》其取于此。"

②博山:博山炉的简称。古香炉名。因炉盖上的造型似传闻中的海中名山博山而得名。一说象华山,因秦昭王与天神博于是,故名。后作为名贵香炉的代称。《西京杂记》卷一:"长安巧工丁缓者……又作九层博山香炉,镂为奇禽怪兽,穷诸灵异,皆自然运动。"

③《全唐诗》"夜如何其"下注云："一作如何其夜。"

④嘈囋:崇本作"嘈嘈"。

【汇评】

清何焯:梦得歌皆秀丽婉转,自□以外,故当推能擅美。梦得七言古诗,大历才子之遗声,不能自立家。(卞孝萱《刘禹锡诗何焯批语考订》)

步虚词①二首②

阿母种桃云海际,花落子成③二④千岁。海风⑤吹折最繁枝,跪捧琼⑥槃献天帝。

华表千年一鹤归⑦,凝丹为顶雪为衣。星星仙语人听尽,却向五云翻翅飞。

【题解】

此诗作年不详。瞿蜕园《笺证》按云:"禹锡或是徇道士之请而作。"

【注释】

①步虚词:《乐府诗集》卷七八《杂曲歌辞》一八:"《乐府解题》曰:'《步虚词》,道家曲也,备言众仙缥缈轻举之美。'"

②二首:崇本作题下小字注。

③成:明本作"城",误。

④二:《全唐诗》作"三",《全唐诗》注云:"一作二。"

⑤《全唐诗》"海风"下注云:"一作沧海。"

⑥《全唐诗》"琼"下注云:"一作金。"

⑦"华表"句:《搜神后记》卷一:"丁令威,本辽东人,学道于灵虚山。后化鹤归辽,集城门华表柱。时有少年举弓欲射之。鹤乃飞,徘徊空中而言曰:'有鸟有鸟丁令威,去家千年今始归。城郭如故人民非,何不学仙冢垒垒。'遂高上冲天。"《全唐诗》"一鹤"下注云:"一作鹤一。"《乐府诗集》、《全

唐诗》卷二九与一作同。卷二九注云："集作一鹤。"

魏宫词二首①

日晚长秋②帘外报,望陵③歌舞在明朝。添炉火欲熏衣麝,忆得分明不忍烧④。

日映西陵松柏枝,下台相顾一相悲⑤。朝来乐府长歌曲⑥,唱著君王自作词⑦。

【题解】

此诗作年不详。诗中追忆魏武遗事,有思古伤今、生命苦短之悲叹。

【注释】

①二首:崇本作题下小字注。

②长秋:瞿蜕园《笺证》注云:"《续汉书·百官志》:大长秋一人二千石。承秦将行,宦者,景帝更谓为大长秋,或用士人,中兴常用宦者,职掌奉宣中官命。"

③望陵:陆机《吊魏武帝文》引魏武帝遗令:"吾婢好妓人,皆着铜爵台,于台堂上施八尺床,穟帐,朝晡上脯糒之属。月朝十五,辄向帐作妓。汝等时时登铜爵台,望吾西陵墓田。"

④"添炉"二句:陆机《吊魏武帝文》引魏武帝遗令:"余香可分与诸夫人。诸舍中无所为,学作履组卖也。吾历官所得绶,皆着藏中。吾余衣裘,可别为一藏。不能者,兄弟可共分之。""添炉火欲",《全唐诗》作"添炉欲爇",注云:"一作欲添炉火。""明",《全唐诗》作"时",注云:"一作明。"

⑤"下台"句:陆机《吊魏武帝文》:"悼穟帐之冥漠,怨西陵之茫茫,登爵台而群悲,眝美目其何望?""悲",明本、《全唐诗》作"思"。

⑥"朝来"句:《乐府诗集》卷三〇《长歌行》引:"《乐府解题》曰:'古辞

793

云：'青青园中葵，朝露待日晞，言芳华不久，当努力为乐，无至老大乃伤悲也。'魏改奏文帝所赋曲'西山一何高'，言仙道茫茫不可识，如王乔、赤松，皆空言虚词，迂怪难言，当观圣道而已。若陆机'逝矣经天日，悲哉带地川'，则复言人运短促，当乘间长歌，与古文合也。崔豹《古今注》曰：'长歌、短歌，言人寿命长短，各有定分，不可妄求。'按古诗云'长歌正激烈'，魏文帝《燕歌行》云'短歌微吟不能长'，晋傅玄《艳歌行》云'咄来长歌续短歌'，然则歌声有长短，非言寿命也。"

⑦君王自作词：曹操《短歌行》："对酒当歌，人生几何？譬如朝露，去日苦多。"

【汇评】

明钟惺：稍为铜雀事觅一好收场。（《唐诗归》）

明陆时雍：中晚绝句多以意胜。刘禹锡长于寄怨，七言绝最其所优，可分昌龄半席。（《唐诗镜》）

清刘邦彦：唐云：嘲笑铜台多矣，此作翻案却厚。（《唐诗归折衷》）

柳花词三首①

开从绿条上，散逐香风远②。故取花落时，悠扬占春晚③。
轻飞不假风，轻落不委地。撩乱舞晴空，发人无限思。
晴天黯黯④雪，来送青春暮。无意似多情，千家万家去。

【题解】

此诗作年未详。瞿蜕园《笺证》按云："此诗大有自占身分之意，'轻飞不假风，轻落不委地'二语尤章章甚明。"

【注释】

①三首：崇本作题下小字注。

②远:崇本作"遶"。
③晚:崇本作"草"。
④黯黯:崇本作"点点",《全唐诗》作"闇闇"。

秋词二首①

　　自古逢秋悲寂寥,我言秋日胜春朝。晴②空一鹤排云上,便引诗情到碧霄。

　　山明水净夜来霜,数树深红出浅黄。试上高楼清入骨,岂知③春色嗾人狂。

【题解】

　　此诗作年未详。"自古逢秋悲寂寥,我言秋日胜春朝"句、"试上高楼清入骨,岂如春色嗾人狂"句足见诗人之理想抱负。此诗立意别出心裁,历来为人所称道。

【注释】

①二首:崇本作题下小字注。
②《全唐诗》"晴"下注云:"一作横。"
③知:崇本作"如"。

【汇评】

　　清何焯:翻案,却无宋人恶气味。兴会豪宕。(卞孝萱《刘禹锡诗何焯批语考订》)

捣衣曲①

　　爽砧应秋律,繁杵含凄风。一一远相续,家家音不同。

户庭凝露清，伴侣明月中。长裾委襞积②，轻佩垂璁珑。汗余衫更馥，钿移麝半空。报寒惊边雁，促思闻候虫③。天狼④正芒角，虎落⑤定相攻。盈箧寄何处？征人如转蓬。

【题解】

此诗作年未详。捣衣曲乃唐人喜咏之题，征夫思妇之情也。

【注释】

①捣衣曲：《乐府诗集》卷九四《新乐府辞》五："班婕妤《捣素赋》曰：'广除县月，晖木流清。桂露朝满，凉衿夕轻。改容饰而相命，卷霜帛而下庭。于是投香杵，加纹砧，择鸾声，争凤音。'又曰：'调无定律，声无定本。任落手之参差，从风飘之近远。或连跃而更投，或暂舒而长卷。'盖言捣素裁衣，缄封寄远也。"

②襞(bì)积：衣服上的褶裥。

③候虫：随季节而生或发鸣声的昆虫。如夏天的蝉、秋天的蟋蟀等。

④天狼：天狼星。古以为主侵掠。《楚辞·九歌·东君》："青云衣兮白霓裳，举长矢兮射天狼。"王逸注："天狼，星名，以喻贪残。"后以"天狼"比喻残暴的侵略者。

⑤虎落：篱落；藩篱。古代用以遮护城邑或营寨的竹篱。亦用以作为边塞分界的标志。《汉书》卷四九《晁错传》："要害之处，通川之道，调立城邑，毋下千家，为中周虎落。"颜师古注："虎落者，以竹篾相连遮落之也。"

【汇评】

明杨慎：大历以后，五言古诗可选者，惟端此篇(指李端《古别离》)与刘禹锡《捣衣曲》、陆龟蒙"茱萸匣中镜"、温飞卿"悠悠复悠悠"四首耳。(《升庵诗话》)

明胡应麟：杨用修谓中唐后无古诗，惟李端"水国叶黄时"、温庭筠"昨日下西洲"及刘禹锡、陆龟蒙四首。然温、李所得，六朝绪余耳。刘、陆更远。(《诗薮》)

墙阴歌

　　白日左右浮天潢①,朝晡②影入东西墙。昔为儿童③在阴戏,当时意小觉日长。东邻侯家吹笙簧,随阴促促移象床。西邻田舍乏糟糠,就影汲汲舂黄粱。因思九州四海外,家家只占墙阴内。莫言墙阴数尺间,老却主人如等闲。君看眼前光景④促,中心莫学太行山⑤。

【题解】
此诗作年不详。此诗之意,借墙阴影移喻人世光阴急促。

【注释】
①天潢:天河。《全唐诗》"潢"下注云:"一作光。"
②朝晡(zhāo bū):朝时(辰时)至晡时(申时)。泛指早晚。"晡",崇本作"脯",误。
③儿童:崇本作"童儿"。
④景:《全唐诗》作"阴"。
⑤太行山:曹操《苦寒行》:"北上太行山,艰哉何巍巍! 羊肠坂诘屈,车轮为之摧。"

观云篇

　　兴云感阴气,疾走①如见机②。晴来意态行,有若功成归。葱茏含晚景,洁白③凝秋晖。夜深度银汉,漠漠仙人衣④。

此诗作年不详。诗人观云有感,但意思含糊,模棱之间。

【注释】

①走:《全唐诗》作"足",注云:"一作走。"

②见机:即"见几"。从事物细微的变化中预见其先兆。《易·系辞下》:"君子见几而作,不俟终日。"

③《全唐诗》"白"下注云:"一作素。"

④仙人衣:喻白色的云气。《隋书》卷二一《天文志下》:"白气如仙人衣,千万连结。"

百花行

长安百花时,风景宜轻薄。无人不沾酒,何处不闻乐?春风①连夜动,微雨凌晓濯。红焰②出墙头,雪光③映楼角。繁紫韵松竹,远黄绕篱落。临路不胜愁,轻飞④去何托?满庭荡魂魄,照庑成丹渥⑤。烂熳嗾⑥颠狂,飘零劝行乐。时节易婉晚⑦,清阴覆池阁。唯有安石榴,当轩慰寂寞。

【题解】

此诗作年不详。长安观花乃当时贵游之风,此诗所记即行乐情景。读似刘禹锡初入长安时作。

【注释】

①春风:朱本作"长安"。

②焰:崇本作"艳"。

③光:朱本作"花",误。

④飞:《全唐诗》作"烟"。

⑤丹渥：深红色。

⑥嵯：《全唐诗》作"簇"，误。

⑦畹晚：崇本作"婉娩"，误。

【汇评】

清何焯：（红焰句）顶"濯"字。（临路句）起"飘"字。（满庭句）起"烂漫"。叙写处纵横变化，生态可掬。（时节句）顶"飘零"，收。（唯有二句）用一花反映。（卞孝萱《刘禹锡诗何焯批语考订》）

春有情篇

为问游春侣，春情何处寻？花含欲语意，草有斗生心。雨频唯①发色②，云轻不作阴。纵令无月夜，芳兴暗中深。

【题解】

此诗作年不详。诗歌格调明快，读似诗人初入长安时所作。

【注释】

①唯：明本、朱本、《全唐诗》作"催"。

②发色：呈现色彩。指花苞开放。

【汇评】

清何焯：后四句尤胜。句句是有情。（卞孝萱《刘禹锡诗何焯批语考订》）

边风行

边马萧萧鸣，边风满碛生。暗添弓箭力，斗①上鼓鼙声。袭月寒晕②起，吹云阴陈成。将军占气候，出号③夜翻营。一作安号畏翻城④。

【题解】

此诗作年不详。边塞诗，唐人多作之。

【注释】

①斗：明本作"半"，《全唐诗》注云："一作半。"

②晕：朱本作"风"。

③出号：发出号令。

④一作安号畏翻城：崇本无此七字。"安"，朱本作"寒"。

早秋送台院杨侍御归朝 兄弟四人遍历诸科，二人同在省①。

仙署棣华春，当时已绝伦。今朝丹阙下，更入白眉人②。重振高阳族③，分居要路津。一门科第足，五府④辟⑤书频。鸷鸟得秋气，法星⑥悬火旻⑦。圣朝寰海静，所至不埋轮⑧。

【题解】

此诗作年难确。瞿蜕园《笺证》按云："《因话录》：'御史台三院：一曰台院，其僚曰侍御史，众呼为端公。二曰殿院，其僚曰殿中侍御史，众呼为侍御。三曰察院，其僚曰监察御史，众呼亦曰侍御。'此杨侍御乃侍御史，故冠以台院，用别于殿中、监察之泛称侍御者。题曰归朝，诗云：'所至不埋轮'，则其人必奉使于外者。虽未能确其为何人，以诗注参之，颇疑为杨於陵诸子之一。传云其四子为景复、嗣复、绍复、师复，皆官台省。於陵生于天宝末，至贞元中年约五十，禹锡云兄弟四人遍历诸科，二人同在省，似年代相当，惟既送归朝，则禹锡必不在京，则不知为在淮南时，抑贬官后耳。"

【注释】

①同在省："省"，明本无此字。《全唐诗》无"在"字。《英华》题下无

注文。

②白眉人：《三国志》卷三九《蜀书·马良传》："马良字季常,襄阳宜城人也。兄弟五人,并有才名,乡里为之谚曰:'马氏五常,白眉最良。'良眉中有白毛,故以称之。""眉",《英华》作"云"。

③高阳族：《左传》文公十八年："昔高阳氏有才子八人,苍舒、隤岂、梼戭、大临、尨降、庭坚、仲容、叔达,齐圣广渊,明允笃诚,天下之民谓之八恺。高辛氏有才子八人,伯奋、仲堪、叔献、季仲、伯虎、仲熊、叔豹、季狸,忠肃共懿,宣慈惠和,天下之民谓之八元。此十六族也,世济其美,不陨其名。"

④五府：古代五官署的合称。所指不一。《汉书·赵充国传》："后临众病免,五府复举汤。"《资治通鉴·汉宣帝神爵二年》引此文,胡三省注云:"丞相、御史、车骑将军、前将军,并后将军府为五府。"《后汉书·张楷传》:(楷)五府连辟,举贤良方正,不就。"李贤注:"五府,太傅、太尉、司徒、司空、大将车也。"《周书·晋荡公护传》:"保定元年,以护为都督中外诸军事,令五府总于天官。"《资治通鉴·陈文帝天嘉二年》引此文,胡三省注云:"五府,地官、春官、夏官、秋官、冬官也。"宋赵昇《朝野类要·称谓》:"五府:两参政,三枢密。"

⑤《全唐诗》"辟"下注云:"一作郡。"

⑥法星：荧惑星的别名。刘孝标《辨命论》:"宋公一言,法星三徙。"《文选》李善注引《广雅》:"荧惑谓之罚星,或谓之执法。"

⑦火旻：秋天；秋日的天空。

⑧埋轮：《后汉书》卷五六《张皓传》附张纲:"汉安元年(142),选遣八使徇行风俗,皆着儒知名,多历显位,唯纲年少,官次最微。余人受命之部,而纲独埋其车轮于洛阳都亭,曰:'豺狼当路,安问狐狸!'遂奏曰:'大将军冀,河南尹不疑,蒙外戚之援,荷国厚恩,以乌茇之资,居阿衡之任,不能敷扬五教,翼赞日月,而专为封豕长蛇,肆其贪叨,甘心好货,纵恣无底,多树谄谀,以害忠良。诚天威所不赦,大辟所宜加也。谨条其无君之心十五事,斯皆臣子所切齿者也。'书御,京师震竦。时冀妹为皇后,内宠方盛,诸梁姻族满朝,帝虽知纲言直,终不忍用。"后以"埋轮"为不畏权贵,直言正谏之典。

奉送家兄归王屋山隐居二首^①　据道书,王屋山一名阳洛山^②。

阳洛^③天坛^④上,依稀似玉京。夜分先见日,月净远^⑤闻笙。云路将鸡犬,丹台有姓名。古来成道者,兄弟亦同行^⑥。

春来山事好,归去忆^⑦逍遥。水净苔莎色,露香芝术苗。登台吸瑞景,飞步翼神飙。愿荐埙篪曲,相将学玉箫。

【题解】

此诗作年不详。瞿蜕园《笺证》按云:"禹锡非独无胞兄,即从兄亦未必有之,此或为同曾祖兄耳。"

【注释】

①二首:崇本作题下小字注。《英华》无"二首"。

②阳洛山:"阳洛",《英华》、《全唐诗》作"洛阳"。《全唐诗》注云:"一作阳洛山。"

③阳洛:《全唐诗》作"洛阳",注云:"一作阳洛。""洛",《英华》作"落"。

④天坛:王屋山的绝顶,相传为黄帝礼天处。详见《客有为余话登天坛遇雨之状因以赋之》注①。

⑤净远:《英华》作"静忽",注云:"集作静远。"《全唐诗》作"静远","远"下注云:"一作忽。"

⑥"古来"二句:详见《经东都安国观九仙公主旧院作》注③。

⑦忆:《全唐诗》作"亦"。

送王师鲁^①协律^②赴湖南使幕　即永穆公^③之孙

翩翩马上郎,驱传^④渡三湘。橘树沙洲暗,松醪^⑤酒肆香。

素风传竹帛，高价骋⑥琳琅。楚水多兰若⑦，何人事搴⑧芳？

【题解】

此诗作年不详。瞿蜕园《笺证》按云："王师鲁事迹待考。自注云：'即永穆公之孙'亦疑。"高志忠《校注》按云："《元稹集》卷一一有《送王协律游杭越十韵》，或当即为其人。"

【注释】

①《全唐诗》"鲁"下注云："一作曾。"

②协律：协律都尉、协律校尉、协律郎等乐官的省称。

③永穆公：未详，待考。

④传(zhuàn)：驿站上所备的马车。

⑤松醪：用松肪或松花酿制的酒。

⑥骋：《全唐诗》作"聘"，是。

⑦若：《全唐诗》作"芷"，注云："一作若。"

⑧搴：朱本作"擷"，《全唐诗》注云："一作擷。"

别友人后得书因以诗赠

前时送君去，挥手青门桥①。路转不相见，犹闻马萧萧。今得出关书，行尘②日已遥。春还迟君至，共结③芳兰茗④。

【题解】

此诗作年不详。因有"青门桥"，应为刘禹锡人在长安时所作。

【注释】

①青门桥：即灞桥。详见《杨柳枝词九首》注⑮。

②尘：《全唐诗》作"程"，注云："一作尘。"

803

③结:朱本作"缬",《全唐诗》注云:"一作缬。"

④兰苕:兰花。郭璞《游仙诗》:"翡翠戏兰苕,容色更相鲜。"《文选》李善注云:"兰苕,兰秀也。"

送华阴尉张苕①赴邕府②使幕 张即燕公之孙,顷③坐事除名。

昔忝南宫郎,往来东观④频。尝披燕文⑤传,耸若窥三辰。翊圣崇国本⑥,保⑦贤正朝伦。高视缅今古,清风复无邻。兰锜⑧照通衢,一家十朱轮⑨。鄫国嗣侯绝⑩,芳卿贵业贫⑪。夫子承⑫大名,少年振芳尘。青袍⑬仙掌下,矫首凌烟旻。公冶⑭本非罪,潘郎一为民⑮。风霜苦摇落,坚白⑯无缁磷。一旦逢良时,天光烛幽沦。重为长裾客,佐彼观风臣。分野穷禹画,人烟过虞巡⑰。不言此行远,所乐相知新。雨起巫山阳,鸟鸣湘水滨。离筵出苍莽,别曲多愁⑱辛。今朝一杯酒,明日千里人。彼⑲此孤舟去,悠悠天海春。

【题解】

此诗作年不详。瞿蜕园《笺证》据"雨起巫山阳"句疑为夔州作,高志忠《校注》据"鸟鸣湘水滨"断为朗州作,皆不足证。

【注释】

①张苕:瞿蜕园《笺证》按云:"燕公谓张说也。检《世系表》,说之孙有岩,未注官职,字形相近,未知即其人否。……《政和本草》一四引《传信方》云:疗瘰方得之邕州从事张岩,自即此张岩,与《世系表》之张岩连名,定是作者者误矣。"

②邕府:《旧唐书》卷四一《地理志》四:"邕州下都督府,隋郁林郡之宣化县。武德五年,置南晋州,领宣化一县。贞观六年,改为邕州都督府。天

804

宝元年改为朗宁郡。乾元元年复为邕州。"宣化故城在今广西邕宁南,唐邕州即今广西南宁。

③明本无"顷"字。

④东观:东汉洛阳南宫内观名。明帝诏班固等修撰《汉记》于此,书成名为《东观汉记》。章和二帝时为皇宫藏书之府。后因以称国史修撰之所。

⑤文:崇本、《全唐诗》作"公",是。

⑥"翊圣"句:《旧唐书》卷九七《张说传》:"玄宗在东宫,说与国子司业褚无量俱为侍读,深见亲敬。明年,同中书门下平章事,监修国史。是岁二月,睿宗谓侍臣曰:'有术者上言,五日内有急兵入宫,卿等为朕备之。'左右相顾莫能对,说进曰:'此是谗人设计,拟摇动东宫耳。陛下若使太子监国,则君臣分定,自然窥觎路绝,灾难不生。'睿宗大悦,即日下制皇太子监国。明年,又制皇太子即帝位。俄而太平公主引萧至忠、崔湜等为宰相,以说为不附己,转为尚书左丞,罢知政事,仍令往东都留司。说既知太平等阴怀异计,乃因使献佩刀于玄宗,请先事讨之,玄宗深嘉纳焉。"

⑦保:《全唐诗》作"像",注云:"一作保。"

⑧兰锜:兵器架。

⑨"一家"句:张说长子均为中书舍人,次子垍尚宁亲公主,拜驸马都尉,又特授说兄庆王傅光为银青光禄大夫。

⑩"酂(cuó)国"句:《史记》卷五三《萧相国世家》:"汉五年,既杀项羽,定天下,论功行封。群臣争功,岁余功不决。高祖以萧何功最盛,封为酂侯,所食邑多。""后嗣以罪失侯者四世,绝,天子辄复求何后,封续酂侯,功臣莫得比焉。"酂国:汉侯国,萧何之封地也。

⑪"芍(wěi)卿"句:孙叔敖:姓芍名敖。《史记》卷一二六《滑稽列传》:"乃召孙叔敖子,封之寝丘四百户。"张守节正义:"《吕氏春秋》云:'楚孙叔敖有功于国,疾将死,戒其子曰:王数欲封我,我辞不受。我死,必封汝。汝无受利地,荆楚间有寝丘者,其为地不利,而前有妬谷,后有戾丘,其名恶,可长有也。其子从之。楚功臣封二世而收,唯寝丘不夺也。'""芍",朱本、《全唐诗》作"韦"。"卿",崇本、明本、《英华》作"乡"。"贵",朱本、《全唐诗》作"世"。

805

⑫承:《英华》作"成",注云:"集作承。"《全唐诗》注云:"一作成。"

⑬青袍:唐贞观三年,规定八品、九品官服青色,显庆元年,规定深青为八品之服,浅青为九品之服。泛指品位低级的官吏。

⑭公冶:公冶长,孔门弟子。

⑮"潘郎"句:潘郎:潘岳。潘岳《闲居赋》:"举秀才为郎。逮事世祖武皇帝,为河阳、怀令,尚书郎,廷尉平。今天子谅闇之际,领太傅主簿,府主诛,除名为民。俄而复官,除长安令。"

⑯坚白:语出《论语·阳货》:"不曰坚乎,磨而不磷;不曰白乎,涅而不缁。"何晏集解引孔安国曰:"言至坚者磨之而不薄,至白者染之于涅而不黑。"谓君子虽在浊乱而不能污。后因以"坚白"形容志节坚贞,不可动摇。

⑰过虞巡:舜南巡至苍梧,死葬于九疑,邕州处九疑之南,故云"过虞巡"。

⑱愁:《英华》作"怨",朱本、《全唐诗》作"悲"。

⑲彼:《英华》、《全唐诗》作"从",《全唐诗》注云:"一作彼。"

送卢处士①归嵩山别业

世业嵩山②隐,云深无四邻。药炉烧姹女,酒瓮贮贤人③。晓④日华阴雾⑤,秋风函谷尘。送君从此去,铃阁⑥少谈宾。

【题解】

此诗作年不详。送别诗。题中"卢处士"未详何人,据诗句"送君从此去,铃阁少谈宾"看,与刘禹锡之间往来匪浅。

【注释】

①卢处士:未详何人。

②山:《英华》作"阳",注云:"集作山。"《全唐诗》注云:"一作阳。"

③贤人:《三国志》卷二七《魏书·徐邈传》:"徐邈字景山,燕国蓟人

也。……魏国初建,为尚书郎。时科禁酒,而邈私饮至于沈醉。校事赵达问以曹事,邈曰:'中圣人。'达白之太祖,太祖甚怒。度辽将军鲜于辅进曰:'平日醉客谓酒清者为圣人,浊者为贤人,邈性脩慎,偶醉言耳。'竟坐得免刑。"

④晓:《全唐诗》作"晚",注云:"一作晓。"

⑤华阴雾:《太平御览》卷一五:"谢承《后汉书》曰:河南张楷,字公超。性好道术,能作五里雾。于时关西华阴人裴优亦能作三里雾。"

⑥铃阁:指翰林院以及将帅或州郡长官办事的地方。

【汇评】

宋黄彻:《宾客集》:"添炉捣鸡舌,洒水净龙须。"骆宾王:"桃花嘶别路,竹叶泻离尊。"此体甚众。惟柳子厚《从崔中丞过卢少府郊居》一联最工,云:"莳药闲庭延国老,开尊虚室值贤人。"只似称坐客,而有两意,盖甘草为国老,浊酒为贤人故也。梦得又有"药炉烧婳女,酒瓮贮贤人",近于汤焊右军矣。(《苕溪诗话》)

送李友路秀才赴举

谁怜相门子,不语望秋山①。生长纨绮②内,辛勤笔砚间。荣亲在名字,好学弃官班。伫俟明年桂③,高堂开笑颜。

【题解】

此诗作年不详。李友路,未详何人。

【注释】

①"不语"句:《世说新语·简傲》:"王子猷作桓车骑参军。桓谓王曰:'卿在府久,比当相料理。'初不答,直高视,以手版拄颊云:'西山朝来,致有爽气。'"

②纨绮:朱本、《全唐诗》作"绮纨"。

③《全唐诗》"桂"下注云："一作社。"

送李二十九^①兄员外赴邠宁^②使幕

家袭韦平身^③业文，素风清白至今贫。南宫通籍新郎吏，西候^④从戎旧主人。城外草黄秋有雪，烽^⑤头烟静虏无尘。鼎门^⑥为别霜天晚^⑦，賸^⑧把离觞三五巡。

【题解】

此诗作年不详。送别诗。诗云"鼎门为别"，当为禹锡在洛阳时所作。

【注释】

①李二十九：未详何人。

②邠宁：唐置邠宁节度使于邠州。邠州：今陕西彬县。

③《全唐诗》"身"下注云："一作生。"

④西候：西边的亭站。旧时送别之处。《全唐诗》"候"下注云："一作族。"

⑤烽：《英华》作"峰"。

⑥鼎门：城门名。旧洛阳城东南有鼎门。

⑦晚：《全唐诗》作"晓"。

⑧《全唐诗》"賸"下注云："一作剩。"崇本作"剩"。

送深法师^①游南岳 上人本在资圣寺^②。

师在白云乡，名登^③善法堂^④。十方传句偈，八部会坛场。飞锡无定所，宝书留旧房。唯应衔草^⑤雁，相送至衡阳。

【注释】

①深法师：未详何人。

②上人本在资圣寺："在"，崇本、《全唐诗》作"住"，《英华》注云："集作住。"资圣寺：未详。

③登：《英华》作"高"，注云："集作登。"《全唐诗》注云："一作高。"

④善法堂：佛教语。帝释天讲堂名。在须弥山顶喜见城外之西南角。

⑤草：《全唐诗》作"果"，注云："一作草。"

广宣上人①寄在蜀与韦令公②唱和诗卷因以令公手札答诗示之③

碧云佳句久传芳，曾向成都住草堂。振锡常过长者宅，披文④犹带令公香⑤。一时风景添诗思，八部人天⑥入道场。若许相期同结社⑦，吾家本自有柴桑。

【题解】

此诗作年不详。

【注释】

①广宣上人：详见《送慧则法师上都因呈广宣上人》注②。

②韦令公：韦皋。

③示之：崇本作"见示"。

④文：《全唐诗》作"衣"，注云："一作文。"

⑤令公香：《太平御览》卷七〇三《服用部》五引《襄阳记》曰："刘和季性爱香，上厕置香炉。主簿张坦曰：'却墅公作俗人，贞不虚也。'和季曰：'苟

令君至人家坐处三日香,君何恶我爱好也?'"

　　⑥人天:《英华》作"天人",注云:"一作人天。"

　　⑦结社:详见《送僧仲剋东游兼寄呈灵澈上人》注⑭。

赠长沙赞头陀①

　　外道邪山千万重,真言一发尽摧峰。有时明月无人夜,独向昭潭②制恶龙。

【题解】

此诗作年不详。

【注释】

①赞头陀:未详何人。

②昭潭:在湖南省长沙县南昭山下。相传周昭王南征不复,没于此潭,故名。《初学记》卷八引南朝宋郭仲产《湘州记》:"岳阳有昭潭,其下无底,湘水最深处。"

赠日本僧智藏①

　　浮②杯万里过沧溟,遍礼名山适性灵③。深夜降龙潭水黑,新秋放鹤野田青。身无彼我那怀土?心念④真如⑤不读经。为问中华学道者,几人雄猛得宁馨⑥?

【题解】

此诗作年不详。瞿蜕园《笺证》按云:"此诗虽无时地可考,据编诗之次第及诗中遍礼名山一语,似是在连州时作。"

【注释】

①智藏:未详何人。

②浮:崇本作"深",误。

③性灵:《英华》作"旧扃",注云:"集作性灵。"《全唐诗》注云:"一作旧扃。"

④念:诸本皆作"会",是。

⑤真如:详见《谒枉山会禅师》注⑧。

⑥宁馨:晋宋时的俗语,"如此"、"这样"之意。

【汇评】

元方回:三、四遒丽,五、六有议论。(《瀛奎律髓》)

首言智藏自日本浮杯渡海而来,凡到名山,未尝不拜礼焉。三句言有法力,四句言其好生,五句言僧既无彼我,岂尚有故乡之怀? 六句言佛道既精,尚何假于文句之事。末许其勇于学道,中国之僧所不及也。(《唐诗鼓吹评注》)

又:放鹤,自用支道林事。(批末联曰)"可叹!"(同上)

清纪昀:不为极笔,然气格自别。(《瀛奎律髓汇评》)

赠眼医婆罗门①僧

三秋伤望远②,终日泣③途穷。两目今先暗,中年似④老翁。看朱渐成碧,羞日不禁风。师有金篦⑤术,如何为发蒙⑥?

【题解】

此诗作年未详。据诗看,刘禹锡中年双目有疾,婆罗门僧为其诊治,因作诗。

811

①婆罗门:古印度别称。唐玄奘《大唐西域记》卷二:"印度种姓族类群分,而婆罗门特为清贵,从其雅称,传以成俗,无云经界之别,总谓婆罗门国焉。"

②望远:《全唐诗》作"望眼",注云:"一作望远。"

③泣:《全唐诗》作"哭",注云:"一作泣。"

④似:崇本作"已"。

⑤金篦:亦作"金鎞"。古代治眼病的工具。形如箭头,用来刮眼膜。据说可使盲者复明。《涅槃经》卷八:"盲人为治目故造诣良医,是时良医即以金铧决其眼膜。"

⑥发蒙:使盲人眼睛复明。"蒙",崇本作"矇"。

送元晓^①上人归稽亭

重叠稽亭^②路,山僧归独行。远峰斜日影,本寺旧钟声。
徒侣问新事,烟云含^③别情。应夸乞食处,踏遍凤凰城。

【题解】

此诗作年不详。

【注释】

①元晓:未详何人。《全唐诗》无"晓"字,"元"下注云:"一作元晓。"

②稽亭:《读史方舆纪要》卷八五《江西·九江府》:"稽亭在府城东。《寰宇记》:使客经过于此,历览江山胜概,为之稽留时日,因名。"

③含:《全唐诗》作"怆",注云:"一作含。"

王思道^①碑堂下作

苍苍宰树起寒烟,尚有威名海内传。四府^②旧闻多故吏,几人垂^③泪拜碑前。

【题解】

此诗作年不详。

【注释】

①王思道:未详何人。

②四府:东汉以太尉、司徒、司空、大将军(或太傅)府为四府。《后汉书》卷二七《赵典传》:"建和初,四府表荐,征拜议郎,侍讲禁内,再迁为侍中。"李贤注:"四府,太尉、司徒、司空、大将军府也。"

③垂:朱本作"重"。

寻汪道士^①不遇

仙子东南秀,泠然善驭风。笙歌五云里,天地一壶中^②。受箓^③金华洞^④,焚香玉帝宫。我来君闭户,应是向崆峒。

【题解】

此诗作年未详。

【注释】

①汪道士:未详何人。

②"天地"句:《后汉书》卷八二下《费长房传》:"费长房者,汝南人也。曾为市掾。市中有老翁卖药,悬一壶于肆头,及市罢,辄跳入壶中。市人莫之见,唯长房于楼上睹之,异焉,因往再拜奉酒脯。翁知长房之意其神也,谓之曰:'子明日可更来。'长房旦日复诣翁,翁乃与俱入壶中。唯见玉堂严丽,旨酒甘肴,盈衍其中,共饮毕而出。"

③受箓:道家接受符箓。

④金华洞:《元和郡县图志·江南道二·婺州·金华县》:"金华山在县北二十里,赤松子得道处。"

淮阴①行五首 并引②

古有《长干行》,言三江之事悉矣。余尝阻风淮阴,作《淮阴行》,以裨乐府。

簇簇淮阴市,竹③楼缘岸上。好日起樯竿,乌④飞惊五两⑤。
今日转船⑥头,金乌指西北。烟波与春草,千里同一色。
船头大铜环,摩挲光陈陈。早晚使风来⑦,沙头⑧一眼认。
何物令侬羡?羡郎船尾燕。衔泥趁樯竿,宿食长相见。
隔浦望行船,头昂尾幓幓。无奈脱菜⑨时,清淮春浪软。

【题解】

此诗作年不详。

【注释】

①淮阴:《旧唐书》卷四〇《地理志》三《淮南道》载:"楚州中隋江都郡之山阳县。武德四年(621),臧君相归附,立为东楚州,领山阳、安宜、盐城三县。八年(625),废西楚州,以盱眙来属,仍去'东'字。天宝元年(742),改为淮阴郡。乾元元年(758),复为楚州。"

②并引:《乐府诗集》卷九四《新乐府辞》五无此二字。序作:"刘禹锡序曰:'古有《长干行》,备言三江之事。禹锡阻风淮阴,乃作《淮阴行》。'"崇本"五首并引"四字俱作小字注。

③竹:明本作"行"。

④乌:《乐府诗集》作"鸟"。

⑤五两:亦作"五緉"。古代的测风器。鸡毛五两或八两系于高竿顶上,藉以观测风向、风力。郭璞《江赋》:"觇五两之动静。"《文选》李善注:"兵书曰:'凡候风法,以鸡羽重八两,建五丈旗,取羽系其巅,立军营中。'"

⑥船:崇本作"舩",下同。

⑦"早晚"句:"早晚",《全唐诗》作"早早",注云:"一作晚。""使风"下注云:"一作便风。"

⑧沙头:今湖北沙市一带。《方舆胜览》卷二七《湖北路江陵府》:"沙头市,去府十五里。四方之商贾辐辏,舟车骈集。"《读史方舆纪要》卷七八《荆州府》:"沙市城,……相传楚故城也,亦谓之沙头市。"

⑨脱菜:当为"挑菜"。指挑菜节。旧俗,农历二月初二日,仕女出郊拾菜,士民游观其间,谓之挑菜节。《乐府诗集》作"脱叶",崇本作"洗菜",明本作"挑菜",朱本、《全唐诗》作"晚来",注云:"一作挑菜。"

【汇评】

宋黄庭坚:《淮阴行》情调殊丽,语气尤稳切。白乐天、元微之为之,皆不入此律也。(《山谷题跋》)

宋魏庆之引山谷云:《淮阴行》情调殊丽,语意尤稳切。白乐天、元微之为之皆不入此律也。唯无奈脱菜时不可解,当待博物洽闻者说也。(《诗人玉屑》)

明杨慎:《乌夜啼》:"芳草二三月,草与水同色。攀条摘香花,言是欢气息。"唐刘禹锡诗:"烟波与春草,千里同一色。"温飞卿诗:"蛮水扬光色如草。"杨孟载诗:"春草春江相妒绿。"

明钟惺:极似六朝清商曲,的是音响质直。(《唐诗归》)

清何焯:"郎今欲渡缘何事,如此风波不可行。"此篇不道破,更有余味。(卞孝萱《刘禹锡诗何焯批语考订》)

清宋顾乐：绿波千里，去路方长，春浪悠悠，正堪送棹。词丽情深，乐府妙作。（《唐人万首绝句选评》）

俞陛云：首二句言郎船已过别浦，但远见船之首尾低昂，可见其临波凝望之久。后二句言问其时则挑菜良辰，览其景则清波春软，芳时惜别，尤情所难堪。宜黄山谷谓《淮阴行》"情调殊丽"也。（《诗境浅说续编》）

秋风引

何处秋风至？萧萧送雁群。朝来入庭树，孤客最先闻。

【题解】

此诗作年难以确定。虽为孤客悲秋，但不能因此认定在刘禹锡谪居期间所作。

【汇评】

明黄溥：秋风鸣树，孤客先闻，人情之真，非老于世故者不能道此。（《诗学权舆》）

明李攀龙：不曰"不堪闻"，而曰"最先闻"，语意最深。（《唐诗训解》）

明钟惺：语意深厚。（《唐诗归》）

明杨逢春：首提秋风起，二三渲染之笔，自远而近，近两层写，皆景中含情。四恰好收到客中早闻，如题而止，绝不下一悲感字面，而节序关心，摇落之感，愁人先觉，无穷情绪，已于言外传出，斯为语尽而意不尽。（《唐诗偶评》）

明唐汝询：秋风起而雁南矣，孤客之心，未摇落而先秋，所以闻之最早。（《删订唐诗解》）

明徐克：人情之真，非老于世故者不能道此。（《唐诗选脉会通评林》）

清吴昌祺：用意最妙。（同上）

清黄叔灿：谁不闻而曰"最先闻"，孤客触绪惊心，形容尽矣。若说"不

堪闻",便浅。(《唐诗笺注》)

清黄生:孤客之心,一触便动,故曰"最先闻"。(《唐诗摘钞》)

清李锳:咏秋风必有闻此秋风者,妙在"最先"二字为"孤客"写神,无限情怀,溢于言表。(《诗法易简录》)

清吴瑞荣:梦得《鄂渚留别》末云:"欲问江深浅,应如远别情。"情思不剧,与此诗皆陶冶乐府而得。(《唐诗笺要》)

清吴烶:风无形,随四时之气而生,曰何处惊之也。秋风秋雁并在一时,若风送之者然,况万物经秋,皆将黄落,逐臣孤客,无难为情,曰"入庭树",曰"最先闻",惊心更早,宋玉悲秋,略与仿佛。(《唐诗选胜直解》)

清王尧衢:秋风自远而来,故乍听之而疑其何处。听雁群之南去,而风萧萧送之,则知其为北风矣,此即风所从来处也。庭树销落,朝来群动未起,犹易惊人闻听,孤客之心易伤摇落,故最先闻之而有所感也。(《古唐诗合解》)

俞陛云:四序迭更,一岁之常例,惟乍逢秋至,其容则天高日晶,其气则山川寂寥。别有一种感人意味,况天涯孤客,入耳先惊,能无惆怅?苏颋之《汾上惊秋》,韦应物之《淮南闻雁》,皆同此感也。(《诗境浅说续编》)

阿娇怨①

望见葳蕤举翠华,试开金屋扫②庭花。须臾宫女传来信,言幸平阳公主家③。

【题解】

此诗作年未详。高志忠《刘禹锡诗文系年》系诸元和元年(806),"按:此诚假阿娇而直抒胸臆之诗也。《旧唐书·宪宗纪》(上)载:元和元年正月丁卯,'大赦天下,改元曰元和。自正月二日昧爽已前,大辟罪已下,常赦不原者,咸赦除之。'禹锡《上杜司徒书》云:'伏读赦令,许移近郊。……伏惟

降意详察,择可行者处之。乞恩于指顾之间,为惠有生成之重。'此正所谓
'望见葳蕤举翠华,试开金屋扫庭花'之意也。"《旧唐书·宪宗纪》(上)载:
元和元年八月,诏曰:'左降官韦执谊……刘禹锡……等八人,纵逢恩赦,不
在量移之限',正所谓'须臾宫女传来信,云幸平阳公主家'之意也。据是,
系诸本年八月。"以长门怨为题材的诗作数量不少,此诗也可视作表达怀才
不遇之情感,仅以此判定作年,稍显武断。

【注释】

①阿娇怨:乐府楚调歌曲名,即《长门怨》。《乐府诗集》卷四二《相和歌
辞》一七载:"《乐府解题》曰:'长门怨者,为陈皇后作也。后退居长门宫,愁
闷悲思,闻司马相如工文章,奉黄金百斤,令为解愁之辞。相如为作《长门
赋》,帝见而伤之,复得亲幸。后人因其赋而为《长门怨》也。'"

②扫:朱本作"锁",《全唐诗》注云:"一作锁。"

③"言幸"句:详见《咏古二首有所寄》注②。"言",《乐府诗集》作"云",
注云:"一作言。"《全唐诗》注云:"一作云。"

【汇评】

明唐汝询:见翠华之举而开屋扫除,以待天子之来,乃竟不来,而幸平
阳之第,且将更选美人,所以怨也。(《唐诗解》)

清曹锡彤:乐府诗有《长门怨》,此题乃其变文耳。按此诗入乐府,为
《相和歌辞》,谓之《楚调曲》。(《唐诗析类集训》)

秋扇词

莫道恩情无重来,人间荣谢递相催。当时初入君怀袖,
岂念寒炉有死灰?

【题解】

此诗作年难确。瞿蜕园《笺证》按云:"此首与本集卷二十六之《团扇

歌》有殊，彼犹或是泛咏，此则明有所讽。禹锡交游中盖不乏趋炎忘旧者，特无从实指其人耳。"此诗或有所讽，但未必指趋炎忘旧之人。诗言荣谢相催之理未尝不可。

【汇评】

清何焯：上二句自慰，下二句又自反，托意深厚。（卞孝萱《刘禹锡诗何焯批语考订》）

七夕二首

河鼓灵旗动，姮①娥破镜斜。满空天是幕，徐转斗②为车。机罢犹安石③，桥成不碍查④。宁⑤知观津女⑥，竟夕⑦望云涯！

天衢启云帐，神⑧驭上星桥。初喜渡河汉，频惊转斗杓。余霞张锦幛⑨，轻电闪红绡。非是人间世，还悲后会遥。

【题解】

此诗作年难确。瞿蜕园《笺证》按"七夕虽常见之诗材，但据'宁知观津女，竟夕望云涯'及'非是人间世，还悲后会遥'之句，似当为宫闱中失宠之妃妾而作。"高志忠《校注》以此为据，认为此诗作于开成三年（838）七夕。可备为一说，然失据。

【注释】

①姮：崇本、《全唐诗》作"嫦"。

②《全唐诗》"斗"下注云："一作地。"

③石：楂石。《太平御览》卷八《天部》八《汉》引刘义庆《集林》曰："昔有一人寻河源，见妇人浣纱，以问之，曰：'此天河也。'乃与一石而归。问严君平，云：'此织女支机石也。'"

④查：通"槎"。朱本、《全唐诗》作"槎"。

⑤宁：《英华》注云："集作谁。"《全唐诗》作"谁"，注云："一作宁。"

⑥观津女：指织女。一说，窦后。瞿蜕园《笺证》："观津女谓汉文帝之窦后也。见《汉书·外戚传》。疑是指文宗时王德妃失宠为杨贤妃所谮，是时后妃诸王事皆阙略，仅于文宗诸子传中微语及之而已。"《汉书》卷九七上《外戚传》上："窦皇后亲蚤卒，葬观津。"颜师古注云："观津，清河之县也。"

⑦竟夕：《英华》下注云："集作终日。"

⑧神：《英华》作"仙"，《全唐诗》注云："一作仙。"

⑨张锦幛：《英华》"张"下注云："集作开。"《全唐诗》"幛"下注云："一作幕。"

【汇评】

清何焯：可与梁、陈人争长。（卞孝萱《刘禹锡诗何焯批语考订》）

清潘德舆：电诗则可玩者绝少，如太白之"三时大笑开电光"，刘梦得之"轻电闪红绡"，东坡之"电光时掣紫金蛇"，均非隽句。（《养一斋诗话》）

抛球乐词二首①

五彩绣团圆，登君瑇瑁筵②。最宜红烛下，偏称落花前。上客如先起，应须赠一船。

春早见花枝，朝朝恨发迟。及看花落后，却忆未开时。幸有《抛球乐》，一杯君③莫辞！

【题解】

此诗作年不详。"抛球乐"，乃唐人酒席上一种游戏，以抛球为令催酒歌唱。

《词谱》："抛球乐唐教坊曲名。《唐音癸签》云：抛球乐，酒筵中抛球为令其所唱之词也。……此调三十字者，始于刘禹锡词。"

①二首:崇本作题下小字注。

②瑇(dài)瑁筵:华贵的宴席。

③《全唐诗》卷三五四"君"下注云:"一作更。"

柳 絮

飘飏南陌起东邻,漠漠濛濛暗①度春。花巷暖随轻舞蝶,玉楼晴拂艳妆人。萦回谢女题诗②笔,点缀陶公漉酒巾③。何处好风偏似雪,隋河堤上古江津。

【题解】

此诗具体作年不详。"隋河堤"即"隋堤",经洛阳,故诗当作于诗人居洛阳期间。

【注释】

①暗:朱本作"好"。

②谢女题诗:谢女:谢道韫。《世说新语·言语》:"谢太傅寒雪日内集,与儿女讲论文义。俄而雪骤,公欣然曰:'白雪纷纷何所似?'兄子胡儿曰:'撒盐空中差可拟。'兄女曰:'未若柳絮因风起。'公大笑乐。"

③陶公漉酒巾:《宋书》卷九三《陶潜传》:"潜不解音声,而畜素琴一张,无弦,每有酒适,辄抚弄以寄其意。贵贱造之者,有酒辄设,潜若先醉,便语客:'我醉欲眠,卿可去。'其真率如此。郡将候潜值其酒熟,取头上葛巾漉酒,毕,还复著之。"

【汇评】

元方回:流丽可喜。(《瀛奎律髓》)

清纪昀:格意近俗,亦以流丽之故,后代相沿,遂开卑艳之调,而咏物诗

人尘劫矣。谢女有咏絮诗,陶公漉酒与絮似远。(《瀛奎律髓汇评》)

清许印芳:陶公有五柳事,"漉酒巾"又陶公事,作者连类及之,不必定切"絮"字也。此说太泥。(同上)

九日登高

世路山河险,君门烟雾深。年年上高处,未省不伤心。

【题解】

此诗作年不详。诗云"世路山河险,君门烟雾深",乃仕宦之途不得意人之感慨。

重　别

二十年来万事同,今朝歧路忽西东。皇恩若许归田去,岁晚[①]当为邻舍翁。

【题解】

此诗为柳宗元诗。收在《柳河东集》中,题为《重别梦得》,作于元和十年(815)。刘禹锡答诗云:"弱冠同怀长者忧,临岐回想尽悠悠。耦耕若便遗身老,黄发相看万事休。"

【注释】

①岁晚:《柳集》作"晚岁",是。

三 赠

信书诚自误,经事渐知非。今日临湘①别,何年待②汝归?

【题解】

此诗为柳宗元诗。收在《柳河东集》中,题为《三赠刘员外》。刘禹锡答诗云:"年方伯玉早,恨比四愁多。会待休车骑,相随出罻罗。"

【注释】

①湘:《柳集》作"歧"。

②待:崇本作"得",误。朱本作"休",是。

怀妓四首①

玉钗重合两无缘,鱼在深潭鹤在天②。得意紫鸾③休④舞镜,能言青鸟罢⑤衔笺。金盆已覆难收水,玉轸长抛不续弦⑥。若向麋芜山⑦下过,遥将红泪⑧洒穷泉。

鸾飞远树栖何处?凤得新巢已去⑨心。红壁⑩尚留香漠漠,碧云初断信沈沈。情知⑪点污投泥玉⑫,犹自⑬经营买笑金⑭。从此山头似人石⑮,丈夫形状泪痕深。

大⑯曾行处遍寻看,虽是生离死一般。买笑树边花已老,画眉窗下月犹残。云藏巫峡音容断,路隔星桥过往难。莫怪诗成无泪滴,尽倾东海也须干。

三山不见海沈沈,岂有仙踪更可寻?青鸟去时云路断,姮娥归处月宫深。纱窗遥想春相忆，书幌谁怜夜独吟。料得夜来天上镜，只应偏照两人心。

【题解】

此诗非刘禹锡所作。前三首《全唐诗》卷五九七作刘损诗，题作《愤惋诗三首》："宝钗分股合无缘，鱼在深渊日在天。得意紫鸾休舞镜，断踪青鸟罢衔笺。金杯倒覆难收水，玉轸倾欹懒续弦。从此蘼芜山下过，只应将泪比黄泉。鸾辞旧伴知何止，凤得新梧想称心。红粉尚存香幕幕，白云将散信沈沈。已休磨琢投泥玉，懒更经营买笑金。愿作山头似人石，丈夫衣上泪痕深。旧尝游处遍寻看，睹物伤情死一般。买笑楼前花已谢，画眉窗下月空残。云归巫峡音容断，路隔星河去住难。莫道诗成无泪下，泪如泉滴亦须干。"

瞿蜕园《笺证》按云："杨慎《升庵诗话》云：'唐吕用之在维扬日，佐高骈，专权擅政，有商人刘损妻裴氏有国色，用之以阴事构取，损愤惋，因成诗三首。'即此集中之前三首而字句略有改窜……较之刘集，所改尤卑俗。然刘诗亦迥不似平日风格。怀妓二字亦不合集中制题之例，当存疑。又《苕溪渔隐丛话》引《古今诗话》云：'大和初，有为御史分务洛京者，有妓善歌，时太常李逢吉留守求一见，既不敢辞，盛妆以往，李命与众姬相见，李姬四十余辈皆出其下，既入不复出，顷之，李亦以疾辞，遂罢坐，信宿耗绝，但怨叹不能已，为诗两篇投献，明日李但含笑曰大好诗，遂绝。诗曰三山不见云云，一篇亡。苕溪渔隐曰：余观刘宾客外集有《怀妓四首》，内一首即前诗也，其余三首亦是前诗之意。《古今诗话》中既不志御史姓名，则此诗岂非梦得为之假手乎？'此则传说附会，不足深论。《本事诗》云：'李丞相逢吉性强愎而沉猜多忌，好危人，略无怍色。既为居守，刘禹锡有妓甚丽，为众所知。李恃凤望，恣行威福，分务朝官取容不暇，一旦阴以计夺之，约曰：某日皇城中堂前致宴，应朝贤宠嬖并请早赴宴会，稍可观瞩者，如期云集，敕阍吏先放刘家妓从门入。倾都惊异，无敢言者。刘计无所出，惶惑吞声。又翌日与相善数人谒之，但相见常，从容久之，并不言境会之所以然者，座中黙然相目而已。既罢，一揖而退。刘叹咤而归，无可奈何，遂愤懑而作四章，以拟《四愁》云尔。'今按禹锡若有家妓，其与白居易唱和诸诗中不应从未涉及，逢吉虽凶暴，亦恐不至举动如此无礼，外集卷六有《将赴苏州途出洛阳留守李相公累申宴饯宠行话旧形于篇章谨抒下情以申仰谢》一诗。李相公即逢吉也。此或因逢吉有此宴会而附会，逢吉为东都留守。在大和五年(831)八月至八年(834)三月间，禹锡似亦仅此一度谒之，此数年中禹锡皆在苏州，非分司官也。传说附会本不足辨，惟唐人有此一说，或是缘人知禹锡与逢吉素不相洽，假此以甚言逢吉之恶耳。"

【注释】

①怀妓四首：《全唐诗》无"四首"二字，题下注云："前三首一作刘损诗。题作《愤惋》。"崇本"四首"作题下小字注。

②"鱼在"句：《诗·小雅·鹤鸣》："鹤鸣于九皋，声闻于天。鱼在于渚，或潜在渊。"

③紫鸾：范泰《鸾鸟诗序》："昔罽宾王结罝峻祁之山，获一鸾鸟，王甚爱之，欲其鸣不能致也。乃饰以金樊，飨以珍羞，对之愈戚，三年不鸣。其夫人曰：'尝闻鸟见其类而后鸣，何不悬镜以映之?'王从其言。鸾睹形感契，慨然悲鸣，哀响中霄，一奋而绝。嗟乎兹禽，何情之深!"

④《全唐诗》"休"下注云："一作辞。"

⑤《全唐诗》"罢"下注云："一作断。"

⑥续弦：《博物志》卷三："汉武帝时，西海国有献胶五两者，帝以付外库。余胶半两，西使佩以自随。后从武帝射于甘泉宫，帝弓弦断，从者欲更张弦，西使乃进，乞以所送余胶续之。上左右莫不怪，西使乃以口濡胶为水注断弦两头相连注，弦遂相著。帝乃使力士各引其一头，终不相离。西使曰：'可以射，终日不断。'"

⑦蘼芜山：《玉台新咏》卷一《古诗八首》其一："上山采蘼芜，下山逢故夫。长跪问故夫：'新人复何如?''新人虽言好，未若故人姝。颜色类相似，手爪不相如。''新人从门入，故人从阁去。''新人工织缣，故人工织素。织缣日一匹，织素五丈余。将缣来比素，新人不如故。'"

⑧遥将红泪：《全唐诗》"遥"下注云："一作空。""红"下注云："一作狂。"

⑨已去：《全唐诗》作"想称"。"已"，朱本作"有"。

⑩《全唐诗》"壁"下注云："一作粉。"

⑪《全唐诗》"情知"下注云："一作那堪。"

⑫投泥玉：《魏书》卷二七《穆子弼传》："高祖初定氏族，欲以弼为国子助教。弼辞曰：'先臣以来，蒙恩累世，比校徒流，实用惭屈。'高祖曰：'朕欲敦厉胄子，故屈卿先之。白玉投泥，岂能相污？'弼曰：'既遇明时，耻沉泥滓。'"

⑬《全唐诗》"犹自"下注云："一作懒更。"

⑭买笑金：鲍照《代白纻曲二首》之二："卷幌结帷罗玉筵，齐讴秦吹卢女弦，千金一笑买芳年。"

⑮似人石：即望夫石。详见《望夫石》注①。《幽明录》亦有记载："武昌阳新县北山上望夫石，状若人立。相传昔有贞妇，其夫从役，远赴国难。妇携弱子，饯送此山，立望夫而化为立石。因以为名焉。"

⑯大：崇本作"人"，朱本作"旧"，《全唐诗》作"但"。作"大"误。

【汇评】

宋胡仔《古今诗话》云："大和初，有为御史分务洛京者，有妓善歌；时太常李逢吉留守，求一见，既不敢辞，盛妆以往，李命与众姬相见，李姬四十余辈，皆出其下，既入不复出。顷之，李亦辞以疾，遂罢坐。信宿耗绝，但怨叹不能已。已为诗两篇投献，明日李但含笑曰：大好诗。遂绝。诗曰：三山不见海沉沉，岂有仙踪尚可寻？青鸟去时云路断，嫦娥归处月宫深。纱窗暗想春相忆，书幌谁怜夜独吟？料得此时天上月，只应偏照两人心。一篇亡。"苕溪渔隐曰："余观刘宾客《外集》，有《忆妓》四首，内一首，即前诗也，其余三首，亦是前诗之意。《古今诗话》中既不志御史姓名，则此诗岂非梦得为之假手乎？"（《苕溪渔隐词话》）

清金圣叹：一言明知所在之处，而其处非人可到。二言于是死心塌地，遂亦更不往寻也。三四承不可寻。三言初去便不可寻，四言去后永不可寻也（第四首四句下）。岂有纱窗相忆，只有书幌独吟耳。然不得此句，便无月照两心之结。上解写妓去，此解写"怀"字也（末四句下）。（《贯华堂选批唐才子诗》）

清贺裳:钟惺曰:"歌舞借人看,自是快事。然'招客亦须择人',武后此语,何可不熟读!"余意既借人看,承嗣之焰,岂可复拒?与安昌侯仅以卮酒赐彭宣事不同也。"情知点污投泥玉,犹自经营买笑金",梦得复抱此恨。唐时乃有此恶俗。(《载酒园诗话又编》)

思归寄山中友人

萧条对秋色,相忆在云泉。木落病身死①,潮平归思悬。凉钟山顶寺,暝火渡头船。此地非吾土,闲留又一年。

【题解】

此诗当非禹锡所作。作年不详。瞿蜕园《笺证》按云:"诗意似在和州或苏州时作,若在谪籍中则不得云'思归'也。然身任刺史,亦不得云'闲留又一年'。《全唐诗》李频卷中有《秋夜山中思归送友人》诗,字句小异。疑误收入刘集。题与诗皆与本集不相类。"瞿论是。

《全唐诗》卷五八七载:"李频,字德新,睦州寿昌人。少秀悟,逮长,庐西山,多所记览,其属辞于诗尤长。给事中姚合名为诗,士多归重。频走千里,丐其品,合大加奖挹,以女妻之。大中八年擢进士第,调秘书郎,为南陵主簿,判入等,再迁武功令。俄擢侍御史,守法不阿徇。累迁都官员外郎。表丐建州刺史,以礼法治下,建赖以安。卒官,父老为立庙梨山,岁祠之。有《建州刺史集》一卷,又号《梨岳集》。"卷五八八载李频《秋夜山中思归送友人》诗云:"萧条对秋色,相忆在云泉。木落病身起,潮平归思悬。凉钟山顶寺,暝火渡头船。此地非吾土,淹留又一年。"

【注释】

①死:崇本作"健",《全唐诗》注云:"一作起。"

补　遗

泽宫诗①

泽宫，送士岁贡也。晋昌②唐如晦③以信谊为良弓，文学为蓂矢④，规⑤爵禄犹众禽，密彀持满，遃风蜚缴⑥者数矣。有措杯⑦之妙，而无双鸧之获。帐⑧弓收视，归究其术，繇是迹愈屈而名愈闻，君子益多之。彼不由其术一幸而中者，虽悬貆在庭，君子未尝多也。岁殚矣，告予以西，余为赋《泽宫》一章，庶见子之弓弗再张也已。

秩秩泽宫，有的维鹄⑨。祁祁庶士，于以干禄。彼鹄斯微，若止若翔。千里之差，起于毫芒。我矢既直，我弓既良。依于高墉，因⑩我不臧。高墉伊何？维器与⑪时。视之以心，谁谓鹄微！

【题解】

此诗录自《刘禹锡集》绍本卷二〇，崇本卷一。作年不详。瞿蜕园《笺证》按云："《礼记·射义》诸侯岁献贡士于天子，天子试之于射宫。又：天子将祭，必先习射于泽，泽者所以择士也，已射于泽，然后射于射宫。又，《郊特牲》：王立于泽。注：泽，泽宫也。所以择贤之宫也。禹锡取泽宫二字以寓试士之所之意。"

【注释】

①泽宫诗：《全唐文》作"泽宫诗引"。崇本、《英华》题下有"并序"二字。《全唐诗》题下有"四首"二字。无下面引文。泽宫：古代习射取士之所。

《周礼·夏官·司弓矢》："泽共射椹质之弓矢。"郑玄注引汉郑司农曰："泽，泽宫也，所以习射选士之处也。"

②晋昌：晋置晋昌郡，唐属梁州，故治在今陕西石泉县。又：后魏置晋昌郡，唐属洋州，故治在今陕西洋县东。

③唐如晦：未详何人。

④菆(zōu)矢：利箭。

⑤规：通"窥"。

⑥缴(zhuó)：系在箭上的丝绳。《孟子·告子上》："一人虽听之，一心以为有鸿鹄将至，思援弓缴而射之。"

⑦措杯：《庄子·田子方》："列御寇为伯昏无人射，引之盈贯，措杯水其肘上，发之，适矢复沓，方矢复寓。当是时，犹象人也。伯昏无人曰：'是射之射，非不射之射也。'"郭象注云："左手如拒石，右手如附枝，右手放发而左手不知，故可措之杯水也。"

⑧韔(chàng)：弓袋。此处指把弓装入弓袋。

⑨鹄(gǔ)：箭靶的中心。

⑩因：崇本作"罔"。

⑪与：《英华》作"维"。

伤我马词

生于碛砺善驰走，万里南来困丘阜。青菰寒菽非①适口，病闻北风犹举首。金壶②已平骨空朽，投之龙渊③从尔友。

【题解】

此诗载于《刘禹锡集》卷二〇，崇本、《全唐文》作《吊马文》，诗前有文。《全唐诗》卷三五六仅载后六句诗。诗前《吊马文》云："马，龙类，盖健而善驰，君子之所宜求为兽也。故法求于力，或逸而喜骇；法求于和，或乾而易仆。由德称者鲜焉。曩予知善马之难遭也，不求于肆而于其乡。一旦果得阴山之阿。蠖略其形，萧萧其鸣，长顾远视，顺而能力。顾其躯非骞然而伟也，虽士得以乘之。始，予被皂衣于朝，朝之人多四三其牡以迭驭，予无兼焉。水辙之淋漓，淖途之汪洋，结为确荦，融为坳堂。前有偾辀，后有濡裳。我策垂空，我镳方扬。振鬣轩昂，矫如飞翔。翘翘其雄也，非力而何？烈火之具举，钩膺之叠舞，一蹊千趾，骈比龃龉。痑者斯挤，悍者斯怒。我鞍如山，我辔如组。弭毛容与，宛若孤处。靡靡其柔也，非慧而何？前日予之获谴于阙下，背商颜，趣昭丘，日中而逾舍。修门之南，非骑所宜。夷则沮洳，高则嵚巇。虎咆空林，鼍斗荒馗。风雨孤征，简书之威。俾予弗颠，我马焉依。屑屑其劳也，非德而何？予至武陵，居沅水之傍，或逾月未尝跨焉，以故莫得伸其所长。踽踽顾望兮，顿其锁韁。饮龁日削兮，精耗神伤。寒枥骚骚兮，瘁毛苍凉。路闻躞蹀兮，逸气腾骧。朔云深兮边草远，意欲往兮声不扬。陨然似不得其所而死，故其嗟也兼常。初玄宗羁大宛而尽有名马，命典牧以时起居。洎西幸蜀，往往民间得其种而蕃焉。故良毛色者率非中土类也。稽是毛物，岂祖于宛欤？汉之歌曰：龙为友。武陵有水曰龙泉，遂归骨于是川。且吊之曰。"文云"前日，予之获谴于阙下""予至武陵，居沅水之傍"，此诗当作于刘禹锡被贬至朗州时期。

【注释】

①非：崇本作"何"，《英华》注云："集作何。"

②壶：明本、《英华》、《全唐文》作"台"，是。

③渊：崇本作"荆"。

宫人忆月歌

张衡侧身愁思久①，王粲登楼日回首②。不作渭滨垂钓臣③，羞为洛阳拜尘友④。

【题解】

此诗附于《文集》卷一《望赋》之末。瞿蜕园《笺证》注云："以上张衡、王粲、吕尚、石崇四事,各寓一望字。"高志忠《刘禹锡诗文系年》系诸朗州,按云:"此乃谪外郡,思念帝乡,希冀内迁之作也。"今从高说。

《望赋》云:"邈不语兮临风,境自外兮感从中。晦明转续兮,八极鸿濛。上下交气兮,群生异容。发孤照于寸眸,骛遐情乎太空。物乘化兮多象,人遇时兮不同。嗟乎!有目者必骋望以尽意,当望者必缘情而感时。有待者瞿瞿,忘怀者熙熙。虑深者瞠然若丧,乐极者冲然无违。外徙倚其如一,中纠纷兮若斯。望如何其望最乐,睇庆霄兮溯阿阁。如云兮天颜咫尺,如草兮臣心踊跃。扇交翟兮葳蕤,旗升龙兮蠖略。日转黄道,天开碧落。凝瑞景于庭树,掬菲烟于殿幕。望如何其望且欢,登灞岸兮见长安。纷扰扰兮红尘合,郁葱葱兮佳气盘。池象汉兮昭回,城依斗兮阑干。避御史之骢马,逐倖臣之金丸。望如何其望攸好,宗万灵兮越四隩。汉帝仙台兮,秦皇海峤。霓衣踊于河上,马迹穷乎越徼。紫气度关而斐亹,神光属天而照耀。皖睠睠以驰精,耸专专而观妙。望如何其望有形,视蠢蠢兮穷冥冥。楚塞氛恶兮,萧关燧明。晕笼孤月兮,角奋长庚。沙多似雪,碛有疑城。烟云非女子之气,草木尽王者之兵。审曳柴之虚警,破来骑之先声。信有得于风鸟,示无言于旆旌。望如何其望且慕,恩意隔兮年光度。雕辇已辞兮,金屋何处?长信草生兮,长门日暮。徯翠华之悦来,仰玄天以自诉。况复湘水无还,漳河空注。泪染枝叶,香余纨素。风萧萧兮北渚波,烟漠漠兮西陵树。夫不归兮江上石,子可见兮秦原墓。拍琴翻朔塞之音,挟瑟指邯郸之路。望如何其望最伤,俟环玦兮思帝乡。龙门不见兮,云雾苍苍。乔木何许兮,山高水长。春之气兮悦万族,独含噸兮千里目。秋之景兮悬清光,偏结愤兮九回肠。羡环拱于白榆,惜驰晖于落桑。谅冲斗兮谁见,伊戴盆兮何望?岂止苏武在胡,管宁浮海?送飞鸿之灭没,附阴火之光彩。鹤颈长引,乌头未改。恨已极兮平原空,起何时兮在东山。永望如何,伤怀孔多。降将有依风之感,宫人成忆月之歌。歌曰。"

【注释】

①"张衡"句:张衡《四愁诗》:"我所思兮在太山。欲往从之梁父艰,侧

身东望涕沾翰。"

②"王粲"句：王粲《登楼赋》："登兹楼以四望兮，聊暇日以销忧。"

③"不作"句：《史记》卷三二《齐太公世家》："吕尚盖尝穷困，年老矣，以渔钓奸周西伯。西伯将出猎，卜之，曰'所获非龙非彲，非虎非罴；所获霸王之辅'。于是周西伯猎，果遇太公于渭之阳，与语大说，曰：'自吾先君太公曰当有圣人适周，周以兴。子真是邪？吾太公望子久矣。'故号之曰'太公望'，载与俱归，立为师。"

④洛阳拜尘友：《晋书》卷三三《石崇传》："复拜卫尉，与潘岳谄事贾谧。谧与之亲善，号曰'二十四友'。广城君每出，崇降车路左，望尘而拜，其卑佞如此。"

祭韩吏部诗

岐山威凤不复鸣，华亭别鹤中夜惊。畏简书兮拘印绶，思临恸兮志莫就。生刍一束酒一杯，故人故人歆此来。

【题解】

此诗作于长庆四年(824)。李翱《韩吏部行状》："长庆四年，得病，满百日假，既罢，以十二月二日卒于靖安里第。"

此诗载于《外集》卷一〇附于《祭韩吏部文》末。文云："高山无穷，太华削成。人文无穷，夫子挺生。典训为徒，百家抗行。当时勃者，皆出其下。古人中求，为敌盖寡。贞元之中，帝鼓薰琴。奕奕金马，文章如林。君自幽谷，升于高岑。鸾凤一鸣，蜩螗革音。手持文柄，高视寰海。权衡低昂，瞻我所在。三十余年，声名塞天。公鼎侯碑，志隧表阡。一字之价，辇金如山。权豪来侮，人虎我鼠。然诺洞开，人金我灰。亲亲旧尚，丹其寿考。天人之学，可与论道。二者不至，至者其谁？岂天与人，好恶背驰？昔遇夫子，聪明勇奋。常操利刃，开我混沌。子长在笔，予长在论。持矛举楯，卒不能困。时惟子厚，窜言其间。赞词愉愉，固非颜颜。磅礴上下，羲农以还。会于有极，服之无言。"

虎丘寺路宴

青林虎丘寺，林际翠微路。立见山僧来，遥从鸟飞处。兹峰沦宝玉，千载唯丘墓。埋剑①人空传，凿山②龙已去。扪萝披翳荟，路转夕阴遽。虎啸③崖谷寒，猿鸣松杉暮。徘徊北楼上，海江穷一顾。日映千里帆，鸦归万家树。暂因惬所适，果得捐外虑。庭暗棲还云，檐香滴甘露。久迷空寂理，多为声华故。永欲投此山，余生岂能误！

【题解】

此诗载于《全唐诗》卷三五五，卷一五〇作刘长卿诗，题为《题虎丘寺》。当为刘禹锡在苏州时期所作。

【注释】

①埋剑：《越绝书·越绝外传记吴地传》："阖庐冢，在阊门外，名虎丘。下池广六十步，水深丈五尺。铜椁三重，澒池六尺。玉凫之流，扁诸之剑三千，方圆之口三千。时耗、鱼肠之剑在焉。"

②凿山：《苏州府志》卷七载虎丘山："秦皇凿以求珍异，莫知所在。孙权穿之，亦无所得。其凿处遂成深涧。"

③虎啸：《越绝书·越绝外传记吴地传》："阖庐冢，……葬三日而白虎居上，故号为虎丘。"

缺　题

故人日已远,窗下尘满琴。坐对一樽酒,恨多无力斟。幕疏萤色迥,露重月华深。万境与群籁,此时情岂任!

【题解】

此诗载于《全唐诗》卷三五五,作年不详。原题缺。

晚步扬子游南塘望沙尾

淮海①多夏雨,晓来天始晴。萧条长风至,千里孤云生。卑湿久喧浊,搴开②偶虚清。客游广陵郡,晚出临江城。郊外绿杨阴,江中沙屿明。归帆翳尽日,去棹闻遗声。乡国殊渺漫,羁心目悬旌③。悠然京华意,怅望怀远程。薄暮大山上,翩翩双鸟征。

【题解】

此诗载于《全唐诗》卷三五五,应为贞元十六年(800)夏至十七年(801)刘禹锡在淮南杜佑幕时作于扬州。诗云"淮海多夏雨,晓来天始晴","客游广陵郡,晚出临江城"是为证。

【注释】

①淮海:《尚书·禹贡》:"淮海惟扬州。"

②搴开:谢灵运《登池上楼》:"衾枕昧节候,搴开暂窥临。"吕向注:"卧

病于衾枕,暗于节候,故云褰开帷帘,窥临景物也。"

③悬旌:《战国策·楚策一》:"寡人卧不安席,食不甘味,心摇摇如悬旌。"

望夫山

何代提戈去不还,独留形影白云间。肌肤销尽雪霜色,罗绮点成苔藓斑。江燕不能传远信,野花空解妒愁颜。近来岂少征人妇?笑采蘼芜上北山。

【题解】

此诗载于《全唐诗》卷三六一,卷七二七作严郾诗,题作《望夫石》。此诗系诸和州。

麻姑山①

曾游仙迹见丰碑,除却麻姑更有谁?云盖青山龙卧处,日临丹洞鹤归时。霜凝上界花开晚,月冷中天果熟迟。人到便须抛世事,稻田还儗②种灵芝。

【题解】

此诗载于《全唐诗》卷三六一。当为长庆四年(824)刘禹锡自夔州赴和州,应崔群之约过宛陵之时所作。

【注释】

①麻姑山:蒋维崧等《笺注》注:"麻姑山:在今江西南城县西南。山顶

有古坛,传说麻姑得道于此。坛东南有池,又有瀑布。唐颜真卿撰有《麻姑仙坛记》,记载颇详。参阅《太平寰宇记》一一〇《建昌军南城县》。"高志忠《校注》注:"宣州亦有麻姑山,在今安徽宣州市东南。《九域志》云:'花姑山即麻姑山。'《名胜志》:'麻姑之山,高广过于敬亭,昔麻姑于此飙举,有丹龟存。'禹锡平生足迹未及抚州,而宣州之行乃践崔群之约,此麻姑山在宣州也。"

②儗(nǐ):通"拟"。

白　鹰

　　毛羽㺚斓①白纻裁,马前擎出不惊猜。轻抛一点入云去,喝杀三声掠地来。绿玉觜攒鸡脑破,玄金爪擘兔心开。都缘解搦生灵物,所以人人道俊哉!

【题解】
此诗载于《全唐诗》卷三六一,作年未详。宋蜀刻本《张承吉文集》卷七作张祜诗。

【注释】
①㺚(bān)斓:即"斑斓"。

【汇评】
清胡以梅:五、六,点缀染色,且脑破心开,凶险。结骂酷吏小人。(《唐诗贯珠》)

答柳子厚

　　年方伯玉早①,恨比四愁②多。会待休车骑,相随出蔚罗③。

此诗载于《全唐诗》卷三六四。参阅《三赠》题解。诗当作于元和十年（815），参见《再授连州至衡阳酬柳柳州赠别》编年。

【注释】

①"年方"句：《淮南子·原道训》："蘧伯玉年五十，而有四十九年非。"刘柳再贬此时皆过不惑，故云。

②四愁：张衡《四愁诗》。

③罻(wèi)罗：捕鸟的网。《礼记·王制》："鸠化为鹰，然后设罻罗。"郑玄注："罻，小网也。"

听琴 一作听僧弹琴。

禅思何妨在玉琴，真僧不见听时心。秋堂境寂夜方半，云去苍梧湘水深。

【题解】

此诗载于《全唐诗》卷三六五。当作于刘禹锡在朗州期间，诗云"云去苍梧湘水深"是为证。

赠李司空妓

一作《禹锡赴吴台，扬州大司马杜公鸿渐开宴，命妓侍酒》。《本事诗》云：李绅罢镇在京，慕刘名，尝邀至第中，厚设饮馔。酒酣，命〔妙妓〕（妓妙）歌以送之。刘于席上赋诗，李因以妓赠之。崔令钦《教坊记》云：《杜韦娘》，歌曲名，非妓

837

姓名也。

高髻云鬟一作发鬟梳头，一作鬌鬟梳头。宫样妆，春风一曲
《杜韦娘》。司空见惯浑闲事，断尽一作恼乱。苏州刺史肠。

【题解】

此诗载于《全唐诗》卷三六五。《刘禹锡年谱》大和五年"有关禹锡的错
误记载的考订一则"云："《本事诗·情感第一》云：'刘尚书禹锡罢和州，为
主客郎中，集贤学士。李司空（《太平广记》卷一七七《器量》二《李绅》条引
文作'李绅'）罢镇在京，慕刘名，尝邀至第中，厚设饮馔。酒酣，命妙妓歌以
送之。刘于席上赋诗曰：鬌鬟梳头宫样妆，春风一曲《杜韦娘》。司空见惯
浑闲事，断尽苏州刺史肠。李因以妓赠之。'岑仲勉《唐史余沈》卷三《司空
见惯》条辨之云：'刘自和州追入，约大和元、二年，至六年复出，于时绅方贬
降居外，曾未坐镇（参《旧书》一七三），何云罢镇在京？且唐制重内轻外，郎
官尤名贵，自称刺史，口吻尤不类，同时守司空者乃裴度，此涉于李绅之全
误者也。'……刘、李未同在一地，赠妓之事，全不可信。"卞说是，此诗乃
伪作。

重答柳柳州

弱冠同怀长者忧，临岐回想尽悠悠。耦耕若便遗身老，
黄发相看万事休。

【题解】

此诗载于《全唐诗》卷三六五。参阅《重别》题解。诗当作于元和十年
（815），参见《再授连州至衡阳酬柳柳州赠别》编年。

杨柳枝

　　春江一曲柳千条，二十年前旧板桥。曾与美人桥上别，恨无消息到今朝。

【题解】

　　此诗载于《全唐诗》卷三六五,改自白居易《板桥路》:"梁苑城西二十里,一渠春水柳千条。若为此路今重过,十五年前旧板桥。曾共玉颜桥上别,不知消息到今朝。"诗当作于刘禹锡在夔州任上。

【汇评】

　　明杨慎:《丽情集》载湖州妓周德华者,刘采春女也,唱刘禹锡《柳枝词》云:"春江一曲柳千条,二十年前旧板桥。曾与美人桥上别,恨无消息到今朝。"此诗甚佳,而刘集不载;然此诗隐括白香山古诗为一绝,而其妙如此。(《升庵诗话》)

　　明冯复京:"二十年前旧板桥",恶俗之句,妄人谬称。(《说诗补遗》)

　　明胡应麟:晚唐绝,如"清江一曲柳千条",真是神品。然置之王、李二集,便觉短气。刘采春所歌"清江一曲柳千条",是禹锡诗,杨用修以置神品。(《诗薮》)

　　清黄周星:"未免有情,谁能遣此",八字便是此诗定评。(《唐诗快》)

　　清施闰章:太白、龙标外,人各擅能。有一口直述,绝无含蓄转折,自然入妙,如……"清江一曲柳千条,二十年前旧板桥。曾与美人桥上别,恨无消息到今朝。"……此等着不得气力学问,所谓诗家三昧,直让唐人独步。(《蠖斋诗话》)

忆江南

　　春过也,共惜艳阳年。犹有桃花流水上,无辞竹叶醉樽前,惟待见青天。

【题解】

　　此诗载于《乐府诗集》卷八二,为刘禹锡《忆江南》二首其一,其二为《和乐天春词依忆江南曲拍为句》。此二首当为同时作,作于开成三年(838)。

楼　上

　　江上楼高二十梯,梯梯登遍与云齐。人从别浦经年去,天向平芜尽处低。

【题解】

　　此诗载于《全唐诗》卷三六五。作年不详。高志忠《校注》按云:"此诗亦不似禹锡他诗格调,或系他人作品,《全唐诗》编者滥入也。"

梦扬州乐妓和诗

　　禹锡于扬州杜鸿渐席上,见二乐妓侑觞,醉吟一绝。后二年,之京,宿邸中,二妓和前诗,执板歌云。

花作婵娟玉作妆,风流争似旧徐娘。夜深曲曲湾湾月,万里随君一寸肠。

【题解】

此诗载于《全唐诗》卷八六八。诗自《赠李司空妓》而来,同为伪作。参看《赠李司空妓》。

虎丘西寺

吴王冠剑作尘埃,葬地翻为七宝台。石砌百□光似镜,井轮千转响成雷。昔年棣萼连枝发,今日莲宫并蒂开。更有女郎坟在此,时时云雨试僧来。

【题解】

此诗载于《全唐诗续补遗》卷五,录自康熙顾湄《虎丘志》三《寺宇》。高志忠《校注》按云:"此诗格调卑下,与禹锡七律不伦,当系伪作。"

瀑布泉

时出西郊霁色开,寻真欲去重徘徊。风泉净洗高人耳,松柏化为君子材。翠巘绝高尖插汉,碧潭无底搅轰雷。上盘下际非凡境,箇里何曾俗客来!

【题解】

此诗载于《全唐诗续补遗》卷五,录自《正德南康府志》十《诗类》。高志忠《校注》按云："此诗格调去禹锡七律甚远，似伪作。"

竞渡歌

五月五日天晴明，杨花绕江啼晓莺。使君未出郡斋外，江上早闻齐和声。使君出时皆有准，马前已被红旗引。两岸罗衣破鼻香，银钗照日如霜刃。鼓声三下红旗开，两龙跃出浮水来。棹影斡波飞万剑，鼓声劈浪鸣千雷。鼓声渐急标将近，两龙望标目如瞬。波上人呼霹雳惊，竿头彩挂虹蜺晕。前船抢水已得标，后船失势空挥桡。疮眉血首争不定，输岸一朋心似烧。只将输赢赏^①，两岸十舟五来往。须臾戏罢各东西，竞脱文身请书上。吾今细观竞渡儿，何殊当路权相持。不思得所各休去，会到摧舟拆楫时。

【题解】

此诗载于《文苑精华》卷三四八。《全唐诗》卷二七五载作张建封诗，卷五四八载作薛逢诗，题为《观竞渡》，题下注云："一作刘禹锡诗，一作张建封诗。"高志忠《校注》按云："方之禹锡《竞渡曲》，此诗殊弱，且语意尘俗，绝非诗豪手笔。"

【注释】

①只将输赢赏：此处脱两字。《全唐诗》卷二七五作"只将输赢分罚赏"，卷五四八作"只将标示输赢赏。"

听轧筝^①

满座无言听轧筝,秋山碧树一蝉清。只应曾送秦王女,写得云间鸾凤声。

【题解】

此诗载于陈尚书《全唐诗续拾》卷二七,录自《千载绝句》卷下《宴喜门·筝》。作年不详。

【注释】

①轧筝:筝的一种。《文献通考·乐十》:"唐有轧筝,以片竹润其端而轧之,因取名焉。"

残　句

故国思如此,若为天外心。《寄白公》,见张为《主客图》。
东屯沧海阔,南瀼洞庭宽。《秋水咏》,见《唐诗纪事》卷三九。
烟波半落新沙地,鸟雀群飞欲雪天。《初冬》。
樱桃带雨胭脂湿,杨柳当风缘线低。《题裴令公亭》。
山似屏风江似簟,扣舷来往月明中。《泛舟》。
晴日碧空云脚断,一条如练挂山尖。《瀑布泉》。
飞文斗疾敲铜器,陪宴会欢吐锦茵。《酬李校书》。

以上录自《全唐诗逸》卷上。

唯君比萱草,相见可忘忧。《白集》卷三四《酬梦得比萱草见赠》

自注。

若有金挥似二疏。《白集》卷三五《酬梦得贫居咏怀见赠》自注。

炼尽美少年。《白集》卷三五《梦得前所酬篇有炼尽美少年之句因思往事兼咏今怀重以长句答之》。

从此引鸳鸰。《白集》卷三五《谈氏外孙生三日喜是男偶吟成篇兼戏呈梦得》自注。

三春省壁莺迁榜，一字天津马渡桥。《锦绣万花谷前集》卷二十二。

附　录

附录一　子刘子自传

　　子刘子，名禹锡，字梦得。其先汉景帝贾夫人子胜，封中山王，谥曰靖，子孙因封为中山人也。七代祖亮，事北朝为冀州刺史，散骑常侍，遇迁都洛阳，为北部都昌里人。世为儒而仕，坟墓在洛阳北山，其后地狭不可依，乃葬荥阳之檀山原。由大王父已还，一昭一穆如平生。曾祖凯，官至博州刺史。祖锽，由洛阳主簿察视行马外事，岁满，转殿中丞、侍御史，赠尚书祠部郎中。父讳绪，亦以儒学，天宝末应进士，遂及大乱，举族东迁，以违患难，因为东诸侯所用，后为浙西从事。本府就加盐铁副使，遂转殿中，主务于埇桥。其后罢归浙右，至扬州，遇疾不讳。小子承凤训，禀遗教，眇然一身，奉尊夫人不敢殒灭。后忝登朝，或领郡，蒙恩泽，先府君累赠至吏部尚书，先太君卢氏由彭城县太君赠至范阳郡太夫人。

　　初，禹锡既冠，举进士，一幸而中试。间岁，又以文登吏部取士科，授太子校书。官司闲旷，得以请告奉温凊。是时年少，名浮于实，士林荣之。及丁先尚书忧，迫礼不死，因成痼疾。既免丧，相国扬州节度使杜公领徐、泗，素相知，遂请为掌书记。捧檄入告，太夫人曰：“吾不乐江淮间，汝宜谋之于始。”因白丞相以请，曰：“诺。”居数月而罢徐、泗，而河路犹艰难，遂改为扬州掌书记。涉二年而道无虞，前约乃行，调补京兆渭南主簿。明年冬，擢为监察御史。

　　贞元二十一年春，德宗新弃天下，东宫即位。时有寒隽王叔文，以善弈棋得通籍博望，因间隙得言及时事，上大奇之。如是者积久，众未知之。至是起苏州掾，超拜起居舍人，充翰林学士，遂阴荐丞相杜公为度支盐铁等使。翌日，叔文以本官及内职兼充副使。未几，特迁户部侍郎，赐紫，贵振一时。愚前已为杜丞相奏署崇陵使判官，居月余日，至是改屯田员外郎，判度支盐铁等案。初，叔文北海人，自言猛之后，有远祖风，唯东平吕温、陇西李景俭、河东柳宗元以为言然。三子者皆与予厚善，日夕过，言其能。叔文实工言治道，能以口辩移人。既得用，自春至秋，其所施为，人不以为当非。

时上素被疾，至是尤剧。诏下内禅，自为太上皇，后谥曰顺宗。东宫即皇帝位。是时太上久寝疾，宰臣及用事者都不得召对。宫掖事秘，而建桓立顺，功归贵臣。于是，叔文首贬渝州，后命终死。宰相贬崖州。予出为连州，途至荆南，又贬朗州司马。居九年，诏征，复授连州。自连历夔、和二郡，又除主客郎中，分司东都。明年追入，充集贤殿学士。转苏州刺史，赐金紫。移汝州兼御史中丞。又迁同州，充本州防御长春宫使。后被足疾，改太子宾客，分司东都。又改秘书监分司。一年，加检校礼部尚书兼太子宾客。行年七十有一，身病之日，自为铭曰：

不夭不贱，天之祺兮。重屯累厄，数之奇兮。天与所长，不使施兮。人或加讪，心无疵兮。寝于北牖，尽所期兮。葬近大墓，如生时兮。魂无不之，庸讵知兮！

——《刘宾客文集》外集卷九

附录二　刘禹锡传

　　刘禹锡，字梦得，彭城人。祖云，父溆，仕历州县令佐，世以儒学称。禹锡贞元九年擢进士第，又登宏辞科。禹锡精于古文，善五言诗，今体文章复多才丽。从事淮南节度使杜佑幕，典记室，尤加礼异。从佑入朝，为监察御史。与吏部郎中韦执谊相善。

　　贞元末，王叔文于东宫用事，后辈务进，多附丽之。禹锡尤为叔文知奖，以宰相器待之。顺宗即位，久疾不任政事，禁中文诰，皆出于叔文。引禹锡及柳宗元入禁中，与之图议，言无不从。转屯田员外郎、判度支盐铁案，兼崇陵使判官。颇怙威权，中伤端士。宗元素不悦武元衡，时武元衡为御史中丞，乃左授右庶子。侍御史窦群奏禹锡挟邪乱政，不宜在朝。群即日罢官。韩皋凭藉贵门，不附叔文党，出为湖南观察使。既任喜怒凌人，京师人士不敢指名，道路以目，时号"二王、刘、柳"。

　　叔文败，坐贬连州刺史。在道，贬朗州司马。地居西南夷，土风僻陋，举目殊俗，无可与言者。禹锡在朗州十年，唯以文章吟咏，陶冶情性。蛮俗好巫，每淫祠鼓舞，必歌俚辞。禹锡或从事于其间，乃依骚人之作，为新辞以教巫祝。故武陵溪洞间夷歌，率多禹锡之辞也。

　　初，禹锡、宗元等八人犯众怒，宪宗亦怒，故再贬。制有"逢恩不原"之令。然执政惜其才，欲洗涤痕累，渐序用之。会程异复掌转运，有诏以韩皋及禹锡等为远郡刺史。属武元衡在中书，谏官十余人论列，言不可复用而止。

　　禹锡积岁在湘、澧间，郁悒不怡，因读《张九龄文集》，乃叙其意曰："世称曲江为相，建言放臣不宜于善地，多徙五溪不毛之乡。今读其文章,自内职牧始安,有瘴疠之叹,自退相守荆州,有拘囚之思。托讽禽鸟,寄辞草树,郁然与骚人同风。嗟夫,身出于逷陬,一失意而不能堪,矧华人士族,而必致丑地,然后快意哉!议者以曲江为良臣,识胡雏有反相,羞与凡器同列,密启廷诤,虽古哲人不及。而燕翼无似,终为馁魂。岂忮心失恕,阴谪最大,虽二美莫赎耶?不然,何袁公一言明楚狱而钟祉四叶。以是相较,神可诬乎?"

元和十年,自武陵召还,宰相复欲置之郎署。时禹锡作《游玄都观咏看花君子诗》,语涉讥刺,执政不悦,复出为播州刺史。诏下,御史中丞裴度奏曰:"刘禹锡有母,年八十余。今播州西南极远,猿狖所居,人迹罕至。禹锡诚合得罪,然其老母必去不得,则与此子为死别,臣恐伤陛下孝理之风。伏请屈法,稍移近处。"宪宗曰:"夫为人子,每事尤须谨慎,常恐贻亲之忧。今禹锡所坐,更合重于他人,卿岂可以此论之?"度无以对。良久,帝改容而言曰:"朕所言,是责人子之事,然终不欲伤其所亲之心。"乃改授连州刺史。去京师又十余年。连刺数郡。

大和二年,自和州刺史征还,拜主客郎中。禹锡衔前事未已,复作《游玄都观》诗,序曰:"予贞元二十一年为尚书屯田员外郎,时此观中未有花木。是岁出牧连州,寻贬朗州司马。居十年,召还京师,人人皆言有道士手植红桃满观,如烁晨霞,遂有诗以志一时之事。旋又出牧,于今十有四年,得为主客郎中。重游兹观,荡然无复一树,唯兔葵燕麦动摇于春风,因再题二十八字,以俟后游。"其前篇有"玄都观里桃千树,总是刘郎去后栽"之句,后篇有"种桃道士今何在,前度刘郎又到来"之句,人嘉其才而薄其行。禹锡甚怒武元衡、李逢吉,而裴度稍知之。大和中,度在中书,欲令知制诰。执政又闻诗序,滋不悦。累转礼部郎中、集贤院学士。度罢知政事,禹锡求分司东都。终以恃才褊心,不得久处朝列。六月,授苏州刺史,就赐金紫。秩满入朝,授汝州刺史,迁太子宾客,分司东都。

禹锡晚年与少傅白居易友善,诗笔文章,时无在其右者。常与禹锡唱和往来,因集其诗而序之曰:"彭城刘梦得,诗豪者也。其锋森然,少敢当者。予不量力,往往犯之。夫合应者声同,交争者力敌。一往一复,欲罢不能。由是每制一篇,先于视草,视竟则兴作,兴作则文成。一二年来,日寻笔砚,同和赠答,不觉滋多。大和三年春以前,纸墨所存者,凡一百三十八首。其余乘兴仗醉,率然口号者,不在此数。因命小侄龟儿编录,勒成两轴。仍写二本,一付龟儿,一授梦得小男仑郎,各令收藏,附两家文集。予顷与元微之唱和颇多,或在人口。尝戏微之云:'仆与足下二十年来为文友诗敌,幸也,亦不幸也。吟咏情性,播扬名声,其适遗形,其乐忘老,幸也。然江南士女语才子者,多云元、白,以子之故,使仆不得独步于吴、越间,此亦不幸也。今垂老复遇梦得,非重不幸耶?'梦得梦得,文之神妙,莫先于诗。若妙与神,则吾岂敢? 如梦得'雪里高山头白早,海中仙果子生迟','沉舟侧畔千帆过,病树前头万木春'之句之类,真谓神妙矣! 在在处处,应有灵物护持,岂止两家子弟秘藏而已!"其为名流许与如此。梦得尝为《西塞怀古》、《金陵五题》等诗,江南文士称为佳作,虽名位不达,公卿大僚多与之交。

开成初,复为太子宾客分司,俄授同州刺史。秩满,检校礼部尚书、太子宾客分司。会昌二年七月卒,时年七十一,赠户部尚书。

子承雍,登进士第,亦有才藻。

——《旧唐书》卷一六〇

附录三　刘禹锡传

刘禹锡，字梦得，自言系出中山。世为儒。擢进士第，登博学宏辞科，工文章。淮南杜佑表管书记，入为监察御史。素善韦执谊。时王叔文得幸太子，禹锡以名重一时，与之交，叔文每称有宰相器。太子即位，朝廷大议秘策多出叔文，引禹锡及柳宗元与议禁中，所言必从。擢屯田员外郎，判度支、盐铁案，颇冯藉其势，多中伤士。若武元衡不为柳宗元所喜，自御史中丞下除太子右庶子；御史窦群劾禹锡挟邪乱政，群即日罢；韩皋素贵，不肯亲叔文等，斥为湖南观察使。凡所进退，视爱怒重轻，人不敢指其名，号"二王、刘、柳"。

宪宗立，叔文等败，禹锡贬连州刺史，未至，斥朗州司马。州接夜郎诸夷，风俗陋甚，家喜巫鬼，每祠，歌《竹枝》，鼓吹裴回，其声伧儜。禹锡谓屈原居沅、湘间作《九歌》，使楚人以迎送神，乃倚其声，作《竹枝辞》十余篇。于是武陵夷俚悉歌之。

始，坐叔文贬者八人，宪宗欲终斥不复，乃诏虽后更赦令不得原。然宰相哀其才且困，将澡濯用之，会程异复起领运务，乃诏禹锡等悉补远州刺史。而元衡方执政，谏官颇言不可用，遂罢。

禹锡久落魄，郁郁不自聊，其吐辞多讽托幽远，作《问大钧》、《谪九年》等赋数篇。又叙："张九龄为宰相，建言放臣不宜与善地，悉徙五溪不毛处。然九龄自内职出始安，有瘴疠之叹；罢政事守荆州，有拘囚之思。身出遐陬，一失意不能堪，矧华人士族必致丑地，然后快意哉！议者以为开元良臣，而卒无嗣，岂忮心失恕，阴责最大，虽他美莫赎邪！"欲感讽权近，而憾不释。久之，召还。宰相欲任南省郎，而禹锡作《玄都观看花君子》诗，语讥忿，当路者不喜，出为播州刺史。诏下,御史中丞裴度为言:"播极远,猿狖所宅,禹锡母八十余,不能往,当与其子死诀,恐伤陛下孝治,请稍内迁。"帝曰:"为人子者宜慎事,不贻亲忧。若禹锡望他人,尤不可赦。"度不敢对,帝改容曰:"朕所言,责人子事,终不欲伤其亲。"乃易连州,又徙夔州刺史。

禹锡尝叹天下学校废,乃奏记宰相曰:

言者谓天下少士,而不知养材之道,郁堙不扬,非天不生材也。是不耕而叹廪庾之无余,可乎? 贞观时,学舍千二百区,生徒三千余,外夷遣子弟入附者五国。今室庐圮废,生徒衰少,非学官不振,病无赀以给也。

凡学官,春秋释奠于先师,斯止辟雍、頖宫,非及天下。今州县咸以春秋上丁有事孔子庙,其礼不应古,甚非孔子意。汉初群臣起屠贩,故孝惠、高后间置原庙于郡国,逮元帝时,韦玄成遂议罢之。夫子孙尚不敢违礼飨其祖,况后学师先圣道而欲违之。《传》曰:"祭不欲数。"又曰:"祭神如神在。"与其烦于荐飨,孰若行其教? 今教颓靡,而以非礼之祀媚之,儒者所宜疾。窃观历代无有是事。

武德初,诏国学立周公、孔子庙,四时祭。贞观中,诏修孔子庙兖州。后许敬宗等奏天下州县置三献官,其他如立社。玄宗与儒臣议,罢释奠牲牢,荐酒脯。时王孙林甫为宰相,不涉学,使御史中丞王敬从以明衣牲牢著为令,遂无有非之者。今夔四县岁释奠费十六万,举天下州县岁凡费四千万,适资三献官饰衣裳,饴妻子,于学无补也。

请下礼官博士议,罢天下州县牲牢衣币,春秋祭如开元时,籍其资半畀所隶州,使增学校,举半归太学,犹不下万计,可以营学室,具器用,丰馔食,增掌故,以备使令,儒官各加稍食,州县进士皆立程督,则贞观之风,粲然可复。

当时不用其言。

由和州刺史入为主客郎中，复作《游玄都》诗，且言："始谪十年，还京师，道士植桃，其盛若霞。又十四年过之，无复一存，唯兔葵、燕麦动摇春风耳。"以诋权近，闻者益薄其行。俄分司东都。宰相裴度兼集贤殿大学士，雅知禹锡，荐为礼部郎中、集贤直学士。度罢，出为苏州刺史。以政最，赐金紫服。徙汝、同二州。迁太子宾客，复分司。

禹锡恃才而废，褊心不能无怨望，年益晏，偃蹇寡所合，乃以文章自适。素善诗，晚节尤精，与白居易酬复颇多。居易以诗自名者，尝推为"诗豪"，又言："其诗在处应有神物护持。"

会昌时，加检校礼部尚书。卒，年七十二，赠户部尚书。始疾病，自为《子刘子传》，称："汉景帝子胜，封中山，子孙为中山人。七代祖亮，元魏冀州刺史，迁洛阳，为北部都昌人，坟墓在洛北山，后其地狭不可依，乃葬荥阳檀山原。德宗弃天下，太子立，时王叔文以善弈得通籍，因间言事，积久，众未知。至起苏州掾，超拜起居舍人、翰林学士，阴荐丞相杜佑为度支、盐铁使。翌日，自为副，贵震一时。叔文，北海人，自言猛之后，有远祖风，东平吕温、陇西李景俭、河东柳宗元以为信然。三子者皆予厚善，日夕过，言其能。叔文实工言治道，能以口辩移人，既得用，所施为人不以为当。太上久疾，宰臣及用事者不得对，宫掖事秘，建桓立顺，功归贵臣，由是及贬。"其自辩解大略如此。

——《新唐书》卷一六八

附录四　刘禹锡

　　禹锡,字梦得,中山人。贞元九年进士。又中博学宏辞科,工文章。时王叔文得幸,禹锡与之交,尝称其有宰相器。朝廷大议,多引禹锡及柳宗元与议禁中。判度支、盐铁案,凭藉其势,多中伤人。御史窦群劾云:"挟邪乱政。"即日罢。宪宗立,叔文败,斥朗州司马。州接夜郎,俗信巫鬼,每祠,歌《竹枝》,鼓吹俄延,其声伧儜。禹锡谓屈原居沅、湘间,作《九歌》,使楚人以迎送神。乃倚声作《竹枝辞》十篇,武陵人悉歌之。始,坐叔文贬者,虽赦不原。宰相哀其才且困,将澡用之,乃悉诏补远州刺史,谏官奏罢之。时久落魄,郁郁不自抑,其吐辞多讽,托远意,感权臣,而憾不释。久之,召还,欲任南省郎,而作《玄都观看花君子》诗,语讥忿,当路不喜,又谪守播州。中丞裴度言:"播,猿狖所宅,且其母年八十余,与子死决,恐伤陛下孝治,请稍内迁。"乃易连州,又徙夔州。后由和州刺史入为主客郎中。至京后,游玄都咏诗,且言:"始谪十年,还辇下,道士种桃,其盛若霞。又十四年而来,无复一存,唯兔葵、燕麦动摇春风耳。"权近闻者,益薄其行。裴度荐为翰林学士,俄分司东都,迁太子宾客。会昌时,加检校礼部尚书,卒。公恃才而放,心不能平,行年益晏,偃蹇寡合,乃以文章自适。善诗,精绝,与白居易酬唱颇多,尝推为"诗豪",曰:"刘君诗,在处有神物护持。"有集四十卷,今传。

——辛文房《唐才子传》卷五

附录五　刘禹锡年表

唐代宗大历七年壬子(772)一岁

　　刘禹锡,字梦得。七代祖亮,事北朝为冀州刺史,散骑常侍,遇魏孝文帝迁都洛阳,为北部都昌里人。曾祖凯,官至博州刺史。祖锽,由洛阳主簿察视行马外事,岁满,转殿中丞、侍御史,赠尚书祠部郎中。父绪,天宝末应进士,及安史之乱,举族东迁,为东诸侯所用,后为浙西从事。本府就加盐铁副使,遂转殿中,主务于埇桥。禹锡生。

建中二年辛酉(781)十岁

　　童时多病。幼识裴昌禹。从僧皎然、灵澈学诗。见器于权德舆。(据卞孝萱《刘禹锡年谱》:"以上四事,无具体年代可考,暂系于此。")

贞元四年戊辰(788)十七岁

　　始习医。

贞元六年庚午(790)十九岁

　　北游长安。

贞元九年癸酉(793)二十二岁

　　进士及第。

贞元十年甲戌(794)二十三岁

　　登博学宏词科。

贞元十一年乙亥(795)二十四岁

　　登吏部取士科,授太子校书。

贞元十二年丙子(796)二十五岁

为太子校书,请告东归奉温清。

贞元十三年丁丑(797)二十六岁

闲居。

贞元十四年戊寅(798)二十七岁

父卒于扬州,归葬于荥阳。

贞元十五年己卯(799)二十八岁

丁父忧。

贞元十六年庚辰(800)二十九岁

入杜佑幕。

夏为徐泗濠节度使杜佑掌书记。

秋,改为淮南节度使掌书记。

贞元十七年辛巳(801)三十岁

在扬州为淮南节度使杜佑掌书记。

贞元十八年壬午(802)三十一岁

调补京兆府渭南县主簿。

贞元十九年癸未(803)三十二岁

在渭南主簿任。

闰十月,入为监察御史,卜居长安光福坊。

贞元二十年甲申(804)三十三岁

任长安监察御史,兼领监祭使。

与薛氏成婚。

贞元二十一年乙酉(唐顺宗永贞元年,八月改元)(805)三十四岁

正月在长安监察御史任。

二月,因杜佑荐,兼署崇陵使判官。

四月,因王叔文之荐,转屯田员外郎,判度支盐铁案,仍兼崇陵使判官。

与柳宗元等参与王伾、王叔文政治革新，被称为"二王、刘、柳"。窦群参劾刘禹锡"挟邪乱政，不宜在朝"。

九月，贬连州刺史。

十一月，再贬朗州司马。经江陵，与韩愈相会。

唐宪宗元和元年丙戌(806)三十五岁

在朗州司马任。

因读《改元元和赦文》，致书杜佑，要求量移。

元和二年丁亥(807)三十六岁

在朗州司马任。

元和三年戊子(808)三十七岁

在朗州司马任。

元和四年己丑(809)三十八岁

在朗州司马任。

元和五年庚寅(810)三十九岁

在朗州司马任。

元和六年辛卯(811)四十岁

在朗州司马任。

元和七年壬辰(812)四十一岁

在朗州司马任。

再次致书杜佑，请求召回。

妻薛氏卒。

元和八年癸巳(813)四十二岁

在朗州司马任。

致书李绛、武元衡，请求量移。

元和九年甲午(814)四十三岁

在朗州司马任。

十二月，有诏召刘禹锡、柳宗元等回京都。

元和十年乙未(815)四十四岁

二月,抵长安。

三月,复出为播州刺史。裴度奏请,改为连州刺史。

五月,抵连州。

元和十一年丙申(816)四十五岁

在连州刺史任。

元和十二年丁酉(817)四十六岁

在连州刺史任。

元和十三年戊戌(818)四十七岁

在连州刺史任。

因薛景晦之请,编集《传信方》二卷。

元和十四年己亥(819)四十八岁

在连州刺史任。

母卒,奉柩返洛阳。

十一月,途次衡阳,知柳宗元卒。

元和十五年庚子(820)四十九岁

丁母忧,居洛阳守制。

八月,与令狐楚会面。

唐穆宗长庆元年辛丑(821)五十岁

冬除夔州刺史。

赴任途次鄂州,与李程见面。

长庆二年壬寅(822)五十一岁

正月抵夔州。

长庆三年癸卯(823)五十二岁

在夔州刺史任。

长庆四年甲辰(824)五十三岁

八月,自夔州转和州。沿途遍览名胜古迹。应崔群邀,至宣州宴游。

十月,抵和州。

唐敬宗宝历元年乙巳(825)五十四岁

在和州刺史任。

宝历二年丙午(826)五十五岁

秋罢和州刺史。游金陵,途次扬州,与白居易见面,遂结伴北归。岁暮同过楚州,见郭行余。

唐文宗大和元年丁未(827)五十六岁

初春过汴州与令狐楚见面。

春,抵洛阳。

六月,为主客郎中,分司东都。

大和二年戊申(828)五十七岁

三月,因裴度、窦易直荐,任主客郎中,抵长安。裴度欲荐禹锡为知制诰,未果,充集贤殿学士。

大和三年己酉(829)五十八岁

除礼部郎中,兼集贤殿学士。

大和四年庚戌(830)五十九岁

任礼部郎中、集贤殿学士。

九月,裴度罢知政事,刘禹锡求分司东都,未果。

大和五年辛亥(831)六十岁

任礼部郎中,集贤殿学士。

十月,出为苏州刺史。

大和六年壬子(832)六十一岁

二月,抵苏州。

大和七年癸丑(833)六十二岁

在苏州刺史任。

二月,与令狐楚酬唱集《彭阳唱和集》编竣。与李德裕酬唱集

《吴蜀集》编竣。

十一月，以政最，赐紫金鱼袋。

自编《刘氏集略》，为李绛编辑遗集。

大和八年甲寅(834)六十三岁

在苏州刺史任。

七月，移汝州刺史，兼御史中丞，充本道防御使。后经汴州，与李程相见。

大和九年乙卯(835)六十四岁

在汝州刺史任。

十月，移同州刺史，兼御史中丞，充本州防御、长春宫等使。经洛阳与裴度、白居易、李绅见面。

十二月抵同州。

开成元年丙辰(836)六十五岁

在同州刺史任。

秋，因患足疾，迁太子宾客，分司东都。

至洛阳后，将与白居易唱和之诗编为《汝洛集》。

开成二年丁巳(837)六十六岁

任太子宾客分司东都。

十一月，将与令狐楚唱和诗续编入《彭阳唱和集》。

开成三年戊午(838)六十七岁

任太子宾客分司东都。

开成四年己未(839)六十八岁

任太子宾客分司东都。

十二月改秘书监，分司东都。

开成五年庚申(840)六十九岁

在秘书监分司东都。

唐武宗会昌元年辛酉(841)七十岁

春,加检校礼部尚书,兼太子宾客,分司东都。

会昌二年壬戌(842)七十一岁

任检校礼部尚书,兼太子宾客,分司东都。

七月卒,赠户部尚书。葬于荥阳县西檀山原。

图书在版编目（ＣＩＰ）数据

刘禹锡诗全集：汇校汇注汇评 / 孙丽编著． -- 武
汉：崇文书局，2018.4（2024.10 重印）
（中国古典诗词校注评丛书）
ISBN 978-7-5403-4873-1

Ⅰ．①刘… Ⅱ．①孙… Ⅲ．①唐诗－诗集 Ⅳ．
① I222.742

中国版本图书馆 CIP 数据核字（2017）第 329981 号

选题策划　王重阳
项目统筹　程可嘉
责任编辑　曾　咏
责任校对　董　颖
封面设计　甘淑媛
责任印制　李佳超

刘禹锡诗全集【汇校汇注汇评】
LIUYUXI SHI QUANJI

出版发行　长江出版传媒｜崇文书局
地　　址　武汉市雄楚大街 268 号 C 座 11 层
电　　话　(027)87677133　邮政编码　430070
印　　刷　湖北恒泰印务有限公司
开　　本　880mm×1230mm　　1/32
印　　张　28.25
字　　数　650 千字
版　　次　2018 年 4 月第 1 版
印　　次　2024 年 10 月第 4 次印刷
定　　价　128.00 元

（如发现印装质量问题，影响阅读，由本社负责调换）

中国古典诗词校注评丛书

（已出书目）

诗经全集	韩偓诗全集
汉乐府全集	李煜全集
曹操全集	花间集笺注
曹丕全集	林逋诗全集
曹植全集	张先诗词全集
陆机诗全集	欧阳修词全集
谢朓全集	苏轼词全集
庾信诗全集	秦观词全集
陈子昂诗全集	周邦彦词全集
孟浩然诗全集	李清照全集
王维诗全集	陈与义诗词全集
高适诗全集	张元幹词全集
杜甫诗全集	朱淑真词全集
韦应物诗全集	辛弃疾诗词全集
刘禹锡诗全集	姜夔词全集
元稹诗全集	吴文英词全集
李贺全集	草堂诗馀
温庭筠词全集	王阳明诗全集
李商隐诗全集	纳兰词全集
韦庄诗词全集	龚自珍诗全集
晏几道词全集	